漫长的惊悚

THE ENDLESS THRILLER

姜琍敏◎著

作家出版社

姜琍敏

男，1953 年 4 月出生。一级作家，中国作协会员，江苏省作协理事、小说创作委员会主任，《雨花》主编。

1976 年迄今，在《人民文学》等报刊发表文学作品约 500 万字，部分作品被全国各种选刊及中短篇年选所选载。散文集《禅边浅唱》获中国散文学会冰心散文奖。小说类曾获省五个一工程奖、省紫金山文学奖和其他奖多项。有作品被译为西班牙文。

主要出版物有：中短篇小说集、散文随笔集《不幸的幸运儿》、《愤怒的树林》、《美丽的战争》、《红蝴蝶》等 7 部；长篇小说《多伊在中国》、《黑血》、《女人的宗教》、《喜欢》等 8 部。

题　　记

摩押女子路得说：不要催我回去不跟随你。你往哪里去，我也往哪里去。你在哪里住宿，我也在哪里住宿。

你的国就是我的国。

你的神就是我的神。

——圣经《路得记》

目　　录

第一章　这个雪夜如梦似幻 …… 1

第二章　一步错步步错 …… 17

第三章　恭喜你，你做父亲了 …… 59

第四章　芳草尽成无意绿 …… 87

第五章　夕阳都作可怜红 …… 117

第六章　字字血声声泪 …… 153

第七章　慈母手中线 …… 175

第八章　崩溃 …… 205

第九章　恭喜你，你当爷爷了 …… 243

第十章　叫儿子太沉重 …… 287

第十一章　天哪，天哪，我的天哪…… …… 331

第一章　这个雪夜如梦似幻

1

1980年的最后一天，整个白天都阴霾沉沉，藩城仿佛还浸淫在昨夜的梦里，但给人的感觉相当温暖。风很微弱，苍白的冬阳，上午还短暂地露过几次脸，中午起就深囚于逐渐增厚的云层中，挣不出来了。与往日相比，今日的天色比平时暗得早，到景予飞从食堂吃过晚饭回寝室的时候，天已经黑透了。

此时的他没有意识到今年的第一场雪会如斯降临。

他坐在岑寂的办公桌前慵懒地吸完一支烟后，发了好一会儿呆，不知道该怎么打发接下来的漫漫长夜。每天的这个时候都最让他感到无聊和孤独。头脑昏沉，心里空落，离睡觉时间还早。看点书吧，一时打不起精神。走亲访友吧，对于一个刚从下面县里借调上来没多久的孤家寡人，亦无从谈起。

单位里的人都回家了，所有的办公室都像个幽闭症患者似的，冷漠地紧闭着眼睛。老旧昏暗而墙皮剥落的楼道里，只有最东头的机关会议室里尚有些动静。那是和他一样也长住单位的收发老吴头，独自在里面看《新闻联播》。相比起来，景予飞觉得自己眼下的境遇连老吴头都不如，老吴头掌握着会议室的钥匙，单位里唯一一台21英寸彩电仿佛是他的。有时候自己凑去看看，总有种侵入他人领地的感觉。况且老吴头的口味和他完全不同，只要有咿里哇啦的戏曲节目，那个频道就会被他锁定。坐在那儿的感受比闷在寝室里实在也好不了几分。

好歹去听会儿新闻再说吧。景予飞这么想着，便站了起来，这才注意到窗玻璃上细微的沙沙声，和漆黑的院子里那翻飞在昏黄路灯光晕中微弱的亮点。他俯向窗玻璃，诧异而又有几分欣喜地发觉外面正在下雪，而且那雪的来头还不算小。

景予飞痴痴地看了好一会儿，才意识到有些冷。他关严窗扇，打消了去会议室看电视的念头。就这么隔着窗玻璃安静地凝视着窗外的雪花，心里涌动起莫名的甚至有些暖洋洋的情愫。

家乡也下雪了吧？他想：雪花就像一条大被子，把屋子和世界都包裹得严严实实的。后半夜气温降下来，雪一定会积厚的，那该会多有诗意呵！哦，这样的夜晚！这么静，这么美，连一丝半点风声都听不到。

这时他意外地听到寝室门似乎被人敲了两下。声音怯怯的，若有若无。

这时候会有什么人上门来呢？

可是，敲门声又响起来，还是两下，却比先前响了些，而且分外真切。

谁呀？问话的同时，他上前拧开了门。但随即又本能地倒退了一步。

门口出现一个穿着件紫红底黑隐条布质棉袄的女孩，笑吟吟而又带着几分羞涩地看定了他。而她那乌亮的瞳仁里，刚好清楚地映现出吊在头顶的白炽灯温暖的光泽，和景予飞有几分迷惑的脸庞。她那有些蓬松的头发上还沾着几絮未融的雪花，苍白的面颊和鼻翼上，则如晨露般凝着几点雪花融化而成的小水珠。

景予飞的心呼呼作响地悬了起来：你是找我的吗？

话出口的刹那，他已经认出了她：许小彗！

女孩微微点了点头。景予飞不由自主便侧过身子，将她让进了门。同时，他下意识地探出头去，向楼道两旁飞速地扫了一眼。楼道里暗寂如故，只是他门前的地板上留下一小摊浅浅的水渍和几个残存着雪迹的淡淡的脚印。

景予飞脑海中倏地闪亮了一下——今晨他出门时，曾注意到门前有一小摊泥迹和一长溜蔓延开去、深浅不一的脚印。当时他十分迷惑，怎么会有脚印留在门前？难道就是眼前这个多少有几分神秘的女孩的？可是，昨夜她怎么没敲门而今夜却……

他想关门，却又迟疑了一下；不关，又觉得不太妥当，于是将门轻轻掩上。

不料，那女孩的胳膊似乎不经意地往后一靠，咔嗒，门锁被她碰上了。

2

粉碎“四人帮”后第一年，1977年夏天，国家恢复了高考。而此时的景予飞刚好从藩城地区师专物理系毕业。作为工农兵学员，尽管热爱自己的专业，并且学习成绩相当突出，但他留校的愿望还是落了空。按照哪里来哪里去的原则，他被一刀切地分配回泽溪县去，在城郊中学教初中物理。

本来，他也没什么奢望，打算就在家乡平静地混一辈子算了。父母都吃了一辈子粉笔灰，自己也算是子承父业吧。然而，毕竟时代不同了，风生水起的改革开放大势，恰如潮水一般，给年轻人裹挟来无穷的生机。中央召开的全国科技大会，又如春风化雨，催发了地区科技局的诞生。

从小就崇拜高士其、迷恋《十万个为什么》和儒勒·凡尔纳系列作品等科幻、科普类作品的景予飞，授课之余曾尝试着写过几篇科幻小说和科普小品，有一篇科幻小说还上了省科技馆出版的《科普天地》，还被《藩城日报》选用了好几篇科普小品。没想到就此引起地区科技馆的重视，1980年元旦刚过，一纸公文发到了泽溪县城郊中学，将景予飞借调到地区科技馆宣传科工作。

人生的另一扇大门由此洞开。

虽然科技馆初创不久，编制尚紧，但景予飞已对未来充满了憧憬和信心。因为景予飞的伯乐汪馆长在试用了他几个月之后，明确向景予飞承诺，科技馆的发展前景是肯定的，向行署编办申请的新编制随时会下来，到时候，将优先办理景予飞的调动。

草创之初的科技馆和地区科技局都挤在同一座颇有些年头的老院落里。据说这里原先是晚清一位藩城著名画家的私宅。院子倒是不小，新粉刷的围墙圈出一块上百亩的天地和一座长方形的四层大楼——这就是科技局和科技馆的办公大楼。宽敞的院门后有东西两排厢房，现在是科技局的传达室和后勤科用房。局里有两名炊事员的小食堂和水房也设在这里。

平时，在食堂吃过晚饭后，景予飞常常独自登上后院的清秋亭，有时还攀上亭后的土山顶端，久久眺望院墙外的风光，心中隐约驿动着铮铮的豪情。

院外的风光还是相当美丽而富有情趣的。因为人迹罕至，所以大片大片的杂花野草得以开怀疯长，火焰般漫向远处一段残存的古城墙下，有的藤葛类植物甚至攀上了城墙的半腰。

景予飞有几次登上过那段古城墙，它的后面静静地流淌着不知从何处蜿蜒而来、又不知向何处曲折而去的亮晃晃的护城河。河的此岸常年栖泊着绵延不绝的木排和竹排，也不知它们来自何处，最终又将要去向何方。河的彼岸那密集的青砖小瓦、错落有致而新旧杂陈的民居，在夕阳的涂染下尤为古朴，暮霭晨雾里，显得辽远而亲切。景予飞一眼就觉得那和家乡泽溪的街景十分相像。这样一想，一股淡淡的乡愁便会如晚烟般萦绕在胸中，久久不散。由此，他还会心潮涌动地想起“文革”时偷偷读过的《红与黑》：那个木匠的儿子于连，不也曾经在麦草垛上梦想未来，矢志要爬升进上流社会吗？

景予飞并没有于连那样的野心，但却为今天的机遇而暗自庆幸。起码，他已看到了脱离平庸的希望，看到了新生活的曙色。

景予飞一直记得幼时看《创业史》，作家柳青说过的：“人生的路很长很长，紧要处只有几步。”自己很可能正处在这“紧要处”呢。那么，眼下的孤独寂寞和卑微辛苦又算得了什么呢？

新单位不理想的办公环境缘于草创伊始，各方面的条件尚不完善，办公场所也逼仄了些。老院落里原有的三进正房在“文革”间被推平，重新建起一座与原本不乏优雅的环境显得很不协调的四层砖混筒子楼，才十多年已显得老旧不堪，从远处看，甚至有一种歪歪倒倒的错觉。楼里上上下下的房间加起来倒也有几十间，但都不大，住家还差不多，让科技局和科技馆六十多号人，十来个科、馆、室全都挤在一起办公，就显得相当局促而落伍了。

景予飞就栖身于西边倒数第二间朝南的办公室里。房间靠窗处放着张办公桌，边上有两张黄褐色的旧皮沙发和一个漆皮差不多磨尽了的木茶几。紧挨沙发处安了一张床，床对面则是两个铁皮文件柜。床自然是景予飞的，那张办公桌却并非景予飞的位置，而是汪馆长的。景予飞所在的宣传科连他共挤了三个人，加上资料柜之类，不可能再放下一张床。景予飞初来的两个月睡的都是地铺。对此他是有思想准备的。毕竟自己的户口和工作关系都还在县里，又是单身，不需要自己花钱而能有这么个地方安身已是相当理想了。至于将来，只要能韬晦、勤奋，最终正式调来，还怕没有面包和牛奶吗？

或许不日后汪馆长便注意到了景予飞的窘况，就让他在自己独用的办公室里安了张木床。白天他把被褥卷起来放上文件柜顶，汪馆长下班后再拿下来铺在床上。由此，馆长办公室就成了他的“家”。景予飞因此对汪馆长心存了一份特别的感念。

3

三天前的下午，因为是周末，手头没什么事，汪馆长又出差不在，景予飞就溜回住处看书。汪馆长的文件柜里有不少杂书，其中还有几部新翻译进来的热门著作。这几天他读亨廷顿的《大趋势》正上劲，一有机会就翻上几页。

就在这时，那女孩出现在门口。

听到响动，景予飞转过身来，两人的目光刚好撞在一起。女孩明显怔了一下，随即哈了哈腰：馆长，你好。

景予飞赶紧声明馆长不在，自己是宣传科的，暂时住在这里而已，并问女孩找馆长有什么事。女孩的神情明显轻松了许多，她吐了下舌头，眸子闪闪地嬉笑道：我说这个馆长怎么这么年轻呢。

这一神情，以后的好几天里都在景予飞眼前闪现。

景予飞招呼她坐，她也就大大方方地在景予飞对面坐了下来，然后就那么笑眯眯地，目光却直勾勾地盯着景予飞打量着，却不再开口。

独自面对着这么个年轻的女孩，景予飞倒不自然起来。他避开她的注视，说了一句自己也随即意识到了的蠢话：你找馆长……你认识馆长吗？

好在女孩并没在意他的话。

她说：我不认识任何人。来这里就是想看看，你们有没有什么可以借来看看的科普方面的资料，天文、地理，或者百科知识之类的材料，随便什么都可以。有的话我想借一些，或者买一些……不，虽然我平时也喜欢看些乱七八糟的东西，想些怪七怪八的问题，但我今天是为我父亲来的。他在厂里出了工伤，腰椎压缩性骨折，躺在床上两个多月了。你可以想象他有多么无聊。对对，他喜欢。他平时什么爱好也没有，就是特别喜欢这类知识，而且还写了不少科普文章。他还在《藩城日报》发表过好些篇作品呢。

哦，请问你父亲叫什么名字？说不定我也看过他的文章呢！

他叫许方向。发表文章时就叫方向。

哦！景予飞立刻想起了方向这个名字。《藩城日报》的科技版他是常看的，方向这个名字又很大气，所以容易记住。但印象中这个方向其实并不能算是科普作家，发表的似乎都是些有关生活或科技类的小知识，如吃苹果削皮好还是不削皮好，扇子或房子是谁发明的，一年二十四节气的来历之类的。但他并没有这么说，而是表示赞许地点头道：是有印象，我看过他不少文章。

这么说，你也是科技馆的，一定也写过好多文章吧？你能告诉我你的名字吗？说不定我也看过你的文章呢！

我叫景予飞。风景的景，给予的予，飞就是飞翔的飞。文章嘛，倒也算是写过点。笔名就叫予飞。

哦！女孩一下子挺直起了身子：真是太荣幸了，原来你就是予飞老师啊！一点不骗你，我就是看过你的文章。你写的才真叫科普文章呢。尤其是一篇关于彗星的文章，我还把它剪下来了。因为我也不知怎么回事，从小就对彗星有一种特别特别的感情。我的名字叫许小彗。原来不是彗星的彗，而是智慧的慧。高一时我自作主张把它改成了彗星的彗。因为嘛……你还不能理解吗？彗星的形象多么美妙啊！其他星辰看上去都亮晶晶的，却傻傻地、一览无余地天天呆在原地，千年万年，寸步不移，太没劲了……

我可以插句话吗？星辰可不是一动不动的。浩瀚宇宙中就没有静止的物体。所有星辰，一切天体，不管是恒星还是行星，哪怕是细小到肉眼根本无法辨识的尘埃，每时每刻都在剧烈地永恒地运动着，旋转着、变化着，分裂着或积聚着，循环往复，乃至无穷。所谓不动，只是我们观察者的一种错觉或者无知而已……

对对，这个我是知道的。但是我说的是从表面现象上看，它们不是都好像一动不动的吗？可彗星就不是那样的啊，我特别喜欢它自由自在，特立独行，来如风去如电的潇洒形象。而且，你不觉得彗星特别美丽、特别清高、特别自由而且还特别神秘而孤傲吗？一个人要是能活得像彗星那样，自己主宰自己的命运，不是特别有意思吗？

看着她神采飞扬的神情，景予飞不禁表示欣赏地直点头。

彗星在中国的传统文化乃至普通民众心目中的形象历来不是很好，诸如扫帚星、会带来晦气或厄运等无稽之谈由来已久。而眼前这个看起来个子矮小却颇有心气的女孩，独能有这样一种很不一般的认识，不由得让他刮目相看。

但也许是出于对科学的尊崇感，又多少也有些卖弄的欲望在吧，他还是忍不住又给许小彗泼了点冷水：说真的，我很欣赏你的浪漫，还有……相当的诗意和激情。只是，如果要我说实话的话，我还是想补充一点不同看法。就是，彗星可决不像你想象的那样浪漫、潇洒；甚至，它和别的星辰一样，是决无所谓自由可言的。首先，它也有固定的运行轨道，受制于星球间的引力，因而它的来去也有轨道和周期限制的。比如著名的哈雷彗星，它就是七十六年一个循环而运行到我们地球人肉眼可见的空间。它想早一天来，或者晚一天来，都不可能。还有——当然，这是顺便说说的，而且我相信你也不会是个迷信的人——彗星在古人眼里可不是个讨人喜欢的形象。你应该知道，它就是所谓的扫帚星，是不吉利的象征；古人由于缺乏起码的天文知识，总是将它与地球上的灾难、战争等联系起来……

我才不信这一套呢！许小彗略显苍白的脸上泛起两片红晕，纤细的双手也大幅度地比划起来：恰恰相反，正因为有这种误解，我才更觉得彗星的形象有意思，特别让我神往呢！而且，就算这种说法有道理又怎么样？老实说，我才不管它什么好啊坏的呢，我就想要做一个与众不同的人！

是吗？景予飞心里一动，对她的想法和率直颇觉惊讶，但脸上没有流露出来。他本想再说点什么，但斟酌了一下，还是附和了她：像你这样有个性的女孩，我还是第一次遇见呢。

许小彗更加眉飞色舞，几乎不假思索地接着道：像你这样有知识又……那个的人，我也是第一次遇见呢。和你比起来，我的文化知识就太欠缺了。比如，你一定知道星相学吧？外国很流行的。现在中国人相信这个的也越来越多了。我在同事那里看过一本她亲戚从香港带来的星相书，我就觉得蛮好玩也蛮有道理的。对了，可以问问你是哪一年哪一月出生的吗？

我是1954年5月出生的。

我是1960年8月出生的。我想想，1954年5月出生的应该是哪个星座的……

对不起，我不可能相信这些东西，虽然我也了解一些这类说法。我从来把它当游戏看。我觉得你也没必要依据这套胡言乱语来生活。现在改革开放了，国门打开，禁区也少了，这很好。但很多旧迷信、洋迷信也跟着沉渣泛起了。比如星相之类，在我看来都是些不值一提的无稽之谈。道理太简单了，把彼此相距极其遥远的一组恒星系形成的星座，依据动物或人和神话形象来命名，只是天文学上一种便于标识的形象的分类方法而已。

就此牵强附会，说什么人是什么座的，什么座又决定了人的性格或者命运之类，作为一种文化游戏或者审美心理还可以，当真就太可笑了。稍有点天文知识的人就可以明白，所谓星座，是由一组恒星组成的小星系的代称，肉眼看上去似乎像什么，实际上它们包含着许多远比地球大得多，有的还庞大到无法想象的天体，而且它们彼此也相距有几光年到几十几百光年的距离。说它们组成的某个“座”，能影响与它们相比而言微不足道的地球上更微渺到无法形容的某个个人的命运和性格，扯得上吗？

何况，这些星座和我们地球的距离也都是以光年计的，一光年就是光飞行一年的距离，而光一秒钟就要运行三十三万公里，一光年是多么多么遥远的距离呵！想想看吧，我们今天活着的人看到的某个星座的光芒，实际上还是它们在几年前甚至几百几千几万年前发出来而刚刚到达地球上的，凭什么说它能影响、左右我们“现在”偶然存活于地球上的人的命运？就算真能够影响或左右，那什么处女座、狮子座或天秤座等星座，总共只有几个或几十个，地球上的人口却是以几十亿计的，这样势必就应该有许多人的性格和命运是相类或雷同的，事实是这样的吗？我们都很清楚一个基本原理，就是说，世界上是没有两片完全相同的树叶的，也绝无两个人——即便是双胞胎——的性格和命运是完全雷同的……

哎，我怎么就从来没有想到这些道理呢？

许小彗明显是被景予飞的滔滔雄辩所吸引了。她几乎一眨不眨地瞪大眼睛，细密的睫毛兴奋地扑闪着，扑闪着！她满含崇拜、认真得就像是海绵吸水般贪婪地谛听着景予飞的每一个言词。景予飞的话刚落音，她就由衷地赞叹道：景老师你真是太了不起了！你这么有知识，有思想，起码应该是大学毕业生吧？

景予飞有点不好意思地点了点头：应该算是吧，你呢？

唉，现在后悔也来不及了。从小我爸就怪我太爱幻想，好高骛远，对周围的生活和俗人从来都看不上眼，也太不把学习当回事了，结果读到高中都勉勉强强……不过也有个原因是，我妈退休了，按政策可以顶替一个子女，家里就让我顶替她进了人民商场。我一点也不喜欢这个工作，更不喜欢周围那些婆婆妈妈的小市民，我简直厌烦透了。今天能碰见你，真是太幸运了！

这也没什么的。你还这么年轻，完全可以再自学或者上个补习班什么的，现在这类机构不是越来越多了吗？将来各种各样的事业机会肯定也会越来越多的。景予飞建议道。许小彗莞尔一笑，若有所思地点了点头。

4

门锁碰上的声音很轻微。但那坚定的咔嗒一响，却如引信般，骤然引爆景予飞胸中某种久抑的欲望。周身的血液突然被一股神秘的火苗点燃般，呼呼腾涌，头脑里也仿佛灌下一大口烈酒般温和而晕眩起来。

那一刻，两个人靠得是那么近，以至许小彗转过头来的时候，那几根轻轻掠过他鼻翼的发丝，那一缕久违的、令他分外渴望又有几分畏惧的异性的体息，让他此前还虚无枯萎的情怀，突然像春花怒放的山谷，繁华而绚烂。

一个岑寂的夜晚，一个神秘的雪夜，一个精灵般热情而率真、大胆地突然降临的女孩！

景予飞差点就伸出手去，将许小彗揽入怀中。但实际上，他却是大大地后退了一步，转身到桌上抓起暖水瓶，毛手毛脚地要给许小彗倒茶。外面一定很冷吧？他的嗓音也多少有些颤抖起来：请坐请坐，快喝点热茶暖暖身子。

不要不要，我不喝水。许小彗紧跟着他来到桌前，伸手按住暖瓶不让他倒水。

两人的手相距那么近，差点就碰在一起了。景予飞只要一翻掌就能轻易地握住她的手。景予飞也注意到她的手是那么的纤细娇嫩，只是上面明显有两朵早春初绽的红梅般的冻斑。他的心又悸动了一下，怜爱之情油然而生：你穿得太少了吧？都生冻疮了。

许小彗缩回手去，轻轻抚揉着，却不说话，又像那天下午一样，热烈而专注地凝视着景予飞，灼灼目光里分明吐露着无穷的意味。景予飞有些发窘地避开她的注视，一时也不知再说什么好，竟又下意识地伸出手去。但手掌在半路上又转了个向，直接掠过许小彗的头顶，又收回自己的颈前，似乎他是要比划一下两人的身高：

你好像有……

一米六〇。许小彗顺势站到景予飞身前：我是不是太矮了点？

不矮不矮，我也只有一米七八。

许小彗似乎有点不相信，她夸张地踮起脚来，抬手按在景予飞头上，往自己身上一划，两人变得差不多高了。许小彗咯儿一声笑了，景予飞心里又涌过一阵暖流，却仍然有些拘谨，平时的伶牙俐齿像是被什么风给吹走了，只会再一次请许小彗坐。许小彗却还是摇摇头站着不动，并且又不说话了，只是一个劲儿地盯着他微笑。景予飞这才注意到她的面颊两面，也各有一个分币般大小的冻疮斑，在发烧般红润的脸色和柔和的灯光映衬下，两朵桃花别有异样的魅力。他的心因此又哆嗦了一下：你真要多穿点衣服呢。

我不冷。一点也不觉得冷。

外面在下雪呢。

我知道。

其实下雪的时候倒是不太冷的。呀，才多长一会儿呀，窗台上都积满雪花了。树上也是，外面一定是漫天皆白啦。

许小彗却又不出声了。

一会儿你怎么回去呢？哦，我是说，我真没想到……你找我有什么事吗？

身后还是没有回音。景予飞从窗前回过头来，目光正好撞在许小彗灼亮的眸子上，那么热切而灼烈的目光，那么纯真而动人的笑容——

那天我回家后，一直都想你的……

许小彗的声音很轻，吐字却分外清晰，霎时像一根高举的鼓槌重重地擂在了景予飞的心坎上。他更加不知所措了，半晌才期期艾艾地哦了一声……

许小彗又逼近他一步：你不相信吗？

景予飞兴奋却又回避着许小彗的目光，他错乱地点了点头。

你呢？

景予飞猛地张开双臂，将许小彗揽入了怀中。这才发现，许小彗的脸颊火一般发烫，身子也触了电般一瞬瞬地痉挛着，以至她那细碎而洁白的牙齿也在发出轻微的磕碰声。

窗外的雪花好像在窃窃偷笑。雪片里夹着细碎雪粒，扑簌扑簌地打在窗玻璃上的声音，在这万籁俱寂的静夜，听起来分外真切、多情。

雪夜温馨。

5

哟，快十点了，你该回去了。

不嘛……

再不走就走不成了，十点半门卫要关大门的。

我不管。

那怎么行？不回去你家人要着急的，天又下着雪。哦，雪好像停了，可是树上全白了，真是银装素裹呀。天空也发亮了呢，还有点红兮兮的，看上去真是美极了。不，应该说是凄美呢。不会是月亮出来了吧？哦，准是云层散开了，雪的泛光把天空映亮了。真美呀，大自然真是壮美幽深啊，而且每时每刻都在演绎着神奇莫测的奇观。你怎么不说话，你在想什么？

什么也不想。

那还不赶快穿衣服。

我在想，人真的就没有命里注定的运数吗？三天前刚见你第一眼时，我怎么就有一种很熟悉、很亲切、很依恋的感觉呢？我想我以前一定见过你。

不可能吧？我就没有这种感觉。

怎么不可能？完全可能。不在现世，就在前生！当然，也可能是……最近你有没有到人民商场买过东西？说不定就是在我柜台上买的。要不然就是以前，我在学校门前或者就在科技馆附近的马路上见过你，我家住得离这儿很近——嗯，是仓台街51号，一个大杂院，你可别去那儿找我。我讨厌那个地方，都住着些庸俗不堪的下里巴人；大门前的小破巷也挤满了乱七八糟的小摊点，成天乱哄哄的，所以现在我走后院上下班，改骑自行车，不走这边了。但以前我坐9路公交车下班在藩城门下车，都会经过你们院门口，步行十来分钟就到家了。你没有印象不等于我没有印象。反正我的印象是很深刻的。你长相很特别的，又这么有气质。所以我一看见你就有一种说不清的感觉，心里还有点慌慌的。哼！你倒好，说什么对我毫无印象，气死人啦。

别这么说。我的意思是，我觉得在外面碰上你的可能性不大，要知道我借调到科技馆还不到一年，在藩城无亲无故的，又不太爱动，所以在上下班的时候我都呆在馆里，很少上街的。好了好了，这个话题以后再说吧。快起来回家去，真的不能再拖啦。其实我也觉得这对你残忍了些。天这么晚了，外面那么冷，地上还有雪，你得一个人孤零零地走回去。抱歉的是，我不方便去送你，否则让收发室老吴头或者门卫看见就不好了。

我才不怕他们呢。

哎！还是小心为妙。现在的人……我不是说了吗？我现在是借调关系，就是说，我还不能正式算是科技馆的人。要想早一天调过来，各方面就都得特别小心、特别努力才行。这可是国家正规事业单位，想来的人太多了！要是我有点儿流言蜚语的，那就前功尽弃了。

这个我懂。不过要是我，才不会把这看得太重。泽溪不是挺好的吗？听说这几年乡镇企业发展得非常红火。调不成你还回去当你的老师不也蛮好吗？我向来对藩城没什么好感觉，人老土，方方面面都保守，还自以为是大城市，了不起。改革开放也唱了好几年了，就是看不出有什么实质性的变化。前几天报纸上不还在说什么反对穿直筒裤吗？真好玩呢！电视上看，上海北京早就有人穿着满街跑了，还有许多小屁孩拎个双卡录音机到草地上搞舞会。凭什么藩城人就不该穿直筒裤？对不起，我扯远了。我想说的是，我从小就想当老师，可惜当不成，万一你那个的话，我就跟你到泽溪去，也找个什么小学或者幼儿园——其实我最喜欢孩子了，当年要不是家里人反对，死脑筋认准什么国营企业铁饭碗，我真想过要考幼师的——到泽溪，我当不成正式教师，想办法当个代办的总可以吧？

一对上过床的男女，似乎在不经意的谈话间回到现实。

一阵突如其来的燥热，夹杂着某种阴郁的恐惧，袭上景予飞心头。许小彗的话里有一种特殊的意味，让他深深地皱起了眉头：这女孩的头脑实在有点天真呢。中国人是想干什么就能干什么的吗？而且，她的性格也未免有些自以为是，总这样的话，恐怕难以和她对话呢！听听她都想到哪儿去了！要跟我回泽溪？我好不容易才有机会出来，这怎么可能！就是我不得不回去，凭什么还得带着你？

但时间不容许他多想什么，于是他再一次换上笑脸，哄孩子似的催促许小彗：别要孩子气了。起来吧。要不我帮你穿……我要掀被子啦……

不行。你还没说呢！

说什么？

那句话。

什么话？

就是那句人人都会说的话。

景予飞心里隐隐地明白了是什么话，但却依然装糊涂地直摇头。

我——爱——你……

这个嘛……其实这种话说不说……好好好，我说我说，我……我爱你。

话音未落，许小彗像只小狗般呼地蹿出被窝，紧紧抱住景予飞的脖子，把一个响亮的热吻狠狠地灼在他滚烫的面颊上。

6

可是，磨磨蹭蹭穿好衣服，终于挨到门口的许小彗，突然肩膀一挺，一个急转身，把景予飞拉开的门又给顶上了。景予飞正要开口，许小彗已经扑到了他的怀里，她双手紧紧搂定他的腰，脑袋在他胸口一个劲蹭磨着，要赖的孩子般娇声道：我不走，我就是不走嘛！

怀中的许小彗面色绯红，眼波闪闪而簌簌战栗着，景予飞感觉自己揽着的简直就是一个灼烈而执拗的火团，推不开又吃不消，心里不由得冒出一丝紧张，脸上却丝毫不敢流露出来，只好捺住性子温言劝慰。而许小彗回答他的却是一连串的"不嘛不嘛"或者：我回家也是睡不着的，干脆就让我等到天亮，他们开门再走就是喽……

这可不行啊！景予飞慌得直摇头：要知道这不是我的家。这是我们馆长的办公室，他经常天不亮就要起来早锻炼的，没准就心血来潮到单位转一转，那样的话就太可怕啦……

好说歹说，许小彗的眼神渐渐黯淡下来，不再说不，却也不肯马上离开，一只手还在他胸口上划来划去地似乎在写着什么，然后逼着景予飞猜她写的是什么字。原本无心在意的景予飞只好让她再写一遍，她还没写完，他心里就明白了，可是却依然装糊涂。许小彗哼的一声重重地刮了他鼻子一下：不就是个心字嘛！你这么聪明的人会不明白？我就要你答应我，一定要像我一样，也给我一个真正的心！

那当然，那当然……

其实景予飞心里是咯噔了一下的，但转而想想：这不算什么特别的承诺，自己本来就是真心相待她嘛。于是他就继续打着他的马虎眼。可是许小彗的脸上却顿时又洋溢起孩子气的欢欣来：好！我就等你这句话！

说完，再不用景予飞哄，一把拉开门，干干脆脆走了！

景予飞贴着虚掩的门缝，看着许小彗的身影消失在过道口，又探头看了看东边的过道，确信没有人迹后，才放心地关上了房门。

他长长地嘘了口气，心情一下子放松了，刚才一丝丝的厌惧甚至变成了一缕缕的流连。

身上还是热乎乎的，脑子里也活像刚喝过酒一样晕晕乎乎。回头看看床上那散乱的被褥，真有点怀疑是不是真的发生过先前的一切，但那一切又分明恍如一帧帧电影画面一样飞快地闪回于眼前。他下意识地整理了一下床铺，被褥掀动时，鼻息里又钻进了许小彗身上特有的那股淡淡的气息。

他一屁股坐在床上，发起怔来。

是真的吗？简直像一场梦呵。他不由自主地掐了一下胳膊：简直就是现实版的“聊斋”呢——许小彗呵许小彗，你到底是人还是狐狸精啊？

问题是，我是不是太鲁莽也太轻率了些？我对她的情况几乎可说是一无所知，她到底是怎样一个人，又是怎么想的，是不是有什么目的，我也完全不了解，怎么就一下子到了这种地步？

她的性格也真是很吸引人呢，这么大胆，这么率真，这么热烈。刚见过一面就主动跑来了，毕竟是晚上哪，还下着那么大的雪。她真把我看成她什么人了吗？真要是这样的话，这事情也未免荒唐呢。不过，她那份孩子气倒也很讨人怜爱的——可是，她也幼稚得有些冒头呢。刚才她说什么来着？要是我调不成就随我回泽溪去，这未免也太任性了……也不问问我的想法、我的实际情况，好像她已经是我的什么人了，这怎么可能！

景予飞忽然觉得异常疲惫：今天恐怕是太冲动了！可别惹出什么麻烦来啊！

想到此，头顶上日光灯镇流器的嗡嗡声，好像也突然出了故障似的异常放大了。

到了这时，景予飞才有所忧虑。许小彗的出现，先前的一夕狂欢，在他的潜意识里原不过是一场意外之喜、一时欢娱或者说是一次欲望本能的满足而已。虽然他也在许小彗的要求下说出了“我爱你”这个在许小彗看来也许是理所当然的词汇，但实际上，在他这一头，压根谈不上这一步，至少不可能成为他的承诺。他的实际情况根本不允许他再对喻佳之外的女性作出任何承诺。或许，如果没有喻佳的存在，他和许小彗没准有可能就此恋爱下去，但至少在现在，这纯粹是一种理论上的可能。景予飞完全没有这种思想准备。

他和喻佳是同乡，也是大学同学。喻佳小他一岁，也晚一届毕业，同样分回了泽溪。因为她学的是中文专业，分在县文教局当办事员。算起来，两人正式恋爱已逾五年，关系一直很好，而且早已得到双方父母的认可。如果不是景予飞借调来地区科技馆，他们本来计划在今年结婚的。

对他的借调，喻佳是支持的。她本来就是个温顺而宽厚的人，而且特别善解人意，相处几年来，她从来没在任何大问题上拂过景予飞的意。景予飞一向不喜欢当教师，改变人生方向的想法可谓是一种渴望了。何况，人往高处走，这个道理她很明白，因此她也乐意景予飞有个好前程。两人因此约定，一旦景予飞调动成功，他们就结婚，再以照顾夫妻关系的名义将喻佳调到藩城来，毕竟喻佳也是向往大城市生活的。

可是现在，我都干了些什么啊……

景予飞茫然地望着窗玻璃，脑子里也像外面白花花寒凛凛的世界一样，一片混沌。日光灯镇流器的嗡嗡声，好像突然又尖厉起来。由于室内外温差的关系，窗子的四边模糊不清，蒙着一圈雪凝的霜雾，那玻璃看上去仿佛一个小小的荧屏，景予飞恍若看见喻佳的影像忽明忽暗地叠映在上面，正神色峻烈地逼视着他。

想到先前这里发生的一切，他顿时感到一阵强烈的负疚感。我太冲动、太草率了！而许小彗并不知道我的内情，看她那副炙热的表现，显然是没把这事当游戏。恐怕我得悬崖勒马！赶紧找机会和许小彗好好谈谈，把我的实际情况跟她讲清楚，一切都太快，也太突然了些，她应该能谅解我的。毕竟我们才刚刚开始，或许，她的这种表现也不过是一种任性和幼稚的冲动而已，绝不至于会对我有什么真正的感情。那真是再好不过了！景予飞想着。

这么一想，景予飞感到心情舒展多了，于是，起身去喝水。可是刚刚端起茶杯，手却在半空中僵住了。他又一次强烈怀疑，自己今晚是不是碰上狐仙了——因为积雪的缘故，外面很亮，透过玻璃，窗外的一切都历历可见；距他窗外大约十米处的老樟树下，分明站着一个人！

那个人恰是许小彗！

他不相信自己的眼睛，放下茶杯扑到窗前，打开窗子仔细再看，树下却又空空的杳无人迹。

他失声笑了起来：我这是怎么啦？见神见鬼的。

可是关上窗子后，他又觉得不放心了。难道真的发生了幻觉，否则如果不是她，能是狐仙吗？

最终，他索性打开房门，悄悄出了楼道，小心地来到那棵老樟树下。定睛一看，心霎时又被拎了起来——樟树下有一个明显的足迹形成的纷乱的雪窝，说明的确有人在此站过。而一行细细浅浅的脚印又划了个半圆，拐到通道上，然后延向院外。

他比了比，那脚印明显偏小，毫无疑问，那只能是许小彗的。

第二章　一步错步步错

1

不知不觉中悄然降临的大雪，在不知不觉中又杳然消逝。

寒潮毕竟只是寒潮，短短几天之后，市区里就看不到一丝大雪的踪迹了。天气异常晴朗，大街、房屋、行人的表情，都像春天的阳光一样明媚。

天气变化鲜明，世道人心同样也变化多端。虽然气象台警告市民，目前仍属一年中的最冷月，回暖只是暂时现象，新一轮寒潮很快就会降临，但大街上还是有不少姑娘穿起了裙子，心急的小伙子则穿上了越来越时兴的西装，扎着五颜六色、软不拉塌的领带招摇过市。

只有到了藩城郊外，尤其是地势较高、丘陵起伏的耳湖地区，才会感到冬天的威势犹存。背阴的北坡上，松枝、崖壁和灌木丛上，或多或少还残存着一小片一小片的积雪。开阔的湖面上不时有清冷的阵风掠过，把平静的水面搓揉得纷乱，宛如皱纹密布的老人那苍老的愁容。

不过，景区的入口处还是颇有生气的。园方一定是考虑到了季节的变化，主道两旁和通往半山亭阁的甬道周围，种植的大多是玉兰、针松、冬青、石楠等常绿植物。阳坡上还点缀着一丛丛已是繁花满枝的迎春花，在正午的阳光下，那点点温暖的金黄，令人心情振奋。

再看入口处的那片腊梅园，不仅数量多，而且大多高大繁茂。或许是这两天气温陡升的缘故，腊梅一树一树竞相吐艳，枝头一片娇黄，远远望去浑似一派淡淡的黄雾，秾香如薰。风歇的时候，那花痕枝影投映在光滑如镜的水面上，仿佛仙境一般。

2

对照鲜明的，或许还有景予飞和许小彗的心境。

许小彗的情绪明显要好过景予飞。两人在郊线车站碰头时，她早早就站在那里，向着景予飞来的方向，偏着个脑袋张起了手臂……再等迎近景予飞时，她就像一抹灿烂的阳光一样飞射过来，她紧紧挽起他的手，亲热地揽在肘弯里，一句怨言也没有，一路上笑眯眯地紧偎着他，乐乐呵呵地有说不完的话。

在公交车上，许小彗旁若无人的表现更让景予飞感到分外窘迫。

虽然今天晴好，但毕竟不是星期天，出来散心的人并不多，车上还算宽松；但由于郊线车班次少，所以当景予飞和许小彗上车时，还是没能占到座位。景予飞站在后车门边，拉着扶手。许小彗紧挨他站着，起先也撑着点椅背，车开不久，她干脆就双手抱住了景予飞的腰，把头埋在他肩窝里，随着汽车的颠荡，惬意地闭上了眼睛。

景予飞虽然出生县城，到底也在藩城读过几年大学，自忖不是保守的人，但许小彗的这种姿态仍然让他感到些许不自在。他偷眼看看周围的乘客，似乎也没有什么异常的反应，于是也就随她去了。没想到，许小彗竟偷偷踮起脚尖，乘着车身的晃荡，噘起嘴唇在他唇上轻轻地吻了一下。景予飞本能地偏开头去，可是许小彗却追着他的脸又来了一下。景予飞慌忙偷看身边，视线刚好和后排座上几个人撞在一起。其中一个穿着身灰布中式棉袄的中年妇女，故意将身子一扭，向着他狠狠地翻了个白眼。景予飞顿觉脸上烫起来，于是赶紧附向许小彗耳畔悄悄警告道：别这样，后面有人看着我们哪。

可是，许小彗回应他的，是一个不屑地翻向后排的白眼，和一个更明显也更热烈地贴在他唇上的吻。同时，双手还在他腰间使劲搔弄了几下！

景予飞无奈，只好高高地仰起脸来，假装关注车外的景色，再也不看周围一眼。

许小彗今天的衣饰也透着鲜艳的春天气息。她穿的是一件显然是新买的粉色春秋衫，色彩和式样都是市面上少见的。紧绷绷的胸前还露出件绣着几朵鲜艳玫瑰的开司米毛衣，颈子上又束了条淡绿色的绸纱巾，浑身洋溢着青春的芳息；加上她那娇小玲珑的身材，看上去更是轻盈可人。

相比起来，景予飞的穿着就黯淡多了。身上还是那件穿了快一个冬天的厚棉袄，外套颜色灰扑扑的，前襟还有一小条明显的油渍；脚上的皮鞋出门前倒是擦了一下，毕竟心不在焉，擦得马虎了些。皮鞋太旧了，看上去皱巴巴、脏兮兮的，人都显得没精神。

其实更没有精神的是他的心境，甚至可以说是灰不溜秋的。今天尤甚，本来是他约的许小彗到耳湖来玩，但从早上睁开眼睛，他就觉得振作不起来，眼皮涩涩的，心头还莫名其妙地慌慌的，好像有一股股暗流，时不时地涌动一下。他很清楚，隔夜自己睡得不踏实是一个原因，但那个这几天一直在心头盘桓的“目的”，才是首要的原因。

这个“目的”就是：他一定要和许小彗好好谈一次，越早越好，把一些她不知道的情况和她说清楚，把两个人的关系，作一个准确的“定位”。

一切都来得太突然也太缺乏心理准备了，宛如那场不期而至的大雪，完全出乎自己的预料。

一切又都发展得太迅猛了，仿佛这几天升温的天气，几乎由不得自己掌控，甚至还由不得自己去体味和思量。事情，即他和许小彗的关系和定位，似乎就已经像阳光一样明朗无误而自然而然了。虽然他从一开始就曾企图将它控制在合适的范围内，但他的人生经历里此前并没有这方面的经验，也由于侥幸心理的作用而缺乏对后果充分的预判力，以至事态的发展越来越超乎了他的可控范围。

几乎是不经意间，自己已然失控了。

这几天里，他们又幽会过数次，机会应该说是充裕的。奇怪的是，一到那个时候，他好像就不会说话了，只要一见到许小彗，好几次话已涌到嘴边，又咽了回去。一看见许小彗那满心欢喜满脸幸福又理所当然的神情，他无论如何也不想扫自己的兴，不忍扫她的兴，一而再地把话头咽了下去。

关键的关键还在于自己的犹豫和迟疑（当然也不乏暂且贪欢得过且过的苟且之心）。景予飞深知自己个性中的某些软肋：生性谨慎，却又有所迂阔；心地善良，却又易在需要果断时心肠太软；虽也不乏慷慨激昂、热血沸腾的基因，却又往往失之于优柔寡断。其次，许小彗那几乎从一开始就显露无遗的明快、果敢，并由此而形成的理所当然的姿态，以及她性格中似乎是先天具有的独断特质，始终对景予飞形成一种无形的制约力，控制得他俯首帖耳，难以突破。

但景予飞心里很清楚，突破是必须的。话更是越早说明越好，否则后果难以预料，否则会越来越对不起喻佳，最终也势将伤害到许小彗。

虽然在那个雪夜，许小彗走后，他即已从先前的狂欢和意外的满足中清醒过来，以至当夜竟辗转反侧，久久无法入眠；虽然，从那时起，他心里其实已越来越强烈地生成了自己或许已铸成一个大错的预感：两人的关系无论如何是不正常的，而且也实在是走得太远也太快了些，几乎连一点铺垫都没有就到了这种地步，以后该如何收场？但更多的时候，他更多顾虑并深感有愧的是面对喻佳。后来和许小彗的几次接触，才使他逐渐意识到，或许今后他更该顾虑和应对的还有许小彗。

他隐隐感觉到，表面看去天真无邪、娇柔率真的许小彗，其性格的内层或许并不柔软或简单。外表看上去单弱而柔曼的许小彗，实质上其个性及意志中的刚烈、执拗与坚韧，决不亚于耳湖边那饱经风吹浪打的礁岩，或裸露于浪滩边那些久经磨砺的老树的根。

3

耳湖是公园内的一片小水泊，因其形似耳朵得名。

一泓清澈秀丽的柔水，浅浅地弥漫于起伏的峰峦脚下。在它相对较为窄些的“耳垂”处，一座九曲长桥把游人送到对岸。顺着缓坡上去，便是这个景区的最佳处：半山亭。从下面望上去，半山亭掩映在低矮但浓密的马尾松间，只露出一个六角形亭阁的顶部，好像一个老人戴着的笠帽。亭子下面那青铅色的裸岩中间有一道明显的裂隙，裂隙间有一条仅容一人通行的石磴小径，就是有名的“一线天”。

景予飞正想过九曲桥，许小彗将他拉住了，也不征求景予飞意见，就向桥畔一侧一个代客照相的遮阳伞下的摄影师招了招手：帮我们来一张吧。

伞下立刻跑来一个喜滋滋的老头，指挥着他们以桥为背景合影。景予飞僵在那里，心里颇觉犹豫，有心拒绝，可是看见许小彗兴奋得像孩子般红光满面，又开不了口；转念再想，照就照一张吧，一般男女朋友或同事之间，照个合影不也是常见的事吗？

于是两人便倚着桥栏，摆好了姿势。为了避免不必要的麻烦，他刻意把身子站直，两手插在裤袋里，脸上也笑得很是节制。不料许小彗一把就抱紧了他的腰，还把头依偎在他的怀中，露出一脸阳光般幸福的妩媚。

这样不太好吧？景予飞婉转地表示了自己的担忧。

有什么不好？许小彗依然抱住他，笑眯眯地看着镜头。

毕竟我们还……万一让你家人看见的话……

没关系！

话音未落，耳边咔嚓一响，一切已成定局。

事已至此，景予飞不便再说什么，默默地付了钱。回过身来准备写邮寄的信封时，许小彗却已在一边写好了。景予飞见她写的是自家的地址，不禁又有点担心起来，许小彗挥挥手：没事。我家人不会拆我信的。

景予飞于是又闭上了嘴巴，心里却更加忐忑了。

两人手挽着手走过九曲桥时，眼前出现一块红漆大字的石刻：漱玉泉。

石刻下有几行黑漆小字：漱玉泉系因耳湖下丰富的沼气不断上涌而形成。一串串不断涌起的气泡好似一串串美丽的珍珠，向人们送来无尽的祝福。更妙的是，不断涌腾于水面下的无数细密的气泡，仿佛是一张宽厚的气垫，但水面上看起来依然平静。传说湖底有条青龙，气泡正是它的呼吸。谁若将硬币放在水面上而能漂浮不沉，青龙会保佑他和家人都平安吉祥，并满足他许下的美好心愿。

景予飞念念有声地看完说明后咧嘴一笑：看来，想托青龙之福的人还真不少哪。

他指的是身后的水面下那白花花一大片静静沉落着的分币。

他一时兴起，从崖边找来根枯树枝去搅那些分币，不料许小彗一把夺下他的树枝：别这样！那里面躺着好多人的美好心愿哪！

你还当真啦？景予飞不以为然地看了许小彗一眼，不禁大发感慨：巴掌大一块水面，有什么青龙嘛，还满足什么心愿！难道你不知道，世界上根本就没有龙这种动物，那不过是先民想象出来的一种图腾罢了。什么四海龙王、泾水龙王、《柳毅传书》的，也统统不过是些神话传说而已。子虚乌有的东西，能满足什么心愿？把它当真的人，纯粹是迷信。或者就是脑袋愚昧，思维不会转弯！好玩的是，中国人的龙情结还真是发达，仿佛见庙就想烧香，见块有点意思的水就想到龙。而说到龙，就想来求这求那！其实这地方不过是周围丘陵水系形成的一个小小潟湖，底下冒点沼气，也来附会出什么青龙。这么点大的水面下就是真有条青龙，它又能有多大能耐，竟能够满足芸芸众生的愿望？比如我想当皇帝，它就能让我当皇帝？我想长生不死，它就能让我长生不死？

那当然不行，你不能太贪心嘛！

不贪心？那我希望它保佑我升官发财总可以吧？或者，今晚就捡到哪怕是五块钱也好呀……

许小彗赶紧捂住了他的嘴巴：行了行了，我知道你读书多，见识大，不愧是科普工作者。可你也别太认真了。这些许愿的人，多数也是试着玩玩而已。真信的人呢，多少也有点心理安慰，不是蛮好的事吗？好比我妈，去年是她的本命年，系了条红腰带还一天到晚忌这忌那的不安心，后来我又给她买了个红肚兜，她就感觉轻松多了。一年下来，还真是平安无事呢！

说某种做法有点心理安慰我信，但你这种一年下来平安无事是系红腰带辟了邪的说法，我还是没法苟同。本命年不本命年的说法在我看来，本来就是“世上本无事，庸人自扰之”而已。因为它压根儿就没有任何科学道理。而且，属相不过是东方人的一种文化习俗，西方人就从来没有这一套瞎讲究。至于年代啊，历法啊，也完全是一种人为的时间划分，并不是真有那么一个与猪有关或与狗有关的“年”的存在，谈何本命年不本命年的？世世代代的西方人从来不讲这一套，更不会特意系什么红腰带，他们死绝了，或者都中邪了吗？最滑稽的是穿红辟邪的说法，要多幼稚有多幼稚！你想嘛，就是真有什么本命年不吉利、坎坷多的规律的话，那么这个能影响人的命运、吉凶的“邪”，一定魔力非凡。既然魔力非凡，一点红颜色就能把它吓倒了？何况，真要是一根软不拉叽的红腰带就能驱散的“邪”，本身又能有多大法力，你又何惧之有？

哎，你这么说倒是有点道理，一般人真不会这么想问题的。许小彗咯咯笑起来，一边笑一边满脸敬慕地轻捶着景予飞的肩：你这个人哪，头脑还真是不一般哎！我敢肯定，你将来一定会有大出息！不过你啊，有时候也实在太顶真了点。看你看你，又皱眉头了！你就不怕老得快吗？其实呀，我还就特别喜欢你这份顶起真来傻里傻气的劲哎！

话是这么说，可是两人离开泉边没几步，许小彗还是恋恋地站定了：不管怎么说，我还是想许个愿。就当是玩玩不行吗？

景予飞对这种名堂当然没兴趣，但见许小彗一脸的虔诚，又不忍拂她的兴，便从口袋里摸出几个分币给她：那你就玩玩吧。我说过了，真能浮起来，也丝毫说明不了任何问题。

许小彗早已俯身到水边，小心翼翼地将分币轻轻地置于水面上。可是一连两枚都迅即飘飘摇摇地沉入水底，和那一大堆白花花的分币做了同伙。

许小彗显然是当真的。眼见得她的脸色已变成了一张白纸：不算的不算的，一二不过三，第三次才算数的。

说完，她双手捂胸，念念有词地默祷了几句什么，屏住呼吸又放上第三枚分币。这回，那枚分币居然真的像一片叶芽般在水面上漂了起来——哇！成啦成啦！许小彗拍着手，开心得双脚都跳了起来：你看你看！它真的浮起来啦！

话没落音，分币又晃晃悠悠地沉入了水中。

许小彗一把拉住景予飞的胳膊，使劲儿地摇晃着，眼角边竟溅出两点泪花：你看见了吧？你亲眼看见它浮起来过了吧？后来沉下去应该是没关系的了，谁也不可能让它永远漂浮在水上的，能浮起来就应该算是应验了吧？那个说明上也没说它要浮多少时间才算数嘛！

景予飞赶紧安慰她：没错没错，我亲眼看见它浮起来的，当然应该算数的。只不过，你到底许了什么愿啊，这么当真？

当然是关于我们俩的。在天愿为比翼鸟，在地愿为连理枝。唐玄宗和杨贵妃不是也在长生殿许过愿吗？

许小彗突然紧紧捂住自己的嘴，不安地看着景予飞：虽然他们后来……可不管怎么样，他们的感情是千古流芳的。谁能说他们现在不是一对快乐地飞翔在天堂里的比翼鸟呢？

景予飞骤然感到一阵心绞。他含含糊糊地应了一声，拉起许小彗往山坡上走：天不早了，我们到亭子上看看吧。

上半山亭需要经过一线天。好在此处的一线天不过是一种附会的说法而已。两面石壁中间的通道虽然不宽，但并不陡，高度也不过十来米。只是那些石磴砌得有些马虎，大大小小，厚薄不一，凹凸不平。有些还被周围树木蔓延过来的裸根覆盖着，且因崖壁的渗水而变得湿滑，踩上去不小心摔下来可不是玩的。

景予飞拉着许小彗的手，自己在头里先走。没走几步，许小彗就不动了。景予飞回头问她怎么了。她闭着眼睛说路太难走，她害怕。景予飞说这路又不险，有什么好怕的？许小彗眼中闪出一线黠光：你不怕就背我嘛！

景予飞想了想说：背就背。他真的俯下身子，许小彗也就真的伏在了他的背上。

景予飞吃力地挺直身子，刚迈上一个石磴，许小彗却又咯咯大笑着让景予飞放她下来。景予飞不理她，顾自往上走。许小彗咚咚咚地捶着他的背，硬是从他背上挣脱了下来：真当我这么娇气啊——我只是想看看，你心里到底有没有我。

说着，湿热的嘴唇又把他嘴唇紧紧裹住，发出叭的一声响：真想把你一口吃下肚！

景予飞一时闪开去，佯装没听清道：你说什么？

恨不得把你吞到我肚皮里，这样你就永远也不会离开我了。

开玩笑，我有什么好的嘛……半晌，景予飞试探地说。

就好，就好，就好！说着她又把嘴唇贴了过来。景予飞的心更紧地缩起来，不由得直往身后躲，直到倚在石壁上，闷闷地喘开了粗气。

许小彗诧异地凑上来，抱住他说：怎么，你不高兴啦？怪我不好，把你累着了吧？

景予飞终于下定了决心。他顺势抱紧许小彗，嘴凑着她耳根颤声道：不对不对，你没有错。要怪都得怪我，早就该把话说清楚的，而我……也是心有余而力不足，不，应该说是……一心不能二用，请你一定要体谅我！

你这是什么意思？许小彗霍地挣出景予飞怀抱，两眼睁得大大的，像一只猝然受惊的兔子，直愣愣地逼视着景予飞。景予飞赶紧躲开她的目光，期期艾艾地又不知该怎么说了。

太阳开始滑落，像一只硕大的灯笼，红红地栖在耳湖对面起伏的山巅上。山腰间那一大片苍郁挺拔的杉树林上空，不知从哪儿飞来一群灰喜鹊，看上去起码有五六十只，吱吱呀呀地互相招呼着，上上下下盘旋着，在平滑如镜的水面上留下一串串姿影；随即又在枝杈间起起落落着，似乎是要归巢了。景予飞忽然浮起无限感慨，不禁喃喃道：你看那些鸟呵……有时候想想，这人哪，还真不如做一只自由自在的鸟呀，看它们亲爱友善、无拘无束的，多好……

可是许小彗显然已意识到了什么，根本无心听他的感叹，甚至头也没回一下，她脸色苍白地使劲儿搡着景予飞，催他快把话说清楚。

景予飞倒觉得心里平静了些，于是把自己和喻佳的关系和盘托了出来。而此时，他却再也看不到许小彗的表情了。他没讲几句，许小彗就一个大转身，背对着他，深深地垂下头去，仿佛要逃避什么似的，紧紧咬着一根手指，再也不看他一眼。景予飞多次歪过头去，想看看她的表情，她却又坚决地转开身去；景予飞想去搂她，反被她狠劲一下推倒在石壁上。景予飞越说越没底气，声音也渐渐低了下来，但他还是硬着心肠，把自己认为该说的话说完了。

骗人！许小彗突然迸出一声尖叫，把景予飞吓得打了个哆嗦：鬼才信你的鬼话呢！

我以我的人格起誓，刚才说的没有半句假话。

人格？你还好意思说人格？那天晚上你怎么不说人格？你有人格，怎么可以对我做那种事？那种事是一个正经的人、一个有人格的人随随便便可以做的吗？而且，假如你说的都是真的，后来那几次你怎么还是只字没提什么喻佳？什么早和她谈了五年了……现在你玩够了我，倒来跟我说什么人格了！我跟你说，你看错人了。我可不是个随随便便的人，任你玩，听你骗。你应该很清楚，我从一开始就是认真的。刚才在泉水边上，还掏心掏肺地许愿……

这我知道。正因为我越来越感觉到你的真心，不忍心让你受到伤害，所以才把实话告诉你——不信你可以看看这个。景予飞说着，从胸前掏出他特意带来的一本小相册。那上面都是他在过去几年里和喻佳的照片，有合影的，更多的是喻佳的单人照。他刚要打开，许小彗一把夺过去翻开来，刚看了几张，她的脸又扭歪了，红一阵白一阵，随即哇的一声恸哭起来，一只手抹着泪，另一只手则紧攥拳头，雨点似的直往他肩膀上捶。

你别哭，你别哭，你……你冷静点好不好？

虽然早就预感到今天的摊牌会有一些麻烦，但真的面对许小彗的反应尤其是眼泪时，景予飞还是感到十分意外。他完全乱了阵脚，慌得张口结舌，不知说什么好，也不知做什么好，只好下意识地去搂许小彗。不料脑门上啪的一声，被许小彗用相册重重地敲了一下。景予飞想去接相册，脑子一阵迷眩，相册掉在石磴上，又跳到下边的泥沟里。他扑过去捡起来，相册上已沾了些许泥水。他还没顾上擦拭，一扭头才发现许小彗已经飞快地跑开了。那身影矮小却敏捷，一跳一蹿的，活像一只拼命逃避恶狼的小羊。

许小彗，许小彗你别走呀！小心，小心地滑……

可是，许小彗已经像一只受惊的岩羊般，跳跃着，转眼就跑到了九曲桥上。景予飞追了几步，蓦然怔住。但见许小彗抓住桥栏上面的栏杆，双脚蹬在下面的栏杆上，做出一个投湖的姿态，厉声道：你敢过来，我就跳下去！

你……你千万别动！千万别跳！好好好，我不过来，我保证不过来，你看你看，我就在原地等你。你冷静点好不好，有什么话都可以商量，千万别做傻事！

许小彗狠狠地啐了他一口，一溜烟地跑过九曲桥，很快消失在对面的林间小道上。

4

三天过去了。

五天过去了。

许小彗毫无动静。

越是这样，景予飞的神经就绷得越紧。因为许小彗那天回去后到底是怎么想的，他不清楚。而不确定性是相当磨人的。他不知道她现在到底在想什么。虽然他直觉事情不会就此了结，却又不由自主地希望这就是结局。虽然他希望这就是结局，却又不由自主地希望至少不是这样的一种结局。

白天，景予飞坐在办公室里，在人前像模像样地办着事，实际上眼睛几乎就没落在纸面上。脑后稍有动静，他便会紧张地扭过头去，既期望又不希望看到许小彗出现。上食堂或者到大院外去办什么事，他也会警觉地四下窥探，总觉得许小彗会在哪棵树下或什么拐角处等着他。晚上在寝室里还是什么都做不成，看书更心不在焉，时不时地会打开门看看，许小彗会不会又悄悄地站在门口。经验告诉他，许小彗是可能这么做的。

科技馆只有一部电话，安在走道尽头的小木几上，供所有人公用。电话外面加了个木盒子，白天盒子开着，傍晚下班时，办公室主任回家时会将盒子的拨号盘锁上，这时的电话就只能接听而不能向外拨打了。以往景予飞对它的存在并不太在意，因为人生地不熟的他极少会接到电话。现在，他却对它多了一份特别的关注，一听到铃响就冲出去先接，生怕万一许小彗打来电话让别人接到。而别人先接了电话，他也会支起耳朵留意着，猜测会不会是自己的电话。他这么牵挂着也不是没根据的，去耳湖前许小彗就曾打过几次电话给他。

但是没有，电话没有，信也没有，人更是没有半点踪迹或声息。

也许这就是她的性格吧？真的像彗星一般独往独来，来得轰轰烈烈，去得干脆利落？再说，事情本来就只能如此了。她又是聪明人，要强而不愿意示弱的人。我的情况都摆得明明白白，态度也坚决而客观，并无商量的余地了。她就是一万个不情愿，还能怎样？爱情不像做买卖，可以讨价还价，或者是两国交兵，可以打打谈谈。爱情是两厢情愿的事，你爱我，可以，但我不爱你，或者说没法爱你，你总不能逼着别人把心切一半来遂你的意吧？而我，未免也太高估了这件事的影响。虽然我和她是发生了肉体关系，但那并不是我欺骗的结果，而是她主动找上门来的结果。虽然我没有及时告知她真相，可是在那种彼此并没有确定什么的情况下，几乎就不可能多说什么嘛！况且，就是我不好，不是也及时止步了吗？现在是什么年代了？改革开放了，人的观念和承受能力每时每刻都在发生着重大的变化。许小彗不是自比彗星吗？她总不至于像一般人那样过深地受制于从一而终之类的传统道德观念的束缚吧？她对我肯定是有感情的，但这么短短的几天，这份分明是一厢情愿式的感情又会深到哪里去呢？她对此变故无疑是不情愿的，但也至少应该比世俗之人多一点心理承受能力吧？何况，你真以为自己是什么人吗？这世上好女人多得是，许小彗虽然长相挺好看，又这么年轻，但真以为人家会像呆子一样，只会吊死在你这棵树上不成？

东想西想，自圆其说间，景予飞的心慢慢安定了一些，虽然直觉还在提醒他，事情恐怕没他想象的那么简单。其实现在景予飞最担心的不是能不能和许小彗分手，而是希望能尽量减少对她的刺激和伤害，从而也最大程度地减少自己的内疚、愧怍和惶惧之感。他的愧惧源自自己内心固有的某种道德感，也与社会环境密不可分。虽然1981年的中国，思想解放风生水起，经济改革如火如荼，但观念领域的许多禁区和忌讳依然如铁幕深垂，极大地制约着人们几乎所有的思想言行。尤其对于“男女关系”，其认知仍可谓极端敏感，它依然是道德之大防所存焉。对此，景予飞这个年纪的人，潜意识里不可能不有所浸润而戒备或自制，其七情六欲之本能虽可能逞露于一时，“道德感”却更可能制约其一世。因此，在与许小彗的关系上，尽管他不断地自我开脱，心中却始终笼罩着大大的阴影和压力，终觉得无论这事是不是自己主动引发的，自己作为男人，在这事上是做得不当的，于情于理都是亏欠的。虽然自己还没结婚，但是一个有了固定女朋友的人，再与别的女孩发生性关系，从大义上来说，是不道德的，私下说也是少年轻狂，纵欲发昏，怎么说也是对许小彗的不负责任。而且，怎么就那么轻率地走到那一步，又那么仓促地就葬送了许小彗的希望（可是不“仓促”的话，岂不是更不好吗）？或许，真像她所说的那样，在第一个晚上就把自己的实情和盘托出，对她的伤害也不至于这么大吧？

他总觉得自己在这事上应该，也可以处理得更好些。

许小彗骑在栏杆上作势欲跳的情景，像电影里定格的镜头，在他的心屏上闪现。真没想到她会有如此剧烈的反应，会如此刚烈而执拗。恐怕她只是威胁威胁我而已。但万一她一时失控真跳下去，或者，这几天里，她又做出别的什么糊涂事来可怎么得了!

他这么想也不是空穴来风。许小彗的性格里有许多逐渐显露出来的特质让他越来越感到自己缺乏驾驭她的信心。就说那天耳湖分手的事吧。本来他以为许小彗只是一时任性跑开去，等一会儿还会回来，或者会在汽车站等他一起回去。没想到他紧跟着她的踪迹追到汽车站时，却怎么也找不到她的人影。他问了站上的人，先前并没有汽车发出，于是就在站上等，直等到天黑透了，仍然见不到许小彗的踪影，最终，只好忐忑不安地独自坐末班车回去。

这也是他这几天一直特别不安的原因之一。难道她那天没坐汽车，独自走回去了?从耳湖回市区有十来公里远呢。

五天过去了，什么音讯也没有。这说明什么呢?至少说明她没有做傻事吧，否则，最起码她家里人早就找上门来了。就算她家里人可能不知究竟而没有来找他算账，报纸电台和周围人的表现，也没有任何异常迹象呀?

看来是我多虑了。事情就这么个事情，顶多像一块石头。石头再大，落进水里不过溅起些或大或小的浪花来;炸弹才可能血肉横飞，惨不忍睹——这么件事情，再怎么也成不了炸弹吧?

可是景予飞很快就听到了轰隆隆的爆炸声。虽然那只是他心理的震荡，但却再清楚不过地证明了，他所面对的这个人，这件事，绝对不像一块石头落水那么简单。或者说，就算这是一块石头，也是颗从天而降轰轰烈烈把地面砸出个泥浪翻飞、人仰马翻的大陨石!

中午时分，大家都下班了。景予飞端着搪瓷饭盆正想去食堂时，迎面看见局里收发室的老吴头举着封信走过来，笑眯眯地递给他。这个明显有几分诡异的笑容首先就给了他一个不祥的直觉，老吴头的话更让他一下子面红耳赤:

你的信，刚送来的。小姑娘蛮漂亮哩。

他立刻明白了怎么回事，含含糊糊嘀咕了一句，接过信便迅速塞进口袋里，假装没听清老吴头后面的话，扭头就跑出楼道。看看四下无人，一哈腰钻进路边的树阴里，立即摸出信来。信很薄。信封上只写着“烦交景予飞先生亲收”几个字。那是他第一次看见许小彗的字体，从此这字体便刀刻斧镂般镌刻在他脑膜上了——许小彗的字迹一个个都像是小人儿般紧紧站列在一起，有的高些，有的矮些，却几乎是一样的虽然细瘦、稚嫩，却都昂首挺胸，倔强无比。

这第一印象再次证明了他的某种判断。他对着阳光仔细看了看信的封口，看不出拆动的痕迹，心稍稍平静了些。然而，撕开信刚瞥了一眼，脑袋里就嗡地一响，仿佛真有颗火光直冒的陨石在自己头顶炸落。

一整页信纸上只有歪歪扭扭大小不一的十几个字和好几个惊叹号：

我做不到！我离不开你！我要和你好好谈谈！！

令景予飞心惊肉跳差点晕倒的还不是这几个字句，而是那些字和标点，统统都是褐红褐红的，也就是说，这是一份血书！

天哪！用血写的？有这个必要吗？这哪里是要求？更不是请求，而是……是命令！哦，她怎么这样啊？看那副模样，她可是一点儿也不像个烈性子的人啊。这下麻烦大了……

饥饿感早已烟消云散。他打消了去食堂的念头，掉头走出了大院。

街上和往常一样，人来人往，车流喧哗，汽车的尾气和它们卷起的尘埃，让每个行人都捂起嘴巴或皱起一张苦巴巴的脸。正是午饭时分，人们步履匆匆，目不旁顾。但是景予飞却觉得似乎有很多人都在诡异地打量着他，悄悄地指点着他，甚至还有人捂着嘴窃窃地发笑。头上的太阳也不知从什么时候开始变得黯然失色，视野里一切都灰蒙蒙的，显得那样失真，那样不怀好意。但他还是强打起精神，努力在人流中搜索许小彗的身影，但毫无踪迹。

他停住脚步，倚着一棵法国梧桐发了一会儿愣，不知道自己该何去何从。插在裤袋里的手又触到了许小彗的来信。他下意识地又摸出来看，这才惊愕地发现，信的另一面，还有一大片用圆珠笔密密麻麻写就的小字：

我不是傻瓜，一开始就怀疑，我爱你而你不爱我！但是我找不到理由，也想不通我做错了什么，老天爷才让我这么不幸，让你对我侧目而视，对我看不顺眼，就像从一面破碎的镜子里看我一样。我不甘心，我就是不甘心。因为我从第一眼见到你之后就没有办法地爱上了你。我爱你身上所有的特点，不论是好的，还是坏的。我爱你的每一句话，每一个笑容和每一个动作。虽然你看起来并不算太英俊，但是我爱你的智慧和才华，这一切都对我十分珍贵，在我心里再没有任何人可以超过你。

那天夜里，那个可怕的夜晚，我不知怎么回到的家。我一分钟也没有合上过眼睛。我什么也没对家里人说，什么也想不清楚。

回忆中只有我们短短的相处中一串串的片断和想法，我们的共同点和不同点，你的每一句话和每一个笑容。这一切在我脑海中飘飘而过，又反复飘回，像是夜空中的一颗颗流星。我也想要狠狠地抽你一个嘴巴，再昂起我受伤的头，骄傲离去。但是最终的结果我还是不得不承认，我只能老老实实地爱着你。我还想象着你也是真真实实地爱我的。这是一份多么合乎我们心意的难得的爱情。世界上简直没有任何东西可以相比！我们心心相印，就像早晨树林里的鸟鸣一样，和谐自然。包括头上的青天，天空的白云和地上的树木，都希望我们真诚相爱，白头到老！

可是，为什么你就不能放下架子，真心爱我一点点？为什么？为什么？

——为什么，我不是明明白白告诉你了吗？你怎么还这么固执？而且，这根本就不是架子不架子的问题。就算是没有喻佳，至少到现在，我也没法和你心心相印！

景予飞心烦意乱地在心里嘀咕了一阵，挨了火烫一般团起了信纸。心头愈加无助地呆愣了片刻后，垂着头拐进了附近一条僻静些的小巷，心神迷茫，步履僵硬而漫无目的地一阵乱走。身后，一只瘦长而委顿的土狗无奈地紧随着他，沿着高低错落的白灰墙边走了好一阵子，才慢了下来。

5

天刚黑下来，一直在科技局院门外的梧桐树下焦灼徘徊的景予飞果然看见许小彗出现在大院对面的石拱桥上。

他立刻迎了过去。

两个人对了下眼神，景予飞并没有返回大院，而是快步超过许小彗，越过石拱桥，隐入对面的巷子里。

许小彗悄无声息地跟了上去。

走到护城河边上的树阴下，景予飞才放慢脚步，回头招呼了许小彗一声，并解释说，最近晚上常有人留在单位加班，在宿舍见面不太方便。

这个没关系。许小彗说话时眼睛看着身边的水面：在哪儿见都一样。她的声音有些嘶哑，表情却比景予飞想象的平静得多，只是没像往常那样主动去挽他的胳膊，而与他保持了一小段距离。借着路灯的光照，景予飞偷眼细看，心又抽搐了一下。她的气色与前些天大相径庭，脸色异常苍白，以前叮咚叮咚泉水般不断翻涌的笑容，也像是被两天来重又来袭的寒流冻住了，脸上僵硬而萎黄。整个感觉，她就像变了个人似的。

下午快下班前，魂不守舍的景予飞终于接到了许小彗的电话，说是晚上会来看他。景予飞刚应了一声，她就挂断了电话。霎时，景予飞眼前却掠过老吴头那暧昧的笑语，顿时担心起来，目前这种情况下再在寝室里见她，既不合适也没那个心绪。于是他早早到食堂吃了点饭，就一直在院门外等着许小彗。

对此，许小彗毫无异议地配合，倒让景予飞感到了几分宽慰。

可是许小彗接下来的话，却又让他的心揪了起来：

不管你相信不相信，我真的不想为难你。这几天我一直在挣扎。夜里根本合不上眼睛，只好爬起来在房间里转；白天勉强去上过两天班，可是眼前总是一片漆黑，怎么也看不到光明……做不到，我根本做不到，我没法欺骗我自己！我不可能离开你！遇到你，是老天给我这辈子唯一的机会，我决不会放过这个机会！

话可不能说得这么绝对。我们的相识其实还是很偶然的，相处的时间也不长。当然，分手对你来说确实是残酷了些，所以你的心情，我也能想象得到。一下子要接受自己不情愿的结果，谁都难以做到。其实，这几天我也很难受……景予飞吭哧吭哧道。

你有什么好难受的？一切都是我的错，鬼迷心窍了，没头没脑地跳进陷阱里！

怎么是陷阱呢？我真的不是刻意在伤害你，或者故意利用你的情感。这一切对我也活像一场梦——它真要是场梦倒好了，大家都不受伤害。

哼，就知道你会这么想。你的目的达到了，正好轻轻松松地甩开我。我不希望这是一场梦。不，就是梦我也要让它变成现实。因为这是我这辈子活到现在的第一次真情，一旦失去，就不可能再有下一次了。所以，我不能就这么真的像颗流星似的灰飞烟灭。

别这么想好不好？就是我们不怎么了，你也不至于就会像流星那样灰飞烟灭呀，你的生活天地还大得很！实话讲吧，你这样的想法和那天差点跳湖的做法……都有些极端呢。今天那封血书，也让我很害怕。真的，我绝对没有想到会是这样的结果。我们的相处虽然短暂，今后还可以是……朋友，或者兄妹。

兄妹？朋友？亏你说得出来，兄妹和朋友能是我们那样的吗？

我是说……

你什么也不用说了。我就想听你说一句话：你真的就这么狠心吗？真的非要甩了我吗？

这不是甩不甩的问题，而是根本就没法子的事情。或者说，爱莫能助……

好的好的！总算又听到你说到了“爱”字，这可是你自己说的！那好，我再问你一句，从头到现在，你心里对我有过哪怕是一丝一毫的爱吗？

……怎么说呢，一切都那么短暂。而且，如果没有喻佳的存在，如果我们有可能友好相处或有更多时间……至于现在……我想应该是有过的。但是，这和我跟喻佳的感情是不同的，毕竟我们谈了五年了，双方家里也早就认定了。如果不是我借调来藩城，我们可能都结婚了。站在我的立场上，你试着想想，我怎么可能抛弃她而……

又来这一套了。难道爱情也有先后的区别吗？难道爱了五年和爱了五天也有什么不同吗？一个人要是真有爱心，有什么不可能的？下个狠心不就行了？

听到许小彗的歪论，景予飞心里陡然涌起一股强烈的反感，差一点就想说：你这种话未免也太偏私了，如果我能对喻佳下个狠心，为什么就不能对你下个狠心？但是他清楚这话是说不得的，尤其是对许小彗这种性格的人来说，除了引发更大纠葛，使事情更复杂化，更难了断，什么作用也不会有。但究竟该怎么说才好，怎么才能真正说服她，心里乱哄哄的他，一时又想不出更好的话来。于是他选择了沉默。

没想到，许小彗竟像是得到了某种允诺一样，突然扑上来，一下子搂住了他的腰，而且搂得是那么紧，浑身明显地颤抖不已。答应我，答应我好吧？她不停地央求着。

景予飞想挣开她，但还是忍住了，话音却明显焦躁起来：答应你什么？我能答应你什么嘛！

从头开始，一切都从头开始。就当我们俩没有过任何关系，你和她也没有过任何关系，我们三个人都从头开始，这总可以了吧？哪怕你试着再爱我一回也好。好不好？好不好嘛！

你的意思是……什么从头开始？事情都明明白白地摆在那里了，怎么可能从头开始？真当有谁可以把梦境变成现实吗？

我不管！你也别给我装傻！我明明白白告诉你，从今往后，我也不会再让你装傻的！

不是我在装傻，而是你真的太傻了。明明知道是没有结果的事情，我不过是一个再平庸不过的男人，何苦还非要吊住这棵歪脖子树不放呢？

没错没错。天下大树好树英雄树多得是，可我就是只看上你这棵歪脖子树了——就这么说定了！

说定什么啦？

景予飞当然明白许小彗的意思。若要反驳，他有无数词藻来反驳；若要否定，他有无数雄辩的理由。可是，他还是无奈地又堕入了自己性格的某种泥淖，仍然采取了自以为和缓或委婉的言词。没想到许小彗不容他多说什么，烦躁地捂住耳朵，大喊一声：我不听！我什么也不想听了。紧接着，竟然一个转身，就此走了！

景予飞怔了半晌才回过神来，急忙去追她。却见许小彗已小跑起来，很快就隐入了护城河边的树丛中不见了。

这下，景予飞真的有点傻了。

她这是什么意思？什么就这么说定了，我和她说定什么了？简直就莫名其妙嘛！

6

真正莫名其妙、一头雾水而摸不着头脑的是喻佳。

从早晨起床开始，她就感到一种难言的压抑感。心里沉甸甸的，似乎有什么解不开的心结梗在里面，细想却想不起最近有什么值得自己不安的事情。但就是提不起精神来，喉咙里也总好像粘着片菜叶子，咳不出又咽不下，以至呼吸也明显不畅，时不时地便要深深地吸一口长气，这才稍稍松快一些。骑车上班的路上，她感到自己找到答案了。今天的天气也太阴沉了，气压显然极低，欲雪非雪的，暗无天日。湿滞的雾气裹挟着尘埃般弥散不开的浊气，把灰蒙蒙蠕动着的行人和没精打采的行道树都埋没成一团。天空就像一口黑沉沉的大锅倒扣在城市头上，半空里还飘浮着零零星星的细碎雪花。不是吗？这种似雪非雪的天气，鬼才振奋得起来呢。

可是很快她就明白真正的压抑来自哪里了。

大约十点钟的时候，那个女孩在喻佳的办公室外露了一下脸，喻佳看了她一眼，不认识，见她没进来的意思，就埋头忙自己的事了。可是没多会儿，她又出现了，这次是侧着身子站在门外，歪过头来专注地向里探视。喻佳的视线投向她，她就把视线挪开，却仍然不开口，也没有进来的意思。

喻佳办公室里还有一个同事，今天出去办事了，喻佳以为是找他的，也就没搭理她。

可是过了好一会儿，她再次抬起头来，发现那女孩仍然没有离开的意思，忍不住就迎向门口，问她是不是有什么事情。女孩淡淡一笑点了点头，说的竟是：找你。而且，目光更加专注地上上下下审视着喻佳。

喻佳奇怪了：我不认识你呀？

女孩平静地说：你就是喻佳吧？我一看就知道是你。我刚从藩城来。景予飞告诉过我你的情况。

喻佳“哦”了一声，再一次深深地吸了口气。她努力抑制着突然怦怦加速的心跳，也认真地打量了这个女孩一番，试探道：是他让你来的吗？还是……他没事吧？或者，你们是同事？他让你带什么东西来？

不是，都不是。他现在很好，你尽管放心。但是他不知道我要来。我想和你谈谈可以吗？你这里可能不太方便吧？找个地方我请你喝茶吧。

喻佳觉得两条腿有些发飘，恍若坐在一条动荡的船上。但她仍然努力保持着镇定，用力点了点头，甚至，还显得相当友好地笑了一笑。许小彗立刻转过身去，脚步嚓嚓响着，一溜烟地下了楼。喻佳踌躇片刻，到隔壁跟同事打了个招呼，关上门跟了出去。

街上亮了一些，但感觉比先前冷了许多。风也明显大起来，一阵一阵地把枝头残存的枯叶扫下来，在地上无奈地打着旋儿，与纸屑和废旧塑料袋等乱七八糟的垃圾一起肆意飘零。风里还夹杂着一些不知是沙粒还是雪粒的细小颗粒，擦得腮帮子辣丝丝地生疼。喻佳暗暗叫苦：这人哪，一年到头怎么就没几天舒畅如意的日子？活脱脱就是自然天象的翻版，个人的意愿或者努力，根本左右不了它的变化。不是暑就是寒，不是风吹就是雨打，再不就是——看好了，保不准立马就又要来一场冰天雪地了……

喻佳裹紧头巾，走了好一阵，身子才停住了哆嗦，牙齿也不打战了。偷眼看看那女孩，她似乎根本没有冷的意识，穿得就很单薄，还没戴围巾。可能是不想显得比喻佳矮太多吧，她的身板始终挺得很直，一直有点示威似的高高昂着头。只是说话时，目光总有些闪烁，且有意无意地闪避着喻佳的目光。

喻佳渐渐感到不那么震惊了。

她们并没有进茶馆。

泽溪县文教局离城中心较远，附近除了几家机关就是普通店铺，没有茶馆。她们也并不想喝茶。两人就在一家店铺的背风处漫无意义地扯谈了一会儿，然后顺着大街慢慢向城中心踱去。而不多一会儿，那女孩（喻佳现在已知道她叫许小彗）就把想说的话都说完了，喻佳也完全清楚了她的来意。

她们实际上是一对敌人，还能喝什么茶呢？

途中，喻佳看见一处卖羊肉汤的小店，倒是问了许小彗一句：喝点羊汤暖和一下吧？这是泽溪的特色小吃，很好吃的。

许小彗毫不客气地翻了她一眼：什么烂东西，我才不吃呢。

喻佳有点尴尬，便不再说话。许小彗似乎也说够了。两人就那么僵在马路上，好一阵都不说话，似乎都对自己的何去何从感到迷茫。

许小彗并没有离开的意思，喻佳也不想粗暴地拒斥她。除了对许小彗的想法和行动感到幼稚、觉得有点可笑外，她并不觉得她有什么可憎之处。这个年纪的女孩自己才经历过，她很清楚对感情会有怎样一种狂热和偏执。她甚至有些叹羡她的坦诚、率真和大胆，换了自己再绝望也不可能有勇气直接去找自己的对手解决问题。当然，她也有些难以置信：他们才相处多久啊，居然就会有这么痴的情感和这么决绝的行动，而景予飞又是怎么个人啊，至今一丝风声也没向自己透露过，现在还置身事外，让我独自来应对这种莫名其妙的局面。你以为这事是闹着玩的？你等着！不管这事结局怎么样，我跟你也不会轻易了结！

她很少说话，一直在沉默地听着，只是在许小彗又一次明确要求她"放手"时，才十分坚决地（脸上还努力带着笑容）应了一句：你觉得可能吗？即使什么也不论，就说我和景予飞相处的时间也比你们长得多啊。五年多啊，其中凝聚着多少情感，沉淀了多少梦想，结晶了多少希望啊？更不用说其中还牵涉到他家和我家两个大家庭的喜怒哀乐、柴米油盐，说放就放？换了你，放得下吗？

许小彗显然没有想过这么多。她第一次显出了惊惶和绝望的神情，第一次直面着喻佳，放肆地死盯着不放，似乎要从她脸上抠出最后一丝希望来。

终于，她深深地叹了口气：你真行。让我没办法恨你。可是，我怎么办？我不知道怎样才能不去想景予飞。每一分每一秒都不行，至少现在还不行。

她说话的语气和眼神与先前已完全判若两人。

看着她那苍白而消瘦的脸色和被寒风吹得十分蓬乱的头发，喻佳差一点想伸手帮她理一理，手伸出去却移到了自己头上。她无奈地搔了会儿头皮，表示同情道：如果是我，恐怕也会这样吧。但是……喻佳本想说：那你就别去想他，也别去谈他，强摘的果子不甜，这世上好男人多着呢，诸如此类。但她立刻意识到自己的身份，明白这些话是不能从自己口中说出的，而且，也无须自己说。每一个失恋者都明白这个道理，但这并不是他们的良药。唯一的良药是时间，是对煎熬的承受，是寻找一切可能的发泄渠道尽情宣泄……景予飞你等着吧，够你喝一壶的了。

这一刻她真有些同情她了，但只是一瞬间。她很快就被从自己内心深处涌上来的厌烦和委屈淹没了：你们爱怎么折腾尽管去折腾好了，凭什么要让我来陪绑？走了这么长的路，跑了这么长的时间，她感到脚冷得快麻木了，心里更是冷得像冻了一坨冰，所以她希望尽快结束这个无奈而无聊的过程。

但是，许小彗就是没有丝毫离开的意思，两眼要么死死盯着地上，要么就翻啊翻地不时地睃巡着她。她只好使劲搓揉着面颊，径自往前走去。许小彗又紧紧地跟在她身边，不再说什么，却不时地偏过头来窥测她的神情。喻佳一看她，她立刻把头扭开去望天。这女孩怎么这样？我到天边她也跟到天边吗？

唉……她也怪可怜的……喻佳继而想骂：

景予飞，你怎么这么混账！

7

又拐过一个大弯，十字路口出现了县邮电局大楼，喻佳眼睛顿时一亮：对不起，我刚想起来。她对许小彗说：我要去给我妈打个电话，她最近身体很不好。要不，我们先就这样告辞吧？

可是，许小彗点了点头，却还是没有就此告别的意思，而是默默地跟着她进了邮电局大厅。喻佳索性不管她，真的到柜台前填了个单子。但她要的是景予飞的长途电话。不一会儿，服务员让她到6号通话间去。她走进去，关上门，拿起话筒前偏头看了看，许小彗就在隔间门外站着，若有所思地注视着她。她无奈地叹了一声，把身子转了过去。

麻烦你找一下——你就是景予飞吧？

是的，你是……喻佳，你好吗？

很好，好得不能再好了。听清是景予飞的声音，喻佳的鼻子骤然一酸，眼泪便断了线的珠子般一个劲儿地滚落下来。她一手撑着头，身子倚在电话台上，使劲儿闭住眼睛，任泪珠从眼角滑落着，同时竭力保持着语调的平稳：

我认识了一个新朋友，许小彗。她现在就在我身边。什么哪儿，就在这电话间外面……别喊了，老天爷也在我的头上，要是喊他有用，我早就喊了……什么意思，她的意思你还会不明白？……行了行了，你不用解释什么了。她都跟我说了。我的问题是，现在怎么办？我从单位溜出来好半天了，该说的也都说了，她就是没有离开的意思，打又打不得，骂又不管用，我该怎么办？对了，她还给我带了条兔毛围巾来，红艳艳、毛茸茸的，漂亮极了，看着就暖和。她自己的脖颈里却是空空的。你倒是给我出个点子，我该回给她个什么样的礼？不相干？是的，是不相干，别忘了我也和你不相干！我们到现在还不是夫妻，她的确没理由来找我，可是她就是来了，你拿她怎么是好？坚决？你怎么不坚决？你干的好事，却拿我做挡箭牌，她自然要来做我的文章……喂，你怎么了，干吗不说话了？

电话的另一端传来了他的声音：唉，我可能是有点拖泥带水，那是因为我不想多伤害她。我本来以为这事就这么过去了，做梦也想不到会有这么多麻烦。实话说，我现在也是束手无策。早知道她是这种个性，打死我也不敢沾她呀！现在也好，你知道我的处境了——我的意思是，你应该相信我，无论如何、无论有多大的压力，我都不可能选择她的……对对，都是我的不是。但是我也很难的啊！你现在也有点了解她了吧？你知道的，我这人狠不起来，尤其是对待她这么一个小姑娘。就是我真能跟她来狠的，说不定她也真会闹到我单位里去的，那我还能指望什么呢？当然，万不得已也只好破罐子破摔。不过，有些情况她跟你说过没有？据说她的身世是很特别的。她实际上等于是孤儿，生父母本是上海人，都是工程师，母亲还是个总工，“文革”中被下放到东北，生下她没多久，生父就患病死了。生母在天寒地冻的乡村根本无力抚养她，只好把她送给从藩城下放东北的一对工友，后来她就随现在的养父母落实政策回了藩城。养父母都是普通工人，又下放过，家境是很差的。就说住的那个地方吧，我前几天悄悄去看过，整个一个贫民成堆的大杂院。你可想而知心高气傲的她改变自己命运的愿望会有多强烈了……她生母吗？听说现在也落实政策回到了上海，但因为养父母不放心，她和生母的联系只能是偷偷摸摸的——说起来，她的命运也真够不幸的，想到这些，我就更狠不起来。再说，你有这个感觉吗？我觉得她的性格显然因为这特殊的童年而有着极其倔强的一面，相对来说，还是有点吃软不吃硬。所以我只能婉言相劝，力求和平解决。当然，我的基本态度是绝对明确、绝对不会动摇的……好好好，那就以后再说。现在……真是太委屈你了。要不，你让她跟我说话？

喻佳下意识地回了下头，结果吓了一大跳，许小彗的脑袋干脆已顶在电话间的玻璃上，耳朵贴着玻璃，竭力试图听到些什么。她赶紧把玻璃门关严些，并把话筒更紧地贴紧耳廓，不让她听见景予飞的话，自己也压低了声音：算了，还是我来跟她谈吧……我怎么可能不注意呢？难道你到现在还不清楚我是不是悍妇？好吧，改天我看看工作不忙的话，就请两天假过去一趟。不过，你可要尽快把事情处理好，我不想老搅在你们中间当陪绑客，何况现在看来，我根本和不了这个稀泥。

她放下话筒，回头再看，许小彗已经不在了。她松了口气。可是，当她结完话费走出邮电局时，却发现许小彗并没离开，就坐在门外的台阶上等着她。零星的雪花在台阶上融化成点点水花。她根本不为周遭的任何情况所动，两只手撑着脑袋，头深深埋在双膝间。两人目光相会的一瞬间，喻佳的心不由得抽搐了一下。不过间隔了十来分钟时间吧，许小彗的精神面貌明显变得更加委顿和憔悴。

但是，一旦面对喻佳，她的目光里又倏地射出几分刚烈而桀骜的挑战意味，喻佳不禁暗暗抽了口冷气。

时间不早了，要不我们找个饭店随便吃点什么再说吧？

我不吃。许小彗站起来，身子又挺得直直的了：我这就回藩城。

那么……不好意思，让你白跑了。我的意思是，有些事是可以通融或者谦让的。但有些事，任何人，包括你，我想都是不可能退让的，也根本没法退让，因为退让的结果可能会更糟。世道、人心，主观、客观，社会、环境，都是那么的复杂、可畏，所以大多数人会把自己的遭遇看成无可抗拒的天命……当然，我们都是女人，我知道你……

别假惺惺了好不好？以为我不知道你想些什么吗？我没兴趣听你的教训。老实说，我倒希望你今天跟我来横的。我的脾气你可能不知道，那样我是决不会轻易罢休的！现在，我承认你的涵养要比我好得多。但是……算了，不说这些了，景予飞刚才怎么说？

他说……你大概已经听见他的话了。他的意思很明确，恐怕你还是不能接受的。

哼！真羡慕你啊，他和你的心那么齐。那你就告诉他，这都没用！你们就是穿一条裤子我也不怕。我不会轻易被他甩掉的。早知道有今天，他就不该起那份贼心！我的感情更不是随便什么人都可以玩弄和践踏的！想这么随便就甩掉我？做梦！

这一刻，喻佳几乎不敢看许小彗的脸。她的脸色苍白异常却也决绝异常，眼睛里迸射着让喻佳不寒而栗的寒光：请你转告他——让他走着瞧！

说完，许小彗挥舞着的手猛地向下一劈，掉头就走。

你这就走啦？喻佳情不自禁追上去：我还想给你……要不把围巾带回去？

许小彗头也没回，啪地一甩手，把喻佳递过去的围巾重重地打落在地上。

喻佳捡起围巾，缩着脖子，一言不发地看着许小彗快步远去，直到再也看不到她的踪影才悻悻地往公交站走去。

可是，当喻佳坐的那趟汽车开出没多远，她却又看见了许小彗！许小彗一个人怔怔地站在路边，垂着头不知在想什么。

纷乱无序的雪花越发密集起来。

8

同样的雪花，此时也笼罩在一百多公里外的藩城上空。

此时此刻，景予飞的心情可想而知。但惶恐忧虑之余，一直被负疚和同情抑制着的怨恨和厌烦，却也火一样地蹿了上来。

这女人也未免太任性了，简直是蛮不讲理，简直是油盐不进的四季豆嘛！我都这么苦口婆心了，居然还痴心妄想地去找喻佳。幸亏喻佳还是很通情达理的，换了像许小彗一样的女人，知道了这情况，我还有日子过吗？你许小彗自己不也得碰个一鼻子灰？就这样你还不肯罢休，真当我是什么人啦？真当我们是怕你吗？归根到底，恐怕还是我表现得太软弱了，束手束脚的，反而给了她幻想的余地。接下来我决不能再对她太客气，不能给她半点希望。我们的关系说结束了就是结束了。你没有理由再来见我，或者再纠缠什么。看你能把我怎么样！还说什么走着瞧，走着瞧就走着瞧！牛不喝水你还真能强按头吗？

可是，想是这么想，一个人的个性和某种心理态势一旦形成，决不是轻易扭转得了的。转眼之间，景予飞的信心又消失得无影无踪，心里就像这糟糕的天气一样，狂雪乱舞了。尤其是夜里，一个人在床上辗转反侧时，景予飞还觉得一肚子委屈、一头的愤慨和有无数的理由，一旦天光大亮，睁开眼第一个念头却是：许小彗今天不会闹上门来吧？坐在办公室里，心里一波一波翻涌着的，又尽是烦忧与恐慌。

骨子里他还是渴望事情不至于变得太糟，他祈祷着能有个平和的结局最好。他投机地设想着许小彗不过是威胁几句而已，要不了多久，她还是会选择面对现实的。

实际情况好像也真是这样，许小彗嘴上喊得那么凶，但实际上她从泽溪回来之后，表现得完全就是另一回事。她给景予飞打过两次电话，但态度都出乎意料地平和，就像和景予飞的关系根本没发生过什么变化一样，只是要求来见见他，既不提她和喻佳见面的事，也没再逼景予飞表什么态。相反，每回还都不忘嘘寒问暖地关心他几句，说寒潮又来了，你一个人在这里，衣服够不够，要不要我给你送只热水袋来；甚至还说，我想给你打件毛衣，你喜欢粗毛线还是细毛线的？颜色是米色的好还是藏青色的好？对此，景予飞都语气淡漠（以示彼此的关系没有特殊的亲密成分）且又小心翼翼地找理由拒绝了。但心底里，他反而更添了几分狐疑和担忧，总怕许小彗是在耍什么新花招，却又猜不透她到底玩的什么把戏。只有一点是肯定的：事情不会就此完结。这从许小彗那种俨然仍然是景予飞什么人的姿态和语调里就能感觉得到。而这一点，尤其让景予飞极不舒服。

最磨人的，永远是事态的不确定性。

不知不觉间，一个多月就这么过去了。许小彗再也没有任何动静。其间，喻佳来看过景予飞，景予飞也回家过完了春节。虽然在喻佳来的那几天里，两人出出进进的时候，景予飞曾有好几次都惊出一身冷汗，恍然在身后什么地方见到许小彗的身影闪动，却都没有得到确认。他希望那是自己的幻觉。喻佳也认为那只是他做贼心虚、神经过敏。她还特意挽紧景予飞的胳膊，说，要是真被她看见我们俩，不更好吗？这样她就可以死心了。

景予飞却还是紧张地挣开了喻佳的手，说：你不知道她的，这样恐怕只会更刺激她的怨恨心，还是小心点儿好。但他心里多少还是有些庆幸的。暗想：看来，许小彗这人哪，表面上风风火火，甚至蛮不讲理，骨子里还是有理性的。毕竟她不是堂吉诃德，她只是个二十一岁的年轻女孩，一时的痴情任性难免，继续和风车大战的结果是什么，她终究还是看得到的。

谢天谢地！

谢天谢地！

9

然而，树欲静而风不止，命运很快就给了景予飞的侥幸心理一记响亮的耳光。事实更无情地向他宣示了一个残酷的预言：迄今为止，你的麻烦非但没有了结，而且恰恰只是一个开端——

元宵夜焰火的硝烟气尚未散尽，单位开始上班的第一周，年味也如街头零星响起的鞭炮一样意犹未尽。办公室里，长假后的同事都还在恋恋议论着春节期间的各种感受。已经颇觉轻松的景予飞也来了兴致，和大家谈开了自己在县城过年时，泽溪种种有趣的年俗和特色。不料刚有些忘乎所以之际，一位同事从外面进来，把一封信递到了景予飞手中。

只瞟了一眼封皮，景予飞浑身的汗毛就齐刷刷地竖了起来。

许小彗，三个字闪电一般划过脑海。他立即甩掉话头，找了个借口抽身离开办公室，一边快步向楼道外走去，一边颤抖着撕开了信封。

如先前那封血书一样，信上没有抬头，没有署名。内容厚实了些，言词依然是单刀直入，直奔主题而没有任何虚饰。那字迹则因为是圆珠笔写的，与血书感觉大为不同，一个个就像许小彗本人一样，硬戗戗的，透着骨子里的倔强与刚劲，而且书写时用力明显过重，个个字力透纸背，使黄黄的却很厚实的信纸背面摸着感觉指肚上糙糙的，不少字划穿了纸页。

我考虑了好久，还是决定把这个消息告诉你：我刚刚看到检验报告，证实我真的怀孕了。

不知道你是不是和我一样高兴。但我是高兴的，真的是太高兴了！这是耳湖的青龙对我祈祷的回应。知道你不相信这个，以前我也不太信，现在我彻底相信了！我现在天天祈祷的是，我要平平安安把这个儿子生下来。

但是我现在还不能和家里说，养父母是不会同意的，他们从来不和我一条心。天下所有的女人有了痛苦，有了委屈和不幸的命运时，也都不能和外人说，但最起码还可以有一个父母的温暖怀抱可以倾诉，可是我连这个港湾也没有！所以我来到了上海。现在，我那白发苍苍的苦命生母是我在这个世界上唯一可以相信的人。她和我抱头痛哭，她说我的命运太悲惨了。我不这样想。

我觉得我有了你的孩子，我就有了希望！我就得到了满足！

不要来找我，我现在不会见你。因为我知道你会怎么想。

坏了坏了！这下可真的在劫难逃了……

整个中午，景予飞粒米未进，也毫无饥饿的感觉，一直在大街小巷里没头苍蝇一般茫无头绪地乱窜着。不如此他就没法使自己的心绪平复下来。他坐不住，一分钟也坐不住，甚至停下来歇一会儿也没法做到。走一会儿，他就会找个背静的角落把许小彗的信再看上一遍，而实际上，他已经能背得出信上的每一个字来。那些字个个都像许小彗那尖尖的指头，幸灾乐祸地指点着他，戳得他心惊胆战。

天气晴朗得让人生疑。春节以来一直像老天的怨气般扣在城市和楼宇顶上的阴霾，此时被笑眯眯地直立在头顶上的太阳驱赶得无影无踪。街上树影幢幢，行人的影子则淡白得若有若无。杂乱的汽车的喇叭声，还有围在一家小店门口不知为什么而开怀大笑的几个女人的笑声，听起来也都飘忽而钝化，感觉阴阳怪气的。大街上的一切都显得那么怪异，甚至恐怖。

我上当了，我上当了！

这么要紧的问题，我怎么就那么轻易地置之度外了呢？

这女人太狡猾了，很显然，她一开始就留着这一手了！

这可怎么是好？这可怎么是好？

除了这些实际上毫无意义的言词，他的脑海中几乎如头上不见一丝云彩的天宇一样，一贫如洗。

什么叫大难临头？

这就是大难临头！

10

景予飞在怀疑自己一向坚定的某种信念是不是另有问题。

难道这世上真的存在着人类不可想象的超自然的力量，以一只无形的手在操控着芸芸众生的命运？一切都在上苍的计算机里预设好了，自以为人定胜天的人类唯一的出路就是顺从命运的安排，或者说，有时候简直就是种种的捉弄、戏谑或惩罚？

景予飞自认为是个很有理性的人，冲动和一时的放纵谁都难以避免，但有头脑的人，会凭借理智和知性，将种种感性的飞扬约束在一个可控或尽可能小的范围之内。所以，从一开始，哪怕在那个惊喜而迷乱的初夜，他在和许小彗的关系上就特别地存着一份小心，唯恐一不留神怀上孩子会惹上不必要的麻烦。就算是和喻佳，虽然两人的关系早就明确，但为了避免节外生枝，他们在同居时也从不敢掉以轻心，始终采取着必要的措施。

为了不影响健康，他们的措施主要是用安全套而基本不用药物，实际情况也证明这种效果是值得肯定的。问题是，安全套的来源在这个年头还是个颇让人挠头的问题。八十年代初的中国，安全套是由国营药店或单位的工会及妇女组织等有限的渠道免费发放的，不像后来虽然需要花钱，但却确保了你无论在超市还是街头的性用品小店，甚至自动售货机上都可以轻易地买到。那时可不成，钱不能买到的除了许多特权和公平、正义等人格权益外，还包括安全套。

按理说，免费发放应该是好事，实际上，恰恰因为无法购买而增加了人们正常获取和使用安全套的障碍。障碍自然来自心理禁忌。那个经济领域改革开放刚刚起步的年代，生活和道德领域的保守观念犹如厚厚的铁幕，几乎还看不到任何松动的迹象。尤其是性，可谓一切观念禁忌中的第一大禁忌。即使是合法夫妻，也得像做贼一样鼓起很大的勇气，才敢于在众目睽睽之下去向药店那蹲踞于一隅的安全套柜子里伸一次手。未婚的景予飞尤甚，每回去，总要悄悄地在药店外睃巡好一会儿，看准柜台前是个男营业员或者年纪大些的老阿姨，才敢走进去。但他从不敢直接去拿安全套，而是先买上一瓶黄连素或者一盒土霉素之类，然后趁营业员去给他找零的间隙，迅速从一边的小木盒捏出几个安全套，飞快地塞进口袋之中。

来之不易，用起来就特别珍惜。所谓珍惜，就是重复使用。重复使用就难免出纰漏。

没想到，最不该出的纰漏，偏偏就出在许小彗身上！

那是他们去耳湖之前最后一次约会时发生的事情。

本来，景予飞在和许小彗一起时，因担心不安全，是决不使用旧的。那天他心怀鬼胎（打算第二天到耳湖时与她摊牌），也没有那个兴致。但许小彗仿佛预感到什么似的显得格外温存，景予飞便生出了“最后一次吧”的念头。但事到临头了，景予飞才发现自己的衣箱里已翻不出新的安全套了。旧的倒是有一只，但那是上回用过洗净的，从信封里取出时已粘缩成一团。景予飞也犹豫了一下，但最终还是鬼使神差地让侥幸心理占了上风。没想到就此铸成了大错——等他发现那东西居然脱落下来时，一切都来不及了。

糟了糟了！他懊丧万分地惊呼起来：这下可有麻烦了！

他立即催促许小彗赶紧起来排尿、清洗。可是许小彗却赖在床上不肯动弹。他不得不将她拉起来，但过后依然忐忑不安。因为他深知这与其说是一种措施不如说是一种心理安慰，根本不保险。于是又一再晓以利害，央求许小彗第二天务必再来一下，他硬着头皮也要去药店买一种叫做早孕停的口服药物让她服下，以防万一。

现在想来，恐怕是他那过分的张皇失措给了许小彗某种暗示；或者，许小彗在这个问题上过于幼稚而并不在意；更可能的是，许小彗反而将之视为一个必要时可以有效挟制景予飞的法宝。总之，许小彗当时是答应了景予飞的要求，但实际上第二天她根本没来。

为此，景予飞曾好几天坐立不安。去耳湖的路上，他也曾抱怨过她的轻心。但许小彗始终不以为然地撇撇嘴皮：怕什么！但她后来的说法也确实让景予飞稍稍心安了几分：就那么一次，哪有那么容易怀上的？万一真有了，不也有办法对付吗？

尽管这样，过些天再见到她时，景予飞还是特别关切地问过许小彗：这个月身上来没来？

许小彗的回答很肯定：你烦人不烦人哪？来了哎！

11

接到许小彗信的那天，景予飞在大街上没头苍蝇般乱窜了一气后，突然意识到，自己已被潜意识支配着，来到了许小彗的家门口——蜂树巷37号院。进去，还是不进去？他的心嗵嗵乱跳。正如他对喻佳说过的，他曾因为某种考虑而在一天夜晚悄悄到这儿来探视过一番。

37号院是一个不规则的四合院，里面有一圈低矮的平房，围绕着一棵枝干倾斜的大枣树。树下有一口井圈上绳痕深深的水井，水井周围辐射出好几条碎砖铺垫的窄路，通向四面的人家。各家的房子都差不多大小，门口也差不多都有个露天的自来水槽，和一堆堆数量不等的蜂窝煤。不同的是房前屋后各家利用空间自搭的坡棚，高高低低，大大小小，错落混杂。

哪一个门洞是许小彗的家呢？那夜景予飞根本无从辨识也不想辨识。可是现在，想辨识或打听一下，却又鼓不起勇气。万一我碰到的是她父母，我该怎么说？说不定他们正想找我的麻烦而不得其人，我这不正是自投罗网吗？况且许小彗信上说她没把怀孕的实情告诉父母，我冒冒失失露头的话，岂非只会坏事，或者更深地激怒许小彗？他犹豫良久，最终打消了找许小彗或向其家人求助的念头，转身直奔公交站——他始终怀疑许小彗是不是真的去了上海。而如果没去，这个时候她应该是在上班。我到人民商场找她去！

令他失望的是，他在商场假装顾客，楼上楼下各个柜台反复转了个遍，就是见不到许小彗的身影。硬着头皮向几个营业员打听，都说不认识许小彗这个人。这也不奇怪，商场很大，柜台不同，未必人人都互相认识。但令他惊讶不解的是，他最后问到的一个人却肯定地告诉他：毛线柜确实有过许小彗这个人，是顶替她母亲进来的也没错。但她一直不喜欢这个工作，并在几个月前就办停薪留职手续离开了。现在在干什么，就不知道了。

几个月前我还根本不认识许小彗。那么，她早就不在商场了，怎么还说得有鼻子有眼的？出于虚荣心还是出于抬高自己身份的考虑？不管怎么样，这个女人的水真是深得很哪！而她现在又在干什么？何以为生？这倒不必管它，我又不可能和她怎么样。怪不得她说来就来，说走就走，自由得很，搞不好她现在就是个无业人员，居然还要死要活要嫁给我，真把我当做她的人生支柱啦？

天呀，我认识的（仅仅是认识倒好了），居然是这么个人！人民商场在全市商业系统应该是第一块牌子了吧，又是国营企业，铁饭碗，许小彗居然瞧不上，说走就走，真是太有性格了！这说明什么？要么说明她心高气傲，敢作敢为，将来没准会有大出息；要么说明她幼稚狂妄、冲动胡为，将来定会吃苦头——无论如何，这个人真的是很不简单呢！

唉，现在还管这些干吗？赶紧找到她要紧。否则，真的要让这么个将来恐怕自己都无以为生的人，把我的孩子生了下来，那就太不可思议了！

至此，景予飞才不得不相信，许小彗也许真的是去了上海。

他又摸出许小彗的信仔细看了一下，信封上的邮戳还真是上海的，而且还清清楚楚地写着上海延安西路1238号的地址！此前他虽然注意到了这个，直觉中却怀疑是许小彗玩的什么花招。现在看来，我只有下定决心去上海了。时间不等人，无论如何我不能坐以待毙，任她胡来！

第二天一大早，他就挤上了去上海的火车。

上海，浩渺恢宏、博大繁华、中国近现代乃至当今最先进最发达概念之代名词的上海！作为一个小地方出生的外乡人，景予飞每次到上海都有一种难以言喻的复杂情怀。一方面无比叹羡它的繁荣与文明，另一方面又莫名地感到自己的卑微和拘谨。每每仰望那林立的高楼，身体也不由自主地缩矮了几分，内心则或多或少有着几分不服气却又不得不服气的自怜。总之，上海让他感到崇尚仰慕并多少有些望而生畏，更多的却是别扭和不自在。怎么也没想到，而今自己竟又以这样一种无可奈何的方式与之建立这样一种莫名其妙的联系。

一下火车，他就有了一种不祥的预感。虽然他此前很少去上海，对上海的情况几乎完全陌生，但一找到延安西路他就开始怀疑自己真是急傻了。延安西路这么繁华，是上海最著名的商业街之一，居民大多居住在这条著名大街后面那些毛细血管般纵横交错的小巷子里。许小彗的生母再那个，也不大可能住在这个堂皇的大街上吧，我居然就这么冒冒失失地冲了过来？

果不其然，又累又乏的他拖着沉重的双腿找到延安西路1238号前时，彻底傻了眼。赫然呈现在眼前的，是一家操着全国各种方言之人头攒动的鞋店。在它的前前后后，都是各种各样珠光宝气、盛气凌人的商家店铺，根本不可能是哪个居民的住家！

这不怪许小彗，这不怪许小彗。他完全忘记了自己的尊严，不管不顾地瘫坐在鞋店门前的马路牙子上，疲乏而悲哀地抱住自己热汗涔涔的脑袋，喃喃叹息着：只能怪我自己太简单也太轻信了，不，太愚蠢！太可悲！

景予飞啊，这一切还不都是你自找的吗？

活该啊，你真是活该！

如果真的让一个私生子来到这个世界上，将给自己和孩子本人带来什么样的后患？景予飞至此仍然不敢深入细想，也无须多想就知道有多么严重。可这个忮刻而愚蠢的许小彗，却依然纵情任性、一意孤行，硬生生地要将自己拖入这个无底的黑洞之中，是可忍，孰不可忍啊！

尤为可恨的是她的目的。毫无疑问，她是想以此作为筹码，要挟自己满足她的情感，逼迫自己选择与她成婚。而这恰恰是景予飞最不能容忍的。相反，仅仅是想到她的这个目的，景予飞就分外反感，心底残存的几分怜悯也化为乌有。更何况，自己的实际状况，她已完全明了了，却还这么顽固，不是太自私也太不负责任了吗？而我，且不考虑个人的感情和今后的幸福，如果真的就此屈服，就此违背自己的感情，岂不也太对不起喻佳和她的家人了吗……

唯一的选择就是制止。无论如何要说服许小彗放弃她的疯狂！

可是，令景予飞绝望的是，到了现在他才越来越明确地意识到，自己对许小彗人格的认知和估判，从一开始就是肤浅和失误的。相比起来，无论在心智、意志还是策略或性格上，幼稚天真的都是自己而非娇小而儿女态十足的许小彗。尤其到了现在这地步，想要制约她简直就是不可能实现的奢望，自己已陷入完全被动而失控的境地。

这天晚上，奔波了一天的他软绵绵地仰卧在被褥上，很想闭一会儿眼睛却丝毫没有倦意。很想结束眼前这种不明不白、束手无策的状况却又一筹莫展。时间不等人哪！可要是许小彗一直不出现，自己除了坐以待毙，还能有什么办法呢？

不，不可能，不用我找她，许小彗肯定不会长久消失的。从根本上讲，怀孕也不是她的目的，年纪轻轻的，她真想那么早就生一个私生子吗？不，那不过是她企图以此要挟我的手段，所以，她必定会来找我，试探我的反应，如果我因此就范，她或许有可能将孩子打掉。

这么一想，他终于感到了一丝振奋。看看时间快十点钟了，他一跃而起，趁着大院没关门前，冲到桥对面的烟纸店买了一包飞马香烟和火柴。回到寝室后，他像个老烟枪一样一支接一支地连抽了几支烟，又呛又咳，可心情并没有松释，反而突然泛起一阵恶心想吐的感觉。蹲在地上干呕了好一阵后，他忽觉身子发沉，自己竟无力站起来了，眼前天旋地转。摸摸额头，一手的冷汗——后来他才知道，这是醉烟，是学吸烟者的必由之径，也是他成为烟民的起点。

12

不出景予飞所料，就在他从上海回来的第三天傍晚，许小彗出现了。

景予飞正想去食堂，一见她的身影，扭头就向大院外走去。许小彗乖巧得很，马上也一声不吭地跟着他走。景予飞走得很快，许小彗的步幅也一点儿不小，两人就这么迅速地来到了外面的小巷里。

一看周围没什么人，景予飞猛地爆发了。他一个急转身，手指差点就戳到许小彗的鼻尖：你搞的什么名堂！这么重大的事情，关系到我切身利益的事情，你居然也敢骗我！居然还一骗再骗，把我耍得团团转，你太不像话了……

可是，许小彗似乎早有准备，她一点儿也不生气，不还嘴，任由他吼叫着，并且又像先前那样，痴痴地望着他，一言不发地盯着他，甚至还一脸很欣赏他发怒的样子，时不时露出一丝笑意。

景予飞不禁气短：你笑什么？

我笑了吗？

你就是在冷笑！

那又怎么样？我觉得你很好玩。你知道吗？你这种时候是最可爱的，也是最傻的。你想，你还真的会跑到上海去，你说你傻不傻？不过，这倒也说明你心里还有几分在意我的……

胡说八道！我跟你谈正经事呢！

许小彗也喊起来：我说的都是正经事！你不听我马上就走！

景予飞最怕看到的就是她的这种表情和态度，他不知不觉就泄了气，不知说什么好了。

许小彗这才又若无其事地开了口：好了好了，都怪我不好。你消消气，有话慢慢说不好吗？说着，她将手中拎着的一只纸袋塞到景予飞手上：我在上海给你买了一件夹克衫，这是现在上海最时兴的。尺寸是我估摸的，可能差不多，你回头穿穿试试，不行以后我再去换……景予飞触电般使劲抽回了手：不要不要，谁让你给我买衣服的？都什么时候了，你还跟我来这一套。

顺便的嘛。你拿着吧。

景予飞又一次把衣服推开：这么说，你真的去上海了？那我怎么找不到你？

这么说，你真到上海找过我了？许小彗的脸上霎时绽开一朵灿烂的笑靥，又像是得计的自得，又像是证明了什么的宽慰：你又不知道我妈住址，怎么找得到我？

你信封上不是写着吗？难道完全是胡说八道！

许小彗咯咯地笑得前仰后合：那是顺手写的，我上海家住哪里，你又不是我什么人，我有什么必要告诉你？

那你为什么还骗我在人民商场工作？

嗬，你可真行啊，改行做公安啦，把我的什么都摸这么清楚，有必要吗你？

景予飞怔了一下，立刻转换话题：也是，现在谈这些都毫无意义。你说吧，什么时候去做人流？我可以陪你去。你要明白，在这件事上我决不会任由你胡来。

休想！许小彗的神色突然大变，转眼就成了头凶狠的母狮，又尖又厉的嗓音也让景予飞不由自主地打了个寒战：你真把我看成一只傻不拉叽、任你哄任你玩的小绵羊了？我今天来就是要告诉你，这是天意，老天爷是站在我这边的！在这个问题上没有任何商量的余地。你只有两条路——如果你还有良心，是个负责任的男子汉，那就明媒正娶，光明正大地做这个孩子的爸爸；如果你负心到底，那就偷偷摸摸地做这个私生子的父亲，而且一辈子也别想见到他！

许小彗，话怎么能这么说呢，这不是良心不良心的问题，也不是负责任不负责任的问题！你完全知道我没法负这个责任。

怎么没法负？只要你有这个责任心，就能负这个责任。社会上像我们这种例子多的是，下个狠心不就完了。

事情哪有这么简单呢？感情的事……

我问你，你对我真的就一点感情也没有过吗？

景予飞顿时语塞。他很想直说，自己对她确实谈不上什么感情，但又清楚这么说就等于承认自己是在玩弄她的感情，这只会更加激怒许小彗。于是他小心斟酌着说：这个问题我回答过你了。我不能说没有过感情，可你也要明白，这与我和喻佳的感情是不一样的。所以……而且你客观地想想，世上什么事都不能两全，凡事也都有个先来后到，就连上厕所也不例外，不是吗？

放屁！这和上厕所扯得上吗？

我只是打个不恰当的比方。再说，喻佳年纪不小了，你还这么年轻，将来机会有的是。

不会有了。真正的爱情给予人的机会，永远只有一次！

这也说得太绝对了吧？……求你千万要冷静点，你考虑过吗，这种事的后果要多严重有多严重，真要把孩子生下来，将来吃苦受罪的首先是你，孩子的命运也注定是痛苦而不幸的。到时候，你一定会后悔莫及。

后悔的只会是你。至于说后果，我当然知道有多严重。但是，你现在完全来得及让它不严重！

哎呀，你怎么还是这么固执？

对，我从来就是个固执的人，你刚刚才知道吗？告诉你，我这个人不光是固执，也万分坚强。只要有必要，我什么后果都不怕承担，不信你看着好了。

许小彗！

别废话了。你还没有回答我的问题呢，说吧，你到底要走哪条路？

我没有选择，也希望你……

话没落音，许小彗转身就走。

早有防备的景予飞一个箭步冲上去，张开双臂拦住许小彗的去路：你不能走！我们的话还没说清楚呢，这孩子到底怎么办？

怎么办？许小彗突然抡起手中的衣服袋子，劈头盖脸地打向景予飞：你知道怎么办！你知道怎么办还来逼我！……

虽然只是软软的衣袋子，但许小彗下手相当狠，景予飞本能地抱住头，只觉得耳边呼呼生风，脑门上啪啪作响，一只衣袋的拎把又抽过他的眼睛，他不禁“哎哟”一声叫起来，眼泪直流。

许小彗的手停在了半空，她扑上来抱住景予飞的头，想看他的眼睛。景予飞没好气地推开她。她愣怔了片刻，恨恨地哼了一声，扬长而去。

景予飞不甘心地追上去，还想拦住她。没想到一团黑影呼地飞过来，紧接着脸上一疼，细看才发现，许小彗还是把那件衣服扔给了他。

13

一连好些天都在焦灼地等待着许小彗的电话或身影出现的景予飞，等到的竟是一纸父亲发来的加急电报：母病速回！

几个字像重锤一样，砸得景予飞晕头转向。他一分钟都没耽搁，立刻跑到馆长办公室去。他两条腿不听使唤地踢踏着，心怦怦跳得透不上气。他的神色一定失常得厉害，以至汪馆长一见他就惊愕地站了起来。

景予飞一时不知怎么开口，远远地把手中的电报伸了过去。汪馆长瞟了一眼电报，立马上来扶住景予飞的肩膀，轻轻拍着：别慌别慌！古人云，每逢大事有静气。什么情况下都要沉得住气。而且，这上面并没说你母亲得了什么病，病得怎么样，应该不会有大问题。你赶紧回家，有什么问题随时打电话过来——要不我派个人陪你回去？

景予飞挥挥手，连个谢字都忘了说，也顾不上收拾什么东西，一路敲打、掐揉着不听使唤的双腿，挣扎着跑向公交车站。幸运的是，他搭上了刚刚响铃的午班客车。

沉重地喘息了好一会儿也无法平静的他，又摸出电报反复看了好几遍。

汪馆长的分析有一定道理。电报上光说母病，没有加“危”字。这是不是说明问题还不至于太严重？但是教了一辈子书、现在又当技校校长的父亲，性格他是很了解的。他表面上温文尔雅，瘦骨嶙峋，骨子里却相当自尊也相当刚强。“文革”中他被学生打断过一只胳膊，回家见到景予飞还笑着说是自己不小心从楼梯上摔下来的。打从景予飞在外读大学几年到现在，家里大大小小也发生过许多麻烦，父母都生过这样那样的毛病，但他们从来都瞒着景予飞，更不曾打过电报来。许多次他事后知道了埋怨父亲为什么不及时告诉他，父亲总是淡淡地回答说：没有那个必要。你安心读你的书，做好你的工作。我们都是有单位的人，经济条件也过得去，也不是七老八十，平常能有什么自己过不了的坎？

父亲的这种性格也深深影响了景予飞。自己在外，也总是报喜不报忧，遇到再大的麻烦也尽量自己克服，决不给父母增添心理压力。没想到现在，父亲竟破天荒地发来这样的电报。这只能说明一点：母亲这回一定病得很严重！

会是什么病呢？不会是心脏病吧？似乎，过去从来没有过这个印象啊，她在我面前也从来都是健健康康的……景予飞并没有因此而觉得宽慰，心反而更紧地缩作了一团：我不知道，并不等于她就真的没有病，更不等于她身体真的很好，只能说明我平时太粗心了，对父母缺乏起码的关怀与孝心！

这么一想，景予飞身上的冷汗又滋滋地冒了出来，恨不得一步就能跨进家门。可那汽车在坑坑洼洼的乡间土路上慢慢悠悠地晃荡着，正午的太阳也优哉游哉地在路边的河水间晃荡。

唉！早知道这样，我真不该离开家到藩城来！许小彗那边还不知到底会是什么结果，这边又碰上这么不幸的事情！要是我不离家的话，说不定什么麻烦也不会发生，起码许小彗的麻烦就绝不会产生——唉，都什么时候了，我还去管他什么许小彗！母亲才刚过五十二岁啊！要是她有个三长两短的话……

景予飞家中兄妹两人，母亲自然都十分疼爱。但从景予飞切身的感受来看，也许是自己从小比较多病，大了又外出读书，母亲对他总是有几分偏爱。一个简单的例子就是，在困难的年头，妹妹有时候会抱怨吃不到荤菜，父母亲也可能多日不吃一个鸡蛋，但景予飞每天早餐的面条或稀饭下面，永远会卧着一只鸡蛋。

那时因为贫困，家里的厕纸都是裁成一小条一小条的粗草纸，厨房客厅和父母房里的电灯也都是比萤火虫光亮不了多少的三支光的节能灯，只有景予飞和妹妹住的地方有一盏二十五瓦的白炽灯，以免他们看书做作业损伤眼睛。

另一个印象也永久地烙在脑海中。那是他上初二的时候，有一天回家路上他觉得抬不动腿，在路上坐了好一阵也缓不过劲来，还呕吐了好几次，晚上回家看见香喷喷的饭菜他反而觉得恶心。父亲当时还被关在学校里，焦灼的母亲不放心，半夜里借了辆自行车，独自把他推到县医院看急诊。医生初步怀疑是甲肝，母亲顿时当着景予飞的面哭出声来。

个子矮小也精瘦的母亲硬是不许景予飞自己走路，她沉重地喘息着，背他上下三楼好几趟去抽血、验尿。等待结果的时间分外漫长，母亲蜡黄的脸上渗满豆大的汗珠，她像是害怕景予飞会被人抢走似的，将他紧紧搂在怀里。几乎喘不过气来的他，只觉得母亲一直在哆嗦着，脑门上热乎乎地淌着母亲的泪水，鼻息里浓浓的，全是母亲头上的汗味……

汽车到站的那一刻，景予飞想到了喻佳。

要不要先给她打个电话？这时候他特别希望有她在身边。可是一想到给她打电话要耽搁时间他又作了罢：我还是先回家要紧。可是一想到喻佳，脑海中又突然闪过许小彗的身影，随即电光火石般一亮：天哪！这事会不会又跟许小彗有关？

虽然许小彗擅自找过喻佳后，景予飞曾警告过她不许找父母的麻烦。但她能自说自话地去找喻佳，也一定能再去我家！

随着时间推移，景予飞越来越感到许小彗有着相当狡狯而泼辣果敢的一面，但有些方面，她的智商却依然会显得十分幼稚，总以为能通过外力来左右景予飞的情感，殊不知那反而会加剧他的反感。可是，她就是这么个人，想到做到，而且什么都做得出来！虽然有关她自己的一切情况，她总是躲躲闪闪、语焉不详甚至假话不断，对与景予飞相关的一切情况，包括单位电话、家庭状况乃至喻佳的情况，她从一开始时就探问得十分仔细并且有意识地牢记在心。

她真要找我家人的话，很容易就能通过父亲的学校了解到我家的住址——许小彗，要是真的是你把我妈给吓出病了，看我怎么样……

看“我”怎么样？自己又能拿许小彗怎么样？景予飞根本无法想象。

14

“近乡情更怯”，多年在外的景予飞很早就对这句话有着特别自我的体验。每次从外面归来，越近家门，脚步越发沉重。汇聚于心最多的，并非即将与亲人聚首的欢欣，而是某种莫可名状的情愫。总好像那是个隐匿着什么不可测的危机的地方，某种隐隐的忧虑始终会在心中作梗。

这无疑与人对亲人的爱，以及对家庭平安的渴望有关，或许也与父母总是刻意对他隐瞒生活的种种不如意有关，而这种种不如意在任何家庭实际上都是不可避免的。一旦回到家来，许多在外时不明或潜伏的情状或多或少地暴露出来，有时候反而给游子的心理造成特别的冲击。或许正是这种经验，反而使自己心中形成了某种不确定的隐忧和下意识；或许，这仅仅是感情的一种正常的表现方式，是游子对家人关切的一种特殊反应。反正，每次回家，离自己那个魂牵梦萦的家越近，景予飞都会感受到越来越蠢动而莫名的紧张和不安，脚步也不由自主地会踯躅起来。直到见过父母和妹妹，悬着的心才会有所松弛。

今天则大为不同，因为预期明确，并急于了解母亲的病情，下了公交车，景予飞就一路小跑着奔向家中，其他什么都顾不得了。

但是，就在他三步并作两步跃上楼梯时，先前车上闪过的那个疑惑，突然又横亘在眼前，直觉再次驱使他僵在了自家门前：万一真和许小彗有关，我该怎么说？

他缩回了敲门的手，屏住气息俯下身去，先向屋里窥探了一下。他家住在县文教局的一座七十年代老房子的四楼。十多年下来，本来就粗糙单薄的门锁下面的薄板上，已裂开了一条斜长的细缝。透过这道裂缝，他一眼就看见了母亲，并且嗅到了从里面透出来的那股子他熟悉而又莫名感到几分别扭的家的气息。这气息中最鲜明的是混杂着淡淡的葱蒜味和煤气味儿的厨房的味道——母亲显然是刚刚做过晚饭，现在正疲惫地正对着房门，坐在客厅的八仙桌前垂着头发愣。屋里灰蒙蒙的，照例没有开灯。一抹黯淡的晚霞通过厨房的玻璃泛映在母亲晦暗的脸上。她就那么定定地侧视着窗外，神色茫然地不知在想着什么。

许小彗！一定是许小彗来过了！

景予飞完全确信了自己的预感。他用早已捏在手心的钥匙打开了房门。

母亲一下子跳到门前，拍着双手笑道：啊，你真的回来了。

景予飞惶惶地换拖鞋的时候，她一个劲儿地抚摸着他的头：你这一向都还好吧？路上怎么样？没把你吓坏吧？

什么也不用问了。母亲完全知道是怎么回事。景予飞也再次确信了是怎么回事：爸呢？

话音未落，父亲从里屋走了出来。他那瘦削而密布皱纹、满是沧桑的脸上没有一丝笑容，也不说话，就那么定定地竖在景予飞跟前，神色异常严峻地审视着他。

景予飞读懂了他的心理。显然他期待的反而是景予飞的愤怒或“理直气壮”，以回击某个让他不安的现实。但景予飞的表现让他的期望落了空。他软软地坐了下去，再也不搭理景予飞，僵着脖子死盯着窗外的树梢。景予飞本能地顺着他的视线看了一眼，光秃秃的树梢上还真有风景，一大窝黄羽长尾的不知名的鸟儿栖在枝上，像一群无家可归的蝌蚪，又像是一行行杂乱无章的五线谱，倾诉着莫名的凄婉。

景予飞扭回头来，仔细地端详了母亲一会儿，确信她并无病容，才长长地嘘了口气：找什么理由不好，偏要编这种谎话。

就是嘛，我刚才还说他呢，光听些一面之词，就这么沉不住气，吓着孩子怎么是好？快坐下歇歇，喝点水就吃饭。你们都不要急，有天大的事也先吃了饭再说。

母亲说着从桌上的凉水瓶里给景予飞倒了杯水。景予飞刚想接，父亲却一步逼到他跟前，连珠炮似的逼问道：这么说，你明白我为什么发电报给你了？那你快告诉我们，这到底是怎么回事？太不像话了！你还当自己是小孩子吗？好不容易有了个发展进步的机遇，怎么才出去没多久就捅出这么大的娄子来？这下你该怎么收拾残局？

刚觉得有所宽慰的景予飞，霎时又陷入了焦躁的境地。但他竭力使自己表现得镇静，先接过母亲递来的凉开水，一气喝干。为了保险起见，他还是先试探了一下母亲：是不是有什么人来过？母亲肯定地点点头：她说她姓许，居然还说什么已经有了你俩的孩子——我才不信这种鬼话呢，我的儿子我还不了解吗……

景予飞挥手阻止了母亲的话，软软地瘫在椅子上。半晌，悻悻地说：是有这么个人，她说的也基本是事实。具体情况到底怎么样，我想你们也该清楚了。为这事我也十分懊悔，不仅给自己惹来了大麻烦，也让你们跟着受惊。但现在一切都来不及了。她来的目的，我想她也肯定给你们表明了。我现在能说的就是，不论你们知不知道这事，不论她接下来还会做什么、怎么做，我都决不会顺从她的目的。由此产生的任何后果我都会独自承担，你们不用为我操心。

我的天哪！先前还怀着些侥幸心理的母亲顿时脸色煞白：这么说她真的怀了你的孩子，这可怎么得了哇？要是她死活不听劝，真把孩子生下来的话……

父亲的表情倒反而显得松弛了些，他打断母亲的话说：这就对了。我要的就是你的这个态度。因为我根本不相信你在这么短暂的接触中就会和她产生什么真正的感情。既然这样，我对许小彗说的，也是类似的意思。站在她的角度上，我能理解她的感受，甚至也有点欣赏她敢于直面困境的勇气。但站在我们的立场上，无论如何，不可能有她期望的结果。不是我们不愿、不义、不仁、不顾惜她的感情及我们的血脉，而是我们不能、不应、不得已。朝三暮四的结果只会造成更多的伤害和更大的麻烦，也是对喻佳的背叛和摧残。

她怎么说的？

当然是希望我们接纳她，希望我们来做通你的工作。唉，说来也可怜，她是拿这肚里的孩子当救命稻草呀。母亲悲怆地一个劲儿摇头：我们根本说不通她。你爸说一句，她就冷笑一声。但她有句话我记得特别清楚。我劝她无论如何不能冒失，先把孩子打掉为妥，需要什么费用或者精神补偿都好商量。你知道她说什么？“我来这里不是要钱的。真要钱，有这个孩子我会得到更多”——你看看，她恐怕把前前后后方方面面都考虑好了。予飞啊，这事还真不好办！

所以我必须立刻叫你回来。父亲说：事情既然已经发生了，就要做好多种应对的准备。我的考虑是，我们这边的态度必须明确、坚决，不能给她留下任何幻想的余地，这才可能让她放弃不切实际的作为。但也要做好多种准备，比如，万一她固执己见真把孩子给生下来，我们就得准备承担抚养孩子等一切责任。但这是下一步的问题。首要的问题是，既然她能来找我们、找喻佳，那也完全可能在绝望以后报复你、纠缠你，或者去你单位闹。所以你就要做好调解不成就回家的准备。

这个我也考虑过了，大不了就回家。问题是，前两天馆长刚跟我谈过，市里的编制已经批下来了，最近局里就会讨论进人的问题。不出意外，很快就会办理我的调动手续。

你看看，她这事不就是个大意外吗？你啊你啊，偏偏在这么个节骨眼上惹出这么个事！不过，我估计这女孩也不会轻易置你于绝境。毕竟从目前来看，她的主要目的还是勒索感情，所作所为也是为了得到你，而不是推开你或者毁灭你。她应该明白，如果把你毁了，或者逼回家来了，她的希望也就更渺茫了。我现在最担心的倒是喻佳，她知道那个女孩怀孕这个新情况吗？

我第一时间就给她打过电话……是的，她很震惊，也……这几天她一直很难受。但是，这就是她的优点——她并没有多责备我，而是说，如果实在不行，她可以考虑退出，以避免我陷入绝境。这反而更让我惭愧……

唉，真是一失足成千古恨了！

岂止是惭愧，你应该额手称庆！喻佳才是你应该选择的人！有这样的人做妻子，是你不幸中的万幸啊！否则，如果她因此弃你而去，你只有娶许小彗一条路可走。而这个许小彗，依我的看法，虽然现在我还不认为她有多么不好，她这种明知不可为而仍然不屈不挠、企图挽狂澜于既倒的个性，还真有点让我钦佩；但她这种行事方式和性格，和这个无爱而草率的婚姻，显然与你有太多的不合，你将来的生活实在是难以想象的。而这时，如果喻佳也因此来逼迫你，折腾你，你这辈子还有个好吗？不过，喻佳现在这种态度倒也不出我的预料，这么些年来她的脾性和为人我们都有目共睹。所以我紧急叫你回来，就是想表明我的态度：你们相处的时间不短了，应该立刻去把结婚手续办了。这样有两个现实的好处：一是让喻佳的感情有个合情合理的结果；另一个，这也许可能使许小彗彻底绝望，从而清醒理智地处理孩子的问题。我认为这对她根本上也是一种善意。

可是，万一这女孩就是痴迷不醒呢？母亲焦急地说：我怎么感觉她八成是那种不撞南墙不回头的人？那样的话，你们想过那孩子了吗？他可是咱家的骨血啊！可是，我敢肯定她十有八九不会把孩子给我们养。就是让我们养，我们应付得了由此而来的种种麻烦和不便吗？费用倒好说，孩子的户口恐怕就没法上。对外面又该怎么说？将来让不让他妈来看他？老来老来又怎么相处？哎哟，那样的一连串结果，我可是想都不敢想哪！

父亲和景予飞面面相觑，一时都陷入了沉默。

好一会儿，父亲才幽幽地说了一句：情形就是这样了。想那么多，暂时也远了点吧？况且这做人哪，本来就如此。谁都希望天天快乐，事事如意，实际上，谁都没法知道自己明天会碰上什么难关和变故。唯一的办法就是敢于承当，勇于应对一切。走着瞧，到什么山再砍什么柴吧。

见景予飞没接腔，父亲又补了一句：要不，你再跟她好好谈谈。只要她肯拿掉孩子，经济上我们一起承担，砸锅卖铁也满足她。当然，眼下来看，钱对她的作用是有限的。所以你要特别讲策略，多唱白脸。反正她也清楚我的态度了。不爱听的话都推在我身上。比如你们领结婚证的事，就说是我逼着你们去办的……

景予飞无力地点点头，想说什么，又觉得说什么也没意义。他真是觉得累，从早上到现在，一直在惊惧和紧张的奔波中度过，从心到身，都裹在湿雾般沉重的疲惫里。此时他越是感受到父母的拳拳之心，就越是觉得自己的混账。而想到许小彗，他就越发消沉，潜意识里很清楚，不管红脸白脸，现在恐怕是唱什么都起不了作用了。

那么，今后等待着自己的，将会是什么？

还在大学的时候，景予飞就很欣赏赫拉克利特的一句话：“对于我们，对立面是件好事。”他对此言的理解是，世界总是对立的，阴与阳，日与夜，上与下，天与地；人生也总是对立的，生与死，爱与恨，苦与乐，进与退，攻与守……世界因此而丰富多彩，人生因此而充满遗憾。但赫氏之言让他看到了一种别样的哲学，那就是化敌为友或与之合作，从消极中发现积极，看到对立着的必然与对立后的和谐。每遇困难和挫折，他都会默默诵读这句话，每次都会感到温暖与慰藉，不料现在遇到了许小彗才意识到，那是自己没有遇上真正的“对立面”。此时再念及此言，竟成了一种辛辣的嘲讽。他感到的竟只有绝望与恐惧——如果它长久横亘在自己生命中，又如何可能成其为“好事”啊！

天快黑透了，对面楼舍的窗格子里，都次第亮起了灯光。景予飞这才意识到自家还没有开灯。他起身按亮开关，屋子里大放光明。

要是有什么能量能把困顿而黑暗的人心顷刻照亮，那该多好啊！

父亲又喋喋不休地说起来，可是景予飞发现母亲不在了。

他跑到厨房探了探头，果然见她正站在水槽前抹眼泪。他顿觉万箭穿心，焦虑地喊了声妈。母亲慌忙背过脸去，拧开水龙头齉着鼻子说她洗一下手就开饭。景予飞正不知怎么是好，妹妹下班回到了家。

妹妹的单位不错，在县供电局当抄表工，又是刚参加工作不久，回来总会议论一些自己觉得新鲜的事情，于是家里有了几分短暂的生气。可是当母亲把晚餐端上桌后，气氛很快又消沉下去。许小彗找上家来的时候，妹妹正好在家，所以她知道景予飞为什么回来。但是乖巧的她见大家不提，也就只字不提。饭桌很快又为沉默笼罩，只有吧唧吧唧的咀嚼声，分外刺耳。

景予飞并没有意识到，这讨厌的声音主要是从自己嘴巴里发出来的。他心事重重，根本觉不出食物的任何味道，只是想要显示出自己的“正常”和为了安慰母亲而机械地大嚼特嚼着。在家里的亲人面前，他第一次有了一种格外自卑的感觉，觉得自己就是个罪犯。可家里人却不像他想象的那样，而是似乎那么轻易地就原谅了他，仍然以一贯的挚情相待，这反而让他更觉痛苦，以至时时会在家人谈及什么轻松的话题之际，心头陡然一颤，又想到了自己的罪过，想到了许小彗的存在。这时他更会两眼发直，不知周围的亲人都在说些什么。所以尽管他吧唧吧唧大嚼着，喉咙里的东西却几乎一口也咽不下去。终于，他推开饭碗，强忍着泪水想离开餐桌。

你怎么啦？对他的心态，母亲显然是格外敏感的。她不安地问道：你还没吃几口呢……还在想什么不开心的事情吗？还有什么难处，你就说出来好了，你妹妹又不是外人。听见没有？别怕我们会难受，说出来你会轻松些，我们也可以帮你想办法。

没有没有，我没有什么，就是，不太饿。嘴上这么说，景予飞还是又端起了饭碗。母亲赶紧舀了一大勺鱼汤送进他碗里。

知道景予飞可能回来，母亲下午特地上了趟菜场，回来做了他爱吃的鲫鱼汤。可是这反而害了他。母亲不断地往他碗里夹肉舀汤，反而让他觉得心烦，却又不忍不吃，于是嚼蜡般努力地吞咽着，一不留神，哎哟一声，一根刺卡住了喉咙。于是父亲叫他吞饭团，母亲叫他含醋，妹妹帮他拍背，好一通手忙脚乱之后，景予飞还是觉得刺没下去。

父亲急忙取来电筒让母亲照着，他大张着嘴巴，父亲戴起老花镜，拿根筷子小心地探索了半天。景予飞哇哇干呕了一会儿，又漱了漱口，问题似乎解决了。

其实那只是景予飞安慰家人的。他仍然清楚地觉得那根刺还在喉咙深处扎着。

勉强忍了一会儿后，坐立不安的景予飞谎称要去看喻佳，溜出门就直奔县医院。

医院夜里是没有五官科医生值班的。急诊室只有一个内科一个外科两名医生，他们能做的也只是像父亲一样拿个电筒照着反复地看，只是筷子换成了压舌板。又一通徒劳的鼓捣后，景予飞彻底绝望，拿了点消炎药和安定回了家。

一路上他都在懊丧自己的大意，好几回愣在路边，不敢再去面对家人的关切，此时的心情也灰暗到了极点。做个人，怎么会这么难啊！那么多的烦恼，那么多的意外，那么多的“对立面”。

人有时候又是多么地软弱无助，一根微不足道的鱼刺都把你折腾得死去活来。要是今后真的再添上一个活人，你这日子还怎么过啊？

所幸急诊医生的一句话给了他几分安慰：恐怕刺已经不在了。现在只是刺伤处过于敏感而形成的一种臆感。明天早上再看看，不行再来看五官科吧。

还真是虚惊一场，第二天早上景予飞就感觉好多了。

唉，多么希望许小彗也只是这么一根有惊无险、终将自然消失的刺呵！

第三章　恭喜你，你做父亲了

1

这个冬天真怪得可以。一是始终较常年偏暖，除了那场看上去来势汹汹、实际上几乎落地即化的湿雪外，直到除夕的钟声敲过，气温仍经常徘徊在零度以上。春节后的日平均气温也较常年偏高三至五度，以至报上不断报道着类似的消息，如郊区的腊梅和春梅，在同一个时间段里争芳斗艳；个别地方的桂花又开了二茬；甚至还有人说，他亲眼看见植物园里有几株桃花也迎风吐蕾，笑迎“小阳春”了！

第二个怪处就是气候偏暖带来的连天大雾。三月下旬尤甚，一天里的许多时间内，城市像一口热气腾腾的大锅般翻腾不已。航班延宕，公路封闭，成了家常便饭。最糟糕的是这弥天大雾带来的混沌、淤滞导致呼吸不畅的压抑感，使景予飞越发觉得自己的心情成天沉甸甸而乱哄哄的，怎么也清爽不起来。

他知道，大雾缘于那顽固地笼罩在本市上头的暖高压极。但它再顽强也总有自行消逝的一天。一旦北方的强冷空气俯冲南下，风一阵雨一阵，湿雾啊，高温啊，全都会烟消云散。而自己心头那一团雾气呢？除非自己能快刀斩乱麻，爽然斩断那种出芽般每天都在拱着泥土的“心腹之患”，否则自己的心情是晴朗不起来的。

可是这又谈何容易?!

表面上看，一切似乎又归于平静。在家里逗留了好些天，回到藩城又是好几天，他连许小彗的影子也没见过。他每天观察寝室门前，也始终没出现过任何可疑的脚印。这倒不算离谱，两人谈崩以后，许小彗就没有来过寝室。但这么长时间连个电话或信件也不来则是少有的。

很明显，许小彗是在刻意回避自己。

为什么回避？无疑是在向自己施压，向自己宣示：她不容我有任何讨价还价的机会。她现在处于十分有利的地位，主动权在她掌握之中。时间越是推移，她的优势也就越是明显。

对于自己这种几乎从一开始就形成的被动无奈的地位，景予飞尤其恼怒，也倍觉无奈。情形始终如此：如果许小彗愿意，她可以随时随地地与自己联系，找上门来、打电话、写信都很方便。而自己呢，打电话，没有她家的号码。找上她家去，目前情势下景予飞更不敢，万一她家人真的并不知情，自己岂不是弄巧成拙、自投罗网？写信也是同样道理，要是被她家人拆到就不好办了。而到她工作单位找吧，景予飞曾经问过许小彗离开商场后到底在干什么，她的回答是在跟人家做生意。

做什么生意？

这和你有关系吗？你又不是我什么人！

说话认真点好不好？我这不也是在关心你吗？

我知道你关心的是什么人。况且我又没要你养活我。

那我需要联系的时候怎么能找到你呢？

你现在还需要找我吗？真要找，上我家去好了。我家人会张开双臂欢迎你！

除了忐忑不安地等待、期盼，并幻想着许小彗回心转意，景予飞别无选择。这很怪异：明明是景予飞希望结束两人的关系，了断得越早越彻底越好，而许小彗希望的恰恰相反；实际态势上，却是他焦灼地期盼着见到许小彗而许小彗欲擒故纵似的飘忽不定。

2

终于有一天，景予飞去大院外的烟纸店买香烟时，意外撞见了许小彗。

她没看见他，正在烟纸店的公用电话前拨打着电话。

景予飞的第一个反应就是煞步、后退，迅即闪身隐藏在店外一棵粗壮的法国梧桐后，心也怦怦乱跳起来，一时拿不定主意要不要面对她。

景予飞还是第一次在她不知情的情况下近距离地仔细打量她。她仍然穿着以前去耳湖时穿过的粉色春秋衫，里面还是那件绣着几朵鲜艳玫瑰的开司米毛线衫，只是衣服的色彩都远不像新的那样鲜亮了，衣襟也松松垮垮，显然没有熨整过。她的颈子上也不见了过去那条淡绿色的充满春天气息的绸纱巾。显然，现在的她对于自己穿什么和不穿什么恐怕都不怎么在乎了。而且，许小彗现在的模样也使景予飞暗暗地吃了一惊，有一瞬他几乎要怀疑这是不是许小彗。虽然不见面并没有太久的时间，但她已是憔悴得吓人。她偶尔回首顾盼的时候，那双凸出来的眼珠几乎随时都会从眼眶里弹出来，细长而空荡荡的脖颈上似乎可以看到脉搏的跳动。

内心的焦虑与不甘，竟使她变成了这副模样！

他心里很清楚，许小彗或许就在给自己打电话，这也正是自己盼望的机会。可是真正要面对她时，内心却升腾起一种强烈的逃避感。现在他对许小彗越来越有一种畏惧的感觉，直觉告诉他，面对她几乎就等同于面对痛苦和折磨，面对胁迫与绝望。他实际上已经完全失去了说服或改变许小彗的信心。

然而他别无选择。现在，哪怕她已是一匹死马，他也要当做活马去骑一下试试。于是他鼓起勇气走出树后，故作镇定地喊了一声许小彗。

许小彗马上回过头来，脸上大放光彩。她扔下电话，小鸟一样飞到他身边，一脸的开心：我正在给你打电话呢。

景予飞快步往巷子深处走去，一边尽量和缓地试探说：这么长时间了……你有什么想法吗？

没什么想法，就想听听你现在的看法。

我也一直希望能再和你好好谈谈。

嗬！现在还有什么好谈的？你们一家人肯定商量好了，穿起一条裤子来对付我吧？

别这样想好不好？我们真的都不想伤害你。老实说，你的心情我是能够理解的，但是你自说自话冲到我家去，我很不赞成。我的问题本来不想让我父母知道，你这样反而增加了我的压力。但是你既然去了，就应该明白我没有骗过你，我父母的态度就是那样，我们的问题不可能再有别的办法解决。所以，真心希望你能够冷静下来，再不要感情用事了。你只要答应不把孩子生下来，我们家可以尽最大力量补偿你……

补偿？许小彗哧哧地冷笑起来：果然跟你那就知道钱的冷血老子一个鼻孔出气了！那你倒是说说看，多少钱能补偿一个人的青春和希望？多少钱能够挽救一个没有父亲的孩子的命运？

所以你千万别把孩子生下来，那样真是后患无穷！你想想看，你一个人怎么带得了他？有了这孩子，你今后还怎么找对象成家？仅仅是一个户口，你和我都没办法解决，更别说一个孩子的成长、教育、医疗等要耗费多少精力和财力了。许小彗，求求你，再一次诚心诚意地求求你！千万千万别做傻事，否则你将来一定会后悔莫及的！

哼哼，这就是你想对我说的？谢谢你了，万分万分地谢谢你。但是你能不能少说些套话？那些问题也根本不用你来费神，我早就考虑到了。你可以放心，这辈子除了你，我是不打算再嫁什么人了。所以一旦把孩子生下来，将来我吃糠咽菜也不会后悔。而且，我就是带着孩子沿街乞讨，也决不会讨到你景家门上去的！

哎呀，哎呀！你怎么能这样想问题呢？我知道你心里有气抹不直。但是你要和我赌气，怎么着都行。可是你这样做，首先是在和自己赌气，也是在和这孩子的命运赌气，还这样蛮干岂不是太不负责任了？

我怎么不负责任？不负责任的是你，还有你那狠心的父亲。张口打掉，闭口打掉，将来怎样，现在怎样，当你们在谈论一棵青菜、一只小狗吗？可怜苦命地投到我肚里来的，可是你们景家的骨血，你们的后代！你们完全可以避免这些后果发生，却硬要逼我往绝路上走！景予飞，我今天来，就是要最后一次问你：你们景家到底要不要这个孩子？

这不是要不要的问题，而是能不能要的问题……

当然能！只要你答应我，我明天就去做手术。要不然，如果你们对这个孩子还有一丝一毫良心，你们就明媒正娶，把他正大光明地生下来，让他开开心心地看看这个世界，给他一个正常孩子都应该有的幸福生活。

不可能了！这次我回家时，已经和喻佳把结婚证领了——这也是你擅自上我家去的结果——我父亲认为……

呸！你父亲什么东西，凭什么要他来认为这认为那的——你的意思是……你和她结婚了？不可能！你在骗人！

这种事也可以骗人吗？不信你随我回寝室去看，我把证书带来了。

你……你怎么可以这么做？你你你……你这个杀千刀的坏东西……

许小彗身子摇晃了一下，随即倚着身后的电线杆，软软地蹲坐下去，双手紧紧地捂住脸庞。

景予飞慌得腿也软了，赶紧伸手去拉她起来，可是他的手被狠狠地推开了。

许小彗，你怎么了？你没事吧？

他蹲下身去，侧头去看许小彗的脸色，不料许小彗又是一推，他也一个屁股蹲坐在了地上。就在这一瞬间，他看见许小彗满脸都是眼泪。这还是他们相识以来，第一次看到许小彗哭。是那种几乎没有声音的啜泣。成串的泪水不停地流淌，脸颊歪扭地抽动，浑身剧烈地哆嗦，就是强抑着不让自己发出声来。

景予飞完全乱了方寸，连连说：对不起，真的对不起，都是我害了你，都是我不好。我也真的是不想伤害你，一点也不想，真的，真的……

他情不自禁伸出手去，轻轻揽住许小彗的肩膀：你冷静点好吗？有什么话慢慢说……

你不要碰我！

好的好的，我不碰你。你感觉好点了吗？站起来，站起来看看……

但是他的手又一次被重重地推开了：走吧你！我再也不要看见你！

可是……

你走不走？许小彗一骨碌蹦起来，用手向身后一指：再不走我就喊了，你想不想让所有人都听听我们的故事？

身边早已驻足了好几个路人，不远不近地看着他们，歪着脑袋竖着耳朵，彼此还挤眉弄眼，一个个倒像是在看消防队员救火，表面上紧张，骨子里则热切地期待着那火势，越大越精彩。

这样的场景，生活中屡见不鲜。而往昔自己从来都是观赏者中的一员，多半还对那些演出者嗤之以鼻或幸灾乐祸。做梦也没有想到，有朝一日自己也成为一个可怜复可悲的演出者！

景予飞觉得天昏地暗，不知所措。他期期艾艾地瞪了许小彗好一会儿，终于什么也没说，扭头就走。

走出没多远，他又暗暗回头看了一眼，许小彗已没了踪影。

这女孩实在是……没办法了，我只有听天由命了。

可是老天哪，您就不能给我指一条生路吗？

眼前倒是有一条笔直而宽敞的大路。路灯高高地闪烁，店铺灯彩交辉，尾灯红亮亮的汽车在其间悠然穿梭。时间尚不太晚，三三两两的行人出没在店铺之间，挽腰搂臂的情侣则亲热地溜达于树阴之下。

多么平常而熟稔的场景，多么亲切而魅人的道路。

但那不再是自己的路，更不是自己的生活。

景予飞满心悲哀，却欲哭无泪：知道我结婚了，她还会把孩子生下来吗？

真如此，这辈子我恐怕永远也走不着平坦的路了！

3

下午五点半左右，楼道里照例起了一阵小小的喧哗。各个办公室的门乒乒乓乓先后关上，科技馆的员工们相互打着招呼，扯着闲话陆续回家。

这时候人的心情多半是轻松的，有人大声说笑着，有人哼着小曲儿，有人则唏哩唏哩地吹着一路口哨。以往，景予飞的心情也多半是轻快的。他会静静地或者有心无心地哼几句歌子，吹几声口哨，同时麻利地收拾好自己的和同事的桌面，把东西归总完毕后，听着这些杂乱的响声随着轻重徐疾不一的脚步声消失了，才关上办公室的门，回到自己的寝室即馆长办公室去。对他来说，这才是自己的“家”。

但是今天他早早地就站在馆长办公室外面的过道里，手里拿着份报纸，倚着墙，一边假装翻着报，一边留神着屋里馆长的动静。馆长通常会比大家晚走几分钟。他看好了这个时间差，想等大家都走而馆长还在的时候，再进“寝室”去办那件让他有点头疼的事情。

从泽溪回来的时候，父亲让他带了两瓶“金牌泽溪大曲”给馆长。这是家乡最好的特产了，市面上是买不到的，父亲特地托人从泽溪酒厂买的。父亲的意思是，馆长对他早有栽培之恩。而他这次回家情况特殊，馆长非常关心，后来他打电话过来续假时，馆长又爽快地同意他多逗留几天，使他得以办好了和喻佳的结婚证。应该好好谢谢馆长。

景予飞当然也觉得应该，而且他私下里还觉得就送这么两瓶酒少了点。只是他长这么大，至今还几乎没有自己出面给人送过礼，而且他内心还是有些鄙薄这种行为的。所以他回来好几天了，总是不好意思把酒拿出来。其实道理他也明白，正像父亲说的，官不打送礼的，何况我们这只是一种心意的表达，谈不上送礼，更和行贿扯不上边。而且，他知道送酒给馆长是再合适不过的。馆长爱喝酒，是全馆乃至全科技局的人都清楚的。景予飞的寝室里总是弥漫着一股淡淡的酒气，就是从馆长办公桌右边的抽屉里冒出来的。那里总是有一只500CC的盐水瓶，里面总是灌着些不知什么牌子的散装白酒，满了空，空了又加满。

馆长的喝酒是真喝酒，即目的全然是在酒上而不是其他的什么。因此他喝酒不讲究场合，不讲究菜肴，更不讲究酒的牌子是瓶装还是散装，图的实实在在就是那个酒劲。他每天中午都会在食堂打一份饭菜回来，然后摸出盐水瓶，对着瓶口，抿一口白酒，吃几口饭菜，雷打不动。

馆长为什么这么喜欢喝酒，景予飞不得而知。馆长的酒量如何，酒品如何，景予飞也不清楚。因为他从来不把饭菜从食堂打回来吃，以回避馆长吃饭的时间。他也从来没和馆长一起上过席（那年代公款吃喝还远不像而今这般常态）。但从馆长的日常表现来看，除了有时候脸色鲜艳一点，倒从来没有酒势糊涂的样子。

他决心今天趁大家下班时把这事给办了。

看过道里一个人没有了，馆长还没出来，他悄步挪到门口，侧耳听听，里面没有动静，不知馆长还在忙什么；想敲门，又怕打扰馆长。犹豫间抬起头，意外发现门上方的气窗开着，四十五度角倾斜的气窗玻璃上正好投映出室内的情况：馆长还在办公桌上埋头写着什么。他决定等一下再说。但与此同时，他的心陡然一震：嗨！过去我怎么没注意到这个现象呢？要是别人明了这个情况的话——喻佳和许小彗来这里的时候，我可是没少开过气窗啊，万一哪回让什么人看见点什么，尤其是跟许小彗在一起的时候……

他顿时有一种干坏事让人当场揪住的恐惧感，倏然冒出了一身的鸡皮疙瘩，恨不得赶紧离开这个地方。

正窘迫间，屋里有了响动，他又仰头一看，馆长已经站起来在收拾桌上的东西了，于是赶紧敲了下门。

馆长开门见是他，哈哈笑了：这不是你的家吗，敲什么门啊。

哪里，我住这里给你添了很多麻烦，真是很不好意思。

说着，景予飞不容自己再有任何犹豫，立刻俯身从自己床下拎出那两瓶酒来，红着脸递给馆长，并把早在肚子里盘算了多遍的言词一口气吐了出来：这点小意思是我这次回家时，父亲非要我带给你的。他说了，非常感谢你对我各方面的关照，这次我妈生病你又这么关心，而且……

哎，你跟我还说什么客套话？没想到馆长很爽快地接过了酒，高高拎起看了一眼商标，顿时两眼放光：泽溪大曲，好酒呵！还是金牌的啊！恐怕要十多块一瓶吧？可能你还不知道吧，“文革”前，我在你们泽溪的皂树乡挂过两年职哪。那时候喝点散装泽溪大曲还要凭票，想喝这种瓶装好酒可不容易哪！一般人家要过年才能凭票买上一两瓶低档的。太好了，太好了，替我好好谢谢你父母！你父亲他喝酒吗？

好像还能喝一点。

那更好了，以后他有空来藩城，请你们到我家喝酒去。

景予飞如释重负，正感到高兴，没想到馆长紧接着又说：

这样，我留下一瓶，算你领了结婚证，请我喝的喜酒吧。不过我也要声明：仅此一次，下不为例。老实说，如果你是社会上人，亲朋好友，给多少我也收。但现在不行，我们是同事，你的关系也办过来了——对了，这事也值得庆贺一下的。我们同事之间相互关心都是应该的，还客气什么？

说着，他一弯腰，将一瓶酒塞回了景予飞的床下。抬起身来，见景予飞手足无措的样子，他眼睛一转，在他肩上拍了一巴掌：这样吧，你知道我是喜欢抿两口的，今天又正好没事。走，我们上食堂买几个菜来，你就陪我抿几口怎么样？

景予飞当然没话说。可是他要自己去买菜，馆长坚决不让。于是两人就相伴来到食堂。晚上的食堂里菜不多，荤菜就只有中午卖剩的炒猪肝和青椒炒肉丝两种，馆长每样点了两份，再要了一份青菜烩豆腐。

景予飞刚摸出饭票，馆长就把他挡到了身后去，他的力气真不小，景予飞踉跄了一下才站稳，于是只好涨红着脸，眼看着馆长付了饭票，又局促地跟着他回了办公室。

酒刚打开时，馆长的眼睛眯成了一条缝，对着瓶口深深地吸了一口长气：好香呵！可是小景你知道我嗅到了什么？那个久远的年头！“文革”前那段特别的历史！只有那个年头才有这种特别的气息，你们小年轻是永远也不会有这种感觉的了。只有那个年头，我们也才会有这种不知不觉形成的、死也忘不掉的特殊记忆呵……

景予飞印象中，馆长不是个爱说话的人，但今天他显然心情不错，又喝了几口颇让他有几分亲切的好酒，情绪明显高涨，话自然也多起来：

听说你父母也下放过是吗？哦，就下放在泽溪呀？泽溪可是鱼米之乡啊，那哪叫下放，简直就是在天堂里嘛！哪像我老家那鬼地方——当然现在好多了——那种感觉呀，可以说就一个字：寒！心寒、身寒、人寒；天寒、地寒、鬼寒：一切都是个寒！冬天望出去，不下雪也是白茫茫一片，尽是盐碱滩，加上那白天黑夜都呼啸个没完没了且寒气凛凛的白毛风，那个寒啊！夏天也一样，什么叫不寒而栗，那里的春秋天就叫不寒而栗，每天从鸡叫做到鬼叫，秋收却装不满谷囤。夏天身上在淌汗，心里却簌簌抖，那份彻骨的寒！因为你根本看不到希望在哪里，就连下个冬天还能吃顿地瓜干饱饭也几乎是种奢望。至于夜里做梦，也不敢想象自己还会有回到藩城的这一天。“何以解忧，唯有杜康”，也亏了我还有份微薄的工资，每天能抿上几口六毛多钱的瓜干酒，才不至于“冻”死。当然，还有一份暖意来自书籍。县里废品收购站多的是查抄来的各种旧书，使我能论斤称来许多古籍、经典和中外小说。冬天蜷缩在破炕头，身上裹一件破大衣，常常一看就是一个通宵，管他外面东南西北风，心头恰也似亮起盏温暖的油灯……

4

馆长姓汪，1955 年毕业于复旦大学政治经济学专业。分配到藩城后，一直在地区文教局工作。“文革”前当了科长，不知为什么又下放到泽溪的乡里去挂职。“文革”开始后被造反派揪回局里，斗了个七窍生烟。1969 年刚刚从牛棚解放出来，旋即又被局革委会宣布光荣下放，全家一起回到他东北老家去，一泡就将近十年。直到 1978 年才落实政策回到了藩城地区文教局。科技局成立后，他又被抽过来当了科技馆长。怪不得有过去同事过的老人见了面，彼此一握手，馆长总是自称“出土文物”。

这些情况景予飞以前听同事断断续续说起些，了解得并不详细。今天才知道，馆长实际上也不比自己早回藩城多久。当然，他们的资历和身世不可同日而语，馆长所经历的磨难也是自己无法想象的。但他听后心里反而有些许莫名的宽慰感。在他心目中非常崇敬的老馆长的人生尚且如此多灾多难，自己的磨难又算得了什么？只是在馆长讲到他那个“寒”时，景予飞有了种毛骨悚然的共鸣感：自己现在面临的某种困境，和馆长也不可同日而语，但恐怕也是馆长所无法想象的“寒”吧？可我这是什么年代哪？怎么也会不寒而栗？而且，我的“寒”岂是喝几口酒能解的？又不知会不会也像他那样，一寒十年哪！

真那样的话，我宁肯回到他们那个年代去，到而今还有个翻身的日子。我那孩子要是许小彗真把他生下来，处置不当的话，真不知我这辈子还能不能见到云开日出的那一天啊！

可能见景予飞有些走神，馆长把酒瓶盖子给盖了起来，俯身放进抽屉里：看来小景你真不会喝酒啊？那就少喝点吧。

景予飞慌忙解释：我是不太会喝酒，可是馆长你怎么也不喝呢？时间还早哪。

馆长微微一笑：你没看出来吗？不是因为你没陪好我。没听过有时候会有人叫我汪三两吧？说的就是我喝酒几乎从来不会过三两。不像有的人，一上场就冲得很，以至人称某一瓶，甚至某一缸，实际上每喝必醉，每醉必乱，弄得臭名远扬，还自以为海量而洋洋得意。其实真要我和他们拼起这个来，恐怕不会拜下风。但是不，我喝酒就这样，多少年养成的习惯了。每天不喝点就好像缺了点什么，甚至打不起精神来，可是也难得会过量，一般每顿不会过三两。这能耐一般人也做不到吧？

景予飞连忙点头：馆长的自控力很强啊。

对喽，就是要有所节制，所谓适度是也，中庸是也。不光喝酒，凡事皆如此。说实在的，这也是我从那股子“寒”气中悟出来的人生宝典啊。你想，当年局里大小干部也不少，为什么独独会把我派下去挂职？为什么并不是局领导、根本算不上走资派的我，也会给斗个死去活来？为什么末了还要把我赶下去十年，不寒而栗？这首先当然是我的命不好，碰上了那个人人自危的特殊年代。这是我们这代人悲剧命运的共性，是政治大环境使然。我也相信，从你们这辈开始，今后就不必再担忧会重演我的悲剧。但我那份严寒也不是没给我有益的教训，那也是我在茅屋里痛定思痛悟得的，那就是：我这悲剧命运中的个性因素是什么？其中有没有我自己的性格缺陷在呢？当然是有的。现在你恐怕感觉不出来吧？我知道现在不少人背后管我叫老好人，温良恭俭让，见面先拱手，开口三分笑。可你知道吗？我像你这般大时，可叫个血气方刚！自以为聪明，志得意满；自以为正直，挥斥方遒；自以为光明磊落，指点江山；其实却犯了许多官场上、政治上和为人上的大忌啊。当然，具体怎么回事就不说它了。反正我是痛定思痛喽。

汪馆长忽然停住话头，若有所思地看着景予飞，似乎在犹豫什么，终于又举起自己的酒杯，轻轻碰了下景予飞的杯子，说：

小景你呢，还很年轻，学历、素质在馆里都有很好的评价，尤为难得的是，你为人谦和，不事张扬。其实我看得很清楚，你是真正用心读过点书的，因此很多方面你有自己的思想，却不因此趾高气扬，不是半瓶子醋穷晃荡。像你这年龄的年轻人，这么稳健的并不多，所以我对你一直很看好。只不过，今天既然说到了自己，顺带着再卖几句老吧。就是说，倘若你可以从我这个反面教材身上悟到些对自己今后有用的东西的话，我这辈子也算没白“寒”了……不不不，不是这个意思。年轻人思想新，包袱少，工作上大胆泼辣、积极努力都是应该提倡的。现在的政治局面也是前所未有的开明，而且看来应该会越来越开明，所以你也不必像我们当年那样过于缩手缩脚。只是，在日常的为人处世上，可能我还是过于保守了些。总觉得面对任何人，任何时候，都不敢说就可以无拘无束了。有回我听你跟人说起过柳青。知道吗，我也读过他的小说《创业史》，里头他就说过：人生的路很长很长，紧要处往往只有几步。你信不信？有时候，一个人确实只要一步不慎，就可能成千古恨哪……对，还是适度的意思，差不多也就是中庸的意思。

中庸的意思，你读过大学，应该明白吧？对。“中庸”里的“中”首先是“适宜、合适、合乎一定的标准”的含义。这个“中”，读如“重”，如你这话很中听的“中”，就是这个含义。孔子曰：“不得中行而与之，必也狂狷乎”。《礼记·中庸》说：圣人“从容中道”。所有这些“中行”、“中道”，都是中于道、合于道的意思。这个“道”就是“礼”。所以儒家所谓的“中庸”应该首先指的是适宜、符合“礼”的行为。

景予飞由衷地叹赏起来：馆长你懂得可真多啊！这么一解释，我对“中庸”的概念才真正丰富而准确了。

汪馆长微微一笑：在现实生活中，“中庸”还有一层含义是认识得最普遍的，就是我们通常所指的，不逾矩、不偏执、不极端的意思。这一点，中国老百姓都明白，也最受人欢迎了。可是你研究过吗？现实生活中，真正做到中庸、稳健的能有几个人？难就难在：饮食，男女，人之大欲存焉。而与欲望有关的诱惑，现实中又实在是太多太多，一遇到这些，大多数人就把持不住了，不由得便成了钟摆，晃过来，晃过去，永远“中”不成。为什么晃个不止？名也，利也，欲也，望也，而这都是没有止境的，所以说不晃也难。就好比喝酒，没有的话，六毛九一斤的瓜干酒也有滋有味，那年头我还喝过医用酒精兑水的“白兰地”；一旦条件好起来，你六块九的喝着还觉得有股子尿臊味。为什么？就因为邻桌人在喝九块九的！那钟摆倒罢了，晃个头晕眼花也算了；现实里，多少人偶一不慎，就晃到云里下不来，或者栽到沟里爬不起喽……

听到这里，景予飞心里又是一凛，深深钦佩馆长的学识和悟性之高。过去从来没机会听他说过这么深透的人生道理，顿时有了种刮目相看的尊崇感。

但与此同时，他也忽然生出种芒刺在背的感觉，暗暗怀疑馆长的话是不是有所指的。如果是，是一种泛指还是确指？确指的话，会是什么？难道会是许小彗？

他顿觉脸上阵阵发烫，下意识地站了起来，端起酒杯恭恭敬敬地向馆长躬下身去，衷心地说：汪馆长，真是太感谢你了，今天有幸受教，你的高论真让我有听君一席话，胜读十年书之感！所以，今后你要觉得我有什么不对的地方，还请你随时指出，多多批评！

说着，他将杯中残酒一饮而尽。汪馆长也爽快地站起来，一口干了自己的酒，伸手在他肩膀上重重地拍了几下：哪里哪里，都是些酒话而已。我呢，姑妄言之；你呢，姑妄听之。来日方长，关键是我们都能生活好、工作好。如今的年头，好着呢！我们就不说了，夕阳西下啦。你们这辈人，可真是早晨八九点钟的太阳，赶上好时候了，相信你一定会前途无量！对了，顺便说一句，你小子福分也不浅哪，有喻佳做妻子，再理想不过了。那回她来看你的时候，我和她交谈过几句，感觉很不错，是个坦荡的女子。

坦荡？景予飞还没听谁这么评价一个女人的，不禁很好奇。

君子坦荡荡，小人常戚戚嘛。我的意思是，她给我善良有量、雍容大方、不会蝇营狗苟、不爱小肚鸡肠的感觉。这种人才可能通情达理。而不管男人女人，通情达理最是难得！我这人才疏学浅，用词可能不当，但毕竟年纪一把了，看人自以为还有点眼光。相信我，好好惜福吧。

说着，馆长挥挥手，夹起自己的布袋子——这也是他的一个特点，从没见他用过正儿八经的皮包。出出进进，上局里或上地区开什么重要会议，也总是拎着这只看上去就是老大妈买菜购物用的灰布包，身上也几乎常年穿着有点褪色的中山装，整个是不修边幅——说了声：劳驾你收拾下残局吧，我得走了。

他也不让景予飞送，拱拱手，笑了笑，什么事也没发生似的飘然而去，很快就消失在楼道外。

景予飞有种如释重负的感觉。

汪馆长只字未提我有什么具体问题，他那番话恐怕就不会是有所指的。也许就是老辈人趁着酒兴对年轻人倾吐点情愫吧。不过他的话倒真有道理，确是经验之谈和学养的积淀，我真得好好消化消化哪。

5

收拾完桌面，景予飞又把地板拖了一遍。到楼道西头卫生间去洗拖把的时候，局会议室里铿锵铿锵的京剧唱段吸引了他。推开门一看，收发老吴头独自坐在电视机前，歪着头鸡啄米般在打盹。他笑笑，想退回去，恰好老吴头醒了，扭头看见他，立刻嚷起来：你小子，今天又来啥稀客啦？

景予飞一怔，老吴头那个“又”，让他的神经敏感地抽动了一下，因为除了今天，自己几乎从来没在寝室里会过别的客，谈何“又”呢？脑海里随即闪现出寝室门上的气窗，于是试探道：你怎么知道我有客人？

你屋里那么浓的酒香，当我没闻到？外头的电话响那么久，你也不晓得接一下，不是热闹是干啥？

提到电话响过，景予飞的心又抽搐了一下。这也是让他敏感的事情，总会想到许小彗。不过眼下顾不得考虑这个，于是赶紧解释：那是汪馆长。他找我谈点事耽搁了，后来我们就在办公室一起喝了几口。

说到这里，他突然灵机一动，想到了自己床底下汪馆长退回的那瓶酒——何不就送给老吴头呢？他要是真掌握点我什么动静，也好笼络笼络他。于是立刻跑回寝室把那瓶酒拿了过来。

老吴头快七十了，平时一个人住在会议室边上一个兼做收发室的小隔间里，孤零零的很无聊，也就很喜欢抿上几口。虽然像他自己说的，是个酒苍蝇（苍蝇谈不上酒量，却总爱叮在酒瓮或酒盅上），喝不多，但每餐必喝。因此一见景予飞手上的酒瓶，立马从藤椅上蹦起来，嘴里一个劲推辞着：不要不要，我哪能喝你的酒？哟，还这么高档！那双手却早已伸过来接住酒瓶，借着光反复看着，嘴巴再也合不拢了。

景予飞说：别客气。我前些天回家时带来的。你成天忙个不停，整个楼道里又只我们俩一天到晚抬头不见低头见的，我请你喝瓶酒也是应该的。酒呢还真是不错，托了人才买得到，出厂价十二块。汪馆长刚才尝了，夸它气死茅台呢。

那是那是。老吴头受宠若惊，一个劲地打拱道谢：这辈子我还没喝过这么好的酒呢。托福，托福！

景予飞也暗自高兴，轻飘飘地回到了寝室，第一件事就是拖了把椅子站上去，把气窗关严；想了想还是不放心，索性又找了根细铁丝，穿进气窗插销孔里把它拴死，这才似乎了了件大心事般，端起杯子，一口气灌下半杯水去。然后他舒舒服服往被窝上一躺，想歇一会儿，不知不觉竟眯着了。

其实也没怎么睡着，意识里仿佛还清楚得很，依稀觉得自己还在和馆长喝酒，忽然门声一响，竟是喻佳进来了。馆长高兴地对喻佳说：喻佳呀，我看人是不会错的，景予飞有你做妻子，再理想不过了。因为你是个坦荡的女子，通情达理，心地善良，不会蝇营狗苟，也不是小肚鸡肠之流。

哪知喻佳竟毫不客气地反驳馆长说：你刚才跟景予飞说的那番话，我也都听到了，说得对极了。可你现在这话说得可没道理了。景予飞背着我做那些丑事，难道我也该任由他胡作非为吗?

馆长朝景予飞板起脸来：没错，喻佳这么通情达理，景予飞你还胡作非为可太不应该了。其实这事我早就知道了！老实坦白吧，否则我立马叫你滚回泽溪去！

景予飞嗵一下从床上坐起来——室内空空如也，没有喻佳，自然也没有什么馆长。只有日光灯在头上亮亮地逼视着他，镇流器的嗡嗡声仿佛也在逼迫他老实坦白。

不对！今天馆长这番话肯定不是单纯的酒话，更不是空穴来风！他明明是在暗示我什么嘛，我怎么就自以为太平呢?

他一屁股坐到馆长的办公桌前，哆哆嗦嗦地摸出香烟来，埋着头大口地吞吐了一阵，心犹自怦怦地跳个不停。

他下意识地拉开馆长的抽屉——馆长的抽屉除了中间一个大的，其余都是不上锁的——里面都是些文件、普通资料之类并不重要的东西。景予飞平时无聊的时候也会在里面翻着看些觉得稀奇的材料，现在翻了几下，并没有什么值得看的东西，于是又把抽屉一一关上。

就在他想再点支烟的时候，目光鬼使神差地落在了脚边的字纸篓里，心突地一跳，一种奇异的直觉让他抓起字纸篓，把半篓废纸统统倒扣在地板中央。

没扒拉几下，一只揉成团的信封便突入他眼睑。展开一看，他哇的一声大叫起来——

那稚拙而执拗、螃蟹般张牙舞爪的字迹，不是许小彗的又是谁的?

——藩城市运河大街153号市科技馆汪馆长亲收

地址处填的是：内详。毫无疑问，这一定是我回泽溪期间她写来的！

这么说，汪馆长对我赶回家的真正原因，恐怕也是有数的了。老天哎，我回来还有鼻子有眼地骗他说母亲得的是心绞痛，抢救及时才没出事……

许小彗，你太过分了！太……太可恶了！

他强抑着愤怒和狂乱的喘息，反反复复地又在其他字纸里翻了个遍，最终失望地瘫坐在床上。

显然，汪馆长把信毁弃了，或者，收起来了。但景予飞心里很清楚，信的内容看不看其实并没什么意义。许小彗和汪馆长素昧平生，她给汪馆长写信，会说些什么，还用得着猜吗？无非又是痴望馆长能向我施压，以满足她那奢望！

太可怕了，我居然会碰上这么个死缠烂打又诡计多端的女人！

怪不得，怪不得，怪不得我总有种不祥的感觉。怪不得馆长会说出那么一番语重心长的话！

天哪，这叫我以后还怎么见他？

唑……

景予飞失魂落魄地倒抽着冷气，好一阵心乱如麻，怎么也理不出个头绪来。

不过，馆长既然会那么说，显然是出于好心。至少，他并没有帮助许小彗来做我工作的意思。喻佳在无形中起了作用，馆长是看好她的。他实际上还是在维护我，诫勉我也是希望我今后能痛定思痛，把路子走正。否则，他不必用这种方式和我谈，我的调动他也决不会再进行——这么看，我还真是不幸中的大幸哪，闯了这么个大祸，喻佳没给我添乱，馆长也没有把我一棍子打死的意思……要是换个人当馆长，我的前途岂不生生要断送在许小彗手上？

此时又想到许小彗，景予飞刚有些平缓的心境里突然又飘起了鹅毛大雪：

这事岂不是再一次证明，许小彗绝不是等闲之辈？就算我暂时过了馆长这一关，也不知她接下来会做出些什么文章来呢！弄不好，只怕我是逃得过初一，逃不过十五呢！

要是她真的再把孩子生下来的话……我的天哎！

——她真敢把孩子生下来？

6

电话铃响的时候，景予飞刚好拿着饭盆，准备到食堂吃午饭。楼道里空无一人，同事们要么回家，要么也到食堂去了。这时候的电话，景予飞本也可以不接的，但出于某种潜在的心理，他还是疾步奔去拿起了话筒。

喂？

景予飞吧？

一石激起千层浪。景予飞的心堤訇然崩溃，激流涌动：你……

他觉得脚下的地板在左右倾斜，赶紧伸手扶住墙壁并竭力稳住自己的情绪，心里却暗暗叹息着，好一会儿没法开口。

好久没有听到这熟稔而越来越恐怖的声音了。

这是1981年9月下旬的一天，后来就成为景予飞此生永远忘怀不了的一个特殊的日子。

这一天，距他与许小彗最后见面的日子过去了有半年多。在最初的两三个月里，许小彗也曾冷不丁地给他打过几次电话，每次都是以不欢而散告终；内容每次会有些小小的新话题，但主题则始终围绕着孩子的生与不生而吵闹。景予飞挖空心思、苦口婆心加威逼利诱，坚持劝说她打掉孩子；她愣是像一块千年磐石，丝毫不为所动。

景予飞渐渐习惯了这种格局，也在心里做好了孩子生下来的准备。

谁让我碰上这么个愚顽而痴执的女人呢？我无能为力了，我也尽力了。她愿意吃苦头，就让她去吃吧。我要为此付出什么代价，那就付吧。孩子将来会有什么命运，就让上苍来决定吧。孩子将来的成长，该我负什么责任，我就努力负什么责任吧。或许，人生确乎有命，这就是我的命数所在。而有个属于她的孩子，多少可以让她得到某种心理安慰，也可算得是我对她的一种偿付吧。

只是，这也未免太苦了这孩子了。他是个活生生的生命，不是工具，不是药石！可是，我又能有什么办法呢？这就是孩子的命吧。

发现馆长已了然自己的隐私后，景予飞也曾惶恐过一阵。他也曾多次试图再找个机会，索性向馆长坦陈私密，求得他的谅解，但每次都是事到临头就打起了退堂鼓。而馆长则完全像是压根不知道什么一样，从来没有主动和他提起过任何有关这个问题的话头，连一点类似那晚谈话的暗示也再没有过。

事实上，他们也没再在一起吃过饭。虽然景予飞有一天下班时邀请馆长上附近的饭店坐坐，但馆长却说有事而一口回绝了。馆长确实也是很忙的，对于馆里的局面而言，一切都在初创之中，可谓百事待举。馆长甚至很少有在办公室里坐着的时候，不是上地区或局里开会，就是到基层或区局去参加各种活动，因此景予飞连见他面的机会都越来越少。

后来景予飞就打消了主动说起自己事情的念头。因为一切情况都表明，许小彗的信并没有影响馆长对自己的看法。他不仅再没有提起什么，景予飞也再没在他的字纸篓里发现任何蛛丝马迹。更重要的是，景予飞的人事关系不仅如期在这年的四月初正式调了过来，当他在五一劳动节假期内和喻佳到陕西她大舅处旅行结婚的时候，馆长还特地给他多放了一周假。

或许这一切原本就是误会，仅凭那个信封能证明什么呢？那几个字不过是有点像许小彗而已，是我神经过敏而误以为是她写来的？

景予飞这么想也不完全是自我安慰。他后来在电话中明确问过许小彗是不是给馆长写过信，被许小彗一口否定。虽然她的语气显得有些虚弱，虽然她的话经常是真真假假，难以置信，但在这点上，景予飞希望是真的。

景予飞和喻佳的婚礼十分低调，好在那年头也还不太时兴大操大办。他除了在馆里和泽溪原学校里散发了一些喜糖外，外头都尽量不事声张，甚至连一桌正经喜酒也没办，就是两家子亲戚们聚在一起吃了顿饭。双方父母都是知识分子，没有什么老框框。景予飞和喻佳也属于那种观念比较开通的人，许多地方重实而不重名。何况大家都觉得，两人都同居一两年了，没有什么铺张的必要。因此，他们甚至连刚刚开始流行的婚纱照也没去照一张，就算把婚事给办了。

对此，景予飞心里多少还是有些愧疚感的。也是因为许小彗，他心里鼓不起做大婚事的劲头，甚至还担心会不会被她得知而弄出什么名堂来。在陕西途中，他对喻佳表露过歉意。所幸喻佳又一次表现出她的善解人意。她说办了证就是法律认可的夫妻了，社会上习惯的那些虚浮的套路她从来不在乎，但愿从此生活太平就是万幸。

景予飞清楚喻佳指的是什么。他又何尝不如是期望呢？

事实上，许小彗在这点上表现得也出乎意料地配合。从四月他们开始紧锣密鼓筹备婚事至今，她就再也没来找过景予飞，而且连一个电话也没有来过。她完全就像是彗星离开地球那样飞逝得无影无踪了。

景予飞得到了难得的喘息机会。时间一长，他私下里甚至还滋生出一个不敢多想却又始终在暗暗期盼着的念头：没准她知道了自己的态度和实际行动后，逐渐失去了信心，从而放弃了自己的痴妄（他深信她会知道自己办婚事的消息，因为她给他的一贯印象就是如此，似乎始终能够掌握他的重要动向和信息。而要打听这类消息，她只消以一般人身份给馆里人打个电话就很容易刺探得到）。

甚至，他还想过，许小彗可能悄悄地做掉孩子，理智地开始自己的生活。毕竟她再痴迷也还是个相当精明的女人，何苦长期与人为敌最终是与自己为敌、与孩子为敌下去呢？

没想到，她又出现了！

神出鬼没地出现了。

突如其来地出现了。

也许，这只是她的一时兴起而打个电话来，并没有什么特别的目的吧？

但是，许小彗接下来的话，彻底粉碎了景予飞的最后一丝幻想：

我想见见你，你能过来一下吗？

……电话里不能说吗？

你最好还是来一下。

那……你在哪里？景予飞惊恐地向楼道里看了一眼，深恐她又在附近等着他。可是许小彗却说，她此刻正在火车站候车室里。

你怎么跑到……那可很远啊，怕来不及吧，你是出门去吗？

是的。

景予飞现在对许小彗已有了一种愈益严重的心理障碍。最好永远也不要再见到她，连她的声音也听不到。因为经验告诉他，无论通话还是见面，他最终得到的只有两个字：痛苦！

可是，树欲静而风不止。经验也告诉他，任何时候，只要许小彗想见他，最终他就不可能不见她。而且，关键还在于，许多时候尤其是眼下这种时候，他也希望见到她，以期得到某个相对使自己有所安心的结果，就像人们忐忑不安地上医院做各种讨厌甚至可怕的检查，希望的并不是发现疾病，而是排除可能患病的威胁——虽然他始终没有得到过自己想得到的结果。

于是他答应马上赶过去。

7

昨天刚过强台风，今天阵雨仍断断续续下着，挂满水珠的树枝战栗着，好像在哭泣。马路上到处都沾着湿漉漉的枯枝败叶，空气里明显有了潮潮的秋意。也许因为这个原因，又值中午，火车站候车室里的旅客虽比以往要少些，但那股子特有的气息一如既往地混浊难闻。烟火气、汗酸味、嗡嗡的说话声，加上空气不流通形成的潮闷气息还是扑鼻地令人烦闷。水磨地坪上也被人踩得脏兮兮滑塌塌的，令人一进来就感到老大的压抑。

更令景予飞不舒服的是，许小彗不知躲在哪个角落里。

他在纷乱的行包中穿行了两趟，也没能发现她的影子；正气沮地想她会不会已经上了火车时，远处喂的一声传来，掉头一看，正是许小彗——原来她在母婴候车室里！

居然忘了，她已是个即将临产的孕妇！

忘是自然不会忘的，但潜意识里始终希望着她不会有这一天的景予飞，至此才万分绝望而恐惧地意识到：某种剪不断、理还乱的现实，已如一张漆黑的大网，铺天盖地、无可抗拒地罩住了自己。

他喘息起来，内心踌躇着，一时竟强烈地想拔腿逃开去，却还是不由自主地快步走向母婴候车室。

这里出奇地安静。两长排座椅都空着，只有门口的角落里坐着许小彗和离她不远处两个抱着幼儿的农妇。景予飞在离许小彗几步远的地方停住了，畏怯的目光像个受惊的蛾子在许小彗的肚子上飞速地掠了一眼，迅即飞了开去。

景予飞万万没想到，许小彗的肚子已滚圆得像个球。而她一手扶着肚皮，一手撑着腰肢站在那里，活脱脱成了一个陌生的女人。不，十足的孕妇！这从她的打扮上就可以看得出来。她穿着一件老妇常穿的那种宽大的灰色毛线外套，里面还套着件豆绿色的毛线衫，下身则是一条大号的黄军裤，裤管塞在一双半靿黄雨靴里，整个人看上去臃肿而滞重。

你过来呀，坐一会儿嘛。

许小彗的举止也明显迟钝，她屈着腿小心地矮下身子，用手在身边的椅面上擦抚了一下，但那苍白而晦暗的脸上却溢满了阳光般的笑意。

景予飞一个劲地摇头，依然站在原地不动。为了掩饰自己怎么也扭转不了的悲苦表情，他假意去看她边上那两个农妇。不料两个女人也正在暗暗地审视着他，他的脸立刻烫了起来。

许小彗顺着他的视线看过去，目光却落在农妇怀里的孩子身上：很可爱的小宝宝不是吗？才两个月大，就会笑了。你看他的头发，那么浓，那么乌黑。不过我们的宝宝肯定会比他可爱的。你不知道哟，他将来一定是个急性子，这些天老在肚子里踢我，急着要看看外面的美好世界吧。不过他可乖巧了，我只要拍拍他，对他说不要急，不要急，妈妈需要安静，你也需要长得更强壮一点，他就马上不踢我了……

景予飞听她这么说，倍觉不自在，便打断她的话，悄声说：你方便的话，我们到外面坐一会儿好吗？

许小彗摇摇头，自己坐了下去：外面的空气对宝宝可不好。火车也要开了。再说，我找你也没什么大事——你过来一点总可以吧？

景予飞硬着头皮向她靠了一步，目光却固执地看着地上。许小彗向他翻了翻白眼，脸上依然笑眯眯的：我要回上海娘家去。孩子的预产期不到一个月了，在藩城是没法生的……那怎么可能？我养父母要是知道了，不把孩子掐死才怪呢！所以这几个月我都是住在上海的。这次临时回来几天，也都住在好朋友家里。老实告诉你，如果他们知道孩子是你的，你就别想有好日子过了……

景予飞痛苦地皱起眉头：真要那样，我倒宁肯让他们及早知道了。

做梦吧你。到现在你还妄想扼杀宝宝的生命，你不觉得你太狠心了吗？

怎么是狠心呢？明明知道这是……算了，到这个地步，我说什么也没意义了。我要再一次声明的是，孩子是你一意孤行生下来的。将来有无数可想而知的和无法预知的痛苦和麻烦在等着他。他将来要是有什么怨言，你别怪我就行……你别激动，我不是来和你吵架的。只是话要说清楚，希望你太太平平把他生下来。将来我会承担我应尽的义务的。

我才不要你的鬼义务呢！真当我要的就是这个？

我……景予飞头皮又是一阵发麻，他本想说那你要的是什么，但随即反应过来，知道就着这个话头再说下去，就又要陷入以往的吵闹中去了，于是硬把话头咽了下去。

好在今天许小彗显然也不想和他再理论什么，自己把话头岔开了。只见她手上变戏法般出现一个红纸包，递给景予飞，脸上也浮现出一丝令景予飞胆寒的怪笑来：这个你拿着。

景予飞触电般向后跳开去：这是什么？

恭贺你新婚大喜呀！不管怎么说，我们也好过一场吧？将来你再讨厌我，起码也还是我孩子的父亲吧，所以……

熊熊怒火腾上脑门，景予飞反感得差点叫嚷开来，但目光一落在身边那两个正张着嘴巴看好戏的农妇身上，便立刻改变了话语：谢谢你。他竭力镇定地说：我的确结婚了。这是既成事实，你早就知道的。但我不需要也没有收过任何人的礼金。现在正是你需要钱的时候。希望你和孩子一切平安！

说完，他挥挥手，头也不回地走出了母婴候车室。一直走到大候车室入口的时候，他的身子还在剧烈地哆嗦着。他拼命做着深呼吸，不断在心里告诫自己冷静。双脚即将跨出候车室的那一瞬间，他还是忍不住回了一下头——许小彗扶着母婴候车室的门站在那里。远远地看不清她的表情，但想必不会是愉快的。

他的心倏地一悸：我是不是真的太狠心了些？既然已经这样了，我怎么就不能稍稍说几句温暖点的话呢？

但他没有片刻停留，快步汇入了广场前的人流。

外面的雨又大了起来。他没带雨具，浑身上下不一会儿就湿透了，但他丝毫不在意。心头那股到处乱窜却无处宣泄的复杂气息仍然在炽热地燃烧着，他巴不得让身体降降温。

8

就这样，一支离弦的利箭，铮铮作响着，再也不容抗拒地牢牢扎入了景予飞的生命之中。

巧合的是，景予飞收到许小彗信件的这天，藩城的天空刚好飘起了1982年初的最后一场冬雪。这个日子距他们初次做爱的那个雪夜，正好一年多一点。

所不同的是，今冬这场雪虽然不大，却持续了很长时日，下下停停；前面的未化，后面的又粘附上来。飒飒阴风里，天气异常寒冷。藩城的地面上、屋顶上、广告牌和电线杆，甚至长长的电线上都覆盖着积雪。许多粗大的老树都被沉重的积雪压断了好些枝条，露出惨不忍睹的断茬。屋檐上则垂挂起多年未见的细长冰凌，马路边缘上起伏着黑不溜秋铁疙瘩一样坚硬的冰。显然，这是一个酷寒的严冬。

景予飞早就养成了一个习惯：每天邮差把局里的信件送到收发室来的时候，只要他不出差或不外出办事，总会先一步候在收发室里；老吴头一把各单位的信件和报纸分好，他就把科技馆的取走了。这样，他就可以尽量确保自己的信件不必经过馆里人而直接到自己手中。

虽然早有思想准备，但是真的看到许小彗的来信后，他的心还是一阵潮涌般地紧张不已，尤其是这封信，竟出乎意料地厚。好在身边没有旁人，他将信迅速塞进口袋，先把馆里的信报扔在办公室主任桌上，然后扭头就往寝室跑。

馆长出差在外，今天他可以不必跑到厕所或外面去看信。

关上房门后，他难得地不像往常那样急切地撕开信封，而是先点上一支烟，深深地吸了几口，竭力使自己镇定一些。他把信封对着光反复观摩了好一会儿，再次确信是许小彗的信后，胸中越发郁闷了。此时他的心里实在是很矛盾，既急切地希望看到内容，却又害怕看到自己预期已久的那个消息。而且，这封信捏在手里比以往任何一封信都厚实得多。

有什么必要写这么多？

经验早已告诉他，许小彗的来信、来电或来人，对他来说，永远不可能有任何好消息；永远意味着创痛，意味着忧伤，意味着痛苦、烦闷和绝望！

不仅信很长，许小彗还破天荒地对他有了称呼：

景予飞先生：你好！

恭喜你，你做父亲了！

我们的儿子平安降生于1981年12月6日。他的名字叫言真。因为我生母姓言，他理应随在我最困难的时候呵护我、支撑我生命的慈母姓。

我的第二生命终于真真实实、冲破魔爪来到了这个世界上，将来也一定会成长成一个真正了不起的男子汉！

我不在乎你以后会不会在意12月6日这个不平常的日子。但是我真的很想知道，那一天你在干些什么？你一定和你的新婚太太在欢笑，在享乐，在计划今后美好的幸福生活吧？可是，你想过我在遥远的上海，在一个因为没有名分而不得不偷偷选择的破旧的小医院里，凄凄惨惨地哭天喊地吗？

疼痛、悲伤不会让我流一滴眼泪，我是在为儿子委屈，为他呐喊：天下有几个孩子出生的那一刻看不到父亲慈爱的目光？天下有哪一个孩子在娘肚子里就每时每刻面临着他的父亲和爷爷残忍的死亡威胁？

可是这个孩子真把我气坏了，居然长得那么像你。眼睛、眉毛、嘴巴，还有那天真纯洁的笑容，都是那么像你。虽然我现在早已看不到你的一丝笑容。我白天黑夜都在看着他，永远也看不够。但我却不敢多看他的笑容。等到哪一天他明白自己的命运，懂得这个世界有多么残酷的时候，他还笑得出来吗？

但是请你放心，有我这个坚强的母亲在，他就是平安的！将来他也会一天天更明白，他有一个最大的幸运，就是他的母亲会比任何母亲更加爱他、疼他、照顾他一百倍！他还有一个辛辛苦苦、任劳任怨地帮助他出生的好外婆。他也是有福气的！

生下他是我这辈子最正确的决定，最成功的特大收获，最充满希望的一个胜利！因此我丝毫不会感到后悔，永远不会害怕任何艰难。现在我每天都沉浸在无比幸福的快乐中。因为，我的儿子是个聪明漂亮的大胖小子，一头黑色的金子一样乌黑的头发，一双明亮聪明的大眼睛，比我想象的还要可爱一百倍。请你记住吧，记住这个在娘肚里就饱受辛苦，听不到一点父亲声息的儿子，生下来竟然还有七斤二两重。我相信，他将来一定会成长为一个高大英武、比你出息一百倍的好男儿。

但是，我来信的主要目的是要告诉你，还有他那个自以为是的知识分子爷爷：你们永远也别想见到他。因为你们根本就是他生命的刽子手！不共戴天的大敌人！

好了，再也不想多说什么了。我要给宝宝喂奶了。他的小手又在抓个不停了。可怜的小宝贝，你能抓到什么啊？想到这些，我的泪水又止不住了……

对了，这张照片不是给你的，是给你妈看的，因为她也是做母亲的人。我永远记得到你家时，只有她悄悄地对我说过几句体贴的话。可是，因为你们，我只好对不起她——她也别想看到自己的亲孙子。这不能怪我残忍。

信末照例没有署名。

信纸上不少地方字迹有些洇糊，斑斑点点，显然是泪水浸润的缘故。

注意到这个细节，景予飞倍觉难堪。信上的字字句句也仿佛一条条呼呼作响的皮鞭，抽得他喘不过气来，心头一时间充满了罪恶的感觉，同时也充斥着欲辩无奈的窝囊。但此时他顾不上多考虑什么，哆嗦着拿起信封，使劲抖了几下，果然有张一寸的黑白照片滑落在桌面上。

呀，这孩子……他惊叹了一声，浑身的血液更加汹涌地奔流开来——一个裹在襁褓里的小婴孩，头上戴着个白色的毛线帽子，面无笑容地、似乎还有点怯生生地注视着他。

他……他真的像我吗？

眉毛这一块倒好像有点像呢，他还根本不会笑呢。可是她说得那么夸张，什么刽子手，什么死亡威胁，你讲理不讲理，我们的目的是这个吗？你明明知道我们反对生下他，根本是在为他的命运担忧。明知他的命运将异常艰难，还把他强行带到人间来，岂不是更不人道、更残酷吗？

哎呀，现在还想这些干吗？无论如何这孩子是无辜的。现在他既然来到了这个世界，我就要义不容辞地承担起我的责任，哪怕呕心沥血，也要尽可能使他生活得好一点！这，对她也是一个很大的补偿。

只是无论我能做些什么，最终还是苦了这孩子了——如果她肯把孩子给我们养就好了……

这怎么可能啊！这孩子毫无疑问是她的命根子，她现在的救命稻草，她今后生活的精神支柱，她绝不会把孩子交给我们的。仅仅是出于情感失落的报复心理，她也不可能把孩子给我们的。她是多么的忮刻而执迷不悟，难道我还没领教够吗？何况，即便她真肯把孩子给我们带，我们就带得了吗？

在我这儿根本不可能，放在泽溪倒应该可以，但是家里突然冒出个孩子来，对外界该怎么说？尤其是对喻佳父母又该怎么说？就算现在能把一切圆过去，将来也终究是纸包不住火的。等到他越长越像我的时候，种种流言、种种蜚语，不把人压死，也会把人压垮。而且时间长了，这种事必然会传到喻佳家或者我单位这边来，到那时……不不不，只有让她带才是最现实的办法。

可是，万一哪天她承受不了压力——比如她有了理想的男人，感情发生了变化，或者想结婚但男人不接受孩子，或者她养父母发觉而施加压力，她都有可能改变主意。甚至，不排除哪一天她心血来潮而故意发难，硬要把孩子交给我们的话——她这人恐怕是什么都做得出来的——那才叫可怕呢！

唉，许小彗你这是干吗呀！干吗非把他生下来啊……

他心情复杂地又拿起照片，可是只瞟了一眼就放下了，而且还特意把照片反面朝上，才感觉心安些。

他手抖抖地又点起一支烟猛吸开来，脑子里也像浓浓的烟雾一样混沌不清。

迷蒙间，那孩子竟从照片里爬了起来，张开细嫩的双手，摇摇晃晃，颤颤巍巍地向着自己走了过来，那脸上满是畏怯而冤溜溜的神情，小嘴巴一翕一翕的，似乎要哭，似乎又在轻轻地唤着“爸爸、爸爸”——景予飞腾地跳起来，双手使劲挥了几下，袅袅青烟散了开去，孩子也不见了。

他重重地敲了下脑袋，立刻把照片夹进信里，装进信封塞到了枕头下面。一转念，他还是觉得不踏实，于是又从床下拖出自己的柳条箱，把信放进去锁好，心里才觉得稍稍踏实了些。

9

趁着星期天，景予飞回了次泽溪。

把信和照片给喻佳看的时候，景予飞心里是极其忐忑的，毕竟她是自己的妻子。对于自己的背叛及其愈演愈烈的后果，她虽然非常包容，但人非草木，其内心的压力和痛苦是可想而知的。一个明显的事实就是，没有许小彗之前，喻佳的表现是相当乐天和活泼的，一看就是一副心无芥蒂、毫不设防的心地；和他相处时多半都笑吟吟的，话也相当多，单位、家里、社会上什么趣谈轶闻，她都爱和景予飞聊聊。可是出了这个事之后，虽然她极少有对景予飞的指责或埋怨之言，但其他话似乎也与此同时冻结了。两人独处的时候她的话明显少多了，彼此都刻意在回避着什么，还经常见到她若有所思地在出神。所以，之前景予飞经过反复思量，曾经决定从此对许小彗的事情要有所保留，实在隐瞒不过的就轻描淡写一番，以免她和自己家人再承受过多的刺激。所以许小彗坚持生孩子的过程与事实，他对喻佳很少提及，这次本也不想把她的来信和孩子的照片给喻佳或家人看，但喻佳并不是愚钝之人，她很快就从景予飞那副心不在焉的萎靡状态上窥出了究竟：

你就别这么憋屈自己了，有什么心事就痛痛快快说出来。你应该是很了解我性格的，我们现在又是夫妻了，互相信赖是起码的原则。而且，很多问题别以为我没有思想准备。有什么烦恼和困境就痛痛快快地说出来，不说同心同德，起码我可以帮你分担点精神压力。说吧，是不是孩子生了？算算日子也早该生了。

景予飞心头一热，老实地点了点头。

真的？是男孩还是女孩？

景予飞又迟疑了片刻，终于把信和照片拿了出来。喻佳一把抓起照片，仔细看了一会儿，竟哧哧地笑开来：你这个坏家伙还蛮有福气的嘛，居然生了个儿子呢！计划生育哎，多数人只能有一个孩子，有人想要个儿子，求神拜佛还求不到呢。

福气！我都愁死了。

愁什么？这都是天意。人生在世，谁希望冬天里刮大风，春天里下冰雹？但天行有道，人生也有绕不过去的坎坎坷坷。与其悲天悯人、垂头丧气，不如顺其自然、承受考验。所以，这孩子既然生了，就好好地带大他。嘿，这小子还真有点像你呢！

心理作用罢了。景予飞故意不以为然：这么大的孩子能看出个啥来？差不多都这副模样。

也可能吧。有些孩子还是隐性遗传，一点都不像父母的也多的是。喻佳说着又看起信来。景予飞紧张地抽着烟，暗地里却在窥视她的表情。果然她敛住了笑，脸上青一阵红一阵的，看得十分认真。

景予飞赶紧打岔：看这么仔细干吗？无非是在泄愤而已，还说得那么夸张，一点也不讲理。明明我们是为她和孩子的根本利益考虑，反过来把我们说成刽子手……

万万没想到，喻佳的反应却相当理智：话是夸张了些，不过也不是全无道理……到底还是个初谙人事的女孩子，独自承受这么大的失落。换了个人，发疯寻死、胡搅蛮缠的可能都不能排除，所以她冲你发泄几句也是正常的。别太当回事的应该是你。你想过没有，也许幸亏有了这个孩子，她才能熬过这一关……这是当然，谁都不希望用这种极不理智的办法来解决问题，老实说我更不愿意。但现在既然孩子已经生下来了，就应该换个角度考虑问题。我觉得，现在大家最明智的态度就是不要再互相指责、吵闹不已，务实地处理好孩子的养育问题要紧。搞好了，说不定还能把坏事变好事……她不配合是她的事，你想过没有，你该怎样尽自己的责任？你不用担心我，我这人还是现实的，只要合情合理，你该怎么做就怎么做，我决不会给你添乱……这样吧，现在你不是每个月交给我二十块钱吗？以后就别交了，把这个贴给她，应该差不多了吧？

心潮一阵汹涌，景予飞差点落下眼泪。他大口吞吐着烟雾，才把情绪压抑了一些。嗫嚅了半晌，他终于明确说出了自己的想法：我想的也差不多。我大概了解了一下，根据法律和某些案例，结合我的收入，每个月补贴她二十块钱只多不少了。

其实景予飞原先想补贴许小彗二十五块到三十块钱，但这已多于自己工资的三分之一了，因此故意顺着喻佳的想法说，想让她感觉好些。

喻佳沉吟了片刻，点了点头：不过你还得另外有些准备，遇到什么意外情况和重大年节时，额外的开支也是少不了的。但有一点你必须和她明确，这费用对于我们来说，并不是很轻松的，而且费用里已经包括了孩子日常生活和一般医疗等开支在内。除非特殊意外，她不能无限制地乱要钱。

这当然。她要是再过分地要求什么，我也不会轻易答应。我已经给你和家里人造成了这么大的麻烦，起码的原则是不能影响我们的基本生活。不过，实际上我一时不慎造成的麻烦，已经够我们揪心一辈子的了……喻佳，真不知道该怎么谢你……

也许都是同学过来的，也许是相处时间很久了，平时景予飞已经形成一种习惯，很少在喻佳面前流露内心的真实感受，甚至甜言蜜语也只在特殊情境下才偶尔露那么几句。所以，尽管此时他心里很想多说些什么，但他就是说不出口。

不过，也许是习惯了，也许是喻佳真的不在乎，她的性格渐渐也和景予飞有了类似之处，平时也很少对他撒娇或作小女儿态，两个人之间更多的是一种心灵的相通和默契，所以见景予飞这副窘相，她轻轻地道了声：你呀，别把话题岔开了——你爸妈那里你说了没有？许小彗的信上可是让你把照片给你妈的。

你说我该给吗？

当然该给。都说老人是隔代亲，你爸是男人，可能还好些，你妈的心里肯定要比你更牵挂孩子。不过，我觉得信就别给他们看了，问起什么来也说得策略些。何必让他们跟着难受呢？今后有什么麻烦我们俩商量着办，对他们就尽量报喜不报忧吧。

我也是这么想的。幸运的是，尽管信上许小彗说得那么惨，但她的实际状况比我原先想象的好得多。亏了她上海有个生母对她还不错。要不然，以她家那种条件，就是养父母不反对，也没法想象她怎么能带得了这个孩子。唉……

景予飞心里酸酸的，为掩饰表情，扭头假装看窗外，不料视线正落在五斗橱镜子上，他意外地注意到自己的两鬓竟已乱茬茬地泛起了一片花白，起先还以为是镜子上有水汽，伸手揩抹了一下再细看——毫无疑问，自己的头上不知何时起竟有了相当多的白发。唉，我这是怎么回事？才多大呀，就有这么多白头发了？

正在发愣间，喻佳也凑过来，用手撩拨着他后脑勺上的头发，叹息道：你刚注意到吗？后头也斑斑拉拉地白了不少啦。看看，看看，简直像个小老头了——可见人的心理对生理的影响有多大，以后怎么也要沉得住气些，有什么烦恼更不要闷在心里，单位不好发泄就回家来发泄好了，反正我知道你在愁些什么。只是不要学那些摔家伙打老婆的无赖相就好——拔是根本拔不完的，我看你还是弄点染发膏盖盖吧。

我才不染呢。景予飞说：少白头的人多的是。

唉，伍子胥一夜白了头，你比他也好不到哪儿去。可人家是怎么回事，你又是怎么回事？现在你该相信，盲目冲动要付出多大的代价了吧？不过有些话我还想多说几句，你也该把心理好好调整一下了，一天到晚愁眉苦脸，非但于事无补，还只会让自己萎靡消沉，这早生华发就是个警钟。别忘了，你现在的担子是实实在在地压上肩了。打铁先要自身硬，真要为孩子着想，就先让自己坚强起来。否则，自己过不好，孩子也就照顾不好，弄不好将来赔了一个，还要搭上一个，你仔细想想，是不是这个理？

怎么不是？景予飞感激地点了点头，心中真有种豁然开朗之感：真得尽快打起精神来呵，人生的潮起潮落谁也免不了，那就既来之，则安之，现实地应对今后的局面吧。无论如何，我不能就此被厄运压垮！

幸运的是，我的选择还是正确的。换了许小彗，是喻佳和我私生个孩子的话，她会作何反应？

不可思议呵……

第四章　芳草尽成无意绿[①]

1

“忽如一夜春风来，千树万树梨花开。”

眼下清明刚过，正是梨花的盛期。藩城到处可见枝头飞雪、香气袭人的梨花胜景。而且，梨树最多、花色最好的地方恰恰就在科技局大院外不远处。那里原先野火般蔓延向古城墙脚下的荒草地不见了，代之而起的正是没有千树万树也有千树百树的一大片梨树园。这都是市农林局于去年秋天新移植的，既是可以创收的果园，又是市里启动的护城河两岸风光带建设的组成部分。头年新植的梨树虽然普遍还没长高，但正所谓“苔花如米小，也学牡丹开”，棵棵梨树都仿佛要炫耀自己旺盛的生命力一般，稍遇点春风就奋力地飘香吐蕊，雪团般的梨花一夜间缀满枝头，汇成一派不是梅花胜似梅花、特别赏心悦目的香雪海。

到底是春天，迷人的岂止是梨花。尽管气候乍暖还寒，时不时总有大大小小的寒潮俯冲南下，搅散本地温暖的气团，其作用仅仅是飘落几场有些阴冷的中雨和小雨，恰好让渴望萌发的各类植物得到理想的滋润。藩城

---

① 第四、五两章标题引自蔡东藩著作。

本来多树，科技局大院周边又多空地，且逢人世间改革开放欣欣向荣的新局面，百草千卉也趁时各显峥嵘。

最热闹的还是郊外的田野，麦苗油绿，菜花金黄，蜂蝶嗡嗡嘤嘤，观之令人蠢蠢欲动。而市内各处，包括科技局院落内，近几年日益重视市容景观的营造，因此逐年新添了许多观赏植物。樱桃红得醉人，桃花粉得娇艳，玉兰白得正气。海棠的花骨朵儿虽然不大，但开起来恰如梨花，密密实实，一嘟噜一嘟噜的，令人目不暇接。石楠、红枫之类的无花植物也不甘示弱，新萌的嫩芽全都如姹紫嫣红的晚霞般明媚亮丽，东一片、西一抹，红得让人流连忘返，艳得让人怜爱不已。

这样的景致，这般的季节，显然是会让人飘飘欲仙的。

遗憾的是，自然界和人世间很明显的一个区别就在于，植物的生长节奏几乎完全顺应着气候的阴晴转合而自然演化且变幻自如：春来了，它就欢欣雀跃；秋临了，它就繁衍接力；冬至了，它就蛰伏休憩。代代循环、世世往复，总之井然有序，一切都简捷而单纯，清澈而明白。

人呢？生物节奏似乎也大致和季节共振，日出而作，日落而息，但其生活节奏和命运节律就太难说了。而正所谓良辰美景奈何天！春天里照样有失意的眼泪，严寒里照样有得意的光耀。一样的月光下，永远是几家欢乐几家愁；和平的背景下，照样会有人辞官归故里，有人星夜奔考场。

表面上看，这一切似乎也有规律可循，决定因素是各式人等性格的差异、选择的不同和欲望的纷纭，甚至刘镛还将其简约抽象为“名利”两字，且正所谓“天下熙熙，皆为利来；天下攘攘，皆为利往”。细细究去，却又未必尽然。政治、经济、思想、信仰、哲学、文化、情趣、爱好甚至人际关系，谁能说得清到底是什么在支配或决定着每个人的人生走向和命运变幻？所以有人到庙里去抽签，有人到教堂去受洗，有人为主义慷慨捐躯，有人学乌龟伸头缩颈。世界倒因此而热闹许多，人生也因此而绰约多姿，然而到底哪一种活法更接近本质，究竟哪一种人生更切近理想，多数人还是找不到根本的出路。

所以，有人将人生喻为飘忽无定的梦境，有人将人生视为一个迷茫的大谜。所以，有人恨不能觅一处温暖的洞穴作无望的苟且，有人却热血沸腾地挑战这无尽的利欲的博弈。所以，汪馆长会对景予飞疾呼中庸，景予飞也企图让自己中庸起来。然而却总是无奈地发现，树欲静而风不止，那个“庸”也端的是个理想境界，奈何你就是“中”它不了……

2

这些个漫无头绪的感慨，梨花般白茫茫、乱纷纷的遐思迩想，就在这四月的大好春光之中，和风般席卷着景予飞的心田，最终又缤纷落英般飘落在护城河边——他在这里徘徊了将近半个小时了，感觉却似乎经历了一轮春夏秋冬的无情轮回；四处顾盼，仍然见不到许小彗的影子；有心一走了之，又怕许小彗怪罪自己；耐心再等一会儿，却又望穿秋水，焦躁难忍。

唉，人哪，人哪！到底是什么在牵制着你的命运和身世？有时候你怎么就这么难哪？而我，从小到大，虽然没尝过大富大贵的滋味，向来还算生活得平静安宁。来到藩城，生活似乎刚刚向我露出点灿烂的笑脸，怎么就稀里糊涂地堕落到眼下这种难堪的状态中来了？而挣脱这种状态的契机在哪里？这辈子我还有没有摆脱这个莫名其妙无可奈何的怪圈的希望呀？

景予飞绝望地晃了晃脑袋，努力拂走头脑里的阴影，同时抬起头来，将视线投向眼前的河流。此时的河上白晃晃的，没有过往的船只，也没有什么风息。午后的太阳斜斜地照在静谧的流水上，泛着梦幻般的金色光斑。远处，对面河岸边栖着一长列木排，有两个人蹲在木排上钓鱼。透过淡淡青烟般的雾气，依稀还看得见一只雪白的红腿鹭鸟，单腿立在钓鱼人不远的地方，定定地盯着眼前的水面，一动也不动。看他们那副与世无争、心定气闲的样子，景予飞心里涌起莫名的感动。难得有了几分温暖、安详之感，又多少有点儿艳羡，有点儿酸楚，还有点儿说不清道不明的神秘，让他神往，让他留恋。多想就这么静静地坐一个下午，心无挂碍地欣赏个够呵！然而这分明是一种奢望，转瞬之间他又想到了自己不得不在这里苦苦守候的目的，心里霎时又充满了忧郁。

等到终于盼见许小彗的身影后，他却又结结实实地吃了一惊：婀娜多姿、烟笼雾锁般新绿茸茸的柳丝深处，居然有个看上去约摸三十岁上下的男子，与许小彗相依相偎，翩然而来！

或许是生育的缘故，多日不见的许小彗，脸庞明显有些浮肿；或许是走路来的缘故，记忆中多半是黯淡无华的脸上也有了些许红润。而那个殷勤地挽着她胳膊的男人，景予飞怎么看怎么别扭，不仅因为他的出现太出乎景予飞的意料，而且他挽着许小彗胳膊的姿态也显得生硬而做作，而且他个子很矮，身高不超过一米六五，比许小彗高不了多少。见面后，他那有几分粗鄙甚至猥琐的气质也让景予飞深感失望。说话时他的眼神是飘乎不定的，几乎从不与人对视；就是笑，也像是硬挤出来的，皮动肉不动，以至景予飞始终不愿意多与他正面相视。

起先，他还以为这是许小彗家的什么亲戚，或者是她拉来帮凶吵架的，不免有些紧张。等到许小彗介绍这是她男朋友陈建设时，他不禁又暗暗地惊诧不迭——本来他是应该感到宽慰的。许小彗找了男朋友，对自己的痴情无疑应有所转移。但就凭她的长相和性格，怎么也不至于会看中这么个男人吧？莫非是她破罐子破摔，随便找个男人来应付眼下的困境？这样倒也好，至少这对许小彗眼下的境遇会有所帮助。可是这个人看上去就不像个有钱或有文化地位的人，更不像个有才有德的人，跟着他，能有个好吗？起码，许小彗这么心高气傲的女人是决不会甘心的，她早晚会有懊悔的一天。这倒不去管她了，一切都是她的选择，性格决定命运！问题是，如果他们结了婚，我的孩子将来是要认他为父，跟着这么个人过日子的！我的天哪！

景予飞的心更深地下沉着，完全可谓心乱如麻：老天啊，千万别让许小彗一错再错，跟着这号人走得太远……

许小彗似乎洞察了景予飞的心思，指着陈建设说：他是我在人民商场上班时的师傅，人很好的。要不是他的关照，我根本过不了那些关口。你倒是什么都不用管，可你知道那些日子我过得多么苦吗？

景予飞心里更加不快：正因为知道没有好日子过，才苦口婆心地叫你不要生这个孩子，现在这口气，倒像是我让你这么做似的。可你当时是怎么说的？"将来我讨饭也决不会讨到你景家门口！"

他清楚现在不是吵架的时候，尤其当着这个陈建设的面。于是他捺住火气，冲陈建设勉强一笑：给你添麻烦了，谢谢你。

万万没想到，陈建设说出话来远非他想象的那样没水平：这没关系，都是我情愿的。我知道你也不容易。

景予飞顿时有了种刮目相看的感觉：只是……你们今后打算怎么办呢？

陈建设刚想说什么，许小彗把他往身后一推，插上前道：这是我们的事，你就不用管了。但是有些事你应该拎拎清。小孩不是他的，你不能指望他来替你养孩子。再说，他现在也下海了，今后我们光靠他一个人租摊位卖毛线，日子会有多难，你这么聪明的人不会想不出来。现在最大的难处是，我家人根本不认这个孩子，全靠我自个儿带他，所以我也没法帮他一点忙。

景予飞又是一惊：这么说，你不在上海过啦？

哧！上海又不是我的家，我连户口都没有，怎么可能在那里过日子？再说生母对我再好，她自己的经济条件也不允许。我上面还有两个哥哥，上海家里就两间小房子和一个阁楼，我生孩子那几天就住在那个晴天没光、雨天漏水的小阁楼上。要不是看着身边哇哇哇啼哭的孩子，早就从窗口跳下去了！两个哥哥还成天地指桑骂槐给我看白眼，怕我呆长了占他们的房子。所以你想想看，现在我除了投靠陈建设，还有什么办法？幸亏他不嫌弃我，也不嫌弃你的孩子，不然我只有死路一条。

这个情况又是景予飞没有料到的。原以为许小彗有生母做依靠，孩子的将来也许会理想些，搞得好还可能成为上海人。而她在上海生活的话，也不至于三天两头借孩子来烦扰自己。现在这状况太令人失望了。别的不说，就凭他们这两个人，这孩子她怎么带得下去，又怎么可能带好？

他不禁脱口说了一句：要不，我跟家里商量商量，把孩子让他们带吧，我们保证会尽心竭力……

呸！许小彗突然像个斗鸡般蹦到景予飞跟前，两眼凶光毕露：

亏你好意思说出这种话来！把孩子给你们，我还千辛万苦地生他干什么？我早就说得明明白白，这孩子决不是为你们景家生的！你们家人永远也别想见到他！

可是明摆着你的能力……

这个就请你少操心了。我哪怕自己不吃不喝，也必定会把言真带好，带成一个有出息的好男儿！不过，话也要说清楚，这不等于你就可以和你的称心太太逍遥法外，什么责任也不用负。

我说过不负责任了吗？

行行，有你这个话就行。我也相信，凭我对你的了解，你再怎么自私、无情，但作为言真的生身父亲，总不至于狠心到连他的死活也不顾。

事到如今，说什么都是没意义的了。我愿意面对现实，尽力而为。

那太好了，我就知道你不至于丧尽天良。那我们就不用再啰嗦什么了，干脆直接说吧，你表个态，准备给孩子多少生活费？

每个月贴你二十块，可以了吧？景予飞暗中给自己留了点余地，所以少说了一点，没想到许小彗像听见个天方夜谭似的，重重地倒吸了一口气，然后伸出根尖尖的食指来，点什么似的点着景予飞，尖厉而高亢地冷笑起来。

她笑了一气又戛然煞住，一把拽住陈建设，掉头就做撤退状。

景予飞慌忙拉住她：话没说完，你怎么走了？

说什么？说什么？跟你这种人还有什么好说的？二十块钱一个月，你打发要饭的呀？你不食人间烟火吗？二十块就是养条狗也不够，还尽力而为呢，亏你好意思这么吹！

你这人有没有教养？话说得也太难听了！景予飞也恼怒起来：我一个月生活费也不过二十来块，怎么就不够养狗啦？

哦，你真当是养狗啊？养小孩跟大人能比吗？这是你的亲骨肉，是你们景家的骨血哎，你想让他像个乡巴佬一样活吗？城里人养一个孩子开销多大，别人家的孩子都是怎么养的，你真的一点概念也没有吗？一个月光奶粉就要多少钱？穿的呢，用的呢？打针吃药呢？将来上幼儿园、上学校的费用呢？

将来可以根据我将来的收入再商量嘛。现在他不是还小吗？就算二十块不够，那你说多少才合适？

起码也要五十块一个月，否则一切免谈。

景予飞倒吸了一口冷气：五十块，我每个月工资才七十来块，总不能救了青蛙饿死蛇吧？

你少跟我来这一套，你家的条件我不是没有数。

这纯粹是我个人的责任，凭什么又要扯上我家人？况且我父母都不过是穷教师，我妈又退休了，他们的收入不像你想象的那么高，身体也都有病。你别打他们的主意好不好？

可是我现在没法在家里住，在外面租房子要多少钱？我还没有工作……

你的生活难道也要我来管？

我要你管了吗？我没法工作是因为要管你的儿子！

法律规定的是补贴孩子的生活费，而且是有标准的。我顶多可以给你三十块。

不行，少了四十五块我一分也不要。你不是说法律吗？那我们干脆点，改天到法庭上去谈好了。要是他们判你不该出钱，那我喝西北风也不会找你要一分钱！

说着，许小彗又拉起陈建设，做出要走的姿态。

景予飞张口结舌——不是说不过许小彗，而是掂到了许小彗话里的分量。他越来越感觉到，许小彗是什么都做得出来的人，这是让他从骨子里惧怕她的一大原因。她真要闹到法庭，就等于公开到社会上去，这是他最大的心病。这对她不会有什么影响，但对自己，一个年纪轻轻就有了私生子的人，单位里的前途就不用说了，外界的舆论压力更不敢想象。

何况孩子毕竟是自己的骨肉。许小彗的情况也明摆着，凭她自己，的确养不了这个孩子……自己就咬咬牙，认了吧。

他故意沉默了好一会儿，叹了口气说：看在孩子的分上，我就不和你争了。但有句话要说在前头。四十五块一个月不光是生活费，还应该包括孩子可能的医疗、教育等额外费用。就是说，你不能再以任何理由要这要那，超出了我的承受能力，我也只有豁出去，随你怎么办好了。

没想到许小彗竟十分爽快地答应了他的条件。但她眼珠骨碌一转，冷不丁又提出一个让景予飞差点背过气去的要求：她要景予飞一次性先给付十年的费用！

她的理由同样也振振有词：孩子现在太小，她不能工作，又一无所有，因此需要有一笔钱来应付眼下的窘迫局面。更重要的是，她还坚称自己没法相信景予飞，万一哪天他不在藩城了，或者调动工作了，要赖皮了，她就抓狂了。

而且，她反复强调是景予飞无情地抛弃了她，自己是在忍辱负重，牺牲自己而成全了景予飞，他应该给予一定的精神补偿……

你这不是在杀鸡取蛋吗？景予飞跺着脚，咬牙切齿地吼道：怎么也想不到你会这么蛮不讲理。

我蛮不讲理还是你蛮不讲理？先前你和家里人说得多么漂亮多么高尚，说什么孩子生下来你们会负起责任来，现在……

那是在没有办法的前提下才说的！而且也应该在合情合理的基础上这么做。现在，这孩子完全就是你一意孤行的产物，你却把一切责任和后果都推到我一个人身上！算了，我算是彻底明白了，跟你这种人是永远也没法讲理的。你爱怎么办就怎么办吧！

景予飞吼得嗓子都痛了，犹不解气，恨恨地向着身边的柳树猛踢了一脚，扬长而去。

3

可是他越走越觉得心里发毛。一是刚才气昏了头，踢树的脚一阵阵钻心地作痛，忍不住就慢下了步子。二是许小彗居然也不哼不哈不依不饶地就在距他几步远的身后，紧紧跟着他不放，嚓嗒嚓嗒的脚步声猫爪子似的死死地挠着他的后脑勺。

你干吗跟着我？

事情没完，我怎么不跟着你？

景予飞无奈，又不能就此服软，硬着头皮继续走，可是越走越心慌。许小彗真要是跟着自己回到单位大院去，哪怕她一句话不说，你身后总跟着这么个目露凶光的女人，别人会作何感想？那后果完全不堪设想。但就此答应她的条件吧，自己明显心有余而力不足。不由得脑袋一阵阵发晕，满目的红桃绿柳都黯然失色，眼前是一阵黑又一阵红，树林里那些个犹自欢欣的鸟雀也仿佛看他的笑话，一齐叽叽喳喳地窃笑不已。

小彗你等等！落在他们身后的陈建设突然叫停许小彗，大步蹿到景予飞前面，伸手拦住了他：景老师，听我说一句好不好？

景予飞借势停住脚步。偷眼看看，许小彗已在身后不远处站定了，示威地瞪大双眼虎视着他。

陈建设满面是笑，伸手哈腰地把景予飞让到一条靠河岸的石条椅上，一面劝他消消气，一面摸出包香烟来，递给他一支，并擦燃火柴帮他点上火。

两人默默地抽了几口烟后，陈建设赔着笑脸开了口：怎么说呢，我们都是男人，知道你心里是什么滋味。是呀，又不是走路跌了一跤，或者出门丢了个钱包，怎么倒霉也都是一阵子的难受。你们俩这事，那可是一辈子的大事呀，可以说是头等大事。说得那个点，对于你们个人来说，国家大事都比不上这事大啊！所以，我的看法是，谁跟谁赌气都解决不了问题。

刚才你都听到了。我够可以的了，什么都不跟她计较，一让再让。世界上像我这么大度的人还有几个？都怪我心肠太软，她才得寸进尺。

没错没错，你说得一点没错。社会上很多人对付这种情况，根本就是一个“赖”字，半个子儿也不给，让女人有多远滚多远，她们只能干瞪眼。不过，一样事，两面看。那号人根本就是人渣，跟你这种知书达理的人不能放一块儿说。我看得很清楚，你不光是顾面子，而是真心想帮小彗的。她呢，连我看着也是太过分了些。所以，回头我也要劝她让一步，做人不能这么狠，把人逼急了，大人两败俱伤不算，孩子可是无辜的。话也说回来，你们骨子里都是好人，谁都不舍得让孩子受罪。

正是因为顾虑到孩子，我才忍气吞声地……

是啊是啊，我一眼就看出你是个善心人——说到这孩子，我觉得你就是受多点累也是值得的。你是没见到呀，这孩子，那才真叫是乖巧聪明呵，恐怕多数是遗传了你的优点。丁点大的人，就好像知道点什么似的，难得哭啊闹啊地烦他妈妈。明明知道不是我的孩子，不瞒你说，我都越来越喜欢他了。

听了这话，景予飞心里莫名地颤抖起来：我可不可以插一句话？你们的关系，是不是认真的？真有可能结婚吗？

那当然。只不过，虽然我有这个心，但到头来她会不会有什么变化，我也还吃不准。实话说，我自己心里也有数，要不是现在走投无路、心灰意冷，她是不会看上我的。好在我做过她师傅，她对我的话还能听一点。就是这个事上，要不是我现在底子差点，我根本就不赞成小彗跟你要一分钱。不但不能要钱，再老实说一句，我还给小彗出过主意，找几个人修理你一顿。今天见了你才觉得，小彗对你狠不起来，还是有道理的。不过小彗呢，你也别把她想得多坏，就是任性了点，还有也太年轻了，做事过于情绪化……不过，原本她也真不打算要你钱的，实在也是太疼爱这孩子了，怕孩子跟着自己受苦才……

当初我们一家人苦口婆心地劝她不要蛮干，主要就是从孩子角度考虑，她就是不听！现在怎么样？她知道厉害了吧？

对对，我也说过她多少次了，跟谁赌气也不能跟个小生命赌气，生下来才知道过日子有多难。话也要说回来，谁让小彗她这么痴情呢？你注意过没，她手腕上有条那么深的伤痕？据说她割腕那天，就是你在耳湖提出分手的那天晚上——多亏后来有了这孩子，给了她巨大的精神安慰，她才暂时断了死的念头……

景予飞蓦然想起她那份血书，腾一下蹦了起来：居然还有这种事？她从来没跟我说过。

她是多么要强的人啊！跟我也是刚承认的。不信你去看看她手腕，你以前可能没在意过那道伤痕。好在这事算过去了。可是她这种脾性啊，怎么说呢，对人好起来，能跟你割头换颈；犯起傻来，那个倔，那个烈啊，你恐怕不比我了解得少吧？那你想想，日后这孩子她真要是带不下去的话，保不准还会做出什么没头脑的事情来，那你可就惨透啦。关键是孩子怎么办？万一她再出个三长两短，她家人打上门来找你赔人又怎么办？反正，这种事闹开来，男人就臭了。明摆着，不管你有理没理，舆论只会同情那个被抛弃的女人。

我可不算是抛弃她，我跟她那个时候还没结婚，我有权选择自己的终身伴侣。而且前前后后，除了没法答应跟她结婚，我跟我家里人对她完全算得上是仁至义尽了。

这个我知道，可舆论不知道呀！你总不能一个人一个人地去解释里面的是是非非、曲曲直直吧？就是知道了怎么回事，你信不信，人们还不是照样会同情弱者而指摘你的不是？总之，这种事最好遮着点。一旦弄到社会上去，惨的可肯定是你，谁让你背着个知识分子、国家干部的身份呢？

仿佛有一把利刃，当胸无情地插入自己心脏，景予飞又感觉透不过气来了，眼前更是天昏地暗，黑一阵红一阵的，心里充满了恐惧和对许小彗隐隐的愧疚。

他不由得连连点头：不是我惨不惨的问题，而是，我从来就不想让她受到伤害，更不想让这幼小的生命……

是的是的。所以我说，我一眼就知道你是个厚道人。其实小彗私底下也跟我说过你好多好话。说起来，这话不该我说，但是，你不会看不出来吧？到现在她也没断了对你的那份痴情哪！就看她看你那眼神，还有那些话，当面说得狠，骨子里还不是恨铁不成钢呀。

这个我不想听。景予飞又烦躁起来：什么时候了，她还沉迷在既虚幻又烦人的情感里！这样下去，于她、于我、于孩子都百害无一利。至于钱，我实在是心有余而力不足。要是钱能解决问题，要是我有钱，别说一次性付十年的，付一百年的我也心甘情愿。她和孩子过得越好，我也越心安！

这话我信。换了我也会这么想的。陈建设一个劲地点着头，又递给景予飞一支烟：要不，这样好不好？今天你们俩就别谈了，都在气头上，一谈就崩了。回头我来跟她说，怎么着也要让让步。要不，你也想想法子，先付她五年的再说？

景予飞心头一动。他心理本来就崩溃了，现在只希望有个缓解的法子，于是埋下头大口吸着烟，心里则飞速地盘算了一下：四十五块一个月，一年五百四十块，五年就得两千七百块。我的天哪……自己工作还没几年，又是一个人在外生活，几乎就没积蓄，结婚时父母给了他两千五，他给了喻佳一千五。虽然没办酒，多少也收到点亲友的份子，加起来手头还暗藏了一千五，就是为应对许小彗的。但是还差那千把块上哪儿去找？不，怎么也不能让喻佳知道这事，她表面上再怎么平静，心里终究不会好受的，特别是关乎到钱的问题。而且，不管我怎么难，对她还就得坚持说是谈妥了，按月付给许小彗二十块……

要不我回泽溪想想办法？

不，父母那里也绝不能张口，不能再让他们为我心上流血了。今后对他们也尽量要把有关孩子的事都说得太平点，好让他们放心。

只能找泽溪的老朋友凑了……可是凑不齐怎么办？

我从来没向谁借过钱，难得厚一回脸皮，总不至于一点也借不到吧？

这么盘算了一阵，心里踏实了些。于是他毅然抬起头来：那就这么定了。许小彗那边就拜托你了。但要她给我个把星期或者十天时间，我想办法凑给她五年的。她应该知道，我这人说话是算数的。

说着，他扭头去看许小彗，发现她已经没了踪影，心里又一阵发虚：她……她不会是……

陈建设也回头张望了一会儿，摆摆手道：她走了更好，省得一会儿再有什么口角。你能有这个态度，我看就差不多了。我怎么也要说服她。

但是她也该讲点信用。五年内就不能再找理由跟我要钱了。而且，给钱时她要写收据。

这是自然的。你能够做到这一步，我相信她再有气，也不至于不讲理。根本上，我相信她也不是真想害你的人。

尽管大大超出自己的预期，但如果最终能这么解决，景予飞还是感到几分庆幸。毕竟这避免了矛盾的激化，还有一个刚刚意识到的好处，那就是眼下虽然可说是“剜却心头肉”，却可以在五年内“医得眼前疮”，不必再为钱之类的麻烦和许小彗纠缠不休。这又何尝不是一种解脱呢？

他不禁又深深地打量了陈建设一眼，心里对眼前这个其貌不扬、现在感觉却相当通情达理又不无胸襟的男人，油然生出感激之情。

今天没有他，还不知会怎么收场呢。更重要的是，将来孩子如果真要跟这个男人生活，没准还是种幸运呢！对许小彗而言，她除了长相优于他一些，别的方面也都寥寥，选择陈建设，恐怕比那些金玉其外败絮其内的男人更实惠呢。

4

想到要借钱，第一个浮现眼前的，就是徐志明。

徐志明从小学开始，就是景予飞的同班同学。两家人住得也不远，初中时赶上“文革”，实行就近分配，两人又成了泽溪县二中前后排的同窗。

这还不是他们处得好的主要原因。他们的友情缘于从小学开始徐志明对景予飞学习和精神上的依赖。小学里景予飞成绩优秀，四年级开始就是大队委。徐志明脑袋瓜其实并不比景予飞笨，就是读书上不开窍也不肯上心。五年级时学校里搞了个“一帮一，一对红”活动，班主任让景予飞和徐志明结成了一对，从此徐志明成绩明显上升，虽然这主要只体现在他的回家作业上。景予飞每天让他抄自己的作业，考试时则要看现场条件，如果景予飞递得成条子或传得成只言片语，徐志明成绩就大涨一块，否则就一塌糊涂。

不管怎样，徐志明对景予飞的感恩戴德，甚至可说是崇拜乃至言听计从是与日俱增的。因为自从与景予飞结成对子，他在班上的地位就今非昔比了。过去，他不仅学习差，还因为长得偏胖和其貌不扬而备受同学歧视，内心一向自卑，这无疑也是他成绩上不去的一个内因。结了景予飞这个对子，别的同学看他的眼光就有所变化，再有谁嘲笑戏弄他的时候，景予飞翻个白眼或帮腔几句，就比他过去跟人打一架还要管用。

徐志明的长相其实还说得过去，白白胖胖、红不溜秋的，小时候看上去还是蛮讨喜的，长大后就慢慢凸显出一个特征，就是嘴巴不知怎么越长越发显大，鼓鼓的红苹果般的腮帮子仿佛过于熟透而裂了开来，直豁到耳朵根子。同学就笑他是阔嘴蛤蟆，说他一张口，七根油条可以并排进，闹得本来蛮爱笑的徐志明渐渐地不敢开怀，要笑也女人般拿巴掌捂住嘴巴。这绰号一直跟到他进中学，同学大多都换了，才没什么人叫了。倒霉的是他又得了个更响亮也更让他难堪的新绰号：骚果果。

“骚果果”是泽溪人对青春痘的称谓。那年头可能营养不良，发育期也少有人长青春痘。徐志明可能是吃得比同学都好，结果就长了一脸独具特色的骚果果，或许也和心理压力有关吧，他越在意就长得越凶，到后来满脸都是红通通的疙疙瘩瘩，挤破了又成了一个一个的黑斑和凹坑。这个绰号对徐志明几乎就是致命的，逃学也就成了他的家常便饭。就算到了学校，他也总是避开众人躲在角落里拼命挤那些骚果果。

幸亏有了景予飞，他才不至于破罐子破摔地精神崩溃。因为是自己的帮结对象，因为心地比较绵软，更因为父母屡遭批斗而早早品尝到精神歧视的滋味，景予飞从来不嫌弃徐志明，也从来不当面叫他阔嘴蛤蟆或者骚果果。徐志明感恩戴德的具体行动就是经常带些好吃的零食孝敬他，比如那些需要过年过节凭票供应的麻酥糖、花生米、油京果之类。

每隔一阵子，徐志明还会在星期天下午约上肚里空空、口袋瘪瘪的景予飞，到县城最好的东方红饭店去吃上一碗平时他想都不敢想的牛肉粉丝汤，或者到有名的为民饮食店来一碗鲜香扑鼻的开洋大馄饨，有时还加上两个糯掉牙齿的鲜肉大汤圆。更难得的是，景予飞托着徐志明的福，还在县城新开张的冷饮店里，吃过两毛五分一块的大光明牌奶油冰砖。

那个年代的冷饮店和后来遍地开花的歌舞厅、录像厅、游艺厅差不多，总是乌烟瘴气，只有少数长头发小裤管的阿飞混混或者谈恋爱的年轻男女会光顾。景予飞没跟徐志明交好之前，别说进去了，路过门前都要绕一个弧形快步越过。相反，徐志明一到这种地方就如鱼得水，趾高气扬地抖着二郎腿，跷起兰花指，很派头地教景予飞用小铝勺一点一点挖细瓷碟子里雪白滑腻的冰砖吃；还花上五分钱（够买一副烧饼油条了）买上两根牡丹牌香烟，老练地吐出一串串的烟圈来。他给景予飞尝过一根，景予飞怎么都无法想象，这种闻起来香喷喷、吸进去辣喉咙的有毒气体居然能值上一副烧饼油条，所以他那时始终没有学吸烟。

徐志明有点钱，原因就在于他父亲虽然只是个普通工人，却很小就在上海学就一手开模具绝技。"文革"中他因为私开家庭作坊被下放回泽溪，成为县里唯一的七级工老师傅。虽然不合时宜，但社队工厂在泽溪还是很早就暗流涌动，他私下里被这里那里请去开模具，捞了很多外快。徐志明又是家里的独子，手头自然也就活络。不仅手头活络，初中毕业后，景予飞下放到偏远的乡村去修理地球，徐志明却凭着父亲的关系，留在当地最好的一家国营企业当了钳工，这家企业是上海塑料十五厂在泽溪的分厂，据说有军工背景。

徐志明和景予飞的关系、地位从此有了明显的质变。出于自尊的考虑，景予飞回乡探亲从不去找徐志明。但徐志明始终将他视为密友，偶然在路上遇见景予飞，总要拉他上一回饭馆或者冷饮店，后来则变成了茶馆或者咖啡厅。

景予飞印象最深的一回就是，徐志明一进馆子，就把一个鲜红的小本子往桌上一拍，而且一直亮在桌角直到离开。原因就在于那本子上有三个烫金大字：工作证。这三个字让邻桌和身边来去的人都对徐志明刮目相看，也让景予飞觉得自己在昔日的小对子面前矮了三分。

那回，景予飞还第一次听说并品尝到了一种口味奇特的棕褐色饮料，这种饮料只有在县里第一招待所才有供应。喝了一口之后，景予飞的内心也像那清凉沁脾的饮料一样，泡沫翻滚，经久不息。

那天徐志明对景予飞说的一句话，也让他至今记忆犹新：这东西好处太多，提神止咳，通气壮阳，就是多碰不得，会上瘾。我现在两天不来点可口可乐就像一夜没睡一样。唉！

景予飞借调到藩城后，直到结婚，再也没见过徐志明。但他还是在旅行结婚回来后，请几个新朋旧友来家里聚了一次，其中就包括徐志明。

徐志明家还住在老地方沿河巷13号，只是他家的房子旧貌换了新颜。原先和周边一样低矮的两层小木楼翻修成了三楼三底的水泥楼房。边上还有一个很大的石棉瓦棚屋，里面放着小车床和钻床、钳台、角铁、钢板之类，是徐志明父亲的小作坊。

楼房堂屋后面有水泥楼梯通到房顶上，宽敞的水泥露台中间铺着塑料地板革，放着把躺椅和陶台。夏夜在这里喝茶纳凉不仅别有情趣，放眼出去，周围一片挤挤挨挨而摇摇欲坠的老房子低矮而卑微，想必也会令徐志明生出鹤立鸡群的豪气。

不过那天景予飞最羡慕的是，徐志明居然还有了私人小汽车！他家门前的水泥场院上，停着一辆苏联产拉达牌汽车。徐志明谦逊地承认那是他原厂领导淘汰贱卖给他的，但还是神气活现地拉着景予飞在县城里兜了一圈风。路上景予飞才知道，徐志明也早就从他曾为之自豪的国营工厂里办了病退，现在专门给父亲开的模具作坊当公关，兼做一些协作厂商的产品推销。

旅行结婚回来，景予飞请几个特别好的朋友吃便宴那回，别的朋友给景予飞的份子钱都是二十块，只有徐志明，随手就摸出张新版的百元大钞硬塞给他。

景予飞不找他借钱还能找谁？

5

徐志明从巷里小饭店叫了清蒸白鱼、油爆虾和炒鳝糊等几个相当有泽溪风味的小菜，两人就在露台上畅饮啤酒。

徐志明说得一点没错，这种地方喝酒的情趣是大饭店不可比拟的。头上群星闪烁，身上熏风轻拂。脚畔是静悄悄、稠油般缓缓涌流的穿城河。河上的点点星光，水面的斑斑灯彩，梦幻般催人遐想。没有船过的时候，乌油油的河面倒映着弯弯的拱桥，还有两岸的万家灯火和满天星辰。间或有船摇过的时候，星辰和灯火受惊般摇荡而缤纷，咿呀的橹声和船头上小行灶里噼啪乱窜的火星，溅出梦幻般的遐思，令人多少有点怅然又多少有点莫名的向往。

这人哪……景予飞不由得抬起头来，望着冥寂的星空出了神：从小到大，我总是自以为高出徐志明一头的。论读书，他不及我；论社会地位，他不及我；论人缘，他更不及我……可是实际上呢？我的生活质量和精神感受，到底比他优越在哪里呢？尤其现在，他的社会地位似乎并没有多少提升，生活质量和精神满足度却是我没法比的。看他这副优哉游哉、怡然快乐的样子，神仙也不过如此吧？

直到彼此舌头都有点大了，景予飞才吞吞吐吐地道出了借钱的来意。

既出乎意料又不出他所望的是，徐志明仿佛早就有数那样，格愣也没打一下就道了个“好”字。

景予飞不禁激动地追问了一句：一千块啊？而且，恐怕要三两年才还得清呢。不过我会打条子给你，而且，如果要算点利息的话……

老兄哎，你从来不小看我的。这点钱我总还拿得出吧？

徐志明不以为然地晃着猪脖颈样的胖脑壳，忽又一个鲤鱼打挺，从躺椅上坐直身子，油亮的大脑袋直伸到景予飞眼皮下面，怪怪地审视了他好一会儿，才嬉皮笑脸地补了一句：只要你老实告诉我派什么用场就行。你刚结婚几天嘛，要生儿子了？还是……啊，哈哈！

他突然狂诞地大笑起来。现在他笑起来已不再用手捂住嘴巴，星光下那阔大而空洞的嘴巴里一条被烟酒熏得乌紫的舌头，泥鳅般地乱颤不已。

景予飞知道他的意思，又惊讶于他揣度的准确。他不想暴露隐私，那毕竟是见不得人的事情，但酒精却一个劲地怂恿着他，渴望向谁一泄隐衷的欲望，加上对徐志明多年的信赖，最终还是促使他毫无隐讳地说出了所有实情。

谈到后来，想起许小彗和这件难堪之至的丑事给自己的创伤，不觉脸上已毫无血色，身子也抑制不住地抖颤起来。

令他安慰又颇觉意外的是，一直在留意倾听的徐志明的反应，非但自始至终没有惊诧、鄙夷或丝毫的谴责，反而是一脸的同情、羡慕和看上去绝无做作的祝贺。

他满满地斟满双方的酒杯，首先一饮而尽：

福气、福气，真正是福气哎！你知道的，我这辈子最佩服的人就是你了。学堂里我就看出来了，你这辈子是艳福不浅的。果然吧，喻佳这种漂亮又贤惠的老婆让你搞到了，外面还生了个儿子！儿子啊，这是开玩笑的吗？现在是啥年头？计划生育，只生一个好，你家里放着个指标还没用，轻轻松松地先有了个儿子。儿女是什么？老子的又一条命哎，你不明摆着比别人多了一条命吗？这是闹着玩的？老话不是说嘛，有子万事足，无官一身轻啊。你现在不光有子，还调到了藩城，将来官运肯定也一路亨通！居然还躲躲闪闪、唉声叹气，想把我给笑死、眼红死吗？

虽然明白徐志明是在找话宽慰自己，景予飞听着还真就感觉心情轻松了许多，心里也由衷地感激徐志明。什么叫朋友？这就叫朋友！不管你得意还是落难，你想得到也靠得到他；不管他心里赞赏你还是不赞赏你，事情到了某种分上，他总会给你暖心的理解。相比起来，钱还是次要的，这份体贴是更难能可贵的啊！

两人又喝了会儿酒后，徐志明下楼去拿钱，回来时，双手托了块大大的有机玻璃板，上面五粒一簇地缀着好多簇五光十色的赛璐珞纽扣样品，每一簇下面都标注着纽扣的品名、型号和价码。那些纽扣大小不一，花式繁多，有的像晶莹的珍珠，有的像圣洁的钻石，有的如五彩的玛瑙，都是景予飞从来没有见过的新鲜式样，在星光下竞相闪烁，别说用，看着都是那么地让人喜欢。

徐志明把一沓钱往景予飞面前一拍，同时指着纽扣样板说：

你想过没有？你现在跟一般人的确是大不一样了。但是长远看看，光靠你两个死工资撑得下去吗？好在现在的社会思想解放了，生路有的是。所以我有个好主意，就看你放不放得下知识分子的臭架子了。

什么好主意？景予飞呆呆地望着他，一时摸不着头脑。徐志明哈哈一笑，拍了拍他的肩膀：

糊涂了吧？这一千块钱呢，也不要说借不借了，就算我预支给你的利润。看见没有，这批纽扣都是我家老头子按照人家从香港进来的样式，帮社办厂开模具加工的，大陆根本见不到这种款式和花样的。我现在就在帮加工厂做点推销。你要是有兴趣，回到藩城呢就帮我跑跑批发，现结、代销都可以。藩城店家多，一家一家跑着看，有多少算多少。一个电话打过来，我这边就给你发货去。价钱嘛，你相信我不会让你吃亏。平均起来，每粒纽扣五厘提成给你。不要嫌赚头小，藩城那么大地方，跑得好一个月销掉两三千粒纽扣应该没问题。你想想，一个月一两百块外快，要比你工资高多了吧？这样你还愁以后养不好儿子吗？

景予飞看着那些纽扣，早已眼花缭乱，现在听着徐志明的话更是两眼发亮，仿佛突然发现了一条康庄大道，心里不由得一阵阵波涛翻涌，脑子里也风车般呼啸不已。这些天他一直在为凭空而添并且显然是绵绵无绝期的巨大经济压力而郁闷，也早就转过找个生财之道来缓解困境的念头，没想到轻而易举地就有了条光明大道！

徐志明啊，没想到你这个骚果果，还是我的大福将呢！

看看这些纽扣如此惹眼，想想藩城那么大个城市，那么多的人口，现在人们的日子也一天天好起来，谁不想多做几件光鲜的衣装？藩城又有大大小小那么多的百货商店，平均每个店要上一百粒的话，我一个月销掉几千粒纽扣有什么难的？至于什么知识分子的架子不架子的，狗屁！那也就是唬唬徐志明而已。我本来就不觉得自己有什么了不起，何况一钱逼死英雄汉，人都窘困到这个地步了，还谈什么臭架子？

唯一有点难的是时间和精力问题。好在自己工作不算太忙，白天也常要到区里、街道和学校参加科普教育活动，这里就有很多出去的理由或便当。再想想，许多商店晚上还会开门，下了班多跑跑不也行吗？于是他仔细向徐志明讨教了一些具体的推销之道和结算方法等问题，满口应承着，就此成了徐志明的推销员。

两个人相扶着踉踉跄跄下了楼。景予飞怀里揣着一千块钱，又看见一条大放光明的生财之道，心里早就涌上了一股豪气。徐志明虽然也喝得头重脚轻，却还是往拉达车里扔上一个装满各种纽扣的大帆布提袋，执意要开车送景予飞回家。一路上，那破拉达也像徐志明一样东摇西摆，咋咋呼呼，惊得路人纷纷躲闪，指着车屁股尖叫詈骂。两个人全不在意，还扯开嗓子嚎了一路的语录歌，鬼哭狼嚎的歌声淹没了发动机的轰鸣——

“下定决心，不怕牺牲，排除万难，去争取胜利！”

6

鬼扯淡！完全是鬼扯淡！我连许小彗这一难也排除不了，还排除万难！做你的美梦去吧，我这辈子算是彻底完了！

酒精激发的豪情到底是虚幻的。仅仅两天后的夜里，偶然念及这点的景予飞，就在寝室里抱着脑袋，痴望着地板上被自己愤极摔碎的茶杯碎片和狼藉的水迹，发出了痛彻肺腑的哀鸣。

此时，许小彗总算离开了，但愤懑还在胸中沸腾，理智犹在不甘地挣扎。

一个多小时前，许小彗敲响房门的时候，景予飞虽然很是吃惊（毕竟她好久没不请自到寝室中来了），但并不太在意。他口袋里有钱，心里有底。想的是她来这里也好，桌上有现成的纸笔，跟她把条件再说说清楚，让她打个收条再走，今后就至少有五年不至于再有太多纠缠，相对太平了。

然而他很快就恐惧而万分绝望地意识到，相比起昔日曾被自己视为幼稚的许小彗来，自己才又一次暴露出了浅薄幼稚、虚弱无能的底子来。

许小彗一上来的态度还是那么柔和，笑容中甚至还透露出几分难得的谦恭，尤其是看见他拿出那厚厚一沓钞票，她的眼中瞬间如打火机般亮起一股贪婪的火苗。但仅是一闪而过，很快就归于平静。她的身子纹丝未动，双手也始终交叠在一起，稳稳地盘踞在膝盖上，根本没有伸手接钱的意思。

而且她的嘴唇又明显地抿紧了。景予飞一看这神情，心里就发毛了。那笔钱里夹了不少五块、十块的旧票子，因此看上去特别多、特别厚实。这也是景予飞精心设计好了的，以期能让许小彗产生他筹钱不易和数目诱人的感觉。

他又特意把钱从大信封袋中取出来，捧在手中掂了几掂：你不数一数钱吗？我说话算数，两千七百块，预付五年，一分也不少。

他抑制着双手的哆嗦，又从桌上拿起一支笔和信纸递给她：你打个条子吧。

谁说预付五年的？许小彗双手抱在胸前，目光灼灼地瞪着景予飞。

陈建设呀，我们谈得好好的……而且，就这些钱，我也是费尽周折才筹齐的，你还想怎么样？

你是给陈建设钱还是给我？陈建设凭什么能代表我？孩子是他生的还是我生的？

可是，他说一定能说服你的。而且，现在我只能拿出这么多钱，再多一分也拿不出了。

那不行！

你……你还想怎样？

不怎样，我就要你预付十年的，五千四百块……

岂有此理！许小彗话音未落，景予飞的拳头已重重地砸在桌面上，顿时笔墨乱跳，杯盏呻吟。彻底失控的景予飞顺势又狠狠一撸，桌上的纸张、书本也哗啦啦地落了一地：

你太不像话了！你……欺人太甚！混蛋透顶！

声嘶力竭的咆哮，声声响若惊雷，震得景予飞自己也感到害怕，浑身热血直冲脑门，嗓子里则火辣辣地像是起了火。可是许小彗分明早有思想准备，丝毫也没有害怕，反而显出一副不屑甚至有点欣赏的表情，嘻嘻地冷笑着，一迭声地把景予飞的怒骂照单奉还：

你才不像话，你才混蛋，你才岂有此理！

景予飞呼地蹿到许小彗面前，拳头又一次高高扬起，没想到许小彗非但毫无惧色，反而挺身迎上，还把脚使劲踮起，几乎就和他脸贴脸了：你想干什么？想打我吗？好啊，这才像个有血性的男子汉哪。你打，你打，你打呀！打死我才省心呢。到时候孩子就归你了，看你还养不养他。

一听她提到孩子，景予飞忽然乱了方寸，面对着咄咄逼人的许小彗，更不知如何是好，不由得下意识地连连后退，直到身子抵着桌子无路可退了，才一屁股坐进馆长的藤椅里，不知所措地瘫在了那里。

你打呀！你喊呀！要不要我把门打开来，让你们单位的人都来看看你怎么对付一个手无寸铁的弱女子？

景予飞彻底泄气了，虽然嘴上还不肯示弱，声音却明显低沉下去：你别来这一套，你要开就开吧，反正我不会多给你一分钱，我也拿不出……

说到这里，他突然想起从泽溪带回的纽扣，立刻跑到床前，从床下拖出那只大帆布包，哗地扯开拉链：你看吧，为了还钱，我只好去代人推销纽扣。如果你有本事，把这些拿去好了，卖的钱都归你，可以了吧？

许小彗狐疑地凑上前来，把包里的纽扣翻出几袋来看了一眼，立刻不屑地扔了回去：什么烂东西，还想来糊弄我啊？

回过头来，她仿佛不认识似的上下打量了景予飞一眼，突然指着他哈哈大笑：好啊，好啊！真是想象不到，你这个一表人才的大知识分子，竟然也干起这种名堂来啦？哎哟，太好玩了，真是太好玩了！

她突然收住笑容，换成一脸的鄙薄：就凭你这些破纽扣，还想卖钱？鬼才要呢！还想打发我？

景予飞的脸又涨得通红：还不都是你逼的？

你少跟我哭穷好不好？你有钱没钱我心里有数，你也心里有数！而且，话要说说清楚，根本就不是我稀罕你的臭钱，而是你的儿子跟你要他的生活费！我知道你对这孩子不会有感情，但是他既然来到了这个世界上，你总不能没有一点责任心吧？

又来这一套了！我没责任心还给你预付五年的？正是看在孩子的面上，我才忍气吞声……

亏你说得出来，到底是你忍气吞声还是我忍气吞声，你搞搞清楚好不好？

许小彗，你不能这样逼我！做人要讲点起码的道理和分寸啊……好了好了，时间不早了，我不跟你争了。今天我们俩争死了，我也是拿不出更多的钱来了。说着，景予飞转身从桌上拿起那包钱递给许小彗：就这样，好吧？以后我要是条件好了，不用你说，自然会再……

许小彗重重地打他的手：我不要！

真的不要？

除非你答应我一个条件。

什么条件？

这笔钱不能算是预付的生活费，而是你对我和孩子的一次性补偿。从下个月开始，你要按月付给儿子的生活费，直到他长大成人。

说着，许小彗一把从景予飞手中抓过那包钱，转身向门口走去：你考虑考虑。一个星期后我再打电话给你。要么你把另外两千七百块补给我；要么下个月1号开始，你按月付孩子生活费，具体金额到时候商量。如果你不同意这么做，别怪我不客气，我只有抱着孩子找你们领导去要，不信你等着看。

景予飞目瞪口呆，头脑一片混沌，一时竟不知怎么回答是好。怔忡中，许小彗已不由分说地拉开房门走了出去。

关门声响起之前，景予飞最后看见一张诡异的笑脸。

他猛地清醒过来：你还没打收据呢！

他打开门追出去，走道里已没了许小彗的踪影；转身扑回窗前，只见许小彗高高地昂着头，大步流星地穿过老香樟，很快消失在迷茫的夜幕中。

7

1982年5月3日中午，景予飞早早地来到他上次与许小彗、陈建设见面的护城河边上，等待着许小彗的到来。

尽管老大的不情愿，尽管后来又在电话中争执过多次，生活费的问题最终还是以景予飞的妥协收场。也就是说，他已给许小彗的两千七百元不算预付生活费，而是一次性补偿。从本月起，他将开始给付孩子每月四十五元的生活费。

因为每月1号大多是法定假日，他和许小彗商定，原则上每月3号为他付费的日子。景予飞还主动提出两个月一付的办法，即每过两个月的3号那天中午，他们在护城河边的老地方，交付给许小彗下两个月的（一年多后又按照他的要求，每隔一季度交付）生活费。

景予飞这样做的理由是这样双方方便些，实际的想法则是希望尽量少见到许小彗，以减少烦扰，延长相对的清静期。

对此，许小彗并无异议，虽然她心里很清楚景予飞的想法，还曾尖锐地说过一句：你就这么讨厌见我吗？但她还是爽快地同意了。

毕竟，对于她而言，钱早一天到手并不是坏事。而且，后来的实际也证明，取钱时间的约定对于她不过是一种形式，任何时候只要她想见到景予飞或是提什么新要求，有的是理由和成功率。

事实上，景予飞自己也更加明白，尽管他徒劳地挣扎或抗辩过无数次，但自己的咽喉从一开始就已牢牢地扼在了许小彗纤柔却有力的手指间。

从正式支付第一笔生活费开始，景予飞就踏上了他命运的一个全新的起点。

直到时间进入21世纪的2005年，尽管中间仍出现了几乎无穷无尽的反复与波折（此一时段波折的中心问题仍然是钱，但也有许多令景予飞痛不欲生、度日如年的其他麻烦，尤其是与儿子相关的种种问题），每隔两个月至一个季度，景予飞都雷打不动地恪守着自己的承诺，准时出现在那个相对固定的地点，把随着时代和他收入变动而重新议定、逐渐递增（大多还是他主动增加）的下一季度的生活费，交到许小彗手中。

正如宇宙运行的基本规律：平衡是相对的，变化和运动是绝对的。他们间的相处规律当然也决非一成不变的。比如逢年过节，比如儿子上小学、上中学、上大学、参加重大活动、生大病等情况下，景予飞无论情愿不情愿，最终必然会额外给付一定的费用。

但总体而言，有了一开始形成的这个规律，对心力交瘁的景予飞来说，心理感觉和承受能力就是一个相当大的缓冲。许多时候（尤其到了这一大时段的中后期），他为许小彗尚能大致遵从这一规律而庆幸，甚至有时还会心生感激。因为如果她始终出尔反尔，反复加码或过于无赖（事实上这种现象在早期非常频繁），他除了哭天吁地，勉从其命，实在没有更好的应对良策。

事实反复而无情地证明了，在与许小彗（她手中还有一个基本不出场的有力武器——儿子）的博弈中，他早就悟到并不得不乖乖遵从一个越来越颠扑不破的真理：他永远也休想拗得过她。无论你如何抵抗，最终只有顺从这一条路。原因不仅在于她的性格之强悍、意志之刚强、手段与谋略乃至心理尺度的把握越臻成熟与丰富，更在于他本人，几乎先天就存在着一个根本的软肋——他害怕事情闹大，担心名誉扫地，更害怕儿子的生活质量或精神、利益受到损害，而许小彗也非常准确地把握住了他的这一弱点。

说白了，他心中有鬼，也有愧。因此尽管他也无数次地对许小彗显现出表面上的强硬，如嗓门比许小彗高，怒极时抓头发、掐大腿、捶桌子、砸东西，并无数次威胁自己要破罐子破摔、以死相拼，骨子里他却永远也强硬不起来。

钱是身外之物，精力也是割不尽的韭菜，多花点就多花点吧，只要她不把我逼得走投无路，实在无法承受；只要苟且、顺从能换得相对的平安；只要我的钱是用在儿子身上了，就是值了——这是支撑着景予飞的最基本的心理逻辑。

而他几乎从来没有考虑过或者说怀疑过许小彗是如何支配这些钱的。因为，即使是在最愤怒最无理性的时候，他也从来不会怀疑儿子在许小彗心目中的地位与意义，即使在三年后，许小彗又和她的丈夫生了一个儿子。不仅许小彗本人反复向他表述或暗示过，自己对小儿子的感情与对他们俩的孩子言真的感情不可同日而语，在后来长期的相处接触及其潜意识中，景予飞乃至喻佳都始终感觉到并深信着一点：自己这个儿子言真，在许小彗的生命中，是高于一切的，包括她自己的生命。

景予飞深感遗憾却也不无"庆幸"的是，在这长达二十多年的时光里，不论是儿子十六岁那年，据许小彗说他本人已知悉了自己的身世后，还是他大学毕业、就业、结婚，景予飞从没见到过儿子一面！

既然只有一味的付出，而看不到任何回馈，又谈何"庆幸"？

当然算不得庆幸，所以景予飞内心里也时常将此视为遗憾而悬念不已。但事物都有其复杂性与特殊性在，恰恰因为景予飞的某种特殊心理和这个孩子与生俱来的特殊状况，景予飞对他的存在和感情，始终是矛盾而无奈的。如果许小彗是通情达理的，如果这个孩子也是通情达理或明白而宽容的，那么客观条件再怎么不便，再怎么有障碍，彼此保持谅解、默契和适度的交往，也应该是可能的。

若是如此，自然是再理想不过的。但问题是，许小彗何许人也？她怎么可能与景予飞保持默契？而儿子言真的具体想法或性格，景予飞因无从接触也就无从知悉。在这种情形下，与之见面就不仅不是件好事，还可能是充满了变数甚至是危机四伏的新的烦恼源。比如，这必然增加了暴露事实本身的可能性，也增加了景予飞应对的难度，更可能因为言真这孩子的不合作或不理解反而成了景予飞的一个对立面——他也时常向自己提出这样那样更难以承受的物质或情感要求怎么办？甚至，万一他要求获得正式的名分或干脆打上门来或打上泽溪去的话，我又怎么办？

凡此种种绝非不可能的顾忌始终隐隐地压在景予飞心头，他的感觉反而是：与其那样，不如不见为妙。

但是，儿子毕竟是儿子，除非丧尽天良的冷酷之人，血缘亲情的纽带和心理悬念，毕竟是轻易割舍不了的。尤其是在自己获得相对平静的喘息之余，以及自己的生活与时俱进不断改善、优化的时候，景予飞对儿子的的愧疚和悬念心理反而会加剧起来。

儿子好吗？他对自身畸形、扭曲的身世及多舛的命运会作何感想？

尤其是，万一他得悉我的真实生活状况和社会地位，和他现在的父母之间日益深刻而鲜明的反差后，他又会作何感想？他的心理会因此而更加沮丧吗？他的性格会因此而越趋阴郁、乖戾甚而变态吗？他会更加痛恨我吗？他会因此而破罐子破摔吗？他会企图以自以为得计、其实是非理性的从而只会加剧自己悲剧命运的手段来扭转自己的命运吗？甚至，他会因怨生恨而设法来报复我吗？

由于顾虑到这一点，景予飞早已形成一个条件反射式的习惯，即他尽一切可能向许小彗及日渐长大的儿子隐瞒自己真实的生活、经济状况和社会地位等变化，以尽量减少对他们的心理刺激。尽管这实际上仍然是徒劳，后来的事实总在证明着，许小彗始终有办法掌握关于他的基本信息，如他的职务变化、家庭住址及电话、单位的电话乃至他后来的手机号。

按照许小彗的描述，儿子向来对自己是充满了怨艾甚至是仇恨的。这很自然，从明白真相那一天起，或者更早，他对自己的身世乃至对我的印象，得到的永远是许小彗的一面之词。在她可想而知是充满了偏见甚至妖魔化的言说中，言真怎么可能不仇视、不怪怨我呢？

问题是，他会永远这么仇视我、误会我下去吗？他真的会永远不与我见面吗？如果有这个可能，他究竟会在哪一天、以何种方式与我见面呢？这一希望或曰期盼甚或是隐忧，在景予飞的潜意识中也始终存在着，并且成为他的某种心理支撑。他也因此始终在心底里做好了某一天突然见到言真的思想准备。

无数问号就这么阴霾般长期盘踞在景予飞心头，如先天性心脏病，如永远除不去的芒刺，甚至就是一把刀子，深深地刺入景予飞的灵魂深处——这也是无论许小彗有什么要求或表现，他最终总是会妥协的深层原因之一。

所谓“庆幸”，则是一个更为复杂而深奥的心理秘结，自然也与景予飞的心理平衡需要或曰自我安慰有关。不见也好，万一见了，两人处不好，甚至他和母亲联起手来纠缠、报复或折磨我，那不更糟吗？见了面又处得好的话，却因名不正言不顺、难以为社会和亲友理解接受等先天困境而无法与之正常交往，我对他或他对我的感情就无疑会因此而被激活、升华，那时候，对我们双方岂不都是一种更加惨烈的痛苦吗？

更棘手的是，即使许小彗和儿子言真都愿意和我正常相处，社会又如何容纳或评价我们的关系？换句话说，我如何对社会交代，又如何能向每一个公众解释得清我们的关系和个中衷曲？哪怕是在喻佳的家人面前，我也无法交代或让他们理解、接受这一现实啊！社会上就更不用说了，仅仅一个私生子的名头，就会让我们父子俩都喘不过气来，更别说由此而来的完全无法想象的种种对双方名誉、地位和实际利益的损害了……

唉，“但愿人长久，千里共婵娟”，或许是最理想的结局了。

哪怕我们至死都不能相见或正常来往，但能相安无事，彼此理解与体谅，我则尽可能地帮助他有一个理想些的物质生活，那也未尝不是一种福分了。不是说“平安是福吗”？

缘于这个基本原因，也缘于当时的实际境遇和安抚许小彗的考虑，景予飞在三年后，也即许小彗又一次挺着大肚子告诉他怀上了她自己的婚生子之际，签署了一纸特殊协议给许小彗。当然，是根据许小彗的要求。

当时，她拿出一张纸和笔来，要求景予飞给她一纸承诺，保证自己在任何情形下，永远不会要求她交出言真的抚养权。也就是说，他要在确保正常承担言真抚养费的前提下，彻底放弃对言真的抚养权和监护权，即永远不和她争孩子。今后与孩子见不见面，孩子承认不承认他，则要待言真长大成人后，由其本人作出决定。景予飞必须遵从言真的选择。

表面上，景予飞强烈反对并迟迟不肯写这个承诺。实际上，他并不很在意这个东西，甚至在当时的情势下，他还乐意签这么一个东西，以减轻当下的某种心理压力：就算许小彗真的肯把孩子给他，他也难以承担由此而来的种种新的困扰。因而，不如且维持着现状再说吧——何况这现状是你许小彗逼出来的。

不仅因为前述之原因，他心中始终存有一个信念，即相信儿子成人后，如能在合适的机缘下和自己见面，他终究会理解自己的种种苦衷而愿意悦纳自己的（这是许小彗阻挡不了的）。而由于没有带过言真，他当时对孩子的感情更多地体现在责任和血缘层面上，并且始终存有一种朝不保夕的自危感，最大的愿望就是自保，就是太平，就是少麻烦。

同时，他心里也非常清楚，即使自己不情愿，最终也决不可能不服从许小彗的意志。所以他还是同意并与许小彗签订了这么一份不平等条约。

但是，出于某种考虑，他又必须在许小彗面前显示出自己对言真并非缺乏感情或不在意。直觉告诉他，轻易允诺放弃对言真的监护权，只会加倍激起她对自己的不满……

经过又一轮唇枪舌剑后，景予飞又一次很是“无奈”地满足了许小彗的要求，在纸上写下：我保证永远承担自己对言真应尽的一切经济和法律责任，永远不与许小彗争夺儿子言真的监护权和抚养权。将来与儿子的关系如何相处，由其成人后决定，并保证遵从言真的任何选择。

接过纸条的许小彗，脸上又一次闪过那种抑制不住的、微妙的而让景予飞特别不舒服的一笑。那里有欣慰和庆幸，分明也有自得和嘲讽。

那一刻景予飞的心猛烈悸动着，生出了尖锐的懊悔。

也许正是这种随着时日的演进而逐渐如雪球一样越滚越大的懊悔和自责，促成了景予飞后来的无尽烦恼与突然爆发的心理疾患。

这乃至上述的种种都是后话了，且容后文慢慢细表吧。

现在的问题是，早已过了约定的时间，许小彗仍然不见踪影。

8

不仅是这一次，在以后的无数次“约会”中，景予飞从来都没有迟到过哪怕一分钟（不仅是守时的习惯，潜意识中也急于见面从而尽快了结一个烦恼），许小彗则几乎次次迟到，虽然多数时候迟到时间不超过二十分钟，但姗姗来迟，已成了许小彗的一个必然。

不说别的，仅仅这一个小小的折磨，就让景予飞恼恨万状却又束手无策。

都知道初恋的男女约会中有一条不成文的规律，女方总要迟到一会儿以示矜持或自尊。我们这算哪门子约会？难道她次次会有特殊情况吗？那么她为什么要故意如此？

景予飞曾反复诘问过许小彗这个问题，并要求她下次务必准时，她也总是有着无数的理由并答应下次会准时，结果下次却依然故我。

她到底想搞什么名堂？意识到我的焦躁而心有快感，因而存心继续折磨我？

甚至，有时候景予飞会恐惧而厌憎地东张西望或在周边来回走动，这样一是可以稍稍缓解心中的焦虑，二是希望探测一下许小彗是不是就躲在身边某个暗处。因为他深深怀疑，会不会她早就到了，躲在哪个暗角里观察自己的反应或欣赏、享受自己的窘态。

景予飞把不准这点。但他把得准一点：对于许小彗来说，什么都是可能的！

而他唯一的办法就是顺从。

正所谓等人心焦，而景予飞无奈地枯等着的这个人，恰恰是他内心越来越拒斥甚至惧怕见到的人。那份焦虑就更不必细述了。

久而久之，景予飞不知不觉就形成了一种特异的心理情结。每当要去见许小彗付钱的前一两天，景予飞都会陷入一种持久而莫名的忐忑不安状态之中，严重时甚至夜不成寐。

真到见面那一天时，他更是如临大敌般神情紧绷，怎么宽慰自己也挤不出丝毫笑容来。以至许小彗好几回直诉她的不满：你现在怎么都不会笑啦？

景予飞总是以不答作答，或者软弱无力地哼一声身体不好等搪塞过去。

每次都是如此。等到见过面并且又没有什么意外枝节发生，他才会长长地吁一口气。也正因为如此，每一次交过钱后，景予飞的心情都如蒙大赦般顿觉一阵轻松平静，甚至还有一种满足的感觉。毕竟，这意味着他又有一段相对平静的日子了——虽然事实上，许小彗很可能在几天后就突然来个电话，诉说关于自己或言真的苦衷，甚至要求再见面或需要一笔额外的资助。

每次见面时，景予飞总会在许小彗面前显出一副颓相甚至是落拓、可怜巴巴的困窘模样。其中自然有其心情、状态本来不佳的原因，亦有某种刻意的考虑。

他决不会穿新的或时尚的服饰，哪怕是昨天刚换上的，也特意将其换成皱巴巴、土兮兮的旧衣服。届时还故意先把头发撸撸乱，再把背佝起些，在许小彗面前走路时也故意显得双腿弯曲、有气无力的样子，以使自己看上去更憔悴一些、病态一些。

三十岁后他开始染发。但临近约见期时，他决不染发，当天也决不剃须，即以一副白发苍苍、胡子拉碴、不堪重负的面目出现在许小彗面前。

凡此种种，目的都是想让许小彗产生一种他压力沉重或过得很不如意的印象。他觉得这样或可减轻许小彗对自己的心理痴迷或报复之心，并让她对于自己和儿子的失落心理有所平衡。

再者，他发现，这样可以或多或少地博得一些她的怜悯，以削弱她要钱或过于耍蛮的欲望。

他这样做也是基于一个基本印象，即无论他们如何吵闹、僵持、争斗，许小彗骨子里似乎始终对他保有着一种特殊的情感。而他则越来越畏惧、讨厌和渴望摆脱或淡化这一点。

比如，有一回他们又在马路上发生争吵时，景予飞忽然发现前面好像走过个同事，他立刻躲到一棵大树后面，抱着头蹲下去，假装突发急病。

没想到许小彗因此中计。她急得号哭起来，旋即抱住他，拼命呼唤、拍打，并跳到马路上去拦车，要送他上医院。

这件事使他意识到，必要时应该利用这一点，以加大自己在博弈中的胜算或暂缓矛盾的激化。实际上，就是他们在电话中吵闹不休的时候，景予飞的大声喘息、咳呛、绝望的停顿，有时候也会让许小彗因顾怜而有所收敛，甚至立刻改变态度而焦急地追问他怎么了。所以在许小彗过多过激地来电时，或者他希望回避某种无谓的争执时，他便会故意对着话筒哈气或久久地不出声，做出自己心脏不好、透不过气来的感觉，多少能收到某种效果。当然，这要把握火候，用得恰到好处，以避免因滥用或被察觉而失效。

9

再也没想到，许小彗竟像从地底下冒出来似的，从他身后的小树林里闪到他身后，突然的一声“对不起”，把景予飞吓了一跳：你怎么会从那边过来？

我抄近路走过来的。许小彗气喘吁吁地，汗涔涔的脸上泛着潮红，手里拎了丝线网袋，网袋里装着一只长柄奶锅和一袋奶粉、几块米粉糕：

你不知道的，宝宝现在的胃口好得要命，我的奶水又不足，所以顺路先去买点奶粉和米糕。

景予飞的心顿时软了：那你出来这么长时间，他怎么办？

这个没事。我请门口人代我看一眼的。再说这小子啊，现在整个是颠倒乾坤，白天死睡，晚上嘛就跟你搅。我困得要死，他一刻也不肯闭眼。你骂他吧，他还冲你傻笑，活活就像你，一点也不讲理。

景予飞一听这种话，心里又反感起来，不仅因为许小彗影射他不讲理。从一开始就这样，她说到孩子，动不动就会把他和景予飞联系起来，什么长相像你呀，脾性像你呀，笑起来活灵活现就是你的翻版呀，等等，似嗔似爱的，景予飞总觉着她是在暗示自己还和他有着什么特殊关系似的，听着觉得分外别扭。一般他总是装没在意，恼火起来就狠狠地驳她几句。但现在他没心思和她理论，赶紧把装钱的信封递给许小彗，假意关心孩子，实质是希望早早了结这一回事，说：不管怎样，孩子还这么小，你还是赶紧回去的好。

是哎。许小彗倒也没有久留的意思，接过信封往怀里一揣，说了声：那我先走了。转身就匆匆地离开了。

这就是让景予飞忧心焦虑了好一阵的第一次“约会”，想不到就这么简单而和平地过去了！原来他还害怕许小彗会不会又临阵出鬼，提出什么让他难堪的新要求来呢。至于他原本准备好想说的话，比如你什么时候把孩子抱来我看看，或者，如果她态度好的话，就说一句你辛苦了……结果一句都没来得及说出来。

至于孩子，倒不是他真希望非要见到他，而是总觉得自己该有这么个态度以示关爱。而许小彗真让自己见的话也好，她坚持不给见的话，那就是她的责任了。

景予飞舒了一口气，可是心情却并没有因此而轻松多少。

望着在柳丝中飘然远去而显得越发瘦小的许小彗的背影，他好一会儿呆立着没有动弹，那一刻充塞于心的竟是一种他自己也预料不到的异样感情：其实，站在她的立场上想想，她也真是不容易呢，一个人带着个婴儿，没有家人的帮助，没有起码的名分，没有任何育儿的经验，还几乎众叛亲离，要什么没什么的……

一股巨大的歉疚如潮水般涌上心来：我是不是有点太那个了？

他痴痴地点起一支烟，狠狠吸着，暗自痛下着决心：无论如何，今后我应该多帮帮她。不管她内心究竟是怎么想的，我们现在矛盾的焦点，不就在钱上吗？尽可能多弄点钱，尽量多满足她点，至少能缓解矛盾，而且对孩子有利，我也好心安一点。

可是，除了那两个工资，我还能从哪儿去弄钱呢？

他又想到了徐志明。他那些纽扣还都在床下躺着，一粒也没卖出去呢。好几回夜里他翻看它们，下决心出去试试，到了白天却还是找出种种借口没行动。有一回他揣着几包样品到了家小商店门口，在柜台前磨叽了半晌，终于还是一声没吭地回来了。

不能再磨蹭下去了，明天就正式行动起来！现在是什么年代？商品经济，致富光荣，看看这满大街的人吧，哪个人的脑袋里不在想钱？挣钱不是件多伟大的事情，至少也不再是违法乱纪或低三下四的行为了。

至于我，不就是利用业余时间推销点纽扣吗？从小就不如我的徐志明，为什么越活越比我滋润？不就是因为他跟得上社会潮流，挣得来钱吗？那他能做的事，我为什么就不能做？

第五章　夕阳都作可怜红

1

真正做起来才知道，徐志明能做的事情，景予飞还就是做不来。

个把月奔波下来，景予飞愈益痛楚地意识到，人和人真是不一样的。徐志明说得那么简单的事情，或者说，他做起来可能很容易成功的事情，到了自己这里，几乎就是寸步难行，虽然他果敢地迈出了第一步，也咬牙承受了种种意想不到的挫折和变故。颇具嘲讽意味的是，最终盘点起来，唯一有点成效的，还是他第一次尝试的那家商店。

而那却是他不得不主动放弃的地方。

那是家中型的集体商店，叫家佳商场。景予飞首先相中的就是它的市口。虽然不在市中心，但它是穿城河东边居民密集区最大的百货商店。它的店门对面就是城东小广场，左侧有4路、9路、7路、601路四个公交车的始发站，下车的人中很多都习惯性地会去商场里转转，因此店里经常人头攒动，一看就很兴隆。而且，它还设有一个两节柜台组成的纽扣专柜。

看准这个商店后，景予飞给自己下了个死命令，那就是：下定决心，不怕牺牲，一旦出门就决不许退缩，直奔柜台，直奔主题！

他做到了。尽管声音稍稍有些颤抖，但他把黑皮包往柜台上一蹾的气势，自己觉得与想象中的徐志明的派头不会相差多少。

那天中午商店里没什么人，纽扣柜台上则有三个女营业员。一个年纪约摸四十来岁的倚着柜台在嗑瓜子，另两个年轻的营业员在她身后的小台子上吃盒饭。

景予飞有些结巴地和眼前那个看样子像管事的女人说明来意后，她仍然像是没听见似的，向景予飞翻了翻眼皮，既不说要看看，也不说不感兴趣，照旧有滋有味地嗑她的瓜子。

这一状况是景予飞没有预料到的。但既然开了口，他的紧张感也就减轻了许多。于是硬着头皮从包里摸出好几袋样品放在柜台上，一口气吐出自己精心设计好的推销词：你看看，我的扣子明显比你们的新式吧？全都是香港台湾那边的最新式样。别说藩城，上海北京这种城市也根本没有这种货。而且质量也绝对没话说，我看过好多商场了，哪儿也没有这么好的纽扣卖。

可是那女人一句话就把景予飞噎住了：帮帮忙吧，你的价钱也是全市独一份的。买扣子做衣服的人都是小老百姓，哪个用得起你这么贵的扣子？花样新有什么用，好鞍还要配好马，要什么料子才能配这种纽扣？你搞清楚没有？

这可是景予飞完全没有预料到的情况，他顿时有点傻眼，嗫嚅着，进也不是，退也不是，额头上渗出一层油汗。

可是，你们试试看总可以吧？可以代销的，卖多少结多少，卖不了再退给我还不行吗？

我有数的，放在柜台里也是白占我们地方。你还是拿到别的地方问问去吧。

景予飞彻底绝望，红着脸讪讪地收拾样品，打算落荒而逃。却不料，转机忽然就出现了。在柜台后面吃盒饭的那两个女营业员，其中有一个端着饭盒凑了上来。她笑眯眯地打量了景予飞一会儿，便翻看起他的样品来：你从哪儿进的货？

是……老实说，不是我进的，是泽溪一个好朋友让我代销的。

那女孩又深深地看了景予飞一眼：我说嘛，一看你文绉绉的，就不是干这行的。你是当老师的吧？

哟，你可真有眼光。我以前在泽溪是当过老师，不过现在改行了。景予飞很谨慎，怕暴露身份传到单位影响不好，就含糊其辞地说自己现在市里一家单位当职员。不料那女孩拿勺子点着他笑道：你是市科技馆的吧？

我好像见过你几回，在大门口布置宣传橱窗？

景予飞一下子红了脸：你记性真好。不过，我真是帮朋友点忙而已，自己……

这有什么？现在业余兼职的人多了，凭劳动挣钱正大光明。不过我可把话说在前头，我们不做经销，只代销，就像你说的那样，卖多少，结多少，剩余的退给你。你要愿意，就每样货留一袋试试，有销路再加码。账呢，跟你我们不会含糊，每个月一结。不过，你要保质保量和及时供货。

景予飞喜出望外，自然一口答应。随后他们便谈妥了价格和具体的结款日期等细节。

原来这女孩才是纽扣柜的组长，名叫柳雁，家就住在科技馆左侧的河边上。交往了几次以后，景予飞才意识到，她之所以爽快地为他代销，不仅是对他货色的赏识，更是出于一种对其身份的尊崇。

顺利打开家佳商场这个点后，景予飞信心大增。之后只要一有空，他就骑上车到处跑，个把月里，藩城各个区，各个商场，不管大小，只要有卖纽扣的柜台，他都去试上一试。每天回到房间里，腰酸背痛猛灌水，却心情阴郁吃不下饭，因为实践证明，现实与想象的差距有时候简直是天上地下。家佳商场那个年纪大的营业员还是很有经验的，她的话一语中的。他几乎到处碰壁。倒不是他的东西太差，多半商店对他的纽扣还是表示欣赏的，却不愿代销。原因都差不多：藩城人还是保守的多，所以他的货款式虽新，但消费者反而不容易接受，价格也太高，除非他大大让利或压低销价，否则商场就不愿占用自己有限的柜台来做这种微利产品。

遭遇最惨的是市人民商场。纽扣柜台小组长倒表示愿意代销一点试试，但他们是正规大商场，柜组没有进货权，要他去找小商品部经理谈。

小商品部经理又要他去找商场管进货的王科长。可这王科长不知为何总是尊容难觅，景予飞楼上楼下先后跑了三次，终于见到了他一次。

一进门他就预感到情况不妙。满屋子烟雾腾腾，挤满了急于推销各自商品的客商。那个姓王的科长桌上撒满了各种各样的香烟，他则仰靠在皮转椅上哼哼哈哈，难得露一个笑脸，或拍一次板。好容易轮到景予飞了，他也先赔着笑脸递上一支香烟，王科长瞟了一眼他的烟盒，手都没抬一抬。景予飞只好学人家把烟放在桌上。至于纽扣，他更是不屑一顾，挥挥手让他直接跟柜台去谈。景予飞说是柜台让自己找他谈的。他竟然拍了下桌子：胡说八道！连个破纽扣也要我来谈？要把我累死啊？

景予飞舍不得人民商场这个最佳平台，犹豫了几天后，再一次找到柜台去商量，结果几个人都笑景予飞太书生气，说是这种事你能在王科长办公室谈啊？纽扣这种东西，估计他要回扣的胃口倒不一定大，但你起码也要先请他上个好馆子、塞两条高档香烟再说话嘛。

景予飞如梦方醒，但仔细盘算一下，最终还是放弃了人民商场。倒不完全是舍不得出点钱，而是想起王科长那张冷脸心里就挂不住。再说，你低三下四去请他吃饭，他就愿意赏光吗？至于送东西，送什么好？什么时机送好？送孬了他根本看不上，送太贵自己又不划算，搞不好就是肉包子打狗，还白白丢了自己的尊严，去他妈的！

也不是全无成效，个把月下来，还是有十来家中小商店愿意代销，景予飞因此欢喜了好一阵子。到了结账日才发现，根本的麻烦在这儿等着他。那些个商家不是说纽扣没销掉几粒，要退货，要中止，就是说经手人不在，或者账上没钱，改天再来结。改天再去，又以种种理由拖着，就是不肯付钱。不付钱也罢了，还冷嘲热讽地怪他太小气，这几个小钱还来缠个不清。

有的店态度始终不算差，甚至还让他继续上货，以后一起结钱。可几个月之后你再去找他，竟说到底卖了多少已搞不清了，还剩余那些你拿回去再说吧，等我们算清账再把款给你。弄到后来，景予飞自己都懒得再为那几百粒扣子的钱去反复磨牙了。幸亏徐志明大度，安慰他说算损耗吧，否则景予飞算起总账来，别说赚，不倒赔几百块就算幸运了。

2

唯一守信用并有所成效的，就是家佳商场。

店还是小了点，销量始终上不去，每个月卖得好的有三四百粒，差起来只有上百粒，但从不含糊，到了结账日就把钱结给景予飞。柳雁还安慰景予飞，别着急，慢慢来，用了这种纽扣的人，衣服穿出去招人眼了，就会有人来淘这种扣子。

那个老大姐却在边上说景予飞：你来多少次了，也不谢谢我们柳雁。你这种货色，换了别家早退货了。柳雁是真心在帮你，不是她见人就炫你的扣子，磨破了嘴皮，只怕你一粒也销不动。

景予飞红了脸，觉得自己是太不懂情理了。虽然他也把馆里印的挂历、科普书籍之类给柜上送过一些，但这些东西未必是她们稀罕的，于是赶紧冲柳雁作了个揖：真不好意思，我是要好好谢谢你。就是不知道怎么谢合适。

老大姐哧了一声：这还不好办吗？请她喝喝茶、吃个饭总可以吧，又破费不了你几个钱。对了，看电影最好不过了，又有意思又浪漫，弄得好的话……

柳雁一把将老大姐推了开去：别听她在这里瞎说八道的。你千万别当真，就你这小本生意，谢什么谢呀。

景予飞心里轻轻地动了一下，感觉这老大姐的话里似乎有什么意味，再看柳雁，脸上飞起一抹红晕；有心不接这个茬，又觉得不好装痴作聋，便赶紧表个态试试：我倒觉得她的主意挺好的，就是不知你们是不是喜欢看电影。要不我下午去看看，如果有好片子的话……

有的有的。老大姐又在身后插话说：都说《小花》就很好看，《藩城日报》上登了一大版，看过的都说刘晓庆演得活灵活现呢。

好的好的，我这就去买几张《小花》电影票送过来。要是有，今天晚上的就可以吧？

柳雁的眼里闪烁出异样的光彩，虽然嘴上仍在反对，语气却分明是乐意的：时间倒没什么，反正我晚上也没事，可是怎么能让你买票呢？我不看……

可是，景予飞已飞身骑上车，直奔市里最大的红霞电影院去了。

票还真有，时间也合适，是晚上七点十分的。景予飞当即要了三张。就在他接到票的一刹那间，脑海里又电光般刷地一烁：刚才那老大姐的意思，好像是要我单独请柳雁一个人啊？难道她是想……这怎么行呢？可是柳雁那神态……难道她还没结婚？

虽然相处一阵子了，但景予飞和店里人每次见面都很短暂，话题主要是纽扣销路如何、该结多少钱之类，最多加上一些客套和寒暄话，始终没有触及彼此的个人状况。会不会她们都误以为我还没结过婚啊？真要是这样的话，那可就麻烦了！可柳雁看上去不小了呀，她也没结过婚？

景予飞眼里的柳雁，印象是不错的。他向来喜欢梳马尾辫的女孩，柳雁就是马尾辫；她的长相也算得上标致，蛋形脸，眼睛乌溜溜的，举止端庄，给人感觉很热诚、朴实。只是看上去她年龄应该有二十五岁左右了，景予飞心目中一直以为她是结过婚或者至少是有男朋友的人了，现在才意识到，万一她真的还没对象的话，说不定真会对自己有点特殊的想法呢。不然，怎么她从头至今都对我这么关照？如果仅仅是出于对我身份的尊重倒还好说，真有那个心的话……

一时间，他有点飘飘然。眼前浮起柳雁那浑圆饱满的身子依偎在怀中的幻觉，那感觉相当真切，就像上回他走进狭窄的柜台取钱，弯腰去看柳雁的账册时，无意中和她蹭了一下脸的那种感觉……

他的心突地一紧，眼前突如其来地跳出了许小彗的身影，和她那愤怒而鄙薄的面容——在许小彗面前，他从来不承认自己是道德败坏、始乱终弃的人；不娶她，也不是因为看不上她，纯粹是因为信守与喻佳的感情承诺。总之，他仍不失为一个有道德的作风正派的男人。

他顿时眼前发黑，心跳也猛然加剧，好一阵都清楚地听见嗵嗵的跳动声——不仅是这一次，在以后的漫长岁月里，景予飞多次遇到过类似的情形或色相的诱惑，每次都会油然联想起许小彗。不仅是恐惧，更多的还是愧疚。

如果说这有什么积极的地方，那就是他因此而避免了出轨和重蹈覆辙的错误。但景予飞也因此而常常心生出对喻佳的愧意：这种事上，自己最怕的居然不是老婆，而是另一个按理可以说已经没有了关系的女人！

因了这一份警觉，景予飞把票递给柳雁的时候，特意留意了一下她的表情。果不其然，柳雁一见他给的是三张票，眼里的火苗霎时黯淡下去。

哎呀，你还真去买票啦？你太客气了。她轻声道了声谢后，转身就把票塞给了老大姐。

老大姐则冲着景予飞瞪起了眼睛，还诡异地眨了眨：你呀……我们俩都有老公和孩子，家里事情一大堆，大老晚的去看什么鬼电影呀？

她指的显然是自己和另一个女营业员。

景予飞还想解释什么，却见柳雁已走出柜台到别的柜台上办什么事去了。窘迫间，老大姐悄悄凑上来说：这么长时间了，你还看不出来？

我……你的意思是，她还没男朋友吗？

这还用说？你呢？

我今年刚结的婚。

老大姐双手猛地一拍，哈哈笑着，深深地弯下了腰，头却使劲挣起来，猩红的大嘴巴里，肥厚的舌头嘲讽地颤个不已。

景予飞后来又去结过一次账。柳雁和老大姐她们依然客客气气爽爽快快地结给了他。但柳雁始终回避着他的目光，脸也红红的不自然。

再三斟酌后，景予飞告诉她们，因为销路不好，朋友改行不做纽扣了，从此也就没有再给她们放新货。

事实上，他说的基本是实情。仅仅靠家佳一家，就算不发生意外，景予飞的纽扣事业也终究是维持不下去的。而由于种种原因，徐志明也真的不再做纽扣生意了。后来的情形是，他和景予飞毕竟是两股道上跑的车，出路截然不同。徐志明虽然也有过种种波折，但还是逐渐成为泽溪城里首批用上“砖头”大哥大的老板之一。而景予飞又折腾过许多新名堂，基本上都属于瞎折腾。所谓秀才造反，十年不成；明知不可为，而迫于经济压力和内心深处情感的压力而不得不为之，甚至牺牲尊严和虚荣而为之，其效果可想而知。所以他最终还是彻底放弃了靠这类方式“发财”的美梦。

3

景予飞后来的折腾，都和一个人有关。这个人就是局里的司机钱国大。

科技局当时有两辆“上海”、一辆“伏尔加”共三台小车。钱国大是三个司机中资历最浅的一个，半年前才招聘到局里来，还是个合同工，所以晚上常常被派在局里值班。他也就像景予飞一样，在三楼东头司机班里架了张钢丝床，三天两头睡在那里。无聊的时候他就到楼下会议室里看电视，后来熟识景予飞以后，就常到景予飞房间里串门了；有时候下班了还在食堂里多打一份菜，两个人一起喝几口。

酒这东西很有意思，未必见得真能解忧，尤其是一个人喝闷酒的时候，效果可能是相反的。但若两个人相处时，有它没它就不一样。尤其是景予飞和钱国大这种身份、经历和气质本来很少共性的人，如果没有酒，是很“隔”的，也难以敞开彼此的心扉。而几次酒喝下来，两人很快就找到了共同点。

这个共同点就是发财梦。

这方面，钱国大的经验和想法是要大大胜过景予飞一头的，事实上他早已开始了实践。他本来是郊区的菜农，土地被一家集体纺织厂征用后，他进厂学习开车，当了厂里的货车司机。跑长途的时候，他就经常暗地里帮人捎带些货物，有时还偷偷帮外单位跑几趟运输，因为这个让厂里给了个停工待岗的处分，后来就托关系找路子来到了局里。

钱国大老婆是和他同厂的挡车工，状况也可想而知，用他的话说是天天从鸡叫做到鬼叫，却拿不到几个工钱。于是他毅然让老婆办了病退，在家门口开了个小杂货铺，虽然赚头不大，但毕竟人轻松多了，油水也比在厂子里足一些。但不管怎样，钱国大对自家这种经济状况是无法满意的，他年纪刚过三十岁，已经有了一儿一女两个都还没上小学的孩子，所以他和景予飞喝酒的时候，三句话有两句话说的都是钱。

也别以为钱国大满口是钱，他其实是个不爱说话的人。平常到景予飞这里来的时候，常常就是歪着头坐在景予飞对面汪馆长的办公桌前，瞪着两只圆滚滚的大眼睛，一会儿望望天花板，一会儿有滋有味地啃他的指甲，要么就一味抽他的烟，总之对面像是没有人似的，常常半天也不吐一个字。

起先景予飞很有点厌烦他。他一来，你想做点什么或者写点什么吧，不可能。干脆和他聊聊天吧，他又有一句没一句地对不上号，却习惯性地怔怔地盯着你，眼睛都不眨一眨。有时还在他桌上东翻西翻，看到感兴趣的东西就拿过去，埋着头旁若无人地一路看下去，还一杯接一杯地灌着景予飞老远从食堂打来的开水。

所以景予飞觉得酒是个好东西，几口酒下去的钱国大就像是换了个人，天文地理、局里局外，几乎就没有他不懂的东西，话也常常是滔滔不绝，有时候景予飞几乎就插不上话。

说得最多的，当然就是钱。或者说是挣钱的门道。

这个时候的钱国大俨然就是个布道的行家。尤其说到他开货车捞外快时那一笔笔肥美的“夜草”，他的三个手指就搓得刷刷响，黑瘦干枯的脸上明显泛着异样的油光，让景予飞听得一怔一怔的，心里直流口水。

钱国大也有钦佩景予飞的地方，那就是他的朋友徐志明和他的扣子。钱国大主动提出让他老婆在小店里代销扣子，结果也是杯水车薪打不开局面。

有一天下班后，钱国大忽然邀请景予飞到他家去喝酒。

正是仲秋，天气不冷不热，晚来的秋风不疾不徐地轻拂着，令人很觉惬意。钱国大便在杂货铺门前人行道上摆了张小木桌，两人换到外面，坐在小板凳上边酌边聊，情绪渐入高潮，话题很快就又转向赚钱的想头上。

钱国大指着马路对面的菜场说：其实有个现成的好门道，就看我们敢不敢做了。景予飞问是什么门道，钱国大屈起两根细长的手指在小桌上重重一敲：烫鸡！

景予飞大为疑惑：什么叫烫鸡？

钱国大说就是在菜场里租上个摊位，放个煤炉烧开水，帮那些买鸡的人杀鸡煺毛。他扳着手指头说：我仔细考察过，这菜场虽然不大，贩鸡的人却越来越多了。许多买鸡的人要么不会杀鸡，要么嫌麻烦。要是我们像大菜场一样摆个烫鸡摊子，一只五毛加工费，保证赚得你夜夜从梦里笑醒。

景予飞觉得他这个想法倒不无道理，但一想到那种鸡飞狗跳的混乱场面就差点喷饭：我们做这种事……况且，菜场晚上要关门的，我们白天又要上班，怎么做得来？

钱国大显然没想到这个关键，愣了一下无奈地点了点头。一条妙计就这样流了产。

这天钱国大买了条半斤重的鲫鱼，景予飞见了忽然技痒，自告奋勇要献艺，结果他烹调的葱烤鲫鱼让钱国大夫妇俩大为赞叹。

这种赞叹景予飞还是当之无愧的。因为父母都忙，他小学四年级开始就承担了买菜和做晚餐的任务。加之他有这个兴趣，又经常向母亲和邻里学习，久而久之，一些家常菜如红烧鱼、醋熘肉、鱼香肉丝、煎素鸡之类都相当拿手。

钱国大盛赞之余便又拍了下大腿，说他早就有个想法，就是他家小店市口不错，马路对面菜场西边有个中学，中学旁边还有几家街道工厂，每天晚上住校学生和厂里的工人会出来溜达，附近几条巷子里的人也会从这里出出进进，所以夜里推着三轮车出来做小吃生意的人越来越多。但他们怎么能跟钱国大的条件相比？他家店前现成有个很大的墙角空地，要是搞它个夜排档，添几张塑料桌椅，卖点家常小炒和啤酒什么的，赚头一定可观。

这生意只在晚上做，不影响我们上班，而且不需要多少本钱。怎么样？我们俩合伙，你专管炒菜端菜，我跟我老婆负责采买原料、招呼客人和洗碗之类杂活，赚了钱四六分成。保证比你卖纽扣肥得多！

景予飞怦然心动，当即表示赞成。可是到底还没有喝糊涂，转念一想心里就打起鼓来。凭直觉，这种生意因为本钱小、客源未必不多等因素，赚钱应该是有把握的。但这是什么生意？在路边摆小吃摊的不是待业工人就是进城后找不到工作的贩夫走卒之流，自己好歹也是个科技馆职员，编制上属于国家干部，居然也扎条围裙大颠起马勺来了？这倒也罢了，我有我的难处，顾不上那么多虚荣了。可是万一让熟人或者直接让局里人看见了，会作何感想？笑话倒也可由他笑话，钱我自赚之。但传到领导耳朵里的话，会不会影响我的前途？那恐怕也不至于，这又不是违法的勾当，他们还能开除我不成？要不我戴个口罩？这更显得卫生文明……

钱国大一眼看出景予飞的心事，立刻叫他不要胡思乱想：现在是什么年头？解放思想，让一部分人先富起来！可是靠几个死工资，鬼才富得起来。我们一不偷二不抢，三不影响正常工作，正大光明地为人民服务，光荣得很！起码，不比你卖纽扣丢人！你还是掌大勺的，是厨师！厨师在人家外国你懂吗？那么老高的白帽子，地位比老师还高哪！

一番开导加酒精的激励，根本上还有景予飞急于发财的内在动因，他终于答应试一试再说。于是两人便兴冲冲地商量开了细节，最后决定由钱国大筹备桌椅炉灶之类，一俟就绪，立刻开张。

可是几天后钱国大再到景予飞寝室来时，景予飞看到的却是一张苦瓜脸，而且又成了个三拳打不出一个屁的闷葫芦。

景予飞问他排档的事进展得如何了，他摇摇头，一个劲儿抽他的烟，就是不开口。景予飞再逼问究竟，他才吐出三个字：再说吧。

好一阵景予飞才弄清楚，原来钱国大还真是认真，不仅买了两张塑料桌子和十把简单的塑料椅子，还定做了一口柴油桶改装的大煤炉。正在热火朝天的时候，却亲眼目睹了街道人员驱逐流动排档、掀翻油锅、没收他们三轮车的行动，这才想起自己恐怕也得去办些手续。一问街道，什么营业许可证、卫生许可证、治安费、占地费还有啰里啰嗦的一大堆证啊费啊的都是以前没有想到的。不办好这套手续分明干不长也干不安生；办吧，七扣八扣的，真有那么大赚头吗？据说还有一种成本也是他们这种小本经营者难以承受的，那就是各种权力部门人员和黑社会性质的混混来蹭吃蹭喝，你有强硬的背景撑腰还好说，没有，一个星期就把你吃光喝干！

景予飞一听也头大了：算了算了，还是让那些“游击队”去玩吧，我们犯不着！

4

淅沥淅沥、沙啦沙啦的响声，不疾不徐，春蚕噬叶般持续不断地在耳边响个不止。景予飞睁开眼睛时，屋内一片漆黑。他还以为自己是在做梦，可是撑起身子看窗外，橙黄的路灯下分明有一大团细密的光斑，蛾群般环绕着光晕飞舞。是在下雨，而且雨势还相当有力，窗玻璃上无声地淌着密集的波纹。

下雨好，下雨好。这样的雨夜才好睡觉哪！他惬意而酥软地嘟哝一声，重又闭上眼睛，缩回被窝，掖紧肩角，打算美美地睡他个回笼觉。

一个意识却猛地砸将下来：差点忘了，今天要早起哪。

他赶紧摸过枕边的闹钟，一看那荧光指针，差十分钟就四点了。他一骨碌坐起来，拉开电灯，强烈的光线刺得他赶紧闭上眼睛，同时，头脑一阵晕眩。他捂住脸，接连打了好几个深长的哈欠，眼泪也模糊了视线。天哪，这么大的雨，那么远的路，我真要去吗？算了吧。

可是，不去又怎么行？钱国大还说好在路口等我呢。

这么一想，景予飞毅然跳下了床。穿衣服、套鞋子、洗脸、漱口，所有动作都是闭着眼睛机械地进行的。睡意仍不情愿地牵扯着他，直至从厕所里草草漱洗完后，精神才稍稍振作了一些。就是这样，套上雨衣骑着车冲进雨幕，冰凉的雨丝劈头盖脸浇向脸面的一瞬间，脑子里的退堂鼓又重重地响了一气——

开弓没有回头箭！开弓没有回头箭！

他使劲给自己打着气，弓下腰一顿猛骑，终于向着人生的又一个驿站疾驰而去……

几天前，钱国大一上班就溜到景予飞办公室，神情诡秘地告诉他一个发财的新路子。说是他老婆的弟弟，也即他的小舅子，在郊区搞了家个体屠宰场，需要几个帮手，问他有没有兴趣去试试。

景予飞一听屠宰场三个字就直往后退：屠宰场是什么意思？

就是杀猪嘛！

杀猪跟我有什么关系？

赚钱嘛！这年头只要有钱赚，杀人都有人干。

别开玩笑了，我这辈子连鸡都不愿意杀一只的，让我去杀猪？

嗨！你又迂了不是？杀猪的事你想干还不让你干哪，那可是技术活。我们就是打个下手，帮忙收猪、刮刮猪毛、剔割出货什么的。你是知识分子，人家就要个能写会算的，帮忙料理点账目，有空再拿管子冲冲场地什么的就行了。别小看这个，说好了，去一天就给四块钱！梅子肉还管吃！

梅子肉是什么肉？

哈，你真是个文塞儿！活这么大了，梅子肉都不懂……

钱国大解释了半天，景予飞根本没听进去，他在盘算自己的收益。如果真像钱国大说的那样，自己光记记账，冲洗冲洗，一个月就算能去个二十天，也能混个八十块的话，可就快赶上自己一个月工资了，这样的好事不能不让他心动。根本还在于，这个活听起来那个点，却都是一大老早的活，不影响上班，也不会碰见熟人。钱国大说，他们要求每天凌晨五点前到，一般杀个十头八头猪，七点前就全部分割好猪肉，送到菜场和个体小刀手那儿去了。

——需要交代一下的是，这是发生于1985年秋天的事了。这时候的景予飞的境况较前已经有了许多积极的变化。首先是他的身份刚刚变为了科技馆分管宣传的副馆长；其次是局里建起了第一幢住宅楼。新进馆还不算太久的景予飞，以无房户和馆领导的理由，分到了一套老职员们的脱壳房，虽然房子旧一些、远一些也高一些，是西郊的顶楼七楼，但毕竟是一套属于他自己的并且每月只需交三块多房租的两居室、煤卫齐全的单元房。

所有这一切，都是拜老馆长汪馆长之福。景予飞对此感恩不尽也就毋庸多说了。而之所以称他为老馆长，是因为他现在已是科技局主持工作的常务副局长了。

另一个关键的变化在于，出于经济压力和两地分居不便等种种考虑，婚后一直避孕的喻佳，终于还是在结婚将近五年后怀上了属于他们俩的孩子！不出意外的话，孩子将在五个月后降生。

为之庆幸而欣慰的同时，景予飞也不能不深深地为长期以来始终困扰着他的那个问题焦虑——相比起那些积极的变化来，此时他的工资变化实在是太滞后了些。除了因为是馆领导而多了几块书报费外，景予飞的工资还徘徊在百元附近。这点钱应付现状已觉艰涩，更别说应对即将降生的孩子了。景予飞为此焦虑，经常长吁短叹却又一筹莫展。唯一有所安慰的就是，这不是他一个人的艰难，而是全国性的结构性困局，干部、教师、事业单位人员的工资改革跟不上经济改革的步伐，出现所谓造导弹的不如卖茶叶蛋的现象就不足为怪了。全国都如此，个人又夫复何言？

好在是，毕竟已是今非昔比了，毕竟现在是允许人卖茶叶蛋的年代了。那么，我为什么不能去卖他几个茶叶蛋呢？

就是在这样的心理和局势下，景予飞咬着牙，迈出了前往屠宰场的第一步。

到了才知道，所谓屠宰场，不过是设在郊区生产队一个旧粮库里的私屠乱宰的小作坊。库房大约有百把平米大，东头是一个铁栅围出来的空地，猪们就被一只只驱赶到那儿后引颈就戮。西头有一张粗笨的木条长案，长案边则架着两口巨大的铁锅，杀死的猪们就在那儿煺毛分割。景予飞到时，铁锅里蒸腾的热水中已浮着一只四脚朝天的死猪。雾气和浓重的猪屎臭、血腥气交相翻腾，以至虽然房梁上吊着两盏一百支光的灯泡，室内仍显得昏暗阴森。

尽管下着雨，屠宰场外面也还有一股浓重的酸臭味远远地扑鼻袭来。景予飞本来带了个口罩，但见钱国大和其他人没一个戴那玩意，也就没好意思戴它。但他特意穿着的长统靴和扎紧袖口的旧夹克衫，还是起了很大作用，起码心理上就好受得多。场子里的地面又湿又滑，到处是吓得屁滚尿流的猪们拉的屎尿。景予飞被分配的第一项任务就是拿根水管，把众人从手扶拖拉机上连拽带打弄进来的猪们身上浇水，并不断冲刷水泥地面上的猪屎、血水。这都不算什么，让他心惊肉跳的是那些个猪声嘶力竭的嘶吼声，和利刃捅进猪颈后迸射的血光。

景予飞暗自为这些可怜的生灵庆幸的是，虽然它们受尽虐待，一进来还目睹着同类挨刀的惨象，但临到自己时，还算享有了几分"猪道主义"——铁栅栏里有个人举着把熨斗般的电极往它们屁股上一按，那猪儿顿时就咯儿一声四肢僵挺地倒下来。那电极确实厉害，景予飞注意到，真正挨刀子的时候，猪儿基本上都失去了知觉。

尽管这样，景予飞还是扭开头，远远避开那血腥的场面。

但他却避不开那开膛破肚的恶心情景。虽然钱国大说他只需要管管账务冲冲地面，但他小舅子却还要景予飞负责将猪肚里剖出来的下水大致冲洗后，肺是肺肝是肝地装进各个桶里，这才和那些分割好的肉片称重后，分发给来提货的或外出送货的人，最后再把这情况记录在本子上交给他。

按说这并无难度，却让景予飞倍觉难耐。他什么都想到了，就是忘了带副塑胶手套，裸手去摆弄那些黏兮兮血拉拉的东西时，那种怪异而不适的感觉和冲洗下水时泛起来的阵阵气息，让他不断地反胃，不断地干呕。好几次，他那捏着水管的手在微微哆嗦，内心更不断地翻腾着懊悔和对自己的鄙视。

我到藩城来就是为了干这个的？我到底有什么过不去的坎，真就山穷水尽，绝望到这个地步了吗？早知道是这样的环境这样的活计，真不该贸然应承。

不就是四块钱吗？我就只值这个价格？

梅子肉呢？钱国大的小舅子丝毫没有提及这个。而不想到这个还好，此时一想到"肉"字，景予飞就又是一阵恶心，眼泪鼻涕一齐迸涌，不得不跑到外面去换一会儿新鲜空气。

最让他无法忍受的一幕猝然出现时，景予飞的耐性终于轰然崩塌——

最后拖进来的，是两只不哼不哈也并无挣扎的黑毛猪。如果不是猪嘴上还黏糊糊地翻动着白花花的泡沫和它们四肢间或的抽搐，完全可以认定这就是两具死尸。但不管怎样，这是两头快死的病猪无疑。一看这情形，景予飞就倒退了几步，也不管别人会怎么想，赶紧将口罩摸出来戴上。

这样的猪也能屠宰出卖？他惊惧地质问钱国大。钱国大拼命向他使眼色，同时将他拉到了外面，警告他不要多管闲事。

看着钱国大那副满不在乎的神情，联想到先前曾暗中问过他，这伙人怎么会有检疫合格的蓝章，随随便便就往猪身上盖，钱国大也叫他别操这个心。景予飞一下子火了：这是闲事吗？看来你真是把我当傻子了，什么鬼名堂都拉上我来干！病猪死猪是国家明令禁止销售的，你们不知道吗？

知道又怎么啦？国家还不许污染空气，不许破坏环境哪，你没见那些喷着黄龙黑龙的化工厂还一家接一家地开个不停吗？你吃的菜和米，都有农药残留，你喝的酒，说不定还加了敌敌畏呢，不是照样没事吗？猪肉更没事了，不要说这猪又不是卖给你的，就是别人买了，谁也不会吃生肉。就算有点问题，烧熟了就消毒了。而且，有的猪你看着可怕，其实就是运输途中闷坏的，根本没问题。况且，这样的事，你就是管了，除了讨人嫌，有什么用处？弄不好还赏你一顿老拳！再说了，他们干了也不是一天两天了，没点儿背景，干得下去吗？我们就看在钱面上，睁一只眼闭一只眼算了。

不行，你可以睁一只眼闭一只眼，我的人格不允许我堕落到这种地步。

哎哟！钱国大也生起气来，两只眼珠瞪得铜铃大：你可真是个书呆子啊！杀个猪赚俩小钱的事，什么人格不人格、堕落不堕落的？真以为自己多清高啊？这年头谁个不害人，谁个不被别人害？

我就不害人！

说着，景予飞跑到屋檐下，推起自行车就走。钱国大的脸刷地白了，扑上来死死抓住他的车后架：你想干什么？可不能乱来啊，这些人都是惹不起的！否则，我们就不是赚不赚这个钱的问题了！

有一瞬间，景予飞确实萌生过去哪儿举报的念头，现在，看着钱国大气急败坏的样子，头脑也清醒了几分。他用力掰开钱国大的手说：这个你放心，我可以“眼闭”，但却不可能再“眼开”下去。我不干了，总可以吧？

他一骗腿跳上自行车，奋力冲进雨幕中。钱国大在后面追着喊：雨衣，雨衣，你的雨衣总要穿上吧？

他只当没听见，头也不回地骑远了。

虽然身上很快就被雨淋透了，但他的心里却豁然畅快了许多，先前那种闷闷恹恹的感觉荡然无存，而别一番滋味却雨雾般在心头翻腾开来：哈哈，好你个景予飞，居然当了回杀猪佬！

鼻子一阵酸涩，真想跳下车痛痛快快地哭他一场。

5

白驹过隙，逝者如水。转眼间，年轮就滚进了二十世纪九十年代。

1992年的夏季似乎格外性急，刚入五月，几天无雨，气温据说是五十年未遇，一下子猛蹿过三十二度。上班时，几乎人人都在喊热，人人都在说这个夏天有点怪，实在是非同寻常。

但人们谈论得更多或者说被裹挟得更深的，还不是气温，而是另一种热——表面上看，它体现为气功热、呼啦圈热、卡拉OK热、夜市热、装电话热（包括小老板人手举一个大哥大、小职员争着往腰里挎一个BB机）、集邮集电话卡热、美容热、收藏热甚至出国热或别的什么热比如建筑热，整个城市完全就成了个大兴土木的大工地，到处塔吊林立，日夜轰轰隆隆。隔个年把你登高一看，都不知怎么回事，一幢幢大楼就活生生地像雨后春笋般冒起来了。

实际上，这是一种源自人们心底的伴随着狂躁不安、唯恐落伍、莫名兴奋的燠热。它的所指是利，它的内因是“机不可失”；它的外部驱动力自然还是日益开放的国门和日趋坚定的改革方略；它的突出标志则是炒股热、合资热及迅速扩散的全民经商热。

仿佛是一夜之间，人们的胆子倍儿大，连说话的嗓音也陡然间抬高了好几分贝。这种热恐怕交警是最具感性认识的。四岔路口人流车潮日益汹涌，人们的表情之匆促而紧张，步幅之大而快捷，较之八十年代强劲了多少！随之而来的自然是交通事故的倍增。用一个最俗套的词来形容：这年头，谁不觉得整个社会都热火朝天，如火如荼啊！

景予飞当然也不可能不“热”。

科技局曾让大家观摩过一个外国科教片《火山奇观》。景予飞的印象是自己也成了一滴鲜红如血的熔岩，正拼足老命向着火山口外迸涌；漫山遍野也是熔岩滚滚、烟尘浊天，最先涌出的岩浆已然凝结成耸峙的峭岩、巍峨的风景。我也得加紧往高处拱啊！

有时候，景予飞也觉得自己像是稀里糊涂地被什么力量推进了一个巨大的漩涡，并且身不由己地随着它一圈圈地远去，以往的一切都抛在了残旧的岸边，虽然常有忽上忽下、不着边际的恐惧，却又觉得蛮舒服，够刺激。

最让他庆幸的是，时潮裹挟来的，不仅仅是“热”，而是更多的机遇。

此时他早已忘了卖纽扣的窘迫和差点成了杀猪佬的屈辱。时代给每个人搭建了一个施展自己才华、发挥自己特长的平台，景予飞也找到了适合自己的生财之道。但此时的他，其实已和大多数人一样，不仅仅是为了某种特殊压力或稻粱谋而“热”，似乎还是为了证明什么或不甘于什么而热，甚至就是为热而热。

至于他具体热到什么程度，不妨让我们来看看景予飞当时写过的一篇小说。

小说当然是虚构的，但其中的主要故事和许多细节，却真真切切地源自景予飞自己的切身体验。其实，写小说本身也正是景予飞谋求外快的手段之一。虽然他这篇处女作小说自己看看写得还是相当鲜活也富有生活气息，可是在好几家文学刊物间转了一大圈之后，最终还是因为缺乏名气或运气而未能发表，他也从此断了写小说的念头。但他并没有断绝写作科普文章和豆腐块散文的信心。这类文章虽然稿费有限，但也不无小补，还使他在藩城同道中逐渐有了点小名气，最终多少也促进了他在单位里的进步。

当然，这些大多发表在《藩城日报》上的小文章，后来也曾给他带来过不少始料未及的麻烦，使他逐渐也放弃了这类写作。

这是后话，且让我们来看看他的大作吧——

6

我无意中发现一个有趣的现象，迄今我所有作品都或多或少描写了月亮。有几篇干脆就用月亮做题目，如《残月》、《月圆之夜》、《冷月》等等。还有这篇，构思时一直想叫《吟咏夏季》，闹不清为什么，又成了现在这个《与月亮有缘》。

发现这点时我正坐在阳台上，一杯茶一盒烟，躺椅前的小方凳上，摊着纸和笔。不过今天不是构思小说或写单位的报告，而是在炮制一个空调器的广告词。头奖可得一台壁挂式空调，值六千多哪。我对此充满信心。我虽然算不上作家，但也经常发表些各式文章，在单位算得个小秀才。就凭我这聪明的脑袋，还怕诌不成几句广告词？除非评奖有鬼（这种担心绝非杞忧），我想我起码可得个三等奖。当然这是另话，眼下我随意抬了抬头，正好看见头顶那个弯弯的月亮，C形，半透明的，像歌词中那样，正在“白莲花般的云朵里穿行”，很诗意，很诱人。于是我突然便有了开头那个发现。

由此又有了另一个发现，无论作家或是普通人，无论纸上或是嘴巴上，月亮这个意象出现的频率确乎极高。作为太阳的对应物，它的地位从来不逊色于太阳，古人所谓“日为阳精，月为阴精”足可证之。有时它甚至比太阳更受人青睐。虽然从现代天文学来看，它不过是太阳系的一个附庸、地球的一颗小小卫星，“盗光者”而已，表面上莹洁显赫，实质上冰冷死寂，毫无生气，更遑论嫦娥、吴刚、桂花树了。

这发现有点意思。

然而，除了夏季和中秋，有谁会常常满怀诗意地凝视着月亮发思古伤今之幽情呢？很偶然。只有夏季，我们才由于纳凉而较多地仰天观月，闲逸而幽思绵绵地对月兴叹。“举杯邀明月，对影成三人”，“但愿人长久，千里共婵娟”，“月白风清，如此良夜何?”多少千古绝唱，源自这轮圣洁而神秘的存在。

仅仅由于这一发现，我也欲“吟咏夏季”。

“待到满屋清凉时，她在壁上笑”。

妙哉！这是壁挂式空调器，“她”在壁上笑。好一个“笑”字，拟人化，形象，传神。不错，再凑他两句。

可是思绪又跳到了别处。

那句话怎么说来着？“七等人，搞宣传，隔三岔五解解馋。”今晚倒是又解了一回馋。市文教局一位前科普刊物编辑，三年前去的南边，听说海发了。今晚就是吃的他。妈的那排场，差点还让我闹了个笑话：上来一大盆柠檬水，我伸勺欲舀，腕上忽然落下一根玉箸，前编辑带来的小情人咯儿一笑：“别，是洗手的。”

我落了个大红脸。所幸那位小美人倒没一点取笑我的意思。席间媚眼频飞，居然还说她看过我的散文，“很有情调”！老实说，别看我兜里没有牡丹卡什么的，情场上那前编辑可不比我高明到哪儿去。“你的肩好宽啊，我要你只对我一人开放……”这是我曾经的情人对我说过的。可惜她去了澳大利亚，也许此刻正倚在别人宽阔的胸怀里。

不过别以为我在这方面是个老手。虽然上述事例说明我对异性有那么点儿吸引力，但那早已是过去时了。虽然我也远算不上柳下惠，但我在这方面的实际作为还是称得上严肃而高尚的。情人这玩意渐成时尚，但至少在中国还远不是现实的或理想的。何况一个情人对一个男子汉的真正诉求是什么，我不是没有体验。要维持这样一种“理想”的关系，你起码得付出三种责任：情感的、道义的以及金钱的；否则很可能是给自己套上了一件脱不掉的湿布衫，滋味未必很妙。我细忖，我至少付不起前者和后者的代价。因此我不得不尽量努力修炼成为一名正人君子。

但我也得承认，一个人要做几回正人君子是不难的，难的是一辈子做正人君子不做登徒子。尤其是当你具备了某种前提或条件的话，诱惑或刺激简直是从四面八方向你袭来，有时你简直痛不欲生。

比如席间这位小姐，如果我暗中使把儿劲，兴许那位前编辑的大红脸就不会这么有光泽了。唉，人哪……

算了算了。“非不能也，实不为也。”人各有志，你们去发财也罢，找情人也罢，我这辈子就老老实实做我的正人君子了……

如此想想，心理又多少平衡了一些。

“莫道炎夏多烦恼，休叹春去也。”

怎么又蹦出这两句词来？倒也有点味。

“但有‘月亮’空调器，春与君长住。”

嗨，来了！这两句接得多棒。

可是，我的“空调器”又在哪里呢？

如果仅从字面上理解，我的空调器倒是就在我的头顶上。刚装没几天，窗式，一千九百八十元，免安装费，差二十元两千块——可说是白得的。前些时候和朋友偶成的一笔生意，得的“信息费”。

说起做生意（其实是当业余倒爷），虽然涉足不深，我却已尝够了它的甘苦。

但这笔交易顺利得让我咋舌。原本早听过“十亿人民九亿商”之说。今年以来，此风尤盛。满耳是“你有××吗”、“什么价”、“信息费多少”之类名堂。只是我虽然尝试过几回，从来没得着半个子儿。

然而机会终于还是来了。在一个宴会上听人在谈柴油，我顺口插了句：“这玩意也紧张？”

“你有？关键是价格。”

我当然有。我伯父是县里石油公司的前经理，才退不久。难得要些便宜油的余威总还有吧？于是打长途。果不其然，老头虽然唠叨什么不能收人家现钱，顶多抽点香烟；还说只能搞个次把，因为自己余热有限，用多了新头头会烦的等等，毕竟是搞到了二百吨。而我居然也就真到手了两千块！虽然事后有行家说，这笔买卖下家至少多得我一倍。但那滋味啊，活像我爱吃的那道菜，平地一声雷，嗞啦一声，鲜鲜的，辣辣的，烫烫的……

几个月后的一天，我在商店立镜里偶然发现有个头发蓬乱、胡子拉碴、两颊深陷而喉结突出的男人。我心一动，不顾人们的睨视，对着他仔细端详了好一会儿。我又进一步发现他的眼睛周围仿佛罩着迷雾，眼角边的皱纹细密而又深长，鼻孔里还往外龇着几根长长的鼻毛。

这真是我吗？我生了什么可怕的毛病吗？

恐怕还是连续两夜没睡好的缘故。因为有一笔似乎十拿九稳的买卖刚刚吹掉。更因为柴油买卖成功迄今，我还没赚到一分钱，除了几篇小科普文章，没写出一个字，心内日益飘忽不定。

我错估了社会，错估了我的人生。我实际上是一名赌徒，因为偶尔赢了一笔就以为所有的钱包都已向自己敞开。虽然我不像真正的赌徒，不赢便输，但我已白白消耗了几个月的时光、精力，还有一个个似是而非的希望。而我的电话费从每月二十多元猛增到一百出头。再加以下基层名义穿梭于安徽、上海、浙江的车马费什么的，七七八八也快搭上六七百了（虽然有的可以报销）。付出的时候想的是做成一笔生意就捞回了，做不成买卖时便不敢再想这些啰啰嗦嗦的开支，心口格外堵得慌。

我并非傻蛋。我早就省悟到我是难以成就一位优秀的倒爷的。我不具备掌控生产资料等最宜于倒腾的东西的权力，我不熟悉那些真正需要这些资料的厂矿企业。我和我的“上家”、“下家”彼此都是一票货色。“地对空”对“空对空”。你倒给我我倒给他，谁也闹不清绕了多少弯子。一吨货原价五十元，到我手也许已经七十，最终到真正的用户手中至少已过一百。天哪，不是山穷水尽，哪个傻瓜会出这么高的价钱呢？

也不是毫无成功的希望（要命的也就是这种希望），信息不通使我们有机可乘，求大于供令我们有用武之地，担心通胀加剧的社会心理也使我们渔翁得利。

可恶的是，倒爷实在太多，用户也日益精诈。倒龄不长如我，也已尝过被耍的苦头。比如好不容易谈妥一笔水泥交易，缺乏经验的我没能把直接买卖之双方控制住，结果是他们做成了买卖，我却分文未得，还以为是自己的运气差了一些。许多天的劳动不见水花，幻想得手后如何如何的美梦变成了一枕南柯不说，事后偏又偶尔得知他们其实成交了。我和我的上家下家及上家下家的上家下家都被甩了——那恼恨足以让人吐血。

真正的倒爷是那种手握权柄和能够制约手握权柄者的人，比如一个供方经理或科长，甚至开票员。比如有权决定进货与否的头儿或“现管”，再或者是管他们的官儿或他们的三亲六戚。市场的命脉把持在他们掌中，“财色”二字写在他们脸上，婊子和牌坊同属于他们。而我们这班在外围穷折腾的小倒爷们，说穿了是些无可奈何的小丑，一伙迷失了方向的羔羊，一群追腥逐膻的没头苍蝇，唉，我们真可怜。

是什么驱使我们仍然执迷不悟地乐此不疲，屡败屡战呢？

自然是金钱。但金钱的实质又是什么呢？而对我们这类人而言，有时追求金钱（目的）的欲望其实胜于金钱本身。如果你曾是一个患过文学病的人，你会相信我不是在说嗲话。有时候你都不明白写作究竟是为了什么。渴求发表的欲念被退稿刺激得阳具般勃起，颓软，又勃起。这比方实在太粗鄙，但我觉得这里面确实有着某种与色欲本能类似的共性在起作用。

再如，你玩过股票的话，你也会明白股票对人的刺激已不仅仅是它的收益，那种为从众心理驱迫得近于疯狂的热情，企图实现什么、证明什么以填补心里空缺的潜意识，或许才是促使大多数人顶风冒险、追涨杀跌一掷千金的本质动因。人人心中有个魔鬼。

其实人类中有几个不是在永无止境地追求着形形色色的寄托方式或信仰之类的满足呢？金钱不过是物化形式之一罢了。现代人已经到了不能不博取些什么的地步了。不博取名便追逐利，不追逐利便趋求色；甚而无所不追、无所不逐。发轫于华夏的老庄哲学，又有哪一天哪一代真正在华夏子民的血脉中循环过呢？

我扯得太远了。还是来重温我的生意经吧。这回该谈点具体的了。而每一笔具体的生意都是一个故事，一出戏。比如这笔钢材生意。

5月7日，一位倒友打来电话：有六点五线材吗？

有。

其实我没有。但此时的我已非昔日的我。我知道现在除了毒品和导弹，其他东西包括人，只要有买方不愁没卖方，关键是价格。决定价格高低的是中间层次的多少与卖方的胃口。

什么价？

你先给个底吧。还有数量？

掏底话：市场挂牌价每吨一千二百元……

那是空的，根本没货。

正因为空的才找你。黑市一千三左右。这样吧，不高于一千一百八，有多少吃多少。

信息费呢？不能低于五，我还有几道手……

行，要速战速决。

明天给你回话。

放下电话，我开始翻联络簿，打了三个市话没谈拢。忽然想到秋山钢铁公司有位文友，年把没见面了，但谈谈生意总是可以的吧？翻出他的名片，一个长途打过去，通了。

哈哈，你算找对人了，我刚做成一笔。

是吗？什么价？我不动声色地问。

吨价一千二，信息费面议。我这价比公司经销处的低七十元，不信你来看。

我打了会儿哈哈，放下了电话。心里泛过一丝酸意便了了。这种事见惯不惊了。

岂料二十天后，先前要货的朋友找上门来了：快给你秋钢的朋友打电话，看还是那个价不。哪怕高点我也要。

这么急，涨多少了？我这阵对钢筋不太关心，忙于给一个朋友的电器找买家。

涨疯了！到处盖房子，上项目，线材成金条了。这老兄搓着双手，一副猴急相：一定要快。简直一天一个价，跟股票似的。

我蓦然亢奋起来。赶紧拨长途，折腾半天才挂通，一问，已是一千九百五十元了。

娘的，谁都不傻。倒友咬牙切齿：都他娘的疯狗似的净想咬人。

别灰心，做生意就是这回事，十做九不成，一成还有九道关。我竭力安慰他，其实心里也是灰灰地冒寒气。

然而这场戏还远不到落幕的时候。第三天下午我又接到倒友电话：就这个价吧。你问问他们要多少信息费？十块以内我认了。

那就是一千九百六十啦？你得三思。我刚摸过，现在挂牌价是两千。

黑市两千二。

噢！那就有希望。一个长途过去，又一阵暴雨袭来：开票价每吨两千一百五十元，外加每吨十元信息费。老兄啊，我都不好意思报这个价，可现在就是这行情，孩儿脸说变就变。公司宾馆住满了人，都是要钢材的。市场规律啊。我本事再大，也顶多比经销处便宜个几十元，已是大面子了。厂长特批，五百吨一批供货，随行情再批。

娘的，要不是自己的电话，真想把话筒砸了。这市场后面到底是什么魔爪在兴风作浪呢？意外的是，这回倒友倒不生气，他嘟嘟哝哝地在计算器上敲了通运费什么的，脆脆地吐出一个字：做。

下家有把握？

有，不能再坐失良机了。这几天我们多方面搜罗信息，分析研究，行情还得涨，起码个把月里不会回落。有一个月时间，够了。他端起桌上的凉水一顿牛饮：你等着，一落实下家就来找你，一起去秋钢，老子这回做定了。

别蛮干啊。嘴上这么说，我心里却飘飘悠悠地陶醉起来。有愿打的，就有愿挨的，他越蛮越好，反正我毫无风险。

6月2日傍晚，电话铃声刺破了沉寂的黄昏。我预感到今天会发生什么事，果然是我那倒友的：快下楼，我们这就走。

我看看天色，劝他明天再去，反正今天也做不成生意。但他不依，说怕又涨了，趁早去摸个准信也好。我想想也对，匆匆下楼。但见一辆的士上端坐着他和一个黑苍苍鼓眼泡的中年人。中年人腿上放着个密码箱，冲我勉强一笑。我明白了，心里忽然紧迫。

一路上几乎谁也不说话。我们是三方，互相明白干这行的种种忌讳。我只是问了下打的的价格。一百八十元，倒友轻声回答我，向身后努努嘴，意思是那家伙出血。我闭上眼睛打盹，可根本睡不着，而且越近秋钢越慌乱，总有一种不祥的预感盘桓在心。我发现车内也一片肃杀，可能司机也受了感染，不停地向后视镜中窥测，准是怕碰上劫车的。

回忆挫折是不愉快的。尽管我本想继续卖卖关子，但现在已无此雅兴了。当晚找到秋钢那位文友家时，他头一个反应就是将我拉到里间问我，这笔交易对我有没有风险：我劝你们别做了。他挓挲着双手在空中乱舞：历史上从来没有过的纪录，我都害怕了。我不忍心看人倒血霉，百多万的交易哪……

当天的价格已是两千三百二十元每吨。

妈的股票也没有这么涨的嘛！我们几乎同时嚷起来。

据说还会涨，估计两千七百元是极限。

这是废话，物极必反嘛。问题是什么时候会到极限。谁将是击鼓传花的最后一个接花者？

当夜，我们四个人分析来分析去，几乎折腾到天亮，终于作出最后决断：开票！如果价格低于两千三百五十元的话。

上午没找到厂长，据说是躲起来观察动静了。

下午厂长出现了，但我们也彻底失去了勇气：

两千四百元每吨。而经销处公开挂牌价是两千四百六十元每吨。

屈指一算，5月7日到6月3日，六点五线材挂牌价从一千二百元每吨到二千四百六十元每吨，不足一个月，飙涨一倍多。

为什么月也醉了？

——这也是广告词，但不是我正在苦苦构思的空调广告，而是“醉月泉”酒厂征求广告词的启事。头奖一千元，二奖八百元，三奖五百元。我牛刀小试，炮制了三条寄去，获中一条三奖，五百元外加一份礼品“醉月泉”。

有心栽花花不发，无心插柳柳成荫。五百元不无小补。把做生意耗去的电话费之类都捞回来还绰绰有余。更重要的是它给我颓萎的神经注射了一剂吗啡。条条大路通罗马，捞钱的途径多着哪。看来我还得靠脑袋瓜子发财。

我开始留心更多的适合我之所长的生财之道。可惜没那么多厂家征求广告词，有了也绝非都能轮到我中奖。在我们这块土壤上靠智力致富的机制毕竟还很不发达。

正当此时，命运忽然又将我狠狠一掌，又一次推入倒卖潮中——我居然在一个星期之内，漂漂亮亮松松脆脆地做成一票煤炭生意。

这个故事的主角当然是我。另一个关键角色是团市委的单娟，我老婆同事。

她俩是“铁姐们”，出出进进形影不离，和我也就很熟。单娟三十二岁，长得眉清目秀的，一般都看不出她曾是个女军人、卫生连指导员，而且还是个狂热的马拉多纳迷。如果你记住她的名字，那就随时可能在电台体育节目中听到她打电话和主持人评议球赛，巴斯滕、古力特什么的说得比足球教练还教练。不过她说，她的拿手好戏还是教训那些小女兵，一训一泡泪，官瘾过足。不过她也强调，自己就是这样被训出来的。大约由于这一原因，她的个性特色十分鲜明，属于那种爱说爱笑（背人时却也没少唉声叹气）风风火火的事业型女人；好起来好到天上，翻起脸来让你直打哆嗦。这种性格在地方上尤其是在衙门里并不讨巧。她转业四年，仍是一名科员。不过在家里她却成功地扮演着女强人的角色。她丈夫是市计委的副处长，在她面前始终是一名眼泪汪汪的小女兵。据我老婆说，买米买菜做饭洗衣都是她丈夫包不说，每到经期她还有个绝对不沾冷水，一回家就卧床的特权。洗脚也多年一贯制地由丈夫代劳。他们迄今无后，有人猜这是她丈夫惧内的原因，也有人说是恰恰相反，这是惧内的结果。

她对我倒是挺尊重，常爱来我家串门，非要当我儿子的干妈，软硬兼施地要儿子叫她妈。五岁的儿子却偏偏义无反顾地咬紧牙关只字不吐。她也不恼，管自给他买衣服买玩具地当儿子对待。在团市委的一次聚餐上，我老婆数落我至今不会开洗衣机，她挺身而出为我辩护说：得了吧你，别身在福中不知福啦，我老公要有你那位一半的味儿，我给他当牛做马也甘心，多有内容的男人哦。有人说，这是什么意思，想抢她丈夫啊？她接得崩脆：当然，连儿子一块抢过来。

当然是玩笑。不过她从不把我当外人倒是真的。

虽如此，我和她从没有谈及赚钱做生意什么的事，主要是我有意回避。我觉得她比较正统，又是指导员出身，纯正的共青团干部，对社会上的种种不正之风她向来表现得疾恶如仇。我怕谈那些俗话题会有损我在她心目中的形象。

不料上星期五晚上，她忽然来我们家，“儿子儿子”地抱着我儿子狠狠亲了一顿后，问我：干吗愁眉不展的？做倒爷不能太认真，成则成，不成嘛你也多了点人生阅历。何况你是国家干部，大馆长，做生意本非你之所长。那些生意精啊，百万富翁暴发户的，没一个能和你的成就比。

我脸上发烫，知道是老婆透露给她什么了。这阵子我碰的钉子太多，老在家里骂娘。

别灰心，我们再合伙试试，保你至少做成一笔。

你也做起生意来啦？好哇，这世界真是越来越奇妙了。

偶尔为之。别当我老不开悟，社会不是小女兵，由不得我来管，看不惯归看不惯，傻子也是做不得的。

那你有什么？我像烟鬼见了鸦片一样来了精神：或者你要什么？

什么也不要。我建议你做笔煤炭生意，眼下这和钢材一样坚挺。

你有货？

现货三千吨，就在港口提。每吨开票一百六十元，外加五元信息费。连我的一个上家，三五一十五，成功就是五千块一家。

谈得到那一步啊？你知道做生意有多难……

我知道有人急要。

谁？

我们外宣办的成洋。

啊？你们一个单位，干吗不直接谈？

犯忌。这种事不宜让单位人知道。

这倒也是。怪不得她来找我呢。我哈哈大笑，越琢磨越有趣。同一楼里的两个同事，竟成了我的上家与下家。做倒爷原来也有浪漫和诗意。

第二天就给成洋打电话，他果然大有兴趣。不过我开的价码是，信息费六元每吨。他另加多少我不管。也就是说，一旦生意做成，我可两头捞好处，妙哉！

接下来的七天里，我俨然成了坐镇中军的寨主。电话铃嘀嘀嘟嘟地响个不停，我的神经也随之绷紧，放松，情绪也忽明忽暗，忽快乐上天，忽悲恸欲绝。听不到铃声巴铃响，铃响了又紧张而忐忑——总有许多意想不到的新问题需要对策。上家下家一大串，问一个小问题要拐七八道弯，刚反馈回来又有新问题要回答。最忙的时候一挂上电话铃就响，往外拨着号的间隙里铃也会响……

总之是一会儿成洋一会儿单娟，一天也不知道通多少次话。煤炭等级、化验指标、交货地点、付款方式、运输条件、仓储、如何看货、如何开票、如何交接现金、如何控制上下家以免“短路”……我的天哪，谁要想深刻理解人生，当一回倒爷足矣！至少会发现一大真理：我们以往对社会、对人生的感受实在太浪漫。比如我就曾满怀妒恨地羡慕那些商人、黄牛、暴发户，以为他们都是些小人得志的蛀虫，玩女人、喝美酒、出风头——其实你去试试！没有睿智，没有机敏，没有耐力，没有涵养，没有两面三刀八面玲珑能屈能伸和牛一样的体质，神仙一样的谋略，再没点美酒喝喝，风头出出，几天下来不垮成一摊稀泥，就得去跳楼、上吊、发癔症……

长话短说吧，昨天晚上，门铃大作。门开处，成洋戴着长舌遮阳帽，宽边眼镜，特务似的出现在门口。我刚关上门，成洋将我拉进卧室，从贴肉处掏出个大牛皮纸袋来：三千是你的。另外一万五是他们的。三千吨，三五一万五。

他哪知道，其中还有我五千哪！

眼前一阵晕乎，有种要休克的感觉。

我请成洋上“金隆”，每人要了一份“人头马”。现在才体会到为什么暴发户都爱玩这个，尽管吃的不是公款。不仅因为赚了钱，这种宣泄方式实乃道地的男人方式。美酒能助长成功感，成功感是男人毕生的追求。

那是种什么感觉呢？欣快、轻飘、欲歌欲泣；滔滔不绝、反反复复，再无聊的话题也津津有味……这种况味与我刚写成一篇满意的文章的感受相似何其乃尔。怪不得这世界上的人并不都去抠巴文章。人的心理机制是相仿的。人不论干什么，追求的及获得的本质上是同一种“东西”。我敢说一个百万富翁赚十万块钱和一个一下子要到十元钞票的乞丐的感受如出一辙。哦，有趣的人生哪，有味的人生……

不幸的是，我的快乐不满一个小时，立即体味到人生的别一种滋味，说不清是什么滋味的滋味——

“做成做不成这感觉就是不同。”成洋看来也是极少尝到甜头的：经验是最宝贵的。这回不是你去开票的吗？以后直接和他们打交道。甩掉你的上家，那样我们都好多赚点。

这时候听到这种话，我忽然有点不舒服，何况我的上家是单娟啊。我脱口便道：这不行，别人还好说，甩单娟我说不过去。

单娟？成洋挨了电击般挺直身子：货是她搞的？

我顿时意识到自己喝过了头。

这女人见鬼啦？你问我这笔买卖前一天，我才向她要过货。她说她丈夫最近不顺利，不好办。可却又绕一个圈子和我做，她疯啦？

她嘛……我懊悔不及，慌忙解释：你们都在一个单位，她怕影响不好。

怕个鬼！上个月她还问我要不要长丝呢。

真有这种事？这回轮到我结结实实地发蒙了……

7

——小说毕竟不是生活。而生活就其本质来说，无疑要比小说更丰富、更博大、更传神，但又往往因其散漫、杂芜和相对稳定的表象而让人产生平淡、乏味的感觉，似乎总不如小说来得精彩、玄妙、引人入胜。

其实都不是绝对的。有时候生活给人的某种震撼也非小说可比拟。

比如今天，“迅雷不及掩耳”这个词，这份猝不及防的意外冲击，用在景予飞身上恰到好处。他出差回来听到喻佳的第一句话就是：我辞职了。

你说什么？

信不信由你。反正这是真的。你不是总爱说，人生的路很长很长，紧要处往往只有几步嘛。机会来得太突然，等不得你回来了。从今天起，你老婆是“里通外国”的“洋奴”了。愿好愿散，随你一句话。

开什么玩笑……景予飞陡然感到呼吸困难，一屁股瘫软在沙发上。怔怔地看着喻佳的表情，心里已经相信真有什么天翻地覆的事情发生了。

可到底是怎么回事呢？自己连头带尾才出去五天呀？总不见得是跟哪个男人私定终身吧？

自从有了许小彗那档子事后，景予飞尽管颇觉内疚，喻佳尽管也偶有烦言，却并没有影响到他和喻佳的正常关系。在不明就里的外人看来，两人正常结婚、生子。喻佳还于两年前即1990年调进共青团藩城市委，结束了两地分居的生活，一切都像普通的三口之家一样，呈现着幸福美满的表象。但实际上，景予飞个人生活质量苦不堪言，深心里还始终埋着颗歉疚的种子。毕竟只有他和喻佳清楚，许小彗尤其是儿子言真的存在，绝不同于一般的夫妇偶尔红杏出墙，掀起一段风波通常也就风平浪静。他们中间横亘着的，是一个尖锐的楔子，随时随地、稍一不慎，就可能深深地扎疼他们。

而且，由于私生子言真的客观存在，这种状况在他们的有生之年应该是看不到改变甚至和缓的希望的。景予飞之所以不顾一切地到处折腾、拼命挣钱，也绝不仅仅是应付现实经济压力的需要，更多地还在潜意识中存在着一种挽救、补偿乃至转移注意力的心理，尽量能使自己这个小家庭的生活质量（至少是经济质量）少受些影响，如此，内心的愧疚和欠缺感多少也可以稍觉舒缓。

景予飞暗自感到庆幸的是，喻佳一如既往地宽谅着他。不仅长期容忍着这种状况的存在，而且在他为“楔子”刺疼的时候，比如他们自己的儿子景真如的出生和由此陡增的新的经济压力，及这种压力毫无疑问地影响着他们的实际生活之际，喻佳都几乎是毫无怨言地与他共同承担着这重重压力。而且，许多重要的关头，喻佳成了他唯一可以无所隐瞒地倾诉苦衷、寻求精神助力和实际对策的依靠。

景予飞因此对喻佳心存感念乃至依赖自不必说。但同时，深心的那份歉疚与隐忧却也如永不会消散的迷雾般，时浓时淡地遮蔽着他的意识。尤其是两人生活中遇到什么意外的事情时，便会格外敏感和不安。

而今天这种毫无心理准备的变故，则完全出乎他的预期，心头这团迷雾也就骤然浓郁起来。

从喻佳兴奋的描述中，景予飞很快弄清了事情的原委。

这事看起来十分偶然，实际也还是一种必然的结果。原来，就在景予飞出差后的第二天中午，喻佳下班去车棚推自行车时，碰上一个有过几面之交的熟人何经理。两人就边走边闲聊了几句。

何经理说起，他刚调到市外资企业服务公司，那是个专为外资企业、商社推荐雇员的机构。这几天他正在为物色一个合适的人选而发愁。说是藩城最大的一家外资公司德国PC公司办事处，要雇个女文秘。条件相当苛刻，要是三十岁以上三十五岁以下、有五年以上工作经验的，还要有相当文化和气质、有外语会话能力且一定要有个满意稳固的家庭（据说那样可以减免她日后跟哪个老外私奔国外的风险）。

都说那洋老板多伊老头疙瘩，也真少见他那样挑剔的了。何经理晃着脑袋说：一连送去几个都摇头。

原来你在干这事啊！喻佳当时对何经理的话并不在意，顺口说了句：以后有适合我的机会也让我试试。不料何经理的眼睛一下子亮了起来：真是的，你不就是理想的人选吗？行！说不定你真行。你长得很好，气质又不错。你不是工作好多年了吗？还是老文秘。你今年差不多也三十出头了吧？你先生在科技馆当馆长了吧？孩子又生过了，你的家庭不就很稳固也很满意吗？对了，你上过大学的，英语会话过得去吗？

喻佳立刻说：这倒巧了，老实说德语我一窍不通。但我大学时英语成绩是最好的，会话嘛，不敢说行，应付些日常事务还是有信心的。

会英语也可以了。但你真有心上外企去？恐怕不行，你下不了那个决心的。

为什么？喻佳被他一激，也认起真来。

那可是要辞职的。

辞职……一定要辞职？

那当然，机关又不给搞留职停薪了。当然，可以把档案放到人才交流中心。万一有一天被多伊炒了，我们可以再推荐你到别的外资公司，或者有合适的企事业单位要你的话，关系仍可接上。

那我还怕什么？喻佳急切地叫起来。

只是那种地方可是和机关大不一样的了，你得有充分的思想准备，起码你得失去很多安逸，还会有很多后顾之忧。

这不用你说，我只想问你有多少把握？

这个……我也说不准，不过我的直觉是你能行。你的条件都符合多伊的要求。

干吗不先去试试呢？要行，就办辞职手续。

太好了。不过你得先给我保密。

当然。

——就这么就成了？景予飞有点不相信地盯着喻佳，总觉得这一切有点不可思议，好好的一个机关干部，撑不死也饿不死，突然就变成一个什么外资公司的雇员了，还得辞职。而当时的外企在景予飞心目中几乎全无概念，喻佳这步棋走得未免太仓促也太冒险了些。

喻佳却兴奋得满面生辉：我知道你一下子难以接受。我也是一时心血来潮，又来不及跟你商量，所以真走到那一步时，也真够怕人的。那天我和何经理约好八点半在锦绣饭店大厅里碰头，然后一起去见多伊面试。我先到一刻钟，就是没勇气先进大厅。虽然我知道那地方是可以随便出入的，可是我从来也没进去过呀。到底是全市唯一的五星宾馆，那儿的气派也有种莫名其妙的威势。望着进进出出的外国人和那些穿着古怪制服的迎宾员，我心里真是说不出来的自卑。早上出门时蛮有信心穿上的衣服，不是觉得下摆扯不平就是领口太开了，唉，总之我是一点信心也没有了。走进 PC 公司的那一刻，我的心跳得那个凶呀，活活地就要晕过去了……

怪的是一看见那个洋老板，我的心霎时平静下来。那可真是个风度气质都极佳的老外，足足有一米九〇以上；他态度和蔼，谈吐风趣，举止潇洒得体，一点不像想象中那么苛刻可怕。你知道我初看见他的那一刹那想到了谁？布什！他的风度气质实在是太像个举止非凡的大人物了。但他又很幽默。他从他那把总统座椅般的高背椅上站起来时，我以为他要和我握手，哪知他贴到我身边和我比高矮，手夸张地从我头上掠划到自己腰那儿，意思是我太矮了。这下我的情绪立刻就放松了。

他一面问了我几个问题，一面不停地打量着我，时不时还摇着头，开几句玩笑；问我知不知道肉的味儿（意思我吃肉太少，太瘦了），而且还从里间的冰箱里拿出一长条小棍样乳黄色的东西，用小刀削了几片硬要我吃，说那是他家乡带来的花式奶酪。还说你今后得多吃些这种食物，像你这种身体就配在家和孩子玩“过家家”，工作怎么行？我以为他大概不会要我了。哪知他开够玩笑以后，简单地用英语问了我一些问题，突然对我说：到 PC 来工作，你会感到幸福的。我给你三天时间，够了吧？我一下没反应过来，何经理用中文对我说：你说行。他是要你了。可我怎么能说行？三天后就要去上班，单位还不知道是怎么回事呢，再说，也不知道你会怎么想。

我照直说我需要至少一星期，多伊的脸色一下子就变了：为什么？难道你不怕失去一次难得的机会？何应该告诉过你有多少人在竞争这一个位置！

这我知道。但是我必须得到原单位领导同意并认真交接工作。

多伊一听这话，顿时又竖起了大拇指：这个好，这个非常非常好！就给你一个星期——回来的路上，你不知道我的感觉哟，整个人都好像要飞起来了！

飞起来，至于吗？

你知道什么！面试结束时多伊叫何经理先走，然后问我何经理和我谈的报酬是多少。我老实说是他们付给外服公司的百分之三十五。

看看，看看，你们的外服公司不是在剥削吗？仅仅转一下手，我付给他们一千四百元，到你手上竟只剩四百九十元了。你不觉得这样很不公平吗？我笑笑，心想我们哪能跟你们老外比。这工资比我的现收入已多出了一倍，而且讲好都是付外汇券，照黑市行情值七八百呢。万万没料到多伊居然看透了我的心思。他说：我知道你已经很满足了，但你要知道你已将成为PC公司的新雇员，PC公司是德国一流的跨国集团。尽管中国还没有最低工资法，但我多伊绝不会亏待我们的雇员。所以我每个月还会另外加给你职务津贴和住房、食品补助。只要你干满一年，这些都按十三个月计发。至于明年，如果我还没有对你说再见的话，会在原基础上适当递增。算算这笔账吧，你不感到幸福吗？……

有这种事？景予飞呼吸都紧迫起来，赶紧问喻佳：那他总共到底能给你多少钱呢？

喻佳眉飞色舞地卖了个关子：你猜猜看？反正要大大高于外服公司给我的那块。想想吧，全是外汇券呀！你说我要不要飞起来？

这下，轮到景予飞“飞”起来了。在喻佳面前一向习惯于喜怒不形于色的他，现在情不自禁从沙发上蹦起来：辞职手续办了吗？

还没移交完。不过头儿已经同意了。

辞，辞！景予飞从来没有如此果决地挥手一劈：这么高的待遇，同意也得辞，不同意也得辞！你抓紧移交，怎么也别耽误了按期去上班。以后说话也得放圆溜点。老外的脑筋整个和我们不一样。事事要摸透了再下筷。最基本的一条是：唯命是从！

说得倒轻巧。这会儿我可真后怕了。说真的，和头儿说时唯恐他们不同意我辞，一同意我辞了，心里一下子七上八下的没个底了。万一干不了几天让老外给炒了，万一……好像又不是担这个心，总觉得像个没娘的孩子了。

这我明白。哪个下海的都会有这种心理。习惯了就好了。要紧的是尽快适应新环境。别轻易让人给炒了。人这个东西就是这样，上得楼下不得楼。拿过高薪再失去，那才叫够受呢——不过，老实说，你这一步跨得可真让我刮目相看！毕竟这是一种冒险。换了我，诱惑再大，恐怕也不会有你这个魄力的。

说到这里，他突然打了个激灵：是不是因为我……给你的压力太大了？

喻佳幽幽地看了他一眼，轻轻点了点头：话也不能这么说。作为夫妻，我们本当有福同享，有难同当的。只是，我的确很想改变这种困窘的现状。尤其看不得你一天到晚为了些蝇头小利到处胡乱扑腾的落拓样。我很清楚，你的潜力和底子都比我强，所以你应该集中精力，好好发展自己的事业才是正经。

鼻子倏地一酸，景予飞差点掉下泪来，他赶紧扭过头去，心里翻江倒海地一时不知说些什么好。

喻佳看出了他的心情，立刻站起来，拍拍他的肩说：时间不早了，我们还是早点休息吧。

话虽这么说，临上床时，喻佳不禁又叹了口气：唉，今天我又要失眠了。她使劲搓揉着热热地生着火的双颊，又长长地打了个哈欠说：从前天回来就没睡过一个安稳觉。

失什么眠。船到桥头自然直。大好事。只管睡你的就是。

说归说，自己就没法睡着。今天的一切都让景予飞感到惊诧，甚至有些羡慕。虽然喻佳早就有过跳槽之心，多次嚷嚷要去藩城新设立的经济开发区，都因他强烈反对而作罢。现在可不同，再也没想到在外企工作薪酬居然这么高，何况，相比起机关干部来又毫不失体面，何乐而不为？

景予飞越想越兴奋，也是翻来覆去睡不着了，忍不住转过身来，刚认识似的暗暗端详起喻佳来。淡淡的月光透过纱窗，洒在她白皙的脸上，莹莹地使她的肤色比白天看上去更姣好。景予飞不禁又感慨起来。幸好她比一般人看起来年轻，要不然哪会有这种好运？当然，更主要的是她的确比许多同龄人有着较多独特的优势。因为心态平稳，与世无争的性格吧，一般人第一眼见她都会有很好的印象。而喻佳的各方面能力尤其是为人处世和专业能力，景予飞向来也是欣赏的。

如今的社会已在一切方面显现出金钱的意义，一切都在以史无前例的速度物化着。那一阵，景予飞虽然深深苦于手头拮据，到处折腾着想发财，但总觉得那是自己的事，怎么也不能让老婆为多得个百儿八十的去东奔西走。没想到老婆竟一下子有了个相对于自己是大大发了的机会，他不禁感慨万端。老婆收入一下子数倍于自己，他倒只有狂喜丝毫没有任何自卑。他深信喻佳对自己的感情，她也不是那种会为自己收入多于丈夫而趾高气扬的浅薄女人。然而短暂的狂喜之后，景予飞心头又飘来一片莫名的怅云，心里悒悒的、堵堵的，似乎还是那份隐隐的歉疚，似乎又不仅仅是这个，他一时理不清到底是什么在作怪。

但他清楚地明白一点：无论什么时候、什么情形下，自己都是深爱喻佳的。喻佳也是深爱自己的。他们的感情从来没有任何疑问。而这种感情的意义对于自己无疑要更为重要一些。尤其在当下的情境中，喻佳的心灵，她的宽容与体贴对他来说，比世界上任何东西都更珍贵。无论何时何地，如果有人伤害她的尊严或情感，他会拼出命去将他的脑袋砸碎——而其实，这个伤害她的坏蛋就是他自己……

你也没睡着？喻佳的一条胳膊软软地搂住了景予飞的脖子。他假装懵懂的样子转过身来，顺势抱住了她的腰，只觉得她的身子热得发烫，心里忽然又有些酸楚：看你，这么沉不住气。怕什么嘛。我了解你的能耐，外资企业再怎么，总也得认能耐吧？就是万一——我是说万一啊，你以后真给他们炒了鱿鱼的话，起码我绝不会嫌弃你。到时干脆我也下海去，跟你一起开店、做买卖，如今社会大变样了，生存甚至致富的路子有的是……

话没说完，只觉得浑身发闷，喻佳把他紧紧地搂了一下：我要的就是你这句话。这下我就什么也不怕了。

唉，女人啊，到底是女人。景予飞嘴上这么说，心头却一下子热乎乎地踏实多了，忽然悟到：自己先前最需要的，不也就是喻佳刚才那句话吗？

8

突如其来的新生活，就以这样的方式拉开了帷幕。

景予飞无数次地暗暗感叹：莫非冥冥中真有神灵？他在以这样一种方式拯救我于水火，补偿我之失落和窘迫？抑或，竟是别一种形式的惩罚？

这个新生活的意义确乎是非同一般的。

首先，它几乎立竿见影地终结了景予飞那种为五斗米折腰，为稻粱谋奔波却始终难见起色的困窘局面。其次，随着时日的推移，随着喻佳在公司地位的日益稳固，随着中国经济不断腾飞和景予飞自身事业的发展和收入的水涨船高，景予飞小两口的生活质量虽然谈不上大富大贵，但与先前几乎是天壤之别。

当然，这里所指的，单纯只是经济意义上的生活质量。令景予飞意想不到的是，他的实际的生活质量（当然是指精神层面上的）却非但没有获得根本的改善，甚至，还几乎成反比地呈现出另一种困窘和绝望。

当他搬进新居并渐而又换上更大更舒适的居所时，当他给儿子真如买新玩具、添置高档文具，当他带真如出去郊游或上游乐场，当他的小家随着时尚的变迁而逐渐用上空调、冰箱等一应俱全的家用电器，当他开起了自己的摩托车并始终领先于一般人而用上 BB 机、手机等通讯工具，当他带孩子到名校报到，当他看到孩子出色的成绩报告单……总之，当他和自己孩子的生活质量乃至孩子的学习、生活不断向上、欣欣向荣之际，他感受到的，固然也有欣慰或得意，可是这种满足和欣慰却又往往如刚刚点燃的火苗突遭暴雨猛浇而迅即熄灭。随即蹿升起来的竟还是那裹着浓重湿雾的，挥之不去、吹之不散的滚滚浓烟——失落感、歉疚感乃至愈益深重的负罪感。

他们现在过得怎么样？假如言真明了自己的身世，知晓了我是如此生活的话，会作何感想？如果我当初再坚持一下的话，他或许也有可能随我生活吧？如果许小彗肯放手，使他也能在我身边成长的话，岂不也……

诸如此类的想法始终如影随形地缠绞着他疲惫而枯干的心灵。

他也始终试图改变这一令他窒息的局面，并且尽力满足许小彗额外加码的种种经济要求，不断根据实际状况及时、主动提升给他们的生活费标准——当然这仍是谨慎而有限度的，因为他害怕这会暴露自己的生活境遇，担心这会刺激许小彗的失落感乃至经济胃口。更有一点，他始终难以尽信许小彗会把自己给的钱全用在言真身上，毕竟她又有了个孩子。他始终无法了解她和言真的具体、真实的生活状况。

为了弥补对言真的歉疚，也为了安抚自己的心灵，他后来想出了一个办法，即从喻佳进了外企，自身经济状况明显好转的那年开始，他私下在银行单开了一个户头，开始为言真定期存钱，具体数额也视收入情况而不断增加。他的想法就是，终有一天言真会知悉自己的身世，终有一天他会来找我，或者在某个特殊的时候，我主动将这笔钱交给他本人。

困扰他的问题还远不止这些。其中最突出的一点是，他和许小彗之间的信息从来都是不对称的——这也是他长期郁郁不能释怀的一个要因。他始终无法从许小彗口中听到关于她和言真的真实生活状况：他们的住址，许小彗现在在干什么，她丈夫又是干什么的，他们的实际经济状况如何？尤其是孩子，他在什么学校读书，他过得还好吗？会不会因为自己的特殊身世而受人歧视或自卑自弃？而自己如果有要事去找许小彗时，该到哪里去找等等基本信息，只要他问及，许小彗的回答总是：你没必要知道这些吧？或者，我就是不想告诉你，怎么啦？再或者，你少给我假仁义了，你心里从来就没有他……

好在许小彗因为种种目的，从来不会断了给他写信、打电话或者找上门来，与她失去联系的可能几乎是不存在的。而从她的言谈和字里行间，他可以间接地了解、揣想出一些她和言真的生活情状。令他痛苦的是，这些情状多半又总是破碎的、负面的，令他压抑、恓惶而绝望的。所以，景予飞又渐而形成一种矛盾的本能，即既想听又害怕听到一切关于她或言真的真实情况，以至一见到她的来信，一听到她的电话，一见到她的人影，神经便会条件反射地紧绷起来。

尤其是看到她来信时的恐惧感，有时甚至超过了听到她的电话或见到她的人的反应，因为你在电话里或见面时，还可能针对她的某些言谈即时申辩或发泄一下，看信则只能被动接受和消化，哪怕你为那些深深刺疼自己的言词暴跳如雷甚至想要寻死觅活。

当然，许小彗的信和态度也并非总是铁板一块，虽然主旨总是哀怨、需索或义正词严的控诉、辩白甚而谩骂、威胁、恐吓，但很多时候她也会在信中表现得判若两人，虽然其言词常常是前后矛盾、反复无常的，有时的态度却异常温顺、理智且充满了对景予飞的理解体谅，甚至时而还会有针对她自己的检讨、自责——尽管这在景予飞看来，仍然也是服务于她的某种基本目的的别一种表现形式。

对许小彗这种神秘莫测的心态和吊诡的做派，景予飞的判断是，她在为自身和言真谋取更大的经济利益，或更是在赌气，在报复自己，并始终对自己存有深刻的戒心，担心我或家人会与她争夺孩子。而言真无疑是她唯一的精神支柱、命根子。

而随着孩子一天天长大，开始具备他自己的独立意识后，她必然会担心我或家人与孩子见上面或联系上后，使他知晓许多过去不可能知晓或被她长期歪曲了的真情，从而对言真心理产生不利于她的影响。

这无疑是许小彗的一块心病。融解它的唯有时间或天意。

于是，他也就尽量避免去刺激她这根神经。至于许小彗本人的联系方式，前期主要靠通信（多是她先来封信，随后用某个公用电话打来一个电话获取他的回复或“感受”。偶然需要他回信时，会给他一个指定的、也常变动的临时地址）。后期，也就是在手机大面积普及以后，经他再三要求，景予飞才得到了她的手机号。而这个手机号也会因为莫名其妙的原因而经常变换。

反之，无论他的工作、家庭地址或联系电话有过多少次变动，许小彗总是不需等待他通知而及时获知。因为她发现有变时，只消以任意身份给单位的人打个电话就可以探到。景予飞不可能（虽然他曾想过）要求所有单位同事，不对外人泄露自己的电话或住址等信息，因为工作本身就需要他接受许多陌生人的咨询或联系。换句话说，她可以自如地操控他，随时随地地掌握他的基本信息乃至喻佳甚至孩子的基本信息而随时随地地找到他，或向他发号施令。

稍令景予飞宽慰的是，由于他在单位和一般朋友面前已经习以惯之地谨言慎行，讳言自己和喻佳、孩子的实际经济、生活状况等重要信息，许小彗似乎并不完全了解他的实际生活面貌。

景予飞因此而长期怀有一种莫大的沉重的无助感，即那种无所逃避于天地之间的受操控的恐怖、恓惶和寂寥的不自由的感受。

有一天，景予飞在公交车上偶然听到一首歌，那就是后来风靡社会的《只要你过得比我好》，他的心剧烈地抽搐了一下，愣怔了半晌后，提前下了车。

言真，你可能比我过得好吗？

有一天你会相信，其实我一直都真心实意地希望你、乃至你母亲都过得比我好吗？

唉，恐怕我们这一辈子里，谁都无法过得好了……

第六章　字字血声声泪

1

很长一个时段里，尤其是在言真成人前那段时期里，由于通讯条件尚欠发达或许小彗认为需要以文字来表述情感等原因，她给景予飞写过许多信。这些信有一些是许小彗自况式的宣泄，或是主题反复强调的自我申辩与塑形；最多的，则是出于那个最基本的“求助”目的，而其主角或曰中心话题，自然又与言真有关。

虽然不是主要来源，但这些信多多少少地让景予飞了解到一些他想了解的（或他极不想听到的）信息。

这些信多半是功利性或目的性很强的，不值一录，但其中也有一些还是值得玩味的。尤其是关于言真的，它们显然也有助于我们窥测到许小彗及其孩子的生活、性情、心理或心机之一斑，且也有助于我们间接揣摸景予飞于此一时段中的心路境遇。

不妨就让我们来看几封许小彗的来信或片断。

为便于叙述，这里未分时序。除某些过于紊乱或文理不通而影响理解之处，主要内容、词汇也未加修饰——需要再强调的是，当时的景予飞基本没有怀疑过（也无从怀疑）信的内容的真实性，因而他的感受及反应，我们不难想象，故而就暂且不在此评述了。

2

……这几天我不知是怎么过的，我的魂灵在哪里飘荡？我痛苦烦躁到了极点。孩子开始考试了，我不知道该为他做点什么。我又不愿添给他一丁点负担，可接二连三的事情又使我坐立不安。为了孩子，我经常与人换房。为了谁也不容忍的这可怜的孩子，我忍辱受累，最后结果又使我一步步走向受人讥笑、嘲骂的结果。

人家背后如何议论我、谩骂我都无所谓，可是面对面的辱骂我又咽不下这口气。你根本不用知道这孩子也跟着受了多少气……

景予飞，我恨过你，老实说到现在还会恨。但是我有时候也会承认，你在孩子生下来后的表现还是无愧的。有时候我虽然对你很凶，但是你的话也会让我无言以对。这几天我天天在想，这一切的过失真的都在我，要是不生下他来，他也不用跟着我受这些气了。

我常常一个人发呆，又常常失去生存的信心，要不是这孩子我早已命归西天。我舍不得他，我要为他苦到底。再苦再累，我只要一看到他心里又会平静下来。

景予飞，我有太多的话要对你讲，可是你是不想听的。我走的路一路磨难，你是难以想象的，也根本不关心的。我一面为了每月一百七十三元工资在苦，一面又挂念这十岁的孩子从上午到下午、从下午到晚上的时时刻刻。

景予飞，我母亲去世了，今年放假孩子再也没人帮忙照顾了。新单位是集体的，效益很不好，许多人拿月工资的百分之六十五回家。我情况特殊没有下岗。但是保留下来的职工要交三千元集资款，我根本无能为力。走投无路的我还能求谁呢？我只有再厚一次脸皮了。对不起你，打扰你了。我跪下来求你再帮忙这一次。

但是如果你不行，我绝不会因为这个事恨你。因为这几年让我看到，你一次一次尽心尽力帮助过我。我也是有良心的人，怎么还能怪你呢？

对不起，又打扰你了。真的希望你和喻佳快乐，还有你们可爱的小真如快乐……

（真如是景予飞给他和喻佳生的这个儿子起的名字。之后不久，许小彗不知怎么也得知了这一信息。她在来电话表示祝贺的同时，特意问了一句：为什么你儿子的名字里也有一个“真”字？景予飞的回答是：我觉得“真如”这个词很有意义，它是一个宗教概念，有“本质”、“本原”之意。）

（许小彗哦了一声便没有再问什么。）

（但是，景予飞知道她会想什么。而实际上，他给儿子取这个名字确乎有纪念言真的寓意在。虽然他对任何人包括喻佳都没有说破过这层意思，但是他觉得他们会有这个想法。）

（想就想吧，难道这还有什么错吗？）

3

……你帮言真办的市图书馆的借书卡收到了。只是我现在还借不了，因为借书证和登记卡都要单位盖章。等我找到了新工作再盖章吧。

关于找工作，你们这种端国家铁饭碗的人，真是想不到会有多么难哦！你上次让朋友介绍的那家商店本来还是蛮好的，但个体商店没有上班时间，老早去，老晚才能回家，中午我根本没时间回家做饭。那我怎么照顾孩子？算了，我慢慢自己找吧。

本来言真上学时，中午到家就可以吃上热饭菜，现在我也顾不上这么多了。不过中午还不算太难，我可以早上做好饭菜让他回家后凑合一顿。晚上再这样怎么行呢？无论如何我也要用心照看好他。

另外，你也有儿子了，你应该知道现在的学校都是独生子女，孩子各方面如果差一点都会被人瞧不起。言真没有一个好爸爸，我不能再让他没有一点好穿着。这孩子从小是被关大的，一般我不准他随便出去玩，也很少有同学看得起他跟他玩，即使放假的时候也这样。他也太内向了，有什么心事也难得跟人说。看着他独个儿闷在热得像火炉的小黑屋里发呆，我就忍不住心酸的眼泪。算了，很多事我也不说了，说了你也不会当回事。

生活终究还是生活，日子不知不觉就一天天混了过去，转眼就是十二年时光在手里没了。这孩子比一般孩子早熟，越来越懂得体贴我了。只有他才能占领我的心，安抚我往日的创伤。

景予飞，这一切我越来越看通了，怪不得什么人。我毕竟生活在现实中，一切要自己勇敢去面对。一个没有本事没有钱财没有亲生父母关照的女人，要支撑起一个破碎的生活，真难！可是一个没有亲爸呵护的童年更难！

但是我也知道你也不容易。一个小孩要花费多少钱，全靠你们工资支撑一个家庭其实也是很难的。另外还要额外扶持另一个孩子的你，我深深知道艰难。可是我往往没有办法面对我的生活，只能再来寻求你。我常常莫名其妙对你发火、心碎。收回的当然是你的反抗，结果总是自找苦吃，心灵更加受折磨……

对生活我实在是无法把握好，完全跟我当初想的不一样。可是生活中的麻烦却一点也不肯减少，我真的越来越感到难啊！今夏你给我一千五百元交煤气管道费，帮了我的大忙。现在放假了，我让他少出去，给他买了一台电子游戏机，花去四百多元。这次期末考试他成绩数学全班第一九十七分，语文也有九十一分，我再怎么艰难也要给他业余时间一个小安慰，他太应该放松了。

景予飞，到 8 月 28 日他要上五年级了。25 日返校要交学费，要交校服费。夏服上次交了，这次是秋服费，运动衣裤和白球鞋。另外去年你买给他的书包太小了，我要给他买一个大点的牛津书包。还要买一些笔和文具，学校不准学生用铅笔刨刨铅笔。我再怎么，为了这孩子也要把他搞好点，不能让外人更瞧不起他。他现在还是班上中队委，全班四十八名同学，不能让他低于中游，这是我的愿望。

景予飞，我深深知道我在你那里已经得到许多，但是你给的那些正常的生活抚养费根本解决不了许多新的问题。如果我有能力也不可能老是这样，当然，那些你可能觉得都不是正当理由。如果你一定要这么想，我也没办法，但是我不会因为这些怪罪你，到底你还有自己的孩子要抚养。

景予飞，今年他上高年级了，老师都说这是孩子们的人生转折点，我要好好为他祝愿。如果你没有钱，就请你一定要买一个精装的好一点的日记本给他。你在日记前面写一句勉励的人生格言，你不用签名。我要他从今开始每天都记下自己生活的点点滴滴。电视上说，记日记是个非常好的习惯，还能调整人的心理。

言真太需要调整了……

4

景予飞先生：

你真的是脑子进水了，还是故意来气我们？你应该不会忘记你亲笔签下的保证书吧？你要想推翻放弃言真抚养权和监护权的承诺，可以，太可以了。我和真儿在法庭上等着你！否则，休想撕破！

你知道我的脾气，可是为什么你昨天在电话里对我破口大骂我没有和你对吵？不是我害怕你，是真儿捂住我的嘴劝我不要理睬你。我一看见他焦急的眼神，气就鼓不动了。我打电话的时候他就在我身边，耳朵里灌满了你疯狂的声音！

景予飞，你太混蛋。可是混蛋的你竟然有了真儿这么个至孝至忠的好儿子。是他的劝告才使我没有冲上门去找你算账。是他亲口对我哭求：妈妈你别这样做，虽然我恨透了他，永远也不想见到他，但我身上流着他的血，我不能看着你们同归于尽。我们吃糠咽菜也可以过我们自己的生活，永远不和他一般见识……

这就是我今天写信的主要原因，因为在电话里根本没有办法和你正常对话。虽然我也不想这么早就让他知道自己悲惨的命运，但是我实在忍受不了了，我不能再欺瞒他下去了。所以，我们的孩子，可怜又坚强的言真，前天深夜已经完全知道了自己的身世。昨天我给你打电话，就是想告诉你这个情况。就在前一天晚上，正是真儿的十六周岁生日。你没有在电话里提一个字！

为了安慰他敏感的神经，我没有让我那个小的和家里的其他人参加，孤孤单单的我们两个人，在饭店吃了一顿可怜的生日晚宴。我没有想到，就在我们边上，一家人也在给一个十六岁的儿子过生日。祝贺的人来了十几桌，还有司仪的、摄像的、送礼的。他们的欢笑让我一口蛋糕也吃不下，真儿却对我说：妈妈，他们这样吵闹有什么意思，也不怕别人笑话吗？

吹蜡烛的时候，真儿还对我说，妈妈，我要许一个愿，只有一句话，世上只有妈妈好。我当场就哭了起来。我颤抖地抱着儿子说：真儿，你的妈妈不好，妈妈一直在欺骗你。你现在的继父对你不亲，你也别怪他，因为他知道你的亲爸爸并没有死，他一直就活得好好的……景予飞，你知道他的第一句话是什么吗？他说我早就有感觉了，可是我不想问你，因为怕你难受……

我们再也坐不下去了。可怜的母子俩沿着护城河不停地走啊走，不停地说啊说，我把苦苦埋藏了十六年的秘密和忍受的痛苦全部告诉了真儿。后半夜我们再也走不动了，母子俩在河边干枯的老杨树下抱头痛哭。我跟真儿说得最清楚的是一句话：你终于长大成人了，你也知道了自己的身世，我的心事已经了掉一大半了。你的亲生父亲虽然对我无情无义，但是对你还是承担了责任的。所以你今天知道了真相以后，首先要对我发一个毒誓：不管今生今世你和你亲老子会怎样，你和他打断筋骨还连着血肉，你要把一切烂在肚子里，保证永远不做伤害他的事，不会做影响他前程的事。那是骨肉残杀，只会让那些侮辱我们的人看笑话。

他含着眼泪向我点头保证。我又对他说，今后你想怎么样就怎么样，你想去找他就悄悄地去找他，你想跟他通信或者打电话就通信打电话，一点也不用担心我会怎么感受。但是，绝对不可以强迫他做什么。我们是苦水里泡大的人，第一要有做人的骨气。可是他对我说什么？他说呸！虽然你今天才告诉我他还活着，但这个姓景的人永远不可能进入我的心灵。他早就在我心里真实地死去了！我永远永远也不要见到这个抛弃了世上最好的母亲的男人！你永远也不许把我的一切情况透露给他。我跟他桥归桥路归路，饿死也不要再用他一分钱！

景予飞，你不知道这个倔强的孩子，发起火的样子多么像你啊，声调都差不多一模一样。但是，请你原谅这个可怜的孩子的赌气话吧。他到底还只有十六岁，他刚刚听说自己的命运会有多么痛苦，惊慌。所以等他慢慢成熟起来，我会劝告他渐渐改变看法，慢慢接受你。

不管怎么样，你们毕竟是血肉相连的父子，我永远不希望你们之间会有真正的仇恨。那样会让谁高兴？对我有什么好处？可是你太让我失望，太不通情理了，竟然还在电话里骂我不把他的联系方式给你是居心不良，你太不讲道理了！不信你试试看，你现在就是去找到他，他都可能拿把刀子捅你！

我现在可以放弃一切个人感情跟你说句实在话，要是你今后有什么话想跟他说，可以写信给我转交他。他看不看是他的事，看了以后怎么感想是他的事。但是我能够保证不许他做出任何对你不利的事情来。我是他在这个世上唯一最亲的人，他会听我的话的……

5

我很抱歉又打扰你了。在你看这封信前，我不能不说出我内心的真实声音。我不是来求你要什么的，我现在什么都不求，只求你能心平气和听听我的声音。

景予飞，不知为什么，自从真儿读书去了以后，我的精神好像有些崩溃，整夜整夜都无法入睡。思念真儿的心思像虫子在啃我的骨头。白天我什么事也做不成，常常一个人发呆。我现在的老公完全不懂得理解感情，他只会阴阳怪气地说我是神经出问题了。可能真的吧，这是我从儿子生下来到现在最最严重的一次感情不宁。

真儿常常打电话给我，我有时都不想接他电话。我不能面对他给我的问候和孩子气的关心。他到底是不是给我宠得太软弱了？我会控制不住自己毫不掩饰地痛哭一场。所有的苦恼、烦闷、血泪、孤独一下子涌上心头，我这是在害真儿啊。景予飞，我多少次真的是想在电话里向你倾诉内心，可是我又明白你是丝毫不会在乎的。我更不想再跟你白白吵一架，伤害你也更伤害我自己。我对生活一点信心也没有，要不是真儿支撑的话，我真的想到另外一个世界安静。

你给真儿写的信，有两封我没有给他看。你真的不明白他的心还是你害怕面对他的心？你说的大道理对他有用还是有害？可是从你给我现在的感觉来看，你那副早衰疲惫头发花白的样子，已激不起我太多的怨恨了。我只是希望有一天你们父子能够和好，当然这需要时间和真儿的原谅。你现在能做的一切，是真儿长期以来心中梦想的生父向他的道歉。不是你信上说的那种看似歉意其实自我辩护美化。

你是为他尽了力，我一直向真儿劝说，但是他明白你真实的心。几句轻轻的道歉和同情能医好一个人的心病吗？可是你小心回避的是什么根本问题，当真儿还是小孩子不懂吗？真儿带着绝望和悲哀所滋生出来的宽宏大量是你的运气和福气，换了别的孩子说不定早就让你焦头烂额了。你知道吗？这种情况下真儿还常常问起你的儿子真如的情况，他真心希望他过得比自己幸福。我说这个你不用担心，真如有一个好爸爸和好妈妈，他会幸福的。真儿说你不要这样说，你要把心放宽。

我真的是太不宽心了。在你无情抛弃我的时候，你说的“上厕所也还有个先来后到”；在我和真儿最困难和孤独无助时期，最需要精神安慰的日子里，你父亲对真儿的无情话语；还有那年小真儿生病住院我去找你，你说我不讲信用假话连篇，死乞白赖不顾一切要冲到医院去验证……这样一类的往事，真儿全知道了……

不错，我现在经济、工作总算有了改善。不像那时，我对你在经济上是有一些出格的地方。但是当时我丢掉脸面整个脑海里为的不是我自己活下去，处处都是为真儿着想，你也不希望你的亲骨肉生活得像样一点吗？那种时候我能怎么办？不错，你也有妻儿要照顾，你也有种种难处。可是比起来，真儿得到过你什么亲自照顾吗？为了这个当初你和你父亲百般不要的孩子，我不可能不为他今后着想。人生在世难料事太多了，谁知道我明天会不会突然离开苦命的儿子，这就是我那时候不得不求你的动机。谢谢你许多帮助是真心的。

为了这孩子，任何人的谩骂耻笑我都能忍受，唯独你的不能。可是你那时也做到了，有些话多么刺痛心肺。在已经太多的痛苦里，你又埋进我心里一层层恨。这种恨在任何一天也没有让我丧失理智，去你单位害你，或者向任何人说出你的秘密。你现在事业发展，小日子红火，我们也没有眼红不安。你知道多少时候是真儿的劝解挽救了我的冲动啊！他这也是在挽救你，你想过没有？

那时候，我和真儿呆呆地面对面坐着，百感交集，心中恨在延伸。窗户一点点黑下来，谁也不想吃晚饭。但是我们互相鼓励劝告，不要做有害你的事情。今天我说这些，不是求你什么，我们永远不会真正求你什么。我反而求你能够体谅我那些日子里无法控制自己，向你一次次心灵爆发的过格。

我写这信天已经快要亮了，我又是一个不眠之夜。可是我感觉话还远远没有说完。我所积蓄的恨在真儿十六岁生日那个夜里全诉给了真儿。可我还是把大部分埋葬在我心里。我不敢让真儿看到我这些年来的日记。因为我害怕影响他对你的感情。因为我当初年幼无知，错误百出。但是我写的东西都是真实感受。我明白我这辈子直到现在，哪怕一丁点真爱也没有享受过，在与你相识那匆忙的过程中也没有一丁点你的真爱，还造成我一世的痛苦，还扯上这个可怜无辜的孩子的命运。真幸亏我有了真儿的安慰。可是我现在真担心他步入我同样的苦命中，所以我对他的要求从来就十分严格，这可能也是我对不起他的地方。

景予飞，你所做所说的一切，我对真儿公正评说过，我不会胡说你什么。现在更明白错就错在我自己，让我的真儿忍受许多许多不应该忍受的苦和太深的创伤。看看周围，人家都是独生子女，小皇帝，都有应该有的一切。可我的真儿呢？在他上小学一年级的时候，我要你为他买过一个书包。有一天他回来后说，妈妈，我想要个好的书包，这个书包同学都说太土。可是第二天他还是背起这个书包上学，一直用到小学毕业。当时这点小事我能做好些，可是我想让他从小经受考验。我永远记住我生母对我的许多忠告，我想得很远，真儿今后的日子该如何过是我一向最大的心病。

儿子是母亲的未来。可是真儿从小缺乏家庭温暖，我这个母亲所能给他的又太少。他说过他没有一个好父亲没关系，他只要一个好母亲。可我越来越觉得我不是一个好母亲。从他知道父亲还活着那一天起，父亲已真的在他心中死了，他真的永远不知道真相多好啊。在他不知道真相之前，我骗他说你在很远很远的地方出差，后来干脆说你生病死了。真儿多么思念你，多少年前他就说他经常在梦中看见你亲切而模糊的影子，希望不要梦醒！那些日子我流过多少泪，可是他还太小，我不想也不敢让他知道真相啊！现在他跌进真相的阴影中，爬出来多么艰难，你让他怎么一下子接受你？这需要你和我共同努力。

看到别人父子俩亲热的样子，真儿心里血和泪在流淌。他对我说过，有时候他真想用刀刺进自己心脏。但是他说他更体会我流血的心有多痛！有些事躲不了的，真儿现在长大成人读大学了。我时时为他高兴，又太想念他。但是我不能像以前想看他马上赶去看他。我有小的和老的要照顾，我不能太影响他。

他8日来电话给我说，从现在开始他有了受老师赏识、同学喜欢的感觉，说他如何锻炼让身体更健康。我相信他的话，更相信他想安慰我。他说他不需要举止斯文，只想得体有知识；他不需要名牌陪衬，只要着装恰当整洁。至于金钱地位，那就是从现在起自我奋斗，也为了不让将来景家人看不起他。但他说过绝不会像生父，地位一天天高起来，灵魂却永远沉没在黑暗中。他说那种人其实并不会真正幸福。他还是有点孩子气的。

现在我常常爱去的地方就是耳湖。一个人孤孤单单很安静，看到翻着泡沫的泉眼，心里也翻起泡沫往事。虽然我比以前哭的次数更多，但我不担心我的身体，也再没有轻生念头。为了我的真儿，我会好好强迫自己努力。

景予飞，日历越来越薄，天越来越冷清。真儿这孩子已经长大，我希望你们有一天能和平拥抱，抛开你和我的恩仇，为了孩子。我深知喻佳和真如对你生活的重要性，我不需要你给真儿一个父亲般的大爱和对待。我只求你给他一个真实的父亲的爱就够了。

他是我的儿子，不是喻佳的儿子，这种差别我深深明白的。但真儿这个孩子非常懂事，做事稳重，讲话又特别谦虚有理，读书也很刻苦勤奋。景予飞，分出你的心去爱他吧。他的读书和生活费用，我现在经济好多了，你不需要多考虑他了。为了这个你可能永远不会真心喜欢的孩子，你能体谅他一些就够了。你也要照顾好你自己，毕竟你是他的生身父亲。这个世界上没有第二个人可以代替你。

世上有多少人可以等待？有多少爱可以重来？

6

……真儿28日到的学校。他打电话给我很不方便。IC卡电话机排了许多学生在等。国庆节放假七天，上午许多同学准备回家，他说不想多花路费了，准备在宿舍复习功课。军训结束，学校要对新生考试。

军训很苦的，累极了。他还是好几天半夜里就醒了。他在电话里说："妈妈我好几天做梦梦到你。妈妈我今生要做你的好儿子，为你争气，为自己争气。”我好高兴，真儿确实是个好孩子，在我送他到学校时，我对他说过：“我不需要我儿子到学校后达到一个什么样的标准，只要你认真读书，尽力就行了。”我母亲没有养一个为她争气的好女儿，可我现在有一个争气的好儿子。临别的火车站上真儿对我说：“妈妈，你要好好照顾自己。”听到这句话，我的眼泪马上掉下来了。

在他五个多月的时候，我在上海，妈妈把里面房间给我住，他的床放在外面。推开大门，衣柜镜子刚好照见床上。有一次妈妈外出买菜，我把真儿放在床上，用两张椅子挡在床边，到走道厨房给真儿烧奶糕。厨房是三家共用的，嘈杂声很大。等我回来推开门，看见镜子里面空荡荡，地上也没有人。我吓得把奶锅摔了，大声哭起来。真儿滚在床底下，不知是哭过了头还是摔昏过去。我紧紧抱住他，我儿子看我哭也哭起来了。想到过去，看到今天，我儿子反而事事都为我着想，我心里好开心，好难受。

但是，我想了半天，还是忍不住把真儿回复你的一封信给你看。信里面有一些内容过分的字句。这一点从良心讲是不应该的，你是他的亲生父亲，你对他经济上还是尽到责任的。我会找机会好好和他谈谈。这封信是他临走时交给我转交给你的。我承认我以前谈了很多我们之间的事情，但这封信的内容我没有过问，完全是他自己的意思。我不想让他和你搞不好。那样对谁有好处？

景予飞，你知道我有两个儿子，如果有一件东西，两个孩子都要，我会毫不思想就给真儿。这是我一直以来所做的。但是，我不会需要你也这样做。我从不后悔生下真儿。当初，要不是有真儿，今天我坟头的草已有我的人高了。在上海的日子里，要不是我两个同父异母的哥哥常常到我生母那边吵闹，让我生母面孔没处放下，我绝不准备回藩城。那些可怕的岁月，我一错再错，走投无路，但是我永远不后悔生下真儿！

我生母生前对我说的、做的一切都是为女儿为真儿着想。今天，我和儿子虽然经历过许多应该承受和许多不应该承受但被迫承受了的日子，我真的万分感激我的生身父母。在我的真儿知道他身世后的许许多多痛苦哀愁里，他幸运有一个外公外婆留给我们母子躲避风雨的家。这不是你这个父亲和你们景家能为这个苦命的孩子做到的。什么是父爱，真儿永远不想知道，也永远无法知道。真感谢你这么多年来没有像社会上一些人一样，不承认该负担的经济责任。可是你的真实感情我和真儿都明白得很。你和你老子那些刻骨铭心的语言我永生不可能忘记。在过去的悲惨日子里，我的养父母在我关键时期处处为难我。那时我简直被逼到悬崖上，是我生母她老人家及时挽救了我和真儿。在藩城我没有一个可以依靠的知心朋友和真正的亲人。但是，这么多年我和真儿从来没在外人和养父母家人面前暴露过你的一切事情。为了真儿，在那些苦难的日子里，我在外面租过许多回房子。上天保佑，现在这些苦日子总算过去了。靠着生母遗嘱里留给我们的一小套上海的房子，我们的生活终于熬过来了。虽然岁月匆匆催人老，可是为什么记忆不会一起老掉呢！

真儿的这封信你看了以后，请你一定要谅解这个不幸的孩子有些不该说的话——

7

不负责任的男人：

你竟然还有脸多次让我母亲转交你的信给我。你的那些虚情假意骗得了谁？以前我为什么不回信你还不明白吗？你有和我交流感情的资格吗？你也配？然而，到了今天我却有了给你回信的“心情”了，但所谓的心情也只是我对你多年的仇恨积聚的爆发。

你在舒适的家中，陪着那女人和我那可以称之为弟弟的男孩，在单位春风得意，一步步升官发财，可你是否能想起那个十八年前被你抛弃的可怜的女人和我这个十八年来受尽痛苦折磨的无父亲的人吗？

是的，我是没有父亲的。虽然给了我身上流着的那一半肮脏的血的畜生还活着。如果不是母亲的竭力劝阻，如果不是为了那一个我十八年来历尽磨难所要换回的日子，也就是我要报仇、讨回公道的日子，我会将我身上属于你的那一半卑劣的血全部放掉，任那四溅的血雾将你的生活空间笼住，染成血腥的红色，以去安慰我那悲苦的母亲。

十八年前，你抛弃了我的母亲，全然不顾我这个即将出世、完全无法选择的孩子。你和你可恶的一家还责怪母亲，怪她不肯去打胎。难道你不是想将我这个还没有来得及呼吸新鲜空气的脆弱生命扼杀吗？你还有没有人性呀？我可是你的亲生骨血！是你与那个深深爱过你却被你欺骗过、伤害过的女人的“爱情的结晶”呀，天哪！“爱情的结晶”！你有爱情，还配有爱情吗？当我的母亲，那个无助的女孩，为了我而独自在产床上承受撕心裂肺的痛苦，为了哺育我而四处奔走、劳累叹息，为了让你有一丝安慰将我考上大学的喜讯告诉你、却被你认作又要讹钱的女人，在生活中默默承受着伤痛的时候，你竟然以一个个不是理由的理由推脱掉自己应负的责任，你还有一点人性吗？

你以为，那定期送来的所谓“抚养费”便能弥补你所犯的罪孽，弥补你对我母亲的伤害，弥补我内心的创痛吗？你错了，你大大地错了！我恨你——恨你一辈子，直到永远！这封信只是为了表明我的态度，让你彻底死心，以后我绝不会再给你写一个字！

天理，天理是不存在的！让你这种丢“妻”弃子的人渣活于人世就证明了，“天理”就是我和我母亲所受过的和仍将继续忍受着的折磨。

从此以后，我将依然为挑战“天理”而活着，直到你跪在我母亲面前，受到惩罚，铡陈世美的刀落下的那一刻！

是的，我已经十八岁了，并且上了大学，我会像个真正男人似的活着，坚强地活下去。即使有再大的困难与挫折，我都会克服。不为我自己，只为了见到我可怜的母亲的幸福的微笑。我不会，哪怕有一天像只狗一样被人踢倒在街头，也不会向你求一丝一毫的怜悯。我会昂起我高高的头颅，向你吐一口浓浓的痰。

我从心底里鄙视你，鄙视你那丑陋自私的灵魂！

（信末没有署名）

8

——当头棒喝，五雷轰顶，天旋地转，山崩地裂，如坐针毡，如丧考妣……任何这类可怕的字眼都不足以形容景予飞读过（此生第一封）言真来信的复杂感受。痛苦？沮丧？伤心？绝望？惊愕？愤懑？委屈？都是，都不是！没有任何言词可以准确概括他的心情，没有一丝力量可以按捺他那狂涨的血流。

欲辩已忘言，欲诉却无门！

这个从未谋面，从未聆音，从未得到他一丝一毫笔迹，却始终若即若离地游移在景予飞心底，并在许小彗的口吻和信件中日渐清晰而牵挂的儿子形象，原来根本不是那个想象中有几分苍白、几许软弱，凄苦而聪明、宽厚而忠孝、忍辱而负重的梦中人，而是一个青面獠牙、横眉竖目地高举着杀威棒向自己劈头打来的弑父者！

怎么也没想到，他对我竟有如此深的仇恨！

怎么也没想到，他对我竟有如此厚的误解！

怎么也没想到，我供养了十几年、期盼了十几年，幻想着有朝一日能与他相逢一笑泯恩仇的，竟是这样一个儿子！

冰冻三尺非一日之寒。这不是许小彗长期隐瞒真相、误导他并妖魔化我的结果又是什么？

现在的问题是：这样的深仇如何消融得了？这样的误解如何化解得开？这样的儿子如何还能面对？这样的日子我今生还能如何消受？

更可怕的是，一个许小彗就让我疲于应付、苦不堪言了，如果有一天他也像母亲一样，或者两人联起手来报复我、需索我、折磨我、纠缠我，我还有日子过吗？……

匆匆浏览一遍言真的来信后，景予飞一分钟也没有迟疑，立刻逃出了办公室。在楼道口他正好碰上刚上班的科技馆办公室主任，对他说：景馆长你出去啊？下午不是要开全馆人员会吗？他恍惚无力地挥挥手，说了声“我有个急事，通知大家明天上午再说”，便头也不回地就出了大院。

坐不住，一分钟也坐不住。每回见到让他特别揪心的信件时，自己的办公室就成了一个让他窒息而恐怖的囚牢。他无法呼吸，无法思想，无法以正常神态面对任何随时可能出现的同事或上司。唯一的化解办法就是尽快避开熟人，溜到大街上去，茫无目的地狂走一气，心绪才可能稍稍缓和一些。

可今天这一招也完全失灵了。他快步穿过人头攒动、车声嘈杂的大街，一刻不停地走过日益拥挤的小巷，最终来到风和日丽、人迹寂寥的护城河边，还是没法坐下来。步伐稍稍慢下来一点都会觉得心底的恶气加速上涌，胸口仿佛揣着个引信嗞嗞爆燃的炸药包，随时会把他炸个粉身碎骨。

虽然在不停地走着，眼前却视若无睹。人群、车流、鸟语、花香统统成了变形的抽象画，黑乎乎而模糊糊，机械而纷乱地在眼前拂过，不在意尚可，一留意反令他更加心惊肉跳。更可恨的是没法思想，没法考虑更没法分析，活像个没有灵魂的机器人在按照某种无情的指令机械地被驱使，魂魄则成了无奈而可怜的僵尸，苦苦地在后面追随。脑海里还始终亢奋地蹦跶着“岂有此理”、“太可怕了”等此时并无具体意义的词汇，鼓槌般死命敲打着他那脆弱的神经……

所幸最基本的意识还在。他最终还是在暮帘低垂的时候一步一挨地摸到了家里。一关上房门，他就一屁股坐在门前的地板上，颓然长叹了一声，心仿佛摸到了港湾，稍稍舒缓了几分。却全然不觉喻佳和真如也在家里，两人惊叫着扑过来，扶他到沙发上——刹那间，他彻底清醒过来。拼命挤出一丝笑意，安慰妻子和儿子：没事没事，我这是……唉，到底好久不锻炼了，刚才心血来潮，从路口一路跑回家来，想试试自己的体力，没想到……

这种拙劣伎俩，哄哄十来岁的真如还可以，却岂能骗得了喻佳？她尖锐地剜了景予飞一眼，话里有话地说：真好玩，老大不小的人了，还这么沉不住气，瞎跑一气能说明什么呢？

景予飞努力一笑，轻轻点了点头，跑到卫生间洗了把脸，一家人什么也没发生一样坐到了餐桌前。但饭桌上的沉闷是无可挽救的了。

饭后，他和喻佳谁都没顾上收拾，匆匆催促真如到自己房间做作业去，然后心照不宣地一起进了卧室，轻轻掩上了房门。

又是她？

景予飞点了点头，却又摇了摇头：唉！绝对想象不到，居然是这么一个小子！居然会这么放肆，居然……说着，便把许小彗和她转来的言真的信摸出来递给了喻佳。

喻佳赶紧拧开床头灯，紧张地看起信来。想不到的是，看着看着，她的眉头竟然舒展开来，嘴里还哧哧有声地冷笑不已。末了，她把信往床上一扔，伸出食指重重地点了景予飞的脑门一下：真没出息，就这么封无聊透顶的假信，就让你愁得这么失魂落魄啦？

一语点破梦中人。景予飞一个激灵竖直了身子：假信？你觉得这不是言真写的？他赶紧捡起信来，重新又看起来。这一看，不禁也微微点起头来。

亏你还算个文人。这种把戏都分辨不出？什么铡向陈世美的铡刀，什么天理，什么人性等等老气横秋的陈词滥调，会是当今一个十八岁的孩子说得出来的？起码是个看过老戏文，年龄和你我一样起码有四五十岁的老冬烘才写得出来。

这么说，也不像是许小彗写的喽？

什么不像，是不可能！许小彗那点文化底子，她写的那些血啊泪啊的信，你看得还少吗？实在说，这个捉刀人还是有两把刷子的，起码他的文字还算流畅，并且很会煽情，也深知打蛇打七寸的诀窍，这封信算得上一篇有分量的檄文呢！要是写信人看到你那副熊相，准保会捂着嘴偷偷乐哪！

有道理，有道理！到底是旁观者清哪。

景予飞的心情一下子开朗了许多：我当时哪顾得上怀疑什么呀？草草看了几行，头立马大了，等到后来就完全被情绪困囿了，那个悲愤、绝望加恐惧啊，整个思维都乱了套——可是，真有人捉刀的话，这个人会是谁？而且，言语可以不同，它反映的是不是真的是言真的心理呢？就是说，如果言真本人是同意这个信的意思的，或者说，他知道这个事的话，那么……

这个嘛……喻佳也一时有些犹豫，于是拿过信来又仔细看了一下，最终还是摇了摇头：应该说，这种可能不能排除，但可能性不大。不，非常小。第一，言真真想给你写什么信的话，为什么不能自己亲笔写？第二，他毕竟也有十八岁了，从许小彗以往的来信来电中可以看得出，他是应该知晓你的现状的，比如你的单位、住址包括电话等等，他完全可以直接给你打电话，或者直接给你寄信……

景予飞直摇头：这倒未必。知道我情况应该是真的。许小彗以前多次说到过一个细节，说言真以前曾经好几次在我单位门口徘徊，甚至晚上在我们家门口偷偷等着，想看我一眼，搞得我现在进出单位和家门，都做贼似的四面观察，看看是不是有个像言真的人躲在哪个角落里。但要说他一定就会直接与我联系，恐怕现在他没有这个胆量或者心理准备，毕竟他还远不能算成人，毕竟许小彗从小到大一定会给他许多误导，并且一定施加过很大压力，他对母亲有很深的感情和同命相怜的感受也是不可否认的，所以我觉得他是绝不敢背着母亲与我联系的。何况，他对我毕竟也是有很深的误解的。

对，甚至也有很深的仇恨。但他偷偷来看你，恰恰说明他对你有着与生俱来的感情在。何况他到底又懂得些什么，又能仇恨你到什么程度，居然就可能写出这种绝情和忤逆的信来？

想到信，景予飞的头皮又是一阵发麻：这也是。但无论如何，这封信，这种言语，这种口吻，我做梦也想不到！许小彗她为什么要炮制这么封信来作弄我？她的真实意图是什么？还有，如果不是她，又不是言真写的，会是什么人代她写这封信？或者说，写信人是个什么角色？按照许小彗的说法，她从来没有对任何外人说过涉及我的这段隐私。从事实来看，这么多年她虽然屡屡威胁，事实上也确实没有真的打到我单位来过。而外面，我们也确实没有听到什么对我不利的传闻，这不也证明许小彗对我还是手下留情的……

恐怕不能说是留情，她留的是自己和孩子的后路。道理不是明摆着吗？她如果把你逼到死路上去，身败名裂的话，她和孩子的经济后路、她自己的情感后路也都断了。她是多聪明的人哪。所以有一点你可以放心的是，除非万不得已，她是轻易不会做出伤害你根本的事情来的。至于写信人……喻佳沉吟了一会儿说：估计也不会是随便什么外人。会不会是……

会不会是陈建设？我当年的印象中，这个陈建设还是有几分口才的。许小彗说过她后来是和陈建设结婚的吗？

景予飞摇了摇头：她从来不肯告诉我她老公的任何情况。但这不能排除就不是陈建设。或者，不是陈建设的话，那也可能就是她现在的老公？

这个就没法说了。谁知道她现在老公是干什么的呀？

如果真是她老公写的，我倒有点安慰了。从这信中看，这个家伙还是有几分道道的，起码，看那副义愤填膺的口吻，好像和她感情不错呢。

你看看，这么多年了，这么多心血焦虑、金钱的付出，你到现在连她的基本信息都一问三不知，完全被她牵着鼻子混了这么多年！起码她住哪里，在哪里工作，实际经济状况如何，你儿子跟哪个继父生活等信息你是有权知道的吧？

你知道什么！景予飞突然又烦躁起来：当我不想知道这些吗？可是许小彗是什么人你又不是不清楚！这个人认定不想吐露的东西，你就是拿刀架她脖子上也绝对套不出来。何况我现在但能太平一点就是福了，哪还有心思或者胆量再跟她为其他名堂多较劲啊！

那你就继续这么稀里糊涂下去吧。喻佳白了景予飞一眼，又安慰他道：幸运的是现在她能玩的花招都玩过了，所图的估计也就是钱和不断对你施加心理压力，以维持她的某种基本目的了。所以你最现实的策略也只能这样了，就是走一步看一步，小心应对下去再说。我相信言真再大一些起来，许小彗就难以操纵他了。你终究会有直接见到他或者联系上他的机会。到时候，说不定就能从他本人那儿找到一个突破口。

景予飞却深深地叹了口气：我怎么就觉得……老实说，我也一直把未来的希望寄托在这一点上。可这封信却让我……

又来了。这封信绝不可能是言真的真实意愿表达。更大的可能是他对此根本就一无所知！

但愿如此吧……

9

景予飞的记忆中，还有一封许小彗的来信，如刀刻斧镂般，永久难忘，以至或多或少地影响到了他的某种人生走向。

之所以深铭难忘，是因为这封信十分独特。信中没有许小彗一个字，却又分明蕴含着丰富的潜台词，令景予飞一看就明白许小彗的用心。他因此而好几天闷闷不乐，内心郁闷而忧惧，还充满了内疚与无奈的伤感。并且，喜欢闲时划拉几笔小散文在《藩城日报》上发表的他，从此再也没有以自己儿子真如为题材，写过涉及他的任何一个字。并且，从此他也极少再写散文或其他文学类文章，即便写了，也不再在许小彗容易看得到的《藩城日报》上发表。即使在别处发表什么东西，哪怕是他专业的科普论文或科幻作品，也多署笔名。怕的就是万一让许小彗看到了，会对她或是言真的情感有什么意外的刺激。

他日益意识到，尽管理论上自己与许小彗早已没有了任何关系，但实际上，自己些微的地位或名誉的变化，都会对许小彗产生某种心理冲击，反过来会使自己蒙受莫名其妙的麻烦。他越来越恐惧并想逃避这类麻烦，虽然总是树欲静而风不止，但能减少几分是几分吧，他不得不如是想。

而到后来，随着言真步入成人期，他更添了一份由衷的顾虑，倒不是怕言真会给自己找什么麻烦，而是怕万一自己的作品或身份、地位等信息让言真本人看到了，会增添他的失落情感或自卑、自艾等刺激。他无法改变言真的命运，唯有希望自己能少让言真产生一些令他伤感或痛苦的负面情绪。

许小彗的这封信摸在手上又相当厚实，以至景予飞收到它时，心里又是好一阵悸动，久久没敢拆开它。

令他万分惊愕的是，信中破天荒地还附有两张初中生模样的男孩的照片。

毫无疑问，这应该是言真的照片了。

一帧照片中，言真坐在一个街边花坛的边沿上，身后是一丛花坛里怒放的迎春花。迎春花后面，依稀看得到一座多层的住宅楼——这是许小彗和他的家吗？

另一帧照片上，言真穿着身校服（哪个学校的校服呢？景予飞后来和喻佳反复辨认，还是无法确认，毕竟这种校服太普通了），稚气地叉着腰，站在一泓碧水前的柳荫下，脸上仍然没有笑容，但神情比前一张照片开朗一些，只是眉宇间似乎仍然有一层令景予飞心颤不已的忧郁在。虽然喻佳认为这是他的心理作用，但他仍然相信自己的感觉是不会错的。这么个身世，又生活在许小彗那样一个可想而知不会有多么富裕和幸福的家庭中的孩子，能有多少快乐可言？

两张照片取景都较远，对焦也不太准确（景予飞心中因此而又浮出某种难言的感慨），显然不是什么好相机，更不是什么有水平的人拍摄的，想来这是许小彗的作品吧？哪怕他用放大镜看，言真的形象也还是看不太真切，但他的神态和细细弱弱的体形，却比较符合景予飞心中那个模糊的印象。

只是，他总觉得这孩子似乎还是比想象中老成也偏矮了些。

然而他母亲就是一个矮个子女人，而且恐怕从小就营养不佳而心情也难言有多少愉悦的孩子，你又能指望他发育得多么理想呢？

景予飞反复端详了一会儿照片，说不出心里是个什么滋味。但无论如何，自从言真出生不久时，许小彗给过他一张小小的黑白婴儿照后，虽然他也间或要求得到更多的照片，都被许小彗以种种理由拒绝了。这是他平生第二次得到言真的相片，又是许小彗主动寄来的。他虽然感到几分满足，但更多的是讶异和陌生而复杂的感觉，也因难以判断许小彗的动机而更加惴惴不安。

他沉沉地吐出一口郁气，把照片合扣在桌上，开始从信封里寻找许小彗的来信，希望从中得到某种答案。但他又一次惊诧地发现这是徒劳的。他看到的只是几件《藩城日报》副刊的剪报，除此而外，再也没有片言只字。

而这三份剪报，竟然都是自己在那一年的不同时期发表在《藩城日报》上的文章。约略一看内容，都是他写的与儿子真如有关的一些人生感受。

他的呼吸陡然加速，立刻明白了许小彗寄来这几篇文章，并且特意加上两张言真照片的用意。

她的确无需再说任何话了。

10

剪报一：《自由》。

儿子过了五周岁时，仿佛是突然间的事，他开始嫌他母亲唠叨了：你的说话太够了！我们大吃一惊，问他为什么这样说，他憋了半晌终于蹦出一句：管得太够了！

一个星期天的中午，他坚决不肯午睡，并要求我们去睡觉，让他一个人在另一间房中看电视。我意识到了什么，于是便满足了他的愿望。

可是这一天我根本就无法安睡。电视音量过高还不是主要原因。儿子那边几乎一直在发出某种杂音：有时是从沙发上甚至写字台上跳下的嗵嗵的响声；有时是呀嗨嗨的习武声，并间以一趟趟地奔走于厨房、客厅、卫生间的脚步声；有几回干脆就钻到我的床下，自以为轻手轻脚地翻找着他的宝剑、手枪之类……

忍不住起来想干预一下，却见他正盘膝拳腿，双手合十，对镜模拟电视中人的修炼。只好悄悄退出。迷迷糊糊一觉醒来，好家伙——家中已是盗贼洗劫过一般。满地扔满书画、玩具、果壳还有面包屑；卫生间一地的水迹，厨房的剩菜被吃了一半，客厅也是满地狼藉；冰箱没关好，电视大开着，儿子自己却拱在被搞得乱七八糟的床上睡着了。

以后我问他为什么喜欢那样过一个中午。他摇头。再问他是不是觉得那样特别开心些，他点头。为什么？

反正是不要你们说我了。

恍然。看来原因就这么简单：我们总觉得自由是我们的需要。其实，自由是每个个体的与生俱来的第一需要。由此不禁为那些个还不会以语言表示自己意愿的幼儿感到了深深的委屈：表达他渴望的哭声换来的是多么笨拙的回报呀——要么是乳汁，要么是斥责，总之不太会有他真正需要的东西……

然而这也是无可奈何的事。即便我们自己，尽管能清楚表达自己的一切意愿，却又能够在多大程度上获得我们最需要的东西呢？这个世界不会也不应让谁拥有绝对的自由。但即便相对的自由，也常常成为一种奢望，甚至常常连表达出来也是不可思议的事情！

剪报二：《撒谎一辩》。

“爸爸，给我讲这个故事吧。”

“妈妈应该给你讲过了吧？”

“没有，我从来没有听过这个故事。”

“你撒谎。我前几天才给你讲过。才五岁就撒谎!”

望着妻严肃的脸色和儿子惶恐的表情，我的心悸动了。是的，儿子是在撒谎。但我却想为他一辩。他这何尝不是智性的表现?其目的良善而美好，撒一下谎有何不可?我觉得应该理解。

从古而今，从小到大，我们听惯了对撒谎、虚伪的抨击。但我们每一个“教育者”可曾想过(也许有例外)，曾几何时，当你振振有词地痛斥撒谎恶习时，你自己实质也无异于撒谎?你从不撒谎吗?你不曾虚伪过吗?你可曾想到过，许多被人类严词抨击的不道德品质，如撒谎，如色欲，恰恰是人所最渴望、最欣赏的或最常用的手段?为什么学生一走上社会总会难以适应，深感失望?老师的教导为什么反会让学生感到虚伪?

存在决定意识。当一个社会还远非是道德、纯净的，过于严肃地一概而论地向孩子们灌输严肃的道德或这样那样的禁令，收效如何且不论，其本身究竟是否道德?只要不是恶意的、危及他人或社会的“撒谎”、虚伪，留其一席之地吧!何况某些善意的谎言和“虚伪”，在一定前提下反而是一种必须，甚至是美德。如你对一位垂危病人或对一位丧失自信的厌世者，你能不尽量寻找安慰他的理由而只管“直抒胸臆”吗?你在面对只有一份食物的关头，说自己不饿，难道也是可恶的品质吗?

无意为动机恶劣目的卑鄙的谎言辩护。只想强调一点：在一个远非理想化的社会中，对一般性、策略性、为保护自己或他人而不得不为之的撒谎、虚伪，尽可能宽容或曰理解些吧。至少不要对幼小的孩子不分青红皂白地一味扮演道德大师的角色。

我这样想或许是大谬不然的，但这并非撒谎，而是一点真实的感慨。

剪报三(节选):

……过去我曾以为，相对于肩负着种种人生、社会磨砺的成人而言，活动很少的老人或备受呵护的孩子们的安全系数要大些。但当我有了个儿子以后，却发现情形正好相反。比起自我保护能力和意识都强得多的成人，他们的不安全因素实际上还要大得多。且不说疾病抗御、应付地震火灾之类特异意外的能力，他们要差得多，就是一般性意外在他们身上的发生率，似乎也高得多。

儿子一岁多时，我在小区后的河边钓鱼。小保姆用婴儿车推着他来看热闹，孩子高兴起来，手一伸，脚一蹬，突然就从没停稳当的婴儿车里翻出。小保姆措手不及，只能眼睁睁地看着他从倾斜的岸坡上骨碌碌地滚向河中——幸好，水边的草丛挡住了他。而全神于鱼漂的我，在小保姆冲下土坡抱起孩子后才知道发生了什么……

庆幸之后自然是后怕。但这还不是最严重的。至今仍然清晰地体味得出那份后怕的滋味，并且时时于深夜临睡或夜半梦醒时钻入意识、令我情感痉挛的，是儿子五岁那年夏天，发生在夜间游泳池里的一瞬。

我用只救生圈套住他，与他在浅水中嬉戏够了，便将他带到深水区，嘱他坐在池沿别动，自己去游上一个来回。

或许是父亲的本能，或许是意识到某种疏忽，当我游到泳池中间时，总觉得有什么不对头，便回头搜寻他的踪影。但我看见的只有一只空荡荡的救生圈！幸运的是游泳池的水，清可见底，我才得以准确及时地抓住那两条无力地挣扎于池底的胳膊。

事情就这么防不胜防——我刚下水，无知的孩子便摘下救生圈，俯身向池中嬉水，于是，滑入了足以淹没三个他高度的深水。而他身边几个大人竟谁也没注意到这小狗般光溜溜的孩子的消失。如果不是我中途回顾一下，如果我发现异常没能急速游返并及时找见、救到他，结果可想而知。

摸着孩子冰凉而灌满凉水的肚子，看着他那勉强挤出的在橙黄的灯光下分外惨淡的笑容，我的思维一片空白，无心揣测他那幼小的心灵此时正经历着什么样的恐惧、什么样的惊疑与什么样的悲哀，脑海中只有“差一点”三个字，风中皮虫般反反复复地盘旋、抖颤……

第七章　慈母手中线

1

1987 年秋天的一个傍晚，景予飞下班回家。

这时候，他早已搬离了馆长办公室，住上了局里新分的福利房。房子虽然不大，建筑面积六十二平方米，而且因为景予飞在局里的资历不长而分在了七楼，但那可是正儿八经的两室一厅，厨房、卫生间、客厅一应俱全，在当时已足以令他和喻佳合不上嘴了。喻佳一个劲地说，真像是做梦一样呵。我们居然也在藩城有了自己的家，还是这么好的房子！景予飞也在装修一新的房间里踱来踱去，嗅着那扑鼻的油漆味，久久坐不下来。还说过一句没几年后（他又搬进了三室一厅且位于主城区的新家）就让他想起来也觉好笑的话：我这辈子能在藩城扎下根来，住上这样正规的房子，夫复何求？

搬入新家的当夜，又累又乏的景予飞头一挨枕头就鼾声雷动。可是半夜里他却依稀听到了嗵嗵的敲门声。

他狐疑地来到门口，透过新装的猫眼，万分震惊地看到，门外竟站着一脸戚容的许小彗，眼泡浮肿却目光如炬，正拉着个瘦弱、畏缩的小男孩在敲门。

他使劲贴近猫眼，想看清小男孩长得什么样，但他始终躲在许小彗身后，就是看不到他的脸。正在犹豫是不是要开门的景予飞，突然从床上坐了起来——心怦怦跳个不停。虽然暗自庆幸这只是一个梦，但他的乔迁之喜就此烟消云散。代之而来的仍是那多年如一日，始终阴云般时浓时淡地缠绕着他的负疚感，甚至是罪恶感。

当他后来又搬入更好的居所，当新居所逐渐被电冰箱、洗衣机、空调、大彩电、摩托车等充斥的时候，当自己和喻佳的职务、社会地位和收入随着时代变迁而变迁之际，尤其是当自己的孩子真如日渐长大，并理所当然地享受着自家日渐宽裕的生活和暖暖的父爱母爱，并且渐次和许多家庭背景优良的孩子一样，进入市里最好的学校就读之时，这种挥之不去的阴霾总会不期然地壅塞于心头，令他久久无法释怀。

不是我要这样的。我已经尽了力了。换了别的不负责任的父亲（社会上这种父亲难道还见得少吗?)，言真恐怕连起码的生活保障都得不到。而他的命运绝非我可以左右的……

而且，真如和言真虽然都是我的儿子，但毕竟他们的母亲是不一样的人。他们的命运是没有可比性的。谁让言真摊上这么个地位卑贱又顽固而执拗、无法通融的母亲呢？但凡她能稍作通融，稍稍宽厚而真正为言真着想，我们间的相处就不会这么别扭，这么紧张，言真的命运也不会这么乖戾、困窘；我完全可以在合理的范围内给到言真更多关照和帮助，至少，通过我的关系和能力，可以让他也得到较好的就学机会和生活际遇。可是现在，我连他的面也见不到，许小彗永远采取的是不合作却又单方面怪罪我的态度，让我只有敬而远之一途可择。

环境决定性格，性格决定命运。恐怕言真的命运注定了只能如此，根本由不得我来掌控。言真，希望你有一天能够明白其中的究竟，能够体会到我的真实心迹。我真的是爱莫能助啊……

不过，会不会他们的实际生活状况要比我想象的理想呢？毕竟社会整体都在进步，而我又并不了解许小彗的实际情况。她这人真真假假的话说得还少，诡诡异异的事干得还少吗？仅仅为了更多地从我这儿索取钱财，她肯定要想方设法地向我暗示或强调其和孩子的困苦，我怎能根据想象或她的某种表白就悲天悯人、自怨自艾呢？

——多少年来，景予飞就是靠着这种自我安慰，一天天蹉跎过来。虽然很多理由并不能有效抚慰自己，但不这样想，他又能怎么想或怎么做呢？但许多时候他仍然为自己的优裕生活和某种快乐感到深深的负罪感。

或许是听许小彗信中提及过，言真有时会隐于他单位或家里的暗处，偷偷窥伺他的事吧，景予飞还渐而形成了某种秘而不宣的怪习惯，或者说是条件反射。上下班进出单位或者家中时，总会油然生出一种警戒。总要贼一样东张西望一番，说不清是希望还是不希望看到言真的影子，然后才一溜烟地快速进出，有时候进了楼道还趴着窗子向下探望，看看是不是真的有言真的身影。尤其是当他和喻佳或者真如一同进出的时候，更会有意无意地与他们保持一点距离，脸上也丝毫不苟言笑或做忧郁状，潜意识里也是不想让假想中存在的言真或许小彗看到他们亲密的样子而伤感吧？

这且不论。却说这一天，景予飞回家的时候，心中仿佛有什么预感似的，莫名其妙地多了份忐忑。也许这天他单位里事多，回到家天已向晚的缘故吧，小区已充满暮色，而街灯尚未打开，周遭黑乎乎的，涌动的人流都仿佛怀着什么鬼胎似的步履匆匆，令人有一种阴郁的惶惑感。而他趁着暮色一溜烟蹿进楼道的时候，心情非但没有像以往那样有所舒缓，反而更觉沉闷起来。那时的楼道里也没有现在普及的声控灯，阶梯转角处都塞满杂物不说，家家还不舍得开楼道灯，以至更觉昏暗阴郁。

景予飞放慢步子，气喘吁吁地摸到七楼后，定睛一看，不禁呀的一声怔在了拐角处——居然真有个人影，黑乎乎地蹲踞于自家门口。

谁呀？景予飞怯怯地问了一声。

是我呀，予飞。你回来啦？

真是做梦也没想到，踞坐在门口一只废纸板箱上等着他的，竟然是多时不见的母亲！

景予飞大步蹿上去，打开房门将母亲让进屋里。

灯亮起来的刹那，景予飞的心重重地收缩了一下。母亲疲惫而憔悴的脸上，使劲挤出一丝很不自然、甚至完全不必要的讨好的笑意。而她身上穿着的，还是那套多少年没变的出客衣服：一套烟灰色的、袖口早已明显磨毛了的粗呢上装，紧绷绷地裹在身上；而手里拎着的，还是那只景予飞非常眼熟的印着“上海”两个字的黑色提包，包上的拎手也早就磨破，又被母亲用线绳裹了几道。这只包还是母亲多年前上班时用的，至今还没舍得汰换。

景予飞的心立刻又添了几分烦懑。他满腹狐疑地问母亲什么时候到的，为什么不先给自己打个电话好去接她？

母亲显出一副满不在乎的样子说：打什么电话呀？你们都忙得很。我就换了一趟公交车，很容易就摸到家了。

那你知道家里没人，也该到公用电话上给我打个电话，好早些回来嘛。

我又没有急事，干吗影响你上班哪？说着，母亲萎黄的脸上忽然泛起微微的红晕：我呢，也是心血来潮。成天在家闷着也怪无聊的，突然就想着来看看你们和真如，于是就……这不就太太平平地找到了？嗨，你们的家装潢得可真不错呀，居然还铺了地板哪，这要好多钱吧？啧啧，还拾掇得这么干净，喻佳工作也很忙的呀，没想到还这么勤快。不错不错！

可是，你忘了喻佳不在家吗？那天我打电话回家时，不是说过，喻佳休年假，和同事带着真如到浙江玩去了？

哦，我还以为他们去两天就回来了呢。没关系，没关系的。我能看到你不也没白来吗？

看着母亲那始终有点闪烁不宁的眼神，景予飞总觉得母亲的突然到来有点儿怪异：你……没什么别的事吗？

嗨，我一个成天在家坐吃等死的老太婆，能有什么特别的事呀？莫非你不欢迎我来吗？

那怎么可能！

2

听母亲这么说，景予飞悬着的心稍稍松泛了些，于是想先吃过饭再说。可是母亲死活也不愿意随他下楼上饭店。她从提包里取出一大包自己在家摊好的鸡蛋面饼，递到景予飞鼻子前让他闻闻香不香，景予飞说真香，她便开心地笑起来。又问景予飞家里有没有鸡蛋。景予飞说有，母亲便说，那不就行了。你不是最喜欢吃我摊的面饼吗？我来做个蛋汤，我们在家吃鸡蛋饼不比外面的饭菜好吗？干吗去浪费那个钱？

景予飞知道，让母亲在没有客人或特殊理由的前提下上饭店吃饭是不可能的事情。另一方面，他对母亲的不期而至多少仍有些疑惑，因而也没心绪再下楼去馆子吃饭，于是便把放油盐酱醋的地方和液化气的用法告诉母亲，由母亲去忙乎了。

不一会儿，热腾腾的西红柿蛋汤就上了桌，两人吃着母亲在锅上炕得香喷喷的面饼，景予飞倒也觉得十分可口。他确实很喜欢吃母亲摊的面饼。母亲的手艺也没说的，面调得厚薄均匀，饼子软硬适中。除了鸡蛋，面里还添了少许韭菜叶，有几张则是撒一些芝麻，用的也是泽溪乡里人自榨的菜籽油，油香气特别浓郁。问题是，虽然现在人们的生活普遍提高了，可是母亲仍然将这种面饼视为上品，平素自己还是难得吃一回，总要等景予飞回家才特意做给他吃；可以说，到现在她过着的，仍然是十年前的旧日子。念及此，景予飞心里又隐隐地觉得不是滋味。

而且，另一个令景予飞有几分不安的感觉是，母亲吃了半张饼子就放下了筷子，只若有所思地喝几口汤，然后便看着景予飞狼吞虎咽。

在泽溪见了自己总是问这问那的她，今天却几乎无话，寒暄过后，便多半是景予飞问一句，她答一句，用词也简单得很。她的神情也总觉得有些异样，目光始终有几分怪异。要么怕他什么似的躲闪着他的视线，间或却又会偷眼瞟一下景予飞，似乎在探询他什么；要么又扭头去瞟一眼墙上的挂钟——这一点尤其引起景予飞注意。

她今天是怎么了？还是我多心了？

无论过去在藩城读书期间，还是现在在藩城定居多年，母亲从来没有单独来藩城看过他，所以对母亲的突然出现，景予飞总有些难以释疑。而且，尽管她意图显出自如的神态来，实际上眉宇间分明流露出某种心事。她总不会不习惯我这儿而感觉拘束吧？对了，是不是和父亲吵架或者闹什么别扭啦？这么一想，他脱口便问了一声：妈，你来我这里，爸爸知道吗？

知道知道……不过，我出门的时候他还在学校没回来，我就给他留了个条。这个没事的，你放心好了。

你不会和他吵架什么的吧？

怎么可能哪，母亲哈哈笑出声来：吵架我还会给他留条吗？我就想着，我是你亲妈，难得来看儿子一趟，你总不会不欢迎我吧？

这个当然不会。问题是，我想想都有些担心呢——你电话也不打一个，要是我今天也出差了，或者在外面有饭局，老晚才回来的话，你该怎么是好呢？

那怕什么，我又不是孩子，大不了在你门口打个盹呗。

我一夜不回来呢？

那……你不是回来了吗？

话怎么能这么说？而且……我怎么总觉得你今天好像有什么心事似的。

别瞎想，我现在过得好好的，能有什么心事？身体也硬朗得很。说到这儿，她还着意地甩了几下胳膊：今年我身体特别好，就连头痛发烧都好久没上身了。

说到身体，景予飞不禁伸手去摸了摸母亲的膝盖。母亲退休后，右腿膑骨就出了问题，医生曾劝她做手术，母亲说怕做不好更糟，始终没同意。其实家里人都知道她是舍不得那个钱。母亲退休早，以前又没有医保，看病做手术要自己掏一半的钱。老这么硬撑着的结果就是腿疾反反复复好不了，走路一摇一晃的，还喘个不息，于是轻易就极少下楼去。在家站着时，也总习惯性地将肩靠着墙或者衣柜，用一条左腿支撑身体。可尽管这样，她还是一刻也闲不住，一手包揽了家里除了买菜买米换煤气之外的全部家务活。

更让景予飞想起来就心酸不安的是，到现在她还在拖着条病腿拼命挣钱——当教师一辈子，从来没做过手工活的她，竟在居委会揽到一个为丝绸厂“划花”的活，就是每月从丝绸厂领回一到两匹印花白坯绸来，然后用剃须刀一刀一刀地将其背面的毛头划开。具体怎么算是划好了，景予飞也搞不清楚，但他清楚地知道母亲为划花简直到了废寝忘食的地步，白天一有空就坐到桌前，晚上有时甚至弄到深更半夜，还戴着老花镜，在十五瓦的节能灯下嗞啦嗞啦地划个没完没了。

而且，尽管腿脚不好，但除非哪回腿痛得太厉害了，每次领活计和交活计，她都自己用自行车推着沉重的布匹来来回回——据父亲说，一个月快的话，她能划上两匹绸，拿到五十多块加工费！景予飞每次回家时，都再三苦劝母亲别吃这个苦了，还责怪父亲不该再容忍她这么玩命下去。实际上他是在冤枉家人，父亲和妹妹没一个赞成母亲这么做的，总是母亲自个在坚持，还说是这样挺有趣的，要不然自个成天闷在家里，还不跟等死一回事。

其实景予飞再清楚不过了，她退休工资虽然不多，但对于除了吃饭，几乎从来不添任何衣饰的母亲来说，也是绰绰有余的了。为来为去，还不是为了我，为了那个让她魂牵梦萦的孙子！

就这样，母亲还“心血来潮”到藩城来，肯定不会没有原因。而且，这七层高的楼，天知道她是怎样挨上来的！

我的腿现在好多了。母亲说着，还故意抬起右腿轻轻跺了跺。话是这么说，可她的神情明显又不自然起来，而且，又一次抬头看了眼钟。

景予飞干脆点穿了她：妈你干吗老看钟？喻佳和真如今天是不会回来的。不过你既然来了，就多住两天再走，他们后天就回来了。

可是母亲却又说她明天就得回去，要不然他爸就会着急了。无论景予飞如何挽留，她就是不松口。而且明显想转移话题，起身在屋里东看看、西摸摸，反过来问了景予飞一大堆生活、起居之类无关紧要的问题。

景予飞越发狐疑了，她这么匆匆来又匆匆去的，到底是为什么呢？母亲退休后，在泽溪也很少出门的。今天突然就这么一个人摸了过来，肯定不会像她说的是心血来潮什么的。莫非……

他的脑袋突然嗡地一响：会不会和许小彗有什么关系啊？

3

他这么想不是毫无道理的。母亲的性情他很清楚，自从知道自己出了许小彗这个事，尤其知道有了言真后，每次他回泽溪去，母亲虽然很清楚景予飞的心理，不想给他添堵，也很少主动问及许小彗或言真的情况，但又总会趁一个身边没人（尤其是喻佳和真如不在）的机会，悄悄塞一个信封给他，里面装着或两百或三百的钱。无论景予飞怎么推拒，最终还是不得不收下。尽管体谅得到母亲的一片苦心，景予飞内心里还是希望父母都能淡化对孩子的挂念。否则，他拿着这钱非但没有半点安慰，反而倍添自己的负罪感。

虽然母亲从来不明说这钱是给谁的，但景予飞很清楚她的用意。于是每回在家都显出副很轻松而愉悦的样子，同时编一套关于许小彗和言真的假话来安慰她。或者说，我现在和许小彗相处得很正常，言真的情况也很好；许小彗比以前通情达理多了，除了按期来拿言真的生活费外，很少额外再要什么钱；毕竟她现在有了一个稳定的家庭，丈夫收入相当不错，人也很厚道等等（母亲有回问过他许小彗丈夫是干什么的，他随口便说好像是一个大公司的工程师，知书达理，对言真也视若己出云云）。至于言真，他虽然从来没见过一面，却说自己是见过几次的，只是为了不影响他的心理，故意不多与他交往；但从见面的印象来看，他长得挺结实的，还相当帅气；并且说他学习如何努力，成绩优秀且生活如何正常。有一回还说，他和许小彗商量过了，等他上大学时，就两个人一起把真相告诉他，由他取舍和自己的关系，并确定一种妥善的相处模式云云……总之全是报喜不报忧，哄母亲安心。

然而编这类谎话对他自己又实在是一种无异于自残的折磨。所以他越来越怕回家，更怕单独面对母亲。看到她那殷殷渴盼却又强作没事的神情，心就像刀绞一样作痛。

母亲今天来，会不会就是寄希望于我，想要看到言真啊？恐怕真是的，看她心不在焉、扯这扯那的，独独就是不提许小彗或言真一个字，恰恰说明她……

起码，她不是特意为此而来的，肯定也会有这类的愿望！

如果这样，我该如何应付？

这么一想，便想着试探一下：妈，你这次来还真不巧，那个……许小彗她……言真不是放暑假吗，有天她给我打电话说，要带着言真一起去上海住些天，她在上海不是有个生母吗？听说她对言真疼爱得要命，所以……

没想到母亲一下子挺起了腰杆：不可能！前两天她才跟我说过，她会让我见见孩子的……猛然间，她又意识到了什么，急忙改口说：哦，不是不是，是我记错了，她说的是……

景予飞腾地跳起来：这么说，你最近见过许小彗？她上我们家去了？

母亲不知所措地涨红了脸，支吾着不知说什么是好。

景予飞更恼怒了：果然让我猜到了！这个混账女人，怎么就不肯消停哪？真想一巴掌拍死她！

予飞你瞎说什么！

什么瞎说？我再三关照过她，一切都是我的事，不许她上家去烦你们，她也口口声声说什么要饭也不会要到景家门口——她都跟你说什么了？你居然就相信了她的鬼话？你给她钱了吧？给过多少回？妈，我不是说过，我现在的条件是很好的，经济上半点也不会亏待他们。他们的日子过得好好的，让你不要瞎操这个心，不要理睬她嘛！

母亲显然是被他的暴怒震呆了，几乎变成了个做错了事的孩子，嘴唇一个劲哆嗦着，好一阵答不出话来，脸色也青一阵白一阵的，只双手扯住景予飞衣襟用力抻着，分明在乞求他赶快息怒。

景予飞发泄了一通，也意识到自己的失态，尤其是意识到自己这么说许小彗，等于是在打自己耳光——和自己以往对母亲说的那套，完全不是一回事。

他颓然坐了下来，点起支烟狠命吸了几口，努力放缓了语气：妈，你别着急，我只是感到她……太可恶了。妈你是不知道呀，许小彗她要是真的能让你看孩子，我也不会生气。可是，我太了解她了，她是丝毫不会考虑别人感受的。不信你看吧，到这时候连个影子也不见，而且事先也根本没给我说一声，她肯定是不会来的了。而你还真信了她的鬼话，也不先跟我通个气就……

母亲这才开口：都怪我太冒失了。我先还以为，你应该会知道我要来的……说着她又抬头看了看挂钟，神情更沮丧了：都这会儿了，我想她真是哄了我了。

景予飞也抬头看了眼时间，挂钟已指向八点半了：那你快告诉我，这到底是怎么回事？

母亲无奈地叹了口气，半晌才嗫嚅着把一切都告诉了景予飞。

原来，近两年前，许小彗就到家里去过。后来又去过几次，每次去都在下午两三点钟，这时候景予飞父亲和妹妹都在上班，家里只有母亲一个人在。许小彗说她在泽溪有个亲戚，和他们一起做点小生意，所以来泽溪时就顺便来看看母亲，并且每次去都会带一些礼品给母亲，还说她从一开始就对母亲有好感，景家门里唯一能理解她、真心善待她的就是母亲一个人。因此她不希望见到家中其他人，也不希望母亲对其他人说……

你一定给她钱了吧？

母亲支吾着说：也没几个钱。而且，我真觉得她并不是为了钱才来的，好像就是为了想跟我说道点什么。她给我的感觉还是蛮真心的。说到底她并不容易啊。而你那孩子，怎么说呢，我总觉得这孩子太作孽了，不管怎么说，我总是他奶奶呀……

景予飞像当头挨了一闷棍，满腔怨愤一下子化作了难言的酸涩，顷刻淹没了身心。他颓丧地叹了一口气，赶紧转移话头：这么说，这回真是她让你来藩城的？

母亲无力地点点头：也怪我，总问她孩子怎么样，什么时候能带他来家让我看一眼。那天她又来的时候就说，孩子要上学，从藩城来不方便，哪天我去藩城时，她会让我看看他。我说景予飞知道怎么联络你吗？她说知道。于是我又说，那我想后天就去一下藩城，你真能让我看一眼言真吗？就一眼，也不用告诉他我是谁。我这辈子也没什么别的想法了，只想能看上孙子一眼，死了也闭得上眼睛了……她就答应了，还说，今天晚上把言真带到你家来跟我见面……

她真的这么说了？

要不我怎么会跑过来？我还当她会提前告诉你一声哪。现在看来……会不会她不知道你现在的住处？

她当然知道，我搬到哪儿她会不知道？而且她还带言真来过这里……

真的？她真带孩子来过你家里？

景予飞点了点头。

那孩子他……还好吧？

好，怎么不好？完全和正常家庭的孩子一模一样！长得也结结实实的，真的好得很！

话是这么说，景予飞却脸上挤不出一丝笑容，闷闷地躲着母亲的眼神，半晌没再出声。

实际情况是，每每想起这事，他心里就涌上一股怪怪的滋味——那是他此生第一次，也是至今唯一一次亲眼见到自己的儿子。

是搬进新居几个月后的事情。那天他下班回家时，一眼看见许小彗站在自家单元门前的小花坛前，令他血脉贲张的是，她身后竟有个五六岁大的小男孩，正在花坛上转着圈子玩。

许小彗看见景予飞，立刻把孩子抱了下来。笑眯眯地迎上来对景予飞说：喏，看看这是谁吧。

景予飞哦了一声，吃惊地打量着这个大头大脑、身子却瘦伶伶、怯生生的小男孩，一时不知所措。后来他张开双臂想去抱孩子，孩子却一扭身，躲到了许小彗身后。一直在关注着景予飞表情的许小彗，一时也显得很是激动，她涨红着脸，颤着声对景予飞说：他平时不这样的……我没告诉他你是谁。

景予飞酸涩地点点头，赶紧说：那快上家里去坐坐吧。

许小彗说：不了，我带他有点事，正好路过这里。他要玩，我就让他玩一会儿，没想到你就住在这里。

景予飞根本不相信这是巧合，但也无暇和许小彗扯这些，又请他们上家里去坐坐。许小彗眼珠子转了几下，便点了点头，抱起言真跟着他上了楼。

走到二楼时，景予飞想起家里什么也没有，就对许小彗说，我家在七楼，你先带言真上去等我，我到门口买点东西就来。说着就飞奔到大门口的卤菜店斩了点酱鸭，又在小店里买了一些饼干、果冻之类小食品，飞快地跑回楼上。可是半道上却碰上了从楼上下来的许小彗和孩子，说是时间不早了，我该回家了。无论他怎么劝，许小彗态度决绝地就是不肯进屋，更不用说吃晚饭了。

景予飞无奈，就把买的东西递给许小彗，让她带回去。

可是许小彗还是坚决不要。

正当此时，发生了一个此后让他耿耿于怀，始终在心里尤其是偶然的夜半梦醒时分萦回不已的细节——景予飞和许小彗推让时，注意到言真正巴巴地盯着他手里的东西，于是把托着的酱鸭包递到他面前：言真，你一定饿了吧，来，尝一块酱鸭吧。

言真怯怯地望了一眼许小彗，同时真的伸手拈了一块酱鸭，可是他刚要放到嘴边，却听许小彗“你敢”一声断喝，随即啪地一下，将那块酱鸭打落在地上。

言真猛一哆嗦，哇一声哭起来。

你这是干吗？景予飞恼怒至极，却又不便当着孩子面对许小彗发作。于是强忍住怒气想安慰言真一下，不料许小彗一把抱起他来，脚步啪啪响着冲下楼去，不一会儿，就不见了影踪……

一个巴巴地望着酱鸭的眼神，一只颤颤地拈住酱鸭的小手，一张委屈地啜泣的小脸——这就是景予飞此生唯一看见并怎么也忘不了的孩子的神态！

想到这里，景予飞情不自禁地捶了下大腿：这女人！一点也不通人情，简直就是个……妈啊妈，你怎么能相信这女人的话哟！这些年里她忽天忽地、忽东忽西地耍得我——他猛然又意识到失言，赶紧改口道：问题是，到这个时候还不见她影子，十有八九她是不会来的了！

母亲眼中最后一缕期盼的火苗也熄灭了。但她强打起精神来安慰景予飞：说不定她……这也没关系的，我看看你不也一样吗？只要孩子他……她忽然又红了眼圈，赶紧站起身来去厨房拿水杯喝水。

回过身来时，母亲幽幽地看了景予飞好一会儿，才又说：予飞，听妈一句话好吗？我是说，你也别生气了。尤其是，别跟她计较什么。到底来说，她也是咱们孩子的妈。一个女子……一个这样情况下的孤苦女子，她的心思有点那个，也是不奇怪的。说到底，咱们总还是有责任的。所以，不能跟她一般见识，好吗？

景予飞沉痛地摇了摇头，又使劲点了点头：这个我明白，其实我嘴上这么说，平时对她……不过，妈你也要听我一句话：往后她要是再去找你，千万别轻信她的任何话了。尤其是，一定不要给她钱了——你什么都可以不信我，但是一定要信我一句，我是言真这孩子的父亲，无论什么情况下，我绝对不会亏待他的……

母亲认真地点了点头，末了又表情复杂地接上一句：我估摸着，她也不会再来泽溪了。

看着母亲那黯然神伤却又强作无所谓的样子，景予飞恨不得狠狠抽自己一顿耳光。

4

静夜听雨，仅仅这几个字，就赋予我们多少诗意！最是那温馨的春夜，淅淅沥沥的细雨，抚着恬怡的春梦、绿肥红瘦的江南，是何等美妙意境？

静夜听风可就大不同了。如果说前者宛如丝竹悠悠、清泉淙淙，后者则浑似江河破堤、大漠飞沙。尤其是无雨的冬夜，听虎啸龙吟般朔风动地而来，门窗噼啪，雨篷呻吟，耳畔嗖嗖如有利箭飞掠，心头瑟缩似万马狂踏，落英狼藉。那心境，无论如何是找不到一丝美感来的。何况晚来的风总给人以凄凉的暗示，静夜的喧嚣总不免让人心惊肉跳。所以，我们难以听到对夜风的向往或讴歌。尤其是不眠的长夜或病痛的僵卧中，听萧萧风过，黯淡的心境更如夏日雷雨骤至，飞沙走石，天昏地暗。

今夜正是如此。虽然现在不是冬季，却是台风频起之时。受到傍晚在闽浙一带沿海登陆的今年第9号台风外围的影响，藩城的夜晚笼罩在一片风吼雨啸之中。好在风声虽唳，雨势并不太大。若在平日，那一阵强一阵弱、细碎的淅沥声敲打在紧闭的窗扇上的声音，恰似音乐，适宜让心情坦荡之人睡一个安稳觉。

但景予飞不同，毕竟心里有事，情绪正如室外的夜空一般晦暗阴郁，以至在床上辗转反侧，久久没法入睡。

惺忪混沌中，忽然意识到母亲似乎很长时间还没从卫生间里出来——先前他隐约听到客厅里响过一轻一重的脚步声，想象里便看见母亲一颠一颠地起夜上卫生间的情景——时间不短了，母亲怎么还没回房睡觉呢？

景予飞不由得疑惑起来，生怕出什么意外，赶紧跳下床，蹑手蹑足地出了卧室。发现卫生间门虚掩着，却看不到一丝灯光，不禁更为不安。于是靠近卫生间，伸只手进去按下墙上的开关。灯光亮处，竟见母亲还坐在马桶上，双手捂着脸似在啜泣。

乍见灯光，母亲眯细着眼睛抬起头来，随即又抬手遮住双眼，顺势却快速地用衣袖在眼前揩了一把。但她红肿的眼泡和模糊的泪痕却瞒不过景予飞的双眼：

妈……怎么连灯也不开？

我看得见的……母亲再次用手挡住双眼：你还是把灯关上吧，刺得我睁不开眼了。

景予飞不听她的话：妈，你这是……你别这样，有什么事的话……

没事没事，我能有什么事嘛。你别瞎担心。啊？母亲勉强挤出笑容：你要用厕所吧？来用吧，我要回房睡了。说话间，她已提起裤头，慌忙地回了自己房间。

景予飞不放心地跟过去，想和母亲好好谈谈，但母亲已关上了房门。

他呆呆地站在客厅里，垂着头，心头波澜起伏，好一阵都在暗暗地责骂着自己：景予飞啊景予飞，都是你做的好事！罪人，罪人，你这个十恶不赦的不孝之子啊！这辈子你还有什么办法弥补母亲心中的大痛哪！

而一想到许小彗，他更是恨得牙根都要咬碎了：你个混账女人，我对你和孩子够可以了，你怎么还能做出这种可恶的事来？你不肯让她见言真也罢了，干吗还这么欺哄她？你这不是把她当猴子耍吗？你这不是在往我们淌血的心尖上捅刀子吗？

这时候许小彗若站在面前，他真不能担保自己不会冲进厨房去，拿把菜刀来砍翻了她……

回屋前，他无意中向沙发上瞟了一眼，发现母亲的黑拎包下，似乎压着什么东西，过去一看，原来是一套手工编织的毛线衣裤。拿起来一看，毛线衣下面还压着一个信封。展开信封一看，里面又是四百块钱！

景予飞浑身又毛刺毛刺地燥热起来。哆嗦着再展开那毛线衣裤，唉！那尺寸，那大小，不用问，就是母亲为想象中的言真打的！

眼前顿时闪现母亲在昏暗的灯光下，戴着深度老花镜，满怀着虚妄的憧憬，一针一针编织着毛衣的情景。

他像挨了火烫一般将毛线衣裤扔回了沙发上，同时一个劲地摇起头来：妈哎，我的妈哎！你也是的！怎么就不能想想开去，却把心思都吊在一个没有结果的梦上啊……是不是她退休太早了，腿脚又不便，几乎没有任何社交，没有别的寄托，整天一个人闷闷地呆在家里，所以才更容易胡思乱想呢？

不要说母亲是空欢喜一场也白忙了一场，母亲这毛衣显然是无法亲手交到许小彗手上，或者看着言真穿上身了——问题还在于，景予飞几乎可以绝对肯定，即使许小彗今天真带着言真来了，这一针一线都藏着母亲缜密而深沉眷爱的毛衣毛裤，许小彗也是根本看不上眼的，更不用说她会真让言真穿它。

景予飞这样想，不是没有根据的。

就在去年国庆前夕，他们还住在单位大院没搬家的时候，喻佳得到个去广州出差的机会，这在当时是很稀罕的事情。回来后，她给真如和言真各买了一套衣服。言真比真如大五岁，他那套衣服自然也大一些，而且是此时藩城还不多见的新款运动服。店家说这是原装进口的，虽然未必是真，上面毕竟还绣着耐克的商标，因此小小的一套孩子的衣服，也花去了八十多块钱。

景予飞起先觉得喻佳是浪费钱财，纯属多此一举。转而又觉得这毕竟是喻佳买的，代表着她的一份心意，也是她向许小彗伸出的一叶橄榄枝，如果许小彗肯接受，或许会有助于缓和她对喻佳和自己的对立心态。

不仅他，喻佳也一直希望他和许小彗双方都能面对既成现实，在一种相对和平、理性的状态下相处，这样对大家的生活和孩子也有好处。

于是，景予飞就听了喻佳的话，在许小彗有一天来电话时，试探着请她晚上到家里来一下（那时他虽然还没有自己的房子，但因为喻佳也调来藩城了，科技局在四楼上腾出一间库房作为他们临时的住房）。

没想到许小彗爽快地答应了。

尽管她在家里没坐满半小时，而且喻佳亲手给她泡的茶和端上来的从广州带回的芒果她坚持没有碰上一下，但她的态度始终是平和的，或者说是克制的。她就那么微微笑着，身体板直地端坐着一动不动，只两只眼睛在其目力所及的范围内睃巡着，似乎在暗暗打量他们的室内装饰，或者考量着他们的生活水准。同时，她几乎一语未发地听着喻佳的寒暄，偶然不无矜夸地笑上一笑，或者点一下头；却总是回绝着喻佳让她吃这尝那的请求。

景予飞自然是紧张难堪而极不自在的。对于这种局面，他非常地难以适应，总觉得荒唐而别扭，对许小彗的这种做派也颇觉反感。因此他始终回避着许小彗的目光，坐在许小彗侧面闷着头抽烟，也难得出声。

出乎景予飞预料的是，对于喻佳给言真的衣服，许小彗却痛快地接受了。虽然喻佳从包装袋内取出衣服向她展示，并询问她是否合适时，她并没有对衣服的好坏作只字置评，也没有接过来细看一下或说声谢谢，却还是点头说了声：我觉得差不多吧。

等到喻佳把衣服重新装进塑封套里递给许小彗时，她站了起来，彬彬有礼地向喻佳弯了弯腰，说了声“那我走了”，看也没看景予飞一眼，兀自开门走了出去。

喻佳跟到门口客气道：这就走啦？要不让景予飞送送你吧？

话音未落，门已在她面前碰上了。

这人真是。景予飞如释重负地叹了口气：瞧她那样子端得！

哎，她能这样，总比大家老是剑拔弩张的好吧？她还能收下衣服，我觉得这就够给我面子的了。换了你这种臭脾性的人，又是处在她那种地位，也不难想象会是怎样一种复杂心情了。不过，以后这样的交往多一些，可能她多少会适应些，怨气也就会慢慢消磨了。

景予飞并不认同喻佳的乐观想法，但多少也希望这或许真是开了某种好头。万万没想到的是，第二天他还睡在床上，起早到外面市场上买菜的喻佳气急败坏地回到楼上，一进门就阴着脸不停嘀咕道：气死我了，实在是气死我了！

景予飞惊问她出了什么事。

她咬牙切齿地说：天知道许小彗怎么做得出来！刚才我买菜回来，刚巧看见清扫院子的老李头，在大院门口和看门的说着什么。我近前一看，老李头手上拿着一件包装得好好的孩子衣服，喜滋滋地跟门卫说是出鬼了，一大早就白捡着一件漂亮的运动服，也不知是什么人这么有钱，竟然把这么好的一件衣服给扔了。

门卫说这包装都还没打开，怎么可能是故意扔的，得打听一下是谁不小心掉了的。老李头说不可能，我这是在垃圾箱里倒出来的，谁会把好东西掉进垃圾箱里去啊？

我凑过去仔细一看，差点没把我气昏过去——明明就是我刚送给言真的那件衣服嘛！这个莫名其妙的许小彗，你不要就不要嘛，居然就把我的一片好心当做驴肝肺给扔垃圾箱里了……

景予飞怔了半晌，闷闷地说了句：那你怎么不把衣服拿回来？

拿什么拿？我凭什么证明那是我的？人家就是相信那是我扔的，还不当我有病啊？再说，我们本来就送给许小彗了，她不要扔掉是她的事，我们还要回来，看着不也是找气受吗？

5

母亲悻悻离去的第二天，许小彗就来了电话。

这本在景予飞预料之中，许小彗惯常会这样，写给你一封信，或者说过些什么话、发生过什么事，回头一定会以此为由头，来电话探探情况什么的。令景予飞怒火中烧的是，这回许小彗显得很轻松地在电话里东拉西扯，没话找话，分明是在试探什么，就是不主动提及母亲来没来的事。

他终于按捺不住，突然间大吼一声：许小彗，你到底搞的什么名堂？

一个满怀期望的老人，对你和孩子那么真心，你就忍心这样作弄她？你太不像话了！

许小彗依然不慌不忙：我怎么不像话啦？你把话给我说说清楚！

都这样了，你还在装模作样？我反复叫你有事找我，别到我家去给家人添麻烦，你却三番五次往泽溪跑！这还罢了，你既然答应我妈让她看言真，为什么她来了，你却放了鸽子？你三天两头折腾我、报复我还嫌不够吗？明知道我妈年纪大了，腿脚又不好，还去欺骗她、耍弄她，你到底是安的什么心啊你？

我安什么心，你景予飞还会不知道？我什么时候三番五次到泽溪去了？上次去也完全是出于好心。你们景家门里只有你妈算得上有点良心的人，所以我去看看她，有什么不对吗？也好，既然你这么害怕我见你妈，我就明白告诉你，从今往后，你就是八抬大轿来抬，我也绝不会再登你们家一次！不信你就走着瞧！

你什么混账逻辑，明明是你……先不谈这个，你必须告诉我，为什么你总是言而无信、反复无常？这样做对你到底有什么好处？你这么作践一个真心待你和孩子的老人，真的就不知道对她来说是多么大的伤害，多么的不道德吗？

哟，瞧你这话说得，我们俩到底是谁伤害了谁，你到现在还没搞清楚啊？倒好像你成了个可怜兮兮的受气包了？算了，我不跟你计较这个了。这么说，你妈还真到藩城来了？

你……到现在你还装糊涂，你到底安的是什么心？

我安什么心？你最清楚！那天也是随口那么一说的事，你妈还真当了真了？再说，我实话告诉你，那天我还真打算带言真去你家的。不巧的是言真那天发烧了，烧得哟，我都吓傻了，我老公又不在家，只好一个人背着他上医院，楼上楼下地跑，差点没把我累得背过气去。幸亏去得及时，医生说是急性支气管炎，马上就让他住了院。

言真住院了？真有这么巧的事？景予飞不由得愣了片刻，很难相信这是真的，灵机一动便说：真这样的话，那是我错怪你了。这样，我和我妈马上去医院看看他，你告诉我他住在哪个医院，几病区就行。

许小彗明显没有防着这一招，语气顿时支吾起来：这就不必了——你妈身体也不好……她还没走吗？

景予飞更加确信许小彗又在撒谎，不由得指着话筒，心里恨恨地骂了声娘，嘴上却继续演戏：她辛辛苦苦来一趟，没看到言真怎么肯走？这下听说孩子生病，她还不更急着要看到他了？快告诉我他住哪里吧。

这不可能，我凭什么要告诉你这个？再说……再说他今天烧退了点，我刚刚把他接回家了。

那我带我妈上你家看他一下，就一会儿，总可以吧？

不可以！

为什么不可以？

我家有人，他们到现在不知道真实情况，你们去了我怎么交代？

那么……这样吧，等言真病好了，你再带他来我家吧，只要能见到言真，我妈等多久都肯定没有怨言的。

不行，她等多久也是白等！

你这又是什么意思？明明是你说要让她看言真的，现在……

你少废话了！我再明确告诉你一声：我这辈子都不可能让你们家人看到言真的，不信你们就等着吧！

景予飞刚要再说什么，咔嗒一声，许小彗已把电话挂了。

6

一晃，又是十二个年头悄然流逝。

时光最怕回头看。尤其是人到中年以后，偶一回头，看到的多是纷乱而模糊的往日，如一地雨打风吹、狼藉飘零的落英，令人惆怅无奈而多少有些伤感地感叹：人生哪，真是“譬如朝露，去日苦多”哟！年轮啊，真想大声地问一问你，转速何太急？而且，简直就是一年快于一年，甚矣哉！

所幸，现实的羁绊、纠结与对未来的期待与憧憬，对冲了人类对光阴流逝的怅伤。而历史的指针也正赫然指向一个令人倍觉鼓舞的全新世纪——二十一世纪的第一缕曙光正风驰电掣地向着地球驰来。

毕竟要百年方成一个轮回，并不是所有人都有机遇迎接和亲历一个新世纪的驾临的。

所以，报纸、电视、广播、互联网等地球上的一切传媒早早地就喧嚣着，鼓荡着，尽情地借此由头，挥洒着憧憬着对于新世纪的无尽想象。

具体到每一个个体，如景予飞吧，也许是当晚喝了点酒，也许是对于过往的生活存留着太多的感慨，因而对新世纪充满了尤多的期盼。总之，那天他胸臆中突然爆燃起火一般炽热而不无浪漫的异样情愫，竟也在1999年12月27日那天夜里，突然产生一种神秘而亢奋的倾诉欲。

辗转反侧之余，他索性爬起床来，打开电脑，噼噼啪啪几乎没有半点停顿地敲下了一篇小文：《这一瞬间如此神圣》——

世纪之交与年月之交、时日之交其实并无分别。如果没有人类之生存，没有时间的概念，一世纪和一秒钟亦无本质差异。当二十一世纪在天边闪现之际，我们跨越的与其说是时间，不如说是文化、心理、社会、年龄的鸿沟。陡然神圣起来的是我们的感觉，而非真正的时间。自然的、本质的一切依然旧时风采。花不会更红，草不会更绿，风不会更劲，雨不会更猛；然而，想到这是又一个风风雨雨、充满喜怒哀乐的百年之端，想到那创造、勾画我们生命的世纪将永不再来，谁的心不怦然而动，如花绽放？

百年，自然的一粒微尘，历史的一个哈欠，社会的一次阵缩，人类的整整一生，甚至两生、三生！

所以，宇宙不会因之叹息，自然不会为之动容，我们则不能不为之悚惕，为之叹息，为之回顾、前瞻，“上穷碧落下黄泉”——明知以往的世纪中，战争多于和平，磨难多于幸福；明知逝者如斯夫，往事不可追，来日无可期，我们仍要追，仍要期，仍要企求世界和平、社会发展、人生幸福。因为“我们未死，我们是人”！

在过去的世纪里，我们像托尔斯泰笔下的“一兜鞑靼花，长在尘土飞扬的灰色大道旁。她有三个枝丫：一枝被折断，上头吊着一朵沾满泥浆的小白花。另一枝也被折断，上面溅满污泥，断茎压在泥里。第三枝耷拉在一旁，也因落满尘土而发黑。但她依旧顽强地活下去，枝叶间开了一朵小花，火红耀眼”。

活着是一个多么简单却又多么了不起的事实！活着挥别旧世纪的人，我们有福了！活着拥抱新世纪的人，你将作何祈望？

作为一个“地球村”时代的公民，我最想听到的，是世界和平的承诺。所以我要特别仔细地听一听，那使每个村民热血沸腾的新世纪钟声，与本世纪之初的晓唱有何异同？联合国秘书长那热情洋溢的致词，能拨动多少和平的共鸣？各国元首、各种语言的合唱，能为我们勾画多么恢宏的蓝图？

我还想听到，一个共着世纪钟声诞生的呱呱婴儿对生的啼盼；一个与世纪同龄的百岁老者对死的咏叹。他们的拥抱、笑叹也许不能用语汇表达，却一定包容人生的所有奥秘。

作为一个父母的儿子，妻子的丈夫，孩子的父亲，我最想得到的是人际的和睦、家庭的安康、亲人的团聚。哪怕我一无所有，哪怕要舍弃滚滚财源，只要所有的亲人一个不缺地坐在电视机前，彼此道一声新世纪快乐，我便要心醉神怡地泣一声：我知足了！

作为一个平凡而普通，却愿意保有善良情怀的小老百姓，我要对见到的每一个人道一声幸福。这句陈而又陈的祝词，此刻一定会让人感到新而又新。我还要对每一个我仇视过他或他仇视过我的人道一声你好。一百年的风霜刀剑、天灾人祸都被抛进了大洋，凭什么还将一己恩怨挟入全新的世纪？宽容或许不能移山造海，却能温暖心灵的每一个角落，映红未来的每一个日子。

哦，别忘了，到某个被时代遗忘的角落去走走，去看看。看看还有多少人，蜗居穷乡僻壤，“不知有汉，无论魏晋”，度日如年，度年如日。或许我们不能如孟子所期：“禹思天下有溺者，由己溺之；稷思天下有饥者，由己饥之”，但愿我们的一声问候，能挟新世纪的风采，唱醒他们昏聩的生活……

我的心愿如此之多，但我并不以为这是贪心或者痴望；如果它们不能一一实现，希望它美丽成一道道风景。希望未来的世纪，有什么别有战乱，没什么别没稳定。至少，愿地球像创世时一样新美，愿人类像亚当和夏娃一样亲爱！

奇怪的是，这篇让他日后再读的时候禁不住热血沸腾、几欲潸然落泪，也让许多在《藩城日报》上看到的亲友由衷赞赏的文章，在他一气呵成之际，却并没有让他产生多少自鸣得意的感觉，心里有的，更多的只是一种宣泄后的空茫与疲软之感，仿佛一个刚刚生过儿子的产妇，肚腩突然空瘪下来，有的更多的是松懈和倦怠。

然而，景予飞又觉得这种类比很不靠谱，因为自己毫无产妇特有的那份满足或轻松之感，甚至，他想再细细推敲一下文稿的心情也在突然之间荡然无存。代之而来的，竟是一种挥不去、驱不掉的空虚、彷徨甚而有点过于敏感的恐慌感。窗外偶尔尖啸的风声，楼下哪儿一点什么异响，有时竟让他心惊肉跳，好一阵不能自安。

望着闪烁的电脑屏幕怔忡了好一会儿的景予飞，以为是夜太深而自己也兴奋过度的缘故，于是关掉电脑重新爬到床上去。

可是躺在床上，心境也久久不能平复。那种生什么重病般悒悒的、漫漫长夜般深而厚重的难受，始终裹紧着他，使他燥热烦闷、疲惫不堪却又无法入眠。

近来好像没什么特别的忧烦事啊，怎么会有这种奇怪的感觉呢？

景予飞不安地思忖着：我要生什么病了吧？

直到早醒的鸟儿叽叽喳喳的叫声充斥耳廓时，他才迷迷糊糊地眯着了一会儿。

可是没过多久，急促的电话铃声就把他从梦中揪醒，同时也明白无误地告诉了他先前突然间心神不宁的原因——

哥哥，你快回来吧！妹妹在泽溪惊惶而泣不成声地嚷着：妈妈她……她……呜呜……

眼前突然一片昏黑，窗户、电视机、挂衣架、墙上的挂钟和画一阵乱旋，小桌上的书本、笔筒，柜子上的杂物则急速跳跃。景予飞紧闭双眼，抱紧头，竭力告诫自己要镇定、镇定。好一阵后，眼前的一切才归于平复。

这一瞬间如此恐怖。

7

扔下电话，脑子里仍是一片混沌的景予飞，顾不上洗漱，也没心思吃早餐，一边哆哆嗦嗦扣着衣纽，一边就冲下了二楼，把馆里的司机小夏叫上，立刻向泽溪驰去。

此时，他已是新任不久的藩城市科技馆馆长，馆里也有了一台局里配发的桑塔纳2000。而经济的突飞猛进，也使得高速公路普及到藩城的每一个县境。过去要颠簸四五个小时的车程，现在快的话，一个多小时就可到家了。

在路上，他给局长和已上班去的喻佳分别打了个电话，向局里请假，并让喻佳下午带上真如赶回泽溪去。

即使在打电话的过程中，他的头脑里也始终像一股固执的旋律般盘旋着一个叹息：妈呀，妈呀！还有几天就进入新世纪了，你怎么能突然抛下我们走了？

这可能吗？他们一定是弄错了吧？世界上到处发生过有人假死的事件，妈妈该不会也是这样吧？

可是，事实无情地粉碎了他的最后一丝侥幸。

跳进家门，景予飞第一眼就看见父母的房间里，已搭好一架竹榻。母亲静无声息地躺在竹榻上，再也不会像以往一样，一看见他回来就颠颠地迎上来，欢欢喜喜拉着他手叫着：予飞，你来家啦……你还好吧？怎么又瘦了点啦……

现在迎接他的，只有一股难闻的香烛燃烧的烟气、妹妹红肿的眼泡和闷坐在饭桌旁、早已戒烟多年、现在却重新包裹于一团浓重烟雾里的父亲那恍惚而哀伤的神情。

景予飞没和他们打招呼，直接扑到母亲身边，却又不知所措地在她头前蓦然怔住。

妹妹轻轻掀开蒙在母亲脸上的床单，沙哑地哭诉道：妈，哥哥回来啦！你再睁一下眼睛，好好看他一眼吧！

景予飞定睛看了一眼母亲那枯黄而略有些臃肿的脸庞，迅即把头扭了开去。也许是不想让自己心里留下这可怕的印象吧，他再也没看母亲第二眼。

妈，你怎么不看看哥哥呀？睁开眼睛再看他一眼吧……

景予飞却向后退开去，并使劲摇手示意妹妹把布蒙上。妹妹却兀自捧着母亲的脸哇哇地嚎啕开来。直到妹夫把她劝出去，景予飞才上前一步，小心地把蒙布给母亲盖上。

但他却依然偏着头，回避着母亲的遗容。

退到客厅来时，父亲默默地递了支烟给他。父子俩隔着饭桌吸了一阵烟后，父亲摇着头开了口：予飞啊，你也别太难受。生死有命，富贵在天，谁都逃不掉这一关。你妈她，走得还算那个的……

她除了腿脚不好，好像没听说有什么特别的毛病呀？怎么说走就走了呢？

要说这个，也该怪我。以前她偶尔会对我说胸口堵，心发慌，我也要她上医院查查去，她总说没事的，就是累了点……

也不能全怪爸，妈就是这样脾气，太那个了。我也不知对她说过多少次，要带她上医院去做做体检什么的，可她就是不听……妹妹插嘴说：而且，你不知道她的心境……这几年明显不对劲。我一直就怀疑她是不是得了老年忧郁症什么的。反正……有回我回家来看她，黑漆漆的黄昏里，屋里灯也不开一盏。只见她独个儿趴在阳台护栏上好像在抹眼泪。我开门进屋，她也没听见，也不知都在瞎想八想些什么名堂。我问她干吗这么晚了还站在阳台上。她刚说了声没想什么，却突然一把搂住我哇哇大哭。我扶她回到屋里，她还嘟哝着什么，人老了真该早点死掉……

现在看，很明显，她心脏有毛病不是一天两天了。你看看，你看看，这些都是我收拾她床铺时，刚从她枕头下和被褥下发现的，你说她究竟是个什么心理？这么些个没用的空塑料袋、旧信封、老八辈子的公共汽车票还有什么半点用也没有的旧票据，全叠得整整齐齐地压在身下边。这都不去管它了，你看这好几个风油精的空瓶子……妈哎，你这是何苦呀——爸你也真是太糊涂了，还说她走得爽快，没吃什么苦呢——妈哎，你肯定是平日里忍着、受着不说呀！可这种名堂，对心脏能有个屁用啊，我的妈哎……

父亲不断地叹着长气，喘息着说：是的，是的，也怪我太糊涂，太不关心她了。平时她老搽风油精，我总当她是头疼脑热的用成依赖了，谁想到——可昨天夜里她可是一点迹象也没有。我们是十点多看完两集电视剧才一起睡的。她还跟我评论了几句剧情。半夜里大约三点钟，我起夜的时候还听到她咳嗽了两声。问了她一声不舒服吗，她一声没吭，我当她是睡着的，就又睡了。等五点多我起床的时候，才感到有点奇怪，她以往难得趴着睡的，怎么今天就那么趴在床沿上一动不动呢？我拍她两下没答腔，就知道……

你们喊救护车了吗？

当然。喊过救护车我就给你妹妹打电话，他们两口子来的时候，医生已经确诊，她就是心脏病突发，已经过世大概两个钟头了……

8

尽管父亲和景予飞都没有什么老观念，但妹妹和妹夫认为应该按风俗办母亲的后事，至少要让母亲在家里停灵两天再火化。景予飞和父亲都没有反对。景予飞还坚持由自己来守夜，理由是自己长年离家，理应最后弥补一下自己的不孝。

虽然近几天气温比较偏暖，但毕竟正值隆冬，上半夜还好些，后半夜气温陡然下降，景予飞在正常外套上另裹了件棉军大衣，仍然觉得脊背发寒，浑身像结了冰一样，彻骨冰凉。

更凉的是心，仿佛已经木僵了，似乎失去了搏动的能力。很长时间里，景予飞感觉自己也已被死神的黑大氅紧紧包裹，鼻息里也充满了烛烟和死亡的气息。他就那么呆呆地坐在母亲的头后方，望着幽灵般无声无息地微微晃动的烛焰，再看看无声无息地躺着、似乎沉睡着的母亲，一动也不动，什么也想不下去。好几次他想再掀开母亲的蒙布，好好地看上她一眼，却总是缺乏勇气似的，止住了冲动。

母亲侧面的五斗橱上，搁着妹夫下午从照相馆洗放出来的遗像，那还是好些年前照的。照片上母亲穿着的还是那件似乎穿了一辈子的灰呢外套。这两年景予飞和喻佳倒是给母亲买过好几套新衣服，可是她总怪他们浪费钱，除了过年偶然穿件把，平时总是锁在衣柜里——妈哎，你这刻苦自己、固步自封的脾气到死也没有改啊！真不知你是怎么想的，又是何苦啊。

景予飞的视线也始终回避着这个镜框。因为遗像上母亲的笑容在他看来是非常勉强甚至有几分凄楚。

为了让父亲的情绪能有所缓解，妹妹把他接到自己家去睡了。此时家里除了他陪伴着母亲外，再也没有别的人了。景予飞很想趁此机会向母亲恸哭一场，把内心的积郁宣泄一下。奇怪的是，他就是哭不出来。而且，他不无恐惧地意识到，不仅是现在，从听到噩耗开始，他就没有落过一滴眼泪。

他不禁打了个激灵，我这是怎么啦？谁碰上这种事能忍得住眼泪呀？是我太没有良心吗？还是……是我心里有鬼吧？可是无论如何，妈哎，你应该知道我的，这个世界上再也没有比你对我更好的人了。我也真的很心痛……真的想痛痛快快地哭上一场啊……如果有用，哪怕能让你活回来几分钟，把我的泪和血都哭干，我也会在所不惜！

他无奈地晃了会儿脑袋，渐渐地，脑细胞似乎恢复了一些活力，心里开始纷纷乱乱昏昏沉沉、落叶般翻飞起无数的与童年与母亲与自己相关的往事。

记得有一年，自己好几天吃不下饭，面黄肌瘦，走几步路就浑身疲软得想要蹲下来。母亲在医院里等待自己的化验结果时，突然一把将自己紧紧揽在怀里，有一阵搂得他差点喘不过气来。她汗涔涔的脸上和衣领间热乎乎的汗味和体味，至今又鲜活地弥漫在心中；她那扑簌簌的泪珠顺着自己脖颈往下流，那热乎乎又逐渐变得凉丝丝的感觉，宛如就在此刻……

定居藩城后，景予飞每次回到泽溪，母亲必定会做的几样菜，如她亲手烹制的活鲫鱼炖豆腐汤、红烧鳝段、加上少许腐乳汁烹制的红烧大排，还有她那喷香可口百吃不厌的鸡蛋摊饼，也栩栩如生地陈列于眼前——而那时的景予飞早已不像儿时难得有此口福那样大快朵颐，闷头大嚼了。母亲因此而常常露出费解而伤感的神情——或许她是以为自己心情不好吧？

景予飞却懒得解释，置之不理或漫不经心地伸上几筷子就扔下碗筷躲开去。

后来他甚至越来越讨厌母亲在餐桌上那惯有的表情。

一家人都在吃饭，有时还有妹夫和她的孩子。可母亲的筷子却游移着，几乎从不往自己碗里和任何别的家人碗里夹什么，却时不时地把鱼肉或大排往自己碗里搛，而别人搛一筷鳝鱼或大排时，母亲又总会下意识地向他们瞄上一眼，仿佛那是他们不该吃的。景予飞逐渐意识到母亲的心理，不仅缘于对自己的偏爱，还缘于自己的离家和某种特殊境遇，或许这是她特有的一种代偿心理吧？但虽然明白，感情上却日益不能接受她对自己的这份偏心，甚至还反而感到莫名的压力和悲哀。都什么时候了，鲫鱼和大排又不是什么燕窝鱼翅，谁想吃就吃，不够就下回多烧点，多大的事情？怎么母亲的观念还停留在那个早已过去的贫乏年代？所以在家吃饭使他感受到的常常不是温馨，而是某种说不出来的异样和别扭。至少，他不喜欢母亲或任何人如此厚待自己或者潜意识里认为自己不配。有时候，他会忍不住把碗抬起来闪开，拒绝母亲搛过来的菜，并且大声说一句：妈你别这样，你自己吃嘛，大家一起吃嘛！

母亲的脸突然涨红了：我吃着呢，我……不喜欢油腻的东西。

景予飞却毫不留情地继续顶撞（现在想来真是懊悔莫及）：你别找借口了，那回你到藩城，我们带你吃自助餐的时候，你盘子里堆得满满尖尖的，不都是大油大荤的东西吗？

那不一样的……我让你们别上那种地方去，你们就是不听嘛。花了那么多钱不吃点，怪可惜的。

就知道你是这种心理！你的观念真是离时代太远了！现在又不是过去了，我们家的条件，什么东西吃不起嘛？说来你又不会相信，我现在经常要参加各种会议，平时也不断有这个饭局那个宴会的，像这种菜，老实说我早就不稀罕，很多时候都厌了！

——唉，那时的自己也老大不小的啦，怎么还那么愚蠢而任性地伤害母亲的心啊……

还有那次，自己还住在顶楼的时候，母亲苦巴巴地揣着满怀希望和一针一线为言真编织的毛衣裤，跛着腿挤上拥挤的长途客车，又跛着腿一步一挨地爬上七楼，期期艾艾地等到的，却是一个极度的失望和以后漫长而无奈的绝望——这以后的十来年里，虽然她极少主动问起言真的情况，但景予飞可以完全确信，母亲一刻也不会停止对言真的牵挂和见上一面的期盼。先前妹妹不还说吗？她这几年一直处于凄楚孤独而落寞的心境中不能自拔，而这原因，多半是在我身上。

她独自趴在昏黄的阳台上，期望着的，恐怕还是并不遥远却可望而不可即的言真的身影啊，而结果却是……

蓦然间，突如一声从天而降的霹雳般，脑海里轰隆一震，景予飞如梦方醒般跳起来，攥起拳头，狠狠地捶向自己的大腿——妈哎，我的亲妈哎，我怎么到现在才意识到这一点？你到现在还从来没有见过言真一面呢！这么多年了，我怎么就没想到应该多少满足一下你这个绝不过分也并不是完全没有希望的心愿？至少，许小彗再那个，我耐心做做她的工作，想办法让你见上言真一面的可能总应该有的，可是我却一拖再拖，以至铸造成这再也无法弥补的大错！

可是也未必，即使我再努力恐怕也是白搭。许小彗这人实在是太顽固也太不通情理了……

不不！问题在于你并没有努力过！你无非是怕惹麻烦，怕面对某种难堪的境地，甚至骨子里也许还怕真实地面对言真而苟且偷安、得过且过，以至忽略母亲的心愿而放弃了应有的努力。根本上还是在逃避自己的责任——妈哎，我太对不起你了，我根本就不该给你惹下这么个大心病！我太混账了。而今生今世，我再也没法弥补你这个大缺憾了！你一定就是因为绝望，才早早地弃我而去的吧？

妈哎，你饶了我吧，要不然我……

双膝忽然一软，景予飞一下子跪在母亲身边，一把掀开她脸上的蒙布，死死地盯住沉寂无语的母亲，呜哇一声，泪水终于决堤而下……

9

数月后的一天上午，景予飞正在局里会议室参加中层干部会议。手机在裤袋里咕咕振动了一下，飞来一条短信。

顺便说一下，将手机调成单纯的振动，从他使用手机开始就成了习惯。因为许小彗时不时就会发来短信或打来电话（在间歇而至的疯狂时期，他的通话记录显示的这种信息或来电，一天里曾有多达三四十条的记录），在单位里、尤其在开会时显然是很不便的。

景予飞定睛一看，顿时面如土色——短信是许小彗发来的。

那时，他刚用上手机不久，也不知道许小彗怎么这么快就摸到了他的手机号码，而从来电号码看，显然她也用上了手机。更让他不寒而栗的是许小彗短信那命令式的语气：

你马上来一下，我在河边等你。

除了特殊情况下，护城河边是他们多年来基本固定的见面地点。虽然离单位并不远，但是现在他正在开会。更何况，这个季度该给的言真抚养费，他上个月刚刚给过许小彗。突然又来这么条信息，她又要出什么鬼了吗？

想想好像不至于，这几年许小彗虽然每年少不了会有些额外的要求或需索，但总体而言并不太出格，因此彼此的关系比起前些年已进入一个难得的相对平稳期，似乎双方都有回避冲突的意愿。而景予飞目前的基本心态就是，正常付钱，顺其自然。逢年过节时，平时手头宽裕些时，他还会主动多给一些。唯求一点：少生气，少伤神，但愿许小彗能表现得太平一点、言真能生活得正常一些就阿弥陀佛。至于许小彗让不让他见言真，将来和言真的关系又会是怎么回事，都不去多想，也不作过多的无谓要求。每回两人见了面，他也只是例行公事似的问上几句言真的情况，其他都不多问。而许小彗的回答常常也简短得像外交词令：他还好。可以的。暂时没什么吧——这样的回答反而让景予飞感到放松。偶然她也会说得多一些，他反而会暗暗捏一把汗，唯恐听到什么让自己不安的事情。

平静一天算一天吧，以免惹出新的麻烦。

今天怎么突然来了这么一条短信？那口气里分明蕴含着什么特殊的意味呢。他心烦意乱地考虑了几分钟，回了条短信，说自己正在局里开会，有什么事就发信息谈吧。

没想到许小彗没再回信，直接将电话打了过来，口气似乎平稳，言词却让人头大：你听好了，我现在已经在河边了。你要是不便来，我可以到你单位去找你。

景予飞一听这个就软了。搬出单位后，许小彗总算比较有数，除了个别时候威胁过并真的冲到他单位来一下而外，基本上没再到他单位来过——所幸她还是挺给景予飞面子的。只是一言不发地突然出现在景予飞办公室（此时他已经有了一间单独的办公室），就那么定定地看他一会儿，掉头就走。景予飞随即便会乖乖地下楼去。

如果他不乖乖地跟下去，随后会发生什么，景予飞心里没有底，也从来不敢如此造次。他太清楚真要把许小彗惹毛了的话，她会作何反应。

如果她真的冲到单位来了，则一般真是有什么在她看来是紧要的事情了。于是，景予飞不敢再延宕，掏出手机贴在耳朵上，假装要到外面听电话，溜出会议室后，骑上车直奔河边。

一看许小彗那一身黑衣黑裤的装扮，景予飞心上一动，即刻明白了她的来意：她又从哪儿探到了母亲去世的消息。对此他并不惊异，有关自己的重大消息，很少能瞒过许小彗的。让他颇感意外的是，过去经常涂得脸上红白灿烂的许小彗，今天竟也是素面朝天，黄巴巴地不见一丝脂粉，而且两只眼泡明显红肿着，一副刚刚哭泣过的戚容。

这好像不是装出来的。但母亲的死，真会对她有这么大的冲击吗？

景予飞突然像吃了只苍蝇一样，有一种说不出来的恶心。

他无奈地慢慢靠近许小彗，面沉似水，警戒地等待她的反应。

果然，许小彗劈面就甩过来一句尖厉的质问：你妈还这么年轻，怎么就突然走了？你也是的，这么大的事情，怎么也瞒着我？

景予飞避开她那咄咄的目光装糊涂，心上却很是不屑：你是我什么人，凭什么我要通知你？何况，这事上我不来怪你算得上很客气了。她生前你要有一点真感情，会让她带着莫大的遗憾早早离开人世吗？

其实，治理母亲丧事期间，他也曾考虑过把消息透给许小彗，但又觉得已没有任何意义和必要。斯人已去，顶多让我来看她假惺惺表演一番。万一她一时冲动，跑来泽溪做些什么，只会让父亲和家人多一份心理牵累，甚至反而在亲友面前暴露自己的这一隐私。或者，如果她因此知道了些什么——比如她如果要求到母亲墓地去看看的话，保不准会受到什么刺激。因为墓地买的是一个双穴，碑上的祭奠人刻着的是自己和喻佳、真如，还有妹妹妹夫和外甥女的名字，没有也不可能有许小彗和言真的名字……

我知道你不把我放在眼里。可是言真总该有知情权吧？他是你妈的孙子，你妈生前总是牵挂着他的……

不听犹可，一听许小彗这样说话，景予飞突然就爆发了：亏你说得出这种话来——这么多年了，我和我妈都多次要求过，你就是不让她见上言真一面，现在却来怪我……他一时哽咽，说不下去了。

却不料许小彗并没像他想象的那样反唇相讥，反而被他戳疼了似的，一下子呆愣在那里，嘴唇哆嗦着忍了半晌，突然哇一下哭出声来。声音那样响，嗓门那么粗——快二十年了，景予飞记忆中还几乎没有许小彗当着自己面恸哭的印象。

你，你这是……这一反应实在是太出乎景予飞的预料了，他的心一下子软了。又觉别扭，又觉得有些惭愧地暗想：女人的心思，尤其是这个女人的心思还真是不可思议啊，她还真把自己当成什么人了？居然就真像有什么深情厚意似的！也许，她还真不像我想象的那样冷酷或邪恶……或者，也许我还没有真正读懂过她？

他嗫嚅着，心里酸酸地泛起一股莫名的潮汐，不知所措地呆望着许小彗。

许小彗呜咽了一会儿，显然也意识到了自己的失态，赶紧转过身去，强抑的哭声渐而变成哽咽，好一阵才拿纸巾拭着眼睛，同时从小包里摸索出个信封来，抽泣着递给景予飞。

景予飞以为那是钱，迷惑地后退了一步不肯接。

许小彗便把信封里的一张纸掏出来，重重地拍在景予飞手上：我和言真在慧福寺给你妈做了个佛事。

景予飞定睛一看，那是个三百块钱的收款收据，上面盖着慧福寺的收款章，事项栏写的是：王芝芬女士（母亲名）祈福仪式。

你这是……何必呢？我们家从来不信这些的。当然……你的好意我……我代我母亲真心感谢你……和言真。说到这里，他突然灵机一动，顺口就编了一个谎言：哦对了，前些天我做过一个梦，梦见我妈对我说，她知道你的苦衷，所以从来就没有过怪罪你的意思。

真的？许小彗的眼里突然大放光芒，显然她是很相信这些的：你妈还说了什么没有？

还说了……梦里的事，我也记不清了。但有一点是肯定的，对你和言真的好意，我妈一定会感到欣慰的。而我，却没能想到这一点。所以，非常感谢你和言真的好心，但这个钱，应该由我来出——

他伸手去摸钱包的时候，许小彗像受了奇耻大辱一般瞪圆双眼，大声咆哮开来：景予飞！你怎么这么混账啊？你太不把我们当人了！你知道言真听到这事有多么痛苦吗？他在佛像前一直在求菩萨保佑奶奶在天幸福，还说……她又泣不成声了：说奶奶你放心吧，我会努力生活的，我会发奋自强，做个让你放心的、最有出息的好孙子……

对不起。我，我只是觉得……

告诉你，别把我们当傻子。你的鬼心肠这么些年来，我从来都看得清清楚楚。我完全知道你在想些什么，也完全明白你害怕的是什么。我可以再明白地告诉你：你妈是你们景家唯一真心对待我的人，我会永远感恩她、怀念她。过去我是有一些有愧于她的地方。但你妈会明白我的苦衷。她要怪也不会怪我，而是你，还有你那个不讲道理的老子——这回要是他死了，我和言真只会放一串长长的大鞭炮！你可以放心，从今往后，我和言真都不会到你妈坟上去，也永远不会到你家去半步！但我们会继续真心诚意地用我们的方式，为她祈福。相信她的在天之灵，一定会比你和你们家里任何人更在意我们这片诚心！

转眼之间，许小彗就像一阵风似的，飘散得无影无踪。

护城河畔经过市里的大手笔投入和改造，已经变成藩城十大景观带中最吸引人气的地方。长长的河流两岸，都遍植花木，修筑了碎石通道，安放了石椅石台。有些地段还修了亲水平台，供人俯瞰静静的流水。据说河里还放养了许多观赏鱼，但景予飞从来没看到过游鱼的影子。只有片片残枝败叶，无精打采地随着近乎凝滞的水波，慢悠悠地漂向它们命运的终点。

其实，现在就是河里有鱼浮现，也绝不会唤起景予飞任何兴致。

他疲软地倚在护栏上，浑身仍在微微战栗着，大口大口吞吐着香烟，久久不想动身。

他想把手心里攥作一团的那张票据扔到河里去，但松开手掌的那一刻，他又改变了主意。他把纸团展开来，慢慢抻平，放进口袋里。

毕竟，她能这么做就很够意思的了。我不该轻慢她的善意。

但这到底反映了她的什么心理呢？

妈啊，如果你真还能看见这一切，你会作何感想？

起码，言真对你说的那些话，会让你有所安慰吧？

那么妈，你就放下心来吧。如果你真的在天有灵，可能的话，就多多保佑保佑他吧。

唉！

鼻子忽然一酸，景予飞赶紧捂住双眼，但两行难得的泪水，还是热辣辣地从指缝间漫下腮边——妈哎，我怎么会活成这么个劲哟……

第八章 崩 溃

1

虽然后来想起来，自己的精神异常至少在半年前就有了诸多先兆，但景予飞还是把 1998 年 12 月 31 日这一天，也就是元旦的前一天，认定为自己大崩溃的起始点。

因为这一天从一开始就有着太多的心惊肉跳。

这时候景予飞还是副馆长，按理是没有资格坐馆里的桑塔纳的，但因为此时的馆长已兼任科技局的副局长，馆里实际主持日常工作的就是他了。况且他和司机小夏就住在一座楼里，所以上下班坐一下车也就无须有什么顾虑了。

今天也是如此。不同的是，今天他从一起床就觉得胸口堵得厉害，头也昏昏沉沉的，似乎连睁大眼睛的力气也没了。刷牙的时候，他还多次有一种奇怪的感觉，身子会不由自主地往一边歪，仿佛自己还在梦里。他知道这和近期的睡眠不佳有关，也不觉得有什么大不了的事，就是一躺到床上就会单位里、社会上、家里地乱七八糟想个不停，常常翻腾到天快亮才迷糊上一会儿。

如此情形下，白天的精神状态也就可想而知了。

好长时间了，他的脸上总是阴云密布，怎么也晴不了。心里则莫名其妙地像煮着一锅粥，咕嘟咕嘟翻腾不已。一点小事都会琢磨半天，搞一篇小报告或者什么材料，都会看得特别重，竟然个把星期拿不出来。不是没写好，就是反反复复地改来改去，不满意，不敢轻易往外拿。有时候听得同事们在耳边说说笑笑，似乎有着无尽的乐趣，自己侧耳听听，却觉得半点意思也没有，都是些鸡毛蒜皮或者肉麻当有趣的家长里短，别说跟着笑一笑或者插句嘴了，甚至觉得这班人太无聊，有时候胃里也一阵阵泛起酸水来，欲吐非吐地，还时不时响亮地、抑制不住地干嗳气，弄得别人又一起投来异样的目光。

这还好。最怕的是什么人关心起自己来，问他最近是不是身体不好，怎么老是愁眉苦脸的，于是别人也一起围上来嘘寒问暖。他特烦这个，便溜到厕所里去抽支烟顺顺气。烟雾早把牙齿熏焦巴了，嘴巴里经常也苦得不行，常想着少抽点少抽点吧，可是一会儿工夫，那手又下意识地往兜里去摸烟了。

起码还有这么个小嗜好在，要是连烟也不想抽了，我活着还有个什么趣？

眯缝着眼睛在车上养神的时候，耳边突然听到小夏一声嘀咕：妈的……

他睁眼一看，明白怎么回事了。早高峰车堵，小夏顺着车较少的右侧车道蹭到信号灯前，地标突然变成单纯的右拐箭头。就是说，这段右侧道不像别处那样，可以同时右拐和直行。他们是要直行的，而此时直行道上已排满了车，挤不过去，后面的右拐车又被他们的车挡着拐不了弯，于是拼命按喇叭。正常情况下，只有先顺势右拐再想法回过来。但景予飞见直行信号已转绿，便向小夏一挥手：

管他呢，反正这儿没电子监控，闯一回算了。

小夏照做了，哪知刚过十字路口，右侧的路豁口突然现出一辆守株待兔的警车，几个警察手一抬，小夏红涨着脸乖乖地停在路边。而前面已有几辆车在接受处罚，显然是和他们同样的违章——右拐道直行。

不用我说了吧？一个警察狡黠而不无讽刺地望着小夏。

小夏无奈地点点头。警察一笑：那好，拿驾照吧。罚两百。说着就熟练地开起罚单来。

别睬他！景予飞一把按住小夏的手，不让他掏驾照。小夏为难地摇着头：这怎么行？要么你有人？

我没人。有人也不找。这帮警察太可恶，明知这里高峰时会出现这种情况，却不在前面事先警示，故意躲在这里罚钱搞创收，眼睁睁看着自己跳进陷阱，而且，还是自己瞎指挥造成的结局。景予飞胸腔里像点着了一堆茅草，呼呼直冒烟。

可是他管得了小夏，管不了警察，警察见他们在车里争执，砰砰敲起了车窗：怎么回事？怎么回事？不想配合执法是吗？那好，加扣三分。

小夏慌忙挣脱景予飞的手，打开车门跳出去，把驾照递给警察，点头哈腰央求警察别扣分。警察又歪头瞄一眼他们的车牌，冷笑一声：里面什么人？坐个桑塔纳还牛得很嘛！

一听这话，景予飞的怒火再一次爆燃。他猛地推开车门，想豁出去和警察吵上一架。刚伸出一只脚，早有戒备的小夏扑过来，使劲把他推回了车上：景馆长，千万别跟他们一般见识，否则吃亏的终究是我们——今天局里还有会呢！

景予飞怔了一下，脑子清醒了些。于是强忍住怒气，老实地坐着不动了。可是，不知是心中太觉憋屈，还是近来的情绪太那个了，车子重新启动后，他突然感觉到强烈的异样。脑海里一阵阵翻腾，人好像坐在了颠簸的船上，眼前一切都在一晃一晃地起伏，眩晕感令他一阵阵地想吐，张大嘴巴使劲地做着深呼吸，却仍然觉得胸闷像要爆炸开来般难耐。而此时，打进车窗的阳光也分明变了色彩，发黑，发红，炫得他好久不敢睁开眼睛。

我这是怎么啦？别是太激动引发了心脏病，或者……千万别中风了？他突然想到了老馆长，他就是在六十岁临退休那年突发脑溢血，倒在了办公室里。景予飞和同事手忙脚乱把他抬到救护车上，医生翻开他眼皮看了看，淡淡地说了句：没用了，瞳孔已经散大了——这个场景，多年来时不时就闪现在景予飞眼前——多好的人呵！人人都说他宅心仁厚，尤其是对我，有着太多的宽容和提携（景予飞后来在一次和许小彗的争执中，偶然证实了，当年许小彗的确给汪馆长去过两次信诉苦，他也给许小彗回过两次信，却全是对她的开导和劝慰，对自己则除了在宿舍一起喝酒时暗示了几句，丝毫没有另眼看待，而且也从没有对任何人泄露过一个字）。他是我道道地地的大恩师啊！居然说走就走了，还死得这么凄惨……

他突然感到一阵心慌，伴随着极度的恐怖和绝望。万一我也就这么死过去，岂不是太不值了吗？我才四十五岁啊，竟然就……死了？

他差点失声惊叫，让小夏赶紧把自己往医院送，幸好，理智在最后一刻按住了他。他插在裤袋里的手狠狠掐了几下大腿，脸上也没有暴露出明显的异常。全神开车的小夏，并未察觉他的心理狂飙。

但整个上午他都没办法平静下来。死亡的恐惧虽然随着症状的减轻而渐渐淡化了，罚款的事情却像个不甘的困兽般，顽固地在他脑海里蹦跶不已，尤其那个警察投向他的鄙薄的眼神——这年头还有指望吗？警察也挖空心思净想着敛财了，还自以为是洋洋自得，把自己当什么人了？司机们违章自然不对，可他们的动机更恶劣！明明是知道那路口特殊性的，为什么不把地标做得合适些？如果他们真是为了维护交通秩序着想，就应该把警车停在这个路口或接近这个路口的地方，以警示司机不要想侥幸直行，可他们却卑鄙地躲在前面，让你们接二连三地掉进陷阱而让他们狠狠地创收——而你，还根本拿他们没办法，更没地方讲理去——太他妈不像话了！

后来他也觉得自己也太耿耿于怀了。怎么就不能像小夏一样，逆来顺受，或者偷偷骂几句娘就了事呢？我这样翻来覆去地琢磨，恼怒，除了把自己气死，又有什么用呢？

一想到死，他又感到毛骨悚然。先前的余悸强烈而鲜明地，又像一只挣不脱的黑手，紧紧地扼住他的喉头，久久挣脱不开——不对劲，总之我一定出了什么很不对劲的问题了，不是生理上的，就是心理上的。起码，情绪低落、敏感多虑还焦躁易怒，总之变态是很明显的。近来喻佳不也老说我太反常了吗？看来，哪天真得上医院去好好看看了。

2

快十一点的时候，会议结束了。局长尽管滔滔不绝说了快一上午，可那些话几乎全被景予飞的耳朵挡在了门外。他垂着头第一个蹿出会议室，心头像有一阵风，掀动厚帘的一角，多少透进了几许清凉。

独自坐在办公室里，把同事们的嘈杂声都关于门外，又喝了几口水，心情逐渐又感到了几分安定。

他开始着手整理案头积压的资料和堆得乱七八糟的文件、报表之类的东西。近来总这么心不在焉，情绪黏滞而思维迟缓，以致工作效率明显下降。就看这桌子吧，该有一星期没抹一下了吧？地板更别提了，恐怕有半个月没扫一下了，更别说是多久前才揩拖过了。而许多在以往应该是轻而易举就处理掉的小事，现在也往往一扔就是好几天不管，不是思想开小差，就是没兴趣去打理。

这可不是我的性格啊？搞不好我真有什么心理问题了。这不都是心理卫生常识上说的抑郁症的特点吗？

这么一想，他的头皮又有点发麻，于是赶紧摇摇脑袋，并竭力加以否认：不可能，不可能，我顶多有点情绪失常，或者有点忧郁而已，怎么就谈得上“症”呢？只要我努力振作起来，就一定能迅速扭转颓势——他下意识地伸出手来，向空中猛劈一下，以提振自己的信心。但就在手落下来的时候，目光却落在右手桌上的台历上，心头顿时又是一凛，仿佛刚刚意识到，厚厚的一本台历，居然只剩下轻飘飘的最后一张薄纸了——年初启用新台历的情景依稀还在眼前，转眼间，那么些个日子就这么被人偷了似的不翼而飞了。

这日子过得也太快了吧？那么些个被我漫不经心地撕下，又随手扔了的，可都是一个一个结结实实的日子，实实在在的时间，活生生的生命啊！啊，人生可真是苦短哪，况且其中还充塞着那么多苦涩或毫无意趣甚至可怕的日子！

什么都有修复的可能，桌子坏了可以再做一张，衣服破了，可以补补再穿，为什么时光就那么决绝而严酷地一去永不复返呢？哪一天科学能发达到有可能找补回宝贵的时光，或者，有效地延续我们剩余的时光、强化晚年的生存质量就好了——问题是，人生偏有个特别可怕而无奈的大悖论在：越往后走，越是去日苦多，余日有限，生活质量还越是下降得厉害。看看那些发秃齿摇、步履蹒跚而精神委顿的老人吧，这样苟延残喘似的生活，和行尸走肉有多少区别？

胡思乱想，又胡思乱想了——显赫如神的秦皇汉武、历代帝王都求神问仙，企图延续生命或寻找不死之药，结果都成了历史笑柄，时光的遗尘……

可是也没准啊，人类社会的发展现状和秦皇汉武的时代比起来，就已经判若云泥了呢。如果这些皇帝老儿从地下醒来，看见现在的一切，还不把他们再一次吓死过去啊？而现代科学几乎可以改天换地，说不定哪一天科学真发达到可以造出超越光速的飞船，那么，按照爱因斯坦的相对论，我们不就可以追上时光，超越生死了吗？

唉，就算有这么一天，肯定也是与我无缘的了。

问题还在于，如果我们真的有可能追回那些时光，顶多我们可能重温那些时光的余韵，却终究还是无法改变那些逝去的日子的哪怕一丝一毫了，这样的话，又有多少实际意义呢？

唉，回头想来，那些个流逝的日子是多么地紧要呵！

人的生命中，哪怕有可能稍稍变动已逝的任意一个日子的运行轨迹，只要这一小点改动，一个人后来的命运就会发生多么关键的变异啊——那么，如果有可能让我改变过去的一个日子，我最想改变哪一个呢？

毫无疑问就是大雪横飞的那一个夜晚！

如果没有那一个纯属偶然而事后想来却可怖之至的日子，我的人生哪里能是现在这么艰涩而惨痛？

他蓦然打了个哆嗦。天哪，我到底是怎么回事呀？明知毫无意义，怎么还在胡思乱想啊……

所幸，手边的电话突然铃声大作，将景予飞从梦魇般的沉溺中提了出来。

居然是好久没见面的徐志明的电话。说他此刻就在科技局大门口。景予飞让他上来坐坐，他说不了，在藩城办掉些杂事还要往上海赶。

景予飞快步跑出去，一眼看见徐志明倚在他那锃亮的奥迪 A6 旁，悠然地抽着烟。好久不见，徐志明明显又胖了一圈，但气势也越发不同以往。举手投足间都有一种雍容不俗的洒脱。穿着自然是一身名牌，看上去光鲜而精神。手腕上还有只不知什么牌子的名表，在正午的阳光下艳丽地闪烁着银辉。只是，岁月还是在他身上烙下了印痕。最明显的是他那根根直立的板寸头上，斑斑点点地白了不少。好在他胖，油光光的脸盘上还是看不出多少皱纹。景予飞不禁想到自己那镜中早已几乎全都变白的华发，还有那张皱纹密布而萎黄无华的脸，心头又悄悄地拧了一下。怎么徐志明就像是没有任何压力似的，越活越鲜亮呢？财富肯定是一个因素，但心理的坦荡恐怕才是根本的原因啊……

见他到来，徐志明一步跳过来，肉嘟嘟的大手在他肩上亲昵地拍了一下：景馆长！好久不见啦，没把老弟给忘了吧？

景予飞说是你把我忘了吧。快年把没你音信了。这车也是才换的吧，看来你的效益真不错呀。徐志明点点头：麻烦也不少，哪比你坐机关的一副朝南面孔好哇。不过现在汽配行业正是景气上升的时候。车嘛，我平时是喜欢尼桑的。这个是专门办事时用的，猪鼻头插根葱，不想让那些官老爷把私企老板看扁了。

说着，打开车门把他让进去。景予飞客气道：什么事把我们董事长忙得这样，吃过饭再走也不迟嘛。

徐志明嘿嘿一笑。景予飞注意到，到底人到中年了，徐志明也比以前沉稳许多，笑起来很收敛。当然，更因为胖了，福相了，所以他现在的嘴巴也不像从前那么显阔了：以后吧。这回太忙，还有个安监局朋友的东西要送掉，接着还要往上海赶。我把你带回家吧。

景予飞说那就不用了，我中午一般在食堂吃。可徐志明已经熟门熟路地上了路。同时告诉他，快元旦了，少不了给方方面面备点东西，顺便也给他带了一份。

到了家才知道，徐志明竟给他带来条一米多长的大青鱼。还有两条软中华。

烟是不用说，景予飞一见就喜出望外。可是这么大条鱼，让我怎么办啊？

当然，他也知道，这不光是徐志明的厚意，也是泽溪的风俗，年年有余，且有“大余”——以往每逢过年时，满大街都是自行车屁股上拖一条大鱼走亲拜友的。现在日子好了，许多人山珍海味也不稀罕了，这风气就渐渐淡了。但是，送大鱼的这份情谊却是不变的。

想到情谊，景予飞又愣了神。

从小到大的同学也好，朋友也好，保持到现在的，扳扳指头，竟数不出几个来了。而徐志明可说是唯一一个还和自己保有情谊并且从来对自己无所求，几乎从来都是单边付出的好朋友。无论在精神上还是在自己困顿时的物质上，他都给过我太多的支持和关照。尽管他本人的事业和财富乃至社会地位早已不可和同学少年时同日而语了。

这才是朋友，这才是兄弟，这才是……完全可谓是手足之情啊。

景予飞唏嘘着，不知怎么思路一转，突然蹦出一个令他十分局促而不安的念头来：可是我呢，比起他来，我当得起这份情谊吗？或者说，我称得上是他的好朋友吗？他顿时又像上午一样，突然掉进一个陷阱似的，思维风车般地在这个问题上拼命地打起旋来——这么些年了，尤其是到了藩城以后，哪怕是逢年过节的时候，我怎么就从来没想到要去看看他，关心关心他的现状、家庭什么的，或者给他送上一条鱼，主动请他吃顿饭什么的呢？回泽溪也罢了，他是地主。可是他来藩城的时候，哪怕名义上是我请客，到头来哪次不是他埋单呢？而我似乎早已对这种格局习以为常了，似乎这都是天经地义的——我这人是不是有点薄情寡义啊？而站在他的角度看的话，或者换了我，遇到像我这号人的话，还会愿意再来往，再当做朋友处吗？

推而广之，我在与其他同事或者朋友的相处上，能赶上徐志明对我这样一无所求而始终真诚无私吗？怎么好像一个例子也找不出来呢？

不对，我怎么能这么看问题呢？各人有各人的相处方式和处世习惯，我向来不屑于世故的那一套，虽然也许没怎么有惠于人，却也并不刻意贪图别人的情谊或者好处呀？而徐志明生来就是这种人罢了，况且我对他也并不能算薄呀？

他又开始搜索枯肠，拼命为自己找理由，找对徐志明的好来。思来想去，倒还真找到了不少：比如小学时他饱受同学歧视而自己从来不歧视他；大起来尤其他起步做小生意，活得还不理想又毫无社会地位时，我一如既往尊重他，未必不是他对我感恩的缘由嘛——他这号人，钱不缺了、社会尊重乃至酒色财气也一样不缺了，缺的不就是“真情”二字吗？想来在他心目中，我就是这样一个象征呢。

对了，差点都忘了，我在他最最困厄的时候，不是给过他莫大的精神和物质支持的吗？恐怕他现在再怎么，也难以忘怀这段缘分呢。

这段往事景予飞自己也早就忘没影了，现在居然又被他从记忆的箱底里翻了出来——那还是1972年的时候，景予飞初中毕业在泽溪乡里下放过一阵。有一天突然发现大田里吵吵闹闹的，涌现出一帮奇形怪状的人来；他们不分男女，统统穿着件灰黑色的粗劣混纺布工作服，垂头丧气一声不吭地，跟着几个穿制服的公安人员，歪歪扭扭地在田埂里吃力地行走。队长兴奋地指着这约摸三十来个年轻男女，说是些劳教分子，上头让他们帮大队抢收双季稻来了。原来这帮人都是县里在春季严打时抓起来的。因为都是些小偷小摸或耍流氓的，够不上判刑，所以轮流押到各地乡下去割稻，谓之劳动教育。

这种现象在那个年头并不罕见。所以村里人指指点点看了会儿热闹也就散到田里割自己的稻去了。可是景予飞却像根木头戳在原地拔不动腿——他居然在这伙人里看见了徐志明！

而徐志明看见他却是喜出望外。虽然彼此心照不宣没打招呼，但徐志明很快就挑着两捆稻子往他身边过来了。两人对眼的瞬间，徐志明向机耕路旁的茅厕方向使劲努了努嘴。景予飞心领神会，便悄悄地进了厕所等着他。

不一会儿，徐志明喘息着溜进了厕所，看着他那沮丧的神情和满头满脸的草屑、热汗和泥污，景予飞张口结舌：你这是……你怎么回事啊？

不谈了，不谈了。徐志明略略显出几分窘迫：我也就是……好玩。在门口厕所里拿镜子照了照，让一个老太婆冲进来，拖住我就鬼喊鬼叫的，后来就给……判我劳教半年。哎哟，你都看到了，这是人干的活吗？而且，你不知道我在里头吃了多少苦哇，以后打死我也不敢犯法了！

看着他那副狼狈相，景予飞哭笑不得，也不知说什么好。还是徐志明镇静，他一边扒在厕所门口四下窥探着外面的动静，一面拍着肚皮说：求求你，千万帮我弄点吃的吧。这里面不是人呆的地方，天天割稻子，从鸡叫做到鬼叫，还不让人吃饱饭，我晚上饿得觉都睡不着啊。

紧接着又丢下一句：收工的时候还在这里碰头。就一头钻出厕所，小跑着回到田里挑稻子去了。

这个难是一定要救的。但怎么救呢？那时景予飞自己也穷得叮当响，每月家里给他寄的钱，不出半月就光了。现在锅里也只有几块隔夜的冷锅巴，能有什么吃的好给他呢？再说，你总不能烧一锅饭端给他吃吧？

他忽然心生一计，跑到大队的代销店，好说歹说，用一顶军帽作抵押，向老头赊了包比石头软不了多少的雪饼。这种五分钱一个的酥饼，一包十个，用油纸包着。因为表面撒了层白白的糖霜，所以村人叫它雪饼，当时是景予飞想起来也要流口水的高档食品了。

看看这帮“犯人”快收工了，景予飞早早蹲进厕所里，等候徐志明到来。果然，徐志明满脸期待地溜了过来，一见那包雪饼，他两眼大放光明，真正是如获至宝般一把抢过来，往早已汗透了的混纺布工作服里一裹，连个“谢”字也没说，转眼就没了踪影……

不仅当时没说谢，而且二十多年过去了，徐志明仿佛压根儿没发生过这回事一般，从来没提起半个字，更别说谢了。对此，景予飞倒是十分理解，毕竟这涉及到徐志明一段丑闻和一个惨痛的巨创，自然是不愿也不好意思再提及它的。

然而，他后来实际上早已默默地谢过也大大地报答过了景予飞。或者说，这毕竟只是他们人生中一个微小的插曲，他们后来的情谊非关此事也照样会像现在这样。但景予飞此时想来，却又觉得，徐志明绝不可能是真的忘了这件事。他对自己这一成不变的友情，或多或少也和这件事有那么点儿关联吧。

涸辙之鲋，急谋升斗之水。彼时的徐志明庶几不就是这么条半死不活的鱼鲋了吗？这么说，我这人还是够情足义的吧？

这么一想，景予飞心情便又轻松了几分。不过转而一想，又觉得自己有这种念头，似乎有几分卑鄙。反而是滴水之恩便真正以涌泉相报的徐志明，比自己要高尚得多呢。

也不能这么看吧，难道我这人就不高尚吗？而徐志明在厕所里拿镜子偷窥女人，难道算得上高尚吗？

可是，我以前就没有过类似的错误吗？下放时我还在门缝里偷看过女房东洗澡呢，只不过我比徐志明运气好一点，没让人抓住罢了。而且……再说……

——就这样，景予飞脑子里又仿佛冒出了个苛刻的小人儿，总在那里不依不饶地和自己辩论不休。而且，明知这种无谓的自我驳难太无聊太可笑也太不必要，就是欲罢不能以至又弄得自己筋疲力尽，脑袋嗡嗡直响，眼前幢幢幻影。

直到喻佳推门进来，才把他暂时从陷阱里拽了出来。

3

哇塞！这么大条鱼啊？啧啧啧，简直吓人哦。

喻佳还在院门口就大惊小怪地嚷起来——此时他们已经搬到一个新小区，住一楼，因此外面有个二十来平方米的小院。徐志明送来的那条大鱼，此时就像条熟睡的大黑狗一般，躺在台阶下的草皮上。

喻佳像避什么瘟疫似的拿手在鼻子前扇着，跳过大鱼进了屋。听说是徐志明送来的，便问道：他人呢，怎么也不留他吃个饭？

景予飞一听这话，刚才有点放晴的脸就又阴了下来：我怎么会不留他呢？他说要赶去上海办事才让他走的。

可是喻佳并没意识到他的情绪，顺口又接了一句：到底是小地方人啊，都什么年头了，徐志明这么大个老板，居然还想得起来送条这么大的鱼来，叫我们怎么弄啊？

景予飞更不高兴了：大鱼怎么啦？你又不是不懂泽溪的风俗！把它做鱼头汤，炸熏鱼，不都行吗？

你说得轻巧，我中午只有一小时休息时间，谁有空来弄它？弄了又叫我们俩吃到哪年哪月去？我看你随便送给哪个单位的人算了。

胡说八道！景予飞突然毛了：你怕弄我来弄好了，送什么人啊？说着他指着桌上的香烟说：徐志明还送我两条好烟呢，你就这么看不起人家？

喻佳这才意识到景予飞的情绪又有点不对劲，她偏着头端详了景予飞一会儿，也有点不高兴了：你怎么啦？好像又搭错哪根神经了嘛？这么多年了，我还不了解徐志明的为人吗？我什么时候看不起他啦？不就是顺口说句玩笑话，有什么大不了的呢？

你这是玩笑话吗？这种话要是让徐志明听到了，该多伤心哪！

拜托！我是三岁孩子吗？会当徐志明面说这种话？

当我面也不行。你又不是不知道，我和他亲如兄弟，从小到大就欠着他好多人情。人家从来不计较。相比较起来，我总觉得自己的为人比他差远了。再说，什么小地方人，你不是小地方出来的吗？我不也是小地方出来的吗？当了几天藩城人，眼睛就长到额头上去啦？你又不是不知道泽溪的风俗，人家真正是把我当兄弟，才大老远地带这么条大鱼来。他多忙的一个人啊？你不领情也罢了，冷嘲热讽干什么？还有，你也未免太把我看轻了些吧，连顿饭也不舍得请我的好兄弟吃？

哎哟……喻佳像看个外星人一样瞪着景予飞，脸上一阵红一阵白，想再说什么，憋了半晌又忍住了。默默地又听景予飞嘀咕了好一会儿后，她红着眼眶叹息了一声，语气沉重而不无忧虑地说道：景予飞，今天都怪我不好，我的品性也远远不如你和徐志明好，以后我注意改正，行了吧？不过，我还是要认真和你说一句：你可能不觉得，你这一向比以前变得可真是太多了。老实说，我心里很清楚，你这到底是怎么回事，归根结底还在于……算了。我不想多说了，说了你也绝不会相信我的话。所以……真的，我一点没有恶意地再劝你一句：还是早点下个决心，我陪你看看心理医生去——这种情况非找他们不可。你别不高兴，我也没时间跟你争论了。但看心理医生在国外就像我们看伤风感冒一样正常又普遍，你又是搞科普的，应该比我更明白这个事。冷静想想，还是听我一言吧。

说着，她抹了把眼睛，饭也不吃，扭头就去上班了。

门砰的一响，景予飞颓然跌坐在椅子上。心里像塞满了茅草一般，又乱又闷，好长时间都在怔怔地琢磨着喻佳的一句话：我很清楚你这是怎么回事，归根结底还在于——在于什么？胡说八道！又不是三年两年的事了，我要是为那事想不开，还用等到现在？

这女人哪，心眼到底还是小的。这么多年了，喻佳表面上始终无怨无艾，许多时候都让我感觉奇怪了……可实际上，还不是露出来了？刚才不就是吗？明明是在借着徐志明埋怨我，还装得一脸天真和委屈。

哎呀，这样下去，保不准哪一天她也和我对立起来，我不就成了钻进风箱的老鼠了吗？不至于，不至于，喻佳再怎么也不至于是那号人！恐怕毛病还真出在我自己身上呢！可是我……

头又一阵一阵晕眩起来。更倒霉的是，当他下意识地想吸口烟时，居然把燃着的烟头塞向了嘴里，烫得他哇一下蹦得老高，气得狠狠地踩灭了掉在地上的香烟，一咬牙，脱下羽绒衫，冲进厨房里，摸出把剁骨头的大菜刀，直奔躺在院子里的大青鱼而去。

不知什么时候起，外面已是阴云密布，天光大暗。阵阵西风却冷飕飕地刮得只穿了件毛衣的景予飞一连打了几个哆嗦。看看头上，大团大团怪异而乌黑的云絮被冷风吹得像野狗般呼呼地飞逝而去，看得刚刚鼓起点劲头来的景予飞心里又簌簌地战栗起来。

而满腔郁闷的景予飞一旦逼近那死不瞑目且足有他个头一多半长的大青鱼时，突然被它那鼓突而充满敌意的大眼珠子给吓得倒退了两步：妈的，它到底死没死呀？他痛苦地意识到，现在自己的思维真是混乱甚至迟钝得可以了。因为他怔怔地思考了半天，竟怎么也无法确认鱼死了到底闭不闭眼睛。

于是他扭过头去，小心地用刀背敲了鱼头一下，见鱼没有反应，才放心地喘了口气。可是真要开始刮鱼鳞时，他才意识到，喻佳的话还真不是没有道理，这条大鱼也真不是他想象中的那么好对付。那鱼委实是太大了。鳞片又大又圆，一片片铁甲般排得紧密而坚韧，又死了一段时间了，鱼身干缩，更添了韧性。近来总觉得自己身体虚弱的景予飞拿刀背去砍，鱼鳞却纹丝不动。使刀刃去刮，却怎么也掌握不好力度。轻了刮不下来，重了，却砍进了鱼肉里。好容易刮下几片来，一打滑，那刀刃差一点就砍中了自己小腿。

不一会儿，景予飞就喘息起来，身上也毛刺毛刺地滋出汗来。于是他决定不管那鱼身了，单把那鱼头剁下来煨个汤再说。不料这也绝非易事。那把刀本来也够大够沉的了，可在他手上就仿佛失去了力度。切也好，割也好，就是深入不下去。而剁吧，一刀下去，不是砍在鱼脑壳上，就是砍在鱼身上，怎么也无法砍在同一道砍痕里。而那该死的（应该说是已死的）大鱼的眼珠子仿佛瞪得更大了，似乎还有无尽的冷嘲热讽电一般源源不断地向着他示威般地发射出来。

景予飞呆呆地看着它好一会儿，脑海中冒出个怪念头：人死了，也还能这么凶、这么犟吗？

他猛地战栗了一下，差点想扔掉刀逃进屋去，却又忍不住低头审视了一下鱼眼。这一看，不知怎么的，他突然兴起，一股鬼知道哪来的邪劲整个地控制了他——他高高地抡起大菜刀，疯了般没头没脑地就是一顿乱砍。一刀，一刀，又一刀，直到把那条倒霉的大青鱼砍得遍体鳞伤，血沫横飞，肉体模糊。最让他厌恶的眼珠子则完全是稀巴烂了。他这才当啷一声扔掉菜刀，跳开去愣愣地看着那可怜的受戮者。

而他的浑身上下，包括头发上，已经溅满了大青鱼的污血和肉末子。脸上还青一道黑一道地流淌着青鱼的苦胆汁。

我死了以后，也会让谁这么剁，这么砍，这么摧残吗？

可是天哪天哪！人又为什么非得死呢？

4

“四季新元旦，万寿初春朝。”

中国人应该都知道，这元是“初”、“始”的意思，旦指的是“日子”，元旦合称即是“初始的日子”，也就是一年的第一天。这从宇宙或时间之长河的角度上来看，几乎是毫无特别意义的一天，却因为在人类的历法上象征着新的一年的开始，从古到今就总被无论是王公贵胄还是下里巴人寄予了太多太多的希望和期盼。

景予飞也不例外。每年到了此时，他也会自然而然地像大多数人一样，生出几许期盼，几许感喟。然而，今年这个他睁着双眼看着第一缕微光泛现的元旦降临之际，他内心唯一的祈愿就是，希望从今开始，自己能够振作一些，开朗一些，正常一些。至少，不那么沮丧、虚弱、莫名焦虑或自我折腾。

因为，过去一年的最后一夜，他又在欲罢不能的穷思竭虑中煎熬而几乎一夜无眠。更可怕的是，他简直不敢闭眼，一闭上眼睛，那条桀骜不驯而充满敌意的死鱼眼睛便会清晰地浮现在眼前，阴冷地逼视着他，令他毛骨悚然。他越想打消它、不让它再出现，它就越消除不掉而顽固地跳将出来。这活脱脱就像是在拍皮球，你拍得越凶，它就蹦得越高。

而且，此后的实际状况也恰恰与他的祈愿相反，新的一年带给他的是更多的疲惫和困顿，甚至还有了更多的（很多时候完全是无名的）忧伤和恐惧。他经常感觉自己越来越像一片徒劳地挣扎于漩涡中的枯叶，有心安生却无力回天。

突出的一个标志是，他几乎在一夜之间突然丧失了起码的自信心。尤其是春节过后的一段日子里，他越来越恐惧地感到，自己无论是精神还是生理上，一定是出了什么大问题。

这个春节，他们照例是带儿子真如在泽溪过的年。其间，喻佳告诉过他，过了节，她要和财务总监一起到上海培训五天，以适应公司新配备的人力资源管理软件。当时，景予飞并无什么异常反应。以前夫妻俩都隔三岔五会出差几天，彼此之间早就习惯了这种临时的小小变化。但这次却突然有了巨大的异样。就在回到藩城上班后的第三天晚上，景予飞看见喻佳在收拾行李，突然觉得心怦怦乱跳，气怎么也喘不顺，一时间，呼吸竟也变得困难起来。

哦，你明天真要出差了吗？

是呀，我不是早就告诉过你了吗？怎么啦，你也要出差吗？

喻佳看着他不安的神情，也紧张起来。看见景予飞摇头否认，她才定了些神。可是再也没想到，迟疑了好一会儿的景予飞，竟然又期期艾艾地表示，希望她改个日期，或者，暂时就不要出差了。喻佳大为惊诧，忙追问他究竟有什么事。景予飞深深地叹了口气，半晌才吐出一句话来：

老实告诉你吧，我很害怕你出去。

为什么？你害怕什么？

我觉得……你也知道，我最近身体好像很不对劲……也许吧。我也知道这肯定和精神因素有关，但这几天身体真的越来越不行了，没准这才是心理软弱的内因呢！你没觉得这一阵我睡得很差吗？饭也吃不下，上下班走几步路，有时都会出一身虚汗，还常常恶心……更那个的是，我有一种强烈的直觉，我恐怕是得了什么重病了……怎么没查过呢？春节前我几乎一直在跑医院，只不过怕你担心或者不理解而没告诉你罢了。总之我验血、拍片、B超都做遍了，甚至还做过一个胸以上的C4——这个过程本身都快把人磨死了……什么问题？暂时还没有查出什么结论来，但是这不等于就没有问题嘛……是的，医生也这么说，说我可能是神经衰弱、疑病症。我承认我可能有这个问题，但疑病能有这么严重的病态感吗？爬几步楼就喘个不停，吃不下睡不好也罢了，还动不动就恶心想吐，天旋地转的，这不是有了实质性的疾病还能是什么？

恐怕还是你精神太紧张，睡眠不正常造成的。我的直觉还是……我看你还是应该去看看心理医生为好！有些事，更要有清晰的自我认知……

又来了！我的当务之急还是要先查清楚，我到底有没有器质性疾病再说嘛。你不知道，有一天我在会议室差一点就休克了，两条腿抖得……要不是同事拉了我一把，几乎就站不起来了。还有一次，我去下面作讲座，讲着讲着就觉得气喘不上来，差一点就又要昏厥过去了。

那后来呢？

后来，我示意要休息一会儿，到外面呼吸了好一会儿新鲜空气才缓解过来。

我就说嘛，说不定那异常感觉都是你的主观臆感，事实上你不是从来没有真正休克或昏厥过去吗？

唉，你怎么能这么说呢？你知道吗，这么冷的天，虚汗把衣服都快湿透了。这是主观臆感吗？实话告诉你吧，我现在有一种从来没有过的软弱感，做什么都没有信心，总怕自己做不好或者出什么意外。单位里好几次出差我都推掉了，有时候，甚至一想到要到人多的地方去开会或者乘车，我也会觉得心慌意乱，充满畏惧，脑子里满是我突然昏倒、众人围观或者抢救的可怕情景。我也知道这种心态很不正常，但就是克制不了。而现在，你却要离家这么多天，就我一个人在家感觉倒还好些，可是真如怎么办？我自己胡乱吃点什么就算了，可是，谁来管他的吃喝拉撒和学习什么的？……是的，他是不小了。过去，照顾他对我根本不是什么难事，可现在真不同了。一想到……万一他生个什么病，或者出个什么意外的时候，天哪，我一个人怎么应付得过来呀？

我的天哪，真没想到你竟会软弱到这种地步！

不是我要软弱，而是我确实……老实说，我自己也为此焦虑万分，就是……

是的是的！喻佳无力地挥挥手阻止了景予飞的唠叨：我也明白，我应该理解你。可是……

我的意思是，我也不想影响你的工作，就是一想到你不在身边，心里虚得很……所以，你能不能早点回来？

喻佳咬着嘴唇思忖了片刻，毅然摇摇头：我不去了。

这恐怕不好吧？你们那洋老板会有看法的。

我想不会。洋老板其实是特别注重人道的。听说我的老公有病，他肯定能理解的。问题是，希望你也答应我一个条件。

什么条件？

你要听我的，下决心去看看心理医生。

这个嘛……等我把二十四小时心电图和胃镜做过以后，真的排除了器质性病症的话，我会去的。

你还没查够啊？相信我，你的问题绝不是出在身体上，而是在心理上！而且，听说做胃镜是很痛苦的，这个你不怕了吗？

怕也是怕的。但世界上最磨人的还是不确定性。所以比起心理上的痛苦来，做检查的痛苦又算不上什么了。只要它能有助于确认身体健康与否，我觉得是值得的。

你呀……

5

现代医学的发达，在很大程度上，是人类预期寿命不断延长的根本保证。尤其是西医诊疗技术的发展，使人类对疾病的认知仿佛从晦暗的地洞里一下子跃升到阳光明媚的山谷，许多先人无法确诊或科学认知的疾病如癌症、心血管病、循环系统病症如糖尿病等在实验室分析、血压计和X光仪的烛照下，洞若观火，一下子清晰明了，这就给对症治疗带来极大的可能性和成功性。虽然从西医引进中国以来，中西医优劣之争就从来没有停止过，但如果仅仅从诊疗技术这个意义上说，西医的实用性和准确性是中医难以望其项背的。中医的望闻问切自然有其独到甚至神秘的优点，尤其是碰上那种一副慈眉善目胸有成竹貌的老中医给你把脉，多严重的病似乎也会于无形中减轻几分。然而他们那套阴阳啊气血啊风湿啊什么的玄奥理论，又多少让你摸不着头脑，有一种摸着石头过河的不踏实之感。哪像西医，X光照照，血液测测，就很有把握地告诉你，长了瘤子还是感染了细菌，然后该打针打针，该吃药吃药，甚至该动刀动刀，一切都这么清晰，准确，干脆！

然而话也要说回来，西医的诊疗技术乃至设备端的了得，但其本身又充满了过于权威的“科学”式的神秘，因而其检查过程及其迅捷得出结论的特质本身，常常又给人心理带来巨大的压迫感。有时候，仅仅让一个精神敏感的人站到电流声嗡嗡作响的X光机前，听着那机器咔嗒咔嗒的声响，就足以让他魂飞魄散，吓出一身冷汗来。

景予飞就属于这种人，平时他最畏惧上医院，怕的不仅是医院那普遍如一的拥挤、嘈杂和污浊的氛围，还有那检查和等待结果的过程，那才是一个充满变数和不确定性的恐慌遭遇。而有的检查，比如他原以为躺在机舱下几分钟不至于怎么可怕的核磁共振检查吧，真正躺进去，霎时联想到幽暗无边的地洞。它那咝咝的声响、逼仄的空间、有时莫名其妙的停顿和漫长到几乎像有一个世纪的扫描过程，都对精神构成了简直是摧残的挤迫——有一刻他差点就要大喊着跳起来逃走，因为他相信自己立马就要晕在机舱里了……

虽然对喻佳说得轻描淡写，但其实对于做胃镜这种人人谈之色变的检查，景予飞是望而生畏，素来敬而远之的。所以他活到今天都奔五张的人了，还从来没有做过一次胃镜的经验。

这破天荒的一举，实在是忍无可忍的办法。所谓两害相权取其轻吧，身体每况愈下的感觉和精神日益困顿的痛苦构成的双重压力，超过了他对检查本身的畏惧。何况，一连串的其他检查下来，都没有发现重要的器质性病变，他反而更加不能安生。且不能不更加忧虑地考虑到那些尚未过过筛子的部位，莫非根子还在胃上？不然我为什么食欲不振而老想作呕？胃镜固然可怕，但这种天天担忧的滋味更不好受更磨人呀？何况，吃一次苦和能换来一个安心的结果，或者及时地对症治疗，孰轻孰重？无论如何是值得的呀……

殊不知，恰恰是这种预期，让敏感而近期尤其多疑的景予飞经受了残酷而几乎是致命的一击——

你平时都有些什么感觉啊？

医生轻轻的一句发问，让紧闭双眼的景予飞陡然瞪大了眼睛：嗯……有时候胃痛得厉害，有时候还……

有多久啦？

这个……好长时间了，哦，近两年来断断续续总是这样……

医生嗯了一声就转过头去，向身边一个不知是助手还是实习医生的年轻人指点着屏幕说了声，看见没有？就是这里……

这里是什么？景予飞很想自己看一看，因为显示胃内情形的屏幕就在他眼前，但突如其来的巨大恐惧使他的视线刚一触及屏幕上那血红一团蠕动着的画面就紧紧地闭上了双眼——他这是什么意思？他要他看的是什么？他发现什么问题了吗？肯定是的，他这是在印证某种判断！否则他为什么问我那些多余的问题？

眼前忽然一黑，随之腾起一团奇怪的夹杂着淡淡的红的黑的迷蒙色彩的迷雾，眼前的屏幕、屏风后探头探脑窥望的病人、不知为什么正往导管里插一根细长的铁丝的医生，他那表情呆板的助手，医生身后写报告的小桌，小桌边的洗涤槽和洗槽上哗哗流着水的水龙头，都被这片迷雾搅翻了似的，一会儿近一会儿远地晃悠、微旋起来。与此同时，刚才还毫无异样感的景予飞猛然生出强烈的反胃感，他想叫，可嘴巴里含着的塑料护腔器使他无法出声，他想挣起身来，却又怕发生什么意外而不敢乱动。我不行了！他在心里大叫了一声，同时抬起一只胳膊拼命向医生乱挥……

行了！随着医生一声喊，带着盏亮闪闪小灯的插管被医生抽离了他的口腔：起来吧，小心，别吐在地上。

景予飞猛地翻转身子，对着套了个塑料袋的字纸篓哇哇一顿干呕，可到了这时，却什么也吐不出来，只折腾得满脸涎液和眼泪；但他无心顾及这个了，翻身滚下地来，慌慌张张地去套鞋，可是却好一阵也套不上，他索性不管了，趿拉着鞋就眼巴巴地望着医生，鼓了好大的勇气才软软地吐出几个字来：嗯……请问我，有什么问题吗？

正在电脑前忙什么的医生头也没回：下星期一来拿报告。

下星期一？为什么要五天后才……

病理活检要送出去做。下一个请进。

完了，这下彻底完了——景予飞事先毫无思想准备，以为做完胃镜就能知道结果了，没想到他们还做了活检。刚才他对助手说“就是这里”，恐怕就是钳取了这个问题部位的组织。这么说，有问题是无疑的了！那会是什么问题？毫无疑问，一定是肿瘤了！天哪，天哪！居然真是这么个结果——先前的景予飞从来没有做过胃镜，并不知道夹几块组织做活检乃是胃镜检查的必要程序。但他却多少知道一些常识，做活检往往是确定肿瘤性质的必要程序。去年科技局就有一个科长，腿弯上鼓起个小包，到医院说要做个活检，活检结果出来不到半年就一命呜呼！

可想而知，这一吓对景予飞实在是非同小可。直到像具僵尸般挪下楼，木木地挨到医院大门外，浑身还簌簌地抖个不停，而脚上的鞋子还趿拉着，他也根本没有心思去提一下鞋跟。

大街上阳光灿烂，树荫下光影跳荡，平素间熟悉到让人视而不见的街景突然间变成一派异常神秘而突兀的氤氲，劈头盖脸地砸将下来。而那些悠闲地逛街的人群多少也显得有些怪异，他们东张西望三三两两地从眼前掠过，表情无一例外都是那么地轻松而恬怡，似乎每个人的眼角眉梢都洋溢着生命的喜悦。而街对面的花店门口排放着好些个花篮，更是竞艳斗彩而生机勃勃—— 一切都充满了反差，充满了嘲讽、奚落甚而是幸灾乐祸：瞧呀，瞧那个萎靡而可怜的人哪，他完啦！没几天好活了……

虽然，死亡的阴影从来就如同一柄达摩克利斯之剑，高高地悬于每个稍有理智之人的头上，毕竟它轻易还是看不见的，所以只要它一刻未曾落下来，人们尽可以安心生活，尽情享乐。该吃吃，该做做，该争争，该抢抢，该祭奠就祭奠，该吊丧就吊丧；甚至心态好的人，照样可以置之不理或假装以为它根本就是不存在的，或骄奢淫逸，或吃喝嫖赌，尽情挥霍金钱和时光，照样活得神仙一般惬意。

而现在，对于可怜的景予飞来说，竟突然间发觉，这柄剑不仅存在，且正嗖嗖地向着自己飞下来！

他不禁缩了下脖子，清楚地感觉到颈项上一阵发凉。

他一屁股跌坐在医院的台阶上。

6

谢天谢地，恐怖并没有来得及吞噬景予飞，他就得到了命运的及时眷顾——喻佳来电话询问他检查做完没有。他一听到喻佳的声音，顿时像饱受屈辱的孩子见到了母亲，差一点就当街哭出声来：怎么没问题？问题大了……哎呀，三言两语怎么说得清，你最好赶快到医院来一下吧，我都不知道怎么回去了。

幸好喻佳很冷静，她尽管没做过胃镜检查，却因有个同事是老胃病患者，所以对做胃镜检查的程序了解得很清楚。她大喝了一声：景予飞！你太神经质了！也太无知了！做胃镜的不管有没有发现重大问题，个个都要做病理检验，这是程序！结果还没出来，你怎么就慌成这样？

哦？

这一声棒喝，顿时使景予飞如蒙大赦般精神倍振、力大无穷。他立马起身，一步三阶蹦跳着，一口气蹿上医院三楼的消化科诊室，向给他开检查单的医生打听，是否做胃镜者都要做活检，得到肯定的答复后，他暗暗在心里山呼了几声万岁，千恩万谢地下楼来。只一瞬间，头不晕了，脚不软了，心口也不再堵得慌了，眼前的世界也云开日出般，重新大放起灿烂迷人的光明来！

遗憾的是，这美妙无比的心理过程仅仅持续了不到半小时。就在他回到家中酸软地跌坐在沙发上的瞬间，那个似乎总爱在脑海里兴风作浪的别一个声音，突然又跳将出来：都做活检又能说明什么呢？关键还在最终的诊断结果上啊。现在报告还没看到，怎么就敢自以为太平了呢？

等待报告的那几天，实在是景予飞此生最黑暗的时期之一。心里的那两个声音，就如同两个不知疲倦的小人儿一般，总在那里叽叽咕咕地争执不休，搅得他吃不香睡不安，头脑里浑浑噩噩，心里面七上八下，整日里忐忑不安，以至于上班时心不在焉干不成什么事，回家又怔忡无力而精疲力竭。简直不知是怎么把那漫长的五天熬过来的。尤其是深夜无眠之际，死亡那个狰狞的恶魔更是肆无忌惮地跳将出来，怎么赶也赶不走，经常搅得他手脚冰凉，脖颈后一阵阵发麻而万念俱灰。

就是在即将去看检验报告的前夜，那个让他骤然如浑身被电击般的念头冒了出来——

倘若最终，我真的被确认为绝症，那我的日子就屈指可数了呀？可我还不到五十岁呢！更重要的是，真到了那个时辰，我还能有什么心思来考虑身后的事情？“死后原知万事空”，可如果一点也不考虑身后的事情，又怎么能撒得下手呢？何况我的身后事是如此地特殊。别人且不说，许小彗，还有言真！他们会作何感想？作何反应？我的天哪！

景予飞下意识地扭过头去，看了看身边睡着的喻佳。黑暗中看不清她的脸，依稀只见浓密的长发盖住她半边面孔，身子却不知何故蜷缩如虾状，双手交拥在胸前，仿佛她正在向着幽冥中的神灵祈祷着什么——万一我就此死去，她会作何感想？她又会如何面对尚未成年的真如，和弄不好会打上门来的许小彗？她会后悔自己嫁了我这么个给她和真如带来无尽的精神和物质拖累的倒霉男人吗？

鼻子忽然一酸，他赶紧扭开头去，强抑着不让自己发出声响，沉沉地叹出一口气来：无论如何，相信喻佳是通情达理的人。她比我冷静得多也理智得多，至少，不至于会怪罪我什么的……但我呢？无论如何我得赶紧考虑一下应对的办法了！难不成在我死后，还要让她和真如受我的牵累吗？

我得赶紧把后事安排一下，至少，写上几句遗嘱留给喻佳，好让她少点麻烦；而从另一面看，言真毕竟是我的亲骨血，我对他也总得有个交代才是呢。

他一咬牙，想想反正也是睡不着的了，索性掀开被子下了床，蹑手蹑脚走出卧室，关上门后，在客厅里找出纸笔，然后点起支烟来，竭力凝神思虑了一会儿后，很快就写定了一份遗嘱：

立遗嘱人景予飞，立嘱时神志清楚。考虑到人生变幻莫测，为防万一，特就本人身后遗产事宜处置如下：

一、本人去世后，依法属于我和妻子喻佳名下的家庭全部财产（除一张卡号为“×××××××××××××”的招商银行储蓄卡外），其余一切财物，包括房屋及房屋内所有家具家电等巨细物品、现金、存款及其他有价证券等全部财产，全部归妻子喻佳及儿子景真如继承并自由支配之。任何人不得以任何理由诉求或继承这些财物。

二、我曾与许小彗女士非婚生有一个儿子，名言真，生于1981年12月6日。言真出生至今，我完全按照并超过法定义务要求对言真履行了应尽的抚养义务（具体可参见许小彗女士的部分收据、书信等证）。考虑到言真依法享有继承权，我将上述那张卡号为“××××××××××××”、密码为“981126”的招商银行一卡通上的全部存款，归由言真继承。卡上的具体金额以我去世之日上面的实有款额为准。自我去世之日至言真本人凭身份证签受此卡之日，任何人无权对此卡进行存取操作。

三、本遗嘱完全系本人真实意愿的表达。指定遗嘱执行人依次为喻佳或景真如或景予卉。

立遗嘱人景予飞

7

其实，很多年以前，就在许小彗生下言真不多久，得悉消息的景予飞在冷静下来之后，也曾间或估量过这一重大变化对自己的小家庭和许小彗母子将来关系的影响问题，只不过当时还很年轻，又穷于应对眼前的抚养费等紧迫问题，对自己的身后问题并没有心思也不愿去多想。

待到彼此关系相对稳定一些，而自己和喻佳的工资等收入也随着职务和时代变迁而不断递增而使经济上的压力明显缓解后，他又对未来作过一些盘算和实施。虽然仍旧是断断续续的，但毕竟逐渐养成了一个习惯性的做法，他开始在正常支付言真的现实生活费和各种随时冒出来的杂费之余，努力开源节流，暗中将各种工资之外的零星收入及外出讲课、培训及写作产生的小额收入存聚起来，甚至有时到下面开会等收到一两条名烟，也从来不抽，而是拿到小店变卖后积攒起来。与此同时，自己的一切开销，包括衣物添置、抽烟的档次等都能省则省，压缩到最低限度。这样长期持之不懈（也丝毫不敢懈）地集腋成裘，结果就有了上面他遗嘱中提及的那张银行卡，至今算算，累计已有二十万出头了。绝对数额虽然不算大，但景予飞毕竟还年轻，他的目标是，等自己退休时，这张私房卡上的新增额加利上滚利效应，能达到五十万元以上。

起初，景予飞的主导思想，仍是为了应对将来言真大起来而新增的教育、婚姻乃至生育等可能产生的额外需索。后来就逐渐形成了明确的预期：

人生祸福难测，保不准哪天自己就会发生意外，所以，只要不是万不得已，这笔钱就坚决不动，以备做自己意外去世后留给言真的遗产——虽然至今缘悭一面，但毕竟是自己骨血，并且付出过远较一般子女更多的心血，他对言真还是有感情的。而且，他是懂一些法律的，早就知道非婚生子女与婚生子女一样，具有财产的继承权。这些年电视等媒体上最常见的法制类节目内容，多半是婚姻或遗产纠纷，看着那些子女在屏幕上口沫横飞、拍桌打凳甚至明火执仗地为了某所房子或某笔财产斶得你死我活的画面，他的心里总不免阵阵发毛：弄不好的话，我死后喻佳也可能面临这样的困境呢——不，绝不能允许这种糗事在我的后人身上发生！

以遗嘱的方式尽早分配处置好自己名下的遗产，以绝后患，同时又依法适当兼顾到言真的利益以使自己无愧于他的想法，就这样愈益成形。

之所以认为给言真留一笔钱而不计其他，即可问心无愧。景予飞也是作过一个大概的盘算的。

鉴于彼此都清楚的原因，景予飞和喻佳在婚后并没有经过多么认真的计较，就默契地实行了景予飞自认为是半 AA 制的家庭理财方式，即景予飞每个月（根据收入递增状况调整）将个人收入大约三分之一交给喻佳，其余归他个人处置，主要用于他支付言真的费用及平时全家买米买菜及其个人烟钱、零用开销。而家里的大宗开销，小到添置家电、衣物，大到真如的生活学习开支甚至买房款等一切开销，概由喻佳负责。当下，他交给喻佳的钱数从八十年代的四五百元，递增到了一千二百元。而实际由他支配的数额则在每月两千元以上。难能可贵的是，对他交的钱额，喻佳从来都是欣然领受，却从没问过他给自己究竟留了多少。偶尔与亲友们一起议及收入情况，喻佳会对景予飞的实际收入状况表露出某种关切（不论出于何种考虑，希望他收入多一些也是人之常情）；但每当此时，景予飞往往语焉不详或岔开话题。所幸喻佳亦从未深究。

显然，景予飞对自己收入的自主范围相当可观。而他的个人开支大头无疑就在言真身上。仅从这点考虑，景予飞也深深感到，自己对这个小家庭是有愧的。同时，对喻佳长期来的宽容和体谅，他也深深感念于心。因而，这也决定了，在对将来属于自己名下的遗产分配上，自己虽然依法享有一半的处置权，但在具体处置上，不可能不以自己这个家庭为重。言真尽管也是自己的骨肉，但一来长期没有共同生活，自己至今也甚至永远也无法见上他一面，在这种情况下，自己能顾及到言真的利益，应该已经不错了。

终于就有了上述那份遗嘱。

几乎是一挥而就这份遗嘱的原因在于，这实际上不是景予飞第一次写遗嘱，以前他也曾好几次动笔尝试过，却因为一些关键问题始终没考虑好而搁置了。

最大的顾虑是，遗嘱该由谁来执行？就是说，遗嘱留给谁？

当然不可能直接留给许小彗，甚至还不能过早暴露自己有后事处置方案，否则只会节外生枝，比如她很可能追究具体内容，或者又提出诸如现在就给我们，将来保证不再要求之类绝不可信的要求。把遗嘱留给言真更不可能，连面还没见到过，谈何其他？

留在父亲处也不合适，不出大意外，他肯定是走在我前头的。妹妹呢？虽然她一开始就知道许小彗和言真的事实，但许多内幕情况她是不清楚的，对许小彗和言真也缺乏必要的感情或了解，把遗嘱留给她也是不太放心的。

找个知心朋友委托他执行？但这涉及我的隐私，怎么能轻易让别人知道？

找个律师事务所，委托他们来执行？具体该怎么做不清楚，何况一定会收费，更何况，把隐私泄露给他们就一定可靠吗？

思来想去，最稳当而可靠的执行人，还是喻佳。

毕竟，这份遗嘱的根本目的，首要还在于避免她今后可能面对的麻烦和最大限度保护她和真如的经济利益。由她来执行遗嘱应是最自然的选择。

以他对喻佳性格的了解，以及喻佳在此事从头至今的态度来看，虽然心境不好的时候，她也偶有牢骚或揶揄景予飞几句，但总体而言，她对许小彗这个问题始终是宽容乃至体谅的，因此景予飞直觉上还是相信喻佳会理解他对此问题的基本态度。但这毕竟涉及对依常情本当完全属于她及真如财产的处置，她会作何感想？或者，把遗嘱留给她，她是否竟会因为某种不满而不予理睬？这应该不会。毕竟，她不是那种量少器窄或毫无信义之辈，而这又是我意志的合法体现，遗嘱可以成为她应对将来几乎可以肯定会面对的许小彗或言真的诉求的利器。

关键是，我的财产处置在感情上和尺度上要让喻佳能够接受，从而产生谅解甚而最好是心悦诚服地接受。

事实上，无论如何，我会着重考虑喻佳和真如的实际利益而不使她或真如有被剥夺感和伤害感……

尽管这样想，景予飞还是迟迟下不了笔。

借着又一次和喻佳一起看电视法制节目的机会，他向喻佳作了一番试探。

节目的内容自然又是司空见惯的遗产纠葛。一个老头死后，三个儿子为房产闹得不可开交。不意竟又有一个自称是私生女的青年农妇横空出世，凭着一纸据说是老头亲笔写给她的遗嘱，主张对其中一套房子的继承权。

三个儿子顿时化敌为友，结成临时统一阵线，集中火力与这个“女儿”及其遗嘱的真伪问题在电视直播现场展开激烈的唇枪舌剑。

景予飞目不斜视地盯着屏幕，余光里却分明感受到喻佳向自己投来的深深一瞥。他一时琢磨不透其中的意味，不禁有几分窘迫。默了默神，他道出了自己的“观感”：天下还有这种糊涂老头！今天这场混战，全是他一手燃起。他倒好，两腿一蹬到西方极乐世界去了……

不料喻佳的反应却远出于他的想象，她照样有滋有味地啃着鸡爪子，淡然道：这有什么，这老头还是比较有分寸的，你忘了我们泽溪文化局那个老局长了吗？他居然一纸遗嘱，把所有的两套房产都留给了保姆！

那不同，那是他对子女不孝的愤激之举。许多人为之拍手称快呢。

那这老头不也情有可原吗？如果最后证明这个私生女是真的，那他给女儿留一套小房子也不为过嘛，何况他那三个儿子都比这个乡下女儿富得多。

一听这话，景予飞心头顿时涌起一股暖流。但他暗暗瞟了喻佳一眼后，又觉得她神色自若，估计还没有联想到自身的现实，便进一步诱导道：我的意思也不是怪这老头不该这么做，毕竟那主持人也说了，那女人如果真能证明是老头的孩子，依法也完全具有继承权的。问题在于，那老头不该用这种方式处置后事……

可是他死前肯定因为有难言之隐才这么做的呀。

我不是说他不可以以预留遗嘱的方式来分割自己的财产，但他应该把遗嘱留给妻子或儿子。这样，起码他们的感情上也可以接受一些……

这也不一定吧，知子莫若父嘛，你看那几个儿子，一个比一个跳得高的样子，他们之前不也互相争斗，谁也不让谁吗？那老头肯定是信不过他们才这么做的。

这倒也是，可这终究不妥……景予飞故意停顿了一下，然后决然地说：如果是我，要留遗嘱也绝对只能留给自己身边的亲人。

果不其然，此言方落，喻佳猛醒一般蓦地转过脸来，双眼直直地瞪了景予飞好一会儿，试探道：你……是不是也想……

哪里哪里……景予飞分明觉得自己的脸上烧了起来，却仍竭力做坦然状：我不过顺口这么一说而已，你不要乱想什么。

没想到喻佳嘻嘻一笑：我也不过顺口一说，你脸红什么嘛。

我……

喻佳突然正色道：景予飞，我不是傻子，更不是冷血动物。你就别多想什么了。许多事我都有自己的想法，也不是一天两天的了，总的原则就是顺其自然。你呢，但凭自己良心做任何事，坦然生活就是了。别老是思前虑后的，过得那么不自在，那样对谁都没有好处。至于将来的事，今天既然说到这些问题了，我也摆个话在这里：我相信你会处理好的。至于具体怎么做，你知道我不是个小肚鸡肠或蛮不讲理的人。如果对你没有起码的信任，当初我也不会选择你了。所以我现在完全相信你会把一碗水端平的——

这不是端平不端平的问题，而是……我肯定会……

喻佳挥挥手，莞尔一笑：至于将来年纪大了，你会不会老糊涂起来，老实说，我也不是没有顾虑的。但真要那样，我们娘俩也只好听天由命了……

怎么可能呢？景予飞勉强吐出一句，站起来就进了卫生间。

他不想让喻佳看到自己的眼泪……

8

想到这些，景予飞不禁又把眼前的遗嘱拿起来，又斟酌了一会儿。仍然确信自己的处置是理性的。但不知为什么，心头的那团湿雾却并没有因此而消散，总觉得还缺了什么没说似的。遗嘱应该没问题了，处理的问题也早考虑好了。生前不必给喻佳看，就把它锁在自己那个专用的抽屉里。一旦我哪天不在了，喻佳自然会想到打开抽屉查看我的遗物的……

怔忡了一会儿后，他长长地嘘了口气，放下遗嘱，又点起支烟来。

楼下传来几声咯落咯落的声响，是送奶的小车来了。

景予飞意识到天快亮了，便站到窗前去透透新鲜空气。

果然，东边的楼顶上，已泛起一片微微的白光。但送奶车已不知拐到哪座楼去了，眼前的小区还是一片静谧，看不到一个人影。对面几幢楼里人家的窗户也大多还黑着，人们多半还沉浸在梦乡里吧。而那寂寞的通道两旁，花木之间那一盏盏凄清的路灯辛苦地值了一夜岗，似乎已疲倦了，默不出声地在那儿想着什么心事。而淡黄的光晕里，却仍有许多小虫在不知疲倦地上下翻飞，它们为光线困惑得也够可怜呢。

忽然，景予飞注意到，对面三楼西边，有一户人家的灯也亮了起来。谁起得这么早呢？一个中年妇女出现在窗前，一边打着哈欠，一边扯开了窗帘。景予飞清楚地看见，她的头发蓬松着，身上穿着件带花的睡袍。虽然看不清她的脸，可那身高，那发式，还有那睡袍，怎么这么像喻佳呀……

景予飞的心轻轻地颤了一下。顿时意识到，自己或许还应该做点什么。

他立刻拉上窗帘，回到餐桌前，毫不犹豫地又拿过纸和笔，沙沙地写开来。

喻佳：

你好！

人生无常，谁都可能有所不测。故为防万一，预先表达一下我对身后事的处理意见：

在我的抽屉里，有一张招商银行的“一卡通”。卡户号上面有。密码是“981126”。这上面有我存的一笔钱，是我为避免身后你与许小彗及言真产生不必要的遗产纠纷而预存下来的。也就是说，这笔钱我打算作为遗产留给言真。而我与你的其他共同财产则全部归你及真如所有。关于这点，请参见我另外留下的遗嘱办理即可。

如前所说，我这么办，主要是防止身后起什么纠纷。首先是为了你和真如的利益考虑。其次也因为，不管怎么样，根据法律和人情伦理，我虽然犯有大错，但孩子总是无辜的。既然生了下来，我就有了抚养的责任。而他也与婚生子女一样，依法享有继承我遗产的权利。相信你对这一法规也是知道和认可的。再从心理上说，你清楚我的性格和为人，我对言真这个孩子虽然尽到了抚养之责，但毕竟没有直接的养育之恩，留一点钱给他，既是一种责任和义务，也是对自己心灵的一种安慰。但我想尽量不损伤你和真如的基本权益。故我积攒给他的，主要是平时零星所得之加班费、讲课费、报纸小文稿费之所得。请你谅解，并相信我的主要情感和财力还是放在我们这个小家庭上的。遗嘱上我也强调，除了这张卡上的钱，其他任何夫妻共同财产，都归于你和真如，就是明证。

你很清楚，言真这个孩子的问题，是困扰我几乎一生的最大的痛。也是我此生最大的错，害自己也在事实上害了那孩子。你也明白的是，以许小彗的文化、地位及家境，是难以有理想的生活状况的。可想而知，言真这个孩子长期由她支配的生活是不会理想的。事实上，据我所知他要品尝的人生之苦也的确比一般正常家庭的孩子多得多。真心说，这世上宽厚之人并不多，遇上你这般通情达理的女人，是我此生最大的福。因此希望你一如既往地宽容他的存在，体恤他的不幸。

我相信，许小彗得知我死讯是会来要遗产的。到时就请你将我的遗嘱复印件及这张卡一起给她。但一定要言真本人也在场，并由他签收才行。并且你要保留好我的遗嘱原件，以防万一。但如果他们不来要，也希望你设法找到她或孩子本人，将卡交给他们，帮助我了却此生最后一个心愿。相信你能够一如既往地体谅我。万一他们得到这笔钱还不满足，你完全可以凭我的遗嘱和他们诉讼解决。我的遗嘱完全具备法律效力，足以保护你和真如除这张卡外的所有财产不受损失。

我的父亲等家人，仍然是你们的一家人，在经济上不需要你们的帮助，但在精神上请适当关照些。请告诉他们及你家人等所有亲友，别为我难受。生死问题我的确时有忧虑，但深心里终究还是能超然应对的。毕竟我活到今天，也不算短命了，岁月使我明白了顺乎自然的道理。总体而言，我觉得此生虽有种种痛苦与磨难，终究还算得上幸福的，因为我有你和真如及这个美满的小家庭。这是我最大的幸运和福分。

但是，真心说，我这一生却有太多对不住你和真如的地方，尤其是在许小彗和言真这个问题上，我的亏欠永不可弥补！幸亏我得到了你的谅解和宽容，换了别一个妻子，我不可能敢于向她托付这种后事。因此，衷心感谢你！也感谢真如和所有的家人们！

请善自珍重，乐观豁达地生活下去。为了真如，为了家庭和你自己的根本利益，也为了我。无论如何，生活着是美好的，有意义的，需要我们倍加珍惜的。自信并尽可能快乐地生活下去，便是对逝者最明智最实际的纪念与安慰。

切切此盼！

景予飞

扔下笔后，景予飞这才觉得自己的胸腔里，也像那微微泛红的窗户一样，明亮起来。

收拾完一切，他没有再上床去。仰在沙发上眯瞪了一小会儿后，喻佳起床了。他也一跃而起，匆匆洗漱了一下，揣着重又惴惴起伏的那颗疲惫的心，骑上车直奔医院。

“浅表性胃炎。”

——见是这个诊断结论，景予飞掉头就往医院外跑。大步流星地走了好一气之后，他才在一个僻静的角落里停下来，展开报告，又把每一个具体的描述细细地读了几遍。

这算什么呢？这算什么呢？人吃五谷杂粮，谁的胃要是做个镜检，会没点小问题呢？一个浅表性胃炎，竟让你吓成这样，你啊你，怎么就变得这么软弱没用了呀！

哦，上苍！我的上苍啊！让我如何感恩您的眷顾啊……

9

护士唤到景予飞的时候，他没有应声。迟疑地看了喻佳一眼后，他含糊地嘟哝了一声：我看还是……

这怎么行？喻佳一眼看出了他的心思，毫不犹豫地大声应道：来了。不由分说地拉着他的胳膊走向诊室。

景予飞暗中挣了一下，根本挣不脱，乖乖地跟了过去。进了诊室回头再看，喻佳已被护士挡在门外了。他无奈地哼了一声，掉过脸来冲医生咧咧嘴。

大约前头已谈了一个的缘故，医生用手掩着嘴打了个哈欠。外面的什么响声也没听见似的，一边快速翻着景予飞的心理测试表，一边例行公事地问了些姓名、职业之类问题。

景予飞漫不经心地哼哈着，两眼却总向窗外翻。医生顺他目光看去，只见窗外天色昏暗，玻璃上模糊不清，偶尔看得出纷乱的雪片打在玻璃上的闪光，令人不寒而栗。他赶紧收回目光，加重语气道：这么说你是初诊。表格上好像也没什么特别问题。那我们就随便聊聊？

聊啥呢？景予飞闷声道。

这要问你呀？比方说，你到这儿来主要想求助什么。或者，有什么心里话或苦闷什么的，无话不可对我说。心理咨询嘛，你首先应该对我们有信心，对自己的心理状态有个基本的认识，对不？你看这地方暖和和的，又没旁人。我们的职责之一就是为患者保密。所以，此时不说，更待何时？

可景予飞没听见似的，歪着脑袋连哼也不再哼一声了。

不是不想说，实在是他不知从何谈起。谈了又有什么意义？

本来，随着渐成沉疴的心理困扰，他早已饱尝其苦。生理上的检查做了不少，惊吓也吃得够够的，却始终查不出什么明确的疾病，本以为这是好事，毕竟身体无恙，心理慢慢会松弛下来，可结果却丝毫没能改善自己的心理状态，反而可说是每况愈下，可能是注意力失去了关注的目标吧，一些自己冷静时想起来都觉得可笑可怕的怪念头、怪症状反而也层出不穷地涌现。这使他逐渐又添了一层新忧，真怕自己哪天突然就疯了、傻了——那岂不是比死还可怕吗？而这类念头一经产生就顽固不化，越恐惧它、排斥它，它反而还越发地嚣张，搞得他成天坐卧不宁，太阳不出盼天明，天明以后又觉得白天过于漫长，恨不得太阳赶快下山，长夜尽管漫长，辗转反侧尽管可怕，毕竟还有一张安静的床榻，可以让自己躲在无人的黑暗中静静地舔舐伤口……因此，他早有寻求心理支持的意愿，但每到临头，却又被心中那个更大的绝望绊住而迟迟下不了决心。

这个绝望就是：我又不是傻瓜，甚至，那些心理医生未必会有自己的智商，而自己的事自己最清楚。根本无须向任何人咨询或谈什么，他们可能说的那一套，不说我也有数，根本不可能解决我的任何实际问题，也绝不会改变自己面临的既定命运。既如此，那又何必来白费口舌？

沉默中，见多识广的医生多少也有些意外地观察着景予飞。见他刚进来时紫涨的脸上已恢复了青灰、憔悴的本色，说话时眼神矜持而紧张地溜着窗口，就是不向他这儿看，但插在裤袋里的两只手却一直在鼓鼓突突、握紧松开地不安分着。经验丰富的医生马上叫他坐得放松些，把手从裤袋里拿出来。

可景予飞的表情突然惊慌起来，怎么劝也不肯把手拿出来，反而口是心非地强调自己好好的，什么心病也没有，完全是老婆瞎胡闹，把自己硬哄来的。

既然这样，我们更可以自然相处了。医生表示宽容地笑笑：我也希望你什么事也没有，乐得轻松。只是有一点我该提醒你，别忘了你们一大早从市中心赶这郊外来，打车费不说，还要付给我们钱的。一小时啥也不说，那八十块花得就有点冤哪，这费用又没法找公费医疗报销……不，你现在走也没用，不足一小时按一小时收费。

景予飞垂头丧气地坐回原处，两手却更紧地捂在裤袋里。医生不出声地又等了几分钟，见他仍不说话，突然提高声音说：那你说说看，你爱人硬把你哄到这儿来是什么意思？莫非你好好的，有什么心理障碍的倒是她？

景予飞下意识地偏头看了医生一眼，似乎想说什么，可眼光一落到他桌上的台历上，头又刷地扭开去，脸一下红起来，呼吸也变得粗重，而两手又在裤袋里一阵乱折腾。医生敏感地叫他回过头，看着自己的眼睛说话，他就是不肯。

医生神色陡然严峻，喝问他是否对自己有什么不信任？他使劲摇头。

那你在我身上或这桌上看到了什么？某种令你恐惧的怪物？或者，这支笔变成了一把利剑？医生逼视着他不放，力图判定他是否出现某种幻觉：说，说出来，大胆说出你的真实感觉！把手拿出来，拿出来，手！

最后一个手字，医生几乎是命令式的叫喊，把景予飞吓得直往后缩，额头上也突然沁出一层冷汗。他不得不抽出一只手，哆嗦地指着医生面前的台历：请，请你把它拿、拿开吧。

为什么？医生一步蹿到景予飞面前：为什么它会使你害怕？你觉得它是什么？

什么也不是。

不，告诉我它到底是什么？

台历呀，一本普通的台历呀？

医生坐了下来，徐徐道：那你为什么害怕它？

也不是害怕，就是有点……紧张。因为我老觉得它放得不够正。

这不好好的吗，有什么不正？再说，它放得正不正跟你有什么关系？

我也知道没关系。可是……总觉得不舒服。

想把它摆摆正？

是呀！你怎么知道的？可我怕你笑话我，就只好……景予飞讪笑着靠近桌前，可伸出去的手被医生挡住了：试试看，你今天不去摆弄它会怎样？

景予飞脸色骤变，双手一下子又插进了裤袋里。

医生怅然地叹了口气，回到座位上考虑了一会儿后，又换上和颜悦色的神态，柔声问道：现在心里是不是好受些？

景予飞想了想，绝望地摇了摇头。

那就随便谈点什么吧，对我不要有任何顾虑。从心理学上说，一个人能把心里的郁闷倾吐出来，至少能缓和一下情绪的张力。

景予飞的头摇得更重了：对不起医生，我实在想象不出这有什么意义。而且我也没什么好谈的。因为我的问题根本就和你碰到的人都不同。我的问题是没有任何疑问。一切都清楚明白，就是看不到出路在哪里，也看不到……

看不到出路，不就是问题吗？

这就不是谈不谈能解决的问题了。

医生笑了笑，又换了个角度：那么，可以告诉我最近的情绪怎么样吗？比如，是否失眠，是否感到疲倦、沮丧，是否做什么事都提不起精神来，是否有什么具体的难以排解的恐惧或者忧虑……

景予飞对此的回答是一律报以沉重的点头。

这么说，你可能还有——哦，你的表格上对是否有过自杀念头的回答是否定的。

对，这点我可能又和别人不同，我非但从来没有轻生的念头，恰恰相反，我对死亡避之唯恐不及，甚至还常常顾虑到死亡以后的问题。起先还只是穷思竭虑一些玄奥而抽象的问题，比如人为什么一定要死亡，世间究竟有没有鬼神，究竟有没有天堂或者地狱（有一阵我极度恐惧地担心自己死后可能会被打入地狱，那就永无宁日了），世上林林总总的宗教中，究竟哪一门教义更接近真理，为此我最近一年来几乎把所有宗教的教义都翻了个遍，有时感到振奋，有时感到绝望，最终仍然感到找不到一门可以放心踏实地让我信仰的宗教去皈依……

呵呵……到底是知识分子，你很哲学，很形而上，这没有什么不好嘛。从根本上来说，物质都在不断运动变化之中，人和生灵怎么可能不生生灭灭呢？可以理解的是，渴望长生是有思想的人类最古老而悠久的梦想。所以，人类的一切宗教、哲学可说都是人类为抵御死亡的恐惧而不懈探求的产物。可见，害怕死亡也很正常啊，毕竟，谁又喜欢死亡呢？

但我……好像是太怕死了。有一段时间简直无时无刻不在担忧、不在害怕这个问题，以至怕得我转而更加害怕这种病态的怕了。而且……很多时候我又分明是害怕生，害怕活……总之我怎么都不如意，怎么都振作不起来，怎么都没法对自己的一切感到哪怕是丝毫的满意。

血液不知不觉开始沸腾，景予飞的脸上又开始涨红，情绪也随着自己的叙述而亢奋以至竟手舞足蹈起来：起先我担心自己生了什么大病，可是跑了无数次医院就是查不出任何器质性疾病来。后来我反而羡慕起那些挤在诊室门口愁眉苦脸、哼哼哈哈的病人来，我宁肯像他们一样明确自己生了什么病，肝炎、或者肺结核，哪怕是断了两根骨头也好，这种肉体上的痛，比起精神上的痛，在彼时的我看来，简直是一种享受了……还有，我现在经常会无端地羡慕一切比我过得好的人。不，我不是说那些挣大钱的款爷或者走鸿运的达官贵人。钱财和官位现在对我毫无吸引力。我更羡慕的是那些被人视为低贱的头脑简单却四肢发达、吃得香睡得稳的劳力者。比如夏夜晚上，我看见那些进城卖菜的人赤着膊睡在拖菜的三轮车上，蚊子就在他们脸上盘旋，他们偶然伸手抓上一把，照样鼾声如雷，我会感慨，他们至少还有酣甜的梦境，我连做个好梦都成了奢望！

还有那些体能的付出不亚于黄山挑夫的搬运工，他们为了几十块钱，不得不把一台双开门冰箱扛在背上，一步一步地倒着挨上六楼。但当我额外多给他们二十块钱时，他们脸上那份欣慰的笑容，简直让我羡慕得要死！而这些人，以往几乎就不在我的视线之内！

但就是这些人，他们不会被魔鬼迷魂一样毫无止境地思虑生啊死、病啊痛或者意义啊、使命啊、职责啊这些崇高而折磨人的问题，他们在过去的我看来，多半是迷信而愚蠢、庸俗而无能的，但他们的精神世界实际上却比我单纯而轻松得多。或许就因为，他们轻易就会相信自己的一切都是前世命定的，自己的生命意义就是挣钱，就是吃苦受罪，就是做一天和尚撞一天钟，结果呢？他们反而能随遇而安，过得轻松而快乐。而我呢？似乎什么都懂，什么都明白，或者因为不明白而要反反复复地弄个一清二楚，想个万全之计才安生，结果反而是活得混混沌沌、疲惫不堪而又欲罢不能——如果你一定要我说出个问题来，我眼下的最大问题就是：

人生在世，真的是难得糊涂吗？

怎样才能停止我的那些伟大的思考，或者说怎样才能停止我的焦虑？

这个……应该是可能的。但现在……医生把圆珠笔在手上绕来绕去地摆弄了好一会儿，微微一笑，便站了起来，说是要请景予飞暂时出去一下，他想先和他爱人谈一谈。

10

和景予飞正相反，喻佳显然早憋了一肚子话了，闸一开就哗哗狂泻，好像来咨询的倒是她：

医生你猜得真不错。老景的性格确实比较内向，做起事来也丁是丁卯是卯，一点不带含糊。但他也确实像你说的，是个心地相当善良而敏感的人。单位里搞的捐款什么他从来都是积极分子，外面碰上缺胳膊断腿的要饭的，总要掏几个钱给人家。就是搬家公司帮我们搬完家后，付钱时他也一定要多给他们几个，说他们是在透支健康，拿命换眼下的生活，太苦了……可这显然不是他得病的原因啊？而且，过去他一直好好的，在外面人缘也不错。在家里除了有时候脾气倔一点，没啥太出格的。可现在……细想，也就这两三年里的变化，他越来越怪，越来越……有时候简直是走火入魔，不可理喻，还死不承认有心理疾病，反而成天担心自己要早死，查这个查那个，医院门槛都快踏断了！

医生会意地微笑着点点头：那么最近呢，是什么促使你们来这儿了呢？

这个呀……其实我早就劝他要看看心理医生了。但他就是拖着不肯来，说起来这也是一大怪，怀疑自己有这个病那个病的，跑医院像上菜市场，就是忌讳看心理门诊。近来实在是……对了，是我们最近一次搬家以后的事。那电视也确实搁得不够正。他先是自己找纸垫了垫，好些了，过一天又嫌垫得太过了，又重垫。这样折腾几天后，突然跟我说，不行，总得要彻底解决这问题。于是找来会点木工活的邻居，把好端端个电视机柜一边的腿给截掉一小条，总算是满意了。

嗨！没几天他又来事了。这回是床对面墙上挂的那画碍他了。怪的是不躺上床他好像一点也看不到那画，一躺到床上就嘟囔着要我看那画怎么又歪了。起先吧，我看着也是有点歪，就帮他拨拨正。可他那个搅劲哪——天下哪有绝对正的东西呢？明明我看着很可以了，他却死活不通融，一会儿指挥我左一点，一会儿又指挥我右一点，反正怎么也觉得那画没挂正！我来气，就说你要嫌画不讨喜，干脆摘了它别挂。可他不许我摘，也不要我帮忙，每晚头等大事就是自个儿爬上爬下不厌其烦地拨弄那画，非弄得对劲才舒口气上床。有时不满意起来，他能摆弄上几个钟头，直摆弄到深更半夜，我都一呼噜醒来了，他还在爬上爬下。非弄到自己也累得不行了，才气哼哼关上灯往被窝里一钻！

后来我实在看不下去，就乘他上班偷偷把那画给摘了。他倒也好像没看见似的一声不吭。可没想到好了没几天，他又跟客厅和孩子房里的挂画过不去了……医生啊，我就这么跟你说吧。也不知我们是救了他还是害了他。反正弄到后来，我们家所有的画框呀、条幅呀、闹钟啊反正一切要摆正的东西，能摘的我都给摘完了。摘一样，他好像太平几天，过不了多久，又瞄上另外件东西。反正他就是走火入魔——对，就像你说的“强迫症”。

这倒也罢了。因为一般他只在家里犯这怪癖，一出门就跟什么人一样好好的。可后来就不得了啦，尤其是近两个月以来，他到了单位也犯开病啦。你想想，那么大个单位，什么锦旗哪、条幅哪、大钟哪、电视啊什么的，哪个房间没有个一样两样的，你也像在家里似的爬上爬下摆弄去？这下可把他自己也吓坏了。因为怕不小心动手动脚让人看出啥，一到单位就使劲把两手揣裤袋里。可老这么着别说自己别扭，别人看长了不是也觉得不正常吗？但他不这么不行，否则就烦躁、紧张、冒冷汗，甚至，据说厉害起来还会胸闷、手抖，甚至要死过去似的喘不过气来。有回洗澡时，我见他大腿两边都是一溜的青紫块，以为得啥病了。原来他在单位里，有时伸手拨弄的欲望太强，就用手隔着裤袋掐自己！

说到这里，喻佳心头一颤，嗓子发哽了，不得不停下来擦泪。

医生忙开导她一番，多少也吐几句心里话：……总之，强迫症是一种典型的神经症，表现怪异，五花八门。患者明知自己的某种动作或思想不正常而企图改变，却无法克服。所幸，它和世俗理解的疯了傻了的精神病并不是一回事，而且统计数据也表明，这两者是不互相交叉的，就是说，强迫症通常不会转化成精神分裂之类。你，还有他，千万不要因此生出新的心理压力。这点很重要。当然，这个症状很痛苦，也很顽固，而任何一种心理异常，都有诱发它的性格基础和心理诱因。目前我们要做的，首先还是理解和同情，其次就是要通过细致的交谈，摸到其深层的原因以对症疏导，再辅以一定的药物治疗。所以，你不必太为他担心。其实啊……很多问题都是个观念或视角问题，凡事也都在于你怎么看待它。人生不如意十之八九，很多矛盾都跟如何适应现实有关。起码，从我的职业角度看，劝不了社会，就只能劝人。而人跟社会只能你适应或智取它，而不能指望战胜它。事物都有其特定的逻辑和规律，说人定胜天是可以的，但这毕竟只是一种自信或者说可嘉的勇气，根本上胳膊是拧不过大腿的。比如说生老病死的客观规律，哪怕你贵为天子，照样逃不脱它的制约。尤其是死亡，谁不怕死？谁又会不死？这是任何人，天王老子也改变不了的绝对命运。但我们可以通过改变自己看待死亡的态度来改变我们的心境，对吗？陶渊明有几句诗，就是一种有独到认识和参考价值的明智态度，你不妨给老景看看。诗曰：

“纵浪大化中，不喜亦不惧。应尽便须尽，无复独多虑。”

现在，不论老景他遇到什么精神困扰，首先应该树立起勇于面对的达观态度。记得有位圣人曾对信徒说，他能让前面的大山走过来，但他连唤几声，山丝毫不为所动。你猜他怎么说？山不肯过来，那我就走过去……

品味一下，是不是我们也都应该有一个灵动的人生观来调整我们的观念，应对面临的种种矛盾呢？凡事如果能换个角度看的话，其实就会有不同的感受。

喻佳全神贯注地听着医生的话，连连点头，却又无奈地表示：医生这些道理我也没少跟景予飞说。有时候景予飞也觉得自己的思想观念有问题，就是解决不了实际问题。有时候我越试图开导他，或者他自己越渴望摆脱心理折磨，那些怪念头、怪症状就反而越闹腾得紧。不得已，我只好硬把他拉这儿来了。医生你可一定得救救他，老这么下去，他自己都担心，哪一天突然间就疯掉了……

说到这里，喻佳低头从手袋里摸索出一个小本子，翻开一页请医生看：你看看，这是我从他电脑键盘下面发现的，不知是他自己写的还是从哪儿摘录的一首诗吧——他贴在键盘下，肯定想经常看看来宽慰自己。

医生一边看，一边吟诵起来：

面对着一切不幸，我坦然。
面对着任何失落，我坦然。
就这样承认，就这样接受，
不幸与失落不再是一种痛苦，
生活的必然更包含着不幸与失落。
除了一份快乐，一份喜悦。
我就不再埋怨，不再指责，不再遗憾；
现实的一切便是生活所馈赠与我的一切。
就这样坦然，生活就不再会如此沉重与压抑。
确信这不是一种屈服——
坦然地对待，生活就变得如此洒脱与自在。

挺好的一种人生态度啊！医生点头赞赏道：和《菜根谭》强调的“嚼得菜根者，百事可做”是差不多的意思吧，都是鼓励人们敢于承受挫折、敢于与不幸共处，从而克服挫折和不幸的辩证观念。

可是，这“道理”看起来是很有道理，我先生他却似乎依然故我，并没有什么起色呀？

医生沉吟片刻说：凡事都有个过程嘛。此外，水有源，树有根哪。我估计，他一定是在童年或年轻时经受过什么特殊的挫折或心理创伤，时过境迁，这些挫折创伤在潜意识里形成的某种情结便开始兴风作浪，这是典型的神经症表现，是长期内心苦闷矛盾不得纾解，导致精神疲劳变态的结果。问题本不算太严重，只是医家治病不治命。他这性格，加上社会现实总不会太理想，治起来相对麻烦。但如果你们能配合的话，比如，他具体曾经遭受过什么挫折或创伤，方便的话，你们不妨让我有个了解。希望你能帮助他打消顾虑，如果你知道什么情况的话，也不妨告诉我……

这个嘛……正像你判断的，他的人生确实遭遇过特殊的重创，更关键的是，老景他，还有我，都看不到这个问题的出路，完全是被动地承受着这个问题带来的一切烦扰与重压。而且，内心也都很深地隐匿着对未来的不良预期。只不过他作为直接当事人，承受着远比我沉重的心理压力，所以才……说到这里，喻佳默默地踌躇了好一会儿后，果断地抬起头：如果要他自己说出这个问题，估计他轻易是说不出口的。还是我来告诉你吧，不过医生，你可一定得为我们保密啊……

11

不知不觉间，又是半个多小时悄悄流逝了。其间，医生一直保持着训练有素的职业姿态，沉稳而平和地认真倾听着喻佳的叙述，极少插话或打断她的叙述，直到她自己停顿下来，拿纸巾拭着眼睛，期望地望着医生的时候，他才温和地发表了自己的意见：

很好，很好。谢谢你对我的信任和配合。现在我明白了，这才是你先生表面上林林总总的心理症状的根本所在。他的那些奇里古怪的强迫症状和强迫性思维，不过是他的潜意识为逃避这一根本矛盾而表现出来的假象。虽然年头不短了，但这并不是一个可以快刀斩乱麻就得以解决的问题。所以他才流露出看不到出路的消极心态。显然，他心中也为此充塞了太多的懊悔和内疚、自责，想要面对现实又无能为力，想要逃避这一切又无处遁形。于是只能在情绪层面上转移这种焦灼，并拼命为自己寻找开脱的理由……虽然旁观者都很容易看到，面对现实，他唯一的出路是顺应自然，就像刚才那首小诗说的那样，他首先要敢于承受自己的独特命运和独特现状，然后逐步寻求解决矛盾的办法。而事物总是在不断运动变化着的，所以他的这一现状，要想找到最理想的一劳永逸的解决方案几乎是不可能的。那么，在我看来，适应它，努力寻求相对理想的应对办法就是最积极而现实的方法了。而只有当他从理性和感性两个层面都真正接受了这种矛盾而残酷的现实，才有可能达到这一结局。这又是一个需要耐心和理智的过程。

喻佳连连点头：其实老景他也不是不明白这个道理，只是现实往往不让他有喘息的机会或者说办法。比如，我很清楚，他其实是很惦念那个孩子的，对其一直怀有深重的负疚感。但现实却是那个女人从来就不给他接触的机会；而同时，随着孩子一天天长大，他又越来越担忧与他可能的见面或直接联系，忧惧的就是，这可能打破现有的生活平衡，甚至担心他又会像他母亲一样不可理喻而成为一个新的对立面，或者，生出种种新的烦恼来；以至他有点像叶公好龙一样，陷入日益加剧的患得患失而不可自拔……

你分析得很对。希望他本人也能对自己的问题有明确的认识，并在接下来的疏导中也能有你这样积极配合的心态。这需要过程，但我现在有数了。回头我先开些氟丙咪嗪和佳乐定给他，这都是比较轻型的镇静剂，对于改善强迫症状和心态都有积极作用，希望你劝导他认真服用。现在你先去叫他进来，我再和他好好谈谈后，拟个详细的疏导方案吧。请你们都放心，只要有积极配合的意愿和治疗的信心，再加上适度的心理和药物治疗，相信他的状况会有明显改善的。

没想到，喻佳出去转了一圈后，却慌慌地跑来说景予飞不见了。

医生忙跑出去，喻佳指着候诊厅墙上的挂钟和贝雕画，直怪自己大意，有这些东西在，景予飞一个人自然呆不住那么久。

医生点头，却相信景予飞不会跑远，肯定到哪个没这些东西的地方猫着了。于是，两人出了诊室到外面来找。

外面寒气袭人，雪越下越大。随风乱飘的絮絮团团打得人不敢睁眼。两人踩着嘎吱作响的积雪直找到医院大门口，也没见着景予飞的影子。喻佳又急又气，忍不住又抹开了眼泪。

医生拍了会儿脑袋忽然道“有了”，拉着她就往回跑。果然，就在诊室后一拐弯，住院部前的老雪松后，两人发现了景予飞。

老雪松虬枝纷披，巍峨而孤独地挺立于大雪之中。枝上枝下和四面围护的冬青丛上都积坠着沉甸甸的白雪，唯独树冠下裸出一圈，枯黄的松针上躺着只呢帽和围巾。再看那景予飞，此刻却双手大展，满面通红地站在冬青圈内，孩子般一个接一个捏着雪团，然后使足吃奶的劲，嗨哈有声地向着老雪松那粗壮的主干上狠命砸去。雪团碎开成朵朵白花，苍劲的树干上布满点点白斑……

医生捂嘴偷偷乐了：好一个撼树蚍蜉！

喻佳一拍大腿，刚想喊他，被医生拍了一下：别管他！难得有个宣泄一下的乐子，你还想让他把手窝在袋里掐自己？

第九章　恭喜你，你当爷爷了

1

生在此岸，
死在彼岸。
沟通两岸的，
是一艘叫爱的小船。

景予飞先生：

收到我的信，你应该不会惊讶吧？虽然差不多有三年没有和你联系了，但是不管你会怎么想，反正我是不会一去不复返的。

上面摘录的那几句诗你喜欢吗？反正我很喜欢，你看看玩玩吧。

顺便说一句，这三年我可没有白过，读了不少书，想了很多事。深深觉得，读书可不像有些大师说的那样，仅仅能消解人的寂寞。读书第一等好处是大大开启了人的心扉，让我的视野开阔得多了，有时候真觉得自己越来越像那颗心明眼亮的彗星，在广阔的星空中自由地飞翔。

想想过去，真有恍然一梦之感啊。我那时是太幼稚了，也给你添了不少烦恼。你还在生我的气呢，还是在暗自高兴终于摆脱了我呢？不好意思了，我最终还是从上海回到藩城定居了。

我没法忘怀这里，这里到底是我的家乡和刻下我最深最深的生命烙印的地方。它带给我太多的回忆，虽然其中多数是苦涩的，不堪回首的，但是回到这片故土，仍然让我感到亲切。小巷的烟火气、鸟儿的歌唱声、护城河里的袅袅水汽和夜半时分那催人振奋的汽笛声，还有，你们科技局院落里香樟的清香。那几棵高大伟岸的老树，真是阅尽人间沧桑啊。什么都在变，只有它们饱经风霜的英姿还一如既往。是啊，二十几年时光，对于它们来说，算得了什么啊。一切都让我想起你，想起那些遥远的岁月，真快呀，一晃都过去那么久了……

其实这几年里，我有时还是会忍不住回到藩城小住几天。你虽然不知道，但是我很幸运，还是能了解到一些你的生活片断。尤其是春天的时候，有一天你和爱妻娇儿一起在郊区散步的情形，现在想起来，还让我感动。喻佳看上去虽然老多了，但还是那么美丽而有气质。真如都成了帅气的大小伙子了。算起来，他差不多该从大学毕业了吧？没想到他也比你高多了。两个儿子都比你高大英俊，你该觉得自己很有福气吧？

不过，真如长得是越来越像你了。虽然我不能不承认，他也有点像他的母亲。不错，我应该承认我仍然有些妒恨喻佳。虽然我知道对于我们的没能善始善终，这个也够不幸的女人并没有太多的错误，但是我终究没法忘记她给我带来的伤害。你不会相信，有些别人听来细微的言语，对于一个女人、尤其是处于我这种位置的女人的伤害，可能比刀割轻不了多少。我毕竟是个女人，心胸并不是总能够保持宽阔开朗的。但是实际上，我在冷静时，还是会承认，你们俩的确也是很般配的。而且，我看得出你现在过得很幸福。这让我感到安慰。请你相信这一点。虽然我过去的某些幼稚之处让你很是恼怒，但从我的真心来说，从来都是希望你幸福的。我拿人格向你保证这是真心话！

至于你们的真如，我想他可能还不知道自己还有个比他大几岁也高几厘米的血亲哥哥吧？想起这点我难免有些酸楚。但是我也清楚，人生在世，生死有命，富贵在天。人和人是不一样的，哪怕是亲兄弟，走的也必然是两种人生道路。所以，我也会真心为真如的幸福人生而高兴，到底他也是你的亲骨肉啊。

那天，我看见他是那么活泼，那么有活力，和你们有说有笑的，大大的眼睛好像会说话，就像晴朗的天空，云彩飞扬，一刻也安静不下来。这点上，言真可真比不上他呢。唉，各人有各人的命运，不能比，比不得，否则真是会恸死人的。言真这孩子也许是过于早熟，过于老成了，总是沉默寡言的时候多。你不会想象得出，他那默默地盯着天边那空洞的眼神，有多么地让我忧伤！

虽然这样，他对我却向来都十分体贴。你不知道，他多少次流着泪对我说：妈妈，我总有一天会让你成为世界上最幸福最富有的女人！唉，我希望的哪是这个呀，但是这孩子真是太懂事了不是？实话告诉你，他也有好几次对我说过，我永远不会承认那个所谓的父亲，但是我也永远不会伤害他，就让他过他的幸福生活去吧，没有他，我们照样可以活出人样来，照样可以过得有声有色……

谢天谢地，我们的孩子都长大成人了！

你们的新家也真够可以的。如果没弄错的话，这是你们搬的第三个住处了吧？那个小区太漂亮了。保安穿着笔挺的制服，汽车进出都需要智能验卡，能住在这种小区的，想必都是上流人物了。

看到眼前的一切，你知道我想起什么了吗？你一定早就忘得一干二净了，可是我永远记得清清楚楚。在我们还没分手的时候，曾经路过一片正在拆迁的废墟，你说，这儿很快就会变成一个现代化的居民小区。我说，要是以后我们的家能安在这里就太好了（事实上这个小区现在看来是太落伍了），而你当时很不以为然地白了我一眼说，别做梦吧。虽然我后来明白这句话里还含着更多的意思，但不管怎么说，你现在住的小区和八十年代那个小区真是天壤之别了，这不是又证明了我对你的前途是有先见之明的吗？

对了，我该首先向你道贺的，听说你今年又升任科技局副局长兼科技馆馆长了，虽然你年满五十岁了，但相比起许多人来，你还算得上是年轻有为的呀！老实说，这点上我还真是蛮有眼光的，当年我就说过，你将来一定前途远大，你还叫我别胡说八道，你真是太小看我了。不过，说到底我也不会怪你，我那时算个什么玩意呢?没学历,没文化,又幼稚又任性,比起喻佳来简直就是个灰姑娘……唉,不说了,说到这些我就想哭泣。真对不起。

但不管怎么样,看到你现在的幸福生活,看到你美满而温馨的小家庭,我心情会有很复杂的时候,但最终还是会感到很平静。因为我一直坚信,你是个出色的男人,配得上世界上所有最好的东西和地位,配得上一个好妻子和一个好家庭。虽然,我生下言真这个儿子,后来也曾有过短暂的后悔,他的确给我带来太多太多意想不到的困苦和辛酸,但到底还是满足和安慰多于后悔和付出的。当然,他也多多少少给你带来过一些负担,但是他从来不会计较更多。

还有最重要的一点是,你应该很清楚,我和他从来没有给你造成过实质性的麻烦和伤害。比如,哪怕是在我们最艰难最悲观最走投无路的时候,也没有丧失过我们的意志和人格。你的光辉仕途并没有受到我们的影响而坎坷没落,这点,可以说是我和言真最大的自豪和满足。毕竟我们是太卑微了,除了这,我们还有什么可以夸耀和相比较的呢?

我说的都是此时此刻的真心话,并不是故意想要刺激你。所以就请你别生气了。对了,差点都忘了,我今天来信的目的其实只有一个,那就是告知你一下,你的大儿子言真,已经像一棵风吹雨打中顽强生长起来的苦楝树一样,长大成人了。而且他还于2004年9月18日结婚成家了。他的妻子叫小玉,是他大学的同班同学。小玉真是个可爱的孩子,又聪明,又伶俐,特别善良特别会体贴人,对言真简直是言听计从。所以当我偶然看到言真对她吹胡子瞪眼的时候,忍不住会责骂言真不懂得惜福。小玉的父母都是医生,所以她非常知书达理,也特别尊敬我、体贴我。想到这一点,我这辈子还有什么不满足的呢?

但是,言真和我都没有告诉她和她家人你的真实身份。小玉虽然是知道一些大概的真情,但是她家人根本不知道你这位亲生父亲的存在。这是为你考虑,也不想让小玉和她家里人过多卷入我们的是是非非。她爱的是言真,管他有没有父亲呢,是不是?

他们两口子很幸福,我更为他们感到幸福。不管你这几年里会不会想起他来,毕竟,你是他生身父亲,所以考虑再三后,我还是决定把这个他生命的又一个重大旅程告知你一下。老实说,他们结婚前我曾经犹豫过，要不要请你一下。但是言真斩钉截铁地说：我没有这个父亲。我的妻子也不会许可我再认可这么个不负责任的父亲。不许告诉他！

对不起，我可能又说了不该说的话，但是，我总觉得……算了，请原谅一个虽然已经二十三岁，当了丈夫，却毕竟还是个孩子的男人的负气话吧。

不必回信，也不必来找我。我的老家早就拆迁了。你要找也是找不到的。

祝福我们大家都幸福！

没法不再出现的人

2

科技馆的收发员把这封写着地址内详的许小彗来信，放在景予飞办公桌上的时候，他正在觥筹交错的酒席上意兴横飞——省科技馆馆长来藩城了，作为藩城的科技馆长，景予飞自然得设宴款待。而且，自然得首先喝好，这才算得上敬意。一来二去，这酒就难免喝高了。

所以，当他把客人送进酒店午休，自己打着连串的酒嗝回到单位，想在沙发上眯上几分钟的时候，免不了就有点步履踉跄，头重脚轻。好在脑袋还算清醒，胸臆里更充斥着难得的暖洋洋的幸福感。以至上楼梯时，虽然差不多已是一步一晃，脑子里却还在悠悠乎乎地大发其感喟——

这不是吗？饭局越来越多，酒席越来越高档，应酬越来越常态，甚至成为相当一族人的一大负担，早已是当下这个人称盛世的时代一个鲜明而普遍的时代特征。无论是达官贵人，还是平头百姓；无论是有钱没钱，还是公款私囊；也无论是婚丧嫁娶，还是迎来送往、联络感情，聚一聚，整几盅已成了人们日常生活中的一种常态，正所谓家常便饭是也。

而三百六十行，行行出状元。喝酒是不是属于能出状元的一行，说不准。说得准的是，善饮在中国是为数不多的可以令人崇敬、可以与世界上任何国家一争高下的壮举，也是一件可以派上大用有时甚至关系到生死存亡的大本事。洋人拿XO当琼浆，假模假式地在鼻尖上嗅啊嗅舌尖上滚啊滚的，十天半月也不舍得喝下一瓶去。看看省馆那个展示中心陈主任，上来就是一大杯，转眼就是多半瓶。

洋人也有酗酒嗜烟的，但却小气巴拉地舍不得劝酒敬烟，也没听说敢和人拼酒的。咱们多了不起：生命诚可贵，人格价更高，若为斗酒故，两者皆可抛啊……而自己好醉的人，还好让别人和他同醉。晋代酷吏石崇为逼人喝酒，竟以杀人相要挟。你喝不喝？不喝，就杀一个丫环给你看。再不喝，就杀一双……现代则不用说了，多少万物种都已灭绝或濒临灭绝了，席上还在叠盆架碗地猛上珍禽异兽之类保护动物。喝酒之风亦推陈出新愈演愈烈。

民间如此，官场尤为“模范”。许多机关你到午后去看看，晃晃悠悠的净是红脸关公。许多超豪华酒家你到晚饭时去看看，不用进门，停车场黑压压亮锃锃躺着的，大多是头头脑脑的高档座驾。民谣不也说吗？“能喝半斤喝四两，这样的干部不能要。能喝四两喝半斤，这样的干部要重用”……

这么想着的时候，他刚好进了自己的办公室，挣扎着扑到桌前，想去拿茶杯喝点水清醒清醒，不料那手在中途猛地缩了回来，他像骤然见了怪物一样止住了呜咽，双眼直勾勾地盯着桌上躺着的许小彗的来信，怔怔地看了半天，终于确信，那不是幻觉。

那“景予飞先生亲启”几个字，烧成灰他也一眼认得出是谁的笔迹！

他竭力站稳脚步，一把抓过信来，就那么一晃一晃地倚在桌前，一目十行却字字入心地一口气把信看完后，随着一声近似于哀鸣的长叹，他的脸色早已由红转白，由白而青，脑门上的热汗也早已变成细密的虚汗，淋淋漓漓地沁个不停。

来了，果然又来了！

他喃喃地嘟哝着：我就知道她不可能放过我的……

鬼话！满纸鬼话！什么三年，最多只不过两年多一点。就这两年，你也何曾放过我？居然还在暗地里监视着我的行踪，窥探着我的一切！

一念及此，他倏然又打了个激灵，头皮上过电般一阵阵发麻：老天哪，好容易松快几天，后背上都有双不怀好意的眼睛，在暗地里盯着！我这都过的是什么日子啊！

这还不是最恐怖的。最恐怖的是，景予飞再一次明白一个浅显而致命的道理——我这一辈子，都别想太平！我这一辈子都将上天无路，入地无门，乖乖地听命于许小彗的摆布了！

而她又是怎样使我俯首帖耳的呢？她怎样迫使我顺从，我又为什么会屈从这种命运，会满足她的欲望，会战战兢兢地随着她的指挥棒和节奏去动作、去生存呢？是因为她有什么特别的地位和权力，是因为我在经济上或者其他方面依赖于她，还是她有什么特别过人的手段、力气或帮凶？毫无疑问，不是，不是，都不是！

只因为她手里捏着自己的命门。这个命门的拉闩是儿子言真。门后还躲着一个狞笑着的，令景予飞不寒而栗的魔兽——环境或曰舆论。环境或舆论本身是并不可怕的，但它的后果却是致命的。这种后果是会杀人的。它杀人是靠枪炮或者匕首吗？当然不是。它只须酝酿或炮制一些儿口水、白眼和流言蜚语。感受到它或想象到它的人就可能无疾而终或身败名裂、惶惶不可终日！

许小彗何等聪明之人？她明白自己根本不需要直接诉诸环境或舆论的威力就足以让景予飞乖乖就范。不到万不得已，她不需要任何明枪暗箭；她只需要针对景予飞的恐惧、心虚、懦弱和对儿子的愧疚，巧妙地吐出暗示或明令的蛛丝—— 一根两根蛛丝或可扯断，但现如今她的蛛丝已然编织成网，任你有多大的力气和意愿，本质上不过是只嗡嗡嘤嘤的苍蝇的景予飞，就再也无法从网中脱身了，而越是挣扎，结果也只能是越陷越深了！

而眼下，即便什么都不去论它，就是许小彗的这封来信，在景予飞看来也是表面上温情脉脉，通情达理，实际却暗藏机锋，话语带着讥讽和怨怼，其对景予飞的心理压迫感，也丝毫不比以往那种剑拔弩张、明火执仗来得稍轻！

不过，细细再想，许小彗的时间倒说得不算离谱。差不多就是两年半前吧，正是景予飞结束心理治疗，开始按医生嘱咐逐渐减量并最终停止药物，准备着以新的姿态，承受自己的命运之际，许小彗给景予飞打来了最后一个电话，从而也实实在在地给了他一个及时的心理缓冲。

虽然这两年多里，他从来不相信许小彗会真的像她言之凿凿的那样，会从此消失，“你走你的阳关道，我们过我们的独木桥”。毕竟，她确有两年半之久没有再露过一次面，也没有再来过片言只语或一个电话。也不知究竟出于什么原因，她还真就这么毅然决然地人间蒸发了。

那时，据许小彗最后的电话所言，正是言真从大学正式毕业的日子。“虽然我和言真从来不相信你是心甘情愿的，但你到底还算履行了你应尽的义务，使得言真能按期完成他的学业，我们会记得你这份情的。”

确实如此。在此之前，新世纪开始前夕的那个夏季，言真满十八岁的时候，许小彗和景予飞见面取钱时，她也曾认真地表过一次态：到了十月份，言真就满十八岁了。你以后可以不用付他的生活费了。我今后也再不会和你有任何联系了。

但是景予飞对此一口否决。当时他是这样说的：谢谢你们的体谅。实话说，如果按照法律规定，言真满十八岁后，我的确可以不承担他的生活费了。但是我不会这么做。因为他还没有生活能力，还要上大学。所以我将继续尽我的能力，给付他必要的生活和教育补贴。将来怎么办，至少到他大学毕业再说。费用也只会增加不会减少。

许小彗当时似乎很受感动，因此同样态度决绝地表示谢绝：我知道你，收入应该比以前提高了不少，但你也有个儿子，正是花钱的时候。我们有你十八年的照顾已经感到很幸运了。不信你走着看，从此我们真的不会再要你一分钱！

但景予飞并不赞成，也不相信这是许小彗的真心话。于是在下一个季度开始前，主动打电话给许小彗，表示要继续按两年前已调整为每月五百元的下季度生活费，和言真今年的生日红包两千元一并给许小彗。

起先，许小彗在电话里表示拒绝，但最终还是按约定时间和景予飞见了面。

如是，又是四年。

至此，景予飞依然表示，只要言真还没有成家，只要自己条件许可，他将继续给言真以补贴。这不是责任的问题，而是对自己骨肉的感情问题。

记得许小彗当时深深地看了他一眼，没有说任何话，掉头就走了。

景予飞以为过不了几天她自会与自己联系的。没承想，这一次她却真的一去不复返了。景予飞打过她的寻呼没有回应，此后也始终等待着她的出现，而这一天居然真就破天荒地等到了两年半之后！

而这些在景予飞看来，都还属次要。令他深感突兀而不无遗憾的是，再也没想到，言真才刚过二十三岁呀，居然就结婚了？无论是出于感情，还是某种现实的考虑，一个刚走上社会的男孩这么早就结婚成家了，未免太有些草率了吧？而且他们事先连招呼也不打一个，似乎这种时候自己就不再是她口口声声的“生父”了！

唉，言真的人生似乎永远在走着一条使自己感到陌生而无奈的路径。那么，他现在起码是有工作了？这工作理想吗？他具体又是在干什么呢？

关于这一点许小彗信中没有提起，以前也从来没提起过只言片语。言真读大三的时候，景予飞偶然小心翼翼探问过，并暗示如果今后就业有困难，自己可以帮忙想想办法。但许小彗一句话就把他封住了：我们的事不用你操心。

景予飞对此的理解是，许小彗不想让他插手言真的就业问题，可能是他们对此有信心，更可能的是她怕会泄露言真的工作单位等信息，自己会甩开她暗中与言真产生联系。或者，真像她一贯的说法，是言真不愿见他，因而不允许她透露与言真有关的任何信息也未可知。

其实，景予飞也愿意这样含糊着。再说，他始终有一个深深的隐忧，就是担心长期接受许小彗对自己妖魔化熏陶的言真，会在某一天找上门来，和自己算账或变本加厉地索取什么。如果他人品好、能通情达理倒好，如果也像许小彗那样胡搅蛮缠就太可怕了，那样，经济上还不是太担心，社会影响什么的就难以预料了。至于言真的工作，如果当初他真想找自己安排，自己其实是没有多少关系和办法的；更麻烦的是，即使自己有办法帮他解决，但是经由自己安排的工作，那必定是熟人关系，接收者会怎么想，长期来看，言真是不是会在单位里露出些什么来，都是很难预料的。现在这样也好，省去很多麻烦和隐患。

但总这样含糊着，终究不是一回事。将来究竟怎么与越来越大的言真相处，能否相见，或相见后能否平安和睦，已然成了景予飞心中最沉重的一块石头。许多时候，这种隐忧大大超过了他与亲骨肉关系正常化的渴望。以至有时候他竟会暗自庆幸，幸亏言真不是个女孩，否则，女孩的情感更脆弱，其生活肯定比男孩更糟糕；而自己后来又生的是儿子，那还不更让自己牵肠挂肚啊？

也幸亏自己从小没带过言真而感情模糊。如果共同生活过几年却又长期不得再见，那滋味，岂不更糟？所以每每看到电视上那些做父母的痛不欲生地苦苦寻找被拐卖儿女的情景，他总会感同身受地特别为他们揪心，同时也常会在心里对自己说：卡耐基说得真是没错啊，“我忧愁，因为我没有鞋；可是那个人，他没有脚”。——比比这些不幸的父母吧，他们含辛茹苦带大的孩子却一朝失踪，生死未卜，毫无找还的希望。而我，至少还知道言真的下落，无论如何也还算是幸运的吧！

现在，看到许小彗的来信，景予飞虽然万分惊讶而惶恐，却也不无喜悦地暗想：这么说，言真至少应该有了过得去的工作，否则，谈何婚娶啊？如此看来，言真的生活现状至少还是可以的呀……

可是，这到底是不是真的啊？

毕竟言真刚毕业两年，才将二十四岁的人啊，怎么居然就匆匆忙忙地结婚了？这样看来，他的人生岂不也太过平庸了些吗？

不，许小彗的话从来就该打上个问号的！所以事实到底怎么样，恐怕还得走着瞧。而且这信的意思里，分明又充满着某种暗示甚至是威胁呢……

哟，我怎么越想越觉得这是个不祥之兆啊……

恐怕又有什么新的图谋在等着我了？

没错，我敢百分之百地肯定，这封看起来温情脉脉的来信，绝对是一轮新的厄运的开始。不信你就走着瞧吧！

啊，这可太可怕了……

胸口越来越紧迫，胃里也一阵阵剧烈地翻江倒海。他一把揣起信件，赶紧钻进卫生间里，冲着马桶就是一阵狂呕。红红的酒液，绿绿的菜叶，黏稠的胃液哗哗啦啦地喷薄而出——若不是及时蹲下去，双手抱住马桶沿口，他恐怕会一头栽在地上，人事不省……

混蛋！混蛋！混蛋！

他忘乎所以地嘶吼起来，同时疯了般双手拼命撕扯着头发，仍然觉得心里躁闷得慌，索性揪着头发，将自己的头往马桶盖上狠撞——嗵，嗵，嗵，沉闷的响声震得他的心像一块块巨石，接二连三地坠入万丈深渊。

所幸，离下午上班时间还有一会儿，走道里静悄悄的，没有一个人影。

3

几乎整个下午景予飞都在蒙头酣睡。时间是怎么流逝的，地球是怎么转的，世界上又发生了什么，乃至天是什么时候黑下来的，他一概不知，也一概不想知。

仿佛一个世纪没有睡过一场好觉了，他就那么混混沌沌，鼾声如雷，死猪般睡了个昏天黑地。但是，尽管如此，醒后他还是觉得头重脚轻，情绪恹恹的，浑身都觉得不得劲。显然，自己并没有怎么睡着。

依稀还记得自己一直在做一个漫长的梦，一个飞翔的梦。张开双臂就像只大鸟般自由自在却十分吃力地一直在山川大海间上下翻飞。

“杨柳轻扬直上重霄九”——似乎还真的到了月亮上。

但月亮原来绝不像想象的那么美丽皎洁，它的表面坑坑洼洼，全是环形山，那是被小陨石撞的。事实上，月亮本来缘于一颗来去自如、狂放不羁的小行星。几十亿年前小行星和地球猛烈相撞，巨量的地球碎块冲出太空，碎块最终相互吸引、交互作用，形成质量约相当于地球多少分之一的月球。

那是四十五亿年前的事了。而直到现在，它的引力还在影响着地球的潮汐和生态。

没有月球，地球不可能是今天这个样子，倾斜的轨道，四季分明，就是这亿万分之一的偶然，成就了地球和地球上的生命。某种程度上，说月亮是地球的破坏者不过分，说它是地球的救星更不过分。如今，月亮仍在以每年约一英寸半距离的速度逸离地球；未来的哪一天，她终将永不再来，那时的地球会是什么样子呢？

而我，这是要飞到哪里去呢？

这个念头贯穿着始终。他也始终在想着该在什么地方降下去，可下面不是通天大火，就是万丈深渊，就是找不到一个可以落脚的地方。

直到卧室门被喻佳推开，电灯大亮，他才猛然竖直身子，懵里懵懂地捂着眼睛惊问了一声：谁？

喻佳没有应声，只是捂着口鼻冲到窗前，哗啦一声拉开窗帘，把窗子大大地敞开。随着一股清凉的气流，景予飞才迷迷糊糊地嗅到了自己喷吐的满屋酒气。他使劲揉了一会儿眼睛，再看喻佳，发现她手中捏着几张纸——正是先前自己回家时扔在饭桌上的许小彗的来信。

他闷闷地叹了一声，重又瘫倒在床上。

喻佳却笑嘻嘻地在他身边坐下来，抖抖手中的信说：真是士别三日当刮目相看哪，她现在的文笔大有长进呢。

景予飞不屑地哼了一声：鬼话连篇，还长进呢。不少字句保不准是从哪个报刊散文上拼凑来的。

能拼凑到这样也是水平嘛。关键是，你不觉得她的言词里明显没了以前那种咄咄逼人的呛烟气吗？你也就别用老眼光看人了。

还没呛烟气？你到底是旁观者，太不了解许小彗了。旁敲侧击，含沙射影，还充满了要挟。某种程度上说，她这封信就是狼外婆披着的花头巾，里面张着的就是一张血盆大口。你看着吧，我的苦日子又要来了！

喻佳的神色凝重起来。默默地看了景予飞一会儿，她换了种语气说：你别这么杯弓蛇影好不好？我不是傻子，字里行间她的怨艾和嘲讽我还是辨得出来的。但实事求是说，人总是会有所变化的，你也不能把她看得太绝对了。我觉得其中有些话，多少还透着几分诚意。很明显，她对你的感情还在。可能你害怕的正是这一点。但我并不觉得这有多么可怕。换个角度看，也许还是好事，总比她情死而生鱼死网破之心好得多吧？所以，我还是觉得这封信没什么可怕的。至少，她懂得换一种姿态与你相处了。而且，有一点她也说得没错，长期以来的事实也证明，她再怎么纠结，再怎么搅你、缠你，始终没有坏你的根本。至少到目前为止，单位里，社会上，没人知道你的糗闻。这一点，说明她还是有一条清晰的底线的。而在你来说，毕竟有个孩子在她那儿，这是个永远无法改变的事实，幻想她一去不复返，从此耳根清净根本就是不现实的，所以她今天的出现应该是意料中的事情。当然，你今后的麻烦恐怕还是少不了的。但只要不影响根本，你何苦就一下子萎成这副样子？就像从前心理医生说过的，做好承受最坏现实的准备，兵来将挡，水来土掩。尽量就事论事，不要想得太多、太复杂，该怎么应对就怎么应对就是了。

景予飞的眉峰舒展了几分，随即又深深地叹了口气道：道理谁都懂，摊到具体问题就……不说别的，我们出去走走她都会看到，不是跟踪又是什么？仅仅想到身后老是有一双眼睛在盯着你，我就浑身不自在……不说这个了。你倒是说说看，我现在该怎么办？你看出来没？她信上说不要找她，其实正希望我去找她。我到底是顺水推舟不睬她，还是主动去找她？唉，想到又要面对她，我就直打激灵——如果能直接面对言真，可能事情就简单多了。偏偏她到现在还是滴水不漏，还反复强调言真不想见我……

那不很好吗？你本来不就担心真和他直接相处会产生难以预料的麻烦吗？但我敢肯定，言真不想见你是暂时的。他不是结婚了吗？等他自己有了孩子，就能体会到当父亲的心境了。而且，说他不愿意承认你或者见你，始终只是许小彗的一面之词。我估计他现在只是出于对母亲的同情而不得不那么做，等将来他更成熟了，许小彗未必还管得住他。毕竟血浓于水嘛，父子之间再那个，还是有着强大的向心力的。只是现在，你对与他相见有种种顾虑，他又何尝不会如此呢？不过，这事还不是当务之急。当务之急对你来说，就是要一如既往地做好你这个父亲。她不是明白地告诉你言真结婚了吗？这可是人生的头等大事，你不去找她，岂不又给她一个妖魔化你的理由了吗？

我也这样想过。可是，两年多过去了，许小彗的电话早停了。她住哪里，言真住哪里，我也从来不得而知，叫我怎么找她？

傻瓜！人家早就把一切考虑好了，还等你来操心！喻佳说着，摸出自己手机，念出一个号码来：回头把这个手机号记下来，趁早给她打个电话过去。人家客客气气、有章有法，你也要表现得有礼节，有风度些，别像以前那样动不动就跳脚。到底是一个女人，这么多年了，实际上她还始终把你看做……

我不要听这个！景予飞霍地蹦下床来，气急败坏地嚷道：你哪来的许小彗的……哦！她给你打过电话了？什么时候打的？这个女人！我就知道她不会太平的。以后我又要……很久以前我就严厉告诫过她好多次，有任何事直接找我，别麻烦你和家里人，她根本不当回事……

你别紧张嘛。她爱和我联系就联系好了。我又不用怕她什么。说着，喻佳神秘地一笑：下午快下班前她来的电话。那个热络，那个体己，仿佛我们是从无芥蒂、莫逆了好多年的小姐妹，笑死我了。

她……她都说了些什么？

其实也没什么实质性的东西，呱呱呱呱，再也想不到她现在这么健谈。半个多小时里，一多半时间是在说你的言真，似嗔实夸地，说他怎么善良宽厚，怎么通情达理，怎么善解人意，怎么深受丈人丈母娘疼爱。还说小玉怎么崇拜言真，怎么知书达理。总之，有一点你可以放心，言真的婚姻美满得很，他现在生活得好得很。

她的话……她说了自己的情况吗？她不是还有一个儿子吗？她男人是……

只字未提男人。你忘了，她以前不是说过，她和这个丈夫离婚了吗？好像她和这男人生的小儿子也跟着男人过了——真这样的话，对言真倒是件好事，到底不是亲生父亲，在一起生活多半不是好事。

可对我绝不是什么好事！我最怕的就是这种局面。你想想，她正当壮年，老是一个人闷着，小儿子也不在身边，还不成天沉溺在旧情中，满脑子琢磨着我的事……

她爱琢磨就琢磨去吧，喻佳哧哧一笑，赶紧打岔：也没那么可怕的。她好像现在生意做得蛮顺手的……什么生意她也没明说。而且，对了，她也说到过那个小儿子，说是高中毕业就当兵去了，不知怎么又读了东北的什么军校。至于她自己，我也想探听一些具体的东西，比如她现在在哪儿上班或者做什么生意，小玉的家或者他们的小家庭安在哪里等等，许小彗真是精怪极了，无论她说得有多兴奋，我一提到这些她就虚晃一枪，把话头绕没了。不过，字里行间也流露出几句进货啊，出样啊，发传真啊什么的，对了，好像还说到什么台湾表哥的事……

台湾表哥？她什么时候又冒出个台湾表哥来了？

这我们就不必管她了。只要她有事情做，有收入总是好事嘛。对了，她明确说到，她在跟台湾表哥做什么生意，好像还到台湾去过……总之她谈来谈去并没有一个主题。不过，到现在我就彻底明白了，她其实啊，就是估摸着你该收到她的信了，所以就把自己的手机通过我来传达给你。你就平心静气地接下这个彩球再说吧。

说什么呢？

这还用问？你儿子结婚成家了，你这个当父亲的，虽然事先不知道，但总得有点儿表示吧？

景予飞心忽然莫名地跳了起来。但他仍然佯装不明白地观察着喻佳的表情，小心翼翼地说：总不见得又要给她钱吧？

喻佳毫不客气地瞪了他一眼：别跟我装糊涂了。这么多年来，你该给什么钱和东西，我什么时候小气过？再跟你说一遍，你这个儿子你还算见过一面，我从来不知道他长得什么样，因此谈不上有什么感情。但爱屋及乌，他是你的儿子，也就是我的儿子。将来他要是肯叫我一声妈，我就当他亲生的看。永远不理睬我，我也永远不会反对你亲自己的骨肉。他结婚是早了点，但能够顺顺当当把人生的头等大事办了，无论如何总是个大好事。所以无论关系怎么样，钱你肯定是要出的。至于出多少，你自己看着办，手头不够就跟我说一声。

景予飞沉重地垂下头，不敢正视喻佳的眼睛：怎么会不够呢？你知道我一直都是有所准备的。但是实话说，我下午回家路上就考虑过了，如果是他本人来找我，要多少都好说。但给许小彗……谁知道她到底都用在谁身上了？

这个你别小心眼了。许小彗的感情是明摆着的，她不是早就说过，两个儿子，如果只有一口吃的，她肯定毫不犹豫地给言真。这话我信。人总是会有点偏心的，到底她跟小儿子的爹不会有什么真感情……

我也不完全是这个意思，总觉得……当然，从她对言真的感情来看，我也相信她是不会亏待言真的……但我还是觉得不能一下子给太多，欲望是无止境的，那样只会刺激她的胃口，不如细水长流来得好。何况，我总有一种预感，谁知道她后面还会生出什么花样来！所以，我觉得，就给个万把块钱再说，你看呢？

没想到喻佳却直摇头，显然她也是早就有过某种思想准备了：万把块太少了吧？另外，你想过没有，总得给你的儿媳妇一点儿实在的心意吧？虽然暂时恐怕是见不成面的，但见面礼总是要有的吧？

这……我连亲儿子面都见不上，更别提什么媳妇了。而且，他们事先连个招呼都不跟我打，我还要给什么见面礼？

情况特殊嘛，这你就别计较了。但既然已是事后的表示了，你少给点钱也行，比如给他个两万块，我觉得也凑合了。将来能正常相处的话，再弥补就是。但还是应该再买个像样点的项链或者钻戒什么的给小玉。这跟钱的意义到底是不一样的，就言真来说，尊重他妻子，恐怕比尊重他还高兴呢。

景予飞再一次探视了一下喻佳的表情，见她十分真挚的样子，就点了点头，同时又补了一句：我可不会买这些玩意……

我跟你一起去买就是了。然后赶紧给许小彗送去。

要是她不肯要呢？

你认为她会不要吗？

景予飞立刻摇头。

喻佳一笑：这不就对了！

4

不仅没费任何嘴皮子，而且，许小彗这一回表现得格外地爽快。景予飞反而倒有点儿狐疑了。

听到景予飞说要给言真一点心意，她格愣都没打就回了一声：好吧。只是，稍后她又补了一句：本来吧，我觉得是无所谓的事情。只不过言真小两口暂时还住在小玉父母家里，言真也是要面子的人。你有个态度，会让他在女孩家人面前光彩一点。我先代他谢谢你了。

还有一点让景予飞很不舒服的是，许小彗接到他电话时表现出来的惊讶，装得什么似的一个劲问景予飞怎么会有自己手机号的：我不是在信上叫你不要来找我的吗？

鬼话！景予飞心里直喊：你装什么蒜呀！嘴上也多少带了几分火气：你不是给喻佳打过电话吗？

哦，对对，许小彗刚想起来似的说：我是因为……喻佳可真是你的好老婆，什么都跟你说呀？其实我只不过是一时心血来潮，想找个人说几句没法跟外人说的闲话而已，根本没别的意思。算了，不说了，反正她比我有涵养。所以我也不跟她计较什么了。

计较？景予飞立刻警觉起来：你这是什么意思？难道她说你什么了？

这倒谈不上。但是，当年她……现在又来扮演这种角色，我也不是三岁小宝宝了，何必呢？算了，算了，我要在她这个位置上，也会这么说吧……这么多年都过去了，我早就没心思再跟你吵吵闹闹了，我也再不是过去那个什么都装不下的浅薄女人了。反正我心里清楚她是个什么心态就行了……也是，也是，我承认她也是不容易的——我们还在老地方碰头吗？好吧，那就明天中午老时间，老地方见吧。

照例又不容景予飞分说，电话就咔嗒一声挂断了。

景予飞不禁又沉重地叹了口气：我说的吧，还变得通情达理了呢！瞧那信上写的……喻佳不明白，我还不明白？你许小彗烧成灰还是许小彗！

出乎意料的是，两年多没见，许小彗还真让景予飞刮目相看了一把。

当然，主要是外貌上的。远远地望见她的身影，景予飞的心就莫名其妙地蹦跶起来。再看她那身穿着装扮，景予飞顿时觉得看也不是，不看也不是，眼睛完全没地方放了。

过去那个总是穿着随意甚至有时候有点落拓相，且常常一脸戚容的许小彗，如今突然变成个珠光宝气的贵妇人！本来矮小细瘦的她，突然猛蹿了一头似的，明显变高了也变得富态了。一袭深青而收腰的短风衣，紧紧地绷在身上，肩上还挎着个不知是真是假的名牌皮包。胸前则露出嫣红的绣花绒衣，还有条亮闪闪的珍珠项链。两个耳朵上也晃荡着两只不知金的还是银的大耳环。

近了再看，个子高的原因，是她穿了双坡跟的半鞠皮靴，那靴跟高得让她的身子明显向前倾，景予飞不禁为她捏了把汗；而气色明显精神的原因，多半也与她那涂得黑青拉乌的眼圈和过多的脂粉有关。毕竟也四十多的人了，她的脸庞分明胖了一圈，身子也明显臃肿了些。但若与她的年龄相比，仍然是不成比例。尤其是眼角，不笑的时候几乎看不见一丝皱纹。最夺目的还是她的头发。过去的马尾辫，如今变成了高挽的蓬松大发髻，鲜艳夺目的红黄挑染，活像只大红公鸡趴在她头上，顾盼自雄地跳荡在阳光下，却让景予飞心里感到说不出来的腻歪。

但这份感觉转瞬便被别一种复杂的滋味淹没了。

许小彗两只手上各提着一只大大的塑料马夹袋，那袋子的分量显然不轻，脚上又套着双高跟靴的她，一歪一扭吃力地走来，早已是气喘吁吁，脸上油晃晃地泛出一层细密的汗珠子。

因为拿不准那是不是许小彗带给他的东西，景予飞犹豫着该不该上前帮一把，许小彗大大地瞪圆了眼睛：接一下呀。

景予飞反而倒退了一步：你这是……干什么呀？

一点小东西，不值几个钱的。言真说，难得你有这份心意，所以他也想表示点自己的心意。

这么一说，景予飞觉得不好不接了。可是接过来扫视了一眼，又大大地抽起了冷气。一个袋子里是两瓶五粮液，另一个袋子里是两条红壳子香烟，景予飞一眼认出那是中华烟。还有一大盒包装十分精美的乌龙茶。

哎呀，你这是干吗……

他突然烦躁起来，心里非但不高兴，反而恨恨地腾起一股怨气：这是什么意思？请客送礼要办事，还是作为对我钱财的交换哪？这些华而不实的东西，对官僚权贵可能并不稀罕，他们家里随地乱堆的都比这票货色好得多，但你们是什么人？除了花自己的钱还有什么来路？可我给你们钱是过日子的呀，花在这种东西上，岂不等于在糟蹋我的钱嘛……

他想说出这种念头，却又意识到不妥。一时张口结舌，猛地从口袋里摸出自己的烟盒来：你看看，你看看！我平时抽的都是十块钱一包的烟，又实惠又便宜。你这种名烟名酒，我平时单位里应酬时吃点喝点也够了，你们却花大价钱去买来，岂不是太……不仅糟蹋钱，也太见外了嘛！

也许是后一句话让许小彗受用，她不仅不生气，反而咯咯笑起来：看你这话说得，你现在也是局长大人了，知道你不稀罕好烟好酒。想不到居然还在抽这种烂烟，也不觉得丢自己的面子吗？再说了，言真的一片心意，总不见得也买十块钱的香烟孝敬老子吧？

你不是说他……这真是言真买的？

这还有假！我才不会花这个冤枉钱呢。我也说他的，他还跟我顶嘴，说我不该这么小心眼，要么根本就别睬他，要么就做得大气点——你是不知道哟，这臭小子，现在说话的腔调也越来越像你了，动不动还教训我呢。就说这事吧，我问他，你老子非要给你点心意，你说怎么办？他一开口就把我呛个半死——让他给自己儿子留着吧……我说你怎么能这么说话，到底他是你亲老子，虽然伤过你的心，对你也还算不错的。现在儿子结婚给点钱，也是人之常情的事，你不要的话，不是太伤他心了？我告诉你哟，这小子还真是蛮像你的，嘴上凶得很，骨子里很善良的，特别懂情理……后来他就一定要我把这些带给你……

景予飞心里酸酸地涌起一股暖流，不禁脱口道：既然这样，那你干吗不叫他一起来见见我？我知道他对我会有些想法，但到底他也是快当父亲的人了，如果他肯和我对对话，我相信他最终会理解我的苦衷的……

没想到，一下子捅了马蜂窝。

许小彗倏地收住笑容，两眼瞪得溜溜圆，死死地盯了景予飞好一会儿，突然放开了嗓门：你……你不要难为他好不好？你怎么到现在还这么自私，一点都不考虑他的心理和处境？

我怎么是自私呢？这么多年都见不上个面，难道我……

可你别得寸进尺好不好？水有源，树有根，冰冻三尺，也非一日之寒。你站在他角度上想想看，这么多年了，他心胸再宽，也不可能对你没想法。起码，也会有点误解和怨气吧？我毫不夸张地说，他心里积郁的苦，只怕比冰山还要厚呢，你倒说得轻巧！怎么也得让他有个思想过程吧？

这我知道，可再怎么说……

别说了！很多事你根本就不明白，自从他知道自己的身世后，向来就反对我要你的一分钱！他还反复表示过，永远不会认你这个所谓的生身父亲！现在，他能有这份心意就很给你面子了，你倒好意思……

好吧好吧，你别激动了。实在不行就慢慢来。我的意思只是……

别以为我不知道你的真正心思！我可以说，你从来就没把他真正放在心上！

说着，许小彗的嘴唇一歪一歪地扭曲起来，紧接着一个急转身，竟捂住脸跑开了！

景予飞大惊失色，扔下东西追上去，大张双手拦住许小彗：好了好了，怪我说话欠考虑，你别生气。今后我一切都听他的。什么时候他原谅我了，就……否则，只要他能够生活得好，心情愉快些，我一切顺其自然。这话总不算错吧？

说着，赶紧把怀里的大信封掏出来，递到许小彗手上。

许小彗手一摆，身子又扭开去，还是不理他。景予飞急了：这怎么行？电话里都说好的嘛。要是你连这个也不拿，那你把你的东西也拿回去。

拿回去就拿回去。许小彗噔噔有声地快步回到搁东西的石凳前，提起马夹袋就要走。景予飞真慌了，一步跳到她面前，指着她鼻子吼起来：许小彗！你有完没完？

干什么？许小彗这回非但不生气了，反而冲着他挺直胸膛：你敢吃了我不成？说着，又向前逼近一步，那高高昂起的头差点就顶在景予飞的鼻尖上了。

景予飞不由得倒退了一步，心里又恨又恼，却又张口结舌，没了主意。

许小彗扑哧一笑，深深地剜了他一眼：你这个人哪——

突然便放下手中的东西，一把夺过景予飞手中的信封，打开包包放了进去。

没想到转眼之间，景予飞手中又多了件厚厚的东西。她羞涩地一笑：

我没事时打的。只是远远地见过真如，是估摸着你的身材打的。要是他穿不下，就你穿吧。

说着往景予飞怀里一塞，掉过头，咯噔咯噔地，飞快地走远了。

哎哎！你这是，你……

许小彗头也不回。

景予飞知道再追也没意思了，便收住了脚步。再看手中，沉甸甸的，是一件咖啡色的加厚长毛衣。

哎呀！哎呀……他非但不觉得高兴，反而像捧着一团火似的连声哀叹：干吗又来这一套呀！我要的就是一个太平！你却偏偏……

他恨恨地跺了下脚，一屁股坐在石凳上，好久没力气站起来。

我的个天哎！他抱着头嘀咕道：想见的见不到，连说说都不行！不想见的，只怕你到死都躲不了！我怎么就逃不出她的掌心呢？……

也许，根本上还是我不对……早就明白了的，应该认命，应该面对现实，应该顺其自然……唉，骨子里还在抗拒，还想逃避……

做梦去吧，景予飞先生！

5

虽然有了思想准备，总觉得接下来又会重演过去的一切，不断地发生些什么。

可是接下来的近两个月里，许小彗竟然毫无动静，一个电话没打，一封信没写。景予飞绷紧的神经渐渐地松弛下来，不由得暗自庆幸：看来还是旁观者清啊，喻佳说得不无道理，自己对许小彗的成见恐怕是太深了些；而人家还真有变化呢，起码，比过去识趣得多了……

这么一想，别一种情愫就涌了上来。有时独自在静夜里醒来，不禁又有些牵挂地想起：会不会他们真就打算这样和我保持距离一辈子下去了？如果真这样，我也该顺其自然吗？

但言真到底是怎么想的？都结婚成家的人了，早就该有了自己的性格和意志，为什么他至今还不和我联系一下？他真的会这么决绝地不愿意认我？也许他当真有什么我体会不到的苦衷在？也许，一个有着他这样特殊经历的人，就是会有这种反应？毕竟，我只需考虑并应对他的存在；而他，作为一个儿子，又是许小彗含辛茹苦地拉扯大的，他和母亲的感情肯定要大大深于我，考虑问题就绝不会如我这么简单，必定要首先顾及许小彗的感受。如果他认为会有伤母亲的感情，肯定就会有所犹豫而宁可舍弃我。

何况，这样的孩子对他从未谋面的所谓父亲，思想感情会有多复杂，可能真不是我或一般人所能体会得到的……

那么，我该怎么办？真的就这么听之任之，得过且过下去吗？这样可以苟安于一时，可要长久下去呢，终究不是个事吧？

景予飞越发地愧疚起来：或许我真是自私了些。这么多年来，有意无意地，总把许小彗和言真的存在视作一种负担，而太少从他们的立场和情感上考虑问题……

尤其是许小彗。长期的纠结下来，景予飞越来越深刻地感觉到，这个初看瘦弱而娇小、骨子里却分明是刚强而顽惄，甚至还疯狂而偏执的女人，是多么地与众不同，多么地不好对付。她身上总是有一种不同寻常的特质呈现出来。但是，细想想，她的所作所为，她的一切的一切，或许又的的确确是和我息息相关的！而我，不管有意还是无意，恐怕又真是多么明显地、多么严重地摧残了她的神志、她的性格、她的理性，甚至她的一生啊！她的拼命挣扎、反抗、搏斗甚至胡搅蛮缠、倒行逆施、诡计多端、永无餍足，实质上不过是想报复自己的命运，或者重新掌握自己的命运吧？

可是我，实在也是无可奈何呀，如果许小彗稍稍温顺一些，宽容一些，一开始就能通情达理一些，不把彼此的关系搞僵，我也不至于这么畏缩、厌惧……

我实在是被她搞怕了！世道人心也不能不让我有所顾忌，以至忽略了他们，尤其是言真的内心感受，他的心情肯定要比我痛苦得多，复杂得多。也许至今我们的这种格局，也根本不是他所期望的，但他却忍辱负重而不得不咬牙承受自己的不幸……

唉，细想也是啊，这么多年来，许小彗的忮刻和任性（显然还有刻意的报复和作乱），对自己虽然有过许多伤害，但客观上还真是没有伤害过我的根本啊；而我，情感上却始终视之为包袱甚至敌对者，而取一种能躲就躲、不能躲就应付的态度；站在她的立场上想想，恐怕也就越发地咽不下这口气了……

如此看来，倒是我亏欠他们更多一些呢，尤其是对言真！

怎样才能改变这一恶性循环的尴尬局面呢？

唉，积重难返啊！情感上和事实上的僵局，一旦形成，可不是轻易能够突破得了的！

看看再说吧……

6

正是在这种背景下，仿佛有着某种心灵感应似的，突然就飞来了一个差点没要了景予飞命的可怕消息。

是一个中午，在市里开了一上午会的景予飞，正倚在办公室的沙发上打盹，电话铃骤然大作。他迷迷瞪瞪地后悔着自己忘了挂起电话，一边不情愿地抓起话机，不料那“喂”的一声，竟是许小彗的声音，他霎时蹦了起来。

景予飞啊，你不要着急啊，因为事情太急，我只好向你求助，所以……

景予飞像是被谁突然间推了一把，身子一下子摇晃起来，他慌忙扶住桌子，失声叫道：什么事？

言真哎！言真他，他……许小彗突然抽泣起来，呜呜咽咽好一阵说不出话来，这更增添了景予飞的恐怖感，声音也颤抖起来：言真他怎么啦？你快说呀？

言真他……他昏过去了！是昨天夜里的事情，差点没把我吓死哎……

啊！怎、怎、怎么回事？

昨天夜里，他在家洗澡的时候，突然昏倒在卫生间里，头撞在浴缸边上，当场起了个大血包……幸亏小玉发现早，跟她爸撞开门进去，又打120喊了急救车……说是急性心肌炎发作，幸亏脑子没事，抢救得还算及时……

景予飞哼了一声，突然觉得透不过气来了。几分钟前还阳光明媚的室内，突遭乌云般一片灰暗；电话机、桌子、桌上的笔筒、墙上的装饰画，眼前的一切都一阵远、一阵近，一阵清晰、一阵模糊地幻化出金紫红蓝的怪异光泽。紧接着，大脑一阵嗡嗡的闷痛，他双腿一软，瘫倒在沙发里，大口大口喘息着；心里急着说话，嘴里却一个字也吐不出来。

所幸，意识还模糊地存在着，但许小彗急促的话音已变得十分遥远而怪异：

我一大早得到消息，就急急忙忙赶到泽溪来。所以钱没带够。医生说要先交八千块押金才能住院，小玉要让家人把钱垫了。可我觉得，言真他本来就是寄人篱下，现在又突然生了这种要命的病，再让他们出钱看病，不是更要让小玉家人看轻他吗？可是我走得匆忙，身上只带了两千多块钱，你能不能……喂，你怎么了？怎么不说话？喂，喂！

景予飞的手还紧紧地抓着话筒，嘴里那刮风般粗重的喘息声，显然吓着了许小彗，她突然哭喊起来：景予飞！景予飞你怎么啦？你干吗不说话？你开一下口呀，你要把我吓死啦……

景予飞大口大口地喘息了好一会儿，终于觉得胸口松了点，于是勉强开出口来：我……在听着呢，你……你说吧……

他伸手一摸，满头满脸的虚汗，于是竭力挣起身子，拿过桌上的茶杯，抖抖地喝下几口水，这才觉得有所缓解，于是加大声音说：我没事的，他……现在怎么样？

不行，你先告诉我你怎么了？千万别也……景予飞你一定要挺住啊，要不然我……言真要是知道了，也一定……妈呀，我的命怎么这么苦呀……

别胡思乱想好不好？我刚才就是有一阵头晕。最近血压比较高，心率也快了些……但我一直正常用着药的……

景予飞说的是实话。前年的体检中，他就被发现血压偏高，在160/95。经过二十四小时动态血压检测，被确诊为高血压，而且后来做的C4也提示，他的大脑中还有一处陈旧性的腔梗灶。心脏彩超倒没查出什么明显的问题，但是心率偏快，经常超过一百，医生说是窦性心动过速，认为这和血压有关，也与他长期来的神经衰弱表现有关。景予飞自己更清楚，这无疑和自己长期的心志不畅、精神包袱过重分不开。好在经过坚持服药，症状已得到控制。今天想必是消息来得太突兀，以致血压骤然升高才造成刚才几乎晕厥的现象。

他不停地劝慰着许小彗，终于把事情的经过了解清楚了。只是让他疑惑的是，言真怎么会在泽溪发病？

许小彗说：这个我没告诉过你吗？哦，是这样的，他和小玉不是大学同学吗？小玉是泽溪人。毕业后他因为没有房子，就暂时住在小玉家里，自然也就在泽溪找工作了……嗯……他大学学的是土木工程，现在在一家监理公司做工程监理。工作是不错的，但是年轻人刚到新单位不久，什么苦活累活不都得他们做吗？言真现在真是苦得要命，成天被派在各个工地上跑，脏得很，有时回来就跟个泥猴子似的，还动不动就加班，真是没日没夜哦……我早就叫他不要这么苦自己，他还说这怎么行，我就要趁年轻好好干出点名堂来，将来也好多挣点钱，省得你再为我吃辛咽苦，我说我宁愿一辈子做牛做马，也不要你……

他现在哪家医院？我这就赶去看看他……

干什么？你自己都……你就别给我添乱了好不好？医生说，他现在问题不大了，小玉家人也都是医生，他们都在看护着言真呢。再说，言真是心脏的问题，最受不得刺激的，你还是保重好自己要紧。

这……景予飞觉得许小彗的话也有道理。他心里虽然很着急，实际上也存着某种顾忌，身体也依然觉得很软弱；如果不是情况危急，他也并不真想在这种情况下去看言真。于是迟疑片刻后，他便顺水推舟道：也行，但我知道，心肌炎有时是很危险的。如果他……万一病情加重，或者有什么别的情况的话，你一定要在第一时间……

喂！别说这种不吉利的话好不好？他现在已经脱离生命危险了，只是还要住院观察治疗一段时间。医生还说了，出院后也至少需要安静休养几个月……

那我怎么把钱给你？要不我马上赶到泽溪去，只和你见一面……

这怎么行？你身体又不好……要不，我给你个银行卡，你先打个五千块钱到我卡上，等言真病情稳定下来，我就把钱还给你……

说什么呢？这时候还说这种屁话！景予飞恼怒地打断了许小彗的话：快把卡号告诉我，我一会儿就把钱打给你……

放下电话，景予飞刚迈出一步，就觉得天旋地转，浑身还在痉挛地哆嗦着，怎么也停不下来。他扶着桌角，闭着眼睛使劲在心里激励着自己：挺起来！景予飞你给我挺起来！他焦急地喊出声来，又从抽屉里摸出常备的佳乐定，赶紧服下一片。又定了定神后，便毅然关上门，一面继续在心里鼓励着自己，一面高一脚低一脚、身子飘忽地赶往附近的银行。

填单子的时候，他刚写下五千块的金额，忽然又停下了笔。言真现在恐怕还没有医保什么的，这种病，五千块怎么够呢？于是扯掉单子另换一张，毫不犹豫地填了一万块。

可是，刚刚走出银行的旋转门时，他忽然愣了一下；一个不期而至的念头，天外来石一般，蓦地砸进他心海：要是他这回没有救过来的话，会是个什么局面？或许对我来说，倒是个好事呢——

想什么呢你！他猛地打了个激灵，抬手就敲了自己脑袋一拳：他可是你的亲生儿子！

7

嗬！一万块啊？你……你可真够大方的啊！

望着喻佳突然瞪圆的双眼，和她那显然因强抑着不满而有点扭曲的脸，景予飞心里突地一沉：对自己在经济上的这类额外开支，以往喻佳基本上是并不介意的。怎么今天会是这般反应？

他不禁暗自后悔，不该把实际数额告诉她。可是，喻佳向来是很体谅自己的呀，也许她今天有什么不开心的事情？或者，这个数额突破了她的某种心理底线？可是，言真得的可不是一般的毛病啊！可能她并不了解心肌炎的性质吧？

于是他慌忙辩解：这可是救命的事呀！你可能不知道心肌炎是什么性质的毛病吧？这可是非常凶险的毛病，有着相当高的死亡率。原来我在泽溪学校的一个女同事，多漂亮多出色的一个优秀教师啊，就是心肌炎猝死的！刚生了个女儿，还不到三十岁就……

果然喻佳并不以为然：这种情况毕竟是个别的。事实上言真不是已经脱离生命危险了吗？而且，老实说，我怎么总觉得这件事似乎有点玄乎呢……你过去不也常常怀疑许小彗言词的真实性吗？怎么这回就毫不犹豫地相信她了？

这个……具体情况具体看待嘛。生老病死，人之常情。过去许小彗是经常欺骗过我，但这回……你不是也觉得她现在拎清多了吗？况且，我也不是没有头脑的人。许小彗这人很迷信的，经常提到她会到哪儿哪儿去烧香拜佛，而她对言真是爱之入骨的，要是言真没病没灾的，她肯定不会拿他的身体健康来说事。这么多年来，我还暗自庆幸过，幸亏言真很健康，否则不知要给我多添多少麻烦呢。

哼！你可真是好了疮疤忘了疼哪。许小彗没拿言真的健康说事？我记得你跟我说过的就不下三四回。有一回，还是言真上高中不多久的时候吧，许小彗说他得了肺炎住在医院里，也是要死要活的。你前前后后给过她多少次钱？你还跟我说，后来你实在受不了了，拉住许小彗，死活要跟她直接上医院看个究竟。这以后，她才不大拿生病说事了。

这……但这也不能证明这回就是假的呀？

我也不是说一定不是真的，只是总有一种直觉……你想，都病得这么重了，为什么她还是不让你去看言真？

我不是告诉你了吗，这是因为……我觉得她的理由还是有道理的。再说，其实我也不想真去泽溪看言真。别的不说，那边人多眼杂，女方家的人也都在，我去了可能反而会节外生枝。更麻烦，也只会花更多的钱！

行了吧。我看啊，就是你这种得过且过、花钱买平安的心态，让许小彗牢牢抓住，才得寸进尺，玩弄你于股掌之中。

花钱买平安？难道你不也是这么想的吗？还一直这么劝我的，今天怎么……

我想是我的事，你想就是你的事了！起码，你在还没弄清到底是怎么回事的情况下，就大把烧钱，头脑也未免太简单了……

什么话？也许是被喻佳戳到了某种痛处，景予飞突然焦躁起来：这回肯定不是假的。否则，以许小彗的头脑，我相信许多细节尤其是涉及专业性的细节，她不可能编得有鼻子有眼的，比如什么病，用什么药，大概需要多少钱，我觉得都是很真实的。那么，我请问你，作为一个父亲，遇到这么紧急的情况，自己又不便或者说不想过去看上一眼，给个一万块钱就过分了吗？还烧钱呢，我都急得差点没中风休克，你却只知道心疼这几个臭钱！真没想到，你居然会在这种时候跟我唱对台戏……

我要有心思唱什么戏倒好了！你好大的口气，一万块钱还是臭钱哪？喻佳的嗓音也陡然尖厉起来：你拍着心口想想，这么多年了，你付出了多少臭钱了，我什么时候跟你唱过对台戏？而且，同样是你的亲生儿子，真如去年在大学军训摔断了胳膊，一个人痛不欲生地躺在武汉的宿舍里。我要你一起去接他回来，你说工作太忙走不开。我带他乘飞机回来花了两千多，你居然说太破费了，胳膊断了又不影响坐火车。而且整个过程中，你一共给了我多少钱？区区三千块！你说这算不算臭钱？

话怎么能这么说？真如和言真都是我的儿子，我怎么可能偏爱一个而薄待另一个呢？如果真要说有，那也只能是薄待言真。毕竟真如是我们从小就呵护有加地带大的，而言真他一天也没有享受过应有的父爱……

真如就享受过你的父爱了吗？从小到大，你关心过他的学习还是关心过他的冷暖？偶尔我顾不过来，要你到学校参加个家长会还推三诿四的。而平时你和他有多少沟通交流？回到家里总是一副神不守舍的冷漠表情，真如有什么困难和心事从来不敢跟你说，偶尔问你个什么事也总是哼啊哈的一副不耐烦的样子！这倒罢了，小时候你横眉竖眼地硬逼着他改变左手拿筷子的习惯，害得他心理产生障碍，到现在还有点口吃。还有那回，偶然听老师说起他体育课操练时老出错，会不会左右分不太清。你回家就逼着他跟你练立正稍息左右转，做错一次就大声呵斥，逼着他重做十遍！三伏天那么高的气温，你半个多小时不放过他，连口水也不许他喝——老实说，有一个想法闷在我心里也不是一天两天了——我真的怀疑你，是不是出于某种阴暗心理存心折磨他，以求得自己的心理平衡！

胡说！我怎么可能折磨他呢？明明都是为他好嘛！

不管怎么说，这么多年来，你满脑子装的都是言真总不假吧？

你这么说也太夸张了！我不否认言真的事牵扯了我很多精力，但你是知道的，我不过是觉得……我对他的命运无能为力，所以，想在经济上补偿一些，根本上也是为了安慰自己的良心。

这个我也不否认。我也不是真在斤斤计较真如和言真间的得失，更不是反对你对言真好，这点你应该有数。但你却应该明白，我们这个家庭面临的这种极不正常的局面，根本上不是我和真如造成的。我可以理解你，体谅你，但你不能因此而理直气壮地忽略我们母子的感受和正常的需求。实话说，我自己倒都无所谓。但对真如来说，我也相信你不会有意刻薄他，连回飞机也不舍得让他坐。但是由于你长期以来，主要精力和财力都有意无意地倾斜在言真身上，结果就造成真如应有的关爱和生活质量，客观上受到了影响……这点你能否认吗？

景予飞猛地吸了口冷气并夸张地摊开双手，急欲否认却突然间失却了底气。怔怔地看了喻佳半晌后，他虚弱地瘫坐在椅子上，不得不承认道：这个，我过去倒真没有意识到，也许……

而且，你想过没有？真如到现在还丝毫不知道自己还有一个同父异母的哥哥在。要是他知道了，会作何感想？而这种格局对他是不是公平，我们又能瞒他到哪一天，如果有一天必须告知他或让他意外得知了真情，我们又该如何告知或面对他的情感反应等等，你都考虑过没有？

当然考虑过。不，焦虑过！可我又怎么是好呢？而目前这么做完全是出于对真如的爱护，也是……你明明知道，我也是不得已啊！

可是这种局面何时能改变，哪里是尽头？暂时我们都可以不去多管它，但树欲静而风不止，眼看着又有了越来越变本加厉的势头，你让我……

怎么是变本加厉呢？小孩生病毕竟还是偶然的事情。而且，言真毕竟成人了，将来……

正因为他成人了，正因为想到将来，我心里才更没有着落呢！你想过没有，恐怕要不了多久，你儿子就有儿子了！儿子你可以不多管了，孙子的冷暖安危你总不会不放在心上吧？而子子孙孙是没有穷尽的！

脑子里嗡地一响，景予飞张口结舌，再一次愣怔地看着喻佳，心里顿时乱成了一锅滚粥，咕嘟咕嘟地翻滚起无尽的错愕与悲凉。

显然，今天喻佳的态度，与她心中这巨大的隐忧不无关系。但这，何尝又不是景予飞自己的隐忧啊！

同时，他也突然十分恐惧而绝望地感到，那个一向在自己心目中坦荡、大度而善解人意的妻子，突然间变得陌生起来。或者说，真实起来。

无疑，喻佳并不像自己想象的那么毫无芥蒂或轻松自适。她也有不满和伤感，她也有失落与悲愤，她也有忧虑与绝望。只不过长期以来，她总是以理性和宽容的隐忍，将这一切酸楚和屈辱深深地压抑在内心。一旦某种压力突破她的心理底线，就像被巨压突破的高压锅气阀一般，突然迸发。

而景予飞却不能不承认，这种爆发是合情合理的。喻佳的言词也是无可辩驳的。今天这种极不正常的现实，带来的绝不仅仅是他个人的厄运……

而出路何在？

根本就望不到头！“子子孙孙是没有穷尽的”——岂不就是这回事嘛……

他又一次陷入巨大的愧疚与惶恐之中。

更为焦虑的是，喻佳和这个家庭，毕竟还是自己的精神支柱。千万不能连她也失去耐性，后院起火的话，我的日子可真是没法过了……

这么一想，不禁急切地说：喻佳，你说得都没错。其实我也很清楚这一点。但事已至此，除了直面现实，我还有什么更好的对策呢？但是你千万还要一如既往谅解我啊，否则，后院再失火的话，我就走投无路了。

没想到，这句话却更深地刺激了喻佳，宣泄了一通的她本已平复了些，现在一下子蹦了起来：后院失火？到现在你还在“我我我”的思维里打转转！我是你的后院，你是我的什么？我跟你过到现在，何曾有过一天的安逸日子？不光是后院，前院也早就浓烟滚滚了，你不知道吗？而且你看好了，总这样下去的话，总有一天我们这个家都要给烧个精光！

说完，一头钻进卧室，砰一声碰上了房门。

大惊失色的景予飞愣了好一会儿，终于还是觉得自己理亏，便硬着头皮推门进去想再劝慰一下，却见喻佳已钻进被窝，头蒙在被子里，任他怎么赔罪、道歉，就是一言不发。

景予飞闭上嘴巴，无趣地坐了一会儿后，默默地退回书房里。心里恰似塞满了一堆阴燃着的湿茅草，不起火却猛蹿烟，炙烤得他坐也不是，站也不是。

长吁短叹了好一会儿后，他终于感到疲惫不堪了，索性躺在长沙发上想心事。迷迷糊糊间，也不知过去了多长时间，景予飞耳中突然钻进一串瘆人的惊呼声：抓小偷！抓坏蛋……快来抓小偷啊……妈哎，妈哎，救救我，快来救救我吧……

他一跃而起，快步冲进卧室，这才明白，又是喻佳在说梦话。借着客厅透进的灯光，他看见喻佳在床上挣扎着，一只手捂住脸，嘴里还含混不清地呐喊着。

他稍稍放了点心，想了想，还是决定不去惊动喻佳，于是又悄悄地退回到沙发上。

喻佳做这样的梦，说同样的梦话早已不是第一次了。以前景予飞也常常会在夜半被她惊醒。习以为常的他并没有太当回事。今天，他却突然有了一种顿悟式的深疚——别看她平时总显得乐呵呵的，几乎从来不责怪我什么，从来都自然而然地顺从着、协助我应对所面临的一切；实际上在她心里，压力还是在不断地积聚着啊！这样的梦，无疑是她的潜意识对心理的调适，对压力的一种释放啊——她几乎从来不向我呼救，而总是乞求于自己的母亲。不仅因为这是一种本能，更因为她清楚自己的困境是我所无能为力的。而她的娘家人，至今没有一个知悉我的内情。难为她守口如瓶这么多年，其本身，也是一种莫大的心理压力呢……

那么，是谁害得她这样紧张、绝望？

是谁“偷”走了她的生活？

毫无疑问，是我，是许小彗。

而根本上的“坏蛋”，还是我！

他唏嘘着，心情沉郁地叹息着，也不知过了多久，才迷迷糊糊地闭了会儿眼睛。

等他一觉醒来，室内已是大亮。艳艳的阳光洇过薄薄的窗纱，瀑布一样流泻进来，万千浮尘则在一长道窄窄的光晕里欢快地旋舞着，让他心里多少也浮起了一丝暖意。但家里却静得没有一丝声息。

他挣坐起来，冲外屋喊了几声喻佳，毫无反应。摸出手机一看，都过了八点半了，想必喻佳已经上班去了。

他一跃而起，这才意识到，身上不知什么时候盖上了一条被子。

8

他心里一热，鼻子竟酸了起来。

哎呀……说到底，都是我的罪过啊！

但是，喻佳的话会不会真有几分道理呢？许小彗难道真的又要了我一回？

他决定给许小彗打个电话探探情况。可是刚按了几个号码又放弃了：何必多事呢？真有什么变化，许小彗一定会再找我的。而钱都打过去了，再探究又有什么意义？不就是几个钱吗？我倒宁肯这是假的，言真太平不比什么都强吗？

恰在这时，手机上咚的一响，飞来一条短信。一看见这个号码，景予飞的心忽地又揪了起来。

许小彗说的是：医疗费已付清了。非常感谢。我正在回藩城的汽车上。

他的心宽慰了一点。但只是短短的一瞬，随即又绷紧了：许小彗这是什么意思？言真病得这样，她怎么又回藩城来了？是不是有什么别的事情？总不至于和我有关吧？

想了想，他决定不回信，免得惹出什么新的烦心事来。反正她的信没有必须回话的意思，不要给她造成个频繁联系的感觉——景予飞的心理还是相当矛盾的，一方面希望得到些言真的消息，但又不愿意与许小彗多联系。有时想到她都是一种痛苦，却又怎么也回避不了。

什么时候能和言真建立起直接关系就好了，那样许小彗还有什么理由再来烦我？——但是这恐怕正是许小彗所忌讳的。而她要想烦我，有的是办法和手段！而且真那样了，谁知道会不会又是别一种烦恼的肇端啊……

但是不回许小彗的信，终究是个困扰的事情。他太了解她的脾性了，任何时候都容不得他有半点轻慢。所以上班的时候景予飞总是不由自主掏出手机看看，许小彗是不是有新的短信过来。办公桌上的电话机一响，他都会心惊肉跳，唯恐那是许小彗的电话。总觉得这一波的事情还没了。言真还躺在医院里，她却回到藩城来，多半会和自己有什么关系。

果不其然，十一点多的时候，桌上的电话机里真切地传来许小彗的声音：

我给你的短信为什么不回？

我，在开会……景予飞赶紧转移话题：言真情况怎么样？好点了吗？

医生说，病情稳定多了。但要出院还早。你不知道他多么虚弱哦，脸上没一丝血色，说话也轻得像蚊子叫。不过，我跟你说老实话，他知道我把病情告诉你，非常生气，坚决要我把钱退给你……我也不知道为什么。反正……我说了，我说他也是一片好心，他也急得不得了，你不能伤他的心……后来他——你下来一下好吗？我就在你们马路对面的大红楼酒店门口……没什么事情，就是他让我带点东西给你……

景予飞顿时气不打一处来，不由得从椅子上站了起来，电话线不知怎么缠住了他的左肘，他也无心管它，就那么用紧紧握拳的右手有节奏地在空中挥舞，仿佛一个在台上慷慨激昂的演讲者一样喊着：你就为这事扔下言真回藩城来的？

笑话！我回来拿点自己和他的生活用品，下午就要赶回泽溪去的。言真这个病不是短时间恢复得了的，我决定在泽溪租个房子专门照顾他。

听到这话，景予飞心里稍稍松弛了几分：但这样你们不是更需要钱了吗？干吗还乱给我买什么东西？我不是说过无数次了，我不需要任何东西！何况他自己都躺在病床上，干吗还费神给我带什么东西！

不瞒你说，我也这么想的呢。可是，谁让他是你的儿子呢？

鬼话！弄不好又是你搞的鬼名堂！景予飞心里愤愤地想着，嘴上却没有说出来。这女人，怎么就不肯消停哟！

就一点小东西呀！你也不能伤他的心吧？

可是……景予飞本能地伸出头去看了看楼下，什么也看不见。心里的烦躁又添了几分。他实在不想为了拿什么东西而跑出去见许小彗，更不想在人多眼杂的单位附近去见她。对于他来说，相安无事，精神的安定，永远是第一位的需求，否则任何物质都无补于此。何况别人的东西还罢，每回收了许小彗和言真的东西，对他而言都无异于一种折磨而不是快慰。于是他加重语气说：那你就告诉他，他的好意我心领了，东西就自己用吧。告诉他一定要放松心情，安心养病。

这怎么行？回去我怎么向言真交代？

我现在也不在单位，我是在外面开会……

别骗人了好不好？这明明是你单位的电话……你要是不想下楼，我送到你办公室好了。

景予飞顿时语塞，不由得恨恨地跺了一脚，足跟上立刻传来一阵钻心的痛。头皮也一奓一奓地跳着，心里厌烦到极点，却又无计可施。只好答应立刻过去。可是扔下电话后，心里的火却越发地大起来。脚边正好有一只装满书刊的纸板箱，于是换了只脚又狠狠地踢了一下，纸板箱滑开几尺远，腾起一片颤抖的尘雾。他犹不解气，眼睛四下里扫了一圈，看看有没有别的东西可供自己再踢或者用拳头砸它个稀巴烂。东西倒是很多，可他最终还是没有那么做，而是一屁股坐到对面的沙发上，重重颠了两下，顺带着又在沙发扶手上狠狠地捶了一拳。搞什么名堂！你他妈净跟我搞的是什么名堂！

正是快下班的时候，大院外已有三三两两的同事出门回家。景予飞窝着火，贴着墙根，躲躲闪闪地避着熟人，出了院门先向左出溜过去，走了一长段再越过马路到对面，反向迂回到了大红楼酒店门前。一眼看见许小彗正笑眯眯地迎着他，而她身边的台阶上，放着两只大大的手提袋子。

他差点要破口大骂了，一转眼看见许小彗满面通红，额头沾着缕缕乱发，心不由得软了：哎呀！你这是何必嘛！

他快步上前，一把拎过袋子：谢谢言真了！但是千万千万要告诉他，以后再也别跟我客套了。要知道，这反而让我……唉！

一面嘟哝着，一面已扭过头慌慌张张地走了。过了马路，又觉得自己这样的表现未免过火了些，便又回过头去，想向许小彗打个招呼，却发现许小彗已经不见了。看来，她倒还是蛮拎得清的，知道有所回避……可这么一想，心里又泛起几分歉疚——其实她也是……唉……

回到办公室，赶紧给许小彗发去个短信，不提别的，说了一番感谢和关心言真的话，以期示歉。

可是许小彗并没有回信。

再看那两袋东西，不由得又倒吸了几口凉气：又是两条软中华香烟，和一个木盒精装的 XO 皇家礼炮大礼盒。小心地打开盒子，里面还带着一块金光闪闪的手表，也不知是真表还是假表。这种酒景予飞没有喝过，更没有买过，所以不知道要多少钱。但粗粗一估摸，这么些东西没有个两三千块钱，肯定是下不来的……

9

2005 年 10 月下旬，又是一个突如其来、百感交集的日子，猝然揳入景予飞的人生。

说它突如其来，说它猝然，并不等于就是说，景予飞从来就没有关于它的任何思想准备，而是因为，在此之前几乎毫无关于这个事实的迹象。和以往的一些重大状况，如言真读大学、就业、结婚一样，许小彗之前几乎从不谈起。景予飞偶然问到言真好不好，最近怎么样了，回答多半是说还好，或者就这样呗。因而某种消息总是在事实成形后才传递给景予飞，让他陡生一种说来就来、猝不及防的感觉。有时便不免怨恨许小彗行为怪异，故弄玄虚。细想想却又完全在情理之中：这就是许小彗，这就是许小彗风格。主动权在她手中，她也完全有卓尔率性的资本或砝码。而你，不敢拿自己的名誉地位和既得利益与之赌博、较真，也没有精力和兴趣陪她玩情感游戏。所以她爱怎样想就怎样想，她爱怎样做就怎样做。何况，时间如逝水，不舍昼夜，生命如列车，日夜驱驰。孩子的生长形态千变万化，终究都有一个自然的共性，他们也要如我们一样，一天天长大，驶过自己人生的一个又一个驿站。

许多事，我本来就该有所思想准备。事实上，或多或少，自己也总是有所预期的。毕竟……

特别是这封来信。景予飞拿到手中一捏，就有一种硬扎扎、显然夹着什么东西的感觉。一种与前不同的预感油然浮起，总觉得又有什么重大事件发生了。虽然看过之后仍然是惊愕甚至惶恐多于喜悦，担忧乃至伤感多于满足，几乎不愿相信这是真的。

景予飞先生：

虽然你不一定会感到高兴，但是我，还有言真，还是要万分高兴地说一声：恭喜你，你当爷爷了！

就是说，不管你情愿不情愿，你现在已经有了一个白白胖胖的孙子了！

五十一岁就当爷爷了，你会把它看做自己的福分，还是累赘？你现在是在欢笑，还是在颤抖呢？

言真说，管他怎么想呢。我当爸爸了，这就足够了！我只想找个没人的地方，痛痛快快地向着高山大海呐喊：感谢苍天！感谢命运！从今以后，我只为这个可爱的大胖小子而活！我是他唯一的守护神！

真希望你多少会有一丝喜悦啊！

我太自豪了，所以，送两张满月照给你作个纪念。看看这臭小子，有没有几分像你？说真的，我怎么越看越像啊，看他抿紧的嘴唇，看他炯炯的眼神，还有，你看这臭小子才多大点儿呀，就会假模假样地装深沉啦。

对了，我还没有告诉你孙子的名字呢。他叫言如一，是言真起的。小玉家人起先还说，这有什么意思吗？言真说，没有特别的意思，我喜欢而已。只有我明白，他在想什么——儿子呀，儿子！从此我只为你而活，只为如如活！天塌地陷，赴汤蹈火，万死不辞……

典型的许小彗风格。虽寥寥数语，包含的内容却一点儿也不少。但这并没有激起景予飞多少感情的涟漪。此时他关注的不是许小彗的想法，而是这个事实本身。虽然早就明白这个事实迟早会来到，但它真正降临之际，那份难言的感受，那种突兀的冲击，绝不亚于一场暴雨，哗哗地倾注在灵魂深处。

拿照片的手一直在微微颤抖。多年以前看到言真的婴儿照的情景，恍若就在眼前。所不同的是，那时他匆匆地瞥一眼就把照片扣过来放在桌上，心悒悒地绞个不停。此后，那照片就一直保留在自己的抽屉深处，偶然翻到时，也始终不会多看一眼，似乎这样心情就会轻松一点。

这回却不同，他戴上老花眼镜，捧着照片呆呆地看了好久，过一会儿又忍不住走到窗前，借着阳光又细看了一遍，嘴里不停嘀咕着：言如一？始终如一？如如？搞什么名堂嘛，肯定是你的主意……像什么像啊！才多大点孩子，哪个不是差不多的模样？纯粹是自作多情……

两张彩色照片都是襁褓照，小家伙倒真是圆头圆脑的，长得倒煞是可爱。尤其那两只乌溜溜的眼睛睁得大大的，似乎对这个世界充满了好奇，又似乎在打量着景予飞是个什么角色。

照片上用红字印着“如如”、“百日纪念”。中间有几行淡蓝色的小字：

生于：2005 年 7 月 28 日 19 点 20 分

身高：54 厘米

体重：3700 克

体况：良好

——景予飞突然一阵冲动，对着这个孩子轻轻地亲了一口……

10

多年来，景予飞始终抱定一个宗旨，关于许小彗及其一切问题，都要毫不隐讳地告知喻佳。不仅因为这种姿态本身就表明了自己的立场，更因为她从一开始就不是局外人。对自己的这个问题，她总体而言是持着一种积极而理智的姿态的。躲躲闪闪没有必要，反而会使自己多一层思想负担。而有了她的体谅与宽容，景予飞的精神压力就小得多。面对着许小彗及言真的问题，许多时候，景予飞会有把不准火候甚至一筹莫展的感觉。喻佳的具体意见和态度，不仅让他茅塞顿开，还大大地提升了他应对的信心与意志。

这回也这样，尽管此前有过一些不愉快，但他仍然毫不犹豫地决定把这一新情况向喻佳通报。越是这种时候，他越需要她的精神支撑和具体建议。

令他感到困惑的是，不知许小彗出于什么心理，这回，喻佳又是不待他通报，先已从她口中得到了这个消息。

让他颇感安慰的是，喻佳的态度比他想象的要乐观而自然得多。

照片呢，快把你孙子的照片让我看看。她一进门就扔下包包，喘吁吁地向景予飞索要照片。

景予飞一听就明白，许小彗又给喻佳打过电话了。他故意显出一副不以为然的态度，淡然地说：哎哟，有什么好看的，就那么回事。

他更想知道的是许小彗都说了些什么。喻佳眉毛一扬：还能说什么？显宝呗，大肆炫耀呗。跟以前一样，呱呱呱呱净是她的话，我都插不上嘴去。说什么……是叫如如吧？如何如何聪明，如何伶俐，如何讨人喜欢，门口人都说难得见到这么聪慧可爱的孩子；她还说，如如都会牙牙学语了，昨天晚上小玉妈妈哄着他让他叫自己婆婆，没想到他张口竟是“爷爷”！

哧！景予飞像吃了个苍蝇似的直摆手：别说了，别说了！怎么可能的事嘛，明摆着都是她编出来的，你还当个真啊？

我管它真不真呢。但只要她高兴，爱怎么说就怎么说呗。我非但不会去戳穿她，还会和着她。只要她能心情舒畅，心理失落不也会减轻些吗？对你的怨气不也就能小一些吗？你知道她还说什么？现在所有的亲戚朋友都羡慕得不得了，说她真是太有福气了，别人想要生个儿子都难于上青天，她这辈子不仅有了两个善良孝顺的儿子，而且还轻轻松松就得了个大胖孙子……我就赶紧恭维她，怎么不是呢，我也羡慕得你不行呢——看你的长相，说才生过儿子都有人信，居然就当上奶奶了……想过没有？这结果对你也是大好事呢，有了这个孙子，她的精神又有了新的寄托，没准以后对你的情结会有所转移，这样，说不定……

哪里！我的预感跟你完全不一样，恐怕这反而会勾起她某种情愫，掀起新一轮的情感颠荡来！

这不至于吧？

怎么不至于？景予飞还是苦着脸：你没听到她“爷爷、爷爷”地疯吗？

还说什么长得像我，天知道她怎么看得出来的！

说着，景予飞把许小彗的信递给喻佳看。喻佳匆匆扫了一眼，咯咯地笑开了：还真是呵，不过这也不算过分。触景生情嘛。还好，她的语气还是比较客气的，至于今后，管她会怎么想呢，只要彼此能相对客气些相处下去，就是你的福气了——不过你孙子的名字可不简单哪，始终如一地热爱他的爷爷吧？你觉得这真是言真起的吗？

很大的可能是许小彗的主意。起码，有她的影响在。她不是经常口口声声说什么言真对我始终不能释怀吗？他怎么会有这份心呢？

也说不定，许小彗的话你是不能完全从正面听的。我总觉得言真这样的孩子，尽管不可能对你没有怨尤甚至愤懑，但骨子里还是不会太仇视你的。要不然他都这么大了，还不早就打上门来了？

说着她拿起如如的照片端详起来，一边看一边多少有些讪讪地笑：景予飞呵，其实你真应该学学许小彗的思维方式，所谓祸兮福所倚，你这不是因祸得福是什么？看你这小子，长得还真不错哎，蛮神气的。你别说，还真有几分像你呢，这嘴角，这神态……

纯粹是心理作用。根本还没长成形呢，什么像不像的。景予飞嘴上这么说，心里却暖暖地跳了一下。只是一转眼，这股温情就被别一种不期而至的忧戚驱逐净尽。这对我真是福吗？恐怕未必。一个孩子从小到大，会有多少烦人的事啊！况且，谁知以后会是什么样的局面呢？难道还像言真一样，老死不相往来吗？孩子大起来快得很呢！一旦他也知晓了自己和父亲的身世，又会作何感想哟……

可能是察觉了景予飞的思绪，喻佳把照片装进了信封里，同时婉言劝慰道：别又这副忧心忡忡的模样了。我还是那句话，一切顺其自然。至少从目前来看，情况还是逐步向好的或者相对平和的方向演化的。你呢，也应该乐观些，大风大浪都过来了，还有什么了不得的麻烦对付不了？兵来将挡，水来土掩，继续把自己的角色扮演好就是了。

这是他们的事，要我扮演什么角色？

还用说吗？爷爷对孙子的降临，总该有个意思吧。

不。这个问题我考虑过了。从法律上说，我对这个孩子是没有任何经济义务的。何况我不可能是他的监护人。许小彗信中也只字不提今后让不让我看这个孩子的事，既然这样，我顶多发个短信给她，表示一下道贺就行了。

这怎么行？喻佳正色道：首先你应该有数，尽管我也曾经有过些怨言，但那是特殊情况，对于你们之间正常的人情往来和必要的开支，我是从来不会唱反调的。何况，必要的情分对你不仅是应该的，而且也有助于缓和与他们的关系，他们的心理平衡了，对大家、首先是对你自己都有好处。否则，你不是不清楚，许小彗是不可能咽得下这口气的！

景予飞默默地垂下了头。

其实他的话原也是半真半假，自己并不会顾惜几个钱。只是有过前车之鉴，所以想先试探一下喻佳的态度。同时，具体该给多少数额合适，他心里确实觉得没什么底。给多了，喻佳可能有想法，自己心理上也总有些不情愿；给少了，许小彗不仅会觉得自己小气，更会上纲上线看成自己对言真和孙子没感情。喻佳说得没错，她这个人，本来就敏感透顶，真要是来了气，那折腾起来的滋味，景予飞早就领教得够透够透了。

我的看法是给点钱为好。这么小的孩子，买什么东西都不实惠，给点钱随他们去用最好。

景予飞想了想说：我也怕烦这个心。但是给钱的话……他有些迟疑地打量着喻佳收住了口。喻佳哧了一声说：看我干什么？你想给多少就痛痛快快给就是了。反正不会要我掏腰包吧？

这当然。只是……

我觉得，给个万把块应该可以了。

万把块？景予飞大为意外地盯着喻佳，连声反对：哪有这个道理！他又不是要等着我来抚养，给这么多钱算什么意思？

我的感觉是，到底总是你亲孙子，又是头一次。

什么亲孙子？还不知道这辈子我能不能见上他一面呢！一下子把他们的胃口搞大了，将来我吃不了兜着走？

这倒也是。只不过我的意思是，正因为情况特殊，才需要显得那个点……

那个点也不需要这么多！我觉得有个几千块钱就足够了。真要有一天她让我见孙子，叫我一声爷爷我就给一万都可以……

哎哟，哎哟。喻佳的神色忽然有些不自然：到底还是亲爷爷啊……可是你想过没有，不让你见，某种程度上可能还是运气，哪天真上了门，“爷爷、爷爷”抱着你叫，恐怕你又成了个叶公，顾虑的就不是多少钱的问题啦！

景予飞蓦然张大了嘴巴，想要说什么，怔了片刻却闭上了。

实际上，对于未来的迷茫和不确定感，始终如芒刺般扎在景予飞的心尖上。不提还好，一提就揪心地疼。一切问题的实质就在于这里。

行了行了，怪我玩笑不当，你不要又这么愁眉苦脸了。天无绝人之路嘛。喻佳察觉景予飞神色不对，赶紧把话头岔开去，说起自己单位的事情来。

最终，两人议定，先给许小彗六千块钱表示心意，以后有什么具体情况——比如过不了几个月就快过年了，再以后，孩子的生日之类，节日多着呢——到时候再酌情办吧。

说到这里，景予飞心里突然又飞落一颗天外陨星般，轰然一声炸了开来——这个如如，也是要吃五谷杂粮的，自然也少不了会生病，会上学，会有七情六欲、三烦四恼，会有种种意想不到的变数和人情、人际牵扯。你不管，不可能；想管，又鞭长莫及。到那时……哎呀，儿子的事还不知什么时候是个头，眼见得又来了个孙子，我这辈子绝对是再也别想有云开雾散的那一天了！

11

刚好七点半整，景予飞一脚跨进了汽车。熟练地系好安全带，点火发动后，汽车宛如枣红色的小马驹，轻轻嘶鸣，扬蹄欢奔，很快驶上了西环路。

景予飞松了口气。今天是星期一，路上车流很大，却没有出现担忧的拥堵，如果高速上也不出意外，连出城进城的时间，顶多一个半小时即八点钟就能到达单位，正好不误上班。

他是星期六下午从藩城开车回家看父亲的。父亲今年七十五岁了，平时身体还算可以，只是进入仲秋后，照例哮喘又发作了，听说前两天还发了高烧。景予飞觉得应该回去看看，而喻佳单位要加班，他就独自开车回了趟泽溪。

由于经常要往来泽溪和藩城，景予飞是科技局较早买私家车的。但纯粹出于经济实惠的目的，他选择了这款“赛欧”。车子小，省油，还是带自动挡的，连同各种杂费只花了十万多点，他和喻佳都很满意。现在景予飞在单位是有配车的，桑塔纳3000，但一般上下班和私事景予飞都开自己的车。原因就在于他一旦摸上了方向盘，就迷上了那份叱咤风云、纵情驰骋的感觉。或许还因为，无论在单位还是私生活中，他都很少有那种自己把握目标和方向，自己驾驭命运的快意吧。因此，虽然喻佳比他先拿驾照两年多，但他一旦学成，就把方向盘牢牢地霸控在自己手中，平时基本是自己在开，两人一起外出时，驾车的也永远是他。

还有一个感喟是，时代和人生的变化真是莫测啊，许多时候，真像开车，一旦入了高速跑道，谁知道你能跑一百二十公里还是二百公里呢，甚至轰然一声，灰飞烟灭！曾几何时，科技局盖福利房，大家看图纸时，或嫌选址太远，或嫌开间、设计有这样那样缺憾，景予飞却都很满意，唯一说了一句意见还被当时的局长冲了一鼻子灰。他说的是：公用地下室是不是小了点，索性做成地下车库不好吗——局长像看外星人一般惊讶地瞪着他，鼻子里重重地哼了一声：你好大的口气啊，这是公寓住房，不是单位用房！难道你这辈子还想有自己的汽车吗？

这是1998年的事情，距今才几年光景？

唉！我的人生也能像物质生活一样越变越好，该有多美！

事实上，开车虽然给他带来许多快慰，却也如影随形带来不少有车族没有也根本无法想象的心病。

比如，那种简直近似于做贼般的鬼魅心态——每次进出单位和回家，甚至在外面任何地方停车时，景予飞总要先猫在车窗后左顾右盼好一阵，确信没有许小彗的影子才钻出车来。有时候他刚刚钻出车来便又迅即缩回车内，因为附近过来个女人看上去很像是许小彗！

在单位里，他也从来不跟别人谈自己开车的感受之类，以期将自己有车的事实淡化到最低限度，怕的就是万一哪个同事在接到许小彗电话时，会泄露自己有车的信息（她一定经常以各种匿名身份打电话到单位中，七绕八绕地探测到关于自己的一切信息。否则，她怎么会知道自己几乎一切诸如住址、电话、职务变动甚至某些社会活动的情况？）。景予飞有一种可能是过分敏感的直觉：如果让许小彗知道自己有了车，会给她造成某种最终不利于自己的心理刺激。而许小彗和言真现在的生活水准到底怎么样，景予飞从来没有底，但想必应该是买不起私家车的。有时他看见单位里家境好的小年轻也纷纷开起了私家车，心里不免便掠过几分惆怅：言真会有开上私家车的一天吗？从发展的眼光看，应该会有的。但眼下，自己的生活较他们似乎是太超前了些。这是我奢侈和自私的表现吗？

暑假里真如学会开车并拿到驾照的那一天，景予飞同样也愣了好一会儿神——都是我的儿子啊！言真要是知道了这情况，会作何感想呢？

一个意想不到的情况，横亘在眼前。

早起时景予飞就有点担心：窗外雾气迷蒙，高速公路可不要关闭啊。

上高速收费站时，公路并没有关闭，他还暗自庆幸。不料驶出泽溪没多远后，重重雾气不期而至，并且迅速扩展，许多地段还热气腾腾地翻滚起云团般浓密的雾团。泽溪地区本就是水网密布的湿地，这条路原先就曾是蜿蜒蔓延的河流。这种地形，这个时节，雾之猖獗也就不奇怪了。许多雾团直接就从地底下喷发出来似的，源源不断地腾向空中，渐渐地就成了张弥天盖地的大网，将眼前的景物牢牢罩住。起先还有个百把米能见度，很快就越来越模糊，连公路上方的指示牌都要快到其跟前时才看得清楚。这倒不可怕，这条道景予飞太熟悉了，该在哪个出口下去，闭着眼睛也不会错过。但问题的严重性在于，你几乎就和个瞎子一样在闷着头愣闯。瞎子手里还有根棍子，小心翼翼地探行，你却是以时速近百公里的速度在闭着眼猛冲——万一前方有辆车出了问题或以低速行驶而被你撞上，其后果可想而知。

意识到这一点，景予飞赶紧将车速降到八十公里以内，同时打开雾灯，揿亮双跳灯，拼命睁大双眼，头深深地倾向挡风玻璃，可说是摸索着般继续前行。所幸，可能是雾来得突然了些，高速路口的工作人员意识到后，阻挡了新上路的车辆，一路上行驶的车辆也渐渐稀少。这无疑减少了事故的可能性。

但景予飞的心情并没有因此宽松，反而渐渐沉重起来。因为，你突然意识到前不见去车，后不见来车，自己几乎是孤魂一般独自在迷茫无尽的公路上闯荡；而在这样一种特异而死寂的境地中，却只有听天由命地闷头前行一途，绝无退路可言！那浓厚的迷雾、死一般的寂静形成一种神秘而越来越张狂、恐怖的合力，将你挤压得几乎透不过气来。前方状况如何？一点数也没有，依稀却仿佛看见死神正举着个网兜，躲在那暗无天日处狞笑着等着你。

景予飞突然察觉自己的车速在不断降低，心跳却在不断地加速，紧紧把住方向盘的手也微微颤抖起来。

不行了，迟到就迟到吧……

正想着，砰的一响，挡风玻璃上猝然盛开一朵血色玫瑰般，突显出一大团放射状污斑——糟糕，是不是撞上飞鸟了？

他立刻松开油门，将车驶入紧急停车道，刹停下来。

下车一看，果然有一只不知名的飞鸟，显然是被雾气迷住了视线，悲惨地成了景予飞的牺牲品。挡风玻璃上除了一大摊血污，还沾着几缕金黄色的鸟绒，鸟尸则已不知去向。

景予飞背上冒出一阵冷汗。对不起，我可不是故意的啊……

如果我撞上的是一辆故障车或者隔离栏，现在不也是这副模样吗？

他拿出车上的毛巾和纸巾，把玻璃上的污迹擦拭干净后，颤巍巍地回到了车里，稳了稳神后，他摸出支烟来点上，狠狠地吸了几口，莫名狂跳的心脏得到了抚慰，渐渐平稳了下来。

然而，恐惧和忧虑却并没有消减。他不知道这可怕的雾阵什么时候才会离散，今天的迟到已成了定局。这倒问题不大，问题在于他脑海中竟突然翻涌出另外一种更加凄惨悲哀的迷雾来：自然界的雾气再大，终究是会散去的。可我的人生，什么时候才有云开雾散的一天？

这一天，恐怕已永远地弃我而去了……

心里一阵翻腾，他索性抱住方向盘，在这死寂无人的旷野里，放开喉咙，呜呜哇哇地拼命嚎起来——纯粹是嚎，几乎没有一滴眼泪，虽然他是如此渴望自己能痛痛快快地哭上一场。

12

奇异的气象再次呈现。当景予飞宣泄一通后重新上路时，公路上的雾气依然水乳交融般浓得化不开。而一旦下了高速，拐上藩城的连接线后，眼前竟豁然开朗，几乎像什么也没发生似的，只看见一层淡淡的薄雾向着天空轻飏而去。

待到城中，竟已是天朗气清，风和景霁。眼前俨然熙熙攘攘、车水马龙，好一派升平气象。

驶进科技局大院，停好车时，景予飞看了看表，九点半，只比预计的迟了半个小时。他松了口气，今天局里没有会议，这个时候还不算太晚。

然而仅仅几秒钟后，他刚刚松弛一些的神经，骤然又绷紧起来——就在他钻出车门的同时，他突然注意到，在大楼的门厅前，居然聚拢着十来个人，一看都是科技局和科技馆的职员，一个矮矮的中年妇女正在人丛中指手画脚地哭诉着什么。而头顶上，不少办公室的窗户里还探出好些颗争睹西洋景的脑袋。

这情况一看就不正常。而那个女人——景予飞瞄了一眼，头脑中便轰的一响，炸得他两腿一软，差一点就当场昏倒——居然是许小彗！

他踩刹车般急剧地收住脚步，并企图躲开去。但已经来不及了，围观的人群中有人已发现了他，于是闪开一面，七嘴八舌地对那中年妇女道：

看，我们领导来了，你有什么话，可以直接跟他说。

是啊，景局长来了。

啊，景馆长，这位女士是来找我们领导的。

景予飞竭力控制住自己的呼吸，红赤着脸迎上人群，可是浑身却像遭了电击般瘫软无力，两腿也僵硬得几乎迈不开步子——谢天谢地，那个女人也随着人群向他转过脸来，景予飞立刻在心里痛骂了自己一声：没出息的东西，这哪是许小彗嘛！

他顿时定下神来，和蔼地露出了镇定的笑颜：请问你有什么事吗？

那女人突然见到亲人般泣不成声了：领导……我听说过你，景……局长啊，你可要给我主持公道啊……

围观者中有人贴着景予飞耳朵说了几句，景予飞的心莫名其妙地又蹦跶起来。他立刻对女人说：这样吧，有什么事到我办公室谈好不好？

女人点了点头，便紧紧跟着景予飞进了他的办公室。

尽管这女人絮絮叨叨，又抹泪又指天画地的，但不消十分钟，景予飞就完全明白了事情的原委。

原来她是来找自己情人闹事的。情人躲得不见了踪影，她就在楼下跳着脚向局里人哭诉自己的不幸。而她的不幸也再俗套不过了：她的情人允诺过她，一年内离婚后娶她。但她把婚离掉了，男人却迟迟不见行动。她又怀上了身孕，男人却逼着她把孩子打掉。她要求男人负责，起码也要赔一笔精神损失费。他却说没那么多钱，后来又干脆玩起了三十六计，不接电话，不见踪影，她只好破罐子破摔，找上门来。

景予飞不分管行政工作，但知道这个人，是局里行政科的一个副科长，人长得其貌不扬，工作倒还行，人缘也不错，感觉是很本分很老实的一个中年男子。只是黑苍苍土兮兮的一个普通男人，想不到也会有这等风流韵事。

世道真是越来越开化了，景予飞不禁有几分幸灾乐祸地感叹：什么皆有可能啦！可是，这家伙也太不够意思了吧，这女人现在希求的，不就是一笔分手费吗？能一次性出点血就甩掉个大包袱，不是很幸运吗？居然这么愚蠢而无赖？可是你跑得了和尚，跑得了庙吗？

然而他的脑子随即却突地跳了一下，心里开了锅似的噗噗翻泡：谁知道呢？这不都是这女人的一面之词吗？谁知道她实际上对他做了什么，或者有多么过分的要求呢？也许他也是被逼无奈才出此下策的？八成是这样，否则谁不想保全名誉，而让对方闹到这般境地呢？

这么一想，他忽然失去了先前的耐性，口气也冷淡了几分：我很理解你的心情，可是你这么吵吵闹闹的，并不是解决问题的办法呀。人要脸，树要皮，你把他逼到绝路上去，只会加剧矛盾，更难挽回局面呢。

还不都是他逼出来的？叫天天不应，叫地地不灵，我还有什么别的办法？

恐怕你还是得找到他本人，两人坐下来，好好谈谈。

我要能找到他本人倒好了！到单位来，他就躲起来，科里的同事也都帮他打马虎眼；到他家里去，他老婆跟丈母娘两人一起揪住我打，你看，你看……女人从衣袋里摸出个信封，伸到景予飞眼皮前：这都是被她们扯下来的头发；这胳膊上的青斑，都是他老婆用扫把抽的，还有这里……

居然都到了这种地步了？那小子也太不像话了！景予飞不禁愤愤地想：你就是躲到天上去，地上的名声早臭了，看看这单位里沸沸扬扬的，今后你还要不要回来混呢？

倏地，许小彗的身影幽灵般闪过眼前，景予飞顿时不寒而栗：这么说，我还是幸运的……可是另一个声音立刻跳出来反驳：谁知道呢？也许把脓包捅破反倒来得痛快利落呢，老这么窝窝囊囊地扛着，哪天是个头啊！

他使劲晃了晃脑袋，收回思绪。同时对女人说：既然你们都闹到这步田地了，事情的性质可就不同了。你有没有报警呀？

我打了好几次110，警察总是和稀泥，还说除非把人打伤了，有鉴定证书，他们就抓人。否则就到法院去解决。

这……恐怕也只能这样了。

你是领导，就不能给我做主吗？

可这纯属你们的私人纠纷，我们单位能把他怎么样呢？

怎么不能？把他开除——不，先把他的工钱扣下来，然后再……

景予飞笑起来：这怎么可以呢？他又没有违反单位的劳动纪律什么的。

他骗人！玩弄我的感情，还逃避自己的责任，单位怎么就不管呢？

我不是说绝对不管，而是……目前我只听到你一方面的说法，事实究竟怎么样，总也要让我听听他的理由吧？但如果他不听我们的……

不听就行了吗？起码，他这是道德作风败坏，难道你们也不能处理他吗？

景予飞忽然觉得很不舒服，不由得提高了嗓音：真是道德作风问题，我们当然会管。他闹婚外情肯定是错误的，但从你的叙述来看，原本你们也是两厢情愿的嘛。

怎么是两厢情愿呢？明明是他欺骗了我嘛！

这不就是了吗？他真要是欺骗了你，那就不仅是民事纠纷了；闹不好，像你们这样大打出手的，完全可能演变成刑事纠纷，这可都不是单位能处理得了的事。你还是应该找公安或者上法院解决呀……这是可以的。要不你先回去，回头我来找他了解一下他的想法，争取你们能坐下来，好好协商一下，看怎么解决好不好？

解决个屁！我再也不会相信他了！

现实问题还是要解决的啊。比如，你怀的这个孩子——景予飞瞄了一眼女人的肚子，似乎看不出什么征兆——应该还来得及处理吧？我的看法是，你还是先去把孩子……这样吧，暂时找不到他也不要紧。我先给你钱，几百块够了吧？无论如何，这是拖不起的，否则就不光是你们俩的困境了，孩子也必定会跟着受一世的苦。

说着，他真的摸出钱包来，打算给女人钱。

女人一把推开他的手：我不要你的钱！她又紧紧捂住肚子，身子也直往后缩：几百块钱就想打发我，这也太便宜他了！况且这根本不是钱的问题，这是他的罪证，也是我对付他的唯一一张王牌了。要是他再躲下去，我就把孩子生下来，放到他办公室来，看他和他的臭老婆养不养得起！

这是什么话？景予飞忽然板起脸来：口口声声罪证、王牌的，就是不把孩子当个生命，当个有血有肉有思想有感情的人来看！你太自私了！

可是我……

最简单的道理你都不懂？一旦把孩子生下来，就要对他的生命负责任！可是，在你们这种显然已无法挽回的畸形前提下出生的孩子，将来他的人生和心灵，会有多少困厄和艰辛，你一点也想象不出来？到那时，却再也没有后悔药给你们吃。你们只要还有一点儿良知和人性，一辈子都要背负着沉重的精神和物质债务，两败俱伤，不，三败俱伤的苦日子，你就吃不了兜着走吧！

女人怔住了，瞪着双眼看着景予飞，也不说是，也不说不是，忽而又嘤嘤哭开来。景予飞不觉又有点同情这个女人。于是再捺住性子，竭力开导了好一阵，总算把女人给劝慰走了。

真是活倒霉，怎么偏偏让我碰上这种破事？

关上门后，他疲惫地坐在摇椅上，脑子里嗡嗡作响，好久也静不下来。

我是不是有点意气用事？或者，是不是在偏袒自己的职员呢？

这个问题不停地纠缠着他。但另一个声音又很不服气地辩白道：怎么是偏袒呢？说到底，他又没有杀人放火，不就是那点子破事吗？我还能把他怎么样？而且，这种事就是要管，也根本就不是我一个分管科技宣传的副局长的职责嘛——对，回头就转告纪检组，让他们去处理。

第十章　叫儿子太沉重

1

一出机关大楼，景予飞就感到一阵迷眩。

没想到，此刻的天气如此明媚而艳丽。正午的太阳愉快地高照于南天，视野里再也不见一丝雾霾，整个天宇像水洗过的蓝缎，无限深远而高旷。间或才有一小团乳白的云絮雍容而悠懒地从天边慢慢飘来，周身镶嵌着耀眼的金边，看得人目驰神迷，心里暖洋洋的。想到几个小时之前，自己还困在几乎伸手不见五指的弥天大雾之中，心中充满悲凉，景予飞不禁浮起隔世之感。

自然界实在是太神奇了！谁说它没有意识或智慧？其实它时时刻刻都充满着启迪和暗示，就看你有没有悟性呢。人生岂不也是如此，起承转合，波诡云谲，但纷纭的变幻却同样蕴含着不易的规律：迷雾的后面是晴天，黑夜的尽头是黎明。千万不可目光肤浅，为一时的黑暗和阴郁所迷惑，而丧失生活的信心与乐趣。否则的话，那才真可能一失足成千古恨呢！

他下意识地捏紧拳头，使劲地挥了几挥，心里酥酥地漫过丝丝暖流，竟像个傻子一样呵呵地咧开嘴巴，使劲地大笑了几声；同时在心里对自己大声说：看见没有？天永远塌不下来！我大可振作起来，坚强乐观！无论如何，生活是美好的，活着就是意义！

情绪振奋了，脚步自然欣快起来。虽然已是初冬，心里却像应和着春风，有一树娇艳的花苞灿然绽放。院落里那寻常看惯的景致也变得鲜活而多姿。一些树木已经凋零，鲜有人迹的通道上落满金黄的枯叶，脚步踩上去有一种暄暄的感觉。但许多树种，如那几棵百年老樟和蓊郁的雪松，依然绿叶纷披，神采奕奕。行道两旁和局里的停车场后边，修剪得整整齐齐的石楠和针叶松也依旧是绿意盎然。

难得有这般舒畅的心情，景予飞下意识地吹起了口哨，远远地摸出车钥匙，向着自己的爱车轻轻一点，吱扭一声，刚刚与他一起冲出迷雾、此刻正尽情地沐浴着艳阳的小赛欧，仿佛也心情愉悦地回应着他，还迎着他轻轻眨了两下车灯。景予飞爱怜地轻抚了一下亮光光、滑溜溜的车身，道了声：你好啊，小伙计，今天辛苦你啦……

万万没想到，就在他拉开车门的瞬间，车身后面突然传来一声回应：

你好啊，景局长，今天心情不错嘛！

他扭头一看，霎时呆成了木鸡，浑身的血流呼呼啸鸣着，直冲脑门——眼前噩梦般飘然而至的，居然是许小彗！没等他收回脸上的笑容，她已经似笑非笑地站在了他的跟前！

他张了张嘴巴，却什么声音也没有发出。只有脑袋还灵清，急忙扭回去四下顾盼了一番。还好，他停车的地方距大院的主道较僻远，今天又是出来得晚的一个，单位里的人大多都已回家或者正在食堂里用午餐。

回过头来时，目光正好和许小彗咄咄而不无玩味的视线撞在了一起。但他只瞟了一眼，旋即像躲避瘟神般，避开了她的目光。

那目光让他心里发毛。分明有着太多他熟悉而厌倦的东西，更有太多他此刻分外畏惧的东西。似乎有几分痴迷，似乎有几分嘲讽，更多的还是那简直一点就爆的怨恨、懊痛甚至是妒愤和决绝。

该死！这么个大活人都没注意到，今天我怎么就这么大意呢？还让她看到自己刚才那一副轻薄相——情绪一下子拐不过弯来，他只好红着脸，扭过头去，以沉默来应对。

许小彗见他不出声，哼哼一笑：不好意思，但愿我没吓到你。不过，看到你的小日子过得这么滋润，我真的从心底里为你高兴。说着，用锥子般尖尖的靴尖轻轻地踢了下他的车胎：没想到，局长大人也要亲自开车？

别说这种话好不好？这车子很低档的，纯粹为方便上下班买的。窘迫中景予飞也迸出了一股灵性，于是反守为攻道：你这是怎么回事？有事可以打电话，干吗又到单位里来？还这么神神秘秘的！你不觉得这……简直像盯梢嘛！

盯梢？笑话！许小彗挑战似的瞪圆了双眼：也不想想你配不配？我只是刚好到你们局里来办点私事……

景予飞不相信自己的耳朵：你，你来办什么事？

见他气急败坏的样子，许小彗反倒放松下来，故作神秘地说：确切地说，我是来看一个刚认识不久的朋友，是在我一个好朋友的婚礼上，我们蛮谈得来的，因此，今天顺道来看看他。

他，他叫什么名字？

干什么？这和你好像没什么关系吧？好玩的是，我来的时候刚好看到一场西洋景——怎么样，局长大人把问题处理好了吗？不过我估计，凭你的经验，处理这种问题完全是小菜一碟吧？

居然连这事她都知道了？当时我怎么就没有注意到她也在人群中呢？景予飞暗暗做起了深呼吸，一再在心里告诫自己：冷静，冷静，这时候可千万不要把她惹毛了！于是赶紧扭转话题，并竭力做出副不为以然的淡漠相：那么，你现在等在这里，是有什么和我有关的事情吗？

谁说我在等你啦？

那你……

许小彗突然沉默了。两眼又那么直勾勾地盯着他，似乎要从他脸上勾出什么东西来，又似乎有什么难言之隐。景予飞发觉她今天的气色其实很差，面容不仅苍白如纸，还略有点浮肿，只是神色虽然呆滞，却依旧咄咄逼人。

景予飞被她盯得浑身发寒，不知所措地说：别这样好不好？有什么事情，你只管说就是。

可是许小彗只是鼻子里轻轻哼了一下，依然不开口。

景予飞束手无策，暗自觉得，应该说几句缓和许小彗情绪的话，便问她：言真怎么样，他还好吧？如如呢？上次我……

不料许小彗狠狠地白了他一眼：他们好不好，和你有关系吗？

你……景予飞被她抢白得一腔怒火，一时也不知说什么是好了。他又偷偷环顾一下身后，眼看有几个人从远处的食堂里出来了。他只好硬着头皮又问了一句：那么，你要是真没事的话，我……我还有点事。

说着，他一头钻进了车里。许小彗顺着他视线扫了一眼，分明注意到了他的顾虑，嘴角一歪，脸上浮现出一丝快意：哼哼，老实告诉你吧，我就想看看你的驾驶技术怎么样——说着一把推上车门：走你的吧。

景予飞尴尬地摇下车窗，用央求的口吻说：要不这样吧，我带你一段，边走边说好不好？

呸！许小彗陡然像受了什么奇耻大辱似的，敛起冷笑：就你这种破车，我还不稀罕坐呢——前面都是阳关大道，快快乐乐走你的吧，小心别撞了人！

说着，一闪身躲到了车后去。

你这是何必呢！景予飞还想说服她，却见西边有两个人往自己这条道上拐来了，于是再也不敢耽搁，一咬牙真把车开走了。

一边却仍然从后视镜中观察许小彗的反应。只见她木然地愣怔了一会儿后，弯下腰去，从车尾后面的小树丛后拎出一个大大的马夹袋来——天哪，她不会又拿什么东西来给我吧？

那么，是什么让她改变主意了呢？

这还用说？今天她受的刺激恐怕不算小呢……

景予飞心乱如麻，想想还是耐心地和许小彗沟通一下为好，否则，以她的性格，恐怕以后是不会让我安生的。于是他把车停在大院对面的石桥前，等许小彗出来。可是十来分钟过去了，始终不见她的踪影。他这才猛地一个激灵想起来，大院西边不久前开了个边门，许小彗很可能已从那里走了。

2

一路上，景予飞都恍惚不安。头上依然阳光明媚，浮云飞飏，但景予飞已全然不觉，仿佛又坠入弥天雾阵，先前那短暂的好心情荡然无存。有一种强烈的预感在心头发酵着：许小彗今天为何而来？既然来了，没达到她的预期目的，她是绝不会罢休的。可是，现在她的生活应该是很安逸很理想的了，儿子争气，还有了孙子，我也没有在经济或任何方面违拗过她，她还有什么理由这么黏着我不放？甚至还特务般盯到了单位！她就没有自己的生活和方向吗？她究竟想要达到什么目的？

回到家里的景予飞，依然心事重重。因为喻佳今天不回家吃饭，他也就懒得做什么，胡乱吃了几口隔夜的剩饭，就扔下了筷子。平时总要眯上一会儿午觉的他，现在尽管头脑昏重，却不敢躺下，电话更不敢挂起，而是支棱着耳朵，一杯杯呷着浓茶，一支支吸着香烟，心里则七上八下地，在屋里惶惶地转悠着，既期望许小彗别来电话，又希望那电话早点响起。

恰在此时，电话铃尖锐地啸叫起来。景予飞慌忙扑到话机前，刚看了一眼来电显示，心里便“哎哟、哎哟，你怎么真的来了呀”地叫起苦来，眼前也一片昏黑，愣怔了半晌，就是不情愿伸出手去，仿佛那是一道催命的符咒！

我就不接一次，又能怎么样？干吗总让她牵着自己的鼻子！

可是，电话铃不管不顾、不屈不挠地撕扯着他的神经。景予飞下意识地向窗外探了探头，许小彗那阴冷的目光倔强地闪烁在窗上。忽而，又变成了上午来局里的那个中年妇女凄怆而悲愤的面容——他一个哆嗦，赶紧拿起了话筒。

喂……他故意让自己的声音听起来软弱无力。没想到许小彗根本不吃这一套，她中气十足地嘲讽道：干吗不接电话？怕我吃了你还是怎么啦？

什么话？我刚才在……其实我近来非常忙，因此血压也控制不好。

是吗？我怎么觉得你精气神都好得很嘛，口哨也吹得有声有色的。

那纯粹是偶然的，我要是……

算了，我没工夫跟你啰嗦这些。而且，本来我根本不想再给你打电话的，这些天我反反复复考虑过多少次了，是时候了，永远也不再见到你，也永远断绝一切联系——从此以后，你走你的阳关道，我们过我们的独木桥。这是真的，绝对不骗你……

屁话！景予飞在心里恨恨地骂开了：你这不明明又来了吗？而且完全是老调重弹，这么些年来说过多少次你自己都记不清了！还不是照样一轮又一轮地折腾我吗？可是，最近你应该没有理由和我过不去了呀？儿子结婚了，孙子又抱上了，我也始终小心翼翼地跟着你的节奏转，你还有什么不满足的？难道就为了今天看到点什么，又要开始新一轮的纠结吗？

他的呼吸随之粗重起来。

你在想什么？仿佛窥透了景予飞的心思，许小彗突然停住絮叨。

景予飞慌忙打起精神：我还能想什么……我不是在听着吗？

哼，我知道你在想什么！不过我现在根本不想管你在想什么。也不管你相信不相信，我今天真的不是去找你麻烦的。我最近心里乱得很，已经有好多天了，莫名其妙地睡不着觉，做什么都提不起精神，整天像丢了魂似的。

景予飞顿时警觉起来：你这是……累了吧？按理你现在有了如如，应该高兴才是呀？多少人根本就巴不到你的福分。

嗨，快别跟我提这个臭小子了！老实说都是有了他，我才又……你不知道这小子有多烦人哦，一天到晚就爱缠着我，他外婆都吃醋啦！只要我一进他们家，小东西就从他外婆怀里挣出来，张着手要我抱他。而且，鬼才知道这小子是不是中了什么邪，一点也不骗你啊，有一天他看到你的照片……

我的照片？

哦，你是不知道，有一回，我们在护城河边上碰头的时候，我拿手机照了一张你的近照——你只管放心，我可没有任何用意，就是想让言真看看你现在的样子。

是言真想看吗？

他才不想看你个鬼样呢！是我想让他……算了，不说这些好不好？我是偶然让如如看到你的照片的，小东西竟然抢我的手机，傻傻地看个不停，看得我心里都直发毛哎！

哎哟！景予飞心里暗暗叫苦，不禁叫出声来：你这是干吗呀？才多大的孩子，你又不是不知道，我们现在的状态还不正常，应该回避一些敏感问题，你怎么反而去引逗他？这对一个孩子的心理发育肯定是不利的。

这没关系的，我也是心血来潮——你是不知道，你也不会在意的，反正我现在是越看越觉得，这小子怎么越长越像你了啊？而且，不是说心有灵犀一点通吗？如如他根本连点都不用点！想到这个，我就觉得心里难受……要知道，言真小时候，简直就跟现在的如如一个模子里浇出来的。那时候的他，跟着我吃了多少的苦啊！这些天里，我几乎是夜夜不敢闭眼睛；我真的不想沉浸在过去，可是只要我一闭上眼睛，往事就一点一点、一件一件乱乱哄哄、清清楚楚地在我眼前过来过去呀……回过头来想想，我过去实在是太无能了，我本来应该让言真过得好一些的。可是，你知道我吃过多少苦哇，我真是没办法啊，偏偏这孩子从小到大从来没有埋怨过我一个字，还经常安慰我，为我分忧。就是他在学校让同学欺负，说什么从来没见他爸爸来开过家长会，你是不是个没有爹的野杂种，他都笑着跟我说，我才不跟这些没半点素质的真正野杂种计较呢——要是没有他，我现在骨头都不知道在哪里，我真的早就死过好多回啦……

许小彗的声音明显凄怆却越渐亢奋起来，而且间或还传来抽鼻子的声音。景予飞则越听越觉得恐怖，越听越不敢听，不由得把话筒往远处伸，巴不得她赶快结束。心里则狂风乱卷、落英缤纷，完全乱了方寸——都什么时候了，她怎么突然又沉醉在这些陈年记忆中？而这些话，都是过去年代里她弹过了无数遍的老调了！总以为这么多年过去了，一切都会慢慢地好起来，怎么也没想到，她居然又变成这么一副精神状态！简直就像是时光倒流！

仅仅是触景生情，还是某种刻意的铺垫？瞧她这乱七八糟的，到底是要向我表达什么意思哟。

他竭力捺住性子，并想说几句理解或抚慰的话来扭转她的颓态，可是话到嘴边又出不来。实际上，他也根本插不上什么嘴，许小彗越说越动情，他的话刚一出口就被她打断了。他索性不再说话，听凭她尽情宣泄。

可是看看表，许小彗这个电话居然已打了快个把小时了，到底是什么主题，自己还懵然不知所云。他不由得浑身燥热，终于失去了耐性：对不起，你听我说一句好不好？

嗯？许小彗如梦方醒，戛然刹住话头：你要说什么？

我说过我最近特别忙，而现在，下午上班的时间都过了。我只想问你一句，今天你来我单位，有什么具体的事情吗？

没有事情就不能来吗？

你应该知道我不是这个意思。

许小彗沉默了。好一会儿以后，她突然说：好吧。我就想问你一句话。

什么话？

许小彗又沉默了。电话里又传来轻风般嗡嘤的啜泣声。景予飞竭力克制着，也坚持着不再催促。

终于，许小彗又开了口：我就想问你一个问题，景予飞，希望你能够真真实实地回答我。当年你到底有没有……哪怕是一点点，爱过我？

什么？绝无思想准备的景予飞，像猛地被谁抽了个嘴巴一样，战栗着泛起一身鸡皮疙瘩：都什么年头的事了，居然还来谈论爱不爱的问题，简直是匪夷所思！

但是他很清楚，自己是不能这么说的，而要虚情假意糊弄她一番，自己又开不了那个口。于是他小心地斟酌着词汇，吞吞吐吐地答道：这个，恐怕不是个简单的爱不爱的问题，而是……毕竟过去这么多年了，我们的现状也……还是现实一点为好吧？

什么叫现实，我这就是现实！正因为这么多年了，所以我……我知道你是无所谓的，但对我不一样，因为这关系到我这一辈子的价值！如果你当年真是欺骗了我，那我这么多年的辛苦付出和滔滔血泪，就更没有任何意义了！

怎么就没有意义呢？言真和如如，就是你的最大收获和价值所在，当然，也是我的最大收获和价值所在。至于骗，我可以坦然地重申，我从来都没有欺骗过你。至少，我绝对没有这种故意。我认为，你对此完全是心知肚明的！而且，你也不应该这么考虑问题呀，凡事都有其特殊性，而这么多年来，我承认你过着极其艰难的生活，言真也始终在困厄中挣扎。虽然我当年早就警告过你这种悲剧的不可避免，但我仍然要对此深表歉意。但是你也不能不看到，我同样也面临着非常沉重的、多重的生存压力……而今我可以绝对肯定的是，我从来不想伤害你和言真。甚至，我一直希望你早日解脱出来，希望你和言真都生活得美好，起码也顺利而平和一些，这样我才会感到心安。这么多年的事实也完全可以证明，我尽到了自己的责任，因此，我觉得自己在主要方面是问心无愧的……

景予飞越说越激动，但声音却越来越消沉，越说越没了底气。因为许小彗出乎意料地一句也不反驳他或打断他，但却间或报以一声声“哼、哼”的冷笑，让景予飞琢磨不透她的心思，却直觉到她的抗拒。

忽听许小彗发出一声古怪的尖笑：景予飞呵，我真是越来越佩服你的口才了，永远是这么好！而且，照你说来，你是多么了不起、多么完美的一个正人君子喽？一切都是我的错，一切都是我自作自受，对不对？

我有这样的意思在吗？景予飞倏然又恼怒起来：能不能请你以后别总这么说话好不好？坦率说我也一直是想和你认真沟通、希冀着能够和平相处的。但不知你究竟是怎么想的，每次谈话总是这么别扭！

这句话你算是说对了！我最近一次次给你打电话，发短信，今天又来找你，以为我不知道你的厌烦和躲避吗？可这都是因为我心里有太多的东西憋着，憋得我吃不下，睡不好；而出于顾忌对你的影响，许多话我根本就不可能跟任何朋友或者家里人说，就只能希望着能和你好好沟通沟通。可是你呢？拿面镜子照照你那副尊容吧，活像我就是个恶鬼一样——你还有个聪明伶俐又老谋深算的好老婆为你出谋划策，商量对付我的办法，扮演老好人角色；可是我呢？我能跟谁去说这种事？难道也像你们局里那个职员的情人一样，到你们局里去大哭小叫吗？

景予飞浑身一颤，口气顿时软了几分：你这是在暗示我什么吗？

哈！那样我不是太小看你了吗？你景予飞多么聪明老到，多么有手腕的一个人哪！几十年我都被你玩得团团转，打落牙齿往肚里吞，还时时刻刻要看你的脸色，顾全你的处境和心情。老实告诉你，要不是看在你是我儿子的骨血父亲面子上，我早就……算了，不扯远了，我只想最后再问你一句，就你这种人，还需要我来暗示什么吗？暗示了又有什么用？

我也再说一遍：别用这种口气说话好不好？我从来不否认我也有种种不是。首先在我们的关系上，我是要负主要责任的。其次在孩子的问题上，我也是有愧于他的；而你，的确也承担了比我多得多的艰辛和责任。但是，你是不是也应该看到，在这个问题上我始终处于被动的地位上？许多时候我心有余而力不足……

哧！孩子？你觉得你还有脸面跟我谈论孩子吗？

为什么不能？这么多年，如果不是因为孩子，我们都是有夫之妇和有妇之夫了，还有什么必要继续维持这种莫名其妙的联系？

呸！你越说越混账了！

难道不是这个理吗？许小彗，衷心希望你冷静点，理智点看问题好不好？何况我们都是老大不小的人了，应该正视现实，向前看；应该互相体谅，顾大局；这样才能避免两败俱伤，对我们双方，对孩子都有利。

混蛋！你个骗子！好意思来教训我？滚你妈个蛋！

咔嗒！恰如从前的无数次结局一样，通话又一次没头没脑地戛然而止！

嘟嘟嘟嘟的忙音，恰似一串重锤，声声敲击着景予飞的耳膜，砸得他目瞪口呆，眼冒金星！

3

不知是误吃了不洁食物，还是这一天里承受了太多乍雾还晴、乍喜忽惊，以及过度的且忧且愤的情绪颠荡之故，景予飞坐在晚餐桌前，呆呆地望着红红的肉块和绿绿的青菜，竟是一律地恶心反胃；腹中则咕噜咕噜，越发地闹腾。终于扔下筷子，一头钻进卫生间，稀里哗啦，半天也出不来。

其实下午就开始闹腾了。接过许小彗电话后，他匆匆赶往单位，途中就腹如刀绞，憋得他一路都呻吟不已，豆大的汗珠直往下滚。好容易挨到馆里，一顿狂泻后，赶紧找出抽屉里的黄连素，一气吃下五颗，效果却并不明显。于是又溜回家中，再吃了三颗“乐朗”——以往这种药对景予飞的肚痛腹泻可谓一贴灵。不料此番照样失灵，到喻佳回来热了点饭菜端上桌时，他已在马桶上坐了七八回了。

看着他面白如纸、哎哟不断的惨状，一向乐天的喻佳也不免紧张了：要不到医院看看吧？这样下去会脱水的。

再等等，我刚才又吃了两颗止泻的药，估计应该能止住。

这样泻法，吃什么药不都给拉掉啦？我看还得去挂水。

喻佳说得没错，根据后来医生的诊断，景予飞患的可能是当下流行的肠胃型感冒。变态反应般的肠胃剧烈蠕动，连喝水都会被排出去。体液和电解质不断流失的结果是，景予飞头晕目眩，呼吸急促，两腿软如面条，心中更是焦虑恐惧到极点：如果再这么泻下去，我真得死在马桶上呢。

于是，景予飞在喻佳陪护下，虚弱地呻吟着，赶到藩城第一人民医院去看急诊。这里离家虽远些，但景予飞觉得放心，因为藩城一院是全市头牌的三甲医院。他向来认为，看病是性命交关的事情，哪怕人再多，钱再贵也绝无他择。

怎么也没想到，正是晚上八点多钟的时候，这个一流医院的急诊中心里，却仅有一名内科、一名外科两位值班医生。从口音听，那内科医师恐怕还十有八九是从下面哪个县区医院来的进修医生。焦急而漫长的等待、化验之后，景予飞好不容易挂上了水，而真正的磨难才刚刚开始。

输液室照例也是人满为患，一进去，便觉一股浓重的浊气扑面袭来，因天冷而病人多半虚弱，门窗都关得严严实实，还挂着厚厚的棉帘。更要命的是输上液后仍止不住泻。堂堂一流医院急诊中心的厕所也让少有体验的景予飞大跌眼镜——里面臭气冲天而潮湿、污滑。这也就将就了，谁都知道中国人的这种耐受力是举世公认的。糟糕的是厕所里只有三个坑位，且只有一个隔间里有一个锈污斑斑的钩子，可以挂一下输液袋。三个多小时里景予飞不得不痛苦地举着液袋，上了六七次厕所，每次都要跳着脚焦急地在门外守候好一会儿才轮得上那个有挂钩子的隔间。彼时那份沮丧无助又绝望的心情，想是身处地狱也不过如此了！

无奈间一回头，景予飞望见了小隔间窗外高耸着的森林般灯火辉煌的楼群，顿生恍如隔世之感。真不明白，中国有那么多大厦，何以最性命交关的医院急诊室里就不能多几个干净点而有个小小挂钩的厕所？

也许是心境太灰暗了，当夜的急诊输液室在景予飞眼中活脱脱就是触目惊心的人间地狱！除了病人们那一张张苍白而死气沉沉的脸，厕所门口的走廊上还有个断了臂的民工满地打滚，血污一地地在哀叹着：我要死了，快救救我啊……可是他的工友一遍遍进出候诊室后，能安慰他的只有同样的一句话：快了快了，就快轮到你了……

输液室内，景予飞身边则有个因不明腹痛而在两小时内打了三次止痛剂仍忍不住喊痛的老太，那不停的“哎哟哎哟，我不活了，快让我死吧”的呻吟，更令他坐立不安。而护士的回答始终只有一句话：你忍忍好不好？

怎么这么不吃痛，总不能再给你打杜冷丁吧，那会要了你的命的。

更令他难以理解的是，偌大个输液室里竟没有一张卧床，椅子还是不可调的坐椅。一般人输液少说都要几个小时，让各种急病患者长期枯坐着是个什么滋味，医生们或医院的管理者不可能体会不到。那个疼痛不已的老太就根本坐不住，站又站不动，只能让两个女儿轮换着架住她站了几个小时！虽然景予飞愿意相信这可能只是个例，可是毕竟这是一个重点医院哪，为什么让急病者有个躺卧的地方也付之阙如？你可以举出种种理由或困难来搪塞，但景予飞仍然在心里大喊：不！这绝不是个条件或经费的问题。至少，在从来不愁患者不乏暴利的大市级头牌医院，缺少的恐怕只是一个我们喊滥了也听滥了的“以人为本”而已！

偏偏在这不堪的过程中，许小彗还在添乱。

中午与她通过话后，景予飞郁郁地开车上班途中，手机就哇哇地吵个不断。

因为在开车，肚中又翻江倒海着，他没有接手机。待到单位，还没进办公室，就听见屋里的座机在执拗地叫唤。此时他腹痛难耐，急欲进卫生间，也没理睬。等他重新回到办公室，座机又响了。赶紧拿起来，耳膜立刻被刺得尖疼：

你这是什么意思？不接我电话就万事大吉了吗？告诉你景予飞，你就是躲到天边，我也能把你找到！

我没躲你！实在是身体不舒服。

不舒服怎么啦？总不至于连个电话也听不动吧？

景予飞勃然大怒：听得动就一定要听吗？我连这点自由都没有啦？

许小彗明显怔了一下，旋即冷冷地道了声：好哇，从此我彻底给你自由。随即挂断了电话。

真这样，景予飞倒要谢天谢地了。可是没过半个小时，手机便嘟嘟嘟地一条接一条飞来七八条短信。内容其实大同小异，就是把先前通话时和她自己历来的怨愤、委屈和落寞重复一番，再就是针对景予飞的“谬论”痛加批驳，字里行间充斥着痛苦、辛酸、斥责和眼泪鼻涕。

短信容量有限，一条稍长的信会变成几条分别飞来，于是手机上就格外热闹，一条刚来，又来一条。景予飞又懊悔自己先前的不冷静：干吗又把她给惹毛了呢？于是强忍着腹绞间或回上几条，语多谦抑，以期息事宁人。结果却无论是自我辩解还是表示歉意，统统引来许小彗更多的反诘或更大的委屈。于是他便谎称自己正在开会，不便回复，请许小彗有事晚上再说。许小彗显然并不相信或期待有理想的回复，顾自又连发了好几条才暂告休止。

可是晚餐前后，新一轮轰炸又开始了。景予飞此时已泻得心慌意乱，根本没心思理她。等到他决定上医院时，看看手机上又已积起十来条之多的新信息。他焦虑得了不得，一咬牙回了一条：“我突发急病，现去医院看急诊，请饶了我吧。”便把手机关了。

关是关了，心里的不安却沉淀不去。因为景予飞知道，你逃得过初一，逃不过十五。一旦你重新开机，不定又有多少条信息在收件箱里向你狞笑。

事实上，这个世界五花八门的心理疾患中，如果有一种谓之手机恐惧症的话，景予飞必定是患者之一。

此后的漫漫时日中，许小彗仿佛突然找到了一个乐子，或者说完全已走火入魔而乐此不疲，她几乎每天都会给景予飞狂发短信。不回不行，回了更不行，有时一天里从早到晚可以发来数十条之多。结果景予飞一听到手机铃响就惶恐不安，以至不断更换新彩铃以缓解这种刺激。可是要不了多久，那铃声又让他不堪忍受了。有时同事的手机响起，因彩铃耳熟，也会让他心惊肉跳。更糟糕的是，他还不敢轻易关机，否则许小彗就会直接往他家里或单位里打电话。那嗡嗡不已的电话铃同样令他恐惧，更别说在家里接她的电话，要担心儿子真如在的话会听出什么问题来；而单位更不方便，随时随地会有人进到办公室来谈事情……

配备手机之时，景予飞再也料想不到，手机，这当代人须臾不可或缺并极大地缩短了时空距离、极大地方便和影响着人们生活乃至思维方式的利器，居然也是一柄双刃剑，操控甚至左右着人们的几乎一切精神空间，并且成为自己挥之不去、无处遁形的噩梦。八十年代到九十年代中期，许小彗甚嚣尘上、咄咄逼人的那些日子，现在想来简直是太幸福了。因为除了找上门来，许小彗只能写信或打固定电话，这样多少还有一些容自己喘息的时间。现在则不，手机成了自己给自己套上的紧身衣，你想脱也是不可能的。景予飞就曾尝试过换号，可是许小彗没几天就要到了他的新号（据她说是认识科技局的人。而景予飞的判断是，不可能吩咐单位里的所有人不向外人透露自己的手机号，而她只要以办公事名义打电话到单位要号码，一般人都可能告知她）。有时候为了讨几分清净，他晚上十点前就关了手机、拔掉家里的电话插头，隔天许小彗便气急败坏且理直气壮地痛斥他，实质是想逃避对言真和如如的责任——这是景予飞最怕听到的罪名。特殊情形下，他也曾谎称电池没电或机子坏了而暂避其锋。可许小彗哼哼一笑说：你要是买不起新的，我立刻给你送一部过去……有一回他谎称自己正在外地出差，手机花费太大，许小彗不愠不恼地说：那好吧，你用座机给我打过来，不说话也可以——座机号一看就知道人到底是在哪里，景予飞没料到她有这么一着，从此再也不敢跟她玩这种小儿科心机……

按说我们掌握着自己手机的主动权，想开就开，想关就关，想复就复，想不复就不复。但这在景予飞那里根本就是奢望。许小彗还是仁慈的，如果你晚上十点以后到早晨八点之间关机，她可以容忍。但此时段中并不等于她不再给你发来待复的短信，所以每天早晨开机时，对景予飞也无形中成了一种痛苦，因为立刻就会连续响起一个个未收短信的提示，嘀嘟、嘀嘟，令他头皮发麻。

有时候仅仅看到来信息的时间，就足够景予飞吃上一惊，不知许小彗哪来的这般精力，更不清楚她现在到底有没有上班、工作的概念，她在哪天夜里零点左右发信来很寻常，凌晨一两点甚至三四点还发信也屡见不鲜。如果你在她容忍的时间之外关机或迟迟不复信或电话，她会就此问题立刻给你打来座机或发来更多的短信，严正警告：你别给我耍滑头……你再不回复，我就到单位找你……

至于时不时混杂在日常短信中的其他威胁性的言词，景予飞领教得就更多了，对他震慑最强大的是这一类：我的私人信息都在电脑里，要不是看在言真的分上，我早就到网上开博客了……你们局长不是×××吗？他的电话号码是××××吧？你们局纪检书记的手机号码是××××吧……你再跟我玩花样，我就把所有信件都发到博客上去，到时你就是躲到月亮上，人肉搜索也轻松地把你揪回藩城来……

——这对景予飞是最为致命的。想到网络上沸反盈天地播散着一个地级市的副局长和他的私生子的故事、照片与书信，或者一个含冤遭弃、忍辱负重而含辛茹苦的纯情女子的悲情或血泪控诉之类丑闻，他就头皮发麻、如坐针毡。更糟糕的是网络不是别的场合，别的场合你或许还可以自我辩解，网络上你恐怕只会越描越黑……

乖乖就范，是景予飞的唯一选择。

此后的某一天，当他忍无可忍，打算为自己饱受骚扰保留证据，而设法将许小彗手机的来电来信数据打印出来时，那打印机竟吐了个没完没了。

愣愣地望着那已经长达数米还在喀喀喀喀往外吐着数据的单子，他欲哭无泪，悲凉把心脏冻成了结结实实的冰坨。

仅凭这一点来看，我的人生，还有春暖花开的一天吗？

他曾和喻佳反复琢磨着，何以在一切都似乎有所转机、独立成人的言真生活也步入正轨之际，许小彗竟突然像疯了一般卷土重来，又一轮狂“作”不已？她没有自己的生活吗？她的目的究竟何在？

喻佳的结论是：更年期综合征。虽然还不算太大，毕竟也是四十五岁的人了，许小彗或许也正饱受着更年期的心理抑郁和旧日情感失落的悲惨记忆之驱迫。此时再受到某种外因的刺激，诸如景予飞当了副局长、开私家车、住新房的“美满生活”，和在景予飞自己可能并不以为然、在许小彗看来却都足够引发妒羡和失落感的种种其他细微信息所形成的心理落差，或许还有她自身可能面临的某种不为我们所知的现实危机（比如，景予飞始终不清楚她现在是否有丈夫，或夫妻关系是否正常），都足以促成这一轮异乎寻常的大爆发。

景予飞觉得有这种可能。而如果真是这一原因反倒不可怕了，更年期毕竟是更年期，它来得再猛也有消退的一天。令他暗自恐慌的是，他总觉得情况没有这么简单。激发许小彗这一轮心理危机的根本诱因，只怕还是那四个字：旧情复燃。点燃这一导火索的，就是如如的诞生。恰如她反复提及且最令景予飞恐惧的，就是她怎么看怎么觉得如如长得很像他景予飞。而如如的婴儿期，触发她记忆起言真婴儿期及后来成长过程中的诸多辛酸悲苦和失落，这正是点燃她旧情和新怨的熊熊烈焰。

果如是，这一波狂潮哪一天是个完？

而随着言真人生形态的不断变化，和如如的不断成长，他们间的整体格局亦势将发生更多无法意料的新变局。那么，自己所被动承受着的所有的这一切，究竟还会有一个改善或终结的可能吗？

4

——无论如何，这都是后话。对于此刻微闭双眼、软软地倚在椅子上输液的景予飞，眼下最为焦灼的是，挂了多半瓶水了，这该死的腹泻，怎么还没有休止的迹象？不会是医生的误诊吧？如果这竟是更为凶险的疾病之先兆，那我……

也罢，索性一了百了也算他娘的了！

想得美吧！许多事根本不是你想了就了的——许小彗会作何反应？言真又会作何反应？闹不好，身后的乱象足以让骤失栋梁的喻佳和真如的日子雪上加霜！

他不禁又出了一身冷汗，下意识地睁开眼皮，觑了一眼身边坐着的喻佳，恰好看见她霍然挺起身子，两眼直勾勾地盯着走廊方向。顺着她的视线一看，他也倏地瞪圆了双眼——那个左顾右盼睃巡着过来的女人，怎么这么像许小彗？

不可能啊，许小彗根本就不相信我在看病，而且也不知道我在哪个医院，怎么可能找过来呢？

他以为自己是太虚弱而出现了幻觉——以前也多次有过类似状况，马路上走得好好的，突然看见许小彗出现在前面，张皇失措好一气，才确认是自己认错了人——可是现在，他使劲揉了揉眼睛，看清那一脸焦灼的女人，分明就是许小彗！

说时迟，那时快，许小彗已快步来到景予飞跟前。此时已过夜里十点，穿着羽绒衫还裹着件棉大衣的景予飞犹觉阵阵虚寒，想来外面气温相当低。但许小彗的脸上却是红扑扑的，明显渗着一层细密的汗珠；外套敞开着，高挽的头发也散了一绺，乱蓬蓬地一看就是副焦躁样子。

她一见景予飞便紧紧捂住了心口，喘吁吁地嚷起来：哎呀我的妈呀！总算把你找到了。你这是怎么啦？要紧不要紧啊？到底是什么毛病你非要跑到这么远的医院来？我在你家附近白白找了好几家医院……

景予飞不知所措地想站起来，可是许小彗把他紧紧按住了。显然因为见证了景予飞没有骗她，她也乱了方寸，话音里明显带着哭腔，一迭连声地追问景予飞到底得了什么病。景予飞尴尬地偷窥周边，见身边的病人和家属都瞪大眼睛看着他们，心里乱得更是一句话也说不出来。

还是喻佳冷静。她拉住许小彗安慰她道：没关系，没关系，他就是拉肚子，虽然泻得比较厉害，但没有大问题。你放心好了。

哦，我还当你是心脏出了问题呢，以前老说血压高血压高的，没想到……

他血压也真是很高的，心脏也有问题。好在今天可能就是吃坏了，或者受了什么风寒或者精神刺激才泻得这么厉害。

再也想不到，许小彗竟然一脸茫然地问景予飞：精神刺激？谁刺激你了？你也是的，都五十来岁的人了，怎么还这么沉不住气呀？现在的人，五花八门奇里古怪的太多了，都跟他们当了真的话，你还活不活啊？

一听这话，景予飞哭笑不得，紧皱起眉头想反驳她，忽见喻佳在向自己使眼色，便把满腔恼怒硬憋了回去。

不料许小彗一边说着话，一边从胸前摸出个厚厚的信封塞到景予飞手里，景予飞像捧着块火炭似的倏地推了回去：你这是干什么？不行不行！

哎哟，都什么时候了，你就别跟我俩烦了好不好？

真的不行！景予飞猛地站起来，差点把手上的输液针给带脱：我是有公费医疗的，根本不需要花钱。你把钱用在言真和如如身上才是正经。

这是两回事，他们不会因为……

我跟你说句实在话好不好？我现在最需要的不是钱，不是物，不是任何东西，而只有两个字：清净。

你什么意思？许小彗倏地瞪圆了眼睛，那神情像是要和景予飞干一仗：我又没有故意不让你清净——我也给你说个实话，你真不要的话，我这就把这破钱撕给你看！

好在喻佳及时伸出手来，一把接过了信封，一边笑着说：他不要，我要。你的心意，我代他领了。同时就势拥着许小彗往外走，一边走一边悄声安慰着许小彗什么，许小彗也就此走了。

待到喻佳回到景予飞身边，景予飞冲着她就瞪眼睛：你真的收下啦？

喻佳看了看周边的人，倚着他坐定后，耳语道：不拿怎么行？你也是的，以后也该好好检讨一下自己的态度。不管怎么说，她那么着急地找过来看你，给你钱，都是一种善意的表达，你何苦当着这么多看热闹的人让她下不来台？你没看见她那副就要哭出来的神情？那可是装不出来的。再看她跑得那一脸汗。

可是我不想看见她，更不想要什么钱！哪天她能给我几分清净，就谢天谢地了！

这我当然知道，可是——你知道她还跟我说什么？她怪我没有照顾好你，说你的气色太差了。反复关照我以后要多用猪蹄子煨黄豆给你吃，还要加什么枸杞子和黄芪……

多少钱？

三千块。就快过年了，到时你多给孩子点压岁钱就是了。

哎呀！景予飞不由得又放大了喉咙：可是干吗她要来这一套啊！当我是孩子啊，打一巴掌，又捋一把——想要的永远得不到，不想要的连生病都躲不掉！

喻佳轻轻捅了他一下：你也是的……这么多年了，你还没摸透她的脾气？她分明是吃软不吃硬的嘛。而且，按说这人是难弄，我也不该向着她说话，可是我总觉得，你的精神有时也太脆弱了些——我说得那个点，口头上你总说顺其自然，承受现实，根本上你还是时时刻刻想着回避这件事，回避这个人！而她呢，最看不惯的就是你不把她当回事！老这样你们俩不叽里嘎啦反复对抗才怪呢！其实，不就是这么个人，不就是这么回事吗？你要是真正从心底里接受了这个现实，遇事多忍着点，甚至多顺着她、糊弄着她一点，少跟她论天道地的，不就消停得多了？

咳哟！事情有你说得这么轻巧倒是我的造化了！树欲静而风不止，你再怎么也不是当事人，根本体会不到我面对她的心境。许多时候根本就不是耐性不耐性的问题，而是她压根儿就没想让我、甚至让她自己清净的意愿！不信你走着看，总有一天我会让她搅得当场爆炸，一命呜呼！

这个我也不难想象。喻佳也深深地叹了口气：说到底，你们俩都存在一个怎样面对现实的问题。在她呢，终究还是没法摆正自己的位置，心里始终咽不下当年那口气。在你呢，恐怕始终还是想彻底摆脱她的存在，却又舍不得，当然也不应该放得下你那个儿子，还有宝贝孙子——对了，有一招应该是蛮灵的，以后她再纠缠不休的时候，你就多跟她提她那宝贝孙子。刚才我随口问了她一句如如怎么了，哎哟，立马云开日出，那一脸的笑，才真叫个心花怒放呢……

5

景予飞先生：

真真实实说一句，那天在医院，看见你没有一丝血色的脸，还有白苍苍乱糟糟的头发，我的心真的好痛。原来你真的会生病，原来你真的老了。

不知道在那个悲危的时候，你想到言真没有？还有可爱又可怜的如如，他没见到过爷爷，却“爷爷、爷爷”地放在嘴上。你想过他们不能没有你吗？你想过他们再有怨恨，也盼望你幸福健康吗？希望你快点恢复起来！说不定哪一天，我这酸痛累累的臂膀再也不能抬起，他们还能去依靠谁？

我不是吓唬你，我必须把话先说清楚。可是我总觉得越来越难跟你说清楚。

你根本就不想听！但是我根本还是要说！

现在我每天在所有人面前还强作欢笑，可是在背后却辛酸泪洗面。我早就是断了翅膀被命运抛弃的孤雁。我的精神也一天天正在死亡。不，比死亡更可怕的是绝望。我清楚感觉自己越来越偏执，越来越暴躁，越来越不知道笑容和温暖，越来越不能忍受你的冷漠和辱骂。我看见那些电视节目里的抑郁、疯狂的女人，我知道我也快成了报复一切的疯女人。很多事如果再不处理好，我不是跳楼就是真狂、失控，伤害亲人，毁灭亲情，鱼死网破，两败俱伤，不，是几败俱伤！

谁想难过，谁想痛苦，谁想毁灭？谁想变成一团乱麻，越解越乱，越缠越紧？

可是，人生的痛苦和折磨，有谁能够代劳？

现在我只有一肚子伤痛能够向你倾诉，不为别的，只希望你能够耐心听听。这些话都是不能向别人说的，我的家里人一个也不行，连言真也不行，因为我不想再增加他的苦恼，我知道为了让我早点快乐起来，他早已耗尽了自己可怜的心血。可是，这一切你知道不知道？你口口声声这么多年过去了，可是这么多年就这么容易过去了吗？刀砍在古树上的伤口你没有看见过吗？你口口声声孩子带给我们价值，可是孩子自己的价值在哪里？他们的成长你搀扶过吗？他们的辛酸委屈苦痛你品尝过吗？你以为像个鸵鸟一样把头钻进沙漠里，就万事大吉了是吗？

从分手那年开始，你一直在讲承诺，怎么我到现在也不清楚你承诺了什么？看见如如月亮一样光滑洁白的小脸蛋，我就要流泪，我就一夜一夜失眠。我不能看，我真的不能看，但是我又不能不看，不舍得不看，我只有看见这个可爱的小生命才能活得下去。

现在你实在是坦然得很，风光得很，满足得很，自我安慰得很。是的，你没有抛弃过儿子的责任，你没有对我说孙子没有你的责任。你觉得为他的出世送上六千块钱就够了。你真的做了好多好多，我们欠你的也真的很多很多，可是我还能不能问你一声，你想过孙子很快也要像儿子一样面对困惑的生命，面对冷漠的世界，面对永远的绝望吗？你曾经在短信中说，你已经仁至义尽，我们应该面对现实，总不能为了他们的名分，而让你现在的家庭破裂，让你的真如失去父亲，你说得多么好啊！可是我们不面对现实了吗？

我的现实是什么，言真的现实是什么，我们孤苦伶仃的娘儿俩的现实，几十年来和你的一样吗？几十年后会改变吗？你的儿子和我的儿子（虽然也是你的儿子）面对的曾经是、以后还有可能是一样的现实吗？

也许我有时真的过分。也许我不该对你过多希望。也许我和真儿早就应该离开你远走高飞，别再出现搅乱你的幸福生活。也许我们只应该用自己的方式来品尝自己的苦寂，用自己的心灵来抵抗幽暗无边、风雨如晦的日子。而不应该希望你的一双手和一对耳朵，一颗同样做父亲的心，能够发发慈悲，能够把精神交付，能够放弃傲慢和伤害的言行，从你真诚的心灵中透出一点光线，让我和儿子孙子开始新的生活。

但是让我扼腕唏嘘的，是你妈的事情上，我的确也有深深的自责。可是事情并不像你以为的是故意的欺骗，只是上天没给我解释的机会就把她带去天国，把许多的哀痛懊悔又留给我独自承当。承当不住的我只能把许多真情竹筒倒豆子给儿子。儿子在他艰难的孤独人生里早已承受了太多，但是为了母亲的屈辱他咬断牙齿。我下辈子也忘记不了那个夜晚，得知我们又爆发激烈争斗的他，一个人喝下半瓶白酒，坐在寒风凛冽黑暗无边的大河边，因为他知道，那里是我和他并没有死去的生身父亲定期碰头和吵闹不断的地方！

我找了他大半夜，结果是两人抱头恸哭，相互鼓励才没有一起跳进河里，相互搀扶我们才跌跌撞撞回到家中。这就是他为什么会得心肌炎的真正原因！幸亏上天可怜，幸亏他为了我顽强抵抗才没有弃我而去。我告你说是他在工地上劳累才得病，只是为了不想再让你精神受累。可是你后来的一系列态度那么让我失望！你居然还说什么“你想让真如也没有父亲吗”这样的狗屁话！你不觉得它要比刀子更尖锐一百倍吗？

二十一岁，二十一岁的我生下的儿子，如今早过了二十一岁。他的生命代替了我的生命。没有这条生命，还要我的生命有什么价值！可是他至今没有得到他生命应有的起码的东西！

我自嘲，我愤怒，我哀叹，我咽不下的东西太多太多。二十多年前你给我吞下的枣子吐出的核，早就入地长成了参天大树。今天结出的是枣子还是毒果都不重要，我要把它统统归还给你，我受够了，我受不了了！但是我已没有任何要求，任何希望，只能静静地转身离去。

可是那些灰暗无光的日子就是不肯离我而去。那计划经济的日子，二十出头躲躲藏藏偷着养比灰色还要灰色的私生孩子，连户口也是几经波折，花了好多钱，好多年后才报上。难上加难，苦不堪言，没有一天轻松！所以我会对你的父亲发下毒誓：这孩子我有能力就自己带，没有能力我送给外人，也绝不会送到你家门口。现在我还要再对你重复一遍：今生今世，我绝不会让你们景家人看见这个没爹的孩子！

要不是孩子先天后天都体弱多病，我有一点办法也绝不去找你。可是那回在建设路上，你恶狠狠指着我鼻子："难道你还要我犯罪给你弄钱吗？"我有过这种心思吗？那还是计划经济年代，一切都没有。没有电话，没有出租车，我租住的小屋离最近的公交车站要走二十多分钟。得肺炎那个深夜，真儿高烧超过四十度，我叫天不应，叫地不灵，房东又是个孤老太太，我只好用被子裹起滚烫的孩子，抱着七八十斤重的真儿走到最近的医院去，一路走，一路默默地流泪。两条胳膊像要断了，两条腿抖得撑不住身体，只好在马路牙子上坐一会儿再走一会儿，寒风刺骨的深夜，到医院时我里里外外的衣服全都湿透了。

可是为了不伤真儿的心，可怜的儿子从小就只知道父亲在很远很远的地方工作，每个月会给我们寄回钱来。大起来实在瞒不下去了，我说你生病死了。有一天房东告诉我，说是你家小真心肠真好，昨天晚上在墙角落里偷偷烧纸，是不是给他外公烧的呀？我再也忍不住放声大哭，我知道他是给谁烧的。那天夜里我和他沿着护城河走了一夜，说了一夜。我不能再隐瞒他任何东西。我只有一个要求，永远永远不要把真情说给外面人听。儿子回答我一句，总有一天我要亲手杀了他。我从来没有碰过他一个指头，那天唯一一次打了他一个耳光：你敢这样做，我就敢杀你！

我们抱头痛哭！

几年后他上大学，你说，我能在网上查到他上没上大学。你又强调：他已经十八岁了，我可以不负担他任何费用了，不过我还是可以给你们。你以为我没听懂你的双关语吗？你这是在施舍你的亲生骨肉啊！直到今天你还在继续用你的双关语，用你的双关手段！可是你从来不知道，他在大学时候，知情好友一再劝告我，你可以向这个儿子的生父争教育费和医疗费。我说的是，他给的一些钱里包含了所有的费用。我不想再多要任何一分钱了。我想的是什么？我想的是你也不易，你也有儿子，有你要负担的家庭，还有社会和家族压力。

真儿大学毕业你也没给过特别的钱，我也从来没有提起过。可是真儿不明白这些，他大学一年光学生公寓就要交一千二百块钱，你给的钱还顶多只够交学费加上点伙食费。真儿他读书期间格外自卑，因为穷苦寒酸。有一天他偶然听到朋友和我的对话，口袋里放着小刀，向我要你的家庭地址，要去和你拼命。我哭着抱住他哀求：你再苦再累，永远不能走这条路。景予飞再怎么说也好，再怎么做也好，社会上人再怎么嘲笑也好，辱骂也好，我都能受得起。你真要有本事就争口气，将来活出个人样来给他看。

景予飞，你不要以为我这样做都是为了你，我是为了我的儿子，我不能让他为了赌气毁掉自己。当时我强吞眼泪，在心里暗暗发誓：我永远也不让你今后见到真儿！永远！

你无法也不会相信，真儿在大学里打了三份工：一、晚自习后九点多清扫一层楼面十二间大教室；二、打扫厕所；三、做家教（三站路他经常步行）。你知道吗？中学六年他喝自来水，从未买过一瓶饮料。我在乎我的儿子啊！夏天再热他不许我给他买一根冰棒。他笑着说他从来不喜欢这种东西。他拼命掩饰孩子的天性。我愧疚失声躲在被子里哭过多少个夜晚，深深自责中深深恨你。他也是父亲生的，虽然你没有断过他生活费，但你给他的是面包模型，给景真如的是飞机模型！

快毕业的时候，所有孩子为工作奔波焦急，你主动关心过问过他吗？你有至少用一点小小问候给我们最好的安慰和体谅吗？有些关键时候你也帮助过他，可那是我要求你做的，不是你自觉自愿的。想起这些我心里就有一种说不出的疼痛。如果是你的真如，你会这样冷漠吗？这份太不完整差别太大的人生，我们永远要忍受下去。这也是今天我想要大度结束一切却不容易的原因。

他毕业了，他走进礼堂，他想减轻母亲压力，可是他没有基础，没有靠山，没有给予他生命的人的一句祝福。他在婚礼上流着泪只讲了一句就再也讲不下去：谢谢今天来为我祝福的每一个亲友，我的生命再也不缺什么了……

他的生命是那么脆弱渺小，他的成长是那么艰辛孤独。他也需要父亲的帮助安慰和人生指点，他和天下所有孩子还有你的宝贝真如一样是孩子！他对你会有不知所措和愤恨的时候，但他真心里还是把你放在他最重要的地方。他虽然说过一些昏话气话，但他从来没有真正做过一件伤害你的事情。他在婚礼上那样说，是在思念你，维护你，体谅你。

我有许多缺点。许多话语和行为是在威胁你。为的不是自己，是气不过真儿。你信不信由你，我其实是有点像殉道者，自律而不是要求你。我早就知道你是个畏缩、懦弱、得过且过而且害怕承担责任的自私者。但是我并没有忘记你是言真的骨血父亲，你也有单位、家庭、家族压力。所以我一举一动总是考虑不能真正伤害到你。言真也不是真的永远不想承认你。但是他一次次强调要在我们关系平静和缓和，他自己感情接受前提下才有可能，否则谁也别想勉强他。我比他还有更多的心事不能放下，我不可能逼迫他承认你。我总是念着真儿的身体，他心脏的问题和他心理的问题都必须考虑，至少不能让他太激动，不能生气和伤心，我的难处谁知道！

你肯定不知道这些，也可以不管这些。但叫自己快乐，哪管别人死活！那天在单位停车场看见你，汽车像人一样神气活现，人像汽车一样目中无人，可真是了不起呀。到底是做领导的人了，看见有人来，反应很是机敏，表现也够到位。习惯的动作，必备的表情。谢谢你的教育，我无地自容，羞愧难当，我们的差别越来越大，我不配再有什么想法。但是如果不是为了儿子，我何必一次次看你的冷脸！

我是曾经报复过你。但我至今在我家族任何亲人和你单位人面前守口如瓶。我任性却无助，不知是出于什么心理，有时非常本能几乎想彻底冲出去，不再管儿子的感觉，不再管你的感觉，不论你死我活。可是在最后一刻总是有力量拉住我。我知道我除非彻底疯狂，今生不可能做得出伤害你根本的事情，老虎吃天，无从下口！我知道自己身上丑陋、自私、报复心重、心理阴暗。但是你不能忘记你给我留下的阴影！我们只能也只有像两条平行线或两个离心圆，走着两条不同的人生道路。我怎么样都无所谓，可是我无法忍受小真也永远这样的命运。

我承认我也担心过真儿有一天站到你身边，但不是自私，而是担心他和你没有真感情而发生冲撞。从来没有在一起生活过的陌生父子，会有和睦相处的可能吗？还有，他肯定受不了你的父亲家人还有喻佳而难以和谐。还有你的真如，他们从小到大种种差距都如此巨大，他的心能受得了种种鲜明深刻的不同吗？真儿不能再有任何刺激和新一轮的伤害，他的身体和感情都缺乏承受能力，会不会造成雪上加霜和不必要的后果？如果那样的话，他完全可能会被绝望而不是疾病彻底毁灭！

面对着儿子未来的种种迷茫矛盾和不可知，我的心越来越沉重、无能、黑暗！事实上我自己又会怕什么？我这人早已忍受过种种磨难和辱骂，再多一些又算什么？我最难做的是面对儿子！我不能再让儿子承担任何由于我们的原因而生的愤怒、委屈和焦虑。我最担心的除了儿子现在还有孙子，我不能让他们在你家人和其他人前受到误解、委屈和损伤。还有你，会不会因此改变生活？会不会因此承受不了你家人的厌烦责难？会不会因为社会和单位可能产生的风言风语而影响前途和职位？会不会不能和言真沟通交流与谅解？

我不停发短信打电话，控制不住，根源大概就是渴望交流，让可怜疲惫的心灵得到一点宽慰呼吸。可是我得到什么反应？还要继续保持警惕不发生意外。告诉你，我的故事有人千方百计想得到，我甚至可以拿它卖大钱你信不信？可我清楚这不可能。有人似乎同情却又不能信任。你又不了解也根本没有兴趣管它什么天下母亲心，天下女人心！

我能承受的到今天我都拼命承受了。我太累了，儿子的问题还没处理好，孙子的问题我又怎么承担得了？但是我知道我必须承担，只有承担，他们是我活下去的唯一理由，哪怕再多的心碎、血水、泪水，再多的积淀伤痛、羞耻、压力。但愿累累血痕中我不会继续折磨你，实际上更折磨我自己。

是时候了，我会坚决果断抽身离去！

请把这么多年你给言真的费用总数告诉我，我砸锅卖铁尽快退还！还有你以前给言真的照相机、电子词典、手机等东西，他根本都没有用过，你约个时间吧，统统还你！

6

扔下这封长得出奇的来信，景予飞仿佛被什么铁笼框住了，毫无动弹或挣扎的力气。他颓丧地瘫在圈椅上，头垂在胸前，双手使劲搓揉着酸涩的眼睛，久久没有改变姿势。

正是午休时分，楼道里空无一人，办公室外听不到任何动静。但这并不能使景予飞的心境有所安宁，反而变得更敏感而脆弱了。偶尔从楼下的草坪上传来几声模糊的对话，虽然随即被飒飒的风声吹散，但听起来也会让他无端地心悸。今天的风也着实有些大，窗玻璃上的雨篷收起了，仍然被吹得扑簌簌乱颤，那一阵阵鬼哭狼嚎般的呜咽声，听着会让他感到发烧般一阵阵虚寒。阳光其实很好，此时刚好飘移到窗外西南向的楼角处，但凛冽的西北风和薄薄的云层遮蔽了她的锋芒，使她看起来就像是一张苍白无力的病妇的脸，散乱的光线仿佛她惨淡无力的眼神。

真正惨淡的无疑是景予飞的心境。视野尤其模糊，眼前的一切都朦朦胧胧，恍如梦境，又仿佛刮起沙尘暴的天象，罩上了一层暗灰色的纱幕，让人的心境倍加灰暗。景予飞这间办公室其实是不久前新装修过的，暗黄老旧的桌椅橱柜全都让位于漆水光亮的大班桌和柔软宜人的真皮沙发、旋转圈椅。按说这样的环境是相当舒适宜人的，可景予飞从来没有感受到这份惬意。是的，如今一切都在变，国家的经济状况、单位的办公水准、个人的收入待遇，一切都在向好、向新、向美。但这又有什么意义呢，如果你的心境一成不变，甚至更加阴晦，如果你的命运毫无新意，甚至更加糟糕？

他吃力地站起来，想在屋里活动活动僵硬的腿脚。但踱了几步又软软跌坐在沙发上不想动弹了。似乎浑身的力气和兴致都被窗外的朔风吹没了，别说动了，现在连想想问题的精力也消耗殆尽了。

使他疲惫衰弱的感觉无疑是许小彗的信带来的。一摸到这封信的厚度他就战栗不已。读信的过程则无异于经受一场皮带抽打加辣椒水的酷刑，甚或就是在恭听一篇针对自己的道德檄文。其实这信他不看也知道都写了什么，绝大多数内容是在重复近期连续不绝的短信轰炸，只不过是把零零碎碎的枪弹扫射变成了集束炸弹。不过这种重复轰炸的效果还是卓著的，尽管景予飞不断发出愤怒或屈辱的讥笑和诘驳，脆弱的神经和冰冷的心脏还是被它炸得七零八落，体无完肤——他不能不无奈地直面他不敢直面的现实和内心深处的良知对自我的又一次谴责——她和言真的经历和情感确乎有着自己难以想象却无可否认的艰辛和悲苦。上天对言真也实在过于苛刻和不公。长期以来，自己为求心地安宁而含含糊糊苟且偷安的结果，实质上确是对言真的一种漠视和不公。

然而他也有许多有口难辩或辩也无益的苦衷和委屈在心头沸滚：在许小彗的笔下，似乎一切的一切都是我造成的。明明当初是她置我和家人的苦口婆心于不顾，一意孤行硬行生下了这个孩子，从而把他抛掷在厄运的苦海之中，而今她却只字不提这一前提，生生把一盆血水完全倒在我的头上！至于其他似是而非的指责、诘难和断章取义式的发难，虽然有些不无道理，有些情有可原，自己原就有着许多的不是和愧疚，但多半也还是她偏执的臆测和情绪化的强加（比如说言真十八岁后的生活费问题上，我纯粹是出于好心，自我要求继续，在许小彗笔下竟成了在她的要求下的不得不为之)，完全就不值一驳。

不过，这样的感喟也只是一闪而过。景予飞已经习惯这种格局。这封信分外使他惊愕和焦虑的，是其中透露出来的某些新的信息。一是许小彗居然要把历年来自己给的钱物如数奉还。这令他愤懑难当又大惑不解，我曾经有过哪怕丝毫这种意思吗？她又在打什么鬼算盘？

更令他惊讶和绝望的是，虽然一直就有某种思想准备，相信言真对自己会有许多芥蒂和隔膜，但总以为时间和自己的真诚终有融化其坚冰的一天。再也想不到这小子居然曾多次带着刀要来杀我！当然这只是毛孩子一时的愤激之想，自己也不可能因此记恨他。但问题在于，这毕竟已不是某种误解或一时的冲动，而是货真价实的仇恨的反应。不说含辛茹苦吧，起码自己从来就只有加码而绝无推诿过对他所应尽的经济职责，起码自己也为他付出过无穷无尽的精力和悬念。如果信息对等，如果能和他有所沟通，如果能让他与我有些起码的接触与直接交流，那他的仇恨从何而来？冰冻三尺非一日之寒，毫无疑问，这是我们至今不能正常沟通，也是言真长期偏听偏信而许小彗又长期有意无意地妖魔化我的必然结果！

是可忍，孰不可忍！

这样的局面再不扭转，或者我继续得过且过含糊下去的话，未来我继续受到他不公正看待倒在其次，真正受蒙蔽受伤害的还是言真，而且这种伤害、曲解、误信，必将随着如如的迅速长大而贻害无穷，甚至会直接影响到如如将来对我的感情和认知……

仿佛有一道电光横空劈下，他阴郁死寂的内心突然闪过一道耀眼的强光：是时候了，再不能这么瞻前顾后畏首畏尾地苟且下去了！与其继续与许小彗这么无休无止反反复复地僵持、争执、扯皮下去，不如抛弃一切顾忌，全力寻求与言真的直接对话。这才是问题的关键所在！

如果说，过去她还可以以言真监护人的身份代表他与我纠缠，而现在的言真早已长大成人，凭什么我还要继续绕过言真而与她扯皮？相信只要假以真诚和机会，言真应该会愿意与我交流。而只要假以时日，知悉真情，他一定会对我有逐渐正面的认知。

是时候了，不，早就该下这个决心了。如果许小彗仍然不愿让他见我，我也有理由不再理睬她。不是说长痛不如短痛吗？哪怕她因此而进一步威胁我，甚至撕破一切遮羞布大打上门，那结果也不见得比永远这么被动挨打惨多少！而万一许小彗终于让我见了他，或者他终于能够愿意见我，那么，以他现在的年龄与社会阅历，与其直接沟通绝对不至于比许小彗更困难。

他突然像个充足了气的皮球，一跃而起，呼吸急促地坐到桌前，凝神默想了一会儿后，他毅然抓起手机，给许小彗发去回信。

7

——来信看到。对你们的种种不幸深感歉疚自责。过去我确有许多不到之处，虽然我本意一直希望你们能生活得好一些，但是许多自私和任性的言行确实也伤害过你们的感情。唯求你和言真海涵！为了弥补过错，改善困局，希望你能让我和言真见面，我要当面请求他的宽恕。

——我信上不是说得很清楚了吗，言真还没有准备好，他现在不会同意和你见面。请你不要再提这个问题。

——这怎么行？他都结婚生子了，我们早应该直接对话，这才能消除误解，解开他的心结。希望你首先不要有顾虑。对过去的一切，我绝对不会多说什么，绝对不会损伤你作为母亲在他心目中的既定形象。

——笑话！我的形象你想损伤也损伤不了。言真和我共用着一颗心，我就是他，他就是我。你别以为我怕你才阻止你们见面。我和以前不同了，我早就劝说他和你相认，但是他说要为家族整体考虑，态度非常坚决。他身体还弱，目前我不能强迫他。

——太好了，感谢你有这种认识。请相信我，我一定会以我的真诚打动他，哪怕只见一面，你也可以在场。我只求一点，希望能当面向他致歉，求得他的谅解。哪怕他痛打我一顿也可以。至于今后要不要接触、怎么接触，可以和他再协商。

——我刚才打过电话给他。他说不行，至少现在还没到见面的时候。希望你不要逼他。

——那么，请把他的手机号码告诉我一下，我给他发个短信总可以吧？

——对不起，没有他同意，我不能给你号码。

——他为什么会不同意？

——怕你会纠缠他吧？或者也可能是怕自己经受不起感情冲击？他到底还是不了解你。

——事实是，你我之间反复纠缠，反而误解不断，矛盾加剧，彼此都万分痛苦。我保证不会多给他打电话。或者，你先给我号码，什么时候要打给他了，我会事先问你。

——请不要为难我了。他现在成熟了，他要考虑很多方面，小玉的想法，和她家族的想法，也可能他也会担心我有想法。以前我对他说过，永远不要认你。还是等我慢慢再做做他工作吧。别忘了，他心肌炎还不算彻底好了，这时候刺激他，会有什么结果？

——那么，你信上说要把钱和东西还给我，是什么意思？言真知道吗？是他的意思？我做梦也没有过这个意思，你是在讽刺我给得不够多吗？

——我敢讽刺你？你给得够不够，你自己应该心里有数！老实告诉你，言真早就不许我跟你来往，不许我要你的嗟来之食！所以我现在决心彻底给你解放，彻底了断，就是这个意思，难道不是你盼望的吗？

——我盼望这个，盼望了二十多年！如果我不是真心肯给，二十多年，你嗟得到什么？至今还是把自己的臆想强加给我！而且，言真十八岁之际，我是说过依法可以不给，但我仍然主动要给，实际上也一直给到他大学毕业，这也是你嗟来的？

——就算不是嗟来的，你手拍心口想一想，你敢说你都是真心诚意给的？言真从小到大的教育费、医疗费，我要是不嗟，你也给过吗？

——怎么没给？当初讲好的，我给的费用比正常的高，就包含这些开支。而且，言真生病和读书时，我没有额外给过钱吗？重要时日和节假日，我哪一次少给过你？人要正常相处，起码要讲一点良心！

——对，我就是不讲良心，世界上只有你这个当老子的讲良心，好了吧？但是你口口声声身体不好，心理有病，要求安静，现在我给你安静，彻底离开也不对吗？

——这种话你说过多少次了？我可声明，我从来没有要求你，更不可能要求言真永远离开，只希望大家理性相处，少吵闹。我的确疾病缠身，需要安静，这有什么错？

——你从来没有错，错的永远是我，好了吧？

——不行，我还是希望你把言真的手机号给我。再这样下去实在是太不正常了。我必须和他直接见面或者通话。我作为他尽到了抚养职责的父亲，有这个知情权，你无权剥夺我的合法权利！

——呸！我从来没有剥夺你权利，我也剥夺不了。我就是剥夺了，你准备怎么样？

——果然如此，我就知道一定是你从中作梗。否则，我不相信他会绝情到这种地步。

——好，我不打坝[1]！我明天就把他拖到你单位去见面！不信我赤脚的还怕你穿鞋的！

——又来这套了，你真的以为威胁就能解决问题？

——是你先威胁我！

——我怕你还来不及，还敢威胁你？我要个儿子的电话号码也不可以吗？

——当然可以，原因我说过了。现在不行，以后再说。要不是看在儿子面上，我现在就冲到你单位去！

呼吸在战栗，双手在发抖。不，是整个身子都在发抖，胃部和后背都跟着痉挛起来，景予飞感到坐着都无法呼吸了。他不得不站起来在屋里徘徊，身子却颤抖得更厉害了，以至佝偻着肩背无法站直。眼前则一阵阵昏黑，纷纷乱乱地迸发着尘埃般密集的金花。

① 方言，意指故意刁难。

他赶紧又趴伏在桌子上，闭着眼使劲喘息着，暂时停止了回信。脑海中则依然风起云涌，翻滚着滔天心潮。

要不我真就豁出去算了！

心里想着，手上又哆哆嗦嗦地揿出一行字：你来！我现在就在单位恭候你！

可是就在按发送键的一瞬间，他又停止了动作：冷静点，冷静点，小不忍则乱大谋，景予飞你千万别赌气！这个人你终究是狠不过她的。而且我的身体……景予飞，你可千万别倒下啊——他赶紧放下手机，转到抽屉前，抖抖地摸索出一个小瓶，倒出一粒安定吞下去。重新坐定在椅子上，紧紧地闭上眼睛，这才觉得屋子不那么晃悠了。

手机上却嘀的一响，许小彗又发来一条短信：

怎么不回话了？

热血又一次呼呼作响地蹿上脑门，景予飞霍地又站直起来，咬紧牙关，快速重写了一条，毫不迟疑地发了过去：

不管你要怎么做，立刻把言真的手机号给我！

犹觉不解恨，不等许小彗回复，他嚓嚓嚓嚓，疯狂地按着重复键，把同样内容的信息，一遍又一遍，连珠炮般发向许小彗。

好一阵异样的沉默之后，他收到三个字：

你疯啦？

他嗵的一拳，砸得桌上的茶杯盖喀喇乱响。哈哈，他热血贲张地大笑了一声：我就疯一回给你看看——嚓嚓嚓嚓，一口气又是一顿狂按，把那条信息至少又重复了十多遍……

五分钟后，没有回音。

十分钟后，还是没有回音。

他试探着拨通了许小彗的手机，回答他的是：您拨打的用户已关机。

8

整整两天许小彗没有任何动静，她及她的一切信息，就像渗进了沙子的水一样，消失得无影无踪。这种状况在近期是极为罕见的，似乎她真的要兑现永远离开的承诺了。

果真如此倒是我的造化了。但这种念头也像一滴水一样，无声无息就蒸发了。景予飞太了解许小彗了。离开、“给你清净”之类的言词近期她说过不知多少回了，从来没有兑现过。每回短暂的静默后，她又会掀起新一轮声讨或诉苦的狂潮，就像以前从来没有说过或做过任何事一样，一切从头来过。分明她还乐此不疲或精于此道，俨如一个高明的拳手，偶尔的下蹲或收回拳脚，只是为了更凶猛的攻击。

不过，这回也有一个明显的不同之处。景予飞一时兴起愤而回击的那一通短信狂飙，似乎无意中击中了她的一个要害。否则，以她吃软不吃硬的习性，是不会甘心以长久沉默来向景予飞的短信潮示弱的。

那么，我击中她什么了？

而且，她为什么就这么顽固地不让我和言真联系？说什么言真没有准备好，他不愿意等等，统统不过是她自己的托词罢了。关键还在她自己身上！

根本上，恐怕她也是虚弱的，心中有鬼的。可想而知，从小到大，她给言真灌输过多少关于我的谎言，来强化自己圣洁、博大、忍辱负重的光辉形象（甚至，我给没给钱，给多少钱言真是否真实知情也未可知）。一旦让我们直接见面或沟通，这些谎言就会像阳光照射的雪人一样化为稀水。她的形象崩溃之际，我的形象自然会大大匡正；加之我的真情烛照，言真感情的天平未必不会彻底倾斜，对我的向心力肯定会大大增加，这或许也是她最不愿意看到的吧？

唉，如果她通情达理，放掉一些幻想或痴迷，我岂会破坏她作为母亲在儿子心目中的既定形象？如果她真正从儿子出发，为儿子的根本利益着想，难道不应该捐弃私愤、努力促成我和言真的和睦与谅解？

现在的问题是，万一她真的一去不复返，我会不会也就此永远失去与言真沟通的可能？还有，言真他真的知道我和她之间发生的一切吗？他会因此更恨我，还是因此逐渐有所感触而回软？他对我的了解，实在也像是我对他的了解一样，太片面太抽象也太多误解了，而这种局面实在也太久远、太不正常了。

唉，我的蹰迂迁延、瞻前顾后甚至为一时心安而虚与委蛇也太长久、太过分了些。至今我连个言真的手机号都没有，许小彗是一个因素，我的姑息迁就也难辞其咎。难怪言真对我一直心怀芥蒂，迟迟不能悦纳，恐怕这也是内因之一。

问题是，他也老大不小了，许小彗再怎么，他总该逐渐有自己的判断和是非观念了吧？如果有心，他完全可以很方便地来找我，或者主动给我打个电话也好呀（许小彗不是说过，他曾多次偷偷地到我单位和住址来看过我吗)?

唉，感情这东西呀……即便是我，如果从小抚养过言真，或者有过一些比较正常的接触，也绝不会含糊苟且，至今都“顺其自然”而不积极主动寻求与他联系，以至弄成今天这种积重难返、矛盾重重、误会深深的僵局了……

忐忑、自责之中，景予飞白天始终处于一种绷紧的链条般的紧张之中。电话铃响，立刻惊起，首先察看是不是许小彗来的，既希望是她，又畏惧是她。走廊上或楼下有什么响声，心立刻嗵嗵乱跳，唯恐真像许小彗威胁的那样，她，或者真的还有言真，一起冲到单位来了。而夜里，他则几乎没睡成一个囫囵觉，总是浑浑噩噩、处于半梦半醒之间。那梦境也联翩起伏，恶状百出，常常惊出他一身身的冷汗。

怪的是，依然一如既往，他的梦中从来没有实实在在出现过许小彗，更别提言真了。记忆中只有一回，也是隐隐约约地看见一个面目不清的男青年向自己迟缓地走来。他的个子出奇地高大，如姚明一样却比姚明瘦弱许多，步态也怪异地摇摇摆摆，似乎一阵风都能把他吹倒。但当他来到目瞪口呆的景予飞面前时，却瓮声瓮气而分外清晰地喊了他一声“爸爸”。他想回应，却发不出声来，他想去握儿子的手，眼前的那个模糊的人影却已化作了乌有——满怀期待的手只摸到一把糊满自己面颊的热泪……

9

许小彗的来电终于又响起来的时候，已是第三天的傍晚，他正在开车回家的路上。

一见那个熟悉的号码，他即刻打了右转向灯，把车停稳在路边后，竭力以镇定的语气回应了一声。哪知电话里传来的是一个让他大为惊诧而陌生的声音。他赶紧又察看一下手机上的显示，分明是许小彗那个烧成灰他也丝毫不会认错的号码。而对方，也准确地报出了他的姓名：

请问，你是景予飞先生吗？

他狐疑地嗯了一声：你是……

是这样的，我是一个心理咨询医生。现在正在为我的一位患者做心理治疗。了解了她的全部情况后，我感到很有必要和你也谈一谈，以利于对她的疏导。

哦？景予飞颇觉意外地挺直了身子。当年自己求助心理医生的一幕幕霎时闪现在眼前。没想到，她也去看心理门诊了。这倒未必是坏事，近期她的心理状态显然是异常的，问题是……

他试探地说：可这个电话是……

没错，是我要求她拨通你的电话让我来说的。现在她应我的要求到外面去了。希望你不要有任何顾虑，能配合我一起做好她的工作。这样对缓解你们双方的矛盾和心理障碍都是有利的。我听说，你也曾经做过心理治疗？

……是的。请问你想对我说什么？景予飞稍稍松了口气，只是心里仍然有点说不上来的疑惑。这种事他还是头一次遇到，一时不知该如何应对。抑或，这也与那位心理医生颇有些突兀的出现和颇有些特异的嗓音有关吧？他那种古怪而似乎十分遥远的语音是景予飞几乎从来没有听到过的，似乎有些失真，听起来也有些苍老，却又有些断续的尖腔夹杂在其中，口齿因而显得瓮哩瓮哩地不太清楚，甚至，还有几分不男不女的怪异感。

然而这个医生显然真的十分了解他们的情况，以至在他貌似中允而温和的言词后面，景予飞隐隐地看见了一位戴着宽边眼镜、神情不无严肃却相当通情达理的老医生那副锐利的眼神，他的戒备心渐渐地融化了。

景先生，请你首先要相信我一点，我不是法官，不会对你们两人间的恩恩怨怨发表道德评判。作为心理医生，我也完全能理解你们各人的难处，也不会仅仅根据一些表面现象来判断是非。而且，作为男人，我其实更能够理解你的处境和心理。实际上，我也知道你付出了很多，并且尽到了许多男人所不能尽到的职责。所以我主要想提醒你的是，因为目前许小彗处于一种非常特殊的精神状况，眼下她的情绪非常不稳定，而且有偏激冲动的意愿，这是不利于她的治疗的，也是不利于你们还有孩子之间关系的。所以，麻烦你能配合我一下，今后尽量克制自己的情绪，尽量不要再和她发生冲突，也不要再给她新的压力，以利于她的心理康复。

配合你完全没有问题。但是要说到冲突的话，这实际上正是我竭力想避免的。长期以来，我被这种极不正常的局面深深困扰，苦不堪言甚至可说是痛不欲生。可是树欲静而风不止，事实可能并不完全像许小彗告诉你的那样。事实上，几乎每一次冲突或者误解的发生，都是许小彗挑起来的。而且，许多话、许多事情都反反复复解释、争执过无数遍了，可是过不了几天她就会老调重弹。而实际问题，比如，你一定知道孩子的事了吧？我和孩子的关系问题却始终没有任何改善！医生先生，既然你知道我也曾经求助于心理治疗，就不难想象我实际上早就处于一种精神崩溃的边缘。我现在无论是身体、精神还是基本生活状况都糟糕透顶，却又丝毫看不到改善的希望。

这个我也是知道的。你们面临的都是非常特殊的状况。不过许小彗也对我表示过，她也不想激化矛盾，只是有时候精神失控而身不由己，希望你能多加体谅。说到底她是一个孤独而弱势的女性，几十年来承受着比你大得多的心理压力和独自抚养一个私生孩子的种种困难，因此她的实际处境和心理状态更不稳定，更多危机。而长期的沉重的精神创伤和压力，是会使一个女性的心理发生扭曲，反过来也使她更容易被感情所伤害。相比起来，你的实际处境和家庭环境要比她好得多，所以就需要你对她多加包容和体谅。

可是医生，这都是表面现象。实际上二十多年来，我的日子也可以说是一天也不好过。尤其是有了这个孩子以后，我的头发几乎在一夜之间全白了，更不用说由此引发的一系列复杂难解的矛盾，和沉重的精神及心理压力。我不否认许小彗也确实有她的种种困苦和艰辛，我也完全可以想象得到孩子在成长过程中的种种艰苦、屈辱和特异的感受。这也正是我精神心理出问题的根本原因。所以我总是尽可能地给予他们经济补偿以减轻内心的歉疚。可是这么多年来，我几乎总是在单方面地付出，至今连孩子的面也几乎没有见过，你认为这种局面正常吗？

是不正常。可是我希望你配合的，主要是这个问题。你是文化人，又是干部，应该想象得到，这个问题的主要责任并不在许小彗，而是孩子大了，有自己的性格和想法了。长期不正常的生活也给他的心理造成许多负面影响，使他对你也形成了严重的不信任感。而且他暂时不想与你见面、联系，也有他的种种理由，总之是从大局考虑，从整个家族的方方面面考虑。这些许小彗都和你解释过了，你好像不能理解。你想过没有，现在许小彗已经不能随便支配他了，而你还一再逼她交出孩子或者是他的联系方式，她就陷入更大的矛盾和压力之中了。我想你也知道的，许小彗爱这个儿子胜于爱自己的小儿子，她过去是说过一些狠话，但其实是一直希望你们父子能够和好，能够正常相处的……可是根据我的了解，你过去给她的印象是，你其实是并不真心希望见到孩子的。现在这么逼她，实际上是让她陷入被动，甚至还会和孩子的关系产生裂痕……

鬼话！这种谎言她对我说过无数遍了！医生你是太不了解她了，如果她真有良好意愿，起码在孩子还小的时候，她是完全可以让我见见他的吧？可是实际上这么多年我只见过这孩子一面，还是连家门也不肯进就匆匆地被她带走了。更不能原谅的是，她还多次欺骗我的老母亲，甚至约好时间让腿脚有病的老人赶到藩城来见面，结果却让满怀希望的老人大失所望，直到她死也没见上孩子一面——这件事也对我的心理造成巨大阴影，至今想起来都无法饶恕她和自己。

怎么是骗她呢？你母亲来藩城的时候，她正好有事，而且，原本她们并没有约好，是你母亲自己一厢情愿找过来的。

这是许小彗对你说的吗？你看看，你看看这个女人是多么的不诚实！实际情况我母亲当时都明明白白地告诉过我。我毫不怀疑母亲的诚信，她也没有必要在这种问题上欺骗我。其实，许小彗欺骗我和我家人的事远远不止这一件。就是我本人，也经常上她的当，受她的欺骗，甚至是讹诈。困难年代，说小孩生病，说有这个那个困难，总之编出种种理由，违背约定，额外逼我给钱或出这种那种难题，都是她的家常便饭。老实告诉你，医生先生，我最近才突然醒悟到，自己过去是多么的糊涂和懦弱，多么的卑怯和自私。她总是对我说孩子怎么怎么想，怎么恨我，怎么不愿意见我，甚至要来杀我，其实恐怕都是她的谎话！而害怕自己的谎话现出原形，害怕孩子得知许多真情会对她不利，恐怕才是她设置重重障碍，死活不敢让我和孩子见面、联系的根本原因！一句话，过去她是拿孩子做幌子，好来讹我的钱，现在她依然想拿孩子乃至孩子的孩子来做筹码，好来讹我的感情，毁坏我的生活，以平衡自己的心理……

放你娘的狗屁！你越说越不像话了！你才心虚，你才有鬼，你才怕别人得知真情，你才想毁坏别人的生活呢！有种你试试看，我明天就到你单位去，我们俩当面对证，把一切都原原本本告诉你单位领导，让他们来评评这个理！

——活生生就是晴天霹雳，话筒里竟然炸响了别一种口吻。听听还是医生的腔调，话意却绝对就是许小彗的！

景予飞大张着嘴巴，半晌回不过神来，却听那“医生”一发而不可收拾，泼脏水般大发其淫威：你个混蛋东西，你才是骗人的老手呢！欺骗我感情，玩弄我身体，还口口声声关心孩子，你关心个屁！你从来就只关心自己的儿子，自己的小家庭……

你……你是许小彗？

就是，怎么啦？

那你的声音怎么……那个医生又是怎么回事？

关你屁事——话筒里的口音魔术般地，突然变回了许小彗本人的声音：

你个混账王八蛋，我就知道你背地里不会说人话，果然让我套出来了。原来你就是这样看我的？告诉你景予飞，我跟你没完！这辈子你都休想有安生的时候，更别想见到言真。有本事你就上法庭去告我，全中国的媒体都在等着你和我打这场官司……

景予飞一下挂断手机，狠狠地扔在副驾座上，然后呆呆地瘫在坐椅上，好一会儿还像是刚刚被人剥了衣服般哆嗦个不停。心里则昏天黑地地弥漫着无边的悲凉和愤懑。

她这是在干什么呀？

她到底想要得到什么？

只有一点是明确的，她有的是工夫和精力，有的是诡计和阴谋，从来就清楚地看准了我的软肋，绝不会轻易放弃她手中的牛鼻绳，真的会让我永无宁日地搅下去。

怎么就让我摊上了这么一个人哟！

10

直到和喻佳说起这事，景予飞才哭笑不得地弄明白，原来手机上有一种魔音功能，可以让男人模拟女人或者女人模拟男人、年轻人模拟老年人，总之是改变一个人的口音，达到欺蒙别人的目的。怪不得那口音听起来蛮像一回事，感觉上总觉得怪怪的。这种事朦朦胧胧好像听说过，居然也让自己碰上了！

荒唐，荒唐！简直是荒唐之至！这种小儿科的把戏都耍出来了，许小彗还真比以前能耐多了。起码那心理医生的口吻还真叫她模拟得活像那么一回事。可是我实在闹不清楚，她反反复复纠缠我不休，到底想达到什么目的呢？

喻佳沉吟了半晌，冷笑一声说：这种女人的目的你永远也别想揣摸透。实际上也没有揣摸的必要。有时候她就是看你过得好了不顺眼，想来骚扰纠缠你一下；有时候就是想图点钱财，捞到一点就补偿一点心理的不平。归根结底恐怕还是生性偏执，几十年前的那口气始终出不掉，自己活不好也不让你好过。所以让你哭，让你跳，让你浑身不舒服却又不至于会死掉，仿佛是猫戏老鼠——恐怕就是她的某种潜意识。

景予飞绝望地在屋里打起转来，好一会儿才无奈地看着喻佳说：这么说来，我这只无奈的老鼠无论怎么做，也休想能有太平安生的那一天了？

你也不要这么悲观。谁也没有绝对的太平安生。如果是我，就捺下性子跟她周旋跟她含糊，自己该做什么做什么，该怎么过日子还是怎么过。千万别老像现在这样跟她顶真跟她理论跟她吵闹，这样正中她下怀。现在你还算幸运的，她吵归吵，搅归搅，终究还没有把事情闹到不可收拾的地步。但是如果你不克制自己，总有一天把她惹急了，真的像饿猫那样一口把你给吞了——就是说，把一切掀到社会上去，或者发到网上去，到时候你就彻底黑了、彻底臭了，欲辩只有一张嘴，欲诉又敌不过汹汹舆情……

说得倒轻巧！我又何尝不知道这个理，可真要到了那时候——现在我只要一听到她声音，不，看到她的来电号码就头皮发麻心发慌！

哎，要不你再试试这一招看——晓之以理不行，就动之以情。你不是早就连给言真的遗产都准备好了吗？你告诉过许小彗这个事了吗？

景予飞疑惑地摇摇头。

那好，你这就告诉她，不，发个短信去就行了，这样她可以看个真切。先来点哀兵之策，就说你鉴于自己百病缠身，恐怕不久于人世，所以已预留了遗嘱，给言真准备了一笔遗产；但前提还要取决于他们的态度，如果她今后通情达理，不再胡搅蛮缠就兑现，否则一个子儿也别想要。

没有用没有用！景予飞一个劲地摇头：许小彗现在可以说是走火入魔了，完全是油盐不进的四季豆。疯起来她才不会管将来怎么样，弄不好则反而刺激她变本加厉来打我钱财的主意。

这倒也是。喻佳咝咝地吸了几口冷气：可人心毕竟都是肉长的，你这样至少可以传递给她两个信息。一是你对言真确实是一腔真情，连身后还想着他的利益。她不是总指责你对言真没有真情吗？这回怎么也要受点感动吧？况且，许小彗多精明的一个人啊，涉及到言真重大利益的事情，她可能不有所考虑吗？社会上到处都有这一类遗产纠纷案例的存在，对她的心态会没有暗示或影响？这一阵她突如其来甚嚣尘上地折腾得这么凶，谁知道骨子里是不是也对你身后言真的利益有没有保证有所不安却又不便明说，因而她心理才格外沮丧、失衡？这个信息，对她没准就是一粒定心丸呢。第二个就是，她现在再怎么疯，毕竟没有丧失理智，基本的利害关系应该还是把得准的。如果她一意孤行，就有可能让言真失去一大笔钱财，她不是视儿子如命吗？怎么着也得有所收敛吧？起码，什么作用也起不到的话，你实打实真准备了这笔遗产，让她、尤其是言真本人及早有个数，也是应该的吧？即使有一天，你的事给抖到社会上去，凭这事，舆论也肯定会对你有利一些。

景予飞吟哦了一会儿说：你肯定不会有什么副作用吗？

钱攥在你手上，她再怎么，还能来跟你抢？

那我再试试看？我觉得至少会缓解一下今天这场冲突造成的紧张，免得她明天真的疯到单位上去。

对呀，你主动给她个信息，本身也表示你对她玩弄魔音把戏的一种宽恕嘛。

景予飞下定了决心，便摸出手机，斟酌着，修改着，很快拟就一条短信，递给喻佳看后，喻佳也表示认可。于是又反复看了几遍，一咬牙，点了个发送——

郑重声明：我对言真历来真诚看待，并且早已对他将来的利益有所准备。鉴于自己多病缠身，精神每况愈下，为防万一，特立下遗嘱并委托了可靠律师，一旦我不测身故后，言真会得到我预留的遗产。绝不食言，此信为证！但今后你若继续有严重损害我精神或名誉的行为，那么实际受损的将是言真。因为我将修改遗嘱，取消其继承权，绝非戏言！

——出乎意料的是，整个晚上许小彗静悄悄的，竟毫无反应。景予飞不禁担心她是否收到，于是在十点后又复送了一次。结果还是没有回音。

第二天，第三天，许小彗还是没有任何动静。

当然，一如既往，她也没有出现在景予飞单位里或有其他意外动作。

这一招真有这么灵？不可能吧？许小彗真会有给我太平的一天？真这样的话，她倒还算得上有理性的人了。

景予飞反而更忐忑了。他有一种预感，自己正处在暴风雨前的短暂平静期。

11

然而，又是一个星期过去了，许小彗依然杳无音讯。

难道她对我的“遗产”没有兴趣？抑或是她玩的魔音把戏露了馅，她自觉无颜再来纠缠了？可是，这恐怕不符合许小彗的性格吧？

管她呢！景予飞不禁又冒出了得过且过的心理：反正我该说的都说过了，该做的也都做到了，接不接招完全是你的事了。你永远不来最好，我乐得安静。至于言真……

只有这点，他无法释怀。历来如此，稍稍感到生活的快意或愉悦时，歉疚或不安便会虱子般冒出来啃上他几口。也不是没有做过最坏的考虑。这辈子实在见不到他也就顺其自然罢了，但愿人长久，千里共婵娟吧。人不能总被亲情牵绊一生。好在言真长大成人了，他现在的生活状况也还说得过去。将来真过不下去，不信他不来求我。真的永远不来找我，说明他过得下去，那也就是了。人不能总套着亲情的绳索。小狼大了，母狼还要把它赶出去独立谋生呢。人也差不太多，即便一个正常家庭的子女，也不都会和父母厮守一生，大了有的出国，有的下放，有的四海为家独立生存，父母子女之间一年里甚至一辈子见不上几回面的大有人在，那么，我就权当他离家远游就是了。况且，无论是什么样的人，无论你家境优裕与否，成人之后终究要自己承担自己的人生。具体而言，所有人各自的生活形态如何，物质上固然有差异，精神上，富豪也罢，穷光蛋也好，根本上都脱不开喜怒哀乐之四字轮回，可说是大同小异。

无疑他这是在找理由安慰自己。景予飞自己也很清楚，越是这么想个不停，越说明自己并没有真正“放下”。可人生在世，谁又能真正“放下”？真正放下了，如僧侣，如大哲，他们的人生就一定是美满的吗？除非你有朝一日真能升仙进天国！

毕竟许小彗有些天不来添乱了，景予飞的心境渐渐地平复了几分。

这天晚上，景予飞正和喻佳在餐桌前共进晚餐。

虽然自打真如在外上大学后，家里成天只有老夫老妻两个人形影相吊，未免有些寂寞，但因近来“外事”相对平稳，而今天又是真如的生日，两口子刚刚和他通过一通电话，景予飞心情颇觉宽松，喻佳又特意烹制了几样景予飞喜欢的小菜，算是他们为儿子过了生日，所以今晚的气氛还是算得上融洽。菜香酒香交相弥漫，两人的言谈喁喁不绝。难得的是，两人都心有灵犀，绝口不提许小彗或言真的名字，仿佛他们的小日子从来没有过什么梗阻。而屋外虽然黑透了，飕飕的风声也阵阵扰动，但这反而更映衬出屋里灯光的明亮和温馨。

不知什么时候形成的习惯了，每当这种在家里把酒小酌、心境又相对安宁的时候，景予飞喜欢将阳台上的窗帘敞开，微醺时眯着醉眼遥睨对面楼上的一户户人家，心底每每会感到几分难言的柔软。他觉得对面的每一扇窗户，都是一幅最为宜人而最真切、最意味深长的浮世图。一户户人家被浓缩于一个个方格子里，一个或几个格子里映动着一种人生。此时那些格子里也大多亮着灯光，纱帘后人影幢幢，人们多半也在用晚餐，而后或洗涮，或交谈，孩子们则多半又伏于桌上苦读。这样的时分，可以说是现代都市最典型的生活图景，也是平头百姓们一天里最鲜活、最显露家庭意味的时刻了。

其实他们是很少有这样的机会的。平时两人都很忙乱，中午是各自在单位吃各自的，晚上下班到家的时间也相差了一个多小时。如今这年头的一大特征就是应酬成风，稍有点头脸的人总免不了会有这个那个的饭局。故两人除了周末能在一个桌上吃饭外（这时也常常是在外面的饭局上），平时基本聚不到一块，在家里吃上一顿热乎的晚饭。

这天喻佳也是刚从外地出差回来，傍晚时到的家，见时间还够，就到楼下便利店买了两条活鲫鱼，做了个汤汁香浓如奶的鲫鱼煨豆腐，又剥了几个皮蛋，炒了香干白水芹，还有一碟景予飞最爱吃的油爆花生米。景予飞回到家来，不禁眉开眼笑，立刻就取出金牌泽溪特曲，不多会儿就下去了小二两。

好一阵了，景予飞总有点暗暗的担忧，觉得自己正日渐变得有些贪杯。一是应酬太多，再不能喝酒也自然而然练出来了。二是家里老有他特别爱喝的金牌泽溪特曲，都是徐志明送的，知道他爱喝，每来藩城都会给他带一箱，于是不喝白不喝。

第三个原因才是最主要的，所谓“慨当以慷，忧思难忘。何以解忧，唯有杜康”，心事烦乱精神抑郁莫解之际，景予飞自然而然地希冀着能从杯中物寻求解脱，一来二去便有些依赖的样子了。那量也日渐增大，兴致高的时候，酒场上半斤八两也和人拼过。烂醉如泥时傻呵呵地挣回家中，又赚得一个倒头便睡的好觉。

不过他总体上而言，还是努力有所节制的。尤其在家吃饭时，他尽量不喝酒，偶尔弄几口，白的也绝不会超过三两。每当这种时候，他还常会油然想起那个已然仙去的汪馆长，他的中庸之论，他的微醺足矣之论，尤其是他对自己的宽厚善待与奖掖，不禁又感慨唏嘘，几欲潸然泪下……

即使这样，体检还是给他敲响了警钟，脂肪肝也罢了，有时转氨酶也偏高不少。于是戒酒或绝不再喝白酒的誓言就成了他的家常便饭。无奈想是这么想，说是这么说，一看饭桌上没有酒，心里便落寞起来。唉，喝也是一生，不喝也是一生，与其忍着受着混一生，不如难得糊涂喝他娘的再说！风流倜傥如唐伯虎者，不也有满腹块垒靠酒浇吗？其所谓“半醉半醒日复日，花开花落年复年；但愿老死花酒间，不愿鞠躬车马前”——我生若得如是，不亦足矣!

电话响起来的时候，景予飞正和喻佳说起自己这两天做过的一个梦。

景予飞睡觉很少踏实，几乎永远是梦魂相萦到天亮。但绝大多数时候只是觉得自己做过了梦，第二天难得也无心去回忆都梦到了些什么。这两天却是不同，连续两个晚上都梦到几乎一模一样的情状，而且第二天还记得清清楚楚并时不时会想起那自己觉得毫无意义的梦境。

他梦见的是：他和徐志明在泽溪乡里钓鱼，他的竿子被一条大鱼绷得时而弯如一轮满月，时而射如一支疾飞的响箭。他激动万分地遛了好久，最后大声吆喝徐志明拿来抄网，抄上来一条肚腹闪烁着耀眼的金红色光泽的大鱼。大鱼的眼珠子猩红放光，颇不服气地瞪着他，嘴巴剧烈地翕动着，似乎在诉说着什么。

他问徐志明听清它说什么了吗？徐志明反问他你说什么？就在这时，那鱼一个打挺，扑通一响跃入水中，喷溅起如雨的水花，从天而降，将他淋了个透湿，而梦也就此戛然而止，留给他莫名的惆怅与懊恨。

你说怪不怪？昨天晚上梦到的几乎就是前晚的翻版，不同的是没有徐志明，唯我独自在一个阴森森的深山老潭下钓。那条大鱼是我自己用抄网抄起来的，那鱼的金光更加耀眼，简直就像一条金焰四射、翻腾扑滚的神鱼，刺得我眼睛都睁不开。可还是没等我捞上岸来，它又跳进水里窜了……那巨大的水花里分明还传来令我心颤的哈哈大笑。

梦嘛，什么稀奇古怪的情景没有？喻佳不以为然道：至于你，头一夜肯定是真实的梦境；昨晚嘛，你肯定是醒了，迷迷糊糊在回忆那个梦境而已。

不可能，我是早上刷牙时才回想起来的。

那也没什么了不得的，我还梦见过自己骑着大鱼在天上飞呢。那鱼是有翅膀的，还会吞云吐雾呢。

要是徐志明做了这种梦，保不定又要让哪个老道或所谓高僧赚一笔大钱了。他现在越是财大，反而越发气短，成天迷在测字算命这些神神道道里了。

有钱人都这样，钱袋子越鼓心灵却越虚，越发像不知餍足的美女要祈求青春永驻的安全感，或者像皇帝一样梦想着得道升天、国祚万年。不过，我也觉得这些名堂不可全信，也不可不信。有时候，可能还真有些道道在的。所以你可能要交好运了。起码，鱼嘛，年年有余呀。

狗屁，我从来不信这些东西。就是有道理，那金鱼还不是扑通一声光听了个响嘛。

不一定，都说梦是反的，也许……

电话就在这时响了。他家的座机设了语音来电提示，一看区号，景予飞那酒气醺然的脸上就失去了光泽，他腾地蹦起来，直扑卧室。

是泽溪的区号，他以为是父亲或者妹妹来的。

实际却是一个完全陌生的、听起来还有些怯生生的年轻小伙子的声音。

喻佳发现，他刚刚听了几句，突然间就绷紧了身子，沉重地喘息起来：言真？你……你真是言真？

他一边大叫着，一边紧张地按住话筒，向凑过来的喻佳做了个手势，要她也靠近了听听：会不会又是“魔音”？

喻佳贴近话机听了一会儿，很肯定地向景予飞摇了摇头。

景予飞自己也觉得这个声音很正常，完全没有那种异样而失真的感觉。霎时，他浑身的血液像突然被点燃的汽油一般，呼呼爆燃着，直冲脑门。

但他使劲掐着自己的大腿，并竭力调整着呼吸和语气，以免惊着言真。

12

言真啊……这么说我终于听到你的声音了！谢谢你，谢谢你！你……你现在哪里？

泽溪。

泽溪，你现在在泽溪？哦，对了对了，你就是在泽溪。你还好吧？工作还适应吗？哦，心肌炎恢复得彻底吗？

嗯，还好的。

啊，这就好了……哦，你妻子叫小玉是吧？听说她很不错的。我真为你高兴。还有如如，如如也很好吧，应该会说话了吧？

是的，会喊爸爸妈妈了。

太好了，太好了！不过，我的意思是，以前我也和你妈说过，在……我们还有所不便的情况下，最好少对如如谈到我，或者……我没有别的意思，毕竟他还是个幼儿，以免对他的心理有负面影响。但是我，我真为你感到高兴，不管怎么说，终究有了自己的家庭和理想的妻子，还有了这么可爱的儿子，我真是太为你高兴了，当然……

你们不要吵了。

什么？

你们不要再为了我吵来吵去了。见不见你是我的想法，你不要再逼她了。

这……好的好的，我明白你的意思，我听你的，我一定会注意的。但是……

我有我的生活，过去的一切我不想再翻它。你也有你的家庭，也有儿子。希望大家都安心生活。我没有别的想法了。

可是言真啊，有些事情……唉，说起来实在是一言难尽，希望有机会我们能当面细说。可是无论如何，我的家庭并不会成为你的障碍，我们之间完全可以也应该能够正常相处，如果你愿意的话……

我什么都知道。

呵，都知道就好。过去的一切……我的意思是，要紧的还是你，我和你妈之间的问题，我觉得并不完全是一回事……其实也没有什么了不得的问题。而你有你的人生，你的小家庭，你的孩子，所以，应该理直气壮地过好自己的日子，完全不必为上一代人的问题担心。而且，不管怎么样，有一点是绝对共同的，那就是我们都希望你生活得好，如如也能够有一个健康快乐成长的理想环境。真的，你要相信我，相信这是我真实的心愿！

谢谢你。我们蛮好的。你也……多保重。时间不早了，你就早点休息吧。

不不，时间还早呢，你……你没有别的事情吗？

没有。

那就再谈谈好吗？我是说……可能的话，我去泽溪看看你可以吗？不必惊动别人，甚至小玉和她的家人，暂时也可以不惊动的。你放心，我没有别的意思，就是……你妈在也没关系，我只是觉得，这么长时间了，你也成家立业了，无论如何也应该见个面了。

这个……

如果暂时还不能见面的话，今后，我们还能再联系吗？

嗯。

太好了！你能把手机号码告诉我一下吗？你尽管放心，我绝不会多打扰你的。

这个……

哦……那就等你觉得合适的时候再给我也行。但以后无论你有什么想法或者困难，希望你随时给我打电话。毕竟现在不同了，你也是做父亲的人了，相信我们是有沟通的基础的。当然，我也完全能够理解你的心情。

许多事，尤其是……我们都需要时间，需要了解，但首先一点是，我是有愧于你的。我为此常常懊悔自责，不能自拔。所以非常希望能得到你的宽恕和……原谅。我曾经对你妈说过，如果言真有一丁点儿地方像我，那一定就是宽容和善良。当然，我的意思不是说我就……我知道我有太多太多的错误，甚至罪过。我……最对不起的就是你了。真的对不起！这么多年了，我明明知道你受了太多的委屈和苦楚，可我却……有些话我一直想有机会当面对你说—— 一切都是我的错，许多时候我确实是太自私也太懦弱了，我也不应该那么长时间都……但是你一定要相信，我从来没有忘记过你。而且我也确实……所以，我现在能说的，只有请你原谅，当面向你致歉。而你，完全有理由不原谅我，甚至恨我，或者当面骂我一顿、打我一顿，我也完全可以理解。所以，要是可以的话，至少，请你一定要给我个机会，哪怕先见上一面……

这个……你还是早点休息吧。

哦……你妈她在边上吗？

再见了！

咔嗒一响，言真竟挂上了电话。

景予飞期期艾艾地望着手中的听筒发了好一会儿怔，才悻悻地扔到座机上。

这孩子……他一把扯开衣襟，抹了把额头的冷汗，回过身来望着喻佳说：我都说了些什么？

忏悔啊，道歉嘛——实话说，我觉得你说得很好，该你说的都说了。除了……他叫你一声爸了吗？

好像没有。

你也一样，叫一声儿子就这么难？

你觉得有这个必要吗？其实我心里还真的想叫……嘴上就是出不来。而且，也许他来得太突然了吧？总有一种莫名其妙的感觉在心里梗着我……老实说我实际上还有点想抗拒什么似的——你能肯定他真是言真吗？不觉得他的反应未免也太淡漠了些吗？感觉他几乎就没什么要说的话嘛。恐怕他也有和我类似的……疏离感吧？到底我们是太陌生了。而且，我怎么觉得这孩子有点让我说不上来的味儿呢……说话也有气无力的，根本不是想象中那个言真呢！是天生性格软弱呢，还是他特殊的经历造成的？总之，我真有点失望呢。

第一次嘛，大家都有个接受的过程。他对你尤其可能会拘谨些，心情复杂也是难免的。

但愿如此吧。还有，他总是吞吞吐吐的样子，会不会许小彗就在边上听着，所以他不敢多说什么呢？

喻佳点点头。

你觉得她这么做，到底是怎么想的？真是遗嘱的事起作用了？

这个就不必管她了。何况她从来就不是你我能够琢磨得透的人。你走着瞧就是了。但是，这肯定是个破天荒的好事。而且，你不觉得，言真毫无气势汹汹或者咄咄逼人的姿态，起码预示着，你们将来的关系不至于再差到哪儿去了？

说着，喻佳又翻开电话上的来电显示看了看：不管怎样，先把这个号码记下来，说不定以后会有用。

景予飞也凑上去看了看：是座机。你觉得会是言真或者小玉家里的电话吗？

十有八九不会。

管他呢，反正他能来电话就不错了。这点倒真是出乎我的意料，尤其在现在这种局面下。不过我现在更加确信，只要言真和我逐渐有所联系或接触，早晚我会以真诚感化他。他也会发现，我景予飞并不是他既定印象中的那个坏人！

这个我倒有点不同的看法。许小彗的性格和情感有多复杂，可以说我们怎么想象都不为过。这么个深不见底的人，肯定会歪曲许多事实，给言真造成不良印象；但是，她也绝不可能把你描得一团黑，否则，她也就不成为许小彗了。

这个嘛……景予飞若有所思地垂下了头。喻佳却像要拂去什么似的使劲挥了挥手，脸上忽然露出一种微妙的神情。默默地看了他一会儿后，她轻轻一笑，随即吐出一句让景予飞心头猛地一震的话来：

你可要准备好啊。说不定，历史就此要掀开新的一章了。

——实际上，就是喻佳自己也没有料到，仅仅个把月以后，她当时这句并无太多深意的戏言，居然真的一语成谶！

第十一章　天哪，天哪，我的天哪……

1

尽管还心存疑惑，尽管对喻佳“历史将掀开新的一章”的说法并不敢抱有太高的期望，但言真的来电，还是让景予飞兴奋不已，毕竟这是一个史无前例的突破。他的直觉是，只要有了第一次接触（而且言真这个来电的基本姿态还是出乎意料地友善），就奠定了一个基调，开了一个好头。今后言真继续来电并进而同意见面、直接沟通就不再是一种奢望。而只要能与言真保持适度联系，彼此知情，沟通便利，许小彗的代言人身份就失去了继续存在的理由；她也就没有多少空间可能再上下其手，继续骚扰或添乱，自己期望的和平相处、相对安定的局面，就有可能成为现实。

当然，对许小彗就特别要保持足够的耐心和智谋，乃至必要的体谅。首要的一点是尽量回避再与其发生冲突，这既是争取言真的必要前提，也是对许小彗能做出这个积极姿态的一种回应。毕竟，不管她出于什么样的实际考虑，没有她的同意或劝说，言真无疑不会主动给自己来这个电话。细想想，自己以前可能还是有错怪许小彗的地方。她肯定打过坝，也肯定会担忧自己与言真相处太好的话，她本人会受到冷落；但其真实心态或动机，也未必如自己想象的那么简单，或许她仍然是矛盾的甚而是多变且狡诈的，但她毕竟还是有从言真长远利益出发，希望自己和他能正常相处的意愿在，否则，自己和言真恐怕永远只能隔河相望，徒唤奈何而老死不相往来。

然而，接下来的事态，却又像一盆泼面冷水，再次浇熄了景予飞心中刚刚燃起的希望的火苗，并无情地证明了，他在某些方面几乎是无可救药的幼稚。

就在言真来电的第二天，沉寂了十来天的许小彗又出现了。

一大早，简直就像是掐准了景予飞的生活节律，他刚刚拧开办公室门锁，桌上的电话就响了起来。毫无思想准备的景予飞大步跨到桌前，也没想到看一眼来电显示，就喘吁吁地拿起话筒，用平时惯有的温和语气先应了一声：你好，我是景予飞（如果预先知道是许小彗，他可不会使用这种口吻。耐性再好的时候也顶多有气无力地哼上一声，通常都是他不出声，而等许小彗先发话才冷冷地哼上一声以示某种厌烦或抗议）。

是我哎……许小彗的声音很清脆，听上去今天的精神似乎不错，分明还透着几分自得或自信在。可景予飞的感受却恰恰相反，他的心突的一下痉挛后，音调陡然降了好几度：哦……我刚上班，今天还要开会。

那意思是暗示她长话短说。

沉住气，沉住气，不管她说什么，千万别跟她吵！他拼命提醒着自己，并竖起耳朵，紧张地琢磨着许小彗的每一个言词。

奇怪的是许小彗像根本没听见景予飞的话，没事人似的呱啦呱啦地扯了一通景予飞听来几乎是不着边际的废话。大意是说，她刚从菜场回到家，买了些什么什么菜，并准备回头就煨个老母鸡汤给言真他们送过去。说是如如现在可能吃了，尤其爱喝鸡汤，还喜欢吃鱼。并且，这"臭小子不知哪来的毛病，大人给他剔鱼刺还不让，非要自己剔，又不会剔，经常弄得满桌满身都是——都是言真他丈母娘给宠出来的坏毛病，我非要好好调教调教他不可了"。

景予飞忍不住插了一句：这么说，你现在也在泽溪？

许小彗分明怔了一下，紧接着便说：就是啊。都怪言真，结了婚倒像是更依赖我了，三天两头打电话让我过去。背地里还嫌他丈母娘太娇惯孩子了，做的菜又不对他的胃口，如如也不喜欢吃，我就只好两头跑跑了。不过我也经常说他的，你现在是寄人篱下，住在老婆家里头一条就是要敬重上辈人，看上辈人脸色行事。不搞好关系将来有你的苦头吃。

小玉娘家条件还好吧？景予飞尽量显出漫不经心的语调，实际上则想趁机刺探点他感兴趣的问题。

许小彗似乎并无戒备，很自然地接腔道：不是还好，而是相当好了。都是医生嘛，老丈人还是医院的外科主任医师，很吃得开的。

是吗？哪个医院的主任啊？

这个……我也搞不清。反正我是不会去求他们什么的。小玉家房子也很大，一百八十多平方米，外面还有个很大的露台。老丈人让人运了很多泥土上来，种了好多花花草草。房间也足够，所以他们祖孙三代住着还是很宽敞的。就是那丈母娘哟，你根本就没法想象她有多少穷讲究，尤其是卫生方面。洁癖就不去说它了，家里面连浴缸都擦得照得见人影。我在他们家吃过一次饭，碗啊筷啊都先在消毒柜里消过毒的，用的时候还要再用滚水烫一遍，夹菜也一定要用公筷，吐骨头一定要放在专门的盘子里。真不知道言真是怎么忍受他们的。所以后来再叫我吃饭就死活也不肯去了。好在我租的房子离他们家不远，去泽溪的时候就做点言真喜欢吃的菜送过去。要看如如，也让言真把他抱到我这儿来。告诉你，我还把如如留在身边住过好几个晚上呢。小家伙黏我黏得不得了，晚上就像只小巴儿狗一样，一夜到天亮都紧紧拱在我怀里，害得我动也不敢动。可就是他们家人哟，一天也舍不得，千叮嘱，万关照的，天天催言真赶紧把如如抱回家。这倒不去跟他们计较。可他们也真是太过讲究了，连客人坐过的凳子都要用酒精棉花擦了又擦。拖地板的时候，听言真说，有时还要用医院里的那种消毒水，搞得满屋子都是怪味道。真不知道如如那么嫩的肺能不能吃得消……

这应该没什么问题的。还有，人家是医生嘛。你可千万尊重人家的习惯，什么也别说。一定要处理好与她家的关系，否则对言真是不利的。

我才没闲心管他们家的是非呢，又不跟他们住。可是言真习惯不了哎，成天背地里跟我诉苦，昨天夜里还跟我说，要拼命挣钱，尽快凑够首付的钱，自己买房子单出来住……

仿佛被一根锐利的铁指重重地拨了一下，景予飞的心弦骤然间发出铮铮的颤音——这个问题倒是他以前没怎么考虑过的。他不禁十分敏感地想：许小彗这是在暗示我什么吗？

按理我是可以装糊涂的，没有哪一条法律条文规定我必须有所表示。但是，如果一点意思也没有，似乎又显得太那个了些，尤其是在现在这种时候。可是真要那个的话，买房可不是个小事情哪……心里一踌躇，嘴上便结巴起来：哦……这倒也是，如果他们真有这个可能的话……

这是他们的事，我才不去管他怎么想呢，反正我也管不了。

许小彗似乎并无特别的意思，自己就把话锋转开了：对了，他昨天给你打电话了吧？

这个……景予飞刚有点放松的心情一下子又揪紧了，因为他拿不准这事言真有没有告诉过许小彗。然而再想想当时的情景，许小彗多半是就在身边，于是干脆说实话：是的。

这个臭小子！我实话告诉你啊，我是后来才知道的。言真平时寡言少语的，对我总是言听计从，从来不会隐瞒我任何东西，没想到这回跟我要了滑头。哼，我算是看透了，这小子以前嘴上总说是怎么怎么的，实际上还真是十足的大孝子一个。我问他，你老子都跟你说什么了，他说没说什么，就是声音听起来怎么那么苍老啊，是不是他也有什么苦衷啊？还问我，他老婆厉害吗？我说你别瞎说，他老婆贤惠得很的，他也就是年纪大了点嘛，身体是不太好的。后来你知道怎么了？他就那么一个人趴在阳台上，闷着头一个劲抽烟了。我忍不住又去问他，是不是你亲老子说你什么了？他一张口就把我冲得多远哦——你别瞎猜疑好不好？以后你们都不要再为了我互相怪来怪去的好不好？我自己的事，我自己完全能做主了。你们都老大不小的人了，省省心不好哇！

景予飞心里顿时酸酸的，不禁动情地说：他给我的印象也是很懂事的。跟我也就是强调了同样的意思，要求我们不要再互相埋怨了。这事我也想过了，应该是我的责任更大一些。许多方面，他的想法是可以理解的，也很有道理。我过去是有一些误解甚至是错怪你的地方，所以今后……

这些就不谈了吧。言真也的确是为大家好。可是你不会想象得出的，他现在各方面的心理压力其实比没结婚以前还要大，所以脾气冲起来也够呛人。要是他对你说了什么过分的话，你可不要对他有什么看法。

怎么可能呢？我反复要他今后多来电话，还希望他给我电话号码——果然他还有什么顾虑吧，暂时不愿意给。我也没有勉强他。我完全可以理解他现在的某种处境和特异感受，想来他心里也还是很苦的。所以请你一定告诉他，不要多为我们的问题操心，集中精力过好自己的日子才是正题。至于我和他今后的相处，我相信时间会慢慢缓和一切，毕竟感情的培养需要一个过程。

可是你想得到吗？昨晚他打完电话回到家里，就和小玉大吵了一架哎。我后来说他了，小玉多么善解人意的一个女孩啊，人品又这么好，凭你的条件，能娶到这么个老婆是天大的造化了，怎么可以这么对待她呢？实话跟你说啊，言真这小子可能真是心态长期压抑的原因，好起来好得要命，可是脾性坏起来也霸道得很，小玉其实是蛮怕他的。

景予飞大为不安：能告诉我他们为什么会吵架吗？

还不是为你！

我？小玉不赞成他和我联系？

这也是一方面原因。小玉以前的确是对你有意见，觉得你对言真的感情完全是应付式的，不得已而为之。所以她要言真争口气，永远别认你。但她昨天并不是反对言真跟你通话，而是……算了，不说了。

怎么不说呢？既然与我有关，那么我有什么不对的地方，可以有个数嘛。

那你也千万别生小玉的气。你想想，她不像言真，跟你再怎么生分，总还有一根血缘的纽带牵连着。她跟你没有任何感情，纯粹是站在旁观者立场上看问题，难免会有……可以说是偏见吧。所以，她听言真说了你的一些话后，随口就插了一句话——这个呢，也要怪言真，平时不该不分青红皂白什么事都跟她说——哎哟，你这个亲生老子啊，他要真关心你，也不问问你现在的日子都怎么个过法啊？比如最要紧的房子，买了没有？还说什么留给你遗产，那都是忽悠人的，几十年以后的事情，谁知道到时候会怎么样？真有那个心，不如现在就拿点出来，帮我们解决下燃眉之急。

这个……景予飞大为窘迫：遗产和现实需要，可不是一回事啊。

就是呀。所以言真一下子就跳了起来，指着小玉鼻子，骂得那个凶哦，具体都说了些什么，我也没在场。只是今天一大早，小玉打电话跟我诉苦，还哭得一抽一抽的。这不，我赶紧买点菜过去劝解劝解吧。言真也太不像话了，很多话说得也太难听了。小玉是你老婆，儿子的母亲哎，居然还赶不上个从来没带过你一天的老子来得亲？听说言真还跳着脚说，要搬到我这儿来住。怎么能这么任性呢？小玉再不懂事，也有发表意见的权利嘛，况且她的出发点也不完全是胡说八道。遗产不遗产的，本来就是靠不住的事情，所以我也根本没当回事。至于房子的事，我也明确表了态，有本事就自己打拼自己挣，谁也别打别的主意！

心情烦乱的景予飞正犹豫着该怎么说，又听许小彗这么说话，忽然觉得很不舒服。怎么越听越像是有所指了？他急速地思量了一下，立刻提高嗓门道：

这样吧，许小彗，既然提到了这个问题，我不妨再郑重承诺一遍：遗产的问题我绝不是信口说说的，早在十多年前我就一直有所准备。实话说，到现在确实也有了一定数额的存款在了。至于在我身后，言真是不是真的能够拿到手，我可以负责任地告诉你，这个问题我也早就考虑过，并且在预留的遗嘱中指定了合法可靠的遗嘱执行人，这一点你们不必有任何怀疑。但要我现在就把这笔钱给言真买房，这个……老实说我暂时没有考虑过。但是如果言真本人也有这个意思，是先取一部分，还是怎么办，我可以再考虑；或者和他磋商后再决定。但是有一点，我也把丑话说在前头，我必须和他本人直接洽商这个事，毕竟这是仅属于他个人的财产。而这个钱的性质，不管最终他预支多少，协议上也必须写清楚，还应该属于我给的遗产……

呸！

万万没料到，话筒里震响的，竟是许小彗如此响亮的一个呸！满以为表现得仁至义尽的景予飞，顿时惊愕得像是踩中了一颗地雷。

你个老滑头！言真才不会跟你来谈什么遗产不遗产的屁事呢！他从来就不稀罕你的臭钱，他就是住马路，沿街流浪也不会要你的钱来买房子。更不要说你死了以后的什么破遗产了！小玉算把你看到骨子里去了，活该你要被她骂！

仿佛有一万响连珠炮，噼里啪啦在景予飞心头爆响。被炸得七荤八素、金花乱冒的他，忍不住又扯直了嗓子：许小彗！你怎么回事？有话不能好好说，怎么突然又撒起泼来？我好好跟你讲道理，你非但不领情，反而骂起来人了？难道我又说错什么了？

没错，没错！你永远正确，我永远不对，可以了吗？再次告诉你，这辈子你永远也别想见到言真！

咔嗒——如同先前的无数次结局一样，电话戛然而断。

眼前顿时天昏地暗。

2

我究竟说错什么啦？这女人实在是太不可理喻了！

久久地沉浸在浓浓的烟雾中，景予飞闷闷地思索了好久，就是想不明白自己到底又刺中了许小彗哪根神经，竟使她突然翻了脸。唉！如此乖戾无常、不可捉摸的女人，你如何设想能和她有正常相处的一天？

有一点是清楚而明确了的，她这个电话完全是有备而来。甚至，言真那个突如其来的电话（也许他未必与谋）也是有备而来。而其苦心孤诣，无非就是觊觎那笔遗产。

这倒还无可厚非，毕竟言真寄人篱下的现状景予飞也为之不安，深心里已然有了帮他一把的念头。令人费解的是，自己的态度够大度也够通情达理的了。你许小彗就是不满意也尽可商量，何至于光起这么大的火来？

或许她只是她的一厢情愿，而我却要和言真直接洽谈，她知道言真是不会要我的钱，或者，不会接受这种办法的？

但是，买房资助款可不是小数目。何况这毕竟还属于我将来要给言真的遗产，难道我可能不经过言真而再由你许小彗来处置这笔巨款？

不可能！言真早已成人，许小彗早已不成其为监护人，她一手遮天的局面无论如何也不能继续下去了！

还有一个问题是：如果言真知道了今天的事情会作何感想？

恐怕他未必知道。就是知道了，也不过是许小彗的一面之词，她还不知道会对言真如何歪曲甚至诽谤我的真意呢！

对，这是关键。如果言真知情并愿意接受我的帮助，然后亲口向我授权她来谈这个事，那也未尝不可再考虑。可是，具体方式方法我仍然需要慎之再慎。

问题还在于，言真恐怕真是不会要我的钱的。或者，他即使有这个心，恐怕也开不了这个口，所以许小彗就亲自出马了。如果这样，似乎也还情有可原。

唉，要是言真能再来个电话就好了。我就可以直接和他本人谈开这事了——对了，何不主动打过去试试看？毕竟这不是个小事情，不能算是对他的一种烦扰吧？说不定这个号码真就是他单位或小玉家的号码呢？这是大事，既然他母亲谈到了，我正好有理由给他去电话。

他一跃而起，从手机上翻出言真昨天来电的号码。真要拨号的时候，他还是犹豫了好一会儿，终于还是屏住呼吸，果断拨通了号码。

毕竟是平生头一回给言真本人打电话，话筒里回声响起来的时候，他的手也不由自主地哆嗦起来。

然而，回应他的，是一个陌生而苍老的女人声音。好在还挺客气。景予飞起先还以为他可能是小玉的母亲，小心翼翼地请她找一下言真。回答却是不知道这个人。再问她是不是小玉家，回答竟是：什么，哪个小玉？

景予飞失望地探问这电话是哪里的，回答是泽溪美华家园小区烟纸店的公用电话。

悻悻地放下电话，景予飞陷入更大的谜团之中，胸臆中也充塞着浓郁的失望和怨艾。这事未免吊诡，但手法却显然是许小彗的做派。这不奇怪。问题是言真，显然他的确是对许小彗言听计从，对自己也缺乏起码的信任和谅解，否则何至于到现在还对我如此戒备？

这倒罢了，可是以后如果言真不再主动来电的话，我岂不是又一次失去了与他联络的可能？

而出了今天的事，再加上许小彗肯定会别有用心地恣意渲染，无疑会加深他对我的误解。那么，今后他还会再来电话吗？

即使再来，必定仍然是许小彗手中牵着的木偶。我仍然无法洞悉他的真实内心。而只要有许小彗在他边上，他也绝不敢乱说话。这样的沟通又有什么意义呢？

言真啊言真，你也老大不小的了，怎么就不能单独和我联系一下？哪怕客观地听听我的声音，那对我也是一份尊重；对你自己，即便无益，至少也是无害的呀！

正焦心着，桌上的电话忽然响了。他警惕地看了一眼，确认不是许小彗的手机，便拿起了话筒。头一句话，就把他震蒙了：

告诉你，我妈都是为我好。但是你放心，现在，将来，永远，我都不会要你一分钱的。没有你，我也会生活得很好。没有我，你也会生活得很好。所以，以后我们各走各的路吧。我不会再给你打电话，你也不要来找我。希望你多多保重。

——言真你听我说一句好不好？

可是，景予飞的话头还没落音，那头的电话又戛然而止。

景予飞懊丧地扔下话筒，心底突发狂飙般腾起一股恶气，禁不住狠狠一拳砸向桌面。霎时，杯盖落地，笔筒乱跳。而随着心头锥刺一般一阵尖疼，整个右手背上火烧火燎地渗出丝丝血星。

他龇牙咧嘴地猛抽着冷气，同时本能地伏向话机，再次看了一眼来电显示，居然惊愕地发现，这个来电仍然是先前自己刚刚打过去的那个号码。

嗯？他心头一震，有一种极其特异的灵光，闪电般照彻脑海。他立刻抓起话机回拨过去。可一连好几遍，回答他的一直是忙音。

等到他终于拨通电话，已是十分钟以后了。

接电话的，又成了先前那个苍老的女声。但是，令他万分讶异而激动的是，当他询问前面是谁打过这个公用电话时，那个女人告诉他的，居然是小区门口的一名保安！

保安？这怎么可能？他很年轻吗？

是呀。

他边上还有没有旁人在一起？

买东西的人多着呢。

请问你认识这个保安吗？能不能告诉我一下他的姓名是不是叫言真？

言真？不是吧？我就知道他叫小金。

哦？对不起我再请问一下，小金来打公用电话的前后，还有没有别人来你这儿打过电话？

没有。这么大会儿，只有他一个人打过电话。哦，还有我刚才也接过一个电话。现在他也不在了。

——啧啧！居然有这种事情？景予飞大为咂舌，心中则翻江倒海，泥啊水地混沌一气，彻底糊涂了。

咄咄怪事，咄咄怪事！他拼命吸着烟，像一头刚被人痛打一顿的孤狼，懊丧地耷拉着脑袋，在办公室里来来回回徘徊了好一会儿，越想越觉得蹊跷费解，越想越觉得不可思议。

除非自己痴了，呆了，傻了，否则，刚才来电话的人，无论是从其口音还是内容来看，除了言真，再不可能是旁人。可是他怎么忽然就成了保安了呢？

哦！莫非许小彗原本就在忽悠我，言真压根儿就不是什么建筑公司的工程监理，而就是在这个小区当保安的？

可是不对呀，人家明明告诉我他姓金而不姓言哪？

难道，言真这个名字也根本就是假的？言真他原本就姓金，而许小彗骗我是姓言？

可是，许小彗再那个，有什么必要编个假名字来骗我？而且二十多年了，她从来没露过口风或马脚，这可能吗？

——为什么我就不敢相信，打电话给我的，的确就是个不相干的保安，而非言真本人？

这就更不可能了。一个毫不相干的保安，怎么可能知道我和我的电话号码，并且两次冒充我儿子给我打电话？其目的何在，缘由又何在？

哦！莫非是许小彗叫他打的？

可是许小彗凭什么要支配一个不相干的保安来冒充言真？保安又凭什么会听从她支配？

只有一个解释：真正的言真不受许小彗的支配！她只好想出这种李代桃僵的拙劣手法，没想到百密一疏，弄巧成拙，竟让我无意中窥到破绽？

如果真是这么回事的话，那么，真正的言真到底是怎么想的？更重要的是，如果确实另有个真正的言真，那么，他现在到底在哪里？又为什么至今都不肯露面，连个电话也不愿意给我？

脑袋嗡嗡地啸叫起来。与此同时，隐隐地有一种尖锐而异样的感觉，似乎是一种臆想，或者就是某种隐秘的预感，好像逐渐清亮起来的号角一样，从遥远而苍茫的心底升腾、扶摇，迅即充盈了整个脑海。血液也莫名地沸腾，翻滚，以至他感到浑身异常发热，面颊发烫，肢体战栗，手心里也黏黏地攥出了一把汗。

有文章，有文章！这里面肯定大有文章！

无论如何，这回我再不能含糊苟且了。就是踏破铁鞋，我也非把这件事搞清楚不可！

他立刻扑到桌子前，抓起电话拨通了喻佳的手机。

3

藩城到泽溪的高速公路，长驱直行于湿地和丘陵之间，一路都是好景致。

老天也似乎有意帮忙，以往印象里多半是灰蒙蒙的天空上，今天竟澄澈如洗。天蓝得浑似一方大蓝花布，缕缕云彩就是镶嵌于其间的朵朵碎花，路边那众多的大小湖荡和水泊，仿佛也受到感染，闪闪烁烁地辉映着天公的喜悦。而远处，那不断地盘旋后退着的大片田野，色彩斑驳的花木、村落，还有那薄雾萦绕着的淡青色的丘陵，时隐时现于地平线上，几欲让人误以为进入了一个奇妙的梦里。

置身于这样的情境里，就是再阴郁的心境也不由得亮堂起来。

喻佳就一直在东张西望着，不停地赞叹着车窗外的绮丽风光。

专心开车的景予飞虽然已多次往返这条公路，新鲜感远没有喻佳强烈，且不可能像喻佳那样自如地顾盼，但毕竟那美酒一般浓烈的乡野气息和天然浑朴的自然风物是难以抗拒的，尤其见喻佳表现得陶醉而轻松，渐渐也舒展了出城前一直紧拧的眉峰，感到心情敞亮了许多。

其实这人哪，你不觉得有点悲哀吗？心情一开朗，景予飞情不自禁地发起了感慨：实在是枉担了自封的宇宙之精华、万物之灵长的美名。其中绝大多数还不是永远也摆脱不了世俗惯性的两脚动物。利禄之心熏染，视野和生活空间越趋逼仄，却还沾沾自喜于几座污浊、挤迫的城池中乐此不疲。实际生活质量哪比得上那些没有智性的飞鸟走兽，看上去它们只活了个本能，实际上它们才真正享受到了自然的精粹，自由之本质呢。你说是不是？

喻佳有些费解地瞟了他一眼，没有应声。

景予飞意犹未尽：别说与动物比，就是人与人之间，许多观念和行为的悖谬，屏断了多少理智的抉择，遮蔽了多少合宜的境遇，从而又糟蹋了多少本应属于我们的福分啊。

什么意思啊？怎么我越听越不明白啦？

景予飞淡淡一笑：老实说我自己也表述不清楚。只是……这么说吧，几乎每次开车回泽溪，我都会望着路畔的景色发一通说不清道不明的幽情。有一回我特地在一处靠近水泊的地方停下来，入迷地长久盘算着，如果有一天，我辞去城里的职位，卖掉房子，到水边的村庄里买一处民宅，然后在水里钓钓鱼，在山里采采药，在乡邻家喝喝米酒，真正像陶渊明那样优哉游哉地度过余生，岂不快哉？可是，当我重新开车上路的时候，却忽然觉得，真有了那么一天的话，我会不会又怀恋起这驾车驱驰的乐趣，和都市里信息开阔、灯红酒绿的快意哪？尤其是我自己倒好，你呢？真如呢？家庭呢？也都要随着我终老乡里吗？

喻佳哧哧一笑：这种念头我也不是没有过。实际上，活在人世间的人，不管你是王公贵胄，还是平头百姓、乡野村夫，恐怕都会有或多或少、形形色色的避世幻想，所谓这山望着那山高，别人家的馍馍好吃。再明智者，恐怕都难逃这一大俗套。可是你不同……她忽然敛住笑，幽幽地看定景予飞说：我相信你那天在水边的心态不是偶然的，而是真实的，甚至是坚定的。我也完全知道你那天为什么会作此幻想。

景予飞沉重地点了点头，半晌才重重地拍了下方向盘说：没错。有时候，那种往前进悬崖壁立，往后退激流飞旋，进退维谷、无处遁形的绝望感，活生生会让人发疯呢！

你啊！我觉得你特别应该牢牢记住那句老套话：家家有本难念的经。别太孤魂自怜了。你也应该相信，柳暗花明的奇迹也是永远可能存在的——说不定这回——说真的，自从听说你的发现，我心里就突然像飞升起一颗照明弹，豁然开朗！思前想后，种种过去或多或少在意过却又被遮蔽了的迹象，也突然像断线的珠子似的，纷纷在黑暗中熠熠生辉！真的，到现在我都一直感到心里蠢蠢，兴奋难耐，总觉得会有什么意想不到的事情在等着我们呢！起码，我有一种越来越明朗的直觉：泽溪之行绝不会让我们空手而归——只要我们能找到那个小保安，不管他是不是言真，对我们都意味着重大的突破！不信，你就等着看我的直觉是不是灵验吧！

其实我又何尝不是这样期望着呢？终究又觉得……不管怎样，我们还是要特别谨慎地行事才好。万一不小心，事情没弄清，反而惹毛了许小彗，肯定要吃不着羊肉惹一身膻。她的尾巴可不是轻易可以踩的！

你又来了！好好开你的车吧。谨慎行事当然是要的，但我更希望你以后再也不要这么优柔寡断、前怕狼后怕虎的了！无论如何，这回我们一定要坚决果断，抓住这条线索穷追不舍——等着瞧吧，这里面肯定有一篇大文章在……具体是什么文章，我现在说不清，也不想乱猜测，总之，希望老天爷保佑我们。

4

此行泽溪，景予飞和喻佳目标十分明确，那就是找到美华家园那个叫小金的保安，一探究竟。

若不是喻佳的坚持和打气，景予飞其实是不想来的。原因无他，长期以来许小彗给他造成的伤痕太深了，明明发现了可疑或不合逻辑的迹象，仍然充满畏惧。怕的就是万一探究不出什么有价值的内幕，反而惊动了许小彗的话，可能引发更多难以应对的麻烦。因此不如再静观其变，看看他们今后的反应再作区处。

但是喻佳的态度异常坚决。她从一听到这个意外情况之后就一直坚信自己的直觉而跃跃欲试。她的看法是，几十年来，景予飞始终就像个被动挨打的懦夫，在暗夜里摸索、躲闪，根本原因就在于他自己的心虚和从来无法知己知彼。现在这沉重的黑幕既然已露出一隙黎明的曙光，就要紧紧抓住机遇，努力扩展光明。具体而言，只要小心谨慎，找到那个小金，就一定有可能获得意想不到的突破。就是找不到他或者摸不出具体的内幕，起码从面相上也可以验证一下他有多大可能是言真。是的话，为什么要对景予飞说谎？不是的话，真言真到底在哪儿，或许他也能提供有益的线索……

由于车上新装了GPS定位系统，两人一下高速，都无心和自己家人联系，直奔美华家园。结果意外地顺利。按照GPS的指示，他们三转两绕没费多少工夫，就在城西大华路边发现了美华家园小区。有点出乎他们意料的是，小区很新，从管理和规模上看，还颇有些档次。或许刚过上班时间，园区内看上去相当安静，除了个别东张西望溜达的老人，一般人很少进出，一派祥和景象。园区里面除了有两幢约摸二十多层的高层建筑外，还有许多掩映在香樟和银杏等高档花木丛中的多层住宅。远远望去，小区中心通道还连接着一个规模不小的广场，广场后边还有一个波光闪烁的人工湖；曲曲弯弯的回廊上，有几个保姆模样的人抱着孩子在闲逛。

喻佳忽然笑了一声：想没想过？没准那里有一个就是你孙子哪。

别开玩笑。进城以后就紧拧着眉峰缄默不语的景予飞，没好气地白了喻佳一眼，心里还暗暗怪嫌喻佳未免有些太兴奋了，这种时候还有心思开玩笑。

其实喻佳正是看他神情忐忑，才试图活跃一下气氛的。她心里也七上八下地扑腾得很。正在景予飞打好右向灯，把车往小区入口处的路牙边缓缓停下去的时候，喻佳又有些大惊小怪地"啊呀"了一声，并使劲拍着景予飞肩膀，指着正站在入口横杆后值勤的一个瘦高个的保安说：你看你看，那个就是小金吧？你不觉得他的脸盘子还真有几分像你吗？

正要下车询问的景予飞赶紧又缩回车里，紧贴着窗玻璃仔细打量了那人一会儿后，突然感到心跳得快要蹦出嗓子眼了。他深深地吸了一口气，虚弱而求助地看着喻佳，无声地点了点头。

那我们还犹豫什么？喻佳说着就拉开车门，直直地走向那个保安。景予飞便也打起精神跟了过去。

是喻佳发的话：这位先生，请问你是小金吗？

没想到，那人头也没回地向身边出口处栏杆后指了一下：他是小金。说着大声道：小金，有人找你。

两人这才注意到，小区出口起落杆边的小岗亭里，还坐着一个年轻人。他应声打开玻璃隔窗，疑惑地看了看他们：你们是……

仅仅只瞟了一眼，景予飞和喻佳就迅速交换了一个眼神。这个看上去很白净且颇有几分英俊的小保安，年龄倒和言真十分相仿，看上去就是二十五六岁的样子，只是他的脸架子明显太窄，细眉细眼的，一看就和景予飞的方脸盘和浓眉大眼不是一个类型。但是再听他说话，尤其是那口音，景予飞的心又悠荡起来：这声音对他而言，印象实在是太深刻了，不是那个和自己通电话的"言真"，又会是谁？

你好，你就是小金吧？景予飞一步跳到岗亭前说：我是从藩城来的。我叫……我姓景，最近你是不是和我通过电话？

乍听此言，小金蓦然一怔，脸上随即掠过一丝慌乱，答话也明显支吾了：我……我是姓金。可是……我不认识你，怎么会给你打电话呢？

是这样的，我……说来话长，能不能请你借过一边说几句话？

不行。你没看我在上班吗？再说我说过了，我不认识你，也没给你打过电话。你一定是搞错了。

深感意外的景予飞一时不知再说什么好，喻佳却果断地插上话来：小金啊，不好意思，打扰你了。但是请你一定放心，我们不是坏人，因此对你绝无恶意，也绝不会给你带来什么麻烦。我们是特地从藩城赶过来的，目的就是想咨询你几个问题，请你耐心帮帮我们好吗？

小金略一迟疑，喻佳紧接着又问：首先想请问一下，你是不是认识一个叫许小彗的人呢？

好像……不认识。

哦，她是一个中年妇女，个子不高，年纪约五十岁了……

我说过了，我不认识她。

那么，言真呢？你认识一个和你年纪相仿的年轻人，叫言真的吗？或者，对不起啊，我可不可以冒昧地请问你，是不是曾经用过叫言真的名字呢？

没有。我从来没有用过任何别名。

这就怪了……其实我们真正想找的，正是这个叫言真的人。因为曾经两次接到过他从边上那个小店里打来的电话，而结果……

没想到，小金的神态忽然变得非常冷峻，不等喻佳再说下去，伸出手来一个劲地摇晃起来：对不起，我根本不认识你们说的任何人，也没有给什么人打过电话。希望你们别影响我工作了，还是到别处打听去吧。

景予飞和喻佳急了，两人一起开口，力图再询问几句，不料小金已刷一下关严了岗亭的玻璃窗，并且背过身去检查一辆出门车辆的收费凭据了。

5

垂头丧气地开了一阵车的景予飞，突然使劲踩了一脚刹车，扭头对喻佳说：我们还是回藩城算了。家里下回再去吧，反正也没跟他们打招呼。

喻佳犹豫了一下，还是点了点头。可正当景予飞打算向右边拐上出城高架时，她又不甘心地说：既然都到了泽溪了，总该回家看看的。再说，我们不还带了那么些东西吗？

景予飞叹了口气：也行。但还是先歇一会儿再去吧。这副嘴脸回家去，他们还当我们出什么事了呢。说着把车停向路边，掏出支香烟来，点上火狠狠地吸了一大口。

你也是的，我觉得没什么嘛。至少我们证明了一点，这个人肯定就是小金，也肯定不是言真。这不就是收获吗？

话是没错。可是我和你想问题的角度恐怕是不一样的。这结果对我有什么具体价值吗？更要命的是，这一来反而暴露了我们自己，万一这个小金把今天这事告诉了许小彗，她会作何反应？我现在可以肯定的是，以后这个所谓的言真恐怕也不会再来电话了。那么，我该怎么办？

什么怎么办？直截了当地戳穿许小彗的谎言，叫她交出真言来。

那样她就会交了？说到底，她这个人你还是不如我了解。她不想交你就是打死她也没用，反而会以攻为守，编造更多的谎言来圆这个谎言。总之是利用这事做新的文章，给我头上安上更多的不是，让言真更加怨恨我，甚至，气势汹汹打上门来声讨我不信任他们，不真诚什么的。起码，我少不了又要面对一连串电话、短信甚至真的冲到单位来纠缠的新纠结了，唉……

可是，正因为希望避免这样的折腾，我们才冒这个险的。问题是，小金为什么会这么抗拒我们？他和许小彗到底是什么关系？还有一点你意识到没有？既然小金不是言真，那么言真到底在哪里？许小彗为什么宁愿让小金来冒充言真，也不让他本人和你联系？还有……

正在这时，搁在仪表板上的手机嘀的一响，景予飞拿过来一看，立即大惊失色：许小彗的！这个小金！一眨眼就向她报告了！

喻佳一把抢过手机，点开短信一边看，一边念给景予飞听：

> 妈，后来我仔细想想，那天我们还是太不冷静了，不应该给他打那个绝情的电话。他也不容易，年纪又这么大了。不管怎样还能想到要给我留一份遗产。钱我可以不要，但是不应该让他伤心。所以有机会请你转告他一个谢字。今后我还是不和他有任何联系为好。命运早已注定，现实无法改变。不如大家宽厚大度，免伤和气，过自己的日子最好。真儿

——两人面面相觑，几乎同时叫出声来：言真的信？

言真给她的信。景予飞强调道。

我知道。这说明许小彗还不知道我们来找小金，这是好事。你要回复

的话，可要用心想好措词。

现在回了就没完没了了。回去再说。

可是，她把言真的信转给你，是何用意？

这还不是她的惯伎？也不是一次两次了。吵了，骂了，那个所谓言真也打电话来下过最后通牒了。可是，根本上她从来就没打算放过我。话说得再狠、事做得再绝也毫无关系，轻易地为自己制造一个回旋的理由，紧接着又可以若无其事地继续来纠缠我了——现在再清楚不过了，这封信根本就可能是许小彗本人编造出来继续糊弄我的。真正的言真或许压根儿就不知道我们之间这前前后后的整个过程，假言真的出现就可以证明这一点……

不对——喻佳突然一把按住景予飞，重重地搡着他，而且嗓音都激动得有点变调了：我想的不是这个意思！你也应该换个思路想想看，难道就没有这样一种可能——你别在意啊，我的意思是……老实说，这么些年来，我断断续续总有过这么一种隐隐约约的直觉，也可以说是疑虑吧，只是从来没敢往深里想，也不敢对你说；但是，今天看来就更像了——就是说，会不会存在着这样一种可能，那就是——压根儿说，许小彗就拿不出这个言真来？

景予飞霍然瞪圆了眼睛：你胡思乱想什么？你这种念头……还不如直截了当地说，我根本就没有过这么个儿子？

喻佳却越发坚定地点了点头：怎么是胡思乱想呢？这么多年了，疑点其实还是很多的，只不过你从来不敢这么想罢了，而我其实也……

别痴心妄想了！那是绝不可能的！当年我亲眼看见她挺着个大肚子来的。而且，你忘了，小时候她还把言真带到我家来过，虽然没进门就走了。况且，她再会编故事，前前后后来过的那么些关于言真的信里，言真的照片、成长的经历等等都说得那么细致、真实……不可能，不可能，绝对不可能！你就别跟我瞎扯了，想自我安慰也不是这么个安慰法的！

喻佳还想说什么，可看见景予飞那副气急败坏的样子，苦笑了一下，沉默了。

见她这副样子，景予飞口气也缓和了一些：老实说，过去我父亲也有过和你一样的怀疑。记得孩子很小的时候，我父亲还当面跟许小彗表示过，如果她不把孩子给他看就不承认有这回事，所以许小彗至今恨我父亲。就是我本人，也不是绝对没这样想过。但我心里还是很清楚，这不过是人的心理自我保护机制在起作用。绝望到极致，就希望事实根本就不存在。

唉……我现在真正忧虑的倒是，种种迹象显示，言真的命运会不会比我想象的更糟糕啊？比如，由于当年各方面条件等限制，他根本就没和许小彗共同生活过？或者说，言真现在也未必赞成许小彗的种种做法，但出于无奈或者像我一样不知情等原因，他才没办法或不愿意和我联系。而更可怕的是，我心里时隐时现过的一个最可怕的隐惧——我曾经多次做过同一个梦，梦中见到衣衫褴褛的言真，在遥远的地方伸着手向我哀求着什么——你说，会不会因为当年就没法带他，或因其他特殊原因，言真从小就被许小彗或者她家人送了人或者怎么了？你看电视上，这种报道也比比皆是。如果真是这样的话，言真可太惨了，这比任何一种情况都难以令我接受啊。

怎么可能？你这才是胡思乱想呢！真要是那样的话，许小彗还不比你更焦急？她还不四处找他去了，还有什么心思、什么底气来跟你折腾这么多年？

正说着，她包里的手机也响了起来。她摸出来一听，脸色忽然涨得绯红：

对对对，就是我，就是我……好的好的，我们马上就到！

挂上机，她突然神情大变，活像个得胜凯旋的将军一样，满面春风地狠狠拍了景予飞一巴掌：赶快掉头，回美华家园去！

怎么回事？

小金的电话，他同意和我们谈谈了！现在就在美华家园东门口一家汽车美容店等我们！

——刚才临走时，喻佳硬塞了张名片给小金，希望他方便时能给她打电话。居然就起了作用。

6

车到汽车美容店门口，两人刚想下车，小金却打了个阻止的手势，并拉开车门坐了进来：我们就在车里谈吧？我时间不多，也怕万一会碰上许阿姨。

两人异口同声叫起来：许阿姨？就是许小彗吧？她住在这里？

小金点点头：我们就是这样认识的。

景予飞想起来了：她是说过的，言真结婚后，她在泽溪租有房子，而且靠小玉家很近，这么说，言真也应该就住在附近。

小金的回答却让他大为惊讶：不会吧？因为据我所知，许小彗的房子是她几年前就买下来的。那时候我还没到这个小区来上班。

是吗？她居然在泽溪买了房？那么，你和她也是你来这里工作以后才认识的？

那两个电话也是她让我打的。小金显得有些心虚。他双手握拳，下意识地反复撳着指关节，双眼也始终躲闪着两人的注视，面露愧色说：其实我是很不情愿做这种自己也莫名其妙的事情，尤其在电话里听到你那么动感情的反应，猜到这里面一定有非常特别的原因。我很懊悔自己扮演了一个欺骗玩弄别人感情的角色。后来想起的时候，心里也一直感到不踏实。所以那天许小彗又要我再帮她打一回电话时，我明确对她表示不愿意再掺和了。可是经不住她的央求，硬着头皮又打了一次。但是我没想到你们会找到我。因为怕惹麻烦，所以刚才也没敢说实话……但是看到你们都是很诚恳、很有教养的样子，心里很不是滋味。思来想去，还是把事情跟你们说清楚的好，否则我恐怕会一直内疚下去的。

真是太感谢你了。你尽管放心，我们和许小彗是有着一些特殊的关系，但绝不是违法之类的事情。这也纯属我们之间的私事，绝不会连累到你。所以，还是希望你一定告诉我们一下，打电话等等，到底是怎么回事？

我是去年应聘来这里当保安的。许小彗经常出出进进，慢慢就熟悉了。有时她会让我帮她拿个东西或者做些个杂事什么的。她觉得我很机灵能干的，说很喜欢我。有一回还说起，要认我做干儿子。我当她开玩笑的，没想到后来她见了我就问寒问暖、儿子啊儿子地叫。有时还送给我衣服、茶叶什么的，让我很是过意不去。后来我老婆生了儿子，满月后她带过来看我，临时借住在小区南门绿化队的房子里。许小彗一见我儿子就欢喜得不得了。说你是我儿子，如如就是我的孙子啦，又送我们奶粉，又送好多小衣服的，有一次还跟我要儿子的照片，我就给了她几张。

一听这话，景予飞脑袋里轰的一声，又闪过一道电光：对不起，能告诉我你儿子叫什么名字吗？

金如钢。小名叫如如。

哇！景予飞和喻佳同时惊叫起来。

景予飞激动地从皮包里摸出个信封来，拿出他特地带来的许小彗给他的那两张如如的照片，递给小金说：麻烦你看看，这照片上的孩子你认识吗？

这回轮到小金惊讶了，他瞄了一眼照片就一口断定：这就是我儿子的百日照嘛，你看，上面还有如如的名字。怎么会在你们手上？哦，是许阿姨……

对了。

小金第一次正过脸来，认认真真地打量了景予飞一下，一脸茫然地说：真不知道你们到底是什么关系啊？

这个嘛，一言难尽，能不能先不谈这个？

好吧。小金点头表示理解：可有一点我还是不明白，许小彗明明告诉我，打电话是为了帮她姐姐一个忙，她姐姐……

她姐姐？景予飞又是大为诧异：许小彗有个姐姐？怎么我从来没听她说起过啊？恐怕又是她编造的。

这应该是真的吧？因为我亲眼见过她的。长得跟许小彗简直一模一样，待人也客客气气的，很客气的一个人。就是比她个子高一点，也胖一点。

哦？那你知道她叫什么名字吗？她也住在泽溪吗？

好像叫……许小智。对，那天我们在门口碰到时，许小彗给我们互相介绍过，说我是她的干儿子。她姐姐因此对我很热情。是她自己告诉我她叫许小智的。但她不在泽溪住，那回是来泽溪看许小彗的，她在藩城工作。好像是……对了，她姐姐当时告诉过我，说她在藩城邮政局城西支局工作，叫我到藩城时，上她那儿去玩呢。

喻佳暗中碰了景予飞一下，并把话岔开道：那么，打电话的事，也是许小智亲口叫你帮忙的吗？

那不是，那以后我就再没见过许小智。那天是许小彗找到我，说是她姐姐遇到些麻烦事情，具体是什么事，她说你也不必知道了，只是她姐姐自己不便出面，需要有像我这么一个人帮她打个电话；而且拿出一张纸，上面写好了几点要说的话，请我以某一个人的儿子的身份打一下，不管对方说什么，你都不要多说什么。电话是她拨的，打电话的地方也是她定的，就用的小区边上那个小店的公用电话。我先觉得很为难的，可许小彗对我和孩子那么好，正觉得没法报答她呢；再想想电话内容也不像是什么违法犯罪的事，就硬着头皮打了。

我说呢！怎么你的声音听起来有气无力、断断续续的，总有些别扭，还当是言真性格有什么问题呢。那么，你真的就没有见过一个叫言真的小伙子吗？算起来，年纪应该和你差不多。或者，她有没有跟你提起过，自己也有个像你这么大的儿子，而这个儿子，也刚刚有了个和你的如如一样大的儿子？

这个肯定是没有。而且我从来没见过许小彗和任何一个这样的小伙子进出过小区。不过，我倒是听她提起过有个儿子，比我小几岁，好像还在外地念大学吧，说是就快要毕业了。

景予飞和喻佳对视了一眼，点点头说：这个应该是的，她在结婚后是生过一个儿子，现在，据她说也是在念军校。对了，她和你谈起过，是怎么到泽溪来的吗？

这个我就不太清楚了。

那她丈夫呢？你见过她男人吗？或者，她有没有提起过她男人是干什么的呢？

我见过。但她男人很少露面，听说是在外头四面八方忙销售。你不知道吗？他们在泽溪有名的羊绒城里有个铺面。想起来了，她男人姓陈……

陈建设？

好像是的。

这么说，许小彗到泽溪来，是因为在这儿有生意啊。

是的。应该说做得还是不错的。店面上雇了好几个人呢。

怪不得她有闲空藩城、泽溪来回地跑啊。

听说她在藩城也有房子的。

这么说，她的日子应该过得还是不错的呢。可在我面前却永远是一副……现在的关键是，言真到底在哪儿呢？对了，你还知道些什么关于她或者言真的情况吗？

确实不知道了。我和她说到底是没什么大关系的。但是不管怎么说……所以，请你们不要告诉她，我们见过面好吗？

这是自然的。而且，这也正是我们希望的。虽然你应该可以猜到点我们的身份和目的了，但我们也只是希望了解一点真情，对你、对她都是没有恶意的。所以你尽管放心，以后你和她该怎么处，还是怎么处。甚至，她要是还请你打电话，不便推辞的话，你也照打就是。反正我心里有数了。

那是不可能的了！小金红着脸一个劲摇头，随即拉开车门说：我该走了，我的班还请人临时替着呢。

等一等。景予飞伸手拉住他衣袖，迅速从外套内袋里摸出一个信封塞到他手里：实在是太感谢你了！今天没时间了，这点小心意算是我们给如如的见面礼吧，以后有机会的话……

这怎么行？小金一下子涨红了脸，死活推回景予飞的红包：你们不怪我就够意思了，这个我死活不能要。

景予飞不由分说把信封塞进他口袋，随即将他推下了车。

可是当他发动车子想掉头的时候，小金又将信封从喻佳身边开着的窗缝里塞了进来，挥了挥手，掉头跑开了。

景予飞还想追出去，喻佳把他拉住了：算了，毕竟还陌生，今后等事情平稳下来后，再找机会来谢他吧。

车子开动后，她又好奇地问了一声：没想到你还蛮有心的嘛。装了多少呀？

景予飞踌躇了片刻说：两千。这还不是应该的吗？

乖乖，出乎我想象呢。不过，还是只少不多的。毕竟他还是个蛮有良心的人，而且给了我们极有价值的信息。现在看来，太值了。

岂止是值？你还没意识到吗？我们非但是不虚此行，而且逮到条大线索啊！

你是说如如照片和她丈夫的事？

知道她丈夫是谁无关紧要。只不过证明了她果然是和我当年照过面的陈建设结的婚，现在看来，这或许倒是她的造化了。但陈建设这个人，我的印象是圆滑而颇有心计，虽然肯定是和她穿一条裤子的，后来的很多事却未必都知情。因为两人的关系始终难以揣测。至少，根据我当年的印象，许小彗对他是没什么真感情的。所以不是万不得已，我们绝不能轻易惊动他。

至于假冒如如照片的事，当然有价值！首先这再次证明了，许小彗这潭水真是太深了！什么谎都编得出来，居然还都捏弄得有鼻子有眼的。但目前还不能据此就认为，言真就真的不存在，或者他根本没结婚生儿子。因为仍然可能他是真实存在的，但在别处生活，小金没有见过他或他的妻儿而已。甚至，仍然不能排除我原先的担忧，就是许小彗和言真之间，因为某种特殊原因而不得不以一种特殊的方式联系着；甚至，许小彗对“言真”确实是失控了，或者怎么了。所以对我们来说，现在依然还有很多谜有待揭开。

——而要揭开这一切，最有价值的，就是许小智！

7

景予飞兴奋地拍打着方向盘，告诉喻佳说，他一听到许小智的存在就有了主意。因为，他正巧和藩城邮政局一个副局长是好朋友，他们曾经在市委党校同过学，而且就住在一个宿舍里。通过他，应该很容易打听到城西支局有没有许小智这个人，她的基本情况和为人如何。并且，如果请他出面做介绍，应该可以约见到许小智。作为姐妹，许小智对许小彗的基本情况，比如她到底有没有言真这么个儿子，言真又有没有结婚，结婚的话又到底住在哪里或者在哪里工作等等内情，肯定是一清二楚的。

可是，听了这话，喻佳的表情却不像景予飞想象的那么积极。她迟疑着说：你想找许小智了解情况的想法我很赞成。但是你想过没有？许小智可不是小金，小金和许小彗毕竟是没有亲情的外人，许小智可是她亲姐姐，即使知情，恐怕也会为袒护妹妹而不向你道破天机。万一她不配合也罢了，可是她必然会把我们找她的事告诉许小彗。到那时，会有什么后果，你可要想好了再说哦？

景予飞不由得又抽起了冷气：说得也是噢。可是……你不是老怪我优柔寡断，前怕狼后怕虎吗？事情都到了这个地步，疑点也越来越多，如果我们不继续往下闯，结果还不是和以前什么都不知情没什么两样吗？而且，我们还不能轻易跟许小彗点破已知的事实，她也肯定会照样像以前一样，打着言真的幌子来骚扰或纠缠我，我也照样还是软不得、硬不成地听凭她摆布，心里却揣着比以前更多的疑惑和忧虑，这样的日子我是一天也过不下去了！

不，仅仅这样也还罢了，可是言真到底是死是活，他和许小彗的关系到底是怎么回事，或者他到底在哪里，到底生活得好不好，到底有没有成家，到底有没有儿子，这些都是以前我没有过的疑问，现在反而成了新的石头压在心上！如果说，以前我还能自我宽慰，得过且过，现在却怎么还能含糊得下去呢？

仿佛是要印证景予飞的判断，他的话音还没落，手机又嘀一下响了起来。他摸出来一看，正是许小彗新来的短信。他匆匆看了一眼，恼怒地递给喻佳说：你看看，就是这么个反复无常的女人！明明反复对我说什么从此远走高飞，给我自由之类屁话，才多久没回复她短信，这不又来了！

喻佳接过手机看了一眼，信虽不长，看着却也足够让人烦躁：

转给你的言真的短信收到了吗？想到儿子伤感的面容，我的心好痛。为什么我们到现在还要让儿子担忧？为什么就不能客客气气平平安安地相处呢？

喻佳不由得也上了火：都是你太窝囊废，让她揪准了你的弱点。要是我，干脆狠狠心，从此再不理她，看她能拿你怎么办！

怎么办？她不是早说过吗，光脚的不怕穿鞋的！一天几十条短信给你发过来，说现实，诉苦衷，追忆血泪往事，痛说言真的辛酸……你再不回，就直接打电话，你正在会场上，或者办公室里正有人，电话铃接二连三响个不停，你是接，还是不接？甚至，疾声告诉你，我就在你单位楼下，你不下来我就上去；再甚至说，二十多年我天天记有日记，不是为了照顾你的面子和地位，我随时可以发到网上去，等着报纸来采访你，等着网民来“人肉”你吧……你还是不理睬吗？

喻佳沉默了，手中却嚓嚓有声地把景予飞的手机揿个不停。景予飞不安地拦住她：你在给她回信？

对。喻佳果断地说：先稳住她。说着把写好的回信给景予飞看：

> 我能理解你的心情，也很感谢言真的通情达理。告诉他，我爱他！希望他安心生活。我在外地出差，过几天回藩城后和你见个面，我们好好谈谈。

景予飞咝咝地吸着冷气，还想推敲一下内容。喻佳却说了声：都这时候了，还有什么好推敲的，随即按下“发送”把信发了出去：

开车，马上回藩城去！

嗯？不回家了吗？

不回了，等一切弄清楚再来就是。

你是说……这就去找许小智？

对。不入虎穴，焉得虎子。要去就趁热打铁，省得夜长梦多——不过你放心，我有一个强烈的预感——天就要亮了！

8

转过天来是星期天。又是一个很容易让人记忆的节日，腊月初八。

如同中国多数的传统的节日一样，这一天的主打内容落到实处的，又是一个“吃”字。按老习俗，老百姓家家要借着某种老祖宗想出来的由头，喝一顿所谓的腊八粥，即用小米、大米、赤豆、莲子、核桃乃至桂圆等八样甚至N样食料熬一锅香浓黏稠的八宝粥，一家人欢聚一堂，团团圆圆，稀里呼噜地就把寒气驱走了，就把福分喝来了——可惜祖祖辈辈的中国人，没有几个喝出过什么了不得的福分来，反是从不识腊八粥为何物的西洋人，日子比我们好得多。如今更是物是人非，今非昔比。物质匮乏的时代基本上一去不复返了，社会文化生活也有了质的变化，端午粽、腊八粥这类借机才能饱一饱口福的食物，只要你有胃口，一年三百六十五天都可以轻易饕餮。超市也早有了现成的粽子和八宝饭出售。当下的人们，生活节奏又是如此之快，尤其是都市人，飞涨的房价、看花眼的车子、虽然滥设无度却依然紧缺的好位置，还有那永远短缺的工资、资金、学分之类，人们的三烦四恼终究还是如此之多，谁还有心思把有限的注意力投向这种喝了除了会大冒胃酸、什么都不会增加的黏糊粥上？以至于而今的腊八，除了一些媒体逢有节气还照例要借此做点儿文章填充下版面，市面上几乎听不到谁在议论这个话题。采访的记者更是大跌眼镜，说是十个里倒有七八个年轻人说，搞不清腊八或腊八粥是个什么意思。只有超市营业员还能看到，三三两两的老年人，会到杂粮柜上称几两小米、一小把赤豆和几个红枣之类，无非也是借此怀怀旧，追忆一下自己那无可挽回的逝去年华罢了。

也只能如此了。无数个生命灌注的日子，其实都不过如同飘零的落叶和败花，随着那一刻不息的东流水，不舍昼夜地流入了幽冥虚无之地，何况这喝不喝那碗粥都一样要逝者如斯夫的腊八？

——这么胡思乱想的时候，景予飞正裹身于自己喷出的袅袅烟雾中，扒着藩城西边一家上岛咖啡馆12号包间的玻璃窗，望着楼下那从早到晚几乎都一成不变的滚滚人流和车流，无奈地忍受着等待的煎熬。什么叫临战前的惶惧？什么叫黎明前的黑暗（如果不出太阳，黎明后照样可能暗无天日）？恐怕没有人会比此刻的景予飞体会得更真切更入微的了。

天公也太不作美。昨天还艳阳高照、山明水秀的天气，今天却陡然变脸。早晨还软不拉塌地照临了一小会儿的太阳，从中午起就被越聚越厚、越变越暗的云层驱逐得杳无影踪了。现在是下午三点钟，眼里的一切都俨然黄昏。感觉不到一丝风息，街头的树梢都静默得如同丢失了魂灵，那种死气沉沉令人不安的阴郁因而愈发深重。铅灰色的云层似乎预定了一个阴谋，正在不停地集聚、无情地下压，如一张无形却不怀好意、让人窒息的巨网，打算将景予飞乃至偌大的藩城一网打尽。

这样的天气分明是在作雪。过不了今夜，不是漫天飞雪，便是又一波凛冽的寒潮将席卷全城。

一想到雪，景予飞眼前突然电光石火般绽开了那个尘封已久却永远不可能忘怀的雪夜——一晃，距今已超过二十五年！可是世间有多少人，消受得起这恐怖而漫长的一“晃”啊！

即便此刻这短暂的等候，滋味也如此难挨。

虽然这种惴惴的等候有着希望的支撑，但眼下这种天气，无疑也是不可能让人振作的。所以景予飞的心始终像是坐在无形的秋千上，忽而悠上天去，忽而荡下地来，一刻也得不着安稳。

何况，此刻的他实际上已是彻底将自己推到了背水一战、有进无退的的决绝境地，很快到来的晤谈如果不能达到预期的结果，他不敢想象自己还有继续去面对许小彗的勇气——他简直怀疑许小彗不是人而是有着未卜先知之神灵的妖！几分钟前，他刚和喻佳来到包间里时，手机就尖锐地响了起来。

许小彗的声音里明显透着焦灼和疑虑，以至她的语速快而战栗，词语几乎像连珠炮般砸向景予飞：

你到底在哪里？为什么跟我玩花样？你以为你要这种小把戏就能躲避得了我吗？告诉你，下辈子你也休想甩开我！哪怕你上天入地，我要找到你是几分钟的事情……

你都胡扯些什么呀？景予飞竭力掩饰着自己的恼怒和不安：我不是清清楚楚地回复过你了吗？我在外地出差，过两天就回来，到时候就和你见面谈……

不对，你在躲我！你跟我玩这套把戏还差得远！我都跟你单位人打听过了，你根本就没有出差。

我单位人？你能告诉我是谁吗？

休想！我早就告诉过你，我认识你单位好几个人，他们都愿意随时帮我。要是你继续不老实……

你才不老实呢！我在单位里好歹也算个领导，我出差不出差，有必要通告单位里所有人吗？

不管怎么样，我必须马上见到你，否则的话……

又来这套了！景予飞几乎就要破口大骂了，可是一转眼看见喻佳在敲着自己手表向他眨眼睛，立刻清醒过来。小不忍则乱大谋，都这个时候了，再跟她计较有什么意义？于是他深深吸了一口气，努力放缓语气说：马上见你是不可能的，你明明知道我在外地。有什么事就不能在电话里说吗？

不能。

为什么？

因为言真要见你。

言真？他……他来藩城了？

对，我刚刚和他下汽车，小玉也来了，还有如如。他们明天还要赶回去上班。你不是口口声声要见他吗？真的来了你又想要滑头了？你知道他是下了多大的决心才肯来见你吗？告诉你，错过这个村就别怪我们不给你那个店！

莫非这是真的？景予飞完全没有料到会有这么一着，一时竟乱了方寸，支吾着好一阵说不出话来。还是喻佳冷静，一直凑在他话机旁听着的她，贴紧景予飞耳朵出了个主意：告诉他，你马上往回赶，今晚一定能和他们见一面。

景予飞赶紧说：那好吧，我这就请假往回赶。

别骗人了！要是五点前见不到你，你就永远失去了见他的机会。

到底是旁观者清，喻佳又教了景予飞一句话：请你把电话给言真，我亲自和他解释一下。

景予飞又学了一遍。万万没料到，耳朵里传来的竟然是“休想”两个字。他正要抓住机会反击，咔嗒一下，许小彗突然又挂了机。

他慌乱而无奈地看了喻佳一眼：你看看，她简直像是有第六感，知道我正要干什么似的，存心扰乱我！

巧合而已，还不都是她反复玩弄的惯伎！喻佳说着，果断地夺过他的手机关了机：就凭她不敢让你和什么言真通话，就可以断定她又在讹你！

是吗？你真的这样认为？可是你关了机，我可是一点退路都没有了。

你这个人啊，叫我怎么说你嘛！都到这个份上了，你还指望什么退路？况且这类事情，以前发生得还少吗？我敢断定，你要是真信了她去见什么言真，到时候肯定又是一场空，她随便编个什么借口就把你打发了。你呀，不是老跟我说什么很了解她的吗？怎么临到头来又糊涂了？

是吗？景予飞垂下头不再言语，但心里却还是暗暗地拧上了一个沉重的疙瘩。明知喻佳的判断很有道理，就是不由自主地不停地琢磨着：万一这回是真的，我却不去，岂不是做得太绝了吗？

9

其实景予飞本该是感到庆幸的。查询并约到许小智的过程，几乎不费他吹灰之力就顺利完成了。

他和喻佳一回到藩城，立刻给市邮政局那个副局长同学成望博打了个电话。他编了个理由，说是自己有一位好朋友，想找许小智办点事，问他城西支局有没有个叫许小智的人。成望博说当然有啦。许小智是城西支局的支部书记、邮政储蓄部主任，还是省局的先进工作者。

景予飞一听这个，心里就乐开了花。真是世界上没有两片相同的树叶啊，许小智既然是这等人物，其素质和人品应该绝非许小彗可比拟，最低限度她也不至于是个假话成性的人物吧？于是对“单刀赴会”又添了几分信心。赶紧央求成望博帮个忙，约她今天下午三点在城西支局边上的上岛咖啡见个面，只是别提自己的名字，就说是成望博本人的一个朋友想见见她。成望博说这应该没问题，他先给她去个电话。五分钟后他就回了电，到底是他的下属吧，许小智居然一谈就通，答应下午可以来！

两点半不到点，景予飞和喻佳就早早来到咖啡馆，订好 12 号包间后，把房号发到许小智的手机上，然后强捺着一颗忐忑的心，苦苦地等着那个在他和喻佳的预感中都是非同寻常的时刻的到来。

突然间，楼梯口传来个脆生生的中年女声：小姐，12 号包间在哪儿呀？

许小智！景予飞和喻佳同时蹦起来，一把拉开虚掩的包间门：这里就是！这里就是！

但见一个身材适中、烫着雅致的短发、穿一身合体的深色职业装的中年女性，大大方方而笑吟吟地站在他们面前。两人都在心里暗暗咂舌：小金还真是一点也没有夸张，许小智和许小彗不仅名字只差了一个字，那长相和年龄看上去也难分伯仲，差别果然只在于许小智稍微胖些也略高一点。若不论气质和做派，简直要怀疑这姐妹俩是不是双胞胎；而若论气质和做派，许小智无论是举止和面相，分明比乃妹要端庄沉稳得多了去了。那白净而红润、透着相当的自信和阳光的肤色和气息，也不是面色晦暗、目光闪烁的许小彗堪与比的。

请问两位就是成局长的朋友吗？

是的是的。里边请，里边请。

景予飞恭恭敬敬地把许小智让进屋，一番客气后，终于让许小智就了上座，回头暗暗向喻佳使了个眼色。喻佳会心地把包间门给悄悄地关上了。

景予飞恭恭敬敬地摸出名片，欠着身子双手递了过去：我姓景，是你们成局长在党校时的同学。我在市科技局工作。

嘀嘀。许小智看了看名片，多少有些诧异地扬起了眉毛：是景局长，景馆长啊，幸会幸会！

副的，副的。

可是……许小智把眼光移到喻佳身上：应该不会是大局长本人要接见我吧？这位是你太太吗？

是的。喻佳赶紧也向她哈了哈腰：我姓喻，叫喻佳。许书记你可真年轻啊，看上去比你妹妹不光是像，感觉还年轻一些呢。能不能容我冒昧地问一声，你们俩不会是双胞胎吧？

不是不是。不过我只比妹妹大一岁多一点。可是，你认识我家小彗？

喻佳点点头，却又指指景予飞说：严格讲，应该是他认识许小彗。

许小智显然有些摸不着头脑，立刻扭头仔细打量了景予飞一眼，脸上越发显露出诧异的神情：你们认识时间不长吧？我怎么从来没听她说起过你们呢？

认识的时间嘛，这个可不短了。只不过……

猛然间，许小智似乎是意识到什么了，赶紧又低头看了一眼景予飞的名片，喃喃地嘟哝了几声：景予飞，景予飞，这个名字好像是有点熟哎……突然，她哦的一声大叫了起来：你是不是经常在《藩城日报》上写文章？

景予飞点头笑道：你真是好记性哪，那都是好些年前的事情了。

不是我好记性，而是你……怪不得你认识我家小彗。我在她家看到过一本剪报本，上面贴着好多你写的文章哦。你有时候用的是全名，有时候就署名叫“予飞”，对不对？

景予飞顿时和喻佳面面相觑。景予飞尤其窘迫，他不自然地挠着耳朵说：那都是些陈芝麻烂谷子了，我已经有十多年没写东西了……

许小智却一脸崇拜地说：景局长太谦虚了。要是你的文章不好，我妹妹可不会收集的。不知你们知道不知道，她这人文化程度虽然不高，心气可是高得很的。而且她从小就崇拜文化人，还特别喜欢看些书，有几年简直是走火入魔，家里堆满了她买的各种各样的书——怪不得你们认识，原来你就是她崇拜的偶像啊？

景予飞更局促了，支吾着一时不知怎么回答好。还是喻佳机灵，她朗声一笑，直截了当地说：他们的关系可不是偶像和粉丝那么简单哪。

什么什么？许小智蓦地一颤，满脸灿烂的笑容霎时像遭了霜打的菜棵一般，迅速蔫萎了：你的意思是……

这就是我们今天来打扰你的原因。

哦？那你们干吗不找我妹妹？难道她……得罪过你们？

不不。景予飞慌忙说：要这么说的话，当初应该是我得罪了她。现在又连累到你——真是对不起得很，初次见面就让你受惊了。

受惊？我怎么越听越糊涂了？

怎么说呢，这个事情相当复杂。但是你尽管放心。我绝对没有恶意，无论对你，还是对她……

10

景予飞垂着头，脸上红赤着，手心里攥着一把把冷汗，力求简明而扼要却又多少有些吭吭哧哧地，把自己和许小彗的关系和主要情节大致叙述了一遍。

间或，他会偷偷抬起头来，瞟一眼许小智的反应。只见她几乎一眨不眨地瞪圆着双眼，异常专心地倾听着，除了偶尔发出一声轻轻的叹息或者疑问，大多数时候都死死地盯着他身侧的墙角一言不发。然而她的内心毫无疑问正大风大浪，汹涌着可想而知的情感巨澜，这从她起伏不定的胸脯和频次越来越快的深呼吸上可以明显看出。虽然喻佳多次给她续水，劝她喝点茶水或用点点心，她都面无表情地拒绝了。她的脸色也越来越难看，一阵阵青，一阵阵红，一阵又灰黄而终止于毫无一丝血色的死白。

有一瞬她下意识地站了起来，似乎就要夺门而出，迟疑了一下后，她从桌上的纸巾盒里一张接一张地抽出好几张纸巾，擤了擤鼻涕后，她低低地说了声“对不起”，然后把剩余的纸巾捂在眼睛上——她的泪水一旦涌出，就好像捅开了的泉眼，怎么也吸不干了……

景予飞求助地看了看喻佳，喻佳示意他停一停再说，他停止了叙述。

许小智却仿佛没有察觉到什么似的，依然埋着头，无声地啜泣着。

景予飞有些担忧地转过脸来，直视着许小智，期期艾艾地再一次表示了歉意：真是太不好意思了……如果你觉得我……我们换个时间再……

不不。许小智立刻抬起头来，做了个否定的手势：是我不好意思，做梦也想不到居然会有这种事情——你只管说，我都听着呢。

其实，大概的情况也就是这样了。许多细节……老实说我也害怕去多说它。现在我最关心的就是，言真他到底在什么地方？许小彗说他在泽溪生活，工作和小家庭都在那里。可是不瞒你说，我们刚刚从那里回来，发现曾经两次和我通过话的那个人，根本不是言真本人。而就在半个多小时前，许小彗刚刚给我来过电话，说她和言真乃至言真的妻子和儿子如如，刚刚来到藩城，今天就要见我——我以我的人格和生命担保，我今天对你所说的没有半点假话，而且……

突然，许小智果断地抬起手来，制止了他的叙述。同时，她大声吸溜了一下鼻子，目光炯炯地看定景予飞，口齿异常清晰而坚定地吐出一句让景予飞和喻佳都大为震悚的话来：

景局长，什么都不用说了。虽然我……我简直没办法相信你说的这些话！我宁愿我现在是在梦里——但是，我也可以凭我的良心，凭我的人格和生命，还有党性，确确实实地告诉你：从来就不存在什么言真，更不要说什么他的妻子、儿子了！你上当了——不，要么就是我上当了，你根本就是在耍弄我——你们今天到底是不是搞什么鬼名堂啊？我根本就不可能相信，我妹妹会是这样一个人，不，她绝对不可能是这么一个人！她从小就聪明过人，而且，相当善良。不信你们去市里红十字会打听打听，她每年都会捐款、献血，现在还义养着安徽山区两个失学女童！

这时，冲动难抑的喻佳突然打断了许小智的话，她一步跳到景予飞面前，伸出长长的食指，狠狠地点着景予飞的脑门，尖叫道：我说了吧！我早就有过这种预感了，要不是怕你不高兴……

这不可能！景予飞一把扫开喻佳的手，同时也霍地跳了起来，颤抖地说：许主任，虽然我理解你的感情，但是我说得绝对没有半点假话！而且……老实说我巴不得你说的就是事实，可是实际上——许主任你可千万不能骗我！你根本不知道你这么说对我具有什么样的意义啊！别的不说，这么多年了，我无时无刻不在惦念着这个儿子，并且为这个儿子饱受着良心的酷刑和心理的疚痛。更不用说我的家里人，尤其是我的母亲了——她到死的那一刻，还在凄惨地巴望着，能够看一眼这个等于没有过爹的私生子！不行不行，你不了解情况，你不能这样糊弄我！我有太多的事实和依据证明，你也在糊弄我！你看看，你看看，你看看这都是什么——

他把怀里抱着的文件包啪地拍到桌上，哆哆嗦嗦地打开来，把特意带来的各种照片，许小彗多年来写给他的信件一一摊陈到许小智的面前让她看。

许小智则像突然看见了一只炸药包或者是潘多拉魔盒似的，一个劲地往后缩着身子，目瞪口呆地扭着头，半晌不敢直面眼前的任何东西。

喻佳随手拈起一封厚厚的信递到她眼前：许主任，请你无论如何辨认一下，这是不是你妹妹的笔迹？你再看看这内容吧，要不，我来念一段给你听吧——景予飞先生……

不要念！我不要听！许小智一把夺回喻佳手中的信，匆匆瞥了一眼，哇的一声又哭开来：小彗啊小彗，你这是……你是疯了还是吃错什么药啦？干吗要作这个孽啊！

听她这么说，景予飞又一次目瞪口呆。他慌忙找出一张许小彗最初给他的黑白照片，即言真小时候的婴儿照，递到许小智眼前：你看看这张照片，这就是刚满月的言真。难道你从来没看到过这个孩子吗？

万万没想到，许小智夺过照片看了一眼后，神情更加沮丧了：这是我儿子，我怎么会没看见过？

啊？那么这两张呢？

景予飞紧接着又找出许小彗给他的那两张言真上初中时的照片给许小智看，许小智哭丧着脸一个劲地摇头：妈呀，妈呀！还是我的儿子张鹄嘛——小彗啊小彗，你到底搞的什么鬼名堂嘛！

这么说……请问你儿子是哪一年出生的？

1981 年，9 月份。

我的天！景予飞啪地拍了一下大腿：言真就是这一年出生的！

还言真呢！喻佳狠狠地白了景予飞一眼：你还没明白吗？许小彗是拿自己外甥当儿子呢！怪不得她从来不告诉你她还有个姐姐，就是怕你会产生怀疑。还有，泽溪小金的儿子竟然也成了她的孙子——对了，许主任你儿子现在不在藩城吗？按这个年纪，他也可以结婚生孩子了呀？

没有。他在澳大利亚读的大学，现在刚刚在那里就业，女朋友是有了，就是还没有结婚。

怪不得！所以许小彗只好笼络小金来冒充言真打电话，拿他儿子的照片来冒充什么如如！这说明什么？如果她真有个自己的儿子叫言真的，至于连张真照片也拿不出来吗？更别说那些假电话，假……

可是，景予飞仍然一脸的迷茫：1981 年那会儿，我可是真真实实、确确切切地看见她挺着个大肚子来见我的呀？

嗨！你真是太天真了！女人嘛，怀了孩子想掩饰不好办，没怀孕装个大肚子还不是小菜一碟？电影上演员不就是这么扮的？电视上这样的真实案例我都见过好几回，何况是哄你这个心里有鬼的糊涂蛋！

这么说……有一回，她领到家里来给我看过的小男孩——哦！想必那也是你儿子吧？

许小智没有回答，她正在急切地翻看着许小彗写给景予飞的信，一面看一面又悲哀地抹起泪来：小彗啊，这么多年你都是过的什么日子啊，真不明白你干吗要这么苛刻自己啊！我也是的，也不是一天两天的事了，我怎么就一点也觉察不出来呢？

对不起，请允许我再问一个细节问题。喻佳说：是关于许小彗个人的。就是说，她真是你的亲妹妹吗？还是……

你这是什么意思？许小智猛地抬起头来，极不高兴地扫了喻佳一眼：你刚才不还在说我们姐妹俩就像是双胞胎吗？

是的是的，喻佳赶紧表示了歉意，但又解释说：我也怀疑这是你妹妹的另一个谎言。因为她多次告诉景予飞和我说，她现在的父母其实是她的养父母。她的生身父母是上海人，当年被下放在东北，生下许小彗后，她父亲就病死了。无力抚养的母亲把她送给了藩城来的一对工友夫妇，就是你们现在的父母。然后，她就随着养父母回到藩城生活。她还多次说起，她的生身母亲至今还生活在上海，她的孩子就是瞒着家人在上海生的；而直到现在，她和生母还保持着亲密的联系……

许小智的脸又一次涨得绯红，垂着头一个劲地摇头叹气。好一阵才有气无力地吐出了一句话来：胡说八道。不是她，就是你，在胡说八道。

天地良心，这真是许小彗亲口告诉我们的。

我家父母从来就没有离开过藩城，更别说下放什么东北，收养什么人了！至于上海，我们家连个八竿子打不着的亲戚也没有一个，更别说什么生身父母了。

那你妈她，对不起，我的意思是说，她现在……她是不是还在藩城？

当然在啦！我爸我妈身体都好得很，年纪也都不算大，你为什么问这个？

喻佳还想解释，景予飞赶紧向她使了个眼色，打岔道：没什么，没什么，她也就是随口一问罢了。其实这类情况，现在都是无关紧要的了，我们还是谈正事吧。

11

我这个妹妹啊……不是我为她辩护，从小就冰雪聪明，喜欢读书，喜欢帮助别人，还特别喜欢小动物，街上的流浪猫，脏兮兮的癞皮狗，她碰上就把它们抱回来，家里人再恼火也没有用，只好趁她不备再偷偷扔出去。这些，街坊邻居都是有目共睹的。就是心气高了点，又生不逢时，偏偏又喜欢跟人争长短，论是非，弄得从小就处不好跟同学和同事的关系。有些特殊事件，可能对她的心理也有影响。小学五年级时改选大队委，她自认为凭自己的成绩和能力当选没有问题，结果只得到寥寥几票。发愤图强的她，初中里年年打两次入团报告，直到高中毕业也没入成。

而且，她也太爱幻想，太任性也太倔强了点。说起来，也怪我们的老娘，太娇宠这个小的了。就说一个事吧，打从小一直到小彗出嫁离家，她每天晚上临睡前，必定要我妈替她掏一遍耳朵，再搂着她亲一通才肯睡觉。我妈早早就提前退休了，就是为了让她顶工作，而那时候我这个大的也没找到工作。很多时候，不，几乎是任何事情，只要我跟她拌个嘴什么的，我妈还有我爸，几乎从来都不分青红皂白说我的不是，搞得她呀……有一回我们跟我妈学织毛衣，明明我比她织得好，她织的毛衣两只袖子粗细不太均匀，我只是轻轻地笑了她一句，谁知她操起把大剪刀，又是戳又是铰，硬是把一件就快织完的毛衣毁得稀巴烂……

见许小智喁喁地叙述得越来越远了，景予飞不禁有些烦躁。按理，确认了真相的他，现在应该满心欢喜，一身轻松了。可是，或许是既定的印象实在太深刻了，他心里仍然徘徊着一缕阴影，总觉得难以置信，总觉得证明了许小彗种种作假行径固然要紧，却不能因此完全排除她就真的没有生过“言真”这么个私生子。于是他忍不住再次抛出自己的疑惑：

对不起许主任，我还想打断你一下……难道就没有这样一种可能，许小彗的确是生了个私生子，只不过瞒过了包括你在内的家里人，就像你和我，互相都从来不知道对方的存在一样；理论上说，她也完全可能做到这一点。如果她当时在别处租房子住，偷偷地把儿子生下来，偷偷把他养大的话……

绝对不存在这种可能！许小智斩钉截铁地一挥手：我和小彗从小到大，直到她结婚出门，一直都生活在一起。这期间，她从来没离开家半步！生孩子不是倒垃圾，那是要十月怀胎的。那么长时间住在家里，我和家里人能一点儿看不出来？抚养一个孩子就更不用说了，除非我和爹妈都瞎了，否则她长期住在家里，首先是怎么去生？其次是怎么来照顾孩子？关键是，她到底是不是说是1981年生的孩子？

这个千真万确。

那就对了。1981年的时候，我虽然结婚生了孩子，但因为老公在部队上，我一直还住在娘家的。这期间都是她在照顾我坐月子什么的，怎么可能自己也生什么孩子了？直到我老公转业回到地方后，我才离开的娘家，而小彗出嫁离开家，就在同一年。而那已是1984年的事情了。

哦……景予飞终于长长地出了一口气，眼睛里闪闪烁烁地第一次放射出死囚遇赦般极其庆幸的光芒，但为了不过于刺激许小智，他仍竭力克制着自己的表情：许主任，真不知道该怎么谢你好啊！

可是许小智的眼圈忽然又红了。她嘴唇抽搐着，好一阵才忍下了泪水。随即又突然抬起头来，期期艾艾地看了景予飞好一会儿，终于开了口：景局长，事情已经出了，你受的罪，不用说我也想象得出有多深。可是，能不能容我问一声，你……或者这么说吧，小彗她是不是要过你的钱？

景予飞默默地点了点头没出声。喻佳忍不住插了一句：这可不是要过没要过的问题啊，而是——景予飞突然一挥手，把她的话截断了。

可是许小智却急切地追问了一句：你的意思是……总不见得她，一直到现在还在要你的钱？

喻佳忍不住又接了一句：这么说吧，景予飞连给他儿子的遗产都早早地准备好了。

我的妈呀……真不明白小彗她吃什么药了？其实她，实在说，八九十年代时，她的确还是困难过的，可这些年，她老公还是很会赚钱的。可以说，她的条件比我还好得多呢，在泽溪和藩城共有三处房子，小汽车也早就有了，居然还延续着这个弥天大谎，实在是太不可思议了！

景予飞也连连摇头：其实我也一直很困惑。现在想想，或许她……根本也是为情所困吧？

唉！现在我算是彻底明白了，为什么她的脾性总是起起落落，简直是冰火两重天。有时候她完全就是在自我虐待，好像存心要毁掉自己的生活，极端的时候她能几天几夜关在房间里，不吃不喝也不许任何人去打扰她。陈建设对她那么好，她却难得给他个笑脸看！年轻时她还割过腕，这两年又到处找有名的寺庙烧香拜佛敬菩萨，还反复叨咕着要去当尼姑！原来那病根都在……

说到这里，许小智突然昂起头，向着景予飞投来深深的一瞥，那眼神竟像两把雪亮的匕首，一瞬间充满怨毒与憎厌，刺得景予飞猛地打了个激灵，半晌不敢抬起头来。

幸而，片刻的冷场之后，许小智的心理忽然又发生了某种突变，她埋着头唏嘘了一会儿后，软弱无力地叹了一口长气：算了，过去的事，说什么都没意思了。可是，能不能容我再问一句，接下来，你们是不是打算要回这些钱，或者是起诉她？

不可能！景予飞毫不犹豫地说：这个问题我从来就没有考虑过。对于我来说，能弄清事情真相，得到彻底的解脱，已经是个做梦也未敢奢望的、万分万分万分庆幸的结局了！对于经历过我这种磨难的人来说，世界上还有什么能比这个结果更可宝贝、更为幸福的啊！老实说我到现在还晕晕乎乎活像是在梦里，并不敢完全相信这个结果。但无论如何，请你转告许小彗一句话：我从来都只向她要求过一个词——安宁。现在我终于有希望真正得到它了。希望她也切实践行这个她也无数次承诺过我的词汇。除此以外，我实实在在就是一个词：夫复何言！什么都不需要了。至于她，我认为从今天起，她实际上也得到了解脱。从今以后，希望她好自为之吧……

12

谢别许小智，景予飞和喻佳买完单步出咖啡馆时，正是华灯初上时分。

本来他们是打算请许小智共进晚餐的，但分手前许小智神色黯然，一脸的沮丧，这种状况下，显然是不合适发出邀约的。分手时她客气话也没说一句，勉强挥了挥手，便扭转身，兀自像一头受惊的小羊般，迅捷消失在楼梯下了。景予飞有些不是滋味，本能地想追上去说几句什么；转念想想，如果是自己妹妹出了这等事，自己又会作何感想呢？于是便随她去了。

密集的街灯，红绿的信号灯，商铺的彩灯和虹影，竞相争艳，把市区渲染得缤纷热烈。下班者人头攒动，赶赴各种饭局者车灯似血，人潮和车流汇聚成一股股热气涌动的浪潮。最抢人眼球的，莫过于漫天飘落的雪花。积聚了一天的郁雪，终于化为万千飞蛾，扬扬洒洒地嬉戏于喷火吐焰的光晕里。那雪片飘落了至多才一两个小时吧，屋宇、天桥、路面、行道树的枝头和一切建筑的顶端都积起了茸茸的白雪。脚踏着吱吱作响，眼看着心驰神往，仿佛是堕入了扑朔迷离的童话世界。

两人向远处的停车场走去，脸颊上升腾着热辣辣的虚火，身子里奔流着莫名的情愫，一路都在抢着话头热烈地议论着先前的种种感受。刚拐过一个街角，耳畔突兀响起一阵排山倒海般壮烈的轰鸣——“金世界”大酒店门前，哪家正迎娶新娘，上万响长鞭砰砰炸响，一团团焰火爆燃于红嫣乌紫的夜空，硝烟味和酒店里弥出的酒味乃至附近排档飘溢的烤肉串的香气，混合成古怪而又诱人的怪味，彻底击穿每个路人的肺腑。

景予飞突然又亢奋难抑，一朵朵心花像光怪陆离的焰火，强劲地绽放开来。他一把扯下脖子上的围巾，又脱下帽子，大口呼吸着清寒而沁脾的冷气，犹觉不过瘾，索性把羽绒衫拉链拉开，大大地敞开衣襟，仰起因激动而越发滚烫的脸庞，让飞落的雪花一片片栖落在脸上，一朵朵消融在嘴里，一点点滋润在火热的胸膛中。

你疯啦？刚从瑟缩的空调环境来到外面，裹紧头巾犹自战栗不已的喻佳，赶紧拉起景予飞的衣襟，并给他把帽子和围巾戴上：冻出病来有你的好果子吃！

又一团绚丽的焰火腾放在空中，宛如景予飞炽烈的心声：这算什么呀？我早已经“病”了二十六年，做梦也没敢奢望有痊愈的一天！今天就是真正地发它一回高烧，哪怕它三十九度、四十度，对我也只会是一种特异的享受！

灼灼的焰彩里，映射着喻佳眼里的泪花：你呀！真是傻到家了……

她还是强迫景予飞穿戴好，伸手挽起他胳膊：告诉我你的感受。解放的滋味真的就这么美好吗？

不是美酒，胜似美酒。不，没有语言能形容我的感受——你要我说实话吗？

这还用说？

其实我多少是有点故作振奋呢。我一直在暗暗奇怪，怎么我就没有多少特别的感受呢？一切都好像理所当然，本来就该如此——不对，好像总觉得，不应该是这么个结果似的；不不，也不对，总之我……心里太乱了……

那就什么也别说了。其实我才可能真正感觉到了什么是解脱的滋味，虽然这根本上不是我的事，但我就是……我也说不清这到底是一种什么样的感觉……

景予飞忽然拉过喻佳的手来，使劲地掐了她一把。这一手来得如此突然，他的劲又用得这么地大，疼得喻佳弯下腰，恼怒而惊恐地尖叫起来：你这是干吗？神经啦？

哈哈！景予飞怪异地大笑了一声：我就想试试，我们到底是不是在梦里。

嘿！那你也应该掐你自己才是呀？说着她一伸手，狠狠地在景予飞脸上拧了一把，景予飞“哎哟”一声闪开去。随即又一把拉住喻佳的手说：不行，无论如何我要好好体验一下——先别管车子了，找个饭店喝酒去！你也要喝，而且都要喝白酒！这么多年了，你跟着我……今天我们都要一醉方休。

很快，他们就手拉着手冲进了“金世界”，坐在了三楼上的一个包间里——这是他们执意向服务生要到的。在这个特别的时刻，在这个喧闹的酒楼里，他们是那么需要一个只属于自己的，既充满人气，却又没有任何干扰的空间，好让自己彻底地放松下来。

点好菜，服务员退出去以后，景予飞和喻佳深深地对视了一眼，彼此都似乎还有满腹的言语要尽情倾吐，却又不知从何说起，一时陷入沉默。

喻佳起身走到窗前，贴着玻璃看窗外群蛾般聚集在街灯下打着旋儿的雪花。景予飞也跟了过来，轻轻地说了一声：雪好像更大了。

是啊。喻佳头也没抬地应了一声，继续专注地望着窗外。同时却把景予飞的手拉到胸前，紧紧地握在手心里。

窗外越发迷离。繁密的雪花把各个大楼上交互映射的五彩灯火搅散成光怪陆离、奇幻世界般的雾霰。两人紧紧挨在一起，内心都充满了异样的宁静和分外饱满的欣慰。他们越发真切地感受到，自己精神上的自由真的已经来到了。而且在这个有点像梦游的晚上，光明也已经实实在在地降临在下面的街道上，并且满满地包裹了万事万物和万千的心灵。他们自己也切实切实地跨进了光明，而且从此还将长久地沐浴在这曾几何时都不再敢奢望的光明之中——这就是幸福，这就是安详，这就是温馨暖人的心情吧？人生中，还有什么比得上此刻的这份享受更加美好，更加珍贵，更加曼妙哟！

然而，就在他们兴奋地斟满酒，叮当一声碰过杯，满满地饮下第一盅香醇而灼烈的白酒之际，景予飞的手机伊哩伊哩地响了起来。他一看来电显示，身子霎时便僵硬了——进饭店时，他刚把手机打开，当时发现上面提示有七个未接来电，细看时间，都发生在他们和许小智会面的那个时段里。

这个人哪，难道她真的有什么异禀吗？当时他一笑了之，没有回电的意思。估计许小彗很快就会明白他关机的真正原因。今后，如果自己不去找她麻烦的话，她应该也不可能再来电话了。

再也没想到，她居然还会打电话来！

他怔忡地望着手机半晌没有出声，条件反射般的恐慌霎时又袭满心头：这说明了什么？她又会玩出什么新花招来，还是企图用新的谎言来圆她的旧谎？万一她拿得出什么特殊的证据，证明她并没有撒谎呢？哦！真那样的话，我的天呀……不不，这不可能，绝不可能。事情已经是秃子头上的虱子明摆着了，假的就是假的，她怎么可能还有什么鬼证据！

许小彗？喻佳探过头来看他的手机，景予飞不知所措地点点头：这时候，她一定都知道了。

知道又怎么啦？正好听听她怎么说嘛。

她怎么还敢打电话来？难道她还有什么……真不想再听到她的声音！我还是关机的好。

干吗？到现在还哆嗦，你也太那个了吧——接，理直气壮地接！

要是又来一轮没完没了的胡搅蛮缠，或者是……

她敢！

景予飞一咬牙，揿下了接听键。可是听筒里只有咝咝的电磁声，微风般钻进他耳膜，好一阵也听不到许小彗的只言片语。

他忍不住道了一声：许小彗，有什么话，你就说吧！

话机里依然默无一声，却有隐隐的喘息入耳。

我想……你应该知道了，我刚刚见过你姐姐许小智。

许小彗还是不出声。

景予飞有点沉不住气了，他求援地看了一眼喻佳，喻佳继续用眼神鼓励他放胆说话。

他深深地吸了口气，凝神默想了片刻后，语气沉重却声调铿锵地开了口：

许小彗，如果你没有什么可说的话，我有几句话送给你：面对不愉快或者痛苦而可怕的历史，人们常常喜欢说，过去的就让它过去吧。可是我觉得这未必有道理。很少能有人如此潇洒。我觉得更宽慰人的应该是佛祖的一句名偈，对我，对你，应该都是最适用的，那就是：

“一切有为法，如梦幻泡影，如露又如电，应作如是观。”

人生苦短，让我们都好自为之吧。你说呢？

许小彗继续保持着缄默。

像严酷的冰冻一样铁硬而彻骨的沉默，让景予飞的心也仿佛在一点点地冻结起来。

景予飞在心里对自己说：那好吧，我也不再说话。看你到底开不开口！

可是他觉得自己战栗得更厉害了，赶紧示意喻佳再给自己盅里续酒。喻佳刚斟满，他端起来一饮而尽，终于长长地嘘出一口气来，于是他又补了一句话：

对了，佛祖还有另外一句名言，同样也值得你我都好好记取：“不要指责别人。因为你指点别人的时候，有四个手指是指向自己的。”那么，就这样吧。我是说，一切都结束了！

说完，他不再等许小彗作何反应，毅然挂断了电话——这在两个人的纠结史上，还是第一次。过去，他几乎从来不曾拥有过主动挂上电话的权利。

而这个一语未发的来电，也成了许小彗的绝响。是她给景予飞打来的最后一个电话。从此她便黄鹤一去无踪迹，再也没有了任何音讯——无论是短信、书信、电话，还是她那印象中就一贯是神出鬼没的形影。

一个月后是如此。

一年以后也是如此。

直到现在，还是如此。

13

经过好几天热烈的、反反复复的、有时候还是战战兢兢的议论、回味、质疑、反思之后，景予飞好像陡然间厌倦了这个话题，再也不和喻佳提起许小彗及与她有关的任何事情了。倒是喻佳，偶然会漫不经心似的问上景予飞一句：今天她还是没有反应吗？

景予飞面沉似水，简短地吐出一个字：没。

任何音信都没有吗？

没有。

嘻嘻。有时候喻佳会这么调侃一句：她倒真有定力呢，说了就了了。我倒有点欣赏她的性格了。看来你当时的看法是对的，这结局对于她来说，实际上也是一种解脱。像从前那样，成天五迷三道地深陷其中，实在也够她苦的呢。

景予飞好像有些迷茫地看她一眼，鼻子里轻轻哼了一声，不予置评。

实际上他心中又漫天飞雪般，翻卷开无尽的慨叹。他早就感到，而今这个结局，不仅对于自己，对于深陷于某种魔障的许小彗，的确也未尝不是一种解脱。

问题是，究竟是什么原因，让一件普通的情感纠葛演绎成我们之间这场长达二十五年的大悲剧？更可怕的是，如果许小彗没有作假呢？如果我真的是有一个叫言真的私生子，真的是有一个叫言如一的小孙子，这场可怕的噩梦还会不会有终止的一天？

结果还真是不可思议呢！

为什么？为什么会这样？

回过神来，回头想想，实际上这一路纠结过来，许小彗的演技或者说是骗术，其实绝不是天衣无缝的啊！家人、喻佳乃至我自己，实际上也还是间或有过这样那样的疑虑的，为什么就非要等到“恶贯满盈”、脓疡溃破的一天，我才恍然大悟，如梦方醒？别的不说，就说当年一个小细节吧——许小彗来拿钱，自己曾要她留过字据，可她每回都签的是“许小星”三个字。自己也曾经怀疑她有什么特别考虑，而她的解释是自己改名了：我本来就是一颗孤孤独独的彗星，从此更要一心一意地当我儿子的福星和保护神——现在看来，她无疑就是心虚，就是在为预防万一事情败露，而我当时却并不敢向这个方向去质疑……

毫无疑问，我的个性和怯懦、自私、心中有鬼等弱点是主因，而许小彗——不，很大程度上还是自己责任更多一点，我实际上早已成了配合许小彗这个现在看来其实一点儿也不算高明的导演的一个忠实的角色！

而假如人间有足够的宽容，我们厕身的环境有足够的开明，我们耳濡目染的文化有足够的谅解，我们心中的道德律有足够的弹性，是不是我的心理会坦荡得多，理性也会明智得多？而我的命运、甚至整个人类的命运也会因之而宽松得多？甚而，许小彗的性格和情感也未必会那么激烈而忮刻吧？至少，她也会因为失却了某种心理或道德的依凭而不至于如此堕落，如此肆无忌惮地“恶作剧”了吧？

看着景予飞一副神不守舍的怔忡相，喻佳忍不住追问了一声：你怎么了？不会又心有余悸了吧？

景予飞一时还没有回过神来，下意识地又摇了摇头。

人哪，说起来也真是怪啊。好像没了这么个大魔障，也没觉得你比从前有什么振奋，或者特别的地方嘛。

景予飞淡淡地哼了一声：这把年纪的人了，还图什么振奋？能不想起那场噩梦，不听到她那咄咄逼人的声音；一觉醒来，不再悬忧和歉疚那个无法谋面的儿子和孙子，便是我天大的福分了！

喻佳哈哈乐了：你还应该再加上一句——能够不必再白扔那几十万的遗产，等于老天爷给我和真如抛下了一大笔意外之财，不亦乐乎！

你要这么说的话——景予飞的表情突然就生动了，他跳起身来，双眼灼灼喷火，两手紧紧握拳，咬着牙关，一个劲地挥舞着说：我最想说的是——我景予飞，居然还有幸能够在死前察悉真情！否则这一辈子，我他妈的不是白活了嘛！

14

转眼冰消雪融，天宇一新。接踵而至的春节和元宵两大佳节，也很快就化成了满地落英般红红绿绿的鞭炮屑子。

而“每逢佳节倍思亲”，“遍插茱萸少一人”——过去的这种普天同庆，万人欢欣的大好时节，恰恰是景予飞心理上最为尴尬、郁闷、情感和现实状况最受折磨因而也最怕过的日子！

一天天太平无事地悄然流去的时光，逐渐让景予飞的心理变得越来越自信，越来越踏实了——过去那种“此恨绵绵无绝期”的日子，终于是一去而不复返了。

蜡梅和迎春花开过，红梅和桃花又艳了。热情似火的油菜花，迎着熏熏的暖风，染黄茸茸绿野的时候，星星点点的红杜鹃又燃遍了泽溪的每一处低谷和高崖。无论是藩城还是泽溪，无论是市廛还是村野，都日复一日更深更浓地淹没在春色的氤氲之中了。而又一个“清明节”，也拂开柳絮飘飞的丝帘，悄悄地走进了泽溪。

为了避开届时的拥挤，景予飞提前十几天回了趟泽溪，独自开车来到郊外的翠微峰公墓，看望已长眠多年的母亲。

墓园里果然还没有什么人。除了挤挤挨挨排列得整整齐齐的墓穴和墓碑，空旷清寂而肃穆森然的山坡上，只有繁茂的青松和翠柏在静静地摇曳着。绵软而和煦的春风里，间或有不知名的鸟儿有一声没一声地啼鸣着，那声音在这里听起来，凄切而伤感。

其实这个时候，头顶上的阳光正艳。几乎没有云彩的天幕，蔚蓝、澄澈得如同刚刚用水洗过。但是，肩背上被晒得暖烘烘的景予飞，只是下意识地抬起头来，瞟了一眼鲜艳的天色，就深深地垂下了头；心里涌动的，竟是莫名的恓惶和丝丝寒意。

他忽然有点不敢往上去。可是脚步却正相反，似乎不愿听从意识的使唤，反而逐渐地加快了。当他顺着层层石阶，一口气小跑上高高的第二十九排墓地后，差点就喘不过气来了。

乍看见母亲那几乎没有笑意的遗容，他疲软的双膝再也支撑不起沉重的躯体，身子一颤，平生第一次几乎是匍匐着趴跪在母亲面前。

他没有带任何祭品，也没带鲜花，更别说纸钱之类了（我这辈子都从来没给母亲买过一枝鲜花呢——他脑海中突然闪过这么个念头）。他向来不相信也不习惯这些。他总觉得，如果亡者有灵，也早已天人永隔，他们那个世界应该不可能是物质的世界了。即便是物质的，也不可能享用或需要与生前这个世界相同的俗物。而如果逝者无灵，生者所祭献或借以表达的一切，都无非是意义不大的自我安慰，甚至可说是某种欺哄式的演剧罢了。

然而此刻，他却突然生出一种近乎是恐惧和自罪的懊悔："敬神如神在"，我又未免是太迂执了呢——他迅速扫视了周边一眼，依然是杳无一人。于是伸手在墓边的柏树上，使劲折下一小枝新绿茸茸的嫩枝，轻轻地放在母亲的碑前：

妈，我来看您了。如果您果真有知，想必已经明了发生的一切。如果您……无论如何我必须要亲口告诉您最终的真相：许小彗从来就没有生过我的儿子。也就是说，一切都是虚构，一切都是泡影。从来就没有什么言真，更没有什么如如。但是，我的轻率和无能，给您造成的创伤和至痛的遗憾，却是真实存在的，无可弥补的。妈呵，我的妈！从小我就承受了您太多太多的偏爱。可是伤害您最深的却正是我！一切都是我的错。是我的一夕贪欢种下了邪恶，是我的慵弱和迂阔，是我的自私和苟且，催生和纵容了绝不该由您来吞咽的恶果……

对不起了，妈！我无颜要求您的宽恕，唯求您从此可以像我一样，结束这绵长的噩梦，真正地安息吧……

15

恹恹地下山，郁郁地开着车，一个疑问仍在不停地纠缠着他：明明我很想恸哭一场的呀，为什么就是落不下一滴泪来？是我的心肠根本就太冷酷了，还是我的情感已经彻底麻木？

原以为这下心里会彻底安逸的景予飞，却发现自己依然轻快不起来。以至当晚在床上，他还是东想西想，辗转反侧而难以入眠。

迷迷蒙蒙中，忽然听见卧室外有什么响动。他刚想下床去看看，房门已悄然敞开，定睛一看，居然是母亲站在门口！

景予飞又惊又喜地扑上前去：妈，您怎么回来啦？

嘘……母亲做了个噤声的手势，悄悄向身后一指。景予飞定睛一看，顿时魂飞魄散：母亲的身后居然站着个面无表情、苍白而瘦弱的小伙子。小伙子怀里居然还抱着个孩子。孩子似乎很畏怯，正扭歪着脸，使劲往小伙子身后挣着，想要离开去——

啊！这不是小金吗？

瞎说！母亲上前拉住他的手，嗔怪道：你再仔细看看，这不明明是言真和如如嘛！

天哪！可是许小彗呢？许小彗知道你们要来吗？还是她不愿意过来？

——景予飞失声惊叫着，同时猛地从床上坐了起来。

就在这时他醒了过来。眼前依旧黑乎乎空落落的，一片死寂。只有自己的一颗心，放炮般扑通扑通蹦跳着。摸摸额头，满把的虚汗。

妈！妈您别走呀……

他使劲掐了自己一把，尖锐的疼痛终于让他明白，这本就是南柯一梦。

我说呢……太好了，太好了！这不是真的！根本不可能是真的！

可是我明明还醒着的嘛，怎么会做出这么可怕的梦哟？

蓦然间，一个声音突如其来地震响在脑海中，那是弘一法师临终留下的最后四个字：悲欣交集。当年读到它时，曾在他心头引起过洪钟大吕般的震荡。现在想来，此时才算是真正品尝到了，什么才叫做“悲欣交集”！

一股火辣辣、酸滋滋的心潮，突如其来地袭上心头。他赶紧捂住双眼，可是那不期而至的热泪，早已如决堤的洪水，一泻而下。

他索性掀起被子，紧捂住头面，尽情地嚎啕。

你怎么啦？身边的喻佳从梦中惊醒，一把揿亮台灯，支起身子惊恐地瞪着他。

我……没事。只是刚刚做了个怪梦。

什么梦把你吓成这样？

景予飞依旧啜泣，好一阵才收住呜咽说：

你没看见我哭了吗？太好了！我终于能痛痛快快地流一回泪了！

……

2009年2月2日至2010年1月29日

初稿于金马郦城

2010年4月9日修订于金马郦城

图书在版编目（CIP）数据

漫长的惊悚/姜琍敏著．－北京：作家出版社，2011．4
ISBN 978－7－5063－5734－0

Ⅰ．①漫… Ⅱ．①姜… Ⅲ．①长篇小说－中国－当代
Ⅳ．①I247．5

中国版本图书馆 CIP 数据核字（2010）第 260471 号

漫长的惊悚

作　　者：姜琍敏
责任编辑：懿　翎
装帧设计：牡丹平面
出版发行：作家出版社
社　　址：北京农展馆南里 10 号　　**邮码**：100125
电话传真：86－10－65930756（出版发行部）
86－10－65004079（总编室）
86－10－65015116（邮购部）
E－mail：zuojia@zuojia.net.cn
http://www.zuojia.net.cn
印刷：紫恒印装有限公司
成品尺寸：152×230
字数：396 千
印张：23.75
印数：001－8000
版次：2011 年 4 月第 1 版
印次：2011 年 4 月第 1 次印刷
ISBN 978－7－5063－5734－0
定价：33.00 元
